AF204348

Clemens Jainöcker

Intrigen & Rache
des Gutsherrn

Impressum

© 2019 Clemens Jainöcker

Verlag und Druck: tredition GmbH, Halenreie 40-44, 22359 Hamburg

Personen, Ort und Handlung des Romans sind frei erfunden. Etwaige Ähnlichkeiten mit tatsächlichen Begebenheiten oder lebenden oder verstorbenen Personen wären rein zufällig. Impressum

Der Inhalt des Romans spiegelt die Gedankenwelt des Autors wieder. Damit sind auch sämtliche Personen sowie ihre Identität frei erfunden, ebenso die Dialoge. Der Guts-Name „Gut Reichental" sollte dem Luxus seiner Ideen gerecht werden und ist frei erfunden und kommt vom „Reich" und sein Gut liegt im "Tal". Damit ist auch der Inhalt des Romans sein geistiges Eigentum und es unterliegen ihm sämtliche Urheberechte.

Der Autor

Clemens Jainöcker A-1100
Eigentümer der Domaine www.clemens-jainöcker.at:

Vorwort

Als die Gutserbin Isabell ihrem Vater, Magnus von Reichental, gegenüber durchsetzt, Bernhard von Föhrenwald zu heiraten, ist es auf *Gut Reichental* vorbei mit dem geregelten und beschaulichen Leben. Nicht lang nach der Geburt des gemeinsamen Sohnes Christoph sucht der neue Gutsherr sein Vergnügen immer öfter außerhalb der Gutsmauern und verbirgt die hohen Kosten dafür viele Jahre erfolgreich vor seiner Frau.

Die Ereignisse spitzen sich zu, als sein Sohn sich von seiner Kurzzeitfreundin Christine von Könytvar trennt und Bernhard als ihr Tröster auftritt sowie unverhohlen seine Ablehnung gegenüber der neuen Frau an Christophs Seite, Delia Agatakis, zum Ausdruck bringt.
Unvorhergesehenes ereignet sich in weiterer Folge.

Wer ist der Vater von Christines Tochter Ines?
Ist Verena Schimmelpflug tatsächlich Bernhards außereheliche Tochter?
Und sind die Zwillingsschwestern Karoline und Grete die Halbschwestern von Isabell?
Was führt der geschasste Gutsverwalter Konrad im Schilde?
Was treibt Christine in Italien und wer begegnet ihr dort?
Welche Rolle spielt Rüdiger von Hagenberg?
Was verbindet Christoph und Esmeralda?
Und was sollen wir von DDr. Julius Habenichts halten?
Aber das sind längst nicht alle Fragen, die sich auftun und im Verlauf der Geschichte beantwortet werden.

Weitere einprägsame Charaktere beeinflussen die Geschehnisse auf *Gut Reichental*. Diese verzweigte Figurenkonstellation gibt der Geschichte ihre Dynamik. Wir begleiten die Akteure bei ihren Freuden und in ihrem Kummer, erleben sie in leidenschaftlichen Dialogen und tauchen ein in die Tiefe ihrer Gedankengänge.

Über den Autor

1939 in Baden bei Wien geboren. Kaufmännische Ausbildung. Ab 1971 im Bundesdienst tätig. 1999 Übertritt in den Ruhestand. Im Juni 2000 Verleihung des Goldenen Verdienstzeichens der Republik Österreich.
Seit frühesten Jahren Talent und Leidenschaft für das Zeichnen und Malen. Später Mitglied einer Band als Bassist. Seit dem Eintritt in den Ruhestand vermehrt schriftstellerische Tätigkeit.
Constantin und die Frauen, Novum Verlag 2008, siehe Anhang; Katjas amouröse Abenteuer, Tradition 2018, Leseprobe; Homepage: http://www.clemens-jainöcker.at/

Wie jeden Wochentag entstieg Christoph von Föhrenwald an einem wunderschönen Junitag des Jahres 1970 dem Regionalzug. Dieses Mal erweckte ein weißer Hut mit breiter Krempe, unter dem schwarze Locken zu sehen waren, seine Aufmerksamkeit. Sein Blick wanderte tiefer - ein weißes Sommerkleid und wunderschöne Beine, welche in weißen Pumps endeten, boten sich seinem Auge. *Wer ist diese Frau?* Christoph konnte sich nicht erinnern, sie jemals zuvor gesehen zu haben. Man kannte die Reisenden, die um diese Zeit aus dem Zug stiegen. Er folgte der Unbekannten, die einen kleinen Koffer trug und ihre Schritte zum Taxistand lenkte, wo eben der letzte Wagen wegfuhr. Christophs Neugierde war geweckt, er näherte sich. Augenblicke später stand er einer wunderschönen, rassigen Frau gegenüber, die etwas ratlos wirkte.

„Entschuldigen Sie, dass ich Sie anspreche, ich sah das letzte Taxi gerade wegfahren. In der Regel dauert es mindestens 30 bis 40 Minuten bis wieder eines den Standplatz anfährt. Er wird nur frequentiert, wenn ein Zug hält."

„Gibt es denn keinen Bus, mit dem ich auf den Hirschentanz gelangen kann?"

„Doch, in einer Stunde, dann müssten Sie von der Haltestelle noch 20 Minuten bergauf gehen. Der Bus, der den Hirschentanz direkt anfährt, geht erst in zwei Stunden."

„Das klingt nicht sehr verlockend", antwortete die Unbekannte ziemlich genervt.

„Wenn Sie erlauben? Für Ihr Problem wüsste ich die Lösung."

Zum ersten Mal trafen sich ihre Blicke. Christoph sah die schwarzen Augen in dem scharfkantigen Gesicht und dachte, sie könnte eine Griechin sein.

„Und die wäre?" fragte sie mit einem entwaffnenden Lächeln.

„Gestatten, Christoph von Föhrenwald. Ich arbeite auf dem Gemeindeamt, zu dem auch der Hirschentanz gehört, ich befinde mich auf dem Heimweg." Christoph wunderte sich, wie leicht ihm diese Lüge über die Lippen kam. „Wenn Sie sich mir anvertrauen, könnten wir zu meinem Wagen gehen, er steht unter der großen Linde."

„Kennen Sie auch den Weg zur Pension der Familie Gruber?"

Christoph war erleichtert, das Schicksal meinte es gut mit ihm. Er kannte die Pension und den Weg. „Die Pension liegt auf meinem Weg, es wäre mir ein Vergnügen, Sie dorthin zu bringen", was im ersten Halbsatz wiederum eine Lüge war.

Soll ich mich ihm anvertrauen? Der Mann sieht gut aus, macht einen sehr gepflegten Eindruck, darüber hinaus hat er eine sonore Stimme. Wie war das, er hat sich als ‚von Föhrenwald' vorgestellt? Außerdem arbeitet er auf dem Gemeindeamt - ich denke ich kann mich ihm anvertrauen. „Ich werde Ihr Angebot annehmen." Sie reichte ihm die Hand. „Ich bin Delia Agatakis."

Christoph öffnete ihr die Wagentür, nahm den Koffer, verstaute ihn, setzte sich ans Steuer und lenkte den Wagen zur Ausfahrtsstraße. Er frohlockte. Die Unbekannte saß tatsächlich neben ihm. *,Delia' passt zu ihr, sie sieht aus wie eine griechische Göttin, der Duft, den sie verströmt, erinnert mich an Chloe.* „Werden Sie länger in der Pension verweilen?"

„Ich denke, einige Tage, da ich einen geschäftlichen Termin wahrnehmen muss." *Seine Frage, wie lange ich bleibe, lässt vermuten, dass Christoph von Föhrenwald an mir interessiert ist. So wie dieser Mann aussieht, kann man schon schwach werden. Aber alles zu seiner Zeit.* Ihre Gedanken wurden von Christoph unterbrochen.

„Dass Sie Termine haben, finde ich schade, gerne hätte ich Ihnen die Schönheiten unserer Gegend gezeigt: einen sehr idyllischen Waldsee oder das kleine Ausflugslokal mit dem wundervollen Fernblick. So wie es aussieht, kann ich nur davon träumen, Ihnen meine Heimat zu zeigen." *Aber schnell aufgeben ist nicht meine Art.* In seine Gedanken hinein hörte Christoph: „Wieweit ich tatsächlich gebraucht werde, das könnte ich abklären."

„Sollten Sie heute noch allein sein und eventuell Lust haben, mit mir eine Vernissage zu besuchen, so würde ich Sie gern gegen 18 Uhr abholen. Es wäre mir eine Freude, wenn Sie mich begleiteten. Sie nicht mehr zu sehen, würde mir sehr leid tun."

„Zeit hätte ich, meinen Besuch erwarte ich erst morgen." *So wie er mich immer von der Seite ansieht und nichts unversucht lässt, zeigt mir mal wieder, wie sehr ich auf Männer wirke, aber die wenigsten haben den Mut mich anzusprechen. Dieser Mann ist eine Ausnahme, vielleicht sollte ich seine Einladung annehmen, mit ihm kann man sich durchaus sehen lassen. Dass sich mein Verleger gerade hier mit mir treffen möchte, um über mein Manuskript zu sprechen, könnte ein Wink des Schicksals sein.* „Sie wohnen in

4

einer schönen Gegend. Hier kann sich das Auge an den Bergen, Wäldern und den gepflegten Feldern erfreuen. Ist Ihnen das bewusst? Oder sehen Sie das nicht mehr, da es für Sie alltäglich ist, wo Sie doch hier wohnen?"

„Für mich nicht. Ich liebe meine Heimat, ich weiß wie schön es hier ist." Christoph steuerte den Wagen auf eine nicht asphaltierte Waldstraße.

„Wohin fahren Sie mit mir?" fragte Delia etwas irritiert. In diesem Augenblick erreichten sie eine Lichtung und vor ihnen lag die Pension.

„Das ist aber ein verträumter Platz, hier kann man die Seele baumeln lassen. Danke, dass Sie mich hergebracht haben. Wie findet man als Ortsunkundiger hierher?"

„Wenn Sie mit dem Bus gekommen wären - die Haltestelle ist genau dort, wo wir in den Wald eingebogen sind. Bin eventuell ich schuld, dass Sie abgelenkt waren?"

„Nun, Herr von Föhrenwald, so ganz unschuldig sind Sie nicht. Sie haben sich angeboten mich mitzunehmen, haben gleichzeitig versucht, sich mit mir zu verabreden, laden mich zum Besuch einer Vernissage ein und würden am liebsten meine Tage verplanen. Dass ich da etwas abgelenkt bin, ist wohl verzeihlich. Sie haben eine ungemein charmante Art, Ihre Wünsche in Worte zu verpacken und Ihrem Lächeln zu widerstehen ist nicht leicht. Auf der anderen Seite war ich schon sehr verwirrt, als Sie von der Straße in den Waldweg eingebogen sind."

„Es tut mir leid, wenn Sie deswegen verunsichert waren. Nun muss ich Ihnen etwas gestehen. Ich arbeite nicht auf der Gemeinde, sondern in der Bezirksstadt. Zu dieser Pension war es ein kleiner Umweg. Ich wohne hinter dem Wald. Sie zwangen mich zu dieser Notlüge. Sie wären doch nie in mein Auto gestiegen? Vielleicht war es Schicksal, dass sich unsere Wege kreuzten. Alles andere ist die reine Wahrheit. Meinen Besuch bei der Vernissage habe ich schon angekündigt, wusste aber nicht, dass ich mit einer so reizenden Dame dort erscheinen werde. Ich hoffe, Sie verzeihen mir und nehmen die Einladung trotzdem an?"

„Darüber werde ich nachdenken. Reichlich Zeit habe ich ja bis Sie mich abholen", und sie reichte Christoph mit den Worten: „Nennen Sie mich Delia", die Hand. *Eigenartig, auch Christoph spricht vom Schicksal.*

Der Händedruck war fest und ihr Lächeln verzauberte Christoph. Er küsste ihre Hand, nahm den Koffer aus dem Wagen, wollte ihn zur Pension tragen.

„Danke, das werde ich hoffentlich ohne Ihre Hilfe schaffen. Auf Wiedersehen, Herr von Föhrenwald."

„Nicht so förmlich, ich heiße Christoph und freue mich auf den Abend mit Ihnen."

Winkend ging sie auf den Eingang zu.

Wird sie die Einladung zur Vernissage annehmen? Hätte ich warten sollen? Zweifel kamen ihm, ob er nicht mit dem Geständnis zu voreilig gewesen war. Bei all seinen Gedanken war ihm gar nicht bewusst, dass er bereits die Landstraße verlassen hatte und die Allee, welche zum Gut führte, entlangfuhr. Die ersten Weide- und Pferdekoppeln, die Stallungen, Wagenremisen sowie die kleinen ebenerdigen Wohnhäuser mit den Dachspeichern hatte er eben passiert. Nun fuhr er die Steinmauer entlang, welche den Park samt dem Gutshaus umfriedete, um beim Tor anzuhalten. Josef öffnete das Tor, als er Christophs Wagen erblickte. Es war Großvaters Idee gewesen, dass der Stallmeister, der auf dem Gut wohnte und sich auf Grund seines Alters zurückziehen durfte, die Aufgabe bekam, das Tor zu bewachen. Außer der Familie und dem Personal hatte niemand Zutritt.

Christoph fuhr durch den Park, am imposanten Gutshaus vorbei, das mit der Längsseite nach Süden ausgerichtet war. Er durchfuhr das angrenzende Waldstück, ließ den Wagen am Kiesplatz vor seinem Anwesen ausrollen und war mehr als verblüfft, Christine zu sehen. *Was will sie hier? Wieso kann sie nicht akzeptieren, dass es zwischen uns aus ist?* Vor nicht ganz zwei Jahren hatte er Christine anlässlich der Eröffnung des Autosalons der Familie Müller, welcher außer Christophs Lieblingsmarke Jaguar ebenso Maserati und Chevrolet zum Verkauf anbot, kennen gelernt. Sie hatte sich unter den erlesenen Gästen befunden und wurde ihm damals als Bekannte von Carolin, der Schwester seines langjährigen Freundes Stephan Müller, vorgestellt. Christine war eine sehr adrette, intelligente junge Frau. Wie sich jedoch schon bald herausstellte, litt sie unter einer regelrechten Kaufsucht und konnte von Partys nicht genug bekommen, was letztlich zur

Trennung führte. Mit einer solchen Lebenseinstellung kam Christoph nicht klar. Sie hingegen wollte dies nicht akzeptieren. In Gegenwart seiner Eltern, besonders bei seinem Vater, spielte sie nach wie vor das ‚brave' Mädchen, welches unsterblich in den Sohn verliebt war. Seine Mutter war mit der Trennung einverstanden gewesen, doch von seinem Vater wurde sie nach wie vor als zukünftige Herrin favorisiert. Bernhard von Föhrenwald war mit den bisherigen Bekanntschaften seines Sohnes nie einverstanden gewesen. Christine wäre die richtige Frau für ihn, stammte sie doch aus einer ungarischen Adelsfamilie. Sein Vater legte auf Titel und Herkunft größten Wert, was sich bei seinen Freunden widerzuspiegeln hatte. Christine wiederum verstand es blendend, Bernhard das Gefühl zu geben, dass sein Sohn der Richtige wäre.

Als Christoph aus dem Wagen stieg, fiel ihm Christine stürmisch um den Hals. „Liebling, ich musste kommen. Heute ist dein großer Tag. Du stellst das erste Mal deine Bilder aus, da gehöre ich an deine Seite."
„Christine, ich kann mich nicht erinnern dich eingeladen zu haben. Es ist aus zwischen uns, begreif das endlich. - Übrigens, wie war es in Salzburg?"
„Danke, wunderbar."
„Deine Unverfrorenheit empfinde ich gelinde gesagt nicht nur als eine Frechheit, sondern sie grenzt an kriminelle Handlungen. Erst gestern habe ich die Rechnungen jener Geschäfte aus Salzburg erhalten, wo du ohne meine Erlaubnis auf meinen Namen eingekauft hast. Es ist aus zwischen uns. Kapier' das endlich!"
„Na und! Du wusstest doch, ich hatte Geburtstag. Nicht einmal einen Anruf war ich dir wert. Geschweige denn, dass du mich beschenkt hättest. Also musste ich mich, natürlich in deinem Namen, beschenken."
„Christine, ich hatte keinen Grund dich anzurufen, und warum sollte ich dir etwas schenken, wo du nicht mehr meine Freundin bist."
„Aber du bist meiner, lass uns ins Haus gehen, ich hab für uns gekocht."
„Christine, ich habe dir doch den Schlüssel für mein Haus abgenommen."
„Na und, Gundi hat die Terrassentüre offen gelassen."
„Christine, du bist unverschämt, nimm deine Sachen und verlass augenblicklich mein Haus."
„Dass du das wirklich willst, das glaub ich dir nicht. Ich weiß doch, dass du seit dem wir angeblich Schluss gemacht haben, keinen Sex hattest. Es kennt dich Keine so wie ich. Du selbst hast behauptet, der den du mit mir erlebst, ist absolut das Schärfste. Komm! Treiben wir es gleich auf der warmen Motorhaube." Und schon lag sie darauf, den Rock hochgeschoben, die Beine gespreizt, das Ende ihrer Strümpfe und ihre nackte Scham raubten ihm die Sinne. Sie wusste, wie sie ihn aus der Reserve locken konnte, doch Christoph blieb eisern.
„Christine, lass das, es ist aus, verschwinde. Du siehst, ich kann dir widerstehen", und er ließ sie stehen und ging zu seinem Haus. Er hatte kaum die Haustüre geöffnet, da war sie schon bei ihm, kniete sich vor ihn und griff nach seinem Gürtel. Christoph entwand sich ihren Armen und flüchtete in sein Arbeitszimmer, welches er hinter sich zusperrte. Er war aufgewühlt, seine Hose spannte und er musste sich eingestehen, dass ihn ihre Art nach wie vor faszinierte. Hatte sie es doch immer wieder verstanden ihn, teils an ungewöhnlichen Orten, zum schnellen Sex zu verführen. Christoph war mit sich zufrieden, denn er hatte ihr widerstanden. Er wusste, auf ihre Spielchen sollte er sich nicht mehr einlassen.

*

Delia betrat die Pension und wurde von einer älteren Dame mit einem herzlichen „Grüß Gott!" willkommen geheißen.
„Ich freue mich, Frau Agatakis, Sie persönlich kennen zu lernen, mein Neffe hat Sie schon angekündigt".
„Ebenfalls einen wunderschönen guten Tag, Frau ...?" Waldmüller, habe Ihnen das schönste Zimmer, mit Blick auf die Felder und Berge, gerichtet. Es liegt gegen Südwest, so haben Sie auf Ihrem Balkon den ganzen Tag Sonne." Frau Waldmüller blickte dabei

auf die riesige Standuhr im Raum und stellte fest: „Frau Agatakis, wer hat Sie hergebracht, der Bus kommt doch erst in zwei Stunden."

„Zum Glück habe ich Herrn Christoph von Föhrenwald kennen gelernt, der ebenfalls mit dem Zug ankam und mich liebenswürdigerweise mitnahm."

„Den Christoph haben Sie kennen gelernt? Der war sicher wegen seiner Bilderausstellung in der Bezirksstadt."

„Wie bitte, seiner Bilderausstellung?"

„Alle sind schon gespannt auf seine Kunst, denn um das Gut kümmert er sich nicht, obwohl er mit 31 Jahren und seiner Ausbildung alt genug wäre. Umso größer ist die Neugierde auf den malenden Christoph. - Kommen Sie, ich zeige Ihnen das Zimmer." Sie stiegen die knarrenden Holzstufen hinauf.

Sehr interessant, er will mit mir nicht zu irgendeiner Vernissage gehen, nein, der Künstler selbst hat mich eingeladen.

„Hier wäre Ihr Zimmer." Frau Waldmüller sperrte mit den Worten auf: „Ab 19 Uhr gibt es Abendessen und ab sieben Uhr Frühstück. Beim Frühstück sollten Sie sich entscheiden, was Sie zum Abendessen möchten, es stehen fünf verschiedene Speisen zur Auswahl und alle werden frisch zubereitet", und gab Delia den Schlüssel.

„Frau Waldmüller, heute brauchen Sie sich keine Gedanken wegen meines Abendessens machen, mich holt Herr von Föhrenwald ab. Er hat mich zu seiner Vernissage eingeladen". Sie betrat das Zimmer. Es war hell, freundlich, das Mobiliar teils antik, Teppiche und Vorhänge aufeinander abgestimmt, was einen sehr wohnlichen Eindruck machte.

So ist das also, mein Verleger ist der Neffe, deshalb hat er sich hier mit mir verabredet. Er könnte natürlich damit spekulieren, dass ich hier die nötige Ruhe habe, um an meinem Roman weiter zu arbeiten. Ob er sich da nicht getäuscht hat, denn ich habe meine Reiseschreibmaschine mit Absicht nicht mitgenommen. Zurzeit möchte ich etwas ausspannen.

Später ging sie in das Badezimmer, um sich frisch zu machen. *Welche Geheimnisse werden noch zu Tage kommen, wenn ich mich später mit Christoph treffe?* Sie wählte ein rotes Seidenkleid und betrachtete sich zufrieden im Spiegel.

*

Christoph hatte sich beruhigt, ging in die Küche, traf aber Christine nicht an. Wo war sie? Vielleicht drüben bei den Eltern, im Gutshaus. *Sie gibt nicht so leicht auf.* Er konnte sie auch in den anderen Räumen nicht finden, und in seinem Schlafzimmer war ihr Köfferchen nicht zu sehen. Christoph stellte sich unter die Dusche und überlegte. *Was soll ich tun? Ich muss die Probleme mit Christine in den Griff bekommen.* Das warme Wasser ließ das Bild wieder vor seinem Auge erscheinen, wie sie gerade vorhin auf dem Auto gelegen hatte. Er konnte sich nicht beruhigen, so dass er Abhilfe schaffen wollte und das Wasser kälter drehte. Da wurde der Duschvorhang beiseite geschoben. Christine, nur mit einem seidenen Hemdchen bekleidet, drängte ihn an die Wand, ergriff seine Lust, küsste seine Brust und sagte: „Komm, fick dein ungehorsames Mädchen." Sie wusste, solche Sprüche machten ihn scharf. Christoph schoss ein einziger Gedanke durch den Kopf. *Sie ist und bleibt ein berechnendes, raffiniertes Luder.* Und dennoch konnte er der Versuchung nicht widerstehen, drehte sie um, umklammerte ihre Mitte, drückte ihren wohl geformten Po an seine heißen Lenden. Es war ein wildes Nehmen und Geben, bis sie keuchend voneinander abließen.

„Christoph, heute wirst du mich in dem Dirndl sehen, welches ich mir in Salzburg gekauft habe. Es ist ein Teil deines Geburtstagsgeschenks. Ich verzeihe dir, denn vor lauter Vorbereitungen für deine Ausstellung hast du auf meinen Geburtstag vergessen."

„Ich hatte keinen Grund daran zu denken, musste aber die Rechnungen bezahlen. Warum lässt du mich nicht in Ruhe, ich will mit dir nichts mehr zu tun haben und für heute habe ich schon eine Begleitung."

„Jetzt hör aber auf, eben konntest du nicht genug von mir bekommen."

„Das will ich nicht bestreiten. Es muss dir aber bewusst sein, dass der Sex allein die fehlende Liebe nicht ersetzen kann."

„Christoph, du lügst! So wie du mich eben gefickt hast, das kann nicht geheuchelt sein, du liebst mich."

„Du verwechselst Lust auf Sex mit Liebe. Es war reine Begierde, die allein ist keine Basis für ein gemeinsames Leben. Wie schon erwähnt, ich gehe ohne dich zur Vernissage."

„Das kannst du nicht machen, was werden die Leute sagen, wenn sie mich nicht an deiner Seite sehen?"

„Christine, meine Freunde und Bekannten wissen, dass ich mich von dir getrennt habe."

„Ich mich aber nicht von dir, ich liebe dich."

„In erster Linie liebst du mein Geld und meine Großzügigkeit, aber von Liebe war nie die Rede. Wir hatten eine schöne gemeinsame Zeit, aber die große Liebe war es nicht, das weißt auch du."

„Christoph, wie kannst du das sagen? Ich bin doch dein Ein und Alles. Erinnere dich, das sind deine eigenen Worte."

„Christine, ich habe jetzt keine Zeit, wir haben über all das schon so oft gesprochen, aber du willst die Trennung nicht akzeptieren." Er drehte sich um und ging in seinen Ankleideraum.

*

Als Delia im Gastgarten an ihrem Cappuccino nippte, sah sie wie der Jaguar von Christoph aus dem Wald auftauchte. Er winkte ihr zu, ließ den Wagen ausrollen, stieg aus und schritt mit einem charmanten Lächeln auf ihren Tisch zu.

„Ein ganz herzliches Grüß Gott. So bezaubernd wie Sie in diesem Kleid aussehen, lässt mich hoffen, dass Sie meine Einladung annehmen."

„Es freut mich, dass Sie mit der Wahl meines Kleides einverstanden sind, wo mich doch der Künstler zu seiner eigenen Vernissage eingeladen hat. So ist es doch, Herr von Föhrenwald?"

Christoph wollte etwas erwidern, Delia hob jedoch die Hand. „Ich bin mir dieser Ehre sehr bewusst, frage mich aber, ob Sie mit der Einladung nicht andere Menschen vor den Kopf stoßen. Haben Sie sich das gut überlegt? Ich bin Ihnen nicht böse, wenn Sie meine Bedenken umstimmen. Es ist doch Ihr Tag! Das Erscheinen mit einer Unbekannten wird in Ihrem Bekanntenkreis für Aufsehen sorgen."

„Delia, all das ist mir bewusst, aber es geschah nicht aus einer Laune heraus. Es war die Angst, dieses bezaubernde Wesen, welches in mir ein Gefühlschaos ausgelöst hat, nicht an meiner Seite zu wissen. Darf ich bitten?" Er reichte ihr die Hand, küsste die von ihr dargebotene und führte Delia zum Wagen.

Christoph von Föhrenwald wurde von der Besitzerin der Galerie schon mit Sehnsucht erwartet, denn es waren schon viele, zum Teil auch neugierige, Gäste anwesend.

„Wo bleibst du? Komm!"

„Warte, Barbara, darf ich dir Delia, eine liebe Freundin, vorstellen?" Die Frauen reichten einander die Hände und zu Christoph gewandt meinte Barbara: „Wie ist es dir gelungen, diese Frau solange vor uns zu verstecken?" Für Erklärungen war keine Zeit, sie durchschritten das Büro, Barbara öffnete eine Tapetentür und schon drangen Stimmen aus dem anschließenden Raum. Barbara ergriff das Mikrophon und ersuchte die Anwesenden um ihre Aufmerksamkeit: „Liebe Freunde der Kunst, es ist mir ein besonderes Vergnügen, Ihnen den Maler dieser phantastischen und ausdrucksvollen Bilder, Christoph von Föhrenwald, vorzustellen." Applaus erfüllte den Raum. Nun war es an Christoph, einige Worte zu sagen. Er erzählte, dass er sich zum Leidwesen seiner Eltern seit seiner Kindheit ausgiebig mit Zeichnen und Malen die Zeit vertrieb. Nach dem Studium der Agrar- und Betriebswirtschaft hatte er einige Jahre im Ausland auf verschiedenen Gütern gelebt, um sein Wissen in der Praxis zu erproben. „Daher werden Sie Motive finden, die nicht nur unsere Heimat zeigen. Die Bilder, die hier ausgestellt sind, wurden in all diesen Jahren gemalt. Nach dem Tod meines geliebten Großvaters, der der Einzige war, welcher meine Bilder kannte, wurde ich auf unserem wunderschönen Gut sesshaft und erfüllte mir den Traum eines Ateliers. Barbara, die Galeristin, hatte bei einem Besuch einige meiner Bilder entdeckt und überredete mich zur Ausstellung. Ich danke für Ihr Interesse und Ihr zahlreiches Erscheinen. Nun stehen Barbara und ich zu Ihrer Verfügung."

Christophs Augen suchten Delia. Sie war, seitdem sie den Raum betreten hatten, wie vom Erdboden verschwunden. Als Barbara das Mikrophon ergriffen hatte, benutzte Delia die Gelegenheit, sich unter die Besucher zu mischen. Mit einem Glas Sekt in der Hand betrachtete sie Christophs Bilder. *Christoph hat mit keinem Wort erwähnt, eine besondere Ausbildung genossen zu haben. Er hat ein gutes Auge fürs Detail und dennoch sind seine Landschaftsbilder mit einer gewissen Naivität gemalt.* Ein Bild gefiel Delia besonders. Es zeigte auf einem abgemähten Getreidefeld immer größer werdende Getreidemanderln, jenes im Vordergrund beherrschte nahezu völlig das Bild. In seinem Schatten standen Körbe mit Speisen sowie zwei Mostbluzer. Damit der Most in den riesigen, ovalen Flaschen kühl blieb, waren sie mit dicken, geflochtenen Sisalschnüren ummantelt. Das Muster erinnerte an eine Häkelarbeit. Die Ähren der Getreidegarben glänzten im Sonnenlicht. Das ganze Bild war eine Symphonie von Gelb- und Goldtönen, nur in der Ferne war ein lichtgrüner Windschutzgürtel zu sehen, den der sommerlichen Himmel begrenzte. Delia fand, dass Christoph seine Bilder mit den Farben zum Leben erweckte. Sie lauschte den Gesprächen der Besucher und war nicht verwundert über das positive Echo.
Christoph versuchte, zu Delia vorzudringen, wurde aber immer wieder in Gespräche verwickelt, sodass sie nur Blicke tauschen konnten.
Delia fiel eine blonde, junge Frau im Dirndlkleid auf, die Christoph für sich allein haben wollte, wobei diese seine abweisenden Reaktionen ignorierte. Delia beobachtet einige Zeit das Geschehen und stellte fest, dass sich die junge Frau sehr aufgeregt mit einem älteren Ehepaar unterhielt. Der Mann trug einen eleganten Jagdanzug und die Frau an seiner Seite ein wunderschönes Dirndl aus Seide. Nun legte der Mann sehr vertraut seinen Arm um die junge Frau, was den Eindruck machte, er würde ihr Trost zusprechen. Es schien, als wäre seiner Begleitung diese Vertraulichkeit unangenehm, sie wandte sich ab.

Christoph hatte es endlich geschafft. Seine ersten Worte waren: „Delia, Sie machen ganz schön Furore. Alle fragen mich, wer die schöne, geheimnisvolle Dame ist, die mit mir durch die Tapetentür gekommen ist."
„Und was hat der begehrte Künstler geantwortet?"
„Es war das Schicksal, welches unsere Wege zusammenführte. Ich habe sie festgehalten, damit sie mir nicht entschwebt, bevor ich sie näher kennen lerne."
„Damit haben Sie aber die Neugierich umso mehr geweckt. Christoph erklären Sie mir, wer die junge Dame ist, die Sie hartnäckig verfolgt hat und nun bei dem Ehepaar steht."
„Das, Delia, ist Christine, ich betone, eine - ehemalige - Freundin, und sie unterhält sich mit meinen Eltern."
Kaum waren die Worte ausgesprochen, da kam die junge Dame schon auf beide zu. „Christoph, ich gratuliere dir", hakte sie sich sehr Besitz ergreifend unter und drückte sich an ihn. „Eine wundervolle Vernissage! Hast du schon gesehen, wie viele Bilder einen Punkt haben? Ich wusste immer, du bist ein Genie. Ich hoffe, du beteiligst mich an deinen Einnahmen, denn ich habe viele Nächte allein im Bett zubringen müssen, weil du lieber im Atelier warst als mir deine Liebe zu beweisen." Bei diesen Worten warf sie Delia einen triumphierenden Blick zu. Christoph befreite sich mit den Worten: „Christine, darf ich bekannt machen. Delia, meine Begleitung, und nun sei so nett und lass uns allein."
In diesem Moment kam Barbara auf Christoph zu: „Komm, ich will dich dem Kommerzienrat Klause vorstellen", und beide verschwanden in der Menge.
Ein giftiger Blick traf Delia und schon sprudelte es aus Christines Mund hervor: „Christoph von Föhrenwald ist mein Verlobter, ich bin eine ungarische Adelige, und was sind Sie?"
Delia blickte der sehr aufgebrachten Christine ins erhitzte Gesicht und sagte: „Ich bin seine heutige Begleitung, falls Sie das überhört haben sollten", drehte sich um und ging. Schon wurde sie am Ärmel zurückgehalten. „Sie bilden sich doch nicht ein, dass Sie die geringste Chance haben. Er kann ohne mich nicht sein, auch wenn er es versucht. Seine Eltern lieben mich und stehen voll hinter der Verlobung." Delia antwortete mit einem

außergewöhnlich charmanten Lächeln: „Um mir das zu sagen, müssen Sie mich festhalten? Wenn Sie sich so sicher sind, was soll dann der verzweifelte Versuch, mir Christoph auszureden? Glauben Sie wirklich, dass ich deswegen auf die Gesellschaft des Herrn von Föhrenwald verzichte?" Sie wandte sich ab, und ließ Christine mit vor Zorn verzerrtem Gesichtsausdruck stehen.

Barbara schlug vor, noch zu Giorgio, dem Italiener, zu gehen, um auf Christophs erfolgreiche Ausstellung anzustoßen. Umgeben von seinen Freunden, saß Delia an Christophs Seite. Christine hatte bis zuletzt um diesen Platz gekämpft. Sowohl von Barbara als auch von Christophs Freunden wurde ihr klargemacht, dass sie in dieser Runde nicht erwünscht war. Delia dagegen wurde sofort von seinen Freunden akzeptiert, was zur Folge hatte, dass sie sich wohl fühlte. Christoph war ganz euphorisch angesichts der Tatsache, dass seine Bilder solchen Anklang gefunden hatten. Seine Freunde waren voll des Lobes, denn auch sie hatten die Bilder nicht gekannt.

Christoph brachte Delia zu ihrer Pension, wo er ihr für die reizende Gesellschaft dankte und sich mit Handkuss verabschiedete. Als er zum Wagen gehen wollte, kam Frau Waldmüller aus ihrer Pension und fragte: „Kann ich Ihnen zu Ihrer Ausstellung gratulieren, Herrn von Föhrenwald?"
„Das können Sie, danke, Frau Waldmüller."
„Wollen Sie schon fahren? Es ist ein so schöner lauer Abend. Ich könnte mir vorstellen, viel Zeit zum Plaudern mit Frau Agatakis hatten Sie bis jetzt nicht. Ich bringe Ihnen gerne noch etwas zum Trinken."
Christoph fragte Delia: „Was halten Sie davon oder wollen Sie schon schlafen gehen?"
„Ich hätte nichts dagegen, wenn wir noch ein wenig plaudern. Allein waren wir wirklich nicht und wenn Sie in den nächsten Tagen mein Fremdenführer sein möchten wäre das eine gute Gelegenheit uns näher kennen zu lernen. Außerdem, über Christine will ich schon Genaueres wissen." Frau Waldmüller brachte einen Krug Zitronenlimonade und sie saßen bis lange nach Mitternacht beisammen.
„Stimmt meine Vermutung, dass Sie griechischer Abstammung oder sogar Griechin sind, Delia? Der Name Agatakis ist doch griechisch?"
„Auch mein Vorname. Ich habe eine italienische Mutter und einen griechischen Vater. Das Verhältnis zu meinen Eltern war etwas getrübt, denn ich sollte wie mein Vater Arzt werden oder Dolmetscherin wie Mutter. Ich ging meinen eigenen Weg, der von ihnen nicht gut geheißen wurde. Also verließ ich bald das Elternhaus, wohnte in einer Wohngemeinschaft und studierte Journalistik. Leider sind meine Eltern vor sechs Jahren verunglückt. Ich vermisse sie sehr."

Es war der Augenblick des sich näher Kennenlernens. Christoph erzählte von seiner Arbeit auf den Gütern und dies mit so viel Freude, dass sich vor Delias Augen die Szenen in all ihren Facetten und Farben ereigneten.
„Ich stellte bald fest, nicht unter meinem Vater arbeiten zu können, also bewarb ich mich beim Ministerium für Landwirtschaft. Es wurde mir in der Bezirkstadt eine Stelle angeboten, die mir erlaubt viel unterwegs zu sein. Eine reine Büroarbeit hätte ich nie angenommen, und nun bin ich viel in unserer Heimat unterwegs. Der Bahnhof liegt gegenüber meiner Arbeitsstelle. Im Zug kann ich bequem Zeitung lesen oder Notizen über das Tagesgeschehen anfertigen."
Christoph fand immer wieder Gelegenheit, mit Delia zu flirten und das eine oder andere Mal ruhte seine feingliedrige Hand auf der ihren. Sie empfand diese Momente als sehr angenehm. Delia erzählte von ihrem Traum, Schriftstellerin zu werden, wofür sie schon seit der Schule fleißig geübt hatte. Ob Taufen, Geburtstage, Hochzeiten, immer fand sie einen Anlass, eine kurze Geschichte zu schreiben. Über Christine hatte sie an diesem Abend nichts erfahren, jedoch sprach Christoph zum Abschied eine Einladung aus, die sie freute.
„Ich würde mich glücklich schätzen, wenn Sie mit mir morgen auf meiner Terrasse frühstücken. Wann immer es Ihnen Recht ist, ich werde Sie abholen. Danach könnten wir, wenn es Ihre Zeit erlaubt, gemeinsam ausreiten. Entschuldigen Sie, ich habe gar nicht nachgefragt, ob Sie reiten können."

„Keine Sorge, wenngleich ich vielleicht ein wenig aus der Übung bin. Aber Sie wissen, dass ich morgen meinen Besuch erwarte und es wäre unhöflich nicht hier zu sein, wenn er eintrifft. Aber herzlichen Dank für die Einladung. Wie wäre es mit übermorgen, und für einen Ausritt würde ich mir gerne Zeit nehmen."
„Die Antwort macht mich sehr glücklich, ich hole Sie gegen acht Uhr ab. In Ordnung?"
Beim Abschied hielt Christoph Delias Hand, während er seine Gefühle in Worte fasste:
„Delia, Sie wissen gar nicht wie sehr Sie mich mit Ihrer Gegenwart verzaubert haben. Vor mir entsteht ein Bild – wie Sie aus dem Nebel kommen und ich nicht erwarten könnend, um von Ihrer Aura gefangen genommen zu werden." Er küsste ihre Hand und wünschte ihr eine gute Nacht.
„Auch Ihnen eine Gute Nacht, Sie kleiner Poet."

Christophs Gedanken waren bei Delia. Welch eine interessante Frau. Ihrer Ausstrahlung kann man kaum widerstehen. Auf die Idee, dass sie Schriftstellerin ist, wäre ich nie gekommen. Gut möglich, dass ich ihre Romane unter meinen Büchern habe, ich kann mich nicht erinnern, ihr Bild darin gesehen zu haben. Sie hat eine makellose Figur und schöne lange Beine. In dem eng anliegenden Kleid konnte man ihre erotischen Konturen erkennen und ihren wohlgeformten Po bewundern. Was für eine umwerfende Frau! Ich muss unbedingt mehr über sie erfahren. Selbst meine engsten Freunde waren von ihrem Esprit fasziniert und alle waren der Meinung, dass Delia besser an meine Seite passen würde. Mit ihr gäbe es solche Probleme wie mit Christine sicher nicht.

Delia saß am Fenster und blickte auf die riesige Scheibe des Mondes, ihre Gedanken waren bei Christoph. *Er ist ein überaus charismatischer Typ. In dem dunklen Rollkragenpullover, den super engen Jeans wirkt er leger, gar nicht wie ein Gutsbesitzer. Vielleicht sollte ich doch einige Tage hier Urlaub machen, um zu sehen, wie sich Christoph weiterhin verhält. Seine charmante Art hat mich ganz schön verwirrt. Ich finde, er hat große Ähnlichkeit mit seiner Mutter, die den Eindruck einer eleganten Dame erweckt. Seinem Vater dagegen sieht man nicht nur aufgrund der Kleidung den Gutsbesitzer an, sondern er repräsentiert diesen Typ förmlich.*

Delia liebte seit ihrer Kindheit hügelige Landschaften mit ihren gepflegten Feldern, Wiesen und Wäldern. Die Windschutzgürtel mit den Fliederbüschen und die vereinzelten Bäume im Gelände prägen diese Landschaft zu jeder Jahreszeit. Zu ihren ganz besonderen Erlebnissen zählte, wenn sich die Wiesen im lauen Sommerwind bewegen und die Grashalme ihren eigenartigen Klang erzeugen. Wenn Schmetterlinge lautlos über den Grashalmen tanzen, wird Stille hörbar. *Solche Augenblicke werde ich in den nächsten Tagen hier erleben und neue Energie aus der Natur tanken. Ich würde mich freuen, wenn ich es mit Christoph genießen könnte. Ich finde es so wertvoll einem Menschen begegnet zu sein, der die Natur ebenso liebt wie ich.*

*

Als Christoph die Terrasse betrat, deckte Gundi, die Haushälterin, gerade den Frühstückstisch.
„Guten Morgen, Herr vom Föhrenwald, darf ich fragen wie Ihre Vernissage verlaufen ist?"
„Danke, Gundi, es war fabelhaft. Wie oft soll ich es noch sagen, es genügt Christoph, wenn wir allein sind."
„Herr von Föhrenwald, Sie wissen, dass das für mich nie in Frage kommt. Sie sind der Herr von Föhrenwald, wie Ihr Herr Vater. Auch wenn Sie viel Zeit in meinem Reich verbracht haben, als Sie noch klein waren und mit Ihren Wehwehchen zu mir gekommen sind und Trost gesucht haben. Nun hatten Sie Ihre erste, noch dazu erfolgreiche, Vernissage. Ich darf auch ein wenig stolz sein, habe ich doch die Bilder vor Ihren Eltern versteckt."
„Ich weiß, Gundi, Sie haben immer zu mir gehalten. Sie waren ja auch Großvaters Verbündete. Ich fand es schön, wenn Sie mich mitkochen ließen oder erlaubten, beim Zubereiten so mancher Köstlichkeit, zu helfen. Heute bin froh, dass Sie mich in die Geheimnisse des Kochens und Backens eingeweiht haben."

Gundi war seit vielen Jahren die Haushälterin auf dem Gut und hatte unbedingt zu Christoph ins Haus wechseln wollen, was man ihr auch gestattete, denn die Einladungen seines Vaters, an denen oft bis zu vierzig der so genannten Freunde teilnahmen, wurden mit der Zeit zu viel für sie. Nun durfte sie Christoph verwöhnen, den sie sehr verehrte.

Christoph hörte Schritte auf dem Kiesplatz. Er wandte den Kopf nach rechts und sah seinen Vater.

„Guten Morgen, Vater, ein seltener Anblick. Darf dir Gundi ein Gedeck bringen? Oder bist du hier, um mir zum Erfolg der Ausstellung zu gratulieren. Ich habe mich übrigens sehr gefreut, dass du mit Mutter dort warst."

„Christoph, ich bin hier, weil ich wissen will, warum du gestern Christine so behandelt hast und wer die Frau war, mit der du gekommen bist."

„Vater, du weißt, dass ich mit Christine schon vor einiger Zeit Schluss gemacht habe, leider will sie es nicht akzeptieren. In Salzburg hat sie, auf meinen Namen, größere Einkäufe getätigt, ersuchte aber, mir die Rechnungen zu senden. Ich kann ja kaum juristisch gegen sie vorgehen, solange du ein offenes Ohr für sie hast. Wenn du dich nicht von ihr distanzierst, werde ich die Rechnungen dir zur Begleichung übermitteln. Vater, ich weiß, eine ungarische Adelige wäre für dich die ideale Schwiegertochter, doch sie ist keine. Ich habe mir den Stammbaum angesehen. Sie stammt aus der dritten Generation, weshalb sie das ‚Gräfin von' vor ihrem Namen gar nicht verwenden dürfte. Durch die nicht standesgemäße Heirat einer Gräfin der richtige Familienname ‚von Rádózcay' bereits verloren gegangen, und aus dieser Linie stammt Christine. Ich bin mir sicher, dass sie das weiß und dennoch stellt sie sich gerne als ungarische Adelige vor. - Die Frau an meiner Seite war Frau Agatakis, eine Schriftstellerin. Wie ich dich kenne, wirst du sofort sagen, sie geht ebenfalls einer brotlosen Tätigkeit nach."

„Mein Sohn, ich habe gestern gemerkt, dass du anscheinend Talent hast, denn es wurden fast alle Bilder verkauft. Auch wir haben ein Bild, die Heuernte, gekauft, da es den Sauwald mit seinen Wiesen darstellt. Du siehst, ich habe mir deine Bilder genau angesehen Mutter will es im großen Esszimmer aufhängen, damit es die Gäste sehen können. Christoph, warum hast du Christine vor allen Leuten so brüskiert? Es war mehr als peinlich mit anzusehen, wie du mit ihr umgegangen bist. Mag sein, dass sie über ihre finanziellen Verhältnisse lebt, Partys liebt und gerne shoppen geht, aber Christine ist ein guter und liebenswerter Mensch und das zählt. Außerdem würdet ihr ein schönes Paar abgeben."

„Vater, ich halte das Mädel mit ihrer Kaufsucht und den Allüren nicht aus. Ich frage mich, ob sie überhaupt aufrichtig lieben kann. Vielleicht war mein Geld für sie der wichtigste Grund für die Beziehung."

„Christoph, ihr hattet doch auch schöne Zeiten?"

„Vater, ich habe für Christine in den letzten eineinhalb Jahren für Einkäufe, welche sie ohne mein Wissen getätigt hat, fast 70.000 Schilling ausgegeben. Das beinhaltet aber nur Kleidung und Schmuck. Nein, wenn du sie nicht zur Vernunft bringst, werde ich all jenen Geschäften mittels Anwalt mitteilen, dass ich keine weiteren Rechnungen mehr begleiche, wenn ich nicht selbst zugegen bin. Mein Freund Peter, der Anwalt, hat mir nahe gelegt so vorzugehen. Falls sich Geschäfte nicht daran halten, müssen sie den Verlust selbst tragen."

„Du lügst dich doch selbst an."

„Wieso glaubst du das, Vater?"

„Sie hat von deinen Zärtlichkeiten und deiner Leidenschaft vor der Vernissage geschwärmt und nicht verstanden, warum du dich dort so aufgeführt hast."

„Ich denke, dies ist allein meine Sache. Es wundert mich nicht, dass sie es dir erzählte. Sie will damit nur eines erreichen, dass du Mitleid mit ihr hast. Mutter hat die Trennung akzeptiert. Dir ist nicht einmal aufgefallen, dass Mutter sich bei der Vernissage abgewendet hat, denn es war ihr peinlich wie du Christine vor allen Leuten getröstet hast. Ich glaube, es ist am besten, wenn ich Peter ersuche, für mich die Briefe zu versenden."

„Christoph, das werde ich zu verhindern wissen, denk doch an unseren Ruf, wie sieht denn das aus?"

„Vater, dann wundere dich nicht, wenn ich dir die Rechnungen vorbeibringe. Mutter tut mir leid, wenn sie mit ansehen muss, dass du Christine unbedingt aushalten willst."

„Was fällt dir ein, diese Unterstellung wirst du gefälligst zurücknehmen, und lass Mutter aus dem Spiel. Ich sehe, mit dir ist keine vernünftige Unterhaltung möglich, wahrscheinlich ist dir der Erfolg zu Kopf gestiegen. Dann noch deine neue Freundin, die Schriftstellerin, da haben sich ja zwei Künstler gefunden. Christoph, ich weiß nicht, warum mein Schwiegervater an dir einen solchen Narren gefressen hatte und sein ganzes Geld dir vermachte."

„Jetzt kommen wir der Wahrheit schon näher. Großvater wusste die ganze Zeit, dass du mit deinen Hobbys, Jagen in Sibirien und Norwegen, Fischen in Alaska und Helikopter Skiing in Kanada auf dem besten Weg bist, das Gut zu ruinieren, ganz abgesehen von den vielen teuren Festen für deine so genannten Freunde. Und dein Tick für Autos - wie viele sind es derzeit?"

„Wenn du weißt, dass es um das Gut schlecht steht, warum verwendest du nicht deine ganze Energie sowie Erfahrung, um es wieder in schwarze Zahlen zu wirtschaften?"
Sie waren bei dem Thema angelangt, das stets zu erheblichen Spannungen zwischen ihm und seinem Vater führte, weil Christoph sich nicht um den Betrieb des Gutes kümmerte, sondern sich eine gut dotierte Stelle im Landwirtschaftsministerium organisiert hatte.

„Vater, die Debatte führt wie all die anderen zu nichts. Ich spiele nicht den Retter oder besser gesagt deinen Handlanger, der dir sowieso nie etwas Recht machen konnte, wenn du gelegentlich auf dem Gut anwesend warst. Es tut mir leid, aber von der Verwaltung eines modernen Gutes und dem Management verstehst du nicht das Geringste, leider wirst du das nie einsehen. Die Wahrheit ist doch, dass seit dem Tod von Großvater und dem freiwilligen Abgang des alten Verwalters du nun die Entscheidungen triffst, und seither sind die Erträge rückläufig.

„Was soll das, davor leitete ja auch ich das Gut, momentan sind eben schlechtere Zeiten."

„Vater, du irrst dich. Tatsächlich hat es Großvater hinter deinem Rücken geleitet, der Gutsherr war ständig auf Reisen. Mit Großvater war ich immer unterwegs, auch wenn er sich mit dem Verwalter beim großen Nussbaum getroffen hat, um die weiteren Schritte zu besprechen. Dein neuer Verwalter Konrad hat genau so wenig Ahnung wie du, er sieht in dir den absoluten Herrscher auf dem Gut und genau das ist seine Qualifikation."

„Natürlich bin ich der Herr auf dem Gut. Du bist und bleibst ein undankbarer Sohn, spielst dich auf statt dass du dankbar bist, dass ich dir die Studien finanzierte. Deine Mutter hat dich verwöhnt und statt auf dem Gut zu arbeiten spielst den Maler."

„Vater, du kennst meine Einstellung, du übergibst mir das Gut und ich kann wirtschaften wie ich es für richtig halte. Du bist mit einem monatlichen, limitierten Zuschuss zufrieden und außerdem will ich, dass du auf keinem der Konten des Gutes mehr zeichnungsberechtigt bist. Andernfalls bleibt alles wie es ist. Mein Drauskommen habe ich. Wenn die Bilder solchen Anklang finden, brauche ich mir keine Sorgen um meine Zukunft machen. Es ist nur schade, dass mein mögliches Erbe vor die Hunde geht."
Mit vor Zorn gerötetem Gesicht wandte sich Bernhard von Föhrenwald ab und ging seines Weges.

Christoph stand vom Frühstückstisch auf, stieg die Stufen hinunter, überquerte den Kiesplatz, lenkte seine Schritte Richtung Waldsee, welchen man von der Terrasse aus sehen konnte und dachte an Delia.
Zum Glück hat sie die Einladung zum Frühstück nicht angenommen, denn der Disput mit Vater war nicht unbedingt das, was sie hören sollte. Was wird sie heute unternehmen und wer ist der Besuch? Diesbezüglich hat sie sich in Schweigen gehüllt. Ob sie dann überhaupt für mich Zeit haben wird?
Christoph setzte sich ans Ufer des Waldsees und erfreute sich an der Spiegelung der Bäume und der dahin ziehenden Wolken, die zu jeder Jahreszeit einen eigenen Reiz auf die Wasseroberfläche zauberten. Wenn er seine Gedanken ordnen oder über seine weiteren Schritte nachdenken wollte, war er hier. *Delia ist etwas ganz Besonderes. Ihre Art, wie sie sich mit anderen Menschen unterhält, ihr dunkles Lachen, die strahlenden Augen, ihre Reserviertheit, die sie gern an den Tag legt, sie ist eine faszinierende Frau. Ich freue mich auf morgen, denn sie erwartet mich, und hat hoffentlich viel Zeit für mich.*

Vaters Arroganz und Impertinenz ärgerte Christoph heute nicht mehr. Als heranwachsender Jugendlicher hatte er darunter gelitten. Christoph musste mit ansehen wie Vater seine Mutter behandelte, wenn sie mit seinen Vorschlägen oder Ideen nicht einverstanden war. Wenn er sich bei Großvater deswegen beschwerte, sagte er: „Christoph, du bereitest deiner Mutter viel Freude und das macht sie glücklich." Großvater war ein weiser Mann. Er hatte Christophs Vater vom ersten Tag an richtig eingeschätzt und zur Heirat Bedingungen gestellt. Seine Tochter Isabell war damals 31 und mit Christoph schwanger. Bernhard von Föhrenwald sah gut aus - groß, schlank, ein markantes Gesicht. Dass er keinen Widerspruch duldete, stellte seine Mutter viel später fest. Außerdem wurden ihm mehr Liebschaften nachgesagt als er alt war, was seine Tochter in ihrer Verliebtheit jedoch nicht sah. Isabell drohte ihrem Vater das Gut zu verlassen, wenn er nicht in die Heirat einwilligte.
Großvater traf mit Bernhard von Föhrenwald folgende Vereinbarung: Ab dem Zeitpunkt der Heirat konnte Herr von Föhrenwald das Gut nach seinen Vorstellungen leiten, wenn er Großvater bis an sein Lebensende das Wohnrecht gewährte und für seinen Unterhalt aufkam. Großvater wollte für sein Enkelkind eine gesicherte Existenz und bestand auf eine entsprechende Abgeltung für das schuldenfreie Gut womit Isabell einverstanden war; er traute dem Herrn von Föhrenwald nicht, dass er es weiterhin so gewinnbringend führen würde. Großvater forderte von ihm dessen Wertpapiere in Höhe von rund 5.000.000 Schilling. Das Geld blieb ja in der Familie und Christophs Vater stimmte zu, für ihn war dies ein sehr gutes Geschäft. Der tatsächliche Wert des Gutes mit seinen Ländereien, Wäldern, Jagden sowie dem modernsten Maschinepark war mindestens dreimal so hoch. Die diversen Konten des Gutes verfügten über ein erwirtschaftetes Kapital von rund 400.000 Schilling. Mit der Heirat hatte er ein prestigeträchtiges Gut erworben, den Status eines Gutsherrn, mehr gesellschaftliche Anerkennung und zudem eine Frau, die ihm sehr ergeben war.
Es war Großvater gewesen, der Christoph letztlich zu den Studienrichtungen der Agrar- und Betriebswirtschaft zuredete. „Christoph, irgendwann wird das Gut dir gehören und da wirst du mir dafür dankbar sein."
Christoph liebte diesen Beruf, auf dem Gut waren seine Ideen nicht erwünscht. Auf den Gütern wo Christoph sein Wissen eingebracht hatte, war seine Meinung heute noch gefragt.

Der neue Verwalter wurde von Beginn an abgelehnt. Seine Art, so von oben herab, war ungewohnt und es dauerte lange, bis sich die Arbeiter auf ihn einstellten. Diese Art kannten sie nicht einmal von Herrn von Föhrenwald. Konrad war auch hinter allem her, was einen Rock trug und dies führte zu so manchen Problemen mit ihm. Auch wenn die eine oder andere nicht verheiratet war, so gab es doch immer Einen, der als Beschützer auftrat und ihm die Stirn bot. In Franziska, der Buchhalterin, hatte er eine Verbündete. Sie verehrte ihn sehr und hatte nichts gegen seine Annäherungen. Er benahm sich zwar ihr gegenüber ebenso schroff und herablassend wie zu allen anderen, aber in Wirklichkeit hatten sich die beiden gefunden und ihre Zuneigung ging weit über die Arbeit am Gut hinaus.

Als Isabell davon erfuhr, dass sich der neue Verwalter in die verarbeitenden Betriebe einmischen wollte, zeigte sie diesem deutlich, wo seine Grenzen sind.
„Mein Mann hat Ihnen Ihren Zuständigkeitsbereich erklärt. Sie haben sich ausschließlich um die land- und forstwirtschaftlichen Betriebe zu kümmern. Hier hat jeder seine Aufgabe, ebenso geht Sie die Pferdezucht nichts an."
„Geschätzte Frau von Föhrenwald, Sie missverstehen es, wenn Sie glauben, ich will mich in Ihre Kompetenzen einmischen. Allerdings würde ich vieles anders machen, denn es gibt Fortschritte, die auch in diesen Bereich Einzug gehalten haben."
„Lassen Sie das ‚geschätzte' ruhig weg. Bei Ihnen klingt dies nicht sehr überzeugend und darauf kann ich verzichten. Glauben Sie mir, wir sind auf dem letzten Stand der Dinge, denn mein Sohn hat sowohl die agrar- als auch die betriebswirtschaftlichen Aspekte gelernt. Ihre Aufgaben sind klar und wir werden sehen, ob unser Gut weiterhin so ertragreich von Ihnen geleitet wird, denn bei uns werden die einzelnen Betriebszweige genau auf ihren Gewinn kontrolliert."

„Wenn dies so ist, wieso leitet dann der Herr Sohn nicht das Gut?"
„Ich glaube nicht, dass ich mit Ihnen Familiäres besprechen werde, ich hoffe Sie erledigen Ihre Arbeiten gewissenhaft."

*

Delia ging mit Peterson, ihrem Verleger, in den Garten, wo sie sich einen sonnigen, aber etwas abgelegenen Tisch suchten. Peterson ergriff das Wort.
„Liebste Frau Agatakis, Sie wissen, wie sehr ich Sie schätze, aber dennoch sind Sie mir noch immer den Rest des Buches schuldig. Alles was Sie mir bis jetzt zukommen ließen, finde ich sehr gut. Wenn der Rest ebenso wird, gibt es wieder einen Bestseller."
Kaum waren seine Worte verklungen und Delia wollte erwidern, da sah sie, dass Christine dem eben vorgefahrenen Cabrio entstieg und raschen Schrittes auf ihren Tisch zusteuerte. Noch bevor Christine den Tisch erreichte, sagte Delia: „Herr Peterson, nun werden Sie Zeuge eines theatralischen Auftritts."
„So ist das! Gestern haben Sie sich ganz unverschämt an meinen Verlobten herangemacht und heute sitzen Sie hier mit Ihrem Mann in friedlicher Eintracht."
Zu Peterson gewandt: „Sie hätten sehen sollen, wie sie sich anbiederte, und danach ist sie noch mit ihm bis spät in die Nacht unterwegs gewesen und glauben Sie mir, die hat Ihnen Hörner aufgesetzt, aber daran sind Sie sicherlich schon gewöhnt bei dem Altersunterschied."
Peterson stand auf, sagte zu der ihm Unbekannten: „Ich wollte schon immer mit Frau Agatakis verheiratet sein, jedoch sie will mich nicht, und nun entschuldigen Sie mich." Zu Delia gewandt, fügte er hinzu: „Sie sind bitte so nett und lassen mich nicht zu lange warten, denn wir haben noch viel zu besprechen, andererseits kann ich mir nicht vorstellen, dass die Damen sich schnell einig werden, wer wem gehört."
Christine holte tief Luft und schon sprudelten die Worte aus ihrem Mund. „Sie brauchen nicht wegzugehen und Ihre Worte sind lächerlich, aber wenn Sie so tolerant sind, wundert es mich nicht, dass sie sich an verlobte Männer heranmacht."
Auch Delia war aufgestanden und wandte sich nun an Christine.
„Was soll dieser Auftritt? Gestern erklärten Sie mir noch stolz, dass Sie eine ungarische Adelige sind, und heute benehmen Sie sich, als hätten Sie keine Erziehung genossen. Was fällt Ihnen ein, diesem Herrn solche Worte an den Kopf zu werfen. Was wollen Sie eigentlich hier und wieso wissen Sie, wo ich wohne?"
Christine bekam durch diese Frage Oberwasser.
„Na, was glauben Sie? Christoph hat mich geschickt, um Ihnen ein- für allemal klar zu machen, dass er kein Interesse an Ihnen hat. Erst gestern hat er mir bewiesen wie sehr er mich liebt, und nun akzeptieren Sie, dass wir verlobt sind."
„Wenn das alles ist, können Sie wieder gehen, denn an einer Unterhaltung mit Ihnen bin ich nicht interessiert. Falls Sie wirklich Herr von Föhrenwald geschickt hat, lassen Sie ihn ganz herzlich von mir grüßen. Und richten Sie ihm aus, dass ich es kaum erwarten kann, morgen mit ihm zu frühstücken", und sie ließ Christine mit offenem Mund stehen und ging.

Christines Gedanken beschäftigten sich mit ihrer Situation. *So kann das nicht weitergehen, ich muss mir etwas einfallen lassen. Christoph will mich nicht mehr und wenn er, wie sein Vater mir bereits mitgeteilt hat, auch die Geschäfte anschreiben lässt, ist es mir unmöglich einzukaufen. Andererseits, wie soll ich die Wohnung, das Auto und all das andere finanzieren? Bernhard hatte schon immer ein Auge auf mich. Soll ich mich an ihn ranmachen? Er ist sicherlich nicht abgeneigt, ich werde mich an ihn halten, solange er sich für mich bei seinem Sohn einsetzt. Seine Frau wird es kaum mitbekommen, er ist sowieso immer irgendwo unterwegs, muss er sich halt für mich die Zeit einteilen. Bei mir in der Wohnung können wir uns nicht treffen. Was muss auch Christophs Freund Stephan in dem Appartementwohnhaus wohnen und dessen Schwester gleich im Nebengebäude? Wenn es klappt, wird Bernhard schon eine Möglichkeit finden. Er ist zwar alt und überhaupt nicht mein Typ, aber er könnte mich über die erste Zeit hinwegtrösten, bis ich einen anderen kennenlerne, der mir unter die Arme greift. Ich versuche es.* Christine stieg in ihren Wagen und auf das Gaspedal.

Auf dem Weg zu Peterson hörte Delia, wie der Kies knirschte, als die Räder durchdrehten und Christine von der Pension wegfuhr. „Das ging aber schnell. Darf ich fragen, wer diese unverschämte Person war oder ist dies eine Privatsache?"

„Zuerst muss ich mich für diese Person entschuldigen und wenn Ihnen, Herr Peterson, eine Kurzform genügt, werde ich Sie in diese unerquickliche Sache einweihen. Ich lernte ihren angeblichen Verlobten, Herrn vom Föhrenwald, zufällig kennen. Er hat mich vom Zug hierher gebracht und bei dieser Gelegenheit eingeladen mit ihm abends eine Vernissage zu besuchen. Wie sich herausstellte, war er selbst der Künstler. Dort lernte ich bei einem ähnlichen Auftritt seine angebliche Verlobte, die ungarische Adelige, wie sie sich vorstellte, kennen. Herr von Föhrenwald sowie seine Freunde versicherten mir, dass sie nie verlobt waren und die Beziehung schon lange aus ist."

„Jetzt weiß ich auch, warum Sie mich gewarnt haben, als sie auf unseren Tisch zukam. - Wie sieht es denn aus mit der Fertigstellung des so dringend erwarteten Romans? Sie wissen, dass sich Ihre Bücher sehr positiv auf unsere Finanzen auswirken."

„Herr Peterson, ich habe Sie um eine längere Schaffenspause ersucht, denn noch bin ich mir nicht sicher, ob ich dort weitermachen kann, wo ich aufgehört habe. Vielleicht schreib ich das Ganze noch um."

„Nur das nicht! Ich glaube, es ist etwas passiert, was Sie persönlich mit diesem Roman verbinden und weswegen Sie Ihre Gedanken neu ordnen möchten. Mein Wunsch wäre, Ihr neues Buch bereits im Frühjahr bei der Buchmesse vorzustellen."

„Herr Peterson, da steckt doch Absicht dahinter, dass Sie sich gerade hier mit mir verabredet haben? Sie dachten, dort hat sie Ruhe und wird durch nichts abgelenkt, ein idealer Ort zum Schreiben, hab ich Recht?"

„Das will ich gar nicht bestreiten."

„Ich werde hier einige Tage ausspannen und dann werden wir weitersehen, mehr will und kann ich nicht versprechen."

„Ich habe mich bei Frau Waldmüller erkundigt, ob sie bei Ihnen eine Reiseschreibmaschine gesehen hat und aus diesem Grunde vorsorglich eine mitgenommen. „Frau Agatakis, es ist mir sehr Ernst mit der Buchmesse, ich zähle auf Sie. Übrigens, wenn Sie länger bleiben und weiter arbeiten, bezahlen wir natürlich das Zimmer."

„Herr Peterson, lassen Sie halt die Schreibmaschine hier, versprechen will ich nichts. Sollte ich wirklich nicht schreiben, werde ich in einigen Tagen abreisen und die Rechnung selbst begleichen, anderenfalls bekommen Sie diese von Frau Waldmüller. Ich begleite Sie zum Wagen und nehme die Schreibmaschine gleich mit."

Delia ging auf dem Wiesenweg träumend dem nahen Wald zu. Ihre Gedanken waren bei Christoph. *Ich bin mir sicher, er hat Christine nicht geschickt, aber woher hatte sie meine Adresse? Ich kann mir gut vorstellen, dass er diese sehr ansehnliche Frau näher kennen lernen wollte. Welchen Charakter der Mensch wirklich hat, zeigt sich halt immer später. Christine muss ganz schön unverschämt gewesen sein, man konnte dies aus den Andeutungen seiner Freunde erahnen. - Peterson will, dass ich weiterschreibe und er hat Recht, es ist etwas passiert, das mir die Lust auf diesen Roman genommen hat: der Zusammenfall der Ereignisse in meinem näheren Bekanntenkreis und in meiner Geschichte. Meine Romanfigur hat die Diagnose Brustkrebs erhalten und Violas ältere Schwester musste tatsächlich damit leben. Nicht nur, dass man ihr eine Brust entfernt hat, ihr Mann hat sie verlassen, den Schicksalsschlag hat sie noch immer nicht verarbeitet. Es ist bizarr, wie leicht man mit dem Schicksal umgeht, wenn man fabuliert. Die Arme war kaum älter als ich und hatte ihr Leben in vollen Zügen genossen. Das Schicksal kann oft sehr hart sein, aber das Leben geht weiter. Vielleicht sollte ich das als ein Zeichen sehen, dass Peterson mich hierher eingeladen hat und ich Christoph kennen gelernt habe. Ich bin niemandem verpflichtet. Es gibt zwar viele Bekannte, aber bis zu meinem Herzen hat es in letzter Zeit keiner geschafft. Ich freue mich auf Christoph.*

Das Erste, das Delia wahrnahm, war das Zwitschern der Vögel, bevor sie die Augen aufschlug. Sie streckte sich wie eine Katze in ihrem Bett und freute sich auf den heutigen Tag, war sie doch mit Christoph verabredet. Gestern hatte sie noch Bedenken wegen dem, was ihr Christine in ihrer Ohnmacht erzählt hatte. Delia hatte keinen Zweifel an Christophs Worten und denen seiner Freunde. Sie stieg nackt wie sie war aus dem Bett, ging zum offenen Fenster, atmete die kühle, frische Luft ein und erfreute sich am Ausblick. Die gegenüberliegenden Felder und ein Teil des Waldes wurden bereits von der Morgensonne angestrahlt, was auf einen sonnigen Tag hoffen ließ.

Ob das Treffen mit Christoph genau so strahlend sein wird wie dieser Sommertag? fragte sie sich und ging ins Badezimmer. Unter der Dusche machte sie sich so ihre Gedanken. *Was soll ich anziehen? Er will doch nach dem Frühstück mit mir ausreiten. Ich denke, die helle Jean und das Polo werden reichen. Das könnte passen, aber welche Schuhe? Nun, da müssen die Sportschuhe herhalten. Eigentlich wollte ich mein duftiges Sommerkleid mit dem verführerischen Ausschnitt anziehen, aber zum Reiten wäre es unpassend. Ich werde mich später umziehen, wenn wir vom Reiten zurück sind. Es ist schon lange her, dass ich die Möglichkeit zum Reiten hatte. Wann war das? – Ja, auf Sylt, da bin ich mit Enrique immer abends, wenn der Strand fast leer war, um die Wette galoppiert. Er nahm am Ärztekongress teil und ich verbrachte einige Urlaubstage dort. Er war ein ganz lieber Mensch, aber wie sich herausstellte, war er verheiratet und Vater von drei Kindern, so dass es bei Erinnerungen aus der gemeinsamen Zeit in diesem Urlaub blieb.*

Delia stieg die knarrende Holztreppe hinunter und hörte schon Christophs Stimme, der sich mit Frau Waldmüller unterhielt. Als sie die Halle betrat, kam Christoph freudestrahlend auf sie zu. „Guten Morgen, Delia, Sie verblüffen mich. Sie strafen all die Aussagen Lüge, dass Frauen nicht pünktlich sein können. Was sagen Sie zu diesem herrlichen Morgen? Wie ich sehe, haben Sie mein Angebot, mit mir auszureiten, Ernst genommen."

Delia wollte in den Gastgarten gehen, doch Frau Waldmüller erklärte ihr, dass sie diesmal den rückwärtigen Ausgang nehmen müssten und wünschte beiden einen schönen Tag. Delia war über diese Worte erstaunt. Als sie aus der Türe trat, sah sie den Grund. Ein Rappe und ein Fuchs standen unter der Linde. Zu Delia gewandt sagte Christoph: „Darf ich Sie mit Barabella, der Fuchsstute, und Mefisto 2 bekannt machen?"

Delia ging mit ausgestreckter Hand auf Barabella zu, damit diese sie beschnuppern konnte. „Was bist du für ein schönes Mädchen, ich hoffe du hast mit mir Geduld. Es ist lange her, dass ich geritten bin." Sie klopfte Barabella den Hals, schwang sich in den Sattel, legte ihr die Schenkel an, ritt eine Wolke links, rechts, ließ Barabella am Stand zurückgehen, kraulte ihr dabei die Mähne und flüsterte: „Wir verstehen uns."

Christoph hatte ihr die ganze Zeit schweigend zugesehen, bestieg seinen Mefisto. „Delia, Sie können prächtig mit Pferden umgehen, ich bin begeistert." Im Schritt verließen sie die Pension, dann ging es im leichten Trab über die Wiese und in den Wald.

„Christoph, erst gestern bin ich diesen Weg gegangen, beim Marterl habe ich umgedreht. Wohin führt der Weg?"

„Wenn wir aus dem Wald draußen sind, reiten wir über ein paar Felder, durch einen Wald, am idyllischen Waldsee vorbei, bis wir vor meinen Haus anhalten. Auf der Terrasse erwartet uns ein reichlich gedeckter Frühstückstisch."

Nach dem Wald ritten sie einen scharfen Galopp, der Reitern und Pferd so richtig Spaß machte. Kaum waren sie im nächsten Wald, lag schon wie angekündigt der kleine Waldsee vor ihnen. Delia parierte Barabella, um dieses wunderschöne friedliche Bild auf sich wirken zu lassen. Der Waldsee lag teilweise in der Sonne, Gänse und Enten schwammen friedlich umher. Der See war ringsum von Weiden umgeben, auf der gegenüberliegenden Uferseite war ein Holzhaus mit einer kleinen Wiese zu sehen. Delia fragte: „Ist dies der Waldsee, den Sie mir unbedingt zeigen wollten?"

„Ja, dieser gehört ebenfalls zum Gut. Ich freue mich, dass er Ihnen gefällt. Kommen Sie, zu meinem Haus ist nicht mehr weit."

Kurz darauf war es in Sicht. Die Südseite hatte bis unter das Dach eine Glasfront.

„Ich bin überrascht! Mit so einem modernen Haus habe ich nicht gerechnet, eher mit etwas Ländlichem", sagte Delia.

„Wenn Sie das Gutshaus sehen, werden diese Vorstellungen eher erfüllt. Ich wollte ein modernes Haus. Ich denke, es passt trotzdem in die Landschaft."

„Ich finde dieses Haus wunderschön, in dem vielen Glas spiegelt sich die Natur und drinnen hat man sie vor Augen. Es muss ein herrliches Gefühl sein, sich darin zu bewegen, dennoch das Gefühl zu haben im Freien zu sein."

Bevor Delia ihr Pferd dem Stallburschen übergab, kraulte sie Barabellas edlen Kopf zwischen den Augen, lehnte sich dabei an ihren Hals, strich dann über die Nüstern, klopfte ihr den Hals und sprach leise auf sie ein, bis Barabella sie mit den Nüstern stupste.

Erst danach stieg Delia die paar Stufen zur Terrasse hinauf. Diese wurde auf der Westseite von einer Mauer gegen den Wind abgeschirmt. Die Mauer der Ostseite war nicht bis ans Ende der Terrasse vorgezogen, damit man den Blick auf den Waldsee hatte. Der Eingang in Christophs Haus lag auf dieser Seite. Die Terrasse war somit von beiden Seiten gegen den Wind geschützt, aber nach Süden offen.

„Delia, kommen Sie, hier können Sie sich frisch machen. Ich werde Gundi sagen, dass sie das Frühstück servieren kann."

Als Delia die Terrasse betrat, war der Tisch fertig gedeckt und Christoph stand in Gedanken versunken da. Er trug eine beige Leinenhose, ein farblich passendes Polohemd und weiche Mokassins an den Füßen. Sein Blick war auf den Waldsee gerichtet. Delia musste sich eingestehen, ihr erster Eindruck bestätigte sich. Christoph war ein sehr interessanter und fescher Mann.

Ich kann schon verstehen, dass Christine ihn mit allen Mitteln haben will.

Delia trat hinter ihn. „Darf ich fragen, ob der Künstler oder mein Gastgeber bereit für das Frühstück ist?"

„Ja! Ich kann es noch immer nicht glauben, dass ich Sie getroffen habe und wir nun gemeinsam frühstücken. Ich würde das gern wiederholen."

„Dagegen dürfte aber Christine etwas haben, sie besuchte mich gestern und wollte mir weismachen, dass Sie sie geschickt hätten. Sie hat mir sehr deutlich zu verstehen gegeben, dass ich ihren Verlobten vergessen sollte. Außerdem hat sie einen völlig unbeteiligten Herrn in einer Art und Weise angesprochen, die man schon als sehr stillos bezeichnen kann. Sie muss sehr verletzt sein, ich kann nicht glauben, dass sie ohne Kinderstube und so respektlos aufgewachsen ist."

„Ihre Verletztheit hängt in erster Linie damit zusammen, dass sie zurzeit niemanden hat, der ihren aufwändigen Lebenswandel finanziert. Delia, machen Sie sich keine Gedanken, ich habe sie sicherlich nicht zu Ihnen geschickt. Woher sie die Adresse hatte, ist mir schleierhaft. Wir sollten uns dem Frühstück widmen und die Köstlichkeiten genießen, die uns Gundi serviert hat. Es hat mich überrascht, wie Sie sich mit Barabella auf Anhieb verstanden haben. Ich konnte sehen, wie Barabella Sie mit ihren Nüstern gestupst hat. Delia, wo haben Sie so reiten gelernt? Kompliment."

„Wie das Leben so spielt, ich hatte einen Bekannten, der ein guter Tänzer war und ein leidenschaftlicher Reiter. Das Tanzen war meine Leidenschaft. Zum Reiten hatte ich keinen Zugang und dennoch, er hat meine Liebe zur Reiterei geweckt und ich habe es nie bereut. Ich komme nur sehr selten dazu. Er war es, der mir das Verständnis für Pferde beibrachte. Dieses Wissen ist hilfreich, auch wenn man nicht auf ein so edles Pferd wie Barabella stößt."

Nach dem Frühstück fragte Christoph: „Darf ich Ihnen mein Haus zeigen?"

„Gern."

Christoph öffnete die Eingangstüre und ließ Delia den Vortritt. Rechter Hand war jener Raum, in dem Delia sich frisch gemacht hatte, dieser Raum hatte zwei Waschbecken und hinter einer Milchglasscheibe waren getrennte Gästetoiletten. Christoph öffnete die nächste Türe mit den Worten: „Mein Arbeitszimmer." Das Zimmer war im englischen Stil eingerichtet: riesiger Schreibtisch, lederne Polstermöbel, Bücherregal und typischer englischer Kaminaufbau.

„So einen großen Schreibtisch würde ich auch gern haben, mir sind die Arbeitsflächen immer zu klein", sagte Delia voller Begeisterung.

„Wenn ich arbeite, brauche ich nie viel Platz, aber einen großen Schreibtisch wollte ich schon immer. Wollen Sie sehen, wie der zukünftige Gutsherr hinter einem solchen Schreibtisch wirkt?"

„Herr von Föhrenwald, ich bin auch ohnehin beeindruckt, Sie müssen sich wegen mir nicht in Pose setzen." Christoph öffnete nun jene Tür, hinter der sich der Raum mit der riesigen Glasscheibe befand. In der gegenüber liegenden Wand war ein schmales Fenster eingelassen, welches ebenfalls bis zur Decke reichte. Neben diesem Fenster führte eine Treppe in die oberen Räume. Rechter Hand befand sich ein großer Kamin, der von einer Sitzgarnitur umgeben war. In einer Nische beim Kamin stand eine Anrichte, darin ist eine Musikanlage versteckt, erklärte Christoph Ein riesiger Esstisch mit zehn Stühlen und eine Anrichte ergänzten die Essgruppe. An deren Stirnseite konnte man durch eine gelblich getönte Glasschiebetüre die moderne Küche betreten. Christoph erklärte stolz: „Sie werden es nicht glauben, aber ich wollte diese moderne Küche. Zum Leidwesen von Gundi kann ich recht gut kochen. Sie war es, die es mir beigebracht hat. Vielleicht verwöhne ich Sie einmal, wenn Sie mich wieder besuchen."
Die hellen Marmorfliesen des Salons bedeckten bei der Sitzgarnitur und unter dem Esstisch große Teppiche. Alle Wände bis auf die Kaminwand waren in Weiß, jene in einem kräftigen Bordeauxrot gehalten. Der ganze Raum strahlte eine sehr wohnliche Atmosphäre aus, und wie Delia vermutet hatte, glaubte man aufgrund der riesigen Glasfront, mit der Natur verbunden zu sein. Sie stiegen die Treppe nach oben. Ein in die Decke eingelassenes schräges Fenster erhellte einen Gang mit drei Türen. Christoph öffnete die erste Türe. „Das Gästezimmer." Auch hier war die Südseite ganz aus Glas. Die obligatorischen Nassräume waren modern und durch die indirekte Beleuchtung sehr hell.
„Die nächste Tür würde zu meinem Schlafzimmer führen, aber ich denke, es macht keinen guten Eindruck, wenn ich Sie in dieses bitte", und er ging auf die dritte Türe zu.
„Das ist der Vorraum zu meinem Bad und dem Saunabereich. Hier rechts an der geätzten Glasscheibe vorbei geht es in mein Bad."
Auf der geätzten Scheibe war eine nackte, leicht gebeugte Frau dargestellt, die auf ihrer Schulter eine Amphore hielt, aus der sich Wasser ergoss. Inmitten des Badezimmers konnte Delia nicht an sich halten: „Es muss traumhaft sein, in der Wanne zu liegen und durch diese Fensterfront das Abendrot oder den Mond zu betrachten."
„Sie haben Recht, ich genieße diese Augenblicke. Da ich kein Visavis habe, bin ich auf die Idee gekommen, die Südseite aus Glas anfertigen zu lassen. Deshalb bekommt man hier kein Abendrot zu sehen. Jedoch den Mond, der sieht alles."
„Christoph, befindet sich Ihr Atelier im Keller?"
„Nein, in der Hütte am See."
„Haben Sie keine Angst, dass die Holzhütte abbrennen könnte?"
„Nur die Verkleidung besteht aus Holz, die Eingangstüre ist eine Brandschutztüre, außerdem habe ich keine Fenster, sondern eine Beleuchtung, die das Gefühl von Sonnenlicht vermittelt. So bin ich abgesichert und habe immer das gleiche Licht zum Malen. Skizzen mache ich im Freien oder fertige von dem was mich inspiriert ein Foto an. Wenn Sie wollen, können wir einen kleinen Spaziergang machen, bevor wir fahren, Bilder werden Sie keine sehen."
„Stimmt, im ganzen Haus habe ich kein einziges Bild von Ihnen gesehen."
„Ich wollte meine Bilder nicht aufhängen, da sie nicht unbedingt zur Einrichtung passen."
„So gesehen haben Sie Recht, aber Ihre Vorstellung von gestern Abend, von der Frau, die aus dem Nebel kommt, vielleicht im Hintergrund ein Schloss, nein, das Gutshaus, das wäre schon ein Bild, welches im Salon eine Wand zieren könnte."
„Ihre Anregung ist überlegenswert. Ich habe vor, Ihnen ein wenig meine Heimat zu zeigen. Wir könnten kurz bei den Pferdekoppeln anhalten und anschließend fahre ich Sie zu Ihrer Pension, damit Sie sich duschen und umziehen können."
Wie aufmerksam von ihm, dachte Delia.

Sie war von der Größe des Guthauses, an dem sie vorbeifuhren, sowie dem Park beeindruckt. Bei den Pferdekoppeln angekommen, stiegen sie aus. Christoph schlüpfte unter den Balken durch und ging auf die Pferde zu. Er rief Namen, streckte die Hand aus, schon war er umringt von Pferden, und für alle hatte er einen halben Apfel sowie vertraute Worte.
„Kommen Sie ruhig herein, ich möchte sehen, wie sie bei Ihnen reagieren." Auch Delia streckte die leere Hand aus und ließ sich beschnuppern. Da entdeckte sie Barabella und

rief nach ihr. Tatsächlich spitzte diese die Ohren. „Komm, Barabella", und sie ging in ihre Richtung. „Na, komm schon, Barabella", und tatsächlich kam sie auf Delia zu.
„Christoph, haben Sie noch einen Apfel, sie hat mich erkannt." Delia reichte Barabella auf der flachen Hand die Apfelhälften, sprach weiter auf sie ein, und Barabella stupste sie mit den Nüstern. „Komm Barabella", und diese folgte Delia tatsächlich ein paar Schritte. Delia umarmte Barabellas Hals, sprach wieder zu ihr, sodass diese ihre Ohren spitzte. Delia ging längsseits, klopfte ihr auf die Flanke und verließ sie dann Richtung Auto, Barabella trabte davon. „Wie machen Sie das? Es hat nicht nur mich erwischt, sondern auch Barabella", sagte Christoph.

Christoph saß im Garten, als Delia frisch geduscht in einem leichten Sommerkleid erschien.
„Ich bin entzückt, Sie erstaunen mich immer wieder bei der Wahl Ihrer Garderobe. Es ist mir ein Vergnügen, einer so schönen Frau meine Heimat zu zeigen."
Die Straßen schlängelten sich durch Felder, Wiesen und diese erstreckten sich oft bis zum Horizont. Obstbäume mit den typischen weißen Kalkstreifen säumten die Straßen. Lediglich kleine Ortschaften unterbrachen die hügelige Landschaft. Kirche, Kirchenwirt, ein Greißlerladen, einige Häuser - und schon war man aus dem Dorf draußen. Christoph steuerte eine Hügelkette an, und nun ging es bergwärts.

Delia und Christoph saßen auf der Terrasse des Gasthofes mit dem wundervollen Ausblick. Wie Ornamente prägten die darunter liegenden Wiesen, Felder und Windschutzgürtel die Landschaft.
„Bis auf wenige Felder gehören alle zum Gut. Großvater hat alles zugekauft, was zu haben war, denn für die kleinen Bauern rentieren sich die teuren Maschinen nicht und so haben diese nur die Felder behalten, die sie ohne diese bewirtschaften können."
„Christoph, ich hatte gestern mit meinem Verleger ein Gespräch, der unbedingt auf die Fertigstellung meines neuen Romans pocht. Bei Frau Waldmüller fühle ich mich wohl. Die Umgebung ist genau das richtige, um die Tage in Muße zu verbringen, sodass ich beschlossen habe, einige Tage zu bleiben. Sollten Sie nach Ihrer Arbeit noch Zeit finden, könnten Sie mich auf Ihrem Heimweg besuchen."
„Das würde mich sehr glücklich machen, denn ich habe schon die ganze Zeit überlegt, wie ich es einrichten soll, dass wir unsere Bekanntschaft vertiefen können."
„Wie weit wollen Sie diese Bekanntschaft vertiefen?"
„Ich glaube, wir sollten zum Du übergehen, dies wäre der erste Schritt. Was halten Sie davon?"
„Wenn Sie nicht auf das übliche Zeremoniell bestehen, bin ich dafür", und sie hob ihr Glas.
„Delia, Sie machen mir das Leben aber schwer, ich hätte schon an die alte Tradition gedacht", erwiderte Christoph und hob ebenfalls sein Glas.
„Christoph, ich persönlich sehe das etwas anders. Wenn mir eine Person sehr sympathisch ist, finde ich das Du schon in Ordnung, was nicht automatisch nach einem Kuss verlangt."
„Ich bin bestürzt, dass ich von diesen süßen, verlockenden Genüssen ausgeschlossen bin. Dabei bemühe ich mich redlich, meine besten Seiten zu zeigen. Ich denke, Sie sind wegen Christine so zurückhaltend. Dieses Kapitel ist für mich erledigt."
„Ich frage mich die ganze Zeit, ob Christine gelogen hat, als sie bei ihrem Auftritt im Garten der Pension sagte: ‚Gestern hat er mir noch bewiesen, wie sehr er mich liebt'."
Christoph wurde etwas verlegen. „Christine hat solche Worte auch zu meinem Vater gesagt, sodass er mich gefragt hat, warum ich bei der Vernissage so ablehnend auf sie reagiert hatte. Das ist typisch für Christine, sie beschwert sich sofort bei meinem Vater."
Hoffentlich habe ich das halbwegs glaubhaft erklärt, Delia ist sehr einfühlsam und kann Worte sehr genau einordnen. Ich könnte mich ohrfeigen, dass ich wieder mal ohne Hirn dem Trieb gefolgt bin. Für Sex brauche ich keine Liebe: Das Kribbeln und der Gedanke, mit einer Frau intim zu sein, sie zu kosten, zu fühlen und von ihrer Lust verführt zu werden, sind wundervoll. Das ändert sich, wenn man verliebt ist. Das Verlangen nach dieser Frau schmerzt, wenn man mit ihr nicht beisammen sein kann. Wie soll ich die Zweifel, die Delia hat, ausräumen?

„Christoph, ich bin ein Mensch mit Prinzipien. Ich möchte nicht, dass mein Partner schöne Stunden mit einer anderen Frau teilt und mir anschließend erklärt, er liebe nur mich. Wobei ich mir die Frage stelle, wie er reagieren würde, wenn es umgekehrt wäre? Männer sind oft sehr Besitz ergreifend und zeigen in dieser Beziehung wenig Toleranz, wenn es um die eigene Partnerin geht. Ich habe doch Recht, oder?"

„Christine ist ein abgeschlossenes Kapitel. Seit dem ersten Augenblick als ich dich sah, bin ich von dir fasziniert. Ich wünsche mir nichts mehr als dein Herz für mich zu erwärmen. Andererseits weiß ich nicht, ob du nicht einen fixen Freund hast oder in einer Beziehung lebst. Für mich zählen die Augenblicke, welche mir das Schicksal beschert, und die wir ich mit dir genießen. Ich denke, wir beide sollten das so sehen. Es wird sich zeigen, ob wir uns nach diesen gemeinsamen Tagen weiterhin treffen möchten. In der Entfernung sehe ich grundsätzlich kein Problem, jedoch die Sehnsucht wird mit jedem Tag größer werden, wenn wir getrennt sind."

„Du hast Recht, Christoph, nützen wir die Zeit. Ich finde, wir sollten uns nicht darüber den Kopf zerbrechen, was sein könnte. Was hältst du von einem kleinen Spaziergang? Ich habe am Parkplatz eine Tafel gesehen, die einen Rundwanderweg mit diversen Stationen der Ruhe und Einkehr ankündigt."

Ein Bauerngarten mit Blumen und Gemüse war gleich hinter dem Gasthof, darauf folgten der Rosengarten, die Einkehr, der Ausblick und die Weinlaube. Der Stamm des Rebstockes hatte sicherlich einen Durchmesser von 15 Zentimetern und zu guter Letzt kam die Liebeslaube. Sie verweilten bei allen Stationen. In der Liebeslaube setzten sie sich auf eine der einladenden Bänke. Diese waren für zwei Personen gedacht und hatten den Vorteil, dass man das Gesicht des Gegenübers vor seinem hatte, was Christoph sofort ausnütze, um sich in den Augen von Delia zu verlieren. „Ich kann mich in deiner dunklen Pupille sehen. Es heißt doch, man kann in den Augen lesen. Was ich sehe, Delia, lässt mich hoffen."

„Was siehst du denn, Christoph?"

„Delia ich sehe in deinen Augen einen ganz liebevollen Blick und wenn ich ihn richtig deute, erkenne ich, dass du mehr willst als mich nur anzusehen. Ist es nicht so, Delia?"

„Christoph, auch ich kann in deinen Augen lesen. Ich sehe, dass du gerne mit mir hier sitzt und meine Nähe genießt."

Und sie kam Christoph immer näher, bis sich die Lippen fanden. Es war ein ganz zartes sich Fühlen und keiner wollte diesen Augenblick zerstören - und schon war der Zauber wieder vorbei. Sie sahen sich noch immer tief in die Augen, die Hände fanden sich und ihre Lippen verschmolzen zum ersten Kuss.

Hand in Hand gingen sie zurück zum Wagen.

„Delia, was hältst du davon, wenn wir zum Gut zurückfahren?"

„Es ist deine Entscheidung, ich dachte, dass wir noch etwas Zeit miteinander verbringen."

„Das will ich doch auch, aber ich möchte dir unseren Weiher und die Fischteiche zeigen. Dazu müssen wir den Jagdwagen anspannen lassen, denn mit dem Jaguar fahre ich prinzipiell nicht auf den Feldwegen."

„Das wäre ein herrliches Erlebnis, als Städter träumt man von solchen Kutschfahrten."

Im scharfen Trab ging es zwischen den Feldern dahin. Der Jagdwagen wurde von zwei Friesenpferden gezogen, deren schwarzes Fell in der späten Nachmittagssonne glänzte.

„Wo hattet ihr diese schönen Pferde versteckt, auf den Koppeln habe ich sie nicht gesehen."

„Die Arbeitspferde haben ihre eigenen Koppeln. Bei uns werden nach wie vor Pferde eingesetzt. Sie leisten gute Arbeit bei der Holzgewinnung, sie ziehen die gefällten Baumstämme zu den Forstwegen. Wir vermieten auch unsere weiße Hochzeitskutsche, die ebenfalls von unseren Friesenpferden gezogen wird. Das weiteste Reiseziel von Pferd und Kutsche war 120 Kilometer entfernt."

„Aber so weit sind doch die Pferde nicht gelaufen?"

„Nein, der Transport wird schon mit Autos erledigt. Aber es gibt immer wieder Anlässe, zu denen die Leute eine Kutsche mieten. Solange sie die verlangten Preise zahlen, ist uns das nur Recht."

Delia fühlte noch immer seinen Kuss auf ihren Lippen. *Er war nicht fordernd, nein, er war sehr zärtlich und gefühlvoll. Ob Christoph immer so ist? Eigentlich müsste er mit seiner*

künstlerischen Ader ein einfühlsamer Mensch sein. *Es wäre wünschenswert. Ich mag keine Draufgänger, sondern Männer, die sich und mir Zeit lassen.* Sie war glücklich, der laue Fahrtwind, das Erlebnis einer Kutschenfahrt und Christoph neben ihr trugen dazu bei.
Inzwischen waren sie beim Weiher angekommen. Sehr alte Silberweiden säumten das Ufer, und um einen alten Stamm ganz nahe dem Wasser war eine Bank gebaut.
„Das war Großvaters Lieblingsplatz, von hier konnte er in alle Richtungen sehen und das Treiben der Arbeiter von ferne beobachten. Heutzutage gibt es nicht mehr so viele Arbeiter auf den Feldern. Unser Maschinenpark erledigt fast alle Arbeiten, er wird rund um die Uhr eingesetzt, wenn es sein muss auch nachts. Aber länger als acht Stunden ist keiner auf den Maschinen. Zu Großvaters Zeiten waren bei den diversen Heu-, Getreide-, Rüben- und Kartoffelernten zusätzlich bis zu 60 Personen für das Gut tätig. Heute beschäftigt das Gut an die 30 Arbeiter, die teilweise auch im Meiereihof wohnen, das sind die Häuser außerhalb der Mauern."

Als die Sonne sich langsam dem Horizont näherte und das Rotorange den Himmel zu färben begann, waren sich die beiden sehr nahe. Christoph hatte eine Hand auf Delias Schulter gelegt, die andere ruhte auf ihrem Schenkel und die Küsse waren einmal fordernd, dann lockend oder spielerisch. Delias Hände liebkosten sein Gesicht, bis sich seine Hand in ihren Ausschnitt verirrte und ihre Brust umschloss, welche sich unter einem dünnen Büstenhalter versteckte. Seine tastenden Finger fühlte sie noch immer, als der Zauber schon vorbei war.
Bei der Rückfahrt übergab er Delia die Zügel. „Die Pferde kennen den Weg, ich will sehen, ob du auch eine Kutsche lenken kannst. Lass sie antraben und auf der Geraden will ich, dass sie galoppieren - enttäusche mich nicht."
"Christoph, ich habe noch nie ein Pferdegespann gelenkt, das kannst du nicht machen."
Er aber verschränkte seine Arme und sagte liebevoll: „Delia, meine Göttin, lenke die Kutsche zurück zum Gut, damit sich die Liebenden an den reich gedeckten Tisch setzen können."
Delia war von der Kraft der Pferde überrascht, sie hatte die Zügel etwas straffer genommen und nun galoppierten sie des Weges, so dass ihr auf dem Kutschbock angst und bange wurde. Christoph aber saß ganz ruhig neben ihr. Bei den Stallungen angekommen, bestiegen sie den Jaguar und fuhren zu seinem Haus.
„Nun möchte ich aber schon hören, was der gestrenge Herr von Föhrenwald zu meiner Kutschenfahrt sagt."
„Ich war etwas überrascht, habe aber nichts anderes erwartet. Natürlich ist es ausbaufähig, denn immer kennen die Pferde den Weg und in dem Fall muss man ihnen Hilfen geben, damit das Ziel erreicht wird."
Als sie durch das Tor fuhren, sagte Christoph: „Vater hat schon wieder Gäste. Das wird wieder eine Prasserei werden. Ich verstehe ihn nicht, dass er die so genannten Freunde andauernd um sich braucht."
Das Gutshaus war hell erleuchtet und viele Autos standen umher. Delia entdeckte das Cabrio von Christine, sagte aber kein Wort zu Christoph. Delia staunte nicht schlecht, als sie aus dem kleinen Wald kamen, welcher das Gut von Christophs privatem Haus trennte es war alles mit Fackeln beleuchtet.
„Hast du auch Gäste?"
„Ja, ich habe ganz vergessen dir zu sagen, dass ich ein vorzügliches Essen für meinen Gast richten ließ."
„Der Aufwand ist für mich?"
„Wenn ich schon das Glück habe mit einer griechischen Göttin zu speisen, werde ich mir die Chance nicht nehmen lassen."
Ein runder Tisch war liebevoll gedeckt und vor jedem Teller war aus kleinen Kerzen ein brennendes Herz ausgelegt.
Gundi erschien. „Ich wünsche Ihnen, Frau Agatakis, einen schönen Abend mit Herrn von Föhrenwald." Sie füllte die Gläser mit Sekt und fragte, ob sie nun servieren könne. Es gab geräucherte Forelle, Kürbiscremesuppe mit gerösteten Kernen, Beef Tartar, Filet Wellington, Blattsalate. Dazu wurde schwerer Rotwein getrunken, danach gab es Zitronensorbet und zum Schluss Kaffee und Kekse. Zum Kaffee wurden Zimtstangen

gereicht. Diese waren auf einer Seite mit Stanniolpapier umwickelt, mit der anderen Seite sollte man im Kaffee umrühren, damit sich dieser mit dem Geschmack des Zimtes anreicherte.

Delia gewann immer mehr den Eindruck, dass Christoph versuchte ihr Herz zu erobern. *Er führte mich durch sein Haus, gab mir einen Überblick über das Gut, beobachtete mich beim Umgang mit den Pferden, so als wollte er feststellen, ob ich echtes Interesse habe oder alles nur aus Höflichkeit über mich ergehen ließ. Ich glaube, ich sollte etwas mehr Abstand gewinnen, denn wenn er so weitermacht könnte es sein, dass ich in seinem Bett lande, und dann ist es um mich geschehen. Er sieht gut aus, ich kann ihn riechen, er kann sehr zärtlich sein und seine Nähe macht mich viel unruhiger als mir lieb ist. Das Ziehen in den Lenden nimmt zu, der schwere Wein, die Küsse, seine Hand auf meiner Brust. Delia schlafe darüber, bevor du dich verlierst.*

„Christoph, ich will nicht unhöflich sein, aber ich glaube es wäre an der Zeit, dass du mich zu meiner Pension fährst."

Christoph blickte Delia entsetzt an.

„Delia, was habe ich falsch gemacht, dass du diese gemeinsamen Stunden und den Abschluss des Tages auf meiner Terrasse so abrupt beenden willst? Habe ich dich gekränkt?" Da er keine Antwort erhielt, blickte Christoph eine Weile nachdenklich auf seine Hände, die mit dem Weinglas spielten, bis er Delia ansah und ihr die Frage stellte: „Soll ich dies als das Ende unserer Bekanntschaft sehen?"

„Nein, Christoph, doch ich will mit dir ins Reine kommen. Es ist ja nicht so, dass mich die Begegnung mit dir nicht etwas aus der Fassung bringt. Du hast viele Eigenschaften, die ich bei einem Mann schätze und solange mir nicht klar ist, ob es ein Abenteuer oder der Anfang einer Freundschaft mit offenem Ausgang wird, wäre es mir lieber, du würdest meinen Wunsch respektieren."

*

Tage später saß Christine an der Bar im ‚Schwarzen Adler', nippte niedergeschlagen, zornig und lustlos an einem Glas Champagner. Christoph hatte ihr vor Freunden bei der Vernissage erklärt, dass sie unerwünscht sei. Seinen Vater konnte sie seit Tagen nicht erreichen und dementsprechend war ihre Laune. *Wie konnte Christoph mich so bloßstellen? Er behandelt mich ja wie eine Aussätzige, dabei konnte er unter der Dusche nicht genug von mir bekommen. Wer ist diese Delia eigentlich? Die wird mich noch kennen lernen. Und sein Vater ist um keinen Deut besser, dem sind seine Hobbys wichtiger als sich um mich zu kümmern.*

Christine war so in Gedanken, dass sie nicht merkte, wie ein älterer Herr sie die ganze Zeit beobachtete. Dieser stellte sich mit den Worten: „Entschuldigen Sie, ich bin mir sicher, Sie auf der Vernissage gesehen zu haben", zu ihr. „Sie fielen mir gleich auf, denn eine Frau wie Sie kann man nicht übersehen. Ich wurde auch Zeuge, dass ein junger Mann Ihre Gesellschaft nicht unbedingt zu schätzen wusste."

Da er keine Antwort bekam, sprach er weiter.

„Leider ließen Sie mir keine Chance mit Ihnen ins Gespräch zu kommen. Darf ich Sie jetzt auf einen Drink einladen? Es ist mein letzter Abend, ich hatte geschäftlich hier zu tun. Darf ich?"

Christine hörte den Redeschwall sehr verschwommen, sah nun aber von ihrem Glas auf. „Welche Art von Geschäften treibt Sie in diese Stadt?"

„Ich bin Vertreter für Großküchen."

„Und davon kann man leben?"

„Ich kann mich nicht beklagen. Wir könnten auch gemeinsam im Hotel speisen, wenn Ihnen dies lieber wäre." Es war Christine nicht wirklich nach Gesellschaft. Aber besser als ihren Kummer zu ertränken, war sicherlich ein gepflegtes Essen. Der ältere Herr war teuer gekleidet, machte einen kultivierten Eindruck und hatte eine sympathische Stimme. Es wurde dann doch noch ein sehr amüsanter Abend und flirtend verließen sie den Speisesaal.

*

Delia saß am Balkon und versuchte sich auf ihren Roman zu konzentrieren. Doch ihre Gedanken schweiften immer wieder ab. Christoph war nach einer langen Durststrecke ein

Mann, mit dem sie sich all die Zärtlichkeiten vorstellen konnte, die sie erleben wollte. *Wird Christoph meine Vorstellungen erfüllen? Ich wünsche mir in allen Lebenslagen ein aufeinander Zugehen. Jeder sollte soviel Feingefühl besitzen, um auf die Bedürfnisse des anderen zu achten. Gemeinsam sollte der Weg zur Vereinigung sein. Ein Quicke ist ebenso ein gemeinsames Erleben, wenn das Begehren durch eine schnelle Vereinigung die Befriedigung in sich birgt. Die gemeinsamen Stunden des sich Kennenlernens, das sich Herantasten, all das gerät mit der Zeit in Vergessenheit, aber gerade diese Augenblicke machen die Liebe in einer Partnerschaft aus. Es muss nicht sein, dass durch den gelebten Alltag Liebe und Erotik verloren gehen. - Mit diesen Gedanken bin ich nicht imstande, eine vernünftige Zeile für den Roman zu verfassen. Es ist besser, ich schließe die Schreibmaschine und gehe spazieren.*

Sie ging den gewohnten Weg über die Wiese und weiter in den Wald. Beim Marterl angekommen, betete sie stumm, setzte sich auf die Bank, betrachtete die Blätter der Bäume, die sich im lauen Sommerwind bewegten und wieder waren ihre Gedanken bei Christoph. Delia bildete sich ein, dumpfe Hufschläge auf dem Waldboden zu hören und schon bog eine Kutsche mit galoppierenden Pferden in den Waldweg. Die wunderschönen Friesenpferde wurden vom Kutscher angefeuert. „Christoph, Christoph", rief Delia, aber schon verschwand der Wagen hinter den Bäumen. *Es war doch Christoph, wieso hat er nicht angehalten? Aber nein, er kann noch nicht zu Hause sein, es ist ja viel zu früh. Wer war es dann? Die Kutsche und die Pferde waren ganz sicher vom Gut. Ich werde zurückgehen, vielleicht war es doch Christoph, ich habe Sehnsucht nach ihm.*

Es dauerte nicht lange, und schon hörte sie wieder die Hufschläge, diesmal waren sie schwer und langsam. Christoph hielt an, sprang vom Wagen und schon lagen sich beide in den Armen. Sie küssten sich, als hätten sie sich monatelang nicht gesehen. Er nahm sie auf die Arme, hob sie auf den Kutschbock, stieg auf und schon galoppierten die Pferde mit ihnen davon. Er hielt vor seiner Terrasse, hob Delia vom Kutschbock, setzte diese aber nicht ab, sondern trug sie die Stufen zur Terrasse hinauf, durch den Salon, rief Gundi zu: „Es soll sich jemand um die Pferde kümmern", stieg die Treppe hinauf, öffnete mit dem Ellenbogen die Tür zum Gästezimmer und legte Delia auf das Bett. Leidenschaftliche Küsse, streichelnde, suchende Hände entdeckten einander. Die nackte Haut fühlen, sich kosten, den Geruch des andern aufnehmen, die Erregung und die lodernde Hitze spüren bis die Liebenden ineinander verschmelzen. Christoph war sehr einfühlsam, er tat immer genau das, was sich Delia erhoffte. Um die Lust noch mehr zu steigern, ließ er sie zappeln, als sie ihn schon lange in sich sehnte. Er verließ sie nicht, als sie ihre Empfindungen nachklingen lassen wollte. Neue Flammen der Lust durchzuckten ihren erregten Körper, welche sich ins Unermessliche steigerten, bis sich ungeahnte Schleusen öffneten, die zur absoluten Erfüllung führten.

„Delia, ich habe mich so sehr nach dir gesehnt, dass ich einen Termin platzen ließ und aufs Gut fuhr. Ich wollte dich sehen, und als ich bei der Pension ankam und du nicht dort warst, war ich der Verzweiflung nahe. Du hast mich so sehr in deinen Bann gezogen, dass ich kaum noch klar denken kann. Ich habe eine ruhelose Nacht hinter mir, nachdem ich dich gestern nach Hause gebracht hatte. Als ich dich dann auf dem Waldweg sah, war es um mich geschehen. Delia, ich liebe dich."

„Es ging mir nicht viel besser, ich habe kein einziges, vernünftiges Wort zu Papier gebracht, meine Gedanken waren immer mit dir beschäftigt, bis ich mich zu dem Spaziergang entschloss, um dir so nahe wie möglich zu sein. Dann ein Frohlocken, als ich die Kutsche sah, leider fuhr sie weiter. Meine Enttäuschung war groß und nun diese beglückende Erlösung in deinen Armen. Christoph, du bist nicht allein, auch ich habe mich verliebt", und sie küsste ihn.

Sie genossen das gemeinsame Bad mit dem herrlichen Ausblick auf den See, tranken Sekt und waren sich sehr nahe. Später servierte ihnen Gundi auf der Terrasse ihren speziellen Brandteig-Apfelkuchen mit Kaffee.

„Delia, ich möchte dich meiner Mutter vorstellen. Sie hat schon nach dir gefragt. Sie ist allein zu Hause, Vater ist wieder auf Reisen. Komm, spazieren wir rüber zum Gut."

„Bist du dir sicher, dass du das willst, wir haben uns doch erst kennen gelernt? Das Vorstellen bei den Eltern ist ein Zeichen von einem Miteinander in eine gemeinsame Zukunft, ich denke, dafür ist es noch viel zu früh. Wenn sie uns zufällig begegnet, sieht es anders aus als bei ihr zu erscheinen, um mich ihr vorzustellen. Nein, ich glaube das ist keine gute Idee, Christoph."

Später spazierten sie rund um den See, hielten jedoch immer wieder an, um sich zu küssen.

„Ich will gar nicht an die Zeit unserer Trennung denken. Ich werde dich, so oft es möglich ist, besuchen. Was musst du auch in der Hauptstadt wohnen und nicht in der Bezirksstadt?"

„Christoph, wir sollten nicht unzufrieden sein. Es war Schicksal, dass sich mein Verleger gerade in dieser Pension mit mir treffen wollte. Ich habe mich entschlossen, diese drei Wochen zu bleiben, welche er mir vorgeschlagen hat. Er ist der Meinung, dass dies der richtige Ort wäre, damit ich neue Impulse bekomme. Christoph, wenn du in der Arbeit bist, muss ich mich halt konzentrieren, damit bei dem Roman etwas weitergeht. Aber ich glaube, ich bin jetzt etwas ruhiger, obwohl ich mich schon wieder danach sehne, in deinen Armen zu liegen."

„Delia, das ist wie Balsam für meine Seele, wenn du solche Worte sprichst. Es freut mich ungemein, wenn dich meine Zärtlichkeit und Leidenschaft in diese Stimmung versetzen."

„Christoph, bilde dir ja nicht ein, dass ich nicht in der Lage bin, einige Stunden ohne deine Leidenschaft zu überstehen. Anderseits freue ich mich schon heute, wenn die Stunde naht, dass du bei der Pension vorfährst."

Es folgten unbeschwerte, wunderschöne Tage. Ob es sich um gemeinsame Ausritte, Ausflüge oder Gespräche handelte, sie waren rundum glücklich. Sie besuchten Konzerte in der Bezirksstadt, waren anschließend essen oder trafen sich mit Freunden, die Delia von der Vernissage her kannte. Die Stunden der Zweisamkeit wurden zu Minuten und zum Hauch von Sekunden, wenn sie sich in Liebe vereinten und sich von Lust und Leidenschaft treiben ließen. Der Abschied fiel beiden viel schwerer als sie es sich vorgestellt hatten. Christoph versprach Delia, sie am kommenden Wochenende in ihrem Heim zu besuchen.

*

Bernhard von Föhrenwald lenkte seinen Land Rover über die kurvenreiche Bergstraße. Er war ungeduldig, denn diesmal konnte er es nicht erwarten, die Jagdhütte zu erreichen, um sich endlich seiner Begleitung widmen zu können. Christine saß neben ihm, sie litt unter der Trennung von Christoph und unter Tränen hatte sie ihn ersucht: „Bernhard, du sagst doch selbst, nirgends kann man besser abschalten als in den Bergen oder auf einer einsamen Hütte. Du brauchst dich nicht um mich kümmern, aber bitte nimm mich mit zu dem Jagdausflug, ich brauche Abstand zu dem Geschehenen."

Christine richtete in der Hütte vom Mitgebrachten eine zünftige Jause. Als sie mit dieser vor die Hütte trat, saß Bernhard beim Tisch und hatte das Jagdglas vor seinen Augen.

„Christine, hast du schon einen kapitalen Hirschen gesehen, komm, schau durch das Glas."

Christine wollte das Glas in die Hand nehmen.

„Nein, setz dich zu mir auf die Bank, du musst dich mit den Ellenbogen abstützen."

„Ich sehe nichts." Bernhard stellte sich hinter sie, beugte sich zu ihr, versuchte für sie das Glas in die richtige Position zu bringen. „Ich sehe ihn noch immer nicht."

„Das gibt es nicht, rutsch etwas nach vor, ich setze mich hinter dich, gib den Kopf zur Seite. Jetzt schau durch, aber beweg das Glas nicht."

„Der sieht aber groß aus. Was soll ich tun, wenn so einer auf einmal vor mir steht?"

„Das wird kaum der Fall sein, der ist jetzt nur näher, weil dort sein Rudel äst."

Christines Pobacken vor seinen gespreizten Beinen machten Bernhard zu schaffen. Christine drückte sich nun intensiver in seinen Schoß, da sie die Veränderung bereits fühlte. „Bernhard, du bist ein so lieber, verständnisvoller Mensch. Warum kann dein Sohn nicht so sein wie du? Ich fühle mich bei dir geborgen und genau das brauche ich jetzt. Keiner liebt mich, auch seine Freunde verhalten sich anders, seit diese Delia aufgetaucht ist. Bernhard, es tut so weh", und sie lehnte sich an ihn. Bernhard legte das Jagdglas weg, umarmte die traurige Christine, wobei seine Handflächen rein zufällig auf ihrem Busen zu liegen kamen.

„Bernhard, du bist ein ganz Lieber. Doch so werden wir die Jause nicht essen können."
„Wenn es dich nicht stört und du genügend Platz hast, sollten wir es versuchen, wenn dir so viel daran liegt, von mir beschützt zu werden."
„Nun, dann lass es uns versuchen."
Welch eine Chance! Ihre wohlgeformten Pobacken bringen mich fast um den Verstand. Meine Hände fühlen ihre Brust. Ihre Haare streicheln bei jeder ihrer Bewegungen mein Gesicht, und der schöne edle Nacken ist nur Zentimeter entfernt, am liebsten würde ich ihn küssen. Bernhard, nein, mach das ja nicht, beherrsche dich. Aber so einfach ist das nicht, weil ich sie ja seit langem begehre. Ich setze mich lieber weg, denn diese Nähe und Wärme sind nicht zum Aushalten.
„Bernhard, was habe ich gemacht, dass du dich abwendest?" fragte Christine ahnungslos, obwohl sie genau wusste, weshalb Bernhard sich wegsetzte.
„Ich denke, dass das Essen und Trinken so einfacher ist."
Ich sollte diese Situation vielleicht ausnützen und sie mitnehmen, denn wer weiß, was sich noch ergibt. „Christine, wenn du Lust hast, kannst du mich begleiten, ich will die Futterstellen kontrollieren."
„Bernhard, meinst du das ernst? Ich versprach dir doch, dass ich dir keine Last sein möchte, sondern in der Einsamkeit zur Ruhe kommen will."
„Du störst nicht, räum alles weg, in zehn Minuten gehen wir."
Christine sprang von der Bank hoch, stellte sich hinter Bernhard, umarmte ihn und drückte ihm mit den Worten, „Danke, du bist so lieb zu mir", einen Kuss auf die Wange.

Beide saßen nun schon eine Weile schweigend auf dem Hochstand. Er suchte immer wieder den Waldrand mit dem Jagdglas ab. „Wir müssen warten bis die Dämmerung hereinbricht." Er griff in seine Jacke, holte den Flachmann hervor, schraubte diesen auf und bot ihn Christine an. „Nimm einen Schluck, das wärmt."
Sie war überrascht wie schwer der silberne Flachmann mit dem eingravierten Hirschkopf war. Der Schluck wärmte wirklich. Beim vierten Schluck fragte sie: „Willst du, dass ich einen Schwips bekomme?"
„Nein, ich will nur nicht, dass du frierst."
„Wenn mir kalt ist, musst du mich halt unter deine warme Jacke lassen, damit ich nicht erfriere."
Bernhard knöpfte seine Jacke auf, schlüpfte mit dem ihr zugewandten Arm aus dieser und bat Christine ganz nahe zu sich, damit er sie mit dem Jackenteil umarmen konnte. „Nun wird dir bald warm werden und wie du siehst, ist sie wie geschaffen für uns."
Nun saßen beide sehr dicht aneinander gedrängt. Christine hatte eine Hand auf seinen Rücken, die andere auf seinen Schenkel gelegt, um ihm so nah wie nur möglich zu sein. War es die Wärme oder war es die Hand auf seinem Schenkel? Christine spürte förmlich die Veränderung. Bernhards Atem wurde unruhig und plötzlich spannte seine Hose.
„Geht es dir auch so gut wie mir? Es ist so ruhig hier, es wäre schön, wenn die Zeit für uns stehen bliebe." Bei diesen Worten legte sie die Hand über die gespannte Hose.
Schwer keuchend sagte Bernhard: „Was machst du, wie soll ich ruhig bleiben, wenn deine Hand nach ‚ihm' greift?"
„Versuch dich zu entspannen, mach die Augen zu." Und schon knöpfte sie seine Hose auf, suchte, fand, was seinen Atem beschleunigte, umfing ihn mit ihren Lippen und schon ergoss er sich im pumpenden Rhythmus.

Abends in der Hütte fragte er Christine: „Sag, war das der Dank, dass ich dich mitnahm?"
„Bernhard, was soll das, ich fühlte mich zu dir hingezogen. Deine Nähe machte mich ebenso unruhig, wenngleich du es nicht fühlen konntest. Es war köstlich."
„War es wirklich köstlich?"
„Wenn ich es dir sage."
„Somit wäre ich dir etwas schuldig?"
„Wenn du Schuldgefühle hast, musst du deine Entscheidung treffen, ich traf meine gern."
Bernhard kam auf sie zu, nahm sie in die Arme, setzte sie auf den riesigen Holztisch und begann sie zu küssen. Bernhard verlor keine Zeit, schob den Rock nach oben, den Slip zur Seite und schon füllte er sie aus. Augenblicke später ergoss er sich in ihrem Schoß.
„Du bist eine Hexe. Du erregst mich allein durch deine Anwesenheit. Wenn ich in dir bin,

ist es um mich geschehen. Liebste Christine, ich verspreche dir, ich werde mich beherrschen lernen, denn ich will dich genießen."

Jetzt hab ich ihn so weit, er frisst mir aus der Hand. Das ist mir nur recht, wenn er so schnell kommt. Wenn wir zurückfahren, werde ich ihm von der fälligen Gas- und Stromrechnung erzählen, bin gespannt wie er reagiert.

Sie saßen noch lange vor dem offenen Kamin, tranken schweren Rotwein und Bernhard war so glücklich, dass sich Christine wegen ihrer Pläne fast schämte.

Als sie am Morgen in die Stube kam, war von Bernhard weit und breit nichts zu sehen, selbst der Land Rover war weg. Sie wandte sich zum Herd, um Feuer für ihr Frühstück zu machen, als sie eine Nachricht von Bernhard fand.

Liebes, bin sehr früh aufgestanden, konnte vor Glück kaum schlafen, werde erst gegen Abend zurück sein, mach Dir einen schönen Tag, Ich freue mich auf Dich, Bernhard.

Nach dem Frühstück spazierte sie auf dem Almboden umher, blieb aber immer in Sichtweite der Jagdhütte. Die würzige Luft und die ungewohnte Bewegung machten sie müde. Sie setzte sich vor die Hütte, schloss die Augen und döste vor sich hin. Motorengeräusch drang an ihr Ohr. *Das kann doch nicht schon Bernhard sein.* Sie öffnete die Augen und sah einen Geländewagen auf die Jagdhütte zukommen. *Was mache ich jetzt, man hat mich gesehen, zum Weggehen ist es zu spät.* Der Wagen hielt knapp vor ihr und aus dem Fenster blickte ein fescher, junger Mann.

„Hallo, was für eine Schönheit in unserem Reich! Wo ist Bernhard, er hat gesagt, ich soll vorbeikommen."

„Er hat mir auf einem Zettel hinterlassen, dass er sehr spät zurückkommen wird. Soll ich ihm etwas ausrichten?"

„Nein, danke, aber es ist üblich in den Bergen, dass man einem Besuch etwas anbietet", und der Mann stieg aus dem Wagen. Er trug ebenfalls Jagdkleidung und setzte sich zu Christine auf die Bank.

Was mache ich nun? Ich kann Bernhard nicht brüskieren, falls er vergessen hat, dass er sich verabredet hat, und er jetzt in meiner Begleitung hier ist. Wenn es üblich ist, ich aber dem Gast nichts anbiete, ist Bernhard auf mich böse. Ich werde auf eventuelle Fragen sehr wortkarg reagieren. Sie ging in die Hütte und richtete eine Kleinigkeit. Als sie mit der Jause hinaustreten wollte, stand der Mann plötzlich in der Türe.

„Vergessen Sie den Schnaps nicht. Bernhard hat einen sehr guten Dirndlbrand, er steht im Herrgottswinkel."

Da sie nicht reagierte, ging er zu dem kleinen Schrank, welcher sich unter dem geschnitzten, gekreuzigten Herrgott befand, und entnahm diesem eine Flasche.

„Sie scheinen sich hier auszukennen, wer sind Sie eigentlich, ich habe Sie noch nie am Gut gesehen."

„Entschuldigen Sie, aber hier heroben ist alles ganz anders. Es ist nämlich so, dass Sie sich auf meinem Grund und Boden und in meiner Jagdhütte befinden, wenn auch nur vorübergehend. Bernhard ist nur Jagdpächter. Alles, was Sie hier sehen, gehört den Hagenbergs. Ich bin Rüdiger von Hagenberg, und wer sind Sie?"

„Ich bin Christine, Gräfin von Könytvar, eine ungarische Adelige und die Verlobte von Christoph von Föhrenwald."

„Ah, Sie sind die Verlobte von Christoph, ich habe schon geglaubt, Bernhard hat eine neue Freundin. Schade, dass Sie vergeben sind, oder hätte ich noch Chancen, wie stehen meine Aktien?"

„Ziemlich schlecht, ich habe kein Interesse, auch wenn Bernhard nicht da ist und ich Ihnen hier heroben ausgeliefert bin."

„Wenn Sie das so sehen, sollten wir die Zeit nutzen bis Bernhard zurückkommt. Schließlich habe ich nicht oft das Vergnügen eine so attraktive, etwas unsicher wirkende, junge Frau in den Bergen zu treffen."

„Machen Sie sich keine Hoffnung, ich wollte mir etwas die Beine vertreten und war im Begriff einen ausgedehnten Spaziergang zu machen. Da die Hütte ja Ihnen gehört, kann ich Sie auch allein lassen, nur wann Bernhard zurückkommt, kann ich Ihnen nicht sagen."

„Ich glaube nicht, dass Sie imstande sind, fünf bis sechs Stunden in diesem Gelände mit den schicken Schuhen herumzuspazieren. Mir sieht das eher nach Flucht aus. Ich werde Sie schon nicht wie der böse Wolf fressen, obwohl, appetitlich wären Sie schon." Und nach einer Pause sprach er unverfroren weiter. „Aber Sie könnten mich mit Streicheleinheiten davon abbringen, dies doch zu tun."
„Es reicht, ich gehe, Sie sind unverschämt und unerzogen. Wie können Sie so mit einer Lady sprechen, was wird Bernhard sagen, wenn ich ihm das erzähle?"
„Hier heroben geht alles etwas lockerer zu." Er kam auf Christine zu, nahm sie bei den Schultern und schaute ihr in die Augen. Christine war starr vor Angst. *Was will der Kerl, der wird doch nicht die Gelegenheit ausnützen und sich an mir vergehen, ich muss weglaufen. Hoffentlich lässt er mich bald los. Wenn er nicht diesen eigenartigen Blick hätte, wäre er ja ganz passabel, der Blick macht mir Angst.*
„Nun schauen Sie nicht so verzweifelt, ich will mir nur die Zeit vertreiben bis Bernhard kommt", und er ließ sie endlich los.
Christine lief augenblicklich davon, blieb aber nach einigen Schritten stehen, da sie den Land Rover von Bernhard sah. Bernhard und Rüdiger begrüßten einander sehr herzlich. Von Christine wollte Bernard wissen, ob sie sich auch entsprechend um den Gast gekümmert hatte. Rüdiger antwortete: „Sie ist eine perfekte Gastgeberin, die Verlobte deines Sohnes, nur den Schnaps habe ich mir selbst genommen. Gratuliere zu deiner schönen Schwiegertochter."
„Bernhard, soll ich dir eine Kleinigkeit zum Essen richten?"
„Nein, danke."
„Dann lass ich euch allein, ich gehe inzwischen spazieren." Sie ging von der Hütte weg, machte einen Bogen und setzte sich hinter der Hütte auf einen Baumstumpf, um zu warten, bis sie das Auto von Rüdiger wegfahren hörte.

„Bernhard, weißt du eigentlich, was für ein frecher Kerl das ist? Er hat mir Angst gemacht, ich habe schon befürchtet, er tut mir etwas an."
„Du kennst ihn nicht, Rüdiger ist harmlos, steht aber seinen Mann bei den Frauen, wenn es sich ergibt."
„Bernhard, als er mich bei den Schultern hielt, hatte er einen eigenartigen Glanz in seinen Augen, der machte mir richtig Angst."
„Komm, Liebes, er findet dich wahrscheinlich sexy, du bringst uns Männer um den Verstand. Zum Glück ist mir eingefallen, dass ich ihn herbestellt habe. Es tut mir leid, aber wir müssen zurückfahren, ich muss heute noch zum Notar."
„Kann der nicht warten?"
„Eigentlich nicht, aber so viel Zeit wird schon noch sein, dass ich dir zeigen kann, wie sehr du mir abgegangen bist."
„Bernhard, das tut mir aber leid, ich bin nicht disponiert, du hättest keine Freude, das ist nun mal das Schicksal einer Frau."
Auch so kann man sich der Pflicht entledigen, ein bisschen muss er schon zappeln. Man darf es den Männern nicht so leicht machen, wenn man etwas erreichen will.

Auf der Heimfahrt war Christine sehr schweigsam, was Bernhard zu der Frage veranlasste: „Du bist so ruhig, was ist los, es kann doch nicht wegen Rüdiger sein?"
„Nein."
„Dann bist du wohl traurig, weil wir uns nicht lieben konnten."
„Auch, aber ich weiß nicht, wie ich meine Gas- und die Stromrechnung bezahlen soll, wo ich doch erst in zwei Wochen mein Gehalt bekomme, und der Kühlschrank ist auch leer. Weißt du Bernhard, dein Sohn hat mir sehr wehgetan mit dem plötzlichen Rausschmiss. Ich konnte ja nicht ahnen, dass er mich nicht mehr unterstützt. Sonst hätte ich mir die teure Musikanlage nicht gekauft."
„Aber Liebes, wenn du mir die Erlagscheine gibst, erledige ich das und der Kühlschrank wird auch nicht leer bleiben. Christine, ich kann es kaum erwarten, dich wieder zu sehen."
„Ich könnte dich am Dienstag auf dem Gut besuchen, da ist Isabell beim Friseur und der Kosmetikerin. Bernhard, wenn du mir wirklich helfen willst, bringe ich die Erlagscheine mit."

„Das machen wir so, ich freue mich."

Als Bernhard Christine bei ihrem Wohnhaus aussteigen ließ, hatte sie zwei volle Einkaufstaschen, Geld für die Rechnungen und darüber hinaus noch Geld, um sich in einem Wäschegeschäft etwas zu kaufen, das mache ihn scharf, hatte er gemeint. Christine wollte ihn zwar nicht so scharf, jedoch konnte schöne Wäsche förderlich sein, wenn man es schnell hinter sich bringen wollte. *Der Sex mit Bernhard macht überhaupt keinen Spaß. Aber solange er mit mir glücklich ist, werde ich nicht so dumm sein, ihn vor den Kopf zu stoßen. Christoph wird sowieso über kurz oder lang reumütig zurückkommen, denn keine wird ihn so glücklich machen wie ich.*

*

Christoph war froh, von Christine nicht mehr belästigt zu werden und dass keine weiteren Rechnungen in der Post waren. Er ging seiner gewohnten Arbeit nach und Vater lief ihm auch nicht über den Weg. Um Mutter machte er sich jedoch Sorgen. Sie wirkte immer traurig, versuchte dies zwar zu verbergen, doch Christoph kannte sie viel zu gut. Ihn konnte sie nicht in die Irre führen. So auch jetzt. Christoph traf sie gegen ihre sonstigen Gewohnheiten, als er sein Atelier verließ.
„Mutter, es freut mich dich zu sehen, obwohl du sehr selten um den See spazierst."
„Ich wollte wieder einmal die Abendstimmung genießen."
„Mutter, ich denke, dich betrübt etwas, aber wie stets möchtest du nicht darüber sprechen. Du weißt schon, dass ich mir Sorgen mache."
„Mein geliebter Sohn, für mich ist es eine Freude zu sehen wie du strahlst, seitdem du die geheimnisvolle Delia kennen gelernt hast. Man sieht dir an, wie verliebt du bist. Eigentlich sollte ich böse sein, dass du nicht mit ihr vorbeigekommen bist."
„Mutter, ich habe dir ihre Beweggründe geschildert. Ich finde, sie hatte Recht, und der Zufall war halt nicht auf deiner Seite."
„Ich weiß, Christoph, wenn ich gewusst hätte, was sich entwickelt, hätte ich sie mir auf der Vernissage sicherlich genauer angesehen. Christine ließ sich wieder von deinem Vater trösten, weil du ihr nicht die entsprechende Aufmerksamkeit geschenkt hast, dadurch war ich abgelenkt. Neuerdings kommt sie mit dem Julius Birnstingel, dem ehemaligen Regierungsrat des Finanzamtes. Dein Vater meinte, er sei nun ihr väterlicher Freund. Ich kann mir nicht vorstellen, dass sie die Freundin von ihm ist. Er ist 76. Christoph, ich habe bald festgestellt, dass du mit Christine nicht wirklich glücklich warst. Sie ist ein kesser Wildfang, aber das allein genügt nicht für eine dauerhafte Beziehung, oder?"
„Mutter!"
„Es war mir schon bald klar, dass dich ihre Leidenschaft gefesselt hat. Aber das allein kann nicht Basis für ein gemeinsames Leben sein. Du hast es bald erkannt und deine Entscheidung getroffen. Es ist besser einen Schlussstrich zu ziehen als zu warten, bis es zu spät ist."
„Mutter, ich weiß, dass du mit Vater nicht wirklich glücklich bist. Großvater hat zu mir gesagt: ‚Christoph, ich habe nie verstanden, warum deine Mutter unbedingt den von Föhrenwald heiraten wollte. '
„Christoph, ich bin so glücklich, dass du ganz nach mir geraten bist und nicht nach deinem Vater. Was ich dir jetzt sage, soll in deinem Herzen eingeschlossen bleiben, ich werde nie wieder ein Wort darüber verlieren. Ich hatte nie wirklich viele Verehrer, bis dein Vater auftauchte. Für ihn war ich die Frau, die er liebte und nicht die Tochter des Eigners von Gut Reichental. Er wollte mich. Er trug mich auf Händen. Ich war unsterblich in ihn verliebt, und als ich schwanger wurde, unendlich glücklich. Über das Gut sprach er nie mit mir. Ich verstand meinen Vater damals nicht, der darauf bestand, sich die Aktien von deinem Vater zu sichern. Ich habe deshalb eingewilligt, weil er mir erklärte, das für sein Enkelkind zu tun. Ich habe es ihm nie gesagt, aber ich bin ihm unendlich dankbar für diese Entscheidung, denn er hat deine Existenz gesichert. Wer weiß, wie das Gut dasteht bis sich Bernhard zurückzieht."
„Mutter, ich erinnere mich, als ich noch in die Volksschule ging, hatten die Streitereien zwischen dir und Vater begonnen. Ich lief dann zu Großvater oder Gundi, damit sie mir

helfen, denn ich wollte nicht, dass Vater mit dir stritt." Beide sagten, ‚Christoph, wir leiden genau wie du, aber wir können deiner Mutter nicht helfen. Das Einzige was du tun kannst, ist immer brav und lieb zu ihr zu sein. Du bist ihr Ein und Alles`. Wenn ich sehr traurig war, nahm mich Gundi in die Arme oder gab mir Leckereien aus ihrer Küche. Es ist eigenartig, sie war immer für mich da, wenn ich Probleme hatte. Ich glaube, sie liebte mich auf ihre Art. Oder war es wegen Großvater, den sie sehr verehrte, dass ich bei ihr ein offenes Ohr fand? Mutter, ich leide noch heute, Vater führt sich auf wie ein Pascha. Du sollst mit deiner Schönheit und Güte seine Feste zieren, es ist doch so! Es sind doch nur Ausreden, seine Reisen wären zu anstrengend für dich. Hauptsache du fährst nicht mit, aber für einen gemeinsamen Urlaub hat er keine Zeit."

„Christoph, lebe dein Leben und bleibe vor allem dir selbst treu, dann wird alles gut werden. Du bist am richtigen Weg, und mach dir keine Sorgen wegen mir, ich möchte sowieso nicht mit Bernhards Freunden unterwegs sein." Sie umarmte ihren Sohn, verabschiedete sich, um in der Gutsküche nach dem Rechten zu sehen.

*

Delia war in ihrer Wohnung, die Finger sausten über die Tasten der Schreibmaschine. Sie hatte den Faden wieder aufgenommen und die Ideen kamen wie von selbst. Christoph hatte Wort gehalten und sie zu den Wochenenden besucht. Er fand ihre Wohnung sehr heimelig, fühlte sich gleich wohl, was sicherlich auch damit zusammenhing, dass Delia modernes und altes Mobiliar gemischt hatte, wobei die antiken Möbel nicht vordergründig auffielen. Christoph fiel ein, dass sein Vater die alten verschnörkelten Möbeln von Großvater teilweise gegen modere ausgetauscht hatte, wahrscheinlich weil er sie unpassend oder unpraktisch fand. Hier bei Delia wirkten die wenigen antiken Möbelstücke ganz besonders stilvoll und elegant.

Delia freut sich auf die gemeinsamen Wochenenden. Es war jedes Mal ein neues sich Entdecken, ein Geben und Nehmen, getragen von Harmonie und bereichert durch ihre Leidenschaft. Die Zeit verging stets viel zu schnell. Sie liebten sich nachts, tagsüber war Delia seine Fremdenführerin. Die ausgedehnten Nächte hatten zur Folge, dass das Frühstück, zeitlich gesehen, beinahe ein frühes Mittagessen war und bis sie endlich die Wohnung verließen, war schon der Nachmittag angebrochen. Sie besuchten die Oper, Konzerte, gingen tanzen oder speisten in renommierten Lokalen. Christoph war überrascht, wie bekannt Delia war. Ob in der Oper oder bei den Konzerten - immer wieder kamen Personen auf sie zu, um kurz mit ihr zu plaudern oder sie auf das Herzlichste zu begrüßen. Die Lokale, welche sie aufsuchten waren überwiegend ihre Lieblingslokale. Kaum betraten sie diese, kam der Chef des Hauses oder ein Kellner auf sie zu. „Guten Abend, Frau Agatakis, es ist uns eine Ehre, dass Sie uns besuchen, darf ich Sie kurz bitten zu warten, ich lasse den ersten freien Tisch für Sie richten."

„Ich hätte anrufen sollen, aber es war eine spontane Idee. Ich weiß, Sie machen das Unmögliche möglich, bringen Sie uns zwei Gläser Champagner, wir nehmen inzwischen hinter dem Paravent oder an der Bar Platz."

Christoph musste sich an diese Art von Bekanntheit erst gewöhnen. „Delia, ich wusste bald, dass ich in dir eine außergewöhnliche Frau kennen lernte, dass du als Schriftstellerin so bekannt bist, ist mir neu. Auf keinem deiner Bücher ist ein Bild von dir zu sehen und doch kennen dich so viele Leute."

„Christoph, du vergisst, dass meine Eltern hier lebten und der Freundeskreis sich halt im Laufe der Zeit vergrößert hat. Aber überwiegend kennen mich die Leute durch die Lesungen. Ob zu Präsentationen von neuen Modellen im Autosalon, in Lokalen so wie hier oder zu Vernissagen, die Veranstalter hatten oft auch Konzertmusiker vor Ort, und so etwas spricht einen erlesenen Gästekreis an, das ist das ganze Geheimnis. - Aber nun zu etwas anderem, lieber Christoph. Du wolltest mich mit deiner Kochkunst verwöhnen, wann wird dies sein? Ich frage um zu wissen, ob ich etwas einkaufen sollte."

„Ich verspreche dir, dass ich für dich koche, aber hier bei dir habe ich keine Zeit, denn ich muss mich um deinen sich nach Liebe und Zärtlichkeit sehnenden Körper kümmern, dem ich so verfallen bin. Oder soll ich das vernachlässigen, um zu kochen?"

Da Delia mit dem Buch gut vorankam, willigte sie beim zehnten Wochenende ein und fuhr mit Christoph für einige Tage zu ihm. *Er ist ein lieber Mensch. Ich hätte nicht gedacht, dass ich mich so in ihn verlieben würde.*
Die Gespräche, die Ansichten, die gemeinsame Freude an der Natur, das Verständnis für die Gewohnheiten des anderen, jeder hatte seinen eigenen Lebensrhythmus. Natürlich spielte auch das Alter eine wesentliche Rolle. Christoph war mit 31 um zwei Jahre jünger als Delia. In gewissen Augenblicken neckte er sie damit, dass sie seine Lehrmeisterin sei - was überhaupt nicht stimmte, denn Christoph hatte mehr Erfahrung und sie nutzte ihre Phantasie.

*

Bernhards Gedanken beschäftigten sich immer intensiver mit Christine. *Sie vergöttert mich, will mit mir immer und überall heißen Sex, ist dankbar, dass ich mich um sie kümmere. Sie macht mich glücklich, und ich werde alles tun, damit es so bleibt. Ich bin verliebt und für jede Stunde mit ihr dankbar.*
Christines Plan war voll aufgegangen, Bernhard las ihr jeden Wunsch von den Augen ab und war Wachs in ihren Händen. Seine sonst so an den Tag gelegte herrische Art war wie weggeblasen, wenn sie beisammen waren.

Bernhard war vom Großbauern, dem Wegscheider Alois, zur Jagd auf einen kapitalen Hirsch eingeladen worden, und sie befanden sich nun im Montafon. Bernhard war das Jagdglück hold, denn bereits am zweiten Tag konnte er das begehrte Wild mit einem Blattschuss zur Strecke bringen. Er konnte es kaum erwarten, seinen Freunden diese Trophäe zu zeigen. Keiner hatte einen Sechzehnender in seiner Trophäensammlung. Vor allem auf die Reaktion von Birnstingel war er gespannt. Der mit Stolz erfüllte Bernhard drängte aus diesem Grunde auf die rasche Rückfahrt. Christine jedoch bettelte so lange, bis er mit ihr nach Zürs fuhr. Er hätte viel lieber das Gesicht seiner Freunde gesehen, aber er liebte Christine und wollte ihr den Wunsch nicht abschlagen. Es war Bernhards Idee gewesen, so zu tun als wäre sie die Freundin von Julius Birnstingel, dem Regierungsrat i.R. vom Finanzamt. Die gute Zusammenarbeit mit ihm hatte Bernhard schon einiges von seinem Wildbestand gekostet. Birnstingel war der Jagd verfallen und dementsprechend fielen die Prüfungen aus. Zu Christine sagte Bernhard: „Dir muss egal sein, was die anderen denken oder sagen. Jeder wird sich hüten, denn sonst war er mein Freund, und das riskiert keiner. Wichtig ist, du kannst immer in meiner Nähe sein." Er hatte dies sehr geschickt eingefädelt; da sie nun offiziell die Freundin von Julius war, konnte sie Bernhard jederzeit am Gut besuchen.
Wenn Bernhard wüsste, dass mir der alte Birnstingel eigentlich recht sympathisch ist. Er ist älter als Bernhard, aber mit seiner drahtigen Figur, dem Schnurrbart und seinen weißen Haaren sieht er recht stattlich aus. Außerdem, er ist ein Gentleman. Ich glaube, wenn er so alt wie Bernhard wäre, würde er mir länger Vergnügen bereiten. Bernhard kann zwar andauernd, ich jedoch gehe immer leer aus und das nervt. Allerdings, Bernhard ist sehr verliebt und großzügig, da muss man schon Opfer bringen. Er hat mich heute als Dankeschön für den gestrigen Abend von Kopf bis Fuß neu eingekleidet.
„Christine", sagte er, „deine Verführungskünste mit diesem heißen Strip brachten mich diesmal dazu über mich hinaus zu wachsen. Und ich glaube, dass ich dich auch sehr glücklich gemacht habe, denn es war das erste Mal, dass du nachher so vergnügt warst."
Ach, armer Bernhard, die Vorfreude, dass du mit mir einkaufen gehen würdest war es, sonst nichts. Ich muss mir unbedingt einen jungen feurigen Mann fürs Vergnügen suchen. Ich glaube, Christoph kann niemand so leicht das Wasser reichen; was der an Ausdauer und Ideen besaß, ist sagenhaft. Aber leider schenkt er nun seine Gunst dieser unmöglichen Schriftstellerin. Was findet er an ihr? Mit ihren schwarzen Haaren sieht sie vielleicht rassig aus, aber was hat sie sonst noch? Durchschnitt, macht dazu nicht den Eindruck einer leidenschaftlichen Frau, und dieses kantige Gesicht.
Bernhard kam ganz aufgeregt ins Zimmer. „Christine, wir dürfen heute nicht mehr das Zimmer verlassen, ich habe gerade in der Hotelbar den Kommerzienrat Klause gesehen. Er ist mir nicht sehr gesonnen und außerdem seit der Vernissage ein guter Bekannter von Christoph. Dort hat er vier Bilder für sein Ferienhaus gekauft. Er besucht Christoph öfter,

um sich seine neuen Bilder anzusehen, da er an weiterem Interesse hat. Dem dürfen wir nicht über den Weg laufen, da würde unser Verhältnis sofort auffliegen."
„Das ist aber nicht dein Ernst? Ich habe mich nur für dich so schön gemacht und auf den Abend gefreut. Bernhard, es ist doch immer ein riesiges Vergnügen für mich, mit dir unter die Leute zu gehen und deren neidvolle Blicke zu sehen. Es erfüllt mich mit Stolz, wenn ich mich an deiner Seite zeigen kann."
„Liebes, ich bin ja auch traurig, aber was soll ich machen?"
Bernhard ist und bleibt ein stolzer Gockel, er fällt immer auf diese Art von Komplimenten herein. Aber heute werde ich ihn abweisen, denn alles kann er sich nicht erlauben. Ich habe mich so gefreut auf die Blicke der Männer im Speisesaal und auf Bernhards Reaktionen. Er würde am liebsten alle Männer aus dem Lokal verbannen. Die Frauen haben nur ein mattes Lächeln für ihn. Man sieht förmlich, was sie sich denken: alter Gockel mit jungem Ding.
„Bernhard! Wenn wir nicht fortgehen, bestelle eine Flasche Champagner, damit ich meinen Ärger hinunter spülen kann. Und du gehst mir am besten aus dem Weg, ich bin zornig."
„Liebes, ich denke doch nur an uns, wenn publik wird, dass wir ein Paar sind, gibt es Ärger."
Jetzt muss ich ihn festnageln, denn so etwas sagt er nicht ungestraft.
„Bernhard, sag das noch einmal: Wir sind ein Paar - und da bist du nicht imstande, mir einen Verlobungsring zu schenken? Schämen sollst du dich. Von dir habe ich mir schon mehr Taktgefühl erwartet. Bernhard, Bernhard."
„Liebste Christine, sei bitte nicht so streng mit mir, ich denke doch an unsere Zukunft oder willst du, dass alles auffliegt? Du weißt, dass ich verheiratet bin. Ich verliere alles, und ich will dich doch standesgemäß unterstützen. Nein, an eine Scheidung sollst du nicht denken, und ich kann mich auch nicht offiziell zu dir bekennen, daher kann ich dir auch keinen Verlobungsring schenken. Sei doch zufrieden wie es ist. Ich bin so glücklich mit dir. Ja, ich habe gesagt, wir sind ein Paar und ich freue mich, dass du mich auch liebst. Wir können nichts riskieren. Was kann ich dafür, dass dieser Kommerzienrat hier ist? Ich werde mich erkundigen, wenn ich den Champagner bestelle, ob er hier logiert. Wir müssen morgen zeitig in der Früh abreisen, und wenn du ein braves Mädchen bist, bleiben wir noch einen Tag in St. Anton am Arlberg."
„Das nenn ich schlichtweg Erpressung, ich soll von hier wegfahren, wo es doch mein Wunsch war, endlich einige Tage in dieser traumhaften Bergkulisse zu verbringen, und du bist doch auch von dieser begeistert."
In Innsbruck kaufte ihr Bernhard einen wunderschönen weißgoldenen Brillantring, den er ihr mit den Worten: „Glaubst du mir nun, dass ich dich liebe?" an den Finger steckte.
„Bernhard", hauchte Christine, „welch ein wundervolles Geschenk, du machst mich so glücklich", und sie fiel ihm um den Hals.
„Ich kann dir keinen Wunsch abschlagen, neben dir habe ich das Gefühl wieder jung zu sein. Es ist so schön mit dir. Du liebst nicht so still wie viele andere, was mir zeigt wie sehr du es genießt, von mir geliebt zu werden."

*

Delia wurde von Gundi auf Gut Reichental sehr herzlich willkommen geheißen, als Christoph am Sonntag spätabends mit ihr eintraf. „Frau Delia, ich habe Ihnen das Gästezimmer gerichtet, nachdem Herr von Föhrenwald mir Ihren Besuch angekündigt hat. Es könnte ja sein, dass Sie sich zum Schreiben zurückziehen wollen."
„Herr von Föhrenwald, für den Fall, dass Sie beide noch Hunger haben, es steht eine Kleinigkeit beim Kamin. Sie wissen, wo Sie mich finden, wenn Sie etwas brauchen, und nun wünsche ich eine gute Nacht und Ihnen Frau Delia, eine wunderschöne Woche mit Herrn von Föhrenwald."
„Gundi hat dich ins Herz geschlossen, sie war noch nie so besorgt um das Wohl eines meiner Gäste."
Als sie den Salon betraten und Richtung Kaminsitzgruppe gingen, blieb Delia stehen und betrachtete das große Bild hinter dem Esstisch. Tatsächlich hatte Christoph die Idee aufgegriffen und das Bild gemalt, welches in seiner Phantasie bereits Gestalt

angenommen hatte. Auf dem Bild sah man eine Allee, im Hintergrund das beleuchtete Gutshaus. Das Besondere war, dass auf der Allee eine Frauengestalt im weißen Kleid mit Hut in den Nebelschwaden auf dem Weg zum Gutshaus war.

„Christoph, ich finde, dieses Bild ist sehr gelungen. Es zeigt dein Erbe sowie eine Frau, die zu dir nach Hause kommt - so könnte man dieses Bild interpretieren."

„Es freut mich, wenn du dies auch so siehst, ich hoffe du bist irgendwann diese Frau, liebste Delia."

„Christoph, wir wollen nichts überstürzen, außerdem gibt es viele Frauen, die ein weißes Kleid mit dem passenden Hut tragen. Dieses Bild hast du ganz absichtslos gemalt, auch wenn ich mich etwas geschmeichelt fühle, denn ich könnte diese Frau sein."

„Betrachten wir es als Gemeinschaftsbild. Du hast mich damals inspiriert, als wir im Mondschein bei Frau Waldmüller saßen, war es außerdem deine Idee, ein Bild vom Gutshaus hier aufzuhängen. Es freut mich, wenn es dir gefällt."

Als Delia das Badezimmer betrat, fiel ihr Blick auf einen Flakon mit ihrem Lieblingsparfum ‚Chloe', daneben lag ein kleines aus Holz geschnitztes Herz, nicht großer als ein Daumennagel. Dieses lag auf einem roten Papierherz mit den Worten: *Ich bin mir sicher, dass ich den Duft erraten habe und wünsche dir eine gute Nacht, Christoph.*
Delia stand in ihrem seidenen Hemdchen vor der riesigen Glasfront und blickte hinaus. Im See spiegelte sich der Mond und dessen Licht ließ Delias Körperformen unter dem Hemdchen erahnen. Delias Gedanken kreisten um Christoph. *Wieso kommt er nicht herüber? Was hat es zu bedeuten, dass ich im Gästezimmer einquartiert wurde und nicht in Christophs Zimmer? Da fällt mir ein, ich war noch nie in seinem Zimmer. Delia, mache dir doch keine Gedanken, vielleicht liegt er in seinem Bett und denkt an dich? Bei mir haben wir auch gemeinsam in meinem Bett geschlafen. Aber er hat mir ein Geschenk ins Bad gestellt. Delia, zweifle nicht an seiner Liebe.*
Ein leises Klopfen an der Türe riss Delia aus ihren trüben Gedanken. „Herein."

„Delia, ich wollte dich nicht stören, ich war ganz leise, als ich in dein Zimmer trat. So konnte ich den Anblick deiner Silhouette im fahlen Mondlicht genießen. Liebes, ich sehne mich nach dem, was mir der Mond gezeigt hat."
Delia wirbelte herum und schon lagen sich die beiden in den Armen.

*

Christine tat alles, um ihren verliebten Bernhard in jene Stimmung zu bringen, in der er glaubte, der beste Liebhaber zu sein. Endlich lag er glücklich und erschöpft neben ihr.

„Bernhard, du liebst mich, ich liebe dich und nun ist unser Glück vollkommen, wir werden Eltern, du wirst Vater."

„Was sagst du? Wir bekommen ein Kind? Du machst mich glücklich, ich liebe Kinder. Seit wann weißt du es?"

„Nun, es ist auf der Alm passiert, wo wir das erste Mal zu unseren Gefühlen standen, ich bin so glücklich, dass du mich liebst."

Bernhards Gedanken rasten. *Ich werde Vater - wie schön, aber wie wird Isabell reagieren, wenn sie das erfährt? Sie wollte ja kein Kind mehr. Ich muss nachdenken, vielleicht fällt mir eine akzeptable Lösung ein.*

„Liebes, höre mir bitte zu, ich stehe natürlich zu dem Kind, aber es dauert noch Monate, bis es zur Welt kommt, und bis dahin könnten wir einen gemeinsamen Weg für unsere Zukunft finden. Ich brauche Zeit, um mir eine Strategie bereit zu legen."

„Wozu soll die gut sein? Was willst du mir sagen? Natürlich wirst du zu dem Kind stehen und zu unserer Liebe, Bernhard!"

„Christine, ich habe so einen Gedanken, der uns Zeit verschaffen könnte. Du hast doch gesagt, vor der Vernissage hattest du mit Christoph Sex. Es wäre möglich, dass mein Sohn noch als Vater in Frage käme."

„Du bist der Vater, Bernhard, was soll das alles?"

„Nun, wenn wir ihn glauben lassen, dass er der Vater ist, hätte ich Zeit mit Isabell zu sprechen, denn so überzeugt wie du bist, dass er es nicht sein kann, so könnte er umgekehrt Zweifel bekommen. Ich hätte somit jene Zeit, Isabell zu überzeugen, dass die zukünftigen Großeltern sich um das Enkelkind kümmern müssen, falls sich Christoph

weigern sollte. Aus diesem Grunde solltest du auf dem Gut wohnen, denn bei Christoph wohnt ja seine neue Freundin. Ich möchte Isabell genauso wie Christoph in dem Glauben lassen, dass er der Vater ist. Wir gewinnen Zeit und könnten gemeinsam Pläne machen."
„Bernhard, ich vertraue dir und ich denke, dein Plan hat etwas für sich. Ich werde Christoph bei nächster Gelegenheit mitteilen, dass er Vater wird."

*

Christoph und Delia waren reitend oder Kutschen fahrend auf den Ländereien unterwegs. Christoph stellte bald fest wie interessiert sie an allem war, sodass er sie mit den täglichen Arbeiten, welche auf einem Gut und den Feldern so anfielen, vertraut machte. Delia betonte, es sei in erster Linie Neugierde, denn als Kind hatte sie in der Nähe eines Bauern gewohnt und konnte die anfallenden Verrichtungen oft genug beobachten. Seither hatte sich einiges verändert. - Maschinen erledigten zahlreiche Arbeiten, die früher von Menschen ausgeführt wurden.
„Delia, unsere Familie arbeitete nie auf den Feldern oder in den Stallungen, dazu sind und waren unsere Arbeiter da. Der Verwalter ist für alles verantwortlich, was auf dem Gut täglich zu geschehen hat. Wenn ich einmal das Gut übernehme, bin ich sicherlich der, der immer nach dem Rechten sieht, denn auch der beste Verwalter gehört kontrolliert, und man muss mit den Leuten Kontakt halten."
„Darf ich fragen, warum du dich nicht um das Gut kümmerst?"
„Daran ist Vater schuld. Mit meinen Ideen und Vorstellungen kann er überhaupt nichts anfangen, so dass wir andauernd streiten, also habe ich beschlossen, solange ich nicht das alleinige Sagen habe, werde ich mich nicht um das Gut kümmern. Außerdem ist er 64 und wird sich nicht so bald zur Ruhe setzen. Ich glaube, auch danach möchte er auf dem Gut den Ton angeben und solange rühre ich keinen Finger. Dann, dann mache ich es wie Großvater: Vater müsste mir alle Rechte übertragen und ich verpflichte mich, für ihn und Mutter zu sorgen. Aber das dauert sicherlich noch einige Zeit und ohne Anwalt mache ich sowieso nichts."
„Das klingt ja so, als hättest du wenig Vertrauen zu ihm, wenn du daran denkst einen Anwalt zu konsultieren."
„Meine Erfahrung hat gezeigt, dass man eine wesentlich bessere Position einnimmt, wenn man sich absichert, Vater hat für alles Verträge. Auch wenn ich der Sohn bin - ich will mich absichern, um das Gut so führen zu können wie ich es für richtig halte."

Bei den Ausritten hatte Christoph idyllische Plätze für eine Rast ausgewählt, und dort erwartete sie hin und wieder ein Picknick. Es gab Plätze, wo die untergehende Sonne den Abendhimmel verzauberte. Wenn dann die Felder im Abendlicht versanken, saßen sie eng umschlungen, bis der Himmel durch das Abendrot zu glühen begann und die Kühle der Nacht sie aufbrechen ließ. Christoph erzählte Delia, dass früher zur Getreideernte bei Vollmond oft bis Mitternacht auf den Feldern gearbeitet wurde. Da dieses Licht für die Arbeiten ausreichte, wurde das Korn nachts geschnitten, Helfer banden es zu Getreidebündeln. Erst in den Morgenstunden, bevor sich die Kühle und die Feuchtigkeit auf die Getreidefelder legten und das geschnittene Korn zu Getreidebündel gebunden war konnte das Tagewerk beendet werden. Zur Erntezeit sah es aus, als stünden lauter goldene Zelte auf diesen Feldern.
„So wie auf deinem Bild?"
„Ja, genauso sah es aus. Später wurde das Getreide mit einem selbst fahrenden Mähdrescher auf dem Feld gedroschen. Das Korn kam seitlich aus einem verschließbaren Rohr, dort befand sich eine Plattform für den Arbeiter, damit dieser das Korn in Säcke abfüllen konnte. Am Ende der Dreschmaschine wurden die gepressten Strohballen ausgeworfen. Arbeiter verluden diese Strohballen und Kornsäcke auf die Anhänger der Traktoren. Das Stroh dient heute noch als Unterlage in den Stallungen. Früher mussten die Getreidebündel zuerst in Scheunen gelagert werden. Wenn die ganze Ernte in der Scheune war, wurde das Getreide in dieser gedroschen. Die Dreschmaschine wurde mittels langen Riemen mit dem Traktor verbunden, da sich auf diesem eine eigene Antriebswelle befand. Heute wird mit modernsten Mähdreschern gedroschen. Diese werden nicht nur für Getreide, Mais und Sonnenblumen eingesetzt, sondern sie finden

vielseitige Verwendung. - Delia, zum unvergessenen Erlebnis meiner Kindertage gehört die Kartoffelernte. Die leeren Kartoffelstauden blieben auf dem Feld und wurden nach getaner Arbeit in der Abenddämmerung verbrannt. Wenn man frische, nicht ganz getrocknete Stauden auf das Feuer gab, stieg von den Feuerstellen Rauch auf, man glaubte, es ziehen die ersten Nebelschwaden über die Felder. Sehr köstlich waren Kartoffeln, die man in das Glutnest des heruntergebrannten Feuers warf. Man holte sie danach aus der Glut, befreite sie von der verkohlten Schale und ließ sich die heiße Kartoffel schmecken. Großvater nahm mich bei seinen Inspektionsritten immer mit. Er erklärte mir stets den Zweck einer Tätigkeit, und so lernte ich in meiner Kindheit bereits vieles, was ich später brauchte.""

Abends saßen Delia und Christoph auf der mit Fackeln beleuchteten Terrasse und versuchten ihre gemeinsamen Interessen zu ergründen. Es zeigte sich bald, dass sie die gleichen Ferienziele bevorzugten und von Städtereisen sehr angetan waren. Ihre gemeinsame Liebe für Theater und Konzerte hatte sich gleich zu Beginn ihrer Bekanntschaft herausgestellt.
„Christoph, mit meiner Liebe zur Natur im Wechsel der Jahreszeiten könnte ich mir ein Leben auf dem Gut vorstellen."
„Obwohl du seit Jahren in der Stadt wohnst? Ich denke, schreiben kann man überall, aber würde dir die Stadt nicht abgehen? In die Bezirksstadt sind es von uns 60 Kilometer, also eine Entfernung, die man nach einem Theaterbesuch und einem eventuellen späten Essen mit dem Auto noch leicht schaffen kann. Wenn ich mich richtig erinnere, brauchst du von deiner Wohnung zur Oper mit den öffentlichen Linien 40 bis 60 Minuten, je nach Verbindung - also auch nicht kürzer als mit dem Wagen zum Gut."
„Christoph, es ist nichts ausgeschlossen und ich stehe zu meinen Gefühlen für dich, aber alles zu seiner Zeit. Ich könnte mir auch vorstellen, später mit dir im Gutshaus zu wohnen. Wie das mit deinen Eltern so wäre, ist eine offene Frage. Wie war es mit Großvater, der wohnte doch auch im Gutshaus. Gab es da nie Reibereien zwischen ihm und deinem Vater?"
„Eigentlich nicht, Großvater sagte immer: „Egal welche Anordnung du triffst, es ist deine und sie hat mit meiner Meinung überhaupt nichts zu tun. Ich habe dir alle Rechte abgetreten und werde mich hüten, in deine Entscheidungen einzugreifen. Frag doch deinen Verwalter, wozu hast du ihn." Das galt umso mehr, als Vater selten am Gut anwesend war.
„Deine arme Mutter. Ich möchte keinen Mann, der mich seines Vergnügens wegen immer allein lässt. Ich könnte das nicht tolerieren. Es würde sicherlich zur Trennung kommen. Verheiratet zu sein hat einen anderen Stellenwert als eine unverbindliche Beziehung. Nein, Christoph, das wäre nichts für mich."
„Delia, ich bin anders als Vater, ein Familienmensch, so wie Mutter. Ich würde dir gern, wenn du mal Lust hast, das Guthaus zeigen. Im ersten Stock befinden sich der Ost- und der Westflügel. Der Westflügel wird stets vom Gutsherrn bewohnt. Dieser ist mit Wohn-, Schlaf-, Kinderzimmern sowie Gästezimmer und einem großen Bad ausgestattet. Genau das Gleiche findest du im Ostflügel. Der Ostflügel wird von der Familie des „Altbauern" bewohnt. Im Erdgeschoß befindet sich die große Gutsküche, ein riesiges Speisezimmer, in dem nicht geraucht werden darf, anschließend der Rauchsalon und danach ein sehr geräumiger Wohnsalon mit großer Sitzgarnitur vor dem Kamin sowie kleineren Tischen mit Sitzgelegenheiten. Eine große Südwestterrasse bietet jederzeit die Möglichkeit, auch mit mehreren Personen im Freien zu speisen. Urgroßvater hat den heutigen Westflügel gebaut, und als er meinem Großvater das Gut übergab, selbst noch in einem der Gesindehäuser außerhalb der Mauer gewohnt. Großvater hat dann den Ostflügel angebaut, damit die Familie beisammen sein kann. - Delia, Gut Reichental gibt es seit bald 200 Jahren, Mutter war noch eine ‚von Reichental'. Mit dem Tod von Großvater ist der alte Familienname ‚von Reichental' ausgestorben, aber Mutter wehrte sich entschieden dagegen, als Vater das Gut auf ‚Föhrenwald' umbenennen wollte."

Delia war schon über eine Woche bei Christoph, als er ihr erklärte: „Gundi hat heute um einen freien Tag gebeten. Eine Gelegenheit, liebste Delia, mein Versprechen einzulösen.

Ich werde dich mit einem vorzüglichen Menü überraschen, aber es wäre mir lieber, du würdest mich allein lassen."
Delia spazierte zu den Stallungen, um sich Barabella satteln zu lassen. Da sie niemanden sah, ging sie in den Stall, um selbst nachzusehen, ob Barabella in ihrer Box stand. Delia hörte Keuchen, Stöhnen, Flüstern und schon sah sie Christine mit hochgeschobenem Rock und den Herrn von Föhrenwald mit herunter gelassener Hose - die zwei vergnügten sich zwischen den Strohballen. Delia war wie vom Blitz getroffen, ging mit Blick auf die beiden rückwärts, um aus deren Blickwinkel zu verschwinden. Sie war sich sicher, dass sie sie nicht gesehen hatten, so sehr waren sie miteinander beschäftigt.

Christine und der Herr von Föhrenwald, dass ist ja ungeheuerlich, ob Christoph das weiß?
Delia ging nun zu den Koppeln, und immer noch hatte sie das Bild der beiden vor Augen. Sie setzte sich auf die obere Holzstange des Weidezauns und ihre Gedanken kreisten um das soeben Gesehene. Sie wurde aus ihren Gedanken gerissen.
„Frau Agatakis, soll ich Barabella und Mefisto 2 satteln?" fragte sie ein Stallbursche.
„Barabella, bitte."
Der Stallbursche führte Barabella aus der Koppel und ging mit ihr zum Sattelplatz. Delia folgte in einiger Entfernung, sie wollte nicht nochmals Zeuge der eben erlebten Szene werden.
Beim Weiher machte sie Rast. Sie fragte sich, ob sie Christoph von der Beobachtung etwas sagen sollte, verwarf aber den Gedanken, denn Christoph hatte sich von Christine getrennt, sie konnte also tun und lassen was sie wollte.
Delia hatte geduscht und während sie die Treppe hinunter stieg, fragte sie Christoph, ob er Hilfe brauche, sie könnte inzwischen den Tisch decken.
„Nein, meine Liebe, gehe auf die Terrasse, ich bin gleich soweit."
Christoph hatte sich wirklich Mühe gemacht. Der Tisch war bereits gedeckt, es fehlten weder die Blumen noch die Kerzen. Es gab eine vorzügliche Pilzcremesuppe, Preiselbeerpastete auf Toast, in Scheibchen geschnittenen Lungenbraten, welcher nach kurzem Anbraten mit Pflaumen im eigenen Saft fertig gebraten worden war. Polentaschnitten ergänzten als Beilage das Gericht. Dazu reichte der Koch einen vorzüglichen „Portugieser" aus den eigenen Rieden. Heiße Himbeeren als Dessert und ein Glas Portwein rundeten das Mahl ab.
Nachdem die beiden eng umschlungen den Sternenhimmel bewundert hatten und die Kühle der Nacht sie erzittern ließ, gingen sie ins Haus. In Christophs Zimmer verführte Delia ihren 'Haubenkoch' mit allen Raffinessen einer Frau. Sie war zärtlich, leidenschaftlich, hingebungsvoll und fordernd zugleich, löste damit bei ihm einen Höhepunkt aus, den er bisher so nicht gekannt hatte. Christoph war wie von Sinnen, als er in den Armen seiner geliebten Delia lag. Sein Puls raste, sein Körper glänzte im Licht der Nachttischlampe und seine Augen strahlten, als wären sie Edelsteine.
„Delia, ich lasse dich nicht mehr gehen, bleib bei mir, ich würde mich glücklich schätzen, wenn wir an eine gemeinsame Zukunft denken könnten, ich liebe dich."
„Christoph, ich kann dem nichts hinzufügen, auch ich empfinde wie du, aber lass uns vorher auch den gemeinsamen Alltag erleben, bevor wir solche Schritte planen."
„Delia, wir erleben doch schon einen gemeinsamen Alltag und er ist wunderschön, ich bin so glücklich." Er umarmte und küsste sie bis beide nach Atem rangen.
„Christoph, wie wird unser Leben aussehen, wenn wir einmal im Gutshaus wohnen? Wenn dein Vater all seine Freunde um sich schart, kann es uns wie deiner Mutter gehen. Wir müssten uns im ersten Stock des Westflügels aufhalten und könnten nicht den Wohnsalon mit seiner wundervollen Terrasse nützen. Ich kann mir nicht vorstellen, dass wir uns im Gutshaus wohl fühlen, wenn wir uns dort nicht frei bewegen können. Ich glaube, solange dein Vater dort lebt, werden wir hier unser Zuhause haben, auch wenn du der alleinige Herrscher über Gut Reichental bist. Wir würden immer wieder mit den Gewohnheiten deines Vaters konfrontiert werden, und ich glaube dich zu kennen, es würde unweigerlich zu Reibereien führen. Ich bin nicht der Typ, der sich von vornherein solchen Konfrontationen aussetzt. - Christoph, hier sind wir glücklich und alles ist wundervoll. Es wäre mit einem Schlag anders, wenn du das Gut übernimmst und die alte Tradition fortsetzt und deine Eltern in den Ostflügel verweist. Ich glaube, nach all dem,

was ich bisher über deinen Vater gehört habe, zieht dieser nicht ohne Kampf dort hin, denn das wäre für ihn ein großer Prestigeverlust, wo ihm dieser doch so wichtig ist." Eng umschlungen, jeder mit seinen Gedanken beschäftigt, schliefen sie ein.

Das Unfassbare geschah am darauf folgenden Morgen. Sie saßen beim Frühstück, als das Cabrio von Christine vorfuhr und sie diesem entstieg, nach einem kleinen Koffer griff und während sie die Stufen zur Terrasse hinauf eilte, fröhlich rief: „Guten Morgen, mein Geliebter, ich bin so glücklich, dein Kind unter meinem Herzen zu tragen. - Christoph, was machst du für ein Gesicht, wir bekommen ein Kind, gezeugt durch unsere Liebe." Zu Delia gewandt meinte sie nur: „Schätzchen, Ihre Zeit ist abgelaufen und nun verlassen Sie unser Haus."
Christoph überlegte, ob er richtig gehört hatte. *Was hat sie gesagt, ich soll Vater werden? Nein, nur das nicht, ich bin doch mit Delia glücklich. Das letzte Mal, als ich mit ihr geschlafen habe, konnte doch nichts passieren, ich kenn doch ihren Zyklus. Nein, nur das nicht.*

Delia war perplex. Diese scheinheilige Person treibt es mit dem Alten und will sich den Jungen angeln, nein, das kann nicht sein.
Christine jedoch eilte demonstrativ ins Haus. Christoph saß noch immer sprachlos neben Delia und blickte diese ganz verzweifelt an. Es war Delia, die ihn aus der Erstarrung wachrüttelte. „Christoph, Christine ist ins Haus gegangen und du solltest dich um sie kümmern, ich komme schon klar", sie schubste ihn in Richtung Eingang.
Delia saß auf der Terrasse, das Bild von Christine mit dem Altbauern vor Augen. Und ihr Christoph sollte Vater werden? All ihre Träume von einer gemeinsamen Zukunft lösten sich in nichts auf. Tränen liefen ihr über die Wangen. Sie erhob sich, ging zum Waldsee, um ihre Gedanken zu ordnen. *Warum muss diese Person unser Glück zerstören oder war ich es, die sich in die Beziehung drängte? Nein, alle sagten, dass sie nie verlobt waren und seit einiger Zeit getrennt sind, Christine aber noch immer Christoph nachstellt und nichts unversucht lässt. Ist er standhaft geblieben? Oder hatte sich das eine oder andere Mal doch noch eine Situation ergeben, wo sie ...* Delia wollte dies nicht zu Ende denken. *Nein ... oder doch ... er ist ja auch nur ein Mann und sie ist ein ausgekochtes Luder, diese Christine. Sie treibt es mit seinem Vater, vermutlich nur, damit ihr die Geldquellen nicht versiegen. Bei seinem Vater hatte sie leichtes Spiel, denn dieser sah in ihr vielleicht stets mehr als nur die zukünftige Schwiegertochter.*

Christoph fand Christine im Gästezimmer, wo sie bereits die letzten Sachen von Delia in deren Koffer warf.
„Da bist du ja endlich, ach, ich bin so glücklich", und sie schritt auf ihn zu. Er wehrte sie ab. „Christine, was soll dieses Theater, es kann doch nicht sein. Wir sind doch seit Wochen getrennt."
„Hat dir diese Delia das Gedächtnis geraubt? Hast du vergessen, dass wir vor deiner Vernissage einen heißen Fick unter deiner Dusche hatten?"
„Nein, das nicht, doch da bestand keine Gefahr, ich kenne deinen Zyklus."
„Wenn sich da mein geliebter Christoph nicht täuscht. Ich war beim Arzt und der hat die Schwangerschaft bestätigt. Christoph, ich bin so glücklich, wir bekommen ein Baby."
„Wer sagt mir, dass du nicht nur eine Show abziehst, weil du mir mein Glück mit Delia nicht gönnst? Im Übrigen, wenn es so ist, werde ich zu dem Kind stehen, aber du hast kein Recht dich hier häuslich niederzulassen. Verlasse mein Haus, ich meine es Ernst."
„Christoph, Liebster, das kannst du nicht machen, ich habe mit deinem Vater gesprochen, er hat gesagt, dass ich natürlich zum Vater meines Kindes gehöre."
„Was! Du hast mit Vater darüber gesprochen, das finde ich aber stark. Natürlich läufst du zu ihm, wo er dich ja so gern als Schwiegertochter sehen möchte. Vom Traum meine Frau zu werden, solltest du dich verabschieden. - Wenn ich der Vater bin, und das wird sich irgendwann feststellen lassen, werden es die Anwälte regeln, aber bis dahin wirst du mein Haus verlassen und glaube ja nicht, dass ich schon jetzt für dich aufkomme." Er nahm Christine beim Arm, griff nach ihrem kleinen Koffer und zerrte die Widerstrebende aus dem Zimmer.

„Das muss ich mir nicht gefallen lassen", fauchte Christine wild, doch Christoph hielt sie fest und führte sie zu ihrem Cabrio.
„Und nun ein letztes Mal: Ich will dich hier nicht mehr sehen bis Klarheit herrscht, und wenn du dich nicht daran hältst, werde ich rechtliche Schritte unternehmen."
„Christoph, wie kannst du so mit der Mutter deines Kindes sprechen, ich bin verzweifelt. Glaub ja nicht, dass dir dein Vater das durchgehen lässt, wie du dich mir gegenüber verhältst. Ich bin gespannt, wie deine dich so liebende Mutter reagieren wird, wenn sie erfährt, dass ihr Enkelkind nicht erwünscht ist. Das letzte Wort ist noch nicht gesprochen und ich bin sicher, wenn diese Delia nicht mehr hier ist, wirst du reumütig zur Mutter deines Kindes zurückfinden. Ich lasse dir die Zeit, die du brauchst, aber verbannen kannst du mich nicht."

Christoph stand noch immer an dem Ort, wo eben Christine mit den Wagen weggefahren war. *Es ist ein Albtraum, mit dieser Frau werde ich noch so manchen unangenehmen Auftritt erleben. Es war doch nie Liebe ihm Spiel. Was ist, wenn es wirklich mein Kind ist? Dann muss ich dazu stehen, auch wenn ich mit der Mutter nicht klarkomme. Jetzt, wo ich Delia traf weiß ich, was Liebe ist, alles andere war eine schöne, leidenschaftliche Zeit. Der Gedanke an Delia lässt mein Herz rasen, obwohl es gleichzeitig schmerzt, denn ich bin allein … wo ist sie? Die Arme, was wird sie gerade denken oder ist sie auch vor Kummer der Verzweiflung nahe, so wie ich? Wo ist Delia? Ich muss zum Waldsee, vielleicht kann ich mich dort beruhigen. Erst muss ich einen klaren Kopf bekommen, bevor ich mit ihr über all das sprechen kann.*
Delia saß am Ufer des Sees und blickte stumm vor sich hin, als Christoph dort ankam. *Was denkt sie, ich muss zu ihr, ihr erklären, was ich eben getan habe.*
„Darf ich mich zu dir setzen?"
Sie schluchzte, aber ihre Hand wies neben sich.
„Delia, ich bin verzweifelt. Ich kann nicht glauben, was Christine behauptet. Ich habe sie eigenhändig aus meinem Haus geschmissen und ihr Hausverbot erteilt. Aber das Ärgste ist, sie war vorher bei meinem Vater, der ihr erklärte, sie müsse zum Vater des Kindes ziehen, daher ist sie hier aufgetaucht. Liebste Delia, ich muss nachdenken, wie es mit uns beiden weitergehen kann."
„Ja, Christoph, so wie ich. Ich reise ab. Falls du den Weg zu mir findest, will ich Fakten hören, denn ich kann nichts weniger ausstehen als angelogen zu werden. Ich bin mir auch nicht sicher, ob da nicht doch was Wahres dran ist, wenn sie behauptet, von dir schwanger zu sein. Weißt du Christoph, es geistert nach wie vor Christines Bemerkung durch meinen Kopf. Wie waren ihre Worte auf der Vernissage? ‚Christoph kann ohne mich nicht sein, wir liebten uns doch wieder, und es war großartig' oder so. - Christoph, versuche mich nicht aufzuhalten, ich gehe packen und reise sofort ab." Sie stand auf und ging zu seinem Haus.
Christoph war wie versteinert. *Jetzt ist alles aus, Delia verlässt mich. Wir lieben uns - sollte man da nicht gemeinsam solche Herausforderungen bewältigen? Das kann ich von ihr nicht verlangen, denn das ist meine Sache. Ich bin mir sicher, es war keine Gefahr unter der Dusche, ich kenne doch Christines Zyklus. Wann hatte sie den letzten? - Ich weiß es nicht.*

Delia gab in den bereits hastig gepackten Koffer noch ihr Waschzeug und trat auf die Terrasse, als das Taxi vorfuhr. Sie hatte Gundi ersucht anzurufen. Als Delia die Stufen hinunter stieg, sah sie Christoph aus dem Wald kommen, und als sich ihre Blicke trafen, begann er plötzlich zu laufen. Sie erwartete ihn. „Christoph, an meiner Liebe zu dir musst du nicht zweifeln, aber ich will in dieser Situation nicht hier sein, du weißt wo du mich findest. Aber bitte, bitte, Christoph, spiele nicht mit meinen Gefühlen. Ich will Klarheit und eine Lösung, die ich nachvollziehen kann, keine Versprechungen, die du nicht halten kannst. Und nun umarme mich, sodass ich wenigstens noch einmal deine Nähe spüren kann", und schon rannen Tränen über ihr Gesicht.
Christoph sah dem Taxi nach. Seine Liebe und sein Glück entschwanden mit diesem nicht nur seinem Blick, sondern fuhren vielleicht auf immer davon.

*

Christine fuhr natürlich sofort zum Gutshaus, denn sie wollte Bernhard über den Besuch bei seinem Sohn informieren. Auf den Weg zu seinem Büro begegnete ihr Isabell.
„Den Weg können Sie sich sparen, er ist nicht hier und ich weiß auch nicht, wann er zurückkommt."
„Das finde ich aber nett, dass mir die zukünftige Großmutter über den Weg läuft. Gratuliere zu Ihrem ersten Enkelkind."
Isabell erstarrte vor Schreck, als sie diese Worte hörte.
„Was sagen Sie da, ich soll Großmutter werden? Wieso weiß ich nichts davon?"
„Christoph weiß es auch erst seit wenigen Minuten, er wird seiner lieben Mutter diese frohe Botschaft selbst überbringen. Ich hoffe, Sie freuen sich für uns. - Und nun entschuldigen Sie mich. Sagen Sie Bernhard, dass ich ihn sprechen wollte." Sie drehte sich um und ließ Isabell stehen.
Was hat sie gerade gesagt, sie und Christoph, nein, das sollte nicht sein, er ist doch in Delia verliebt. Ich muss zu ihm. Ich will wissen, was da vorgeht. Das ist nicht mein Christoph, wenn er auf zwei Kirchtagen tanzt. Ich war immer so stolz, dass er meinen Charakter hat und nicht den seines Vaters. Oder hat er doch diesen Hang zu immer Neuem von ihm geerbt? Arme Delia ... Nein, mein Christoph tut so etwas nicht!

Isabell fand ihren Sohn auf den Stufen zur Terrasse. Sein Blick war starr in die Ferne gerichtet. Er hörte nicht das Näherkommen seiner Mutter, bis sie sich zu ihm setzte.
„Christoph, ich sehe dir die Verzweiflung an, und es kann dich niemand besser verstehen als ich. Ich erkenne doch, dass du das erste Mal mit einer Frau glücklich bist. Delia hatte Interesse an allem, was dir wichtig ist. Sie war mit dir auf unseren Ländereien unterwegs, liebt Pferde, wollte wissen, was so alles zu einem Gut gehört. Sie war sich auch nicht zu schade, ihre Schuhe gegen Gummistiefel zu tauschen, nur um zu sehen, wie unsere Rinder und Schweine untergebracht sind. Und nun diese Botschaft. Es ist dein Kind und mein erstes Enkelkind? – Christoph, du wirst dein Kind lieben, auch wenn du mit der Mutter Probleme bekommen wirst. Es gibt viele Möglichkeiten, du kannst dein Kind adoptieren, das alleinige Sorgerecht beantragen und der Mutter nur ein Besuchsrecht einräumen. - Wenn dir an Delia etwas liegt, kämpfe um sie, sie ist es wert. Aber es kann dauern, auch sie wird verzweifelt sein, doch ich denke, eure Liebe hat eine Chance. Wenn du jemanden zum Reden brauchst, du weißt, wo du mich findest."
Christoph wirkte nach wie vor abwesend. Isabell legte ihre Hand auf seine Schulter und verharrte still neben ihm, bis sie aufstand und zurück zum Gutshaus ging.

Später fuhr Christoph zu seinem Freund Peter, dem Anwalt, um ihm die Neuigkeiten zu erzählen, auch was seine Mutter wegen des alleinigen Sorgerechts und der Adoption gesagt hatte.
„Christoph, es wäre eine Möglichkeit, aber wie ich Christine einschätze, wird dich das einiges kosten. Die Frau hat dich in der Hand, das kannst du drehen wie du willst, sie ist die Mutter."
Christoph war niedergedrückt, die Umstände legten keine einfache Lösung nahe. Peter sah seinen Freund lange still an, bis er ihn fragte: "Hast du Zweifel an der Vaterschaft?"
„Warum fragst du?"
„Nun, ich sehe doch, dass du etwas auf dem Herzen hast."
„Ich habe Delia verloren, sie ist die Liebe meines Lebens. Sie wird das Kind kaum dulden, denn es ist nicht unser gemeinsames. Und ja, Peter, ich zweifle sehr, dass das Kind von mir sein sollte."
Peter überlegte, ob es gut wäre ihm zu sagen, dass er seinen Vater mit Christine in Zürs Händchen haltend gesehen hatte. Sein Vater hatte viele große elegante Einkaufstaschen getragen. Christine war sehr vergnügt an seiner Seite spaziert, wobei es nicht den Eindruck machte, als wäre dies der zukünftige Schwiegervater, der mit ihr einkaufen ging. *Nein, das geht mich nichts an.*
Peter erläuterte Christoph die diversen Möglichkeiten für den Fall, dass er tatsächlich der Vater von Christines Kind sein sollte und legte ihm nahe auf einen Vaterschaftstest zu bestehen. Das Für und Wider der einzelnen Möglichkeiten abzuwägen dazu blieben ihm noch einige Monate Zeit. Er gab Christoph zu bedenken, dass Christine wohl alle Register

ziehen würde, um zu erreichen, dass Christoph sie finanziell unterstützte. „Leider habe ich keine besseren Nachrichten für dich."

*

Delia konnte sich auch in ihrer gewohnten Umgebung nicht beruhigen. Das erste Mal in ihren Leben hatte sie geglaubt, die Liebe gefunden zu haben und nun dieses Chaos. *Mit Christoph hätte ich mir ein gemeinsames Leben vorstellen können, in dieser herrlichen Landschaft, mit reiten, Theater, Konzerten, Bällen, Kindern, die wir uns wünschten. Aber nun soll er der Vater von Christines Kind sein, wo doch sein Vater mit Christine was am Laufen hat. Ich bin verzweifelt.* Und schon rannen ihr die Tränen über ihre Wangen. *Wie wird das mit Christine gehen? Die nimmt ihn doch aus wie eine Weihnachtsgans. Überdies die dauernde Präsenz von Christine und Bernhard, nein, so kann ich mir mein weiteres Leben nicht vorstellen. Ich muss Christoph vergessen, ich bin nicht die Frau, die sich mit der zweiten Geige zufrieden gibt. Aber vielleicht findet Christoph einen Weg, der auch für mich akzeptabel ist, so dass es für uns doch eine Zukunft gibt.*
Delia versuchte, sich mit dem Schreiben abzulenken. Doch dies war nicht so leicht, waren doch ihre Gedanken immer bei Christoph. Sie besuchte nun wieder jene Lokale, wo sich Künstler treffen, in der Hoffnung mit Gleichgesinnten die wundervollen Tage mit Christoph auf dem Gut zu vergessen.

*

Christoph hatte sich in sein Atelier zurückgezogen. Er dachte an die letzte Nacht mit Delia und ihre gemeinsamen Pläne. *Und nun? Es muss eine Lösung geben, eine Zukunft ohne Delia will ich mir nicht vorstellen. Doch wohin mit dem Kind? Die Mutter lediglich finanziell unterstützen und ihr alle Verantwortung überlassen? Mutter hätte ihr Enkelkind natürlich gern in ihrer Nähe. Ich muss mir klar werden, was ich tun werde. Zu allererst werde ich Delia einen Brief schreiben. Aber was soll ich schreiben, sie will Klarheit. Ich glaube, ich sollte doch mit Mutter sprechen. Wieso wusste sie so viel über Delia? Sie sagte, es lohne sich für Delia zu kämpfen. Sie kennt sie nicht persönlich, ist aber überzeugt, dass sie die Richtige ist. Wenn alles ohne Komplikationen verläuft, dauert eine Schwangerschaft neun Monate - so lange will und kann ich nicht von Delia getrennt sein. Vielleicht sollte ich darüber schlafen.*

Gundi hatte ihrem verzweifelten Christoph sein Kinderfrühstück zubereitet: Kakao, Butterbrot mit viel Honig, aber sonst war der Frühstückstisch leer. *Gundi, Gundi*, dachte er und ließ es sich schmecken, obwohl er zu ihr sagte: „Ich finde das ganz lieb, aber morgen bitte wieder ein normales Frühstück. Ich glaube, mein Kummer dauert länger und alle Tage wäre das kein Trost, aber danke für deine Fürsorge."

Heute hatte er einen Termin im Autohaus MSM, da der Jaguar ein Service brauchte. Stephan, der Sohn des Hauses, übernahm den Wagen und beide gingen danach ins Büro, wo er auch dessen Schwester Carolin traf. Diese war mit einem Kunden beschäftigt, so dass sie nur rief: „Hallo, Christoph, was macht die Malerei?" und sie kümmerte sich wieder um ihren Kunden. Der Kunde aber stand auf und ging auf Christoph zu. „Sie sind demnach Christoph von Föhrenwald, der Maler."
„Ja, der bin ich. Mit wem habe ich das Vergnügen?"
„Ich bin Rüdiger von Hagenberg. Darf ich Ihnen zu Ihrer bezaubernden Verlobten, der ungarischen Gräfin, gratulieren, ich habe sie auf der Hochkaralm kennen gelernt, wo ich ein Treffen mit Ihrem Vater hatte."
„Danke, aber ich bin nie mit Christine verlobt gewesen, nur befreundet."
Rüdiger von Hagenberg wirkte etwas verwirrt, sagte aber sofort: „Entschuldigen Sie, da habe ich sicherlich etwas falsch verstanden. Sollten Sie wieder einmal eine Vernissage haben, würde ich mich freuen, wenn Sie mich einladen", und er reichte Christoph seine Visitenkarte.
„Danke, das mache ich gern ... Sagen Sie, wann war das mit der Hochkaralm?"

„Das ist sicherlich vor gut drei Monaten gewesen, ich hatte mit Ihrem Vater später einen Termin beim Notar, deshalb weiß ich es so genau."

„Ach, das ist schon so lang her? Nun, sie gibt sich Fremden gegenüber immer gern als meine Verlobte aus, aber Sie können meine Freunde fragen, verlobt waren wir nicht - oder?"

Es war ein einstimmiges „Nein" seiner Freunde zu hören.

„Gut, dann höre ich von Ihnen, wenn es wieder eine Ausstellung gibt."

„Herr von Hagenberg, ich bin mit der Rechnung fertig, wir könnten zu Ihrem Auto gehen", sagte Carolin.

Rüdiger von Hagenberg benützte die Gelegenheit, um sich bei Carolin zu erkundigen.

„Darf ich Sie etwas fragen?"

„Natürlich, Herr von Hagenberg."

„Ich denke, ich bin eben in ein Fettnäpfchen getreten. Aber auf der Alm hatte sich die junge Frau als die Verlobte des Jungen von Föhrenwald ausgegeben, und ich dachte schon, der alte Föhrenwald hätte eine neue Freundin."

Carolin dachte bei sich: *Das wäre etwas Neues, wenn sie sich nun an den Alten herangemacht hätte, zutrauen würde ich ihr das, denn mit Christoph ist es schon lange aus. Andererseits wurde Christine von seinen Eltern sehr hofiert, was wieder bedeuten könnte, dass dies kein reiner Zufall war, dass sie mit dem Föhrenwald auf der Alm war.*

„Christine verkehrt nach wie vor auf dem Gut und nimmt an den Gesellschaften des Seniors teil. Also wäre es schon möglich, dass sie ihn begleitet hat und sich Ihnen gegenüber als die Verlobte vom Sohn ausgab, um keine Gerüchte in die Welt zu setzen."

„Frau Carolin, über die näheren Verhältnisse der Familie bin ich nicht informiert, ich habe lediglich dem Senior die Hochkaralm verpachtet."

„Sag, Christoph, seit wann fährt Christine gern in die Berge, ich dachte sie hasst diese?" fragte ihn Stephan, als sie allein waren.

„Stephan, mir ist nicht danach, über Christine zu sprechen. Wann kommt der neue Jaguar und wie ist seine Sonderausstattung? Beide waren nun damit beschäftigt, sich mit dem zu erwartenden Auto zu beschäftigen, als seine Schwester Carolin eintrat und an Christoph die Frage richtete: „Ich dachte, mit Christine hast du Schluss gemacht und nun höre ich, du wärst mit ihr verlobt?"

„Du kennst doch Christine, mit der Wahrheit nimmt sie es nie so genau. Nein! Ich bin nicht verlobt. Freunde, ich will mich nicht weiter über Christine unterhalten, sie ist Vergangenheit. Ruft an, wenn der Wagen fertig ist, wo steht das Ersatzauto?"

„Im Hof, da ist der Schlüssel, zurzeit habe ich keinen Jaguar, sondern einen Chevrolet, ich weiß, ich mache dir damit keine Freude, aber es ist ein fantastisches Auto."

Als Christoph gegangen war, erzählte Carolin ihrem Bruder von dem Gespräch mit Hagenberg. „Wenn ich mir das Gehörte überlege, macht es schon Sinn. Christine hatte in seinem Vater immer einen verständnisvollen Zuhörer und er behandelte sie wie seine eigene Freundin und nicht als die von Christoph."

„Du hast Recht, Carolin, aber zu Christoph werden wir nichts sagen, solange wir keinen Beweis haben, obwohl es verdächtig ist."

Christoph ging wie in Trance zum Auto. *Vor drei Monaten soll sie mit Vater in den Bergen gewesen sein? Was hat Christine dazu bewogen auf die Alm mitzufahren? Vielleicht hat sie sich wieder bei Vater ausgeweint, aber dass sie dann gleich mit in die Berge gefahren ist, finde ich schon eigenartig. Allerdings - Christine war immer für Überraschungen gut.* Christoph beschloss, nun doch Delia zu schreiben.

Liebste Delia!

Du bist mein Herzschlag, ohne deine Nähe ist sein Rhythmus gestört. Ja, ich weiß selbst nicht, wie es weitergehen soll, doch ohne dich kann und will ich mir keine Zukunft vorstellen.

Wenn es mein Kind ist, werde ich mich nicht der Verantwortung entziehen, nur wie dann die Zukunft aussieht, weiß ich nicht. Mein Freund Peter, du weißt schon, der Anwalt, hat mir mehrere Möglichkeiten aufgezeigt, aber keine ist für das Kind das Ideale. Der Gedanke schmerzt, dass wir über gemeinsame Kinder sprachen und nun das.

Eines weiß ich sicherlich heute schon, ich werde Christine nie heiraten, auch nicht wegen des Kindes. Außerdem habe ich gegen sie ein absolutes Hausverbot ausgesprochen und wenn sie sich nicht daran hält, bekommt sie dies von Peter schriftlich.

Gundi ist fuchsteufelwild auf Christine, weil sie die Frechheit hatte, dich aus meinem Haus zu jagen. ‚Die soll sich punkto Benehmens und Menschlichkeit an Frau Delia ein Beispiel nehmen', hat sie gesagt. Außerdem hat sie mir versprochen, wenn Christine noch mal auftaucht, schmeißt sie sie eigenhändig hinaus, meine Gundi.

Delia, ich bin mir über die weiteren Schritte nicht im Klaren. Es hat mich in einer Zeit erwischt, in der ich an ein neues Leben mit dir dachte. An etwas anderes kann ich überhaupt nicht denken. Sogar Mutter hat mir geraten, ich soll um dich kämpfen. Du, sie weiß, was wir uns alles angesehen haben und wo wir überall waren. Sogar über die Aktion mit den Gummistiefeln wusste sie Bescheid. Sie ist auch überzeugt, dass dein Interesse echt war. Mütter sind so.

Delia, ich würde dich so sehr an meiner Seite brauchen, denn es hängt doch unsere Zukunft davon ab. Bis zur Geburt vergehen Monate und ich kann mir nicht vorstellen, dich solange nicht zu sehen. Ich vermisse dich, deine Nähe, deine Wärme, dein Lachen und ganz besonders deine Liebe. Natürlich kennen wir uns erst drei Monate und 28 Tage, aber wir sind füreinander bestimmt. Diese Harmonie in allen Dingen, das sich Verstehen ohne Worte, unsere gemeinsamen Interessen.

Liebste, ich schicke dir den Brief und du kannst sicher sein, dass ich, auch wenn ich nicht erwünscht bin, nächstes Wochenende bei dir klingeln werde. Auch wenn ich in einem Hotel absteige, werde ich solange klingeln oder vor dem Haus warten, bis ich dich sehe.

Ich liebe dich. Ich habe Angst dich, Geliebte, zu verlieren und es tut mir leid, dass du wegen mir Kummer hast.

Dein Christoph

*

Christine traf sich regelmäßig mit Bernhard in der Bezirksstadt. Er hatte eine Pension am Rande der Stadt gefunden, wo sie ungestört ihre Schäferstündchen halten konnten. „Bernhard, es sieht schlimm aus, Christoph hat mir Hausverbot erteilt, und wenn ich mich nicht daran halte, wird er rechtliche Schritte einleiten. Er hat aber gesagt, zu dem Kind wird er stehen. Das bedeutet, er ist sich nicht wirklich sicher."

„Christine, das klingt doch sehr gut."

„Delia habe ich ebenfalls mit meinem Auftritt vertrieben. Ich sah sie im Taxi wegfahren, nachdem ich bei Isabell war. Bernhard, ich wollte doch sofort zu dir, leider traf ich nur deine Frau an und so konnte ich ihr gleich die frohe Botschaft überbringen."

„Das hast du bestens gemacht. Christoph wird sich schon beruhigen, denn einen Skandal kann er sich nicht leisten, es war richtig was wir uns ausgedacht haben. Dass es auch meine Frau weiß, ist großartig, nun kann ich den besorgten Großvater spielen, denn vorerst kann Christoph auf keinem Vaterschaftstest bestehen. Von der Alm und unserer Beziehung weiß keiner, und der Birnstingel ist sehr verschwiegen. Ich freue mich auf unser Kind, auch wenn ich vorerst nicht so zu ihm stehen kann, wie ich gerne möchte, aber als Großvater habe ich ja alle Rechte. *Eigentlich kann ich stolz auf mich sein. Ich habe mich vorläufig ganz gut aus dieser unangenehmen Situation gerettet, denn Christine konnte ich insoweit beruhigen, dass sie davon ausgeht ich werde alles tun, damit sie an eine gemeinsame Zukunft mit mir glauben kann.* „Liebes, mach dir keine Gedanken, du hast richtig gehandelt. Nun lass uns aber zum erfreulichen Teil übergehen."

„Bernhard, so geht das nicht. Wenn Christoph mich nicht bei sich aufnehmen will, sollten dies die Großeltern tun."

„Ich werde schon noch mit Isabell sprechen. Außerdem muss ich mir das noch überlegen, am Gut müssten wir höllisch aufpassen, denn dort könntest nicht so wundervoll laut sein, wenn wir uns lieben."

Christine artikulierte wie immer ihre gespielte Freude und Lust, damit sich Bernhard als toller Liebhaber fühlte, denn Zweifel, ob sie in ihn verliebt war, sollte er keine haben.

Bernhard erklärte Isabell, dass er daran denke, Christine im Gutshaus wohnen zu lassen, bis sich Christoph seiner Vaterpflicht besinne. „Es ist doch unser Enkelkind, und Christoph werde ich mir schon noch vornehmen."

„Das wirst du lassen, Bernhard. Christoph wird zu seinem Kind stehen. Er wurde zu einem Zeitpunkt mit der Tatsache konfrontiert, wo er für seine Zukunft bereits ganz andere Pläne hatte."

„Er hat doch nur Augen für diese Schriftstellerin. Er sollte seine Zukunft mit Christine planen, das wäre für das Kind besser." *Ich muss Isabell unbedingt in dem Glauben lassen.*

„Das bezweifle ich. So wie ich Christoph kenne, wird er sicherlich einen anderen Weg finden als mit Christine eine Familie zu gründen."

„Das wäre ja noch schöner. Wenn er das tut, werde ich ihn enterben, und das Enkelkind wird einmal das Gut bekommen. Er wird es für das Kind verwalten müssen, bis dieses in der Lage ist, es selbst zu führen. Der wird mich noch kennen lernen, der Herr Sohn. Ich werde Anweisung geben, dass der Ostflügel für Christine hergerichtet wird. Dazu brauche ich deine Einwilligung nicht, ich bin hier der Herr. Ja, schau nur, es war ja dein Vater, der dies so wollte."

„Bernhard, es ist typisch für dich, dass du die Realität verleugnest. Das Gut hat mein Vater unserem Sohn vererbt, und ich bin seine Treuhänderin, dies zu deiner Erinnerung. Du hast es die ganzen Jahre über verdrängt, weil ich dich gewähren ließ. Mein Lieber Mann, falls du es vergessen hast, Vater hat für mich, wenn es zum Äußersten kommen sollte, bei unserem Anwalt ein Schriftstück hinterlegt, welches mir einschneidende Rechte einräumt."

„Dein Vater, dieser Heuchler, hat mich über den Tisch gezogen, weil ich zu meinem Kind stehen wollte. Dein Lieblingssohn soll sich ein Beispiel an mir nehmen. Der hat zum Unterschied zu mir ja keinen Charakter. Ich habe entschieden. Christine wird hier einziehen, bis sich dein Sohn zu seinem Kind bekennt. Ich gehe jetzt zu Christoph hinüber und werde ihm ins Gewissen reden."

„Da komme ich mit."

„Du bleibst hier, das ist Männersache." *Mit meinen Besuch werde ich ihn zusätzlich verunsichern. Bin gespannt wie er auf meine Entscheidung reagiert.*

Christoph hatte schon die ganze Zeit damit gerechnet, dass sein Vater auftauchen würde, denn Christine konnte man nicht so behandeln wie er es getan hatte.

„Christoph, ich will es kurz machen, du wirst deine Pflichten als Vater erfüllen so wie ich es bei deiner Mutter tat. Christine zieht in den Ostflügel, damit wir uns um sie kümmern können, da der Herr Sohn es nicht für notwendig hält, die Mutter seines Kindes bei sich wohnen zu lassen."

„Danke, Vater, ich weiß schon, was ich zu tun habe. Dass du sie in den Ostflügel einziehen lässt, kann dir nur recht sein."

„Was hat das mit mir zu tun?"

„Vater, es ist doch so, bei dir hatte sie immer ein offenes Ohr und vielseitigen Trost gefunden."

„Was soll das heißen? Ich habe im Gegensatz zu dir Verständnis für sie, denn du siehst nur das Negative bei ihr. Ihre Leidenschaft hat dich fasziniert, aber als sie berechtigte Ansprüche stellte, war der Herr Sohn knausrig und hat wegen der paar Kröten wie ein kleiner Schulbub geweint."

„Vater, ich werde meine Entscheidung treffen, sobald es notwendig ist. Derzeit sehe ich keinen Grund, irgendetwas zu tun, denn die Schwangerschaft dauert meistens neun Monate und du bemühst dich ja rührend um sie."

"Für mein Enkelkind und deren Mutter werde ich alles tun, damit es behütet aufwachsen kann."

„Dann wünsche ich euch bei euren gemeinsamen Ausflügen und sonstigen Treffen viel Spaß. Vater, die Welt ist viel kleiner als du denkst, und man kennt den Herrn von Föhrenwald, auch wenn er sich mit Christine auf die Hochkaralm zurückzieht."

„Du bist unverschämt, das geht entschieden zu weit, mein Sohn, was soll ich davon halten", wobei sein Gesicht vor Zorn rot anlief. „Du hast Christine in ein seelisches Tief gebracht, sie war am Boden zerstört, da habe ich sie mitgenommen, damit sie Abstand gewinnen kann. Ich denke, das hat ihr gut getan, sie hat sich wieder gefangen. Dir war ihr Zustand egal, denn du hast wegen ihrer Einkäufe auf deinen Namen gejammert als ob du am Hungertuch nagst. Du kennst nun meine Ansichten, und ich hoffe du kommst bald zur Vernunft und kümmerst dich um die Mutter deines Kindes."

Er drehte sich um und ging mit noch immer hochrotem Kopf davon.

Verdammter Hagenberg, er konnte sein Schandmaul nicht halten, dabei hatte er es selbst bei Christine auf der Alm versucht. Wo haben sich Christoph und er getroffen? Ich wusste nicht, dass die sich kennen. Ich muss den Birnstingel dazu bringen, dass er als väterlicher Freund öfter nach Christine schaut, sie sollen sich gemeinsam in Lokalen treffen. Christine ist ein so bezauberndes Mädel und sie liebt mich. Ich freue mich, sie bald in meiner Nähe zu haben.

Bernhard fragte sich, was dieses Schriftstück enthielt, das sein Schwiegervater beim Anwalt hinterlegt hatte und das Isabell derart aufbegehren ließ. So kannte er sie nicht und erkundigte sich daher.

Den Besuch beim Anwalt hätte ich mir ersparen können. Das Einzige, was ich in Erfahrung bringen konnte war, das dieses Dokument Christoph berechtigt, sein Erbe ohne meine Einwilligung sofort anzutreten. Details oder gar das Papier selbst wollte der Anwalt nicht herausrücken. „Dieses kann ich nur Ihrer Frau oder nach deren Tod Ihrem Sohn aushändigen." Eigentlich bin ich ja selber schuld. Hätte ich mich damals besser abgesichert, als mein Schwiegervater von mir die Wertpapiere für das zu erwartende Enkelkind wollte, hätte ich diese nach seinem Tod nicht verloren. Ich war mir sicher, dass sie letztlich für das Gut bestimmt waren, welches er mir vererben würde, konnte allerdings nicht ahnen, welch schäbigen Plan er hatte. Das Testament ist bindend, ich leite nach wie vor das Gut und so lange bin ich der Gutsherr, denn freiwillig werde ich nicht abtreten.

*

Christine war verblüfft, als sie aus dem Bürohaus trat und Rüdiger von Hagenberg ihr gegenüber stand.
„Einen schönen guten Tag wünsche ich der wunderschönen Gräfin oder Herzogin, auf alle Fälle der ungarischen Adeligen. Darf ich Ihnen die Blumen überreichen und sie auf ein Glas Sekt einladen? Ich habe einiges mit Ihnen zu besprechen. Es hat wenig Sinn mir auszuweichen. Ich bin einem Geheimnis auf die Spur gekommen. Sollte ich dieses ausposaunen, wird das Bernhard und Sie nicht gerade freuen. Also wohin gehen wir?"
„Was fällt Ihnen ein, die Blumen können Sie behalten und was soll dies mit dem Geheimnis?"
Ich muss vorsichtig sein, denn der weiß sicherlich etwas, was uns nicht Recht wäre, wenn es publik würde.
„Sie wissen ganz genau, dass Sie mich auf der Alm angelogen haben und die Freundin des Alten sind. Um zu reden, gehen wir jetzt ein Glas Sekt trinken, sollten Sie ablehnen, werde ich dem jungen Föhrenwald die Augen öffnen."

Als sie einander gegenüber saßen, erklärte Rüdiger von Hagenberg Christine unverblümt: „Wenn Sie mit mir ins Bett gehen, nehme ich das Geheimnis mit ins Grab. Seit der Alm sind Sie mir nicht mehr aus dem Kopf gegangen, Sie haben etwas, das einen Mann ganz schön unruhig werden lässt."
„Ich bin empört, was erlauben Sie sich!"
„Was hätten Sie und Bernhard davon, wenn sich Ihre Pläne in Luft auflösen, denn solange es ein Geheimnis bleibt, werden Sie profitieren."
„Ein unverschämter Vorschlag! Wenn ich das Bernhard erzähle, wird er Ihnen ganz schön die Meinung sagen."
„Was soll er mir denn sagen - dass er der Vater des zu erwartenden Kindes ist und ihr dem jungen Föhrenwald das Kind unterschieben wollt?"
Christine erblasste bei diesen Worten mehr als ihr lieb war.
„Wer garantiert mir, dass Sie, wenn ich Ihr Angebot annehme nicht zu Wiederholungen drängen?"
„Erstens bin nicht der Teufel in Person, auch wenn ich Ihnen auf der Alm Angst eingejagt habe. Zweitens würde ich Sie für das Schäferstündchen fürstlich belohnen. Einer so schönen Frau gegenüber sollte man sich großzügig zeigen. Ihre Gunst bekommt man nicht umsonst, oder irre ich mich? Ich habe mich etwas informiert, wir sind beide aus dem gleichen Holz geschnitzt, wie man so sagt. Ich kann es mir leisten Sie entsprechend zu verwöhnen, also steht unserem Arrangement nichts im Wege. Ich lasse Ihnen einige Tage Bedenkzeit, denn auch das kann ich mir leisten. Wenn Sie klug sind, werden Sie auf mein Angebot eingehen. Bis zum nächsten Mal, auf Wiedersehen."
Was soll ich tun? Einerseits wird Bernhard nicht sehr erfreut sein, wenn er erfährt, dass Rüdiger alles weiß, andererseits hätte er folglich uns beide in der Hand. Es wäre ein furchtbarer Skandal, wenn die Wahrheit ans Tageslicht käme. Ich muss Bernhard schützen. Ich hatte schon öfter ein Techtelmechtel und mehr wird es nicht sein. Er sieht gut aus, will sich auch nicht kleinlich zeigen und Bernhard hat gesagt, dass Rüdiger bei den Frauen, seinen Mann steht. Ob er wirklich schweigt, mich aber immer wieder dazu nötigt? Das bleibt für mich das Risiko. Und was ist, wenn er nicht das bringt, was ich mir dabei erwarte oder gar sadistische Anwandlungen hat? Es waren damals seine Augen, die mir Angst machten, Bernhard jedoch meinte, Rüdiger sei harmlos.

*

Als Delia ihre Post durchsah, erkannte sie auf einem Kuvert die Schrift von Christoph. Klopfenden Herzens öffnete sie es. Obwohl Delia schon einige Tage zu Hause weilte, hatte sie noch immer keine Zeile für das Buch geschrieben. Ihre Gedanken waren nach wie vor bei ihm. In den letzten Wochen waren sie einander sehr nahe gekommen und es gab eigentlich nichts, worüber sie geteilter Meinung waren. *Das gibt es nur, wenn man irgendwie seelenverwandt ist. Was wird in dem Brief stehen, in der kurzen Zeit wird Christoph kaum eine Entscheidung getroffen haben.*
Sie las den Brief und wunderte sich genauso wie Christoph über seine Mutter. *Mütter sehen manche Dinge anders, denn sie haben ihre Augen und Ohren überall, auch wenn*

man es nicht merkt. - Wie viele Tage muss ich noch warten bis ich Christoph in die Arme schließen kann? Neun Tage, das ist eine lange Zeit. Er will in einem Hotel nächtigen, das zeigt mir wieder, dass er meine Entscheidung respektiert. Aber ich freue mich auf ihn und wir werden unsere Gedanken und Ideen austauschen. Christoph spricht von einigen Möglichkeiten. Natürlich bin ich nicht bereit, ein fremdes Kind aufzuziehen. Anderseits ist er sich nicht sicher, ob es wirklich sein Kind ist. In der Zwischenzeit wird er vermutlich auch wissen, in welcher Zeitspanne das geschehen ist. Seine Freunde hatten gesagt, die beiden hätten sich schon vor längerer Zeit getrennt. Es könnte jedoch auch in der Zeit passiert sein, in der wir einander kennen lernten, denn Christines Bemerkung von damals erscheint nun in einem anderen Licht. - Delia, zerbrich dir nicht den Kopf, besprich alles mit Christoph, wenn er hier ist. Vielleicht braucht er dieses Gespräch, um seine Gedanken zu ordnen, denn so wie der Brief klingt, weiß er überhaupt nichts. Es spricht viel Verzweiflung aus diesem. Sicher ist, dass ich mich auf ihn freue, auch wenn es anders sein wird als die letzten Male.

Delia begrüßte Christoph herzlich, sie war nach wie vor liebevoll, jedoch zu viel Nähe duldete sie nicht. Christoph war dennoch innerlich erleichtert, weil er sich dazu durchgerungen hatte, Delia die ganze Wahrheit zu beichten, nachdem ihn seine Mutter darin bestärkt hatte. Gemeinsam besprachen sie die Für und Wider und Christoph kannte nun zumindest Delias Vorstellungen. Sie hatte ganz klar zum Ausdruck gebracht, dass sie das Kind von Christine nicht aufziehen würde und sich auch nicht vorstellen könnte, mit diesem unter einem Dach zu wohnen.
„Ich glaube nach wie vor, dass ich nicht der Vater sein kann. Es waren schon drei oder vier Wochen vergangen, seitdem wir uns getrennt hatten. Christine musste in dieser Zeit ihre Tage gehabt haben. An dem Tag, als ich dich kennen lernte, war ich in einer euphorischen Stimmung und als ich zu meinem Haus kam, stand Christine vor mir. Sie erklärte mir, dass sie unbedingt mit mir zur Vernissage gehen müsste. Den Schlüssel hatte ich ihr schon lange abgenommen, aber sie war durch die offene Terrassentüre ins Haus gekommen und hatte für uns gekocht. Da ich weder mit ihr essen noch sonst irgendetwas mit ihr zu tun haben wollte, habe ich ihr gesagt, sie solle mein Haus verlassen. Nun weißt du, dass ich keine Geheimnisse vor dir haben will. Die Zeit mit Christine war sehr sexbetont und hatte mit wahrer Liebe überhaupt nichts zu tun. Für mich war ihre hemmungslose Art, es immer und überall zu tun, etwas ganz Neues und wie sie jede nur erdenkliche Möglichkeit nutze, hatte ihren Reiz. So auch an diesem Tag. Sie legte sich auf die Motorhaube, öffnete ihre Schenkel und wartete darauf, dass ich mitspielte. Ich ging, sie folgte, wollte mir an die Wäsche, ich konnte sie abwehren. Da ich sie nirgends mehr sah, stellte ich mich unter die Dusche. Leider hat sie mich dort erwischt und griff sich das, was ich durch ihre Art und meine Gedanken daran in helle Aufregung gebracht hatte. Ich war mir sicher, dass an dem Tag nichts passieren konnte, und nun das. Ich werde auf einen Test bestehen, denn fast zwei Jahre hatten wir den Zyklus im Griff."
„Christoph, der kann sich auch ändern, so sicher wie du kann man sich da nicht sein. Außerdem könnte Christine einen neuen Freund haben. Sie verkehrt doch nach wie vor auf dem Gut, kommt zwar offiziell immer mit dem Birnstingel, ihrem angeblichen väterlichen Freund, aber der ist es nicht."
„Was willst du mir damit sagen?"
„Sie hat sich an deinen Vater rangemacht."
„Delia, so ein Unsinn, er sieht sie gern und hätte sie gern als Schwiegertochter."
„Lieber Christoph, ich wollte es dir nicht sagen. Wenn du glaubst, sie hätte nichts mit deinem Vater, dann erkläre mir, wieso ich sie mit ihm im Stall in einer sehr eindeutigen Situation gesehen habe, nicht nur beim Küssen, denn dazu muss man nicht die Hose runterlassen."
„Delia! Ist das wirklich wahr? Ich kann es nicht glauben!"
„Christoph, du bist von ihr getrennt, sie kann tun was sie will. Bitte behalte das, was ich dir eben gesagt habe, für dich, denk an deine Mutter. Nur der Test kann dir Gewissheit geben, also lass alles so wie es ist, so fühlen sich die beiden sicher."
„Ich werde sie zur Rede stellen. Was glaubt sie denn! Mir ein Kind unterschieben zu wollen, das ist eine bodenlose Frechheit - aber es passt zu ihr."

„Christoph, überleg dir gut, ob du das alles, zu guter Letzt, deiner Mutter antun willst. Sie wird es erfahren, wenn du Christine zur Rede stellst, denn sie geht sofort zu deinem Vater. Ob er der Vater ist, das ist nicht erwiesen. Kommt er in Frage, ist es mit dem Frieden auf dem Gut vorüber. Ich glaube, es ist für uns vorerst besser nur zu wissen, dass du vielleicht nicht der Vater bist. Lass alles andere ruhen, denn die Wahrheit kommt ans Tageslicht. Solltest du es tatsächlich sein, hättest du deiner Mutter unnötigen Kummer bereitet."

„Ich werde nachdenken, aber ich glaube du hast Recht. Schläft sie deshalb mit meinem Vater, um ein sorgloses Leben zu haben? Raffiniert genug wäre sie dafür. Nachdem ich mich von ihr getrennt hatte, kümmerte ich mich nicht um ihren Umgang. Nur dieses einzige Mal unter der Dusche, da konnte ich ihr nicht widerstehen."

„Dass Christoph, war dein Problem. Du sagtest, eure Beziehung war vom Sex beherrscht. Was ich dabei aber nicht verstehe - auch wir haben unsere Liebe in vollen Zügen ausgelebt, es gab Lust und Leidenschaft, trotzdem waren ebenso Harmonie, Einfühlungsvermögen und absolute Hingabe zwischen uns."

„Man kann das nicht vergleichen, bei uns kam alles aus unserer Liebe und Verbundenheit. Dort war es der Trieb, der mich zu solchen Handlungen verleitete. Ich denke, Frauen können dies gar nicht nachvollziehen, denn bei Ihnen ist immer das Herz dabei – oder der Kopf. Bei uns ist es anders, wir folgen dem Trieb und sehen in dem Kommenden seine Erfüllung."

*

Bernhard war vier Wochen mit Freunden in Kanada, um Lachse zu fischen und Elche zu jagen. Vorher hatte er Christine nicht erlaubt ins Gutshaus einzuziehen, was sie maßlos ärgerte. Es war ihm wohl bewusst, eine Christine lässt man nicht allein zurück. Somit war ihm klar, bei seiner Rückkehr musste er sich ihre Gunst erst wieder zurückerobern. Er hatte schon vorgebaut, indem er ihr einen wunderschönen Pelzmantel mitbrachte, so dass Christine ihren Ärger schnell vergaß. Außerdem war sie überglücklich, dass er ihr nun erlaubte ins Gutshaus zu ziehen.

Kaum war Christine dort, betrachtete sie die Angestellten als ihre Leibeigenen. Nichts konnten diese ihr Recht machen. Sie beschwerte sich bei Bernhard, dass ihr diese feindlich gegenüber standen. „Auch deine Frau ist nicht gerade die Freundlichste zu mir. Sie ist auch dagegen, dass ich neu tapezieren lasse und andere Vorhänge will. Wenn sie sich in diesen wurmstichigen Räumen wohl fühlt, muss ich das noch lange nicht. – Bernhard, ich will, dass du Anweisung erteilst, dass ich die Handwerker holen kann. In diesen Räumen werde ich trübsinnig, daran ändern auch deine lieben Besuche nichts. Wir haben nun eine wunderbare Zeit vor uns, daher erlaube mir, unser gemeinsames Nest einzurichten."

„Christine, hier zu wohnen ist vorübergehend. Christoph könnte ja das Kind ohne Test anerkennen und ihr werdet eine glückliche Familie sein."

„Was soll denn das wieder, ich kann doch nicht bei ihm wohnen. Bernhard, das geht zu weit."

„Aber dass du auf dem Gut wohnst, dagegen kann er nichts haben, wenn er seinen Pflichten nachkommt. Wegen der Handwerker - das hat noch Zeit, wir sollten nichts überstürzen. Ich bin froh, dass Isabell der Idee zu guter Letzt doch zugestimmt hat. Du weißt, in Isabell hast du keine große Fürsprecherin. Lass uns unseren Plan ausführen, und du bist alle Sorgen los."

„Bernhard, du musst deiner Frau doch nur klarmachen, dass sich hier vielleicht ihr Vater wohl fühlte, seither ist nichts renoviert worden."

„Christine, ich fahre morgen auf einige Tage in die Berge. Ich hoffe, es gibt nicht dauernd Streit zwischen dir und Isabell."

„Ich kann also die Handwerker bestellen?"

„Nein! Das muss ich mir noch überlegen und wenn, dann haben Isabell und ich ein Mitspracherecht."

„Fahre nur in die Berge und lass mich mit meinem Elend allein, so habe ich mir deine Unterstützung nicht vorgestellt."

Christine hatte auf dem Gut einen sehr gut gebauten jungen Mann entdeckt, der ihr immer nachschaute, wenn sie im Park spazieren ging. Sie dachte, der wäre schon eine Sünde wert. *Wie soll ich es anstellen, dass er bei mir in der Wohnung vorbeischaut. Ich kann ja nicht zu ihm gehen und sagen: ,Komm zu mir, mein Junge, ich will mir mit dir die Zeit vertreiben.' Ich muss Isabell dazu bringen, dass er in meiner Wohnung etwas richtet. Ich werde die Vorhangstangen auf einer Seite aushängen. Das wäre, den Versuch wert.* Sie nahm den Besen und versuchte die Stange aus der Halterung zu heben. Leider krachte die Stange samt Vorhang zu Boden. *Jetzt gehe ich zu Isabell und erzähle ihr von dem Missgeschick.*

„Wie ist denn das passiert?"

„Ich wollte mich nützlich machen."

„Das verstehe ich nicht, die Vorhänge wurden doch erst gewaschen."

„Ja, das sah ich dann auch."

Isabell ließ über die Küchenhilfe den besagten Burschen holen, damit er die Sache in Ordnung bringe, denn dieser war zufällig gerade das einzige männliche Wesen innerhalb der Mauern. Christine bedankte sich überschwänglich bei Isabell und ging. Es dauerte nicht allzu lange bis es klopfte. Da stand er nun mit einer Leiter vor der Türe.

„Das sieht aber nicht gut aus, das schaffe ich gar nicht allein, da muss ich mir noch jemand holen."

„Ich kann doch helfen."

„So könnte es klappen, aber wir brauchen noch eine Leiter, denn wir müssten beide höher stehen, um die Stange einzuhängen."

„Nehmen wir den Tisch und einen Sessel. Sie helfen mir dann auf diesen und Sie steigen auf die Leiter und wir hängen die Stange ein."

Als er ihr auf den Tisch half, kam er ihr ganz nahe. Der nackte Oberkörper glänzte etwas verschwitzt. Seitdem er im Raum war, hatte er einen roten Kopf, denn Christine hatte sich einen kurzen Rock und eine tief ausgeschnittene Bluse angezogen. Nun stand sie oben auf dem Sessel und hielt die Vorhangstange hoch. Er kletterte mit dem anderen Ende auf die Leiter und nachdem er anschließend auch das Ende auf Christines Seite eingehängt hatte, befand sich die Stange wieder an ihrem Ort. Er stand nun unten und sie noch immer oben auf dem Sessel.

„Sie können wieder herunter steigen, wir sind fertig."

„Das Heraufsteigen war leichter. Helfen Sie mir?"

„Natürlich helfe ich Ihnen", und er trat zum Tisch. Nun musste er zu ihr hinaufsehen, was ihm noch mehr Röte ins Gesicht trieb. Christine hatte sich so hingestellt, dass sie ihr unter den Rock und das Ende der Strümpfe sehen konnte. Er reichte ihr die Hand und sie stieg vom Sessel, wobei sie ihm noch ihren Slip zeigte. Vom Tisch ließ sie sich heben und war darauf bedacht, so eng wie möglich an seinem Körper hinunter zu gleiten. Nun standen sie sich sehr eng gegenüber, so eng, dass sie seine Erregung fühlen konnte. Christine tastete danach und holte sein gutes Stück aus der Latzhose, hatte aber den jungen Mann unterschätzt, denn dieser setzte sie auf den Tisch, griff ihr unter den Rock und zerrte an ihrem Slip. Christine hatte noch immer einen Luststab in der Hand, schob ihren Slip zur Seite, steckte sich das heiß ersehnte Objekt in ihre feuchte Höhle. Es war ein lustvoller Fick. Christine stachelte ihn mit ihren frivolen Ausdrücken so richtig auf. Endlich hatte sie einen Mann, der ihr all die Lust und Erfüllung schenken konnte, wonach sie sich so sehr gesehnt hatte.

Isabell wunderte sich, wie lange das Aufhängen der Vorhangstange schon dauerte. Sie wartete auf den Gärtnerburschen, wo er doch versprochen hatte noch vorbei zu schauen, um die schweren Blumentröge von der Terrasse zu entfernen. Wo war Gerhard? Die beiden Küchenhilfen konnten die Terrasse nicht fertig reinigen, solange die Tröge im Weg standen. Da sie Gerhard im Garten nicht sah, ging sie in den Ostflügel um zu sehen, ob er dort schon fertig war. Sie wollte die angelehnte Türe zum Wohnsalon gerade aufmachen, als sie Worte hörte, die ihr die Röte ins Gesicht trieben. „Komm schon, fick mich, tiefer, gib's mir, du geiler Bock."

Das war doch die Stimme von Christine. Nein, das kann nicht sein! Diese Frau trägt von meinen Sohn ein Kind unter ihrem Herzen und nun das. Ganz vorsichtig öffnete sie die Türe, und was sie sah, war mehr als skandalös: Christine saß auf dem Tisch, Gerhard stand vor ihr, dazu wieder ihre Worte, „Na komm schon, mach mich fertig, sei kein Schlappschwanz, schneller, tiefer …"

Isabell wollte sich leise entfernen, jedoch ihre Füße folgten nicht und aus ihrer Kehle kam der erlösende Schrei.

„Nein!" Sie warf die Türe zu und rannte so schnell sie konnte zu ihren Räumen.

Diese Frau muss sofort aus unserem Haus, keine Sekunde mehr soll sie unter unserem Dach sein. Bernhard ist zwar nicht hier, aber ich werfe sie persönlich raus. Ob Christoph eine Ahnung hat, was für ein Mensch Christine ist? Ich muss zu ihm. Vorher gab sie Sophie noch den Auftrag, Gerhard von Frau Christine zu holen, damit die Terrasse endlich fertig gereinigt werden konnte.

Isabell traf ihren Sohn lesend vor dem Kamin.

„Mutter, welch eine Freude. Ich habe schon die ganze Zeit überlegt dich zu besuchen. Ich möchte mit dir, nachdem ich mich nun etwas beruhigt habe, über die gegenwärtige Situation reden."

„Auch ich, mein Sohn, möchte mich mit dir über Christine und die mögliche Vaterschaft unterhalten. Wie gut kennst du eigentlich Christine?"

„Ich verstehe die Frage nicht, du kennst sie genau so lange wie ich. Es war eine überaus leidenschaftliche Beziehung, mehr nicht. Christine hatte etwas, was all die anderen Frauen bisher nicht hatten, aber darüber will ich nicht mit dir sprechen."

„Christoph, aber gerade darüber will ich mit dir sprechen. Wenn sie so eine leidenschaftliche Frau war, kannst du dir da sicher sein, dass sie nicht auch andere Gelegenheiten wahrnahm? Ich will ihr nichts unterstellen, frage mich aber, ob sie immer treu war."

„Solange sie mit mir beisammen war, hatte sie es nicht mehr nötig. Christine sagte oft zu mir, es sei das erste Mal, dass sie die absolute Erfüllung bei einem Mann erlebte. Warum soll ich mit dir darüber sprechen?"

„Christoph, ich glaube, sie ist keine Heilige und Treue ist ihr ein Fremdwort."

Christoph war erleichtert, dass seine Mutter keine Ahnung hatte, wozu Christine fähig war. „Mutter, ich habe mich entschlossen einen Vaterschaftstest zu machen, denn ich bin mir ziemlich sicher, dass das Kind nicht von mir ist. An dem Tag, als ich Delia kennen lernte, wurde ich zwar noch einmal schwach, doch da konnte bestimmt nichts passieren."

„Christoph, das wäre wichtig, doch solange das Kind nicht auf der Welt ist, kann man sie zu nichts zwingen. Erst wenn sie dich als Vater angibt, kannst du auf einen Nachweis bestehen. Ob Delia so lange warten möchte, weiß ich nicht. Was sagt sie dazu?"

„Delia möchte Gewissheit, will aber meine Entscheidungen nicht mit irgendeiner Bemerkung beeinflussen. Was sie ausgesprochen hat ist, dass sie nicht mit mir und einem fremden Kind unter einem Dach wohnen möchte."

„Ob Delia oder eine andere Frau, es ist keine bereit ein fremdes Kind zu akzeptieren. – Nach dem, was ich eben erlebt habe, bin ich auch nicht sicher, ob ich wirklich will, dass das Kind bei dir oder auf dem Gut aufwächst."

„Mutter, was ist vorgefallen, dass du diesbezüglich schwankst?"

„Christine sollte am Gut wohnen, wo sie und das Kind hingehören, entschied dein Vater noch vor seiner Abreise. Da du die Mutter deines Kindes nicht bei dir wohnen lassen willst hat er Christine in Großvaters Wohnung einquartiert."

„Was hat Vater? Das kann er doch nicht." *Der ist nicht mehr zu retten, wie unverschämt er doch ist.* Zum Glück hat Mutter keine Ahnung.

„Du kennst ihn, wenn er etwas will, duldet er keinen Widerspruch. Christoph, seitdem sie hier ist, tyrannisiert sie unser Personal. Nicht genug damit, habe ich sie gerade mit Gerhard erwischt, als sie sich mit ihm auf dem Wohnzimmertisch vergnügte. Wenn ich wieder im Gutshaus bin, werde ich sie eigenhändig rausschmeißen. Ich freue mich sogar darauf."

„Was sagst du?"

„Sie hat es mit Gerhard auf dem Tisch getrieben."

„Mutter, ich habe auch schon einiges gehört, das mich aufhorchen ließ, nur habe ich dem wenig Bedeutung beigemessen, sie ist ja nicht mehr meine Freundin. Was du mir eben gesagt hast, lässt das Gehörte in einem anderen Licht erscheinen. Ich werde mich doch mit Peter beraten, wenn ich von dir das Okay bekomme, dass du nicht darauf bestehst, dass das Kind, falls es meines ist, bei mir oder im Gutshaus aufwachsen muss. Mutter, seitdem ich Delia kenne, weiß ich erst was Liebe ist. Ich möchte Delia heiraten, falls sie mich will. Vater kann mich zu nichts zwingen und für mich zählt, was du denkst. Vater hat einen Narren an Christine gefressen und sieht nur das, was er sehen will. Mutter, soll ich dich begleiten?"

„Nein, das schaffe ich schon allein. Ich bin froh, dass von der möglichen Vaterschaft noch niemand etwas weiß. Aber es ist mir seit heute eigentlich egal, seitdem ich weiß, mit wem wir es zu tun haben."

„Vater wird mit dieser Entscheidung nicht einverstanden sein und ich denke, dass nun der nächste Streit vorprogrammiert ist."

„Mach dir keine Sorgen, ich werde ihn fragen, wieso er so oft mit Christine gesehen wird. Du hast keine Ahnung, wie mitteilsam die Menschen sind."

*

Als Bernhard nach Tagen wieder auf dem Gut erschien, erzählte er Isabell, dass er Graf von Rittersheim kennen gelernt hatte und fragte sie, ob ihr der Name bekannt vorkomme.

„Bernhard, ich kann mich an diesen Namen nicht erinnern und ob ihn Vater kannte, weiß ich nicht."

„Als wir unsere Karten ausgetauscht hatten, meinte er, dass er sich vor vielen Jahren mit einem Magnus von Gut Reichental sehr angeregt über Pferde unterhalten hätte. Der Name des Gutes blieb ihm aus beruflichem Interesse in Erinnerung, doch es kam nie dazu, dass er dieses besuchte. Er erinnerte sich auch, dass Magnus mit der Angestellten des Reiterhofes sehr eng befreundet war. Tage später sah er die beiden bei einem Kurkonzert, wo sie sehr verliebt wirkten. Also, meine Liebe, so groß dürfte der Heiligenschein, den du über deinen Vater ausbreitest, doch nicht sein."

„Bernhard, es gibt ganz andere Probleme. Ich habe Christine aus dem Gutshaus geschmissen."

„Was hast du?" Mit hochrotem Gesicht polterte Bernhard los: „Dazu hattest kein Recht!"

„Oh doch, Bernhard! Nicht nur, dass sie unsere Angestellten wie ihre Leibeigenen behandelte, war sie so unverschämt und trieb es mit unserem Gärtner auf Großvaters Wohnzimmertisch. Ich finde, das reicht für einen Rauswurf, wo sie doch Christophs Kind erwartet."

Bernhard erblasste, versuchte sich seinen Zorn nicht anmerken zu lassen und sagte zu Isabell: „Ich denke, Christine hat unsere Gastfreundschaft nicht verdient und du hattest Recht mit dem Rausschmiss", und er verließ wortlos das Wohnzimmer.

Isabell hatte mit dieser Reaktion nicht gerechnet, sie war darauf vorbereitet gewesen, ihm die Stirn bieten zu müssen. Bernhards stiller Abgang gab ihr zu denken. Auch was er über ihren Vater gesagt hatte. Bernhard benutzte allerdings jede Gelegenheit, ihren Vater in ein schlechtes Licht zu rücken.

Bernhard suchte sein Arbeitszimmer auf, nahm einen großen Schluck Cognac und versuchte seinen Ärger in den Griff zu bekommen. Als er sich etwas beruhigt hatte, fuhr er zu Christines Wohnung. Es war ihm egal, was die Leute sagten, wenn er bei ihr auftauchte und von jemandem gesehen würde. Als sie die Türe öffnete, hörte er nicht auf ihre Worte, so zornig war er noch und schon polterte er los: „Christine, du erklärst mir, unser Kind unter deinem Herzen zu tragen und betrügst mich mit unserem Gärtner. Du hast mit dieser Aktion unsere Liebe entehrt, es graut mir, wenn ich daran denke. Ich war so verliebt in dich, aber so etwas kann ich nicht dulden, ich verstehe dich nicht. Das wird Konsequenzen haben, das lass ich mir auch von dir nicht bieten."

„Du hast kein Recht dich aufzuregen, du betrügst mich laufend. Ich weiß aus sicherer Quelle, dass ihr wieder recht willige Mädels mitgenommen habt, die euch allen Freude bereiteten. Ich bin überzeugt, mein lieber Bernhard hat bei den Reisen immer zugegriffen, er ist doch kein Kostverächter. Also was soll der Vorwurf?"

Bernhard wollte aufbegehren, Christine aber ließ sich in ihrem begonnen Redeschwall nicht aufhalten. „Bernhard, du hast mich zu Hause gelassen, bist ohne mich auf Reisen gegangen. Davor hatten wir zumindest drei- bis viermal in der Woche Sex. Ich brauche ihn wie die Luft zum Atmen. Ohne diesen kann ich mir ein Leben nicht vorstellen, und es war Sex, sonst nichts. Seitdem ich schwanger bin, könnte ich andauernd. Was soll ich machen, wenn die Schwangerschaft bei mir diese gesteigerte Lust auslöst, du bist ja nicht unbeteiligt. - Ich liebe dich, Bernhard, was du mir gibst, kann mir ein anderer gar nicht geben: Liebe, Geborgenheit, deine Wärme und Nähe."

„Das mit diesen Mädels ist etwas ganz anderes, uns verbindet nichts außer dem gemeinsamen Spaß. Christine, wir sind doch mehr oder weniger verlobt, da kann ich schon verlangen, dass du mir treu bist, noch dazu wo du schwanger bist."

„Das ist wieder typisch. Du darfst? Was soll das - wir sind mehr oder weniger verlobt? Ich bin, im Gegensatz zu dir, nicht verheiratet, sondern bloß die Mutter deines Kindes. Mir wirfst du das mit Gerhard vor, was bei dir ganz normal ist. Du vergnügst dich mit anderen Frauen und mir willst du es verbieten? Nein, Bernhard, gleiches Recht für alle. Nimm mich mit, wenn du auf Reisen gehst. Ich werde kündigen, damit ich für dich flexibler bin. Schade ist allerdings, dass ich nun nicht mehr in deiner Nähe sein kann, nachdem deine Frau mich vom Gut gejagt hat. Jetzt weiß ich wenigstens, woher Christoph das hat, der hat mich doch auch aus seinem Hause gejagt. Bring das wieder in Ordnung. Sie hatte kein Recht dazu. – Bernhard, sei doch lieb zu mir, ich sehne mich nach deiner Liebe."

Christine hob den Rock, sie wusste, die Strümpfe und die Reizwäsche würden ihn sofort umstimmen. Bernhards Atem verriet ihr, dass dies wieder einmal der richtige Weg war. Sie legte sich auf den Tisch und sagte zu ihm: „Na komm schon, du geiler Bock, ich warte, mach mich fertig, damit ich nicht wieder auf dumme Gedanken komme."

Bernhard hatte seinen Zorn vergessen und erfüllte ihr den Wunsch. Sie bemühte sich, so dass er nach dreimaligem Vergnügen recht fröhlich und versöhnt nach Hause fuhr, nicht ohne ihr noch zu sagen: „Christine, ich werde dich nicht mehr allein lassen." Sie hatte ihn soweit, denn er war es, der vorschlug, sich morgen in der Bezirksstadt zu treffen, damit sie nicht zu lange ohne Sex sein musste. Christine küsste ihn vor Freude, dachte aber viel mehr an die Tatsache, dass dies immer mit einem Einkaufsbummel verbunden war. Auf den unerfüllten Sex hätte sie gern verzichtet.

*

Delia war über die Tatsache, dass Christoph jedes Wochenende zu ihr kam, sehr glücklich. Er war nicht böse, dass er im Hotel übernachten musste. Natürlich war auch sie darüber nicht glücklich, aber es zeigte ihr, dass er sie wirklich liebte. Sie durchlebten eine unbeschwerte Zeit, seitdem sie seine Entscheidung kannte, Christine nicht zu heiraten und falls es sein Kind wäre, dieses nicht in seinem Haus aufwachsen zu lassen. Delia machte sich darüber Gedanken, ob sie ihrem Christoph in der schlechten Jahreszeit, das Autofahren zumuten sollte. Es waren doch hunderte Kilometer, die er wegen ihr zurücklegte. *Vielleicht sollte ich auf sein Angebot zurückkommen und mehrere Tage bei ihm verbringen. Ich weiß, dass ich ihn liebe. Wenn nur Christine nicht wäre! Mit dem Buch komme ich wieder voran, wenn alles klappt, kann ich das fertige Manuskript noch vor Weihnachten bei Peterson vorbeibringen.*

Die Gegensprechanlage läutete. „Hallo, zu wem wollen Sie?"

„Zu Frau Agatakis, wenn es erlaubt ist", sagte eine angenehme Frauenstimme. Delia drückte den Knopf. Als sie die Türe öffnete, wusste sie sofort, dass Christophs Mutter vor ihr stand. Delia war überrascht und sagte: „Sie sind doch Frau von Föhrenwald?" Und im gleichen Atemzug bekam sie ein beklemmendes Gefühl.

„Um Gottes willen, was ist mit Christoph?" fragte sie.

Isabell beruhigte sie, es wäre alles in Ordnung. „Ich möchte mich gern mit Ihnen unterhalten, darf ich."

„Ja, natürlich."

Delia trat erleichtert zur Seite. Isabell legte ab und während Delia in der Küche Tee zubereitete, stand sie im Türrahmen.

„Frau Agatakis, ich habe diese Reise angetreten, weil ich Sie endlich persönlich kennen lernen möchte. Außerdem würde ich in Bezug auf meinen Sohn und die mögliche Vaterschaft gerne Ihre Meinung hören."

Als sie im Wohnzimmer saßen, erzählte Isabell von dem Vorfall zwischen Christine und dem Gärtner und ihre Konsequenz daraus.

„Wie hat denn Ihr Gatte reagiert? Von Christoph weiß ich, dass Ihr Gatte sehr große Stücke auf Christine hält."

„Nachdem ich ihm den Grund erzählt hatte, würde ich sagen - irgendwie betroffen."

„Und wie reagierte Christoph?"

„Er sagte, das kümmert ihn nicht wirklich, denn er habe sich von Christine getrennt und sie könne tun und lassen was sie will. Um so mehr wird er auf den Test bestehen, denn er weiß auch nicht, wer ihr Freund ist. Bernhard dagegen meinte lediglich, es war sicherlich keine besonders gute Idee, sie am Gut wohnen zu lassen. Christoph und ich sind der Meinung, Christine sollte das alleinige Sorgerecht zugesprochen werden. Das Finanzielle wird durch Gericht oder Anwalt geregelt. Christine muss mit dem auskommen, was ihr zusteht. Sie muss wie viele andere Mütter für ihren Lebensunterhalt selbst Sorge tragen. Seitdem ich Christine mit unserem Gärtner sah, sehe ich die junge Dame mit anderen Augen. Solange der Beweis nicht vorliegt, will ich ihr natürlich nichts unterstellen.

Sie hat keine Ahnung, was Christine und ihr Mann treiben.

„Ich bin ohne Wissen meines Sohnes gekommen. Er trifft seine Entscheidungen allein, aber als Mutter sieht man, wenn das eigene Kind leidet. Er hat Angst, Sie wegen dieser Christine zu verlieren. Es hat ihn noch keine seiner Bekanntschaften so glücklich gemacht. Bis jetzt haben alle in ihm den Erben eines großen Gutes gesehen, wollten ein unbeschwertes Leben an seiner Seite führen. Keine hat sich je für seine Arbeit oder für alles, was mit dem Gut zusammenhängt, interessiert, bis Sie kamen. Durch Sie ist mein Christoph aufgeblüht und er weiß nun, was Liebe ist. - Ich hatte seinerzeit alle Verehrer abgewiesen, die mich nur wegen des Gutes wollten, bis Bernhard kam. Er trug mich bis zur Geburt von Christoph auf Händen. Seither lebt er sein Leben und all die Träume, die ich in diese Liebe und Heirat investierte, wurden zerstört. Bernhard war zu guter Letzt, wie all die anderen, ausschließlich hinter dem Gut her. Ich will mich nicht beschweren, denn ich kann tun und lassen was ich will, aber die Ehe habe ich mir anders vorgestellt. Wenn mir danach ist, lasse ich anspannen und fahre durch unsere Ländereien. Besonders im Winter sind die Fahrten mit dem Schlitten traumhaft. Meine Arbeit auf dem Gut macht mir Freude und es gibt nur einen Menschen, dem ich meine ganze Liebe schenke - Christoph. Leider weiß er, wie es um unsere Ehe steht. Mein Christoph leidet immer still vor sich hin, wenn er Zeuge unserer Auseinandersetzungen wird. Obwohl die Bezirksstadt nicht gerade ums Eck ist, bekomme ich ungewollt jeden Tratsch mit, welchen man sich über meinen Mann erzählt. Es tut sehr weh, wenn ich hören muss, wie vergnügt er auf den diversen Jagdausflügen ist, denn die Herren haben angeblich für ihr Vergnügen junge Damen mit. Man versteht auch nicht, wieso sich Christoph nicht um Christine kümmert, aber Bernhard sieht man umso mehr mit ihr, was man mir gerne mitteilt. Ich lasse mich aber auf diese Gespräche nicht ein. Meine Antwort ist immer dieselbe: ‚Glauben Sie mir, Sie sind nicht die Erste, die mir etwas erzählen möchte, mich interessiert dieses Gerede jedoch nicht.' Was dazu führt, dass sich die betreffende Person gekränkt zurückzieht. - Nun zu Ihnen, Frau Agatakis. Bei Ihnen sehe ich die Liebe zu meinem Sohn, und dass Sie sich auch für seinen Beruf und das Gut interessieren. Er ist in Sie verliebt, und wenn der schreckliche Auftritt von Christine nicht gewesen wäre, würdet ihr nach wie vor Pläne für ein gemeinsames Leben schmieden. Das stimmt doch? Ich glaube nicht, dass mir Christoph etwas erzählt, was nicht stimmt."

„Keine Angst, Ihr Christoph lügt nicht, er ist auch zu mir so ehrlich, dass er mir erzählte, am Tage unseres Kennenlernens mit Christine unter der Dusche noch schnellen Sex gehabt zu haben. Als Erklärung gab er an, dass der Trieb in der Situation stärker war als sein Verstand, wobei er noch meinte, für Frauen wäre das unverständlich, weil für sie vor allem die Liebe zählt und nicht die schnelle Triebbefriedigung. Männer müssen eine Frau nicht unbedingt lieben, um mit ihr intim zu sein. Das hat mir zu denken gegeben, auch wenn er ein ganz toller Mann ist und weiß, wie man eine Frau glücklich macht. Aber wie ist das in der Ehe, wenn eine die Beine breit macht und er nicht widerstehen kann?"

„Männer haben leider diese Tendenz. Ich war nie prüde, aber mein Mann wollte nach der Eheschließung Praktiken, die ich ablehnte, und so suchte er diese eben wo anders. Mein Sohn hat mir erzählt, dass Christine ein sehr umtriebiges Mädchen war und er ihre lockere Art in gewissen Dingen genoss. Mit dieser Frau verheiratet zu sein, das konnte er sich aber nicht vorstellen. Heute weiß er, dass für sie in erster Linie der finanzielle Vorteil für eine Beziehung ausschlaggebend ist."

„Frau von Föhrenwald, ich glaube Christoph, wenn er sagt, mit uns beiden ist alles voll Harmonie und gegenseitigem Verstehen. Man erlebt alles anders, wenn Herz und Seele beteiligt sind. Ich danke Ihnen für die offenen Worte, ich werde sehen, was mir Christoph am Wochenende erzählen wird."

„Frau Agatakis, nun kommt die Zeit, wo der Herbst unsere Wälder besonders farbenprächtig gestaltet, die Nebel ziehen über die Felder, und bald werden die ersten Schneeflocken auf die Erde tanzen. Ich hoffe, dass wir Weihnachten miteinander feiern werden. Wegen Bernhard machen Sie sich keine Sorgen, er kann auch recht charmant sein. Da er auf Christine nicht besonders gut zu sprechen ist, könnte es ein schönes Fest werden. Ich glaube, Sie machen meinen Christoph glücklich und er Sie. Wenn Sie von ihm erzählen, haben sie ein ganz besonderes Leuchten in den Augen. - Danke für Ihre Zeit, den Tee und ich hoffe, Christoph stellt Sie mir bald vor. Auf Widersehen auf Gut Reichental."

Christophs Mutter ist schon eine bemerkenswerte Frau. Sie hat sehr offen über ihre und die Probleme, welche durch Christine anstehen, erzählt. Tatsache ist, dass man sich auf eine akzeptable Linie geeinigt hat. Christoph hat geschwiegen, nur so kann ich mir erklären, dass seine Mutter ohne Argwohn ist. Bernhard dürften nun auch die Augen geöffnet worden sein, er ist sicherlich nicht der Mann, der einer Frau ein derartiges Verhalten so leicht verzeiht. - Auf das Wochenende mit Christoph freue ich mich diesmal umso mehr, ich werde Opernkarten bestellen, damit mache ich ihm immer eine Freude. Liebend gern würde ich mit zu ihm fahren. Nein, Delia, lass dich einladen, überstürze nun nichts und verrate dich nicht, lass ihn erzählen und freue dich auf die Neuigkeiten.

*

Rüdiger von Hagenberg hatte schon zweimal vergebens auf Christine gewartet, doch heute hatte er Glück. Sie trug zu dem knielangen blauen Faltenrock eine weiße Schalkragenbluse. Der breite schwarze Gürtel betonte besonders ihre schmale Taille. Ihre wohlgeformten Beine kamen durch die Stöckelschuhe besonders zur Geltung. Rüdiger musste sich eingestehen, diese Christine sah wieder umwerfend aus.

Als sie Rüdiger von Hagenberg erblickte, wollte Christine ihre Richtung wechseln, doch er war schnell an ihrer Seite.

„Hallo, wunderschöne Frau, ich bin ganz begeistert, Sie zu sehen. Ich denke, ich habe Ihnen genügend Zeit zum Nachdenken gegeben."

„Grüß Gott, Herr von Hagenberg, es tut mir sehr leid, aber ich habe überhaupt keine Zeit, ich muss zum Frauenarzt."

„Ich werde Sie begleiten, um unser baldiges Treffen zu vereinbaren. Dass Sie mein Angebot annehmen, ist sicher, denn der alte Föhrenwald hat sich bei mir nicht gemeldet."

„Bitte! Wenn schon, dann von Föhrenwald, so viel Zeit sollte schon sein. Und nun entschuldigen Sie mich."

„Nein! Dort steht mein Wagen und ich werde Sie natürlich zum Arzt bringen. Keine Angst, ich begleite Sie nicht bis ins Sprechzimmer. Wir werden uns auf der Fahrt dorthin einen Zeitpunkt ausmachen, wann und wo ich Sie abhole. Wenn wir uns treffen, können Sie sich im Modesalon Berger ein Kostüm und passend etwas Nettes für darunter aussuchen oder beim Juwelier etwas für die Ohren. Es ist mir aufgefallen, Sie tragen gerne Ohrringe. Ich halte mein Versprechen. Von Ihnen erwarte ich eine leidenschaftliche Frau, wenn Sie wollen, dass ihr Geheimnis bei mir gut aufgehoben ist. Außerdem eilt Ihnen hinsichtlich ihrer Leidenschaft und Sinnlichkeit ein exzellenter Ruf voraus."

*

Seit dem Gespräch mit Christophs Mutter konnte Delia es nicht erwarten, bis es an ihrer Wohnungstüre läutete. Sie hatte Christophs Lieblingsessen gekocht, den Tisch gedeckt

und nun schaute sie andauernd auf die Uhr, denn normalerweise hätte es schon lange klingeln müssen. Angst stieg in ihr hoch und sie konnte bald keinen klaren Gedanken mehr fassen. Endlich ertönte das erlösende Läuten.
"Christoph, bist es du?"
„Ja, meine geliebte Delia, ich weiß es ist später als sonst, darf ich trotzdem hochkommen?" Der Türöffner surrte schon geraume Zeit, denn Delia hatte diesen sofort gedrückt.
Die Umarmung war stürmisch, eng umschlungen genossen sie die Küsse und erst als sie keine Luft mehr bekamen, lösten sich ihre Lippen und sie ließen voneinander ab.
„Hallo, Liebes, womit habe ich diese stürmische Begrüßung verdient? Es tut mir leid, wenn du dir Sorgen gemacht hast, aber die Verzögerung hatte auch etwas Gutes."
„Wieso hatte sie etwas Gutes? Ich hatte solche Angst, dass etwas passiert sein könnte. Christoph, ich liebe dich, und da ist es ganz natürlich, dass ich besorgt bin, wenn du nicht um die gewohnte Zeit eintriffst."
„Liebe Delia, die Begrüßung hat mir gezeigt, dass du mich mehr liebst als du gelegentlich zugeben willst, habe ich nicht Recht?"
„Christoph du hast ja so Recht. Willst du nicht ablegen? Warst du schon beim Hotel wegen des Zimmers?"
„Nein, diesen Umweg wollte ich nicht auch noch machen."
„Komm herein, wir müssen uns nicht im Vorraum unterhalten", und sie führte ihn zum gedeckten Tisch.
„Gibt es einen besonderen Anlass, dass du den Tisch so liebevoll gedeckt hast? Warte, Geburtstag, nein, der kommt erst. Heute ist der 17. - der Tag an dem wir uns kennen lernten, ist das der Grund?
„Ja, mein Geliebter, ich freue mich, denn auch du hast sofort daran gedacht."
Delia hatte sich bei Gundi erkundigt, welche Lieblingsspeisen Christoph bevorzugte. Gebundene Kartoffel-Gemüsesuppe und ausgezogenen Apfelstrudel, davon konnte er nicht genug bekommen. Das alles servierte sie nun ihrem Geliebten. „Danke. Ich bin sicher, du hast dich bei Gundi erkundigt, es schmeckt vorzüglich." Als sie beim Kaffee saßen, erzählte er Delia, dass er bei Peter, seinem Anwalt, war und mit diesem die Vorgehensweise bezüglich Christine besprochen hatte, falls er tatsächlich der Vater des ungeborenen Kindes sein sollte. „Wir einigten uns, Christine schriftlich mitzuteilen, welchen Standpunkt ich vertrete und dass es keine Hoffnung auf eine gemeinsame Zukunft mit mir gibt." Er reichte Delia das Schreiben. Ihr besonderes Augenmerk fanden diese Zeilen:

‚Falls der Vaterschaftstest Herrn Christoph von Föhrenwald als Vater des Kindes bestätigt, wird dieser die Vaterschaft anerkennen und für das Kind im Rahmen der Gesetze sorgen. Einer Heirat mit Ihnen, Frau Christine Könytvar, wird Christoph von Föhrenwald nicht zustimmen. Es wird Ihnen rechtlich das alleinige Sorgerecht zugestanden. Dies bedeutet gleichzeitig, dass das gemeinsame Kind bei Ihnen aufwachsen wird. Für Sie besteht ein Begehungsverbot für Gut Reichental. Darüber hinaus wird schriftlich festgehalten, dass Sie bis zur Klärung der Vaterschaft mit keinen finanziellen Mitteln von Seiten Herrn Christoph von Föhrenwald rechnen können.‘

„Das Ganze ist doch nur eine Vorsichtsmaßnahme, denn ob du wirklich als Vater in Frage kommst, Christoph, ist doch nicht sicher."
„Delia, ich wollte klare Fronten schaffen, denn wer weiß, wofür dies noch gut sein wird. Außerdem - der Brief gibt den beiden Sicherheit, falls Vater der Betreffende ist."
„Was sagen deine Eltern?"
„Mutter steht voll hinter mir. Vater ist skeptisch, denn es wäre sein erstes Enkelkind."
„Christoph, wenn alles so ist wie es hier geschrieben steht, brauchst du nicht mehr in dem einsamen Hotelzimmer schlafen und ich nicht allein in meinem Bett aufwachen."
Sie umarmten und küssten einander, scherzten und konnten wieder gemeinsam lachen, denn eine riesige Last hatte sich mit diesen Zeilen auf ein erträgliches Maß reduziert.
Christoph kniete sich vor Delia, griff in die Sakkotasche, holte aus dieser ein kleines liebevoll verpacktes Etwas und sagte: „Delia, du bist für mich das Leben und ich möchte mit dir in dieser Welt leben und so frage ich dich, ob du dieses Symbol meiner Liebe annehmen willst."
Delias Gesicht strahlte vor Freude, und sie begann das Päckchen von seiner seidenen Schleife zu befreien.

„Christoph", hauchte sie, als sie den Ring erblickte. Sie hielt nun einen mit Brillanten besetzten Platinring in der Hand.

„Christoph, Geliebter, meine Freude, meine Hoffnung, mein Leben, ja, ich möchte Teil deines Lebens sein."

Sie machten mit ihrer Liebe und der aufgestauten Sehnsucht die Nacht zum Tag. Gemeinsam eroberten sie den Olymp der Lust.

Beim Frühstück erkundigte sich Christoph, wie es mit dem Buch weitergehe und ob Delia sich nicht doch entschließen könnte, wieder einige Tage oder auch Wochen mit ihm in seinem Haus zu verbringen.

„Ich würde sehr gern mitkommen. Die Tage bei dir waren erholsam und die gemeinsamen Stunden voll Harmonie. Egal was wir unternahmen, es war immer wundervoll und deine Nähe ist mir sehr abgegangen. Christoph, ich komme mit Freuden auf einige Tage mit", und sie küsste ihn stürmisch. „Jetzt musst du mich entschuldigen, ich beeile mich beim Packen."

Dieses Mal sollte ich mir auch wärmere Kleidung mitnehmen. Der Herbst kann schon recht kühl werden. Delia packte die neue Reitkleidung ein, welche sie sich für ihre Zukunft auf dem Gut gekauft hatte, die jedoch wegen Christine bis zum heutigen Tag im Kasten ihr Dasein fristete. Als sie fertig gepackt hatte, rief sie: „Christoph, ich bin reisefertig."

Als Christoph einen Blick auf ihr Gepäck warf, meinte er erfreut: „Delia, du machst mich zum glücklichsten Menschen, denn du bleibst doch länger als ein paar Tage."

„Nein, ich kann nicht länger bleiben."

„Ich dachte - wegen der drei Koffer."

„Da sieht man es wieder, Ihr Männer habt von so manchen Dingen keine Ahnung. Fürchte dich nicht, ich ziehe nicht bei dir ein. In einem Koffer ist meine neue Reitkleidung mit Stiefel und Helm. In dem anderen sind überwiegend die warmen Sachen, Pullover, Daunenjacke und ein warmes Kostüm. Im letzten habe ich eingepackt, was ich immer mitnehme, wenn ich wegfahre. Stimmt nicht ganz, diesmal habe ich natürlich mehr von meiner verführerischen Wäsche mitgenommen, aber wenn ich zuviel Gepäck habe, lasse ich diese zu Hause."

„Nur das nicht, du weißt, wie gern ich diese an dir sehe. Du machst mich ganz verrückt, und ich freue mich schon, wenn ich wieder das Vergnügen habe, dich von dieser zu befreien. Nackt wie Gott dich schuf, bist du meine griechische Göttin und der bin ich verfallen."

„Christoph, wenn du willst, können wir fahren. Ich freue mich auf die Tage bei dir, denn ich liebe dich."

Gundi begrüßte Delia auf das Herzlichste. „Frau Agatakis, ich freue mich für Herrn von Föhrenwald, dass Sie wieder bei uns sind und Sie können sicher sein, ich werde Ihnen alle Wünsche erfüllen."

„Gundi, ich weiß wie sehr Sie sich freuen, dass Delia wieder hier ist, aber lassen Sie mir auch noch Wünsche übrig, die ich meiner Delia erfüllen kann."

„Herr von Föhrenwald wird nur, dass sie sie uns glücklich ist." Zu Delia gewandt fragte sie: „Darf ich beim Auspacken behilflich sein?"

„Danke, das ist kein Problem. Wo soll ich die Reitsachen hingeben? Christoph, du hast deine irgendwo im Erdgeschoß?"

Gundi antwortete: „Ich zeige Ihnen den Raum, es ist der allgemeine Garderobenraum, und dort sind auch die Reitsachen von Herrn von Föhrenwald untergebracht."

Der Rest ihrer Garderobe wurde wieder im Gästezimmer untergebracht, sie wollte diese nicht in Christophs Zimmer verstauen. Es wirkte größer als das Gästezimmer, denn darin waren keine anderen Möbel außer dem Bett zu sehen, welches Christoph tiefer in den Raum gestellt und sich dadurch hinter dem Kopfteil einen Ankleideraum geschaffen hatte.

Nach dem vorzüglichen Essen, welches zu Ehren von Delia zubereitet worden war, machten sie einen kleinen Spaziergang um den Waldsee. Als Delia auf Höhe seines Ateliers schon weitergehen wollte, sagte Christoph: „Ich möchte dir meine neuen Bilder zeigen, wenn du willst, den Schlüssel habe ich bei mir."

Delia betrat das erste Mal Christophs Atelier. Dieses bestand aus einem einzigen großen Raum. In einer Ecke, gleich beim Eingang, war eine kleine Kochnische eingerichtet.

Natürlich fehlte die Kaffeemaschine nicht. Es gab zwei Elektrokochplatten, ein wenig Geschirr und einen kleinen Kühlschrank.

„Wenn ich mir das so ansehe, muss ich annehmen, dass du dich hier wirklich sehr viele Stunden aufhältst, da für alles gesorgt ist."

„Wenn ich male, vergeht die Zeit wie im Flug, und ich will nicht unterbrechen, sondern meinen Inspirationen nachgehen. Ich gehe nicht ins Haus, sondern mache mir so nebenbei meinen Kaffee oder einen kleinen Imbiss. Es kann vorkommen, ich sage, ich gehe ins Atelier und erscheine erst einige Stunden später wieder. Es ist mein Hobby und wenn mich die Muse küsst, will ich malen, da gibt es keine Uhr und gestört werden will ich auch nicht."

„Also kann es auch vorkommen, dass ich allein in deinem Bett liege, weil du noch immer deinen Inspirationen nachgehst? Nur ohne dich, mein geliebter Christoph, werde ich mich nicht in dein leeres Bett legen in der Hoffnung auf dein Erscheinen. Nein, da schlafe ich lieber im Gästezimmer. Aber solltest du doch kommen, würde ich mich freuen, wenn du den Weg zu mir findest."

„Gut, dass ich das weiß, denn zu dir, meine Liebe, ist der Weg etwas kürzer als zu meinem Schlafzimmer."

„Ich wusste nicht, dass du nach dem Malen so geschwächt bist. Ob es da nicht besser wäre, du gehst doch in dein Zimmer, denn wenn mich die Sehnsucht nach dir überkommt, du aber so müde bist, was dann?"

Christoph nahm sie in den Arm und küsste sie. „Ich denke, du machst dir unnötige Sorgen."

Das Atelier war sehr hell, man hatte das Gefühl, als würde darin die Sonne scheinen. Einige Staffeleien standen herum und auf allen waren teils angefangene, teils fertige Bilder zu sehen. Delia ließ sich Zeit beim Betrachteten der Bilder. Es war Natur pur, ob Wald, Wiesen, Felder – jene Landschaften, die Christophs Beruf prägten. Die Perspektiven waren es, die er besonders gut traf. Es war als würde man, selbst im Freien stehend, in diese Landschaft blicken.

„Christoph, ich verstehe zwar nicht sehr viel von der Malerei, aber was mir auffällt ist, dass du Landschaftsbilder zauberst als stünde man in dieser, wobei die Farben sich bei dir durch eine sehr intensive Leuchtkraft auszeichnen."

„Es freut mich, wenn du das so siehst, denn genau das will ich mit meinen Bildern ausdrücken."

Als sie später im Salon vor dem Kamin saßen, kam Gundi herein. „Herr von Föhrenwald, Ihre Mutter erwartet Sie mit Frau Agatakis. Sie möchte keine Ausreden hören, es sei kein Antrittsbesuch, jedoch ist sie allein und möchte Frau Delia endlich kennen lernen."

Delia betrat das erste Mal das Gutshaus. Sie war von der Größe der Halle beeindruckt, die den Blick auf mehrere Türen freigab und aus deren Mitte eine breite Treppe zu den oberen Räumen führte. Christoph und Delia stiegen diese hinauf und wendeten sich nach links, um in den Westflügel zu gelangen. Der breite Gang erstreckte sich nach beiden Seiten, und hier waren die Jagdtrophäen von Christophs Vaters und Großvater zu sehen. Auf Delia wirkte dieser Gang etwas gespenstisch. Christoph klopfte an eine der Türen und öffnete diese.

„Mutter, ich möchte dir Delia, meine große Liebe, vorstellen."

Die Damen reichten einander, von Christoph unbemerkt, in einer verschworenen, herzlichen Art die Hand.

„Ich freue mich, endlich Ihre Bekanntschaft zu machen, Frau Agatakis."

„Es ist mir ebenfalls eine Freude, Christophs Mutter kennen zu lernen, denn er hält sehr viel vom Urteil seiner Mutter, die er über alles liebt, wie ich diversen Gesprächen entnehmen konnte."

„Setzen wir uns doch, was darf ich Ihnen bringen lassen? Tee, Kaffee, heiße Schokolade oder lieber einen verdünnten Fruchtsaft? Sie können zwischen Himbeeren, Heidelbeeren, oder Waldbeeren wählen. Christoph, du möchtest sicherlich einen kleinen Mocca?"

„Gern, du weißt, Sophie macht den besten Kaffee."

„Ich würde gern eine Schokolade trinken."

Isabell läutete ein kleines Glöckchen. Eine Frau in mittleren Jahren erschien, der sie die Wünsche mitteilte.

„Ich freue mich, dass Sie sich entschieden haben, nun doch einige Tage mit Christoph zu verbringen. Ich sehe es meinem Sohn an, dass er über Ihre neuerliche Anwesenheit am Gut mehr als glücklich ist. Als Sie nach dem Vorfall mit Christine Hals über Kopf abgereist sind, war er am Boden zerstört. Ich hoffe, dass Sie unsere gemeinsame Entscheidung, die ich für richtig halte, insoweit beruhigt, dass wir einander nun öfter sehen können. Außerdem möchte ich Ihnen, wenn Christoph im Ministerium ist, gerne das Gut aus meiner Sicht zeigen. Diese unterscheidet sich von seiner insofern, als es in meiner Hand liegt, was wir aus den Rohstoffen herstellen. Ich würde Sie gerne nach dem Frühstück, das Sie sicherlich zusammen mit Christoph einnehmen werden, abholen."
„Ich freue mich und danke, dass sie sich die Zeit nehmen, Frau von Föhrenwald."

Christophs Mutter holte Delia mit einem Land Rover ab, von denen es auf dem Gut einige gab. Sie fuhren durch das Tor, entlang der Mauer und in den Hof mit den vielen kleinen Häusern, welche in U-Form angelegt waren.
Isabell fragte Delia, ob es ihr etwas ausmachen würde, wenn ich sie mit Delia anredete, es klingt vertraulicher. Delia war einverstanden.
Isabell stellte Delia den Mitarbeitern als Bekannte der Familie vor, die sich für die diversen Produkte interessierte. Was Delia sofort auffiel, Frau von Föhrenwald wurde in den diversen Produktionsstätten äußerst herzlich begrüßt. Isabell erkundigte sich nicht nur nach den hergestellten Lebensmitteln, sondern auch nach dem Wohlergehen der Mitarbeiter. Sie besuchten die Mühle, die Bäckerei, die Käserei und den Schlachtraum mit den anschließenden Räumen für die Verarbeitung. Des Weiteren warfen sie einen Blick in den Keller, wo Weinflaschen und Fässer lagerten. Zum Schluss zeigte sie Delia die Schlafräume der Bediensteten, was Delia zu der Frage veranlasste: „Haben Sie sich angemeldet, denn es sieht überall recht aufgeräumt und wohnlich aus."
„Nein, ich dulde keine unordentlichen Räume, unsere Mitarbeiter sollen sich nach der Arbeit wohl fühlen, es ist ja ihr Zuhause." Als sie über den Hof schritten, erläuterte Isabell: „In einem der Häuser ist die Großküche mit Speisesaal für die Arbeiter. Auf den Dachböden der Häuser lagert entweder Heu, Stroh oder Getreide. Etwas abseits gibt es noch zwei hohe Schuppen, in denen die notwendigen Maschinen und Gerätschaften eingestellt sind."
Ein Haus fiel besonders auf, denn die Fenster lagen so tief in den dicken Mauern, dass man davor Platz für Blumentöpfe hatte. „Hier ist die Verwaltung untergebracht", erklärte Isabell beim Betreten des Hauses. „Vermutlich war es das erste Haus überhaupt, denn laut Vater soll es so alt wie unser Gut sein."
Die Räume waren sehr niedrig und alle hatten eine schöne Stuckdecke. Der Gruß des Verwalters war im Unterschied zu allen anderen Personen am Gut eher unfreundlich. Delia fand, dass er sich sehr arrogant gab und Isabell nicht den gebotenen Respekt für die Frau des Gutsherrn zollte. Beim Verlassen des Hauses sagte Delia zu Isabell: „Ist dieser Mensch immer so? Kein anderer war so abweisend zu Ihnen wie er."
„Daran habe ich mich schon gewöhnt. Mit ihm habe ich nichts zu tun. Die Personen, mit denen wir zuvor sprachen, unterstehen mir und nicht ihm. - Ich habe in allen Bereichen jemanden, der darauf achtet, dass alles in meinem Sinne geschieht."
Sie wechselte das Thema: „Delia, ich möchte Ihnen meine Lieblingsplätze zeigen, deshalb habe ich anspannen lassen."
Als sie auf dem Wagen saßen, feuerte Isabell die edlen Friesenpferde mit einigen Delia nicht bekannten Zurufen an und steuerte die Kutsche geschickt über die Feldwege.
„Isabell, woher haben Sie diese Laute? Nicht einmal Ihr Sohn verwendet diese."
„Das hat mir Papa beigebracht. Christoph hat mir erzählt, das Sie auch eine gute Hand für Pferde haben."
„Isabell, ich bin richtig verliebt in diese Pferde. Obwohl sie vor Kraft strotzen, bewegen sie sich so elegant."
„Mein Vater liebte diese Rasse auch."
Sie fuhren in ein Tal, welches Delia noch nicht kannte, und vor ihnen lagen Obstplantagen. Auf einer Anhöhe unter einem riesigen Nussbaum machten sie Rast.
„Im Frühling, wenn die Bäume blühen, bin ich hier am liebsten."
Um den Stamm war eine Holzbank gezimmert und man konnte den Rundumblick genießen. „Jetzt fahren wir zum Forellenteich, welcher am Waldrand liegt und von dem

Bächlein, welches aus dem Wald kommt, gespeist wird. Sein friedliches Murmeln wirkt auf mich beruhigend. Im Sommer, wenn es sehr heiß ist, komme ich gerne her, denn da ist es immer kühl. Urgroßvater hat diesen Forellenteich angelegt, er liebte Forellen in jeder erdenklichen Art. Sie schmecken köstlich, wenn sie frisch gefangen zubereitet werden. Am Markt sind sie immer schnell weg oder schon vorbestellt. Delia, ich möchte, dass Sie morgen mit mir frühstücken, ich habe Kostproben unserer Erzeugnisse bestellt, denn einmal in der Woche möchte ich mich von deren Qualität überzeugen. Es ist mir wichtig, dass sie für den Markt geschmacklich beständig sind."
„Gern, wann soll ich kommen?"
„So um acht Uhr."

Gundi hatte auch immer einen aufwändigen Frühstückstisch, aber dieser war randvoll: verschiedene Brotsorten, Würste, getrockneter und geräucherter Speck, die eigene Butter, mehrere Käsesorten sowie Pasteten, Aufstriche, Tomaten, Paprika, Beeren der Saison und Marmeladen. Isabell bemerkte Delias besorgten Blick angesichts der opulenten Auswahl und sagte zu ihr: „Wir kosten von allem gerade so viel, damit wir uns mit dem Geschmack vertraut machen. Einiges kennen Sie bestimmt, denn Christoph hat so seine Vorlieben."
Delia stellte fest, dass doch einige Käse- und Wurstsorten auf Gundis Tisch fehlten. Der mit Wachholder geräucherte Speck war zum Beispiel nicht auf Christophs Speisekarte, schmeckte aber vorzüglich.
„Delia, wir treffen uns wieder zum Mittagessen. Gundi wird uns frisch gefangene Forellen in Butter zubereiten; dazu werden wir ein Glas Weißburgunder trinken. Und anschließend möchte ich, dass wir gemeinsam ausreiten. Ich habe noch eine Überraschung geplant."
„Gern, ich habe mir den Tag für Sie frei gehalten."

Sie galoppierten schon geraume Zeit querfeldein, erreichten einen Wald, in dem sie dann im Schritt oder Trab, je nach Gelände, immer bergwärts ritten, bis sich der Wald öffnete und vor ihnen eine Wiese auftauchte. Auf dieser ging es im Galopp weiter, bis sie vor einer typischen Almhütte die Pferde parierten.
„Das ist die Moosalm. Hier habe ich, wenn es im Sommer am Gut zu heiß war, viel Zeit mit meinen Vater und Christoph zugebracht."
„Es muss hier zu jeder Jahreszeit traumhaft sein. Wieso hat mir Christoph diesen wunderschönen Flecken Erde noch nie gezeigt?"
„Delia, diese Alm gehört mir ganz allein, die hat mir mein Vater mit Brief und Siegel, wie man sagt, zur Matura geschenkt. Hier bin ich oft, wenn ich allein sein möchte. Christoph und auch Bernhard respektieren diesen Platz als meinen, aber Ihnen wollte ich ihn zeigen. Sollte es so kommen wie ich es mir erhoffe und ihr werdet wirklich miteinander euer Leben bestreiten, werden Sie einen Schlüssel bekommen. Delia, ich habe Sie in mein Herz geschlossen. Sollten sich meine Träume nicht erfüllen, möchte ich die Freundschaft zu Ihnen nicht missen. Ich weiß nicht warum, aber mir ist danach - ich bin Isabell."
„Isabell, ich bin gerührt, mir fehlen die Worte."
„Ich sehe es dir an. Komm, werfen wir einen Blick in die Hütte. Aber vorher bringen wir die Pferde in den Verschlag hinter der Hütte."
Delia war mehr als begeistert - dieser Raum beinhaltete alles, was man sonst nur in ländlichen Museen sah. „Die ist ja urig", entfuhr es ihr, als sie sich darin umsah. Isabell lachte. „Ja, so soll es auch sein. Ich habe nichts verändert. Dort zum Beispiel hängen die genagelten Schuhe meines Vaters, oder hier das alte blaue Geschirr, und alles hängt über dem Herd. Diese Stangen dienen auch zum Aufhängen der nassen Kleidung. Hinter diesen Türen sind die Schlafräume mit Truhenbetten. Kennst du solche, Delia?" Und sie öffnete eine der Türen.
„Nur aus Filmen."
„Irgendwann werdet auch ihr auf der Alm schlafen, hier gibt es keine Ehebetten. Aber ihr seid jung und werdet euch schon zu helfen wissen. Wir haben es ja auch geschafft. Ich bin mir sicher, dass hier Christophs Zeugung stattgefunden hat. – Delia, es freut mich, dass du von der Hütte restlos begeistert bist, denn genau so habe ich mir deine Reaktion vorgestellt. Es gibt natürlich auch einen versteckten Komfort in dieser Hütte, wie den

Wasserhahn in der Nähe des Herdes. Auch Bad und Klosett sind einem gewissen Standard angepasst. Nun lass uns aber nach Hause reiten."

Abends erzählte Delia ihrem Christoph vom Frühstück und dem gemeinsamen Ausritt. „Mutter war mit dir auf ihrer Alm? Sie muss dich in der kurzen Zeit sehr lieb gewonnen haben. Ich kann mich nicht erinnern, dass sie jemals mit einer Freundin oder Bekannten dort oben war. Selbst wir respektieren ihr Reich."
„Sie hat mir auch das Du angeboten."
„Delia, ich mag nicht daran denken, dass du mich wegen des Termins beim Verlag verlassen musst und ich wieder allein bin."
„Ich muss noch einiges klären, aber diese Woche sollte ich schon fahren. Wenn du willst, komme ich gern wieder. Soll ich?"
„Delia, was soll diese Frage, du weißt ganz genau, dass ich keinen Tag ohne dich sein möchte. Wenn du fertig bist, ruf mich an, ich hole dich gern ab." Delia hatte selbst keinen Wagen, bekam aber immer einen vom Verlag, wenn sie dies wollte.
„Christoph, das wäre nett, aber vorher muss ich noch in meiner Wohnung nach dem Rechten sehen und die Post umleiten, denn nachdem du mich einlädst, werde ich sicherlich länger hier bleiben, wenn der Herr von Föhrenwald dies wünscht."
„Sei nicht albern, dass passt so gar nicht zu dir, natürlich wäre ich glücklich, wenn du länger bleibst. Du weißt ganz genau, dass ich dich liebe und immer bei mir haben möchte."
„Wir haben uns geeinigt die gemeinsame Zeit so schön wie möglich zu gestalten, aber es gibt nach wie vor das Problem Christine und somit werden keine weiteren Pläne gemacht. Auch ich kann mir eine Zeit ohne dich nicht wirklich vorstellen, Christoph."

Die restlichen Tage waren schnell vorüber und Christoph brachte Delia vor dem Büro noch zur Bahn. Die Besprechungen mit dem Verleger und dem Lektor zogen sich, denn man konnte sich nicht auf den Einband einigen und der Titel war noch immer nicht fixiert. Delia freute sich auf das Wochenende. Christoph kam wie immer zu Besuch. Sie war sich nun ganz sicher, dass sie längere Zeit bei Christoph wohnen wollte. Sie fühlte eine Leere, wenn sie nicht mit ihm beisammen war. Mit Isabell verstand sie sich vortrefflich. Delia war überrascht, wie belesen und weltoffen Isabell war. Außerdem hatte Isabell Delia anlässlich ihres Besuches mehr oder weniger eingeladen, Weihnachten auf dem Gut zu feiern, und Christoph wollte sie sowieso nie abreisen lassen.

*

Bernhard und Christine verbrachten einige Tage in Bad Ischl. Sie ließen sich eine Woche im Kaiserbad verwöhnen. Vormittags genossen sie die verschiedensten Therapien und Anwendungen und nachmittags relaxten sie im Saunabereich. Sie besuchten natürlich auch die berühmte k. u. k. Zuckerbäckerei der Familie Zauner, um sich die köstlichen Mehlspeisen schmecken zu lassen, schlenderten durch den Park der Kaiservilla, besichtigten diese, fuhren mit der Seilbahn auf die Katrin, um das Panorama der umliegenden Berge zu genießen. Zu einem ausgedehnten Spaziergang auf der Katrin konnte Bernhard Christine nicht überreden, denn sie wollte abends mit ihm in der Bar zu den Klängen der Musik tanzen und nicht hundemüde sein. Bernhard war so verliebt, dass er ihre Wünsche, wenn auch zähneknirschend, erfüllte. Aber allein der Gedanke, dass er wieder die begehrlichen Blicke der Gäste würde ertragen müssen, störte ihn schon jetzt. Christine wirkte trotz ihrer Schwangerschaft sehr erotisch und war wunderschön anzusehen. Bernhard konnte sich gar nicht satt sehen, und ihr Liebeshunger wurde von Tag zu Tag größer, was er sehr genoss.
Während sie abends an der Bar saßen, versprühte Christine ihren jugendlichen Charme und Bernhard nippte an seinem geliebten Cognac. Sie musste sich mit einem alkoholfreien Cocktail begnügen. Ihr Widerspruch blieb diesmal aus, denn sie wollte etwas von Bernhard.
„Du, mein Geliebter, ich finde du bist recht glücklich mit mir, oder?"
„Natürlich bin ich sehr glücklich, und ich genieße jeden Augenblick mit dir."

„Siehst du, Bernhard, mir geht es genauso. Warum kannst du dich nicht scheiden lassen und wir gründen eine Familie?"

„Christine, ich werde für unser Kind immer da sein, aber im Zuge einer Scheidung verliere ich alles, das Gut gehört Christoph. Bis zu meiner freiwilligen Abdankung oder im Falle meines Todes ist Isabell als Vermögensverwalterin für Christoph eingesetzt. Sollte sie vor mir sterben, wäre er sofort der alleinige Eigentümer und müsste mich nur noch unterstützen. Solange alles so bleibt wie es ist, kann ich mir all das leisten, denn Isabell lässt mir freie Hand. - Liebe Christine, ich werde mich um eine größere Wohnung für dich umsehen und sie finanzieren. Ich denke an das neue Hochhaus, es liegt in einer schönen Gegend, dort möchte ich für dich und unser Kind eine Wohnung anmieten. Die Anonymität ist dort eher gewährleistet als in dem Haus, wo du jetzt wohnst. Du siehst, ich mache alles für dich, denn ich freue mich auf unser Kind. Nach der Geburt werden wir Christoph als Vater angeben."

„Bernhard, es ist dein Kind und wir haben es in Liebe auf der Alm gezeugt. Wenn ich dich recht verstehe, willst du unserem Kind nicht deinen Namen geben?"

„Wenn du Christoph angibst, ist es ja ein von Föhrenwald."

„Ich spiele dieses Spiel nur solange ich daraus keinen Schaden habe, aber sollte dies eintreten, dann, Bernhard wird die Wahrheit ans Tageslicht kommen. Sag, wovon hat sich Christoph all seinen Luxus finanziert, wenn ihm nichts gehört?"

„Er hat von seinem Großvater jenes Geld geerbt, das dieser mir vor der Heirat abverlangte."

„Das verstehe ich nicht."

„Sein Großvater zog sich aus allen Belangen des Gutes zurück. Dafür wollte er vor der Heirat meine Wertpapiere für sein Enkelkind. Ich denke, von einem Teil dieses Vermögens hat sich Christoph sein kostspieliges Haus gebaut. Die Einrichtung, dazu sein Atelier sowie der neue Wagen werden schon einiges gekostet haben."

„Warum war er immer gleich so böse, wenn ich etwas zum Anziehen brauchte?"

„Christine, ich weiß in der Zwischenzeit ebenfalls, dass du immer etwas zum Anziehen brauchst. Du hast genügend zu Hause, aber nein, es muss immer was Neues sein, auch wenn du dieses später gar nicht trägst. Ich finde, du bist schon sehr verschwenderisch."

„Das ist wieder typisch Mann, ihr versteht das nicht, euch reichen einige Anzüge, Hemden und Schuhe und ihr seid immer gut angezogen. Wir brauchen zu den verschiedensten Anlässen die richtige Garderobe. Oder, Bernhard, bist du nicht immer ganz glücklich, wenn ich mich für dich so anziehe, dass mir alle bewundernde Blicke nachwerfen und dich um die Begleitung beneiden, es ist doch so?"

„Ja, mein Schatz. In Zürs hast du unbedingt das Kostüm haben wollen und bis jetzt hast du es noch nie getragen."

„Dann fahre mit mir nach Salzburg, dort trägt man diese Art von Kleidung bei den Festspielen, aber nicht hier."

„Wenn du dir die Kleidung für irgendwann kaufst, wundert es mich nicht, wenn deine Kästen übergehen."

„Bernhard, was soll ich in Zukunft von all den Sachen anziehen - mit meinem Bauch?"

„Christine, ich habe bis jetzt alles bezahlt, wenn das Kind da ist und du in der neuen Wohnung bist, wird ein Haushaltsbuch geführt. Mein Geld kann ich nicht nur für dich ausgeben, es wird limitiert und es wird reichen, wenn du einmal siehst, wofür du dein Geld verwendest."

„Du bist ja noch ärger als dein Sohn. Ein Haushaltsbuch? Bernhard, das kannst du dir abschminken, ich bin ja nicht deine Buchhalterin. Außerdem, jetzt wo ich weiß, wie die finanzielle Situation bei dir und deinem Sohn sich darstellt, brauche ich mir keine Angst um meine Zukunft zu machen. Schade, dass ich nicht mehr am Gut wohnen kann, denn dort wird man rund um die Uhr verwöhnt."

„Warum musstest du auch vor den Augen von Isabell den Gärtner vernaschen, das verzeihe ich dir nie. Christine, ich will mit dir nicht streiten, aber ein wenig solltest du schon einsichtig sein, denn wir wollen unsere gemeinsame Zeit genießen und diese nicht mit endlosen Debatten oder Streitereien vergeuden."

„Natürlich hast du Recht, mein Gebieter, ich bin doch dein braves Mädchen."

„Christine, mit Birnstingel habe ich vereinbart, dass er dich fünfmal im Monat in der neuen Wohnung besuchen soll. Jetzt, wo du nicht mehr so oft aufs Gut kommen kannst, sollte man sehen, dass er dein Freund ist."

„Bernhard, deine Fürsorge ist grenzenlos. Weißt du eigentlich, dass der Birnstingel ein Auge auf mich geworfen hat? Ich weiß nicht, ob ich ihm in meinem Zustand widerstehen kann."

„Christine, jetzt reicht es aber, musst du jeden Mann vernaschen, egal wie alt er ist?"

„Warum nicht, wenn du mir einen Aufpasser in die Wohnung schickst. Glaub ja nicht, dass ich das nicht so sehe. Vielleicht möchtest du noch, dass er bei mir einzieht. Bernhard, du wirst doch nicht eifersüchtig sein?"

„Christine, du hast schon eine Art mich zur Verzweiflung zu bringen. Ich soll für alles aufkommen, und wenn ich mir wegen unserer geheimen Beziehung Sorgen mache, muss ich mir sagen lassen, ich wäre eifersüchtig."

„Bernhard, das alles führt zu nichts. Tatsache ist, ich bin von dir schwanger, aber doch nicht deine Leibeigene, die du vor vollendete Tatsachen stellen willst. Vergiss es, so geht es sicherlich nicht. Ich habe nichts gegen den Birnstingel, aber dass dieser bei mir ein- und ausgehen soll, das kommt nicht in Frage. Ich treffe mich gerne mit dem charmanten Birnstingel, aber nicht in meiner Wohnung. Bernhard, auch für dich gibt es Grenzen. Vergiss nie, dass ich am längeren Ast sitze, wie es so schön heißt, aber das sollte kein Thema in unserer Beziehung sein, also besprich in Zukunft deine Pläne mit mir."

*

Es war Donnerstag, das Wochenende stand bevor, und Delias Verkühlung wurde immer ärger, so dass sie ihren Arzt aufsuchen musste, der eine schwere Grippe feststellte, sie mit Medikamenten versorgte und ins Bett schickte. Sie rief sofort bei Christoph an, erreichte aber nur Gundi.

„Um Gottes Willen, Frau Agatakis, besorgen Sie sich noch Hühnerfleisch und machen Sie sich davon eine starke Brühe, die hilft immer bei Verkühlungen. Ich werde es dem Herrn von Föhrenwald ausrichten, ob er sich davon abbringen lässt Sie zu besuchen, das weiß ich nicht. Alles Gute und baldige Gesundheit, Frau Agatakis."

Sie lag mit Fieber, Halsweh, Husten und schmerzenden Gliedern im Bett. Abends rief sie noch einmal an, erreichte wieder nur Gundi.

„Frau Agatakis, Herr von Föhrenwald ist nicht zugegen, er hat sich sofort ins Auto gesetzt, als ich ihm von Ihrem Anruf erzählte und seither ist er nicht wiedergekommen. Ich denke, er ist auf den Weg zu Ihnen."

„Ich habe doch gesagt, er soll nicht zu mir kommen."

„Das habe ich ihm ausgerichtet, aber es geht um Sie, Frau Agatakis, da ist er für keine Ratschläge zu haben. Aber falls er doch heimkommen sollte, werde ich ihm von Ihrem neuerlichen Anruf erzählen."

Warum hat Christoph nicht angerufen, ich habe mir extra das Telefon zum Bett gestellt. Wenn das mit dem Schwitzen so weitergeht, habe ich bald keine Nachtwäsche mehr und nur noch die Bettwäsche im Kasten. Ich denke, das Schwitzen kommt von den Medikamenten. Sie dämmerte so dahin und fühlte sich elend, als es klingelte. *Nein, ich kann niemanden brauchen.* Aber es wurde Sturm geläutet. Also schleppte sie sich ins Vorzimmer, um zu fragen, wer so hartnäckig war. „Hallo?"

„Delia, so mach doch auf!"

Sie drückte den Knopf. *Christoph - nein, wenn der mich so sieht!*

„Hallo, bleib unten, ich kann dich nicht empfangen, ich habe doch gesagt, dass ich krank bin - so sag doch was", sprach sie in den Hörer der Gegensprechanlage.

Aber es klopfte. „Delia, mach auf, ich bin es", hörte sie seine besorgte Stimme. Apathisch drückte sie die Türschnalle und schon glitt sie zu Boden. Starke Arme hoben sie hoch und brachten sie zurück ins Bett. Sie kam wieder zu sich. „Christoph, was ist geschehen?"

„Ich weiß es nicht, du lagst am Boden, als ich eintrat. Hast du nichts zum Umziehen, dein Nachthemd ist durchgeschwitzt und das Bett ist ebenfalls ganz nass."

Er ging zum Kasten und fragte sie: „Wo ist frisches Bettzeug und wo ein frisches Nachthemd oder ein Pyjama?"

„Lass das, ich weiß es nicht, was machst du da, ich habe doch gesagt, ich bin krank und du sollst zu Hause bleiben."

„Ich werde hier gebraucht, also wo ist das alles?"

„Im Vorzimmerkasten sollte noch ein Bettzeug sein, doch ich habe keine frischen Nachthemden mehr, sondern nur noch einen Winterpyjama. Aber wo der ist, weiß ich nicht."

Er kam mit einer Decke, wickelte sie darin ein und setzte sie auf die Bettbank. Delia protestierte andauernd, aber er sagte nur: „Ich höre alles, was du sagst, aber ich mache das, was ich tun muss."

Er bezog das Bett neu, suchte im Kasten nach einem T-Shirt, einer Jogginghose, frischer Unterwäsche und legte alles ins Schlafzimmer.

„Was soll das, ich kann schon selbst für mich sorgen."

„Ja, das habe ich gesehen. Ich habe dich gerade vom Boden aufgehoben. Du bist krank, sehr schwach und schwindlig, also lass mich machen."

Er holte ein feuchtes und ein trockenes Handtuch aus dem Bad und half Delia, sich damit etwas zu erfrischen. Sie zog die trockenen Sachen an und legte sich ins neu bezogene Bett. Ihre Proteste wurden immer kleinlauter, bis sie verstummte. Da lag sie nun und blickte ihn aus ganz glasigen Augen an.

„Wie ist die Nummer von deinem Arzt?"

„Ich brauche keinen."

„Die Nummer von deinem Arzt oder ich rufe den Notarzt."

„278961."

Er wählte gleichzeitig. Christoph ersuchte den Arzt um einen baldigen Besuch und erwähnte, dass Delia zu Boden geglitten war. Der Arzt diagnostizierte eine Lungenentzündung und ordnete absolute Bettruhe an. Der Kreislauf sei stabil, es konnte nur ein Schwächeanfall gewesen sein, wegen des hohen Fiebers, vielleicht hatte sie auch zu wenig getrunken oder gegessen. Christoph saß am Bettrand und hielt ihre Hand. „Mach dir keine Sorgen, ich bleibe hier bis du gesund bist und keine Widerrede. Am besten ist, du schläfst."

„Danke, Christoph, dass du das alles für mich gemacht hast. Ich war selbst nicht mehr imstande dazu. Wenn du nicht so Sturm geläutet hättest und ich nicht die vage Hoffnung gehabt hätte, dass du doch zu mir gefahren bist, würde ich noch immer in den verschwitzten, nassen Sachen liegen. Danke, Christoph, ich fühle mich schon besser. Allerdings habe ich heute noch nichts gegessen, kannst du mir bitte etwas machen, und ein Tee wäre auch fein."

„Ich werde sehen, was in deinem Kühlschrank ist." Er fand ein mürbes, nicht mehr ganz frisches Kipferl, machte Milch für einen Kakao heiß und brachte Delia beides.

„Das ist nur fürs Erste, ich werde etwas kochen, aber das dauert."

Er fand das Hühnerfleisch, Gemüse, auch Teigwaren und zauberte daraus einen Suppentopf. Zwischendurch sah er nach Delia. Die schlief tief und fest. Er suchte die gebrauchte Wäsche zusammen, läutete bei der Nachbarin und erkundigte sich nach einer Putzerei oder Wäscherei. „Ich weiß, Frau Agatakis hat eine Waschmaschine, aber ich brauche die Wäsche gebügelt", erklärte er dieser.

Als er zurückkam, schlief Delia noch immer, er holte sich einen Sessel, stellte diesen zu ihrem Bett und betrachtete die Schlafende. Trotz ihrer Schwäche und der etwas zerzausten Frisur fand er seine Delia wunderschön. Es vergingen zwei Stunden, bis sie erwachte.

„Christoph, was machst du denn hier?" waren ihre ersten Worte, als sie die Augen aufschlug.

„Ich war beunruhigt, als mir Gundi sagte, dass du krank bist und keinen Besuch wünschst. Natürlich habe ich mir Sorgen gemacht, und es war gut, dass ich zu dir gefahren bin. Es muss sich jemand um dich kümmern, und das bin nun ich, geliebte Delia. Darf ich dir eine heiße Suppe bringen? Ich habe dir versprochen etwas zu kochen. Ich hole sie." Mit den Worten: „Das macht dich gesund, ein altes Hausrezept", reichte er ihr die Suppe. Sie blickte in die Suppenschale, lachte. „Das ist Gundis Spezialsuppe, oder täusche ich mich? Sie hat mir noch am Telefon gesagt, ich sollte mir diese zubereiten, es sei das Beste für die Genesung. Nach dem Arztbesuch wollte ich nur mehr schlafen. Ich konnte ja nicht ahnen, dass mich die Grippe so in den Klauen hat - und jetzt noch die

Lungenentzündung. Es tut mir sehr leid, aber aus unserem geplanten Wochenende wird leider nichts."
„Wieso, ich bin hier, ich nehme mir so lange Urlaub bis es dir besser geht und hernach fahren wir zu mir. Gundi wird dich gesund pflegen, die kann das bestens mit ihren Hausmitteln."
„Ich kann erst mit dir fahren, wenn ich wieder ganz gesund bin, und solange kannst du nicht bleiben. Lieber Christoph, wenn du mich jetzt einige Tage mit deiner Kochkunst verwöhnst, werde ich sicherlich bald gesund sein. Wenn ich ehrlich bin, habe ich schon gehofft, dass du kommen wirst, denn ich war ziemlich hilflos. Der Kreislauf und die Müdigkeit haben mir zu schaffen gemacht. Aber ich möchte nun hören, wie es dir und deiner Mutter geht."
„Ich bin viel unterwegs, meine Arbeit macht mir Spaß. Diese Woche sollte ich die Bundesforste inspizieren. Und, danke der Nachfrage, Mutter geht es gut, Vater ist wieder weggefahren, wohin weiß ich nicht. Mutter freut sich, wenn du wieder bei mir bist, sie hofft, dass du sie wieder besuchen kommst. Mit Gundi werde ich telefonieren, um mir ein paar Tipps zu holen, was man so armen, schwachen Kranken zum Essen geben sollte, damit sie wieder auf die Beine kommen."
„Mach bitte kein solches Drama daraus, es reicht, wenn du mir eine gute Rinds- oder Gemüsesuppe machst. Leider ist für beides nichts im Haus, aber du weißt, wo der Kaufmannsladen ist. Nimm aus meiner Geldbörse das Nötige und kaufe bitte für zwei Tage ein. Danach kann ich sicher wieder für mich sorgen."
Christoph blieb dennoch bis Dienstag Früh. Er kümmerte sich liebevoll um Delia, so dass sie sich die Frage stellte, ob sie diesen tollen Mann nicht doch heiraten sollte. Natürlich müsste es wegen des Kindes zu einer akzeptablen Lösung kommen. Sie blieb die restliche Woche im Bett, aber Freitagabend holte Christoph sie zu sich. Als sie durch den Park fuhren, hatte Delia das Gefühl, sie würde nach Hause kommen, sagte aber kein Wort. Sie freute sich auf die gemeinsamen Tage.

*

Christine trat aus der Umkleidekabine. Sie beobachtete seine Reaktion, während sie vor Rüdiger von Hagenberg auf und ab ging, sich drehte und auf sein Urteil wartete.
„Sieht gut aus, dennoch probieren Sie bitte noch andere Teile, erst danach treffe ich meine Entscheidung. Unabhängig davon, sollten Sie das nehmen, was Ihnen gefällt."
Als sie mit dem roten Strickkostüm erschien, leuchteten Rüdigers Augen. Sie entschied sich ebenfalls dafür, bei der Kasse sagte Rüdiger: „Haben Sie auch etwas Passendes für darunter?"
Zur roten Unterwäsche bemerkte er: „Sie sind ja doch ein kleines Teufelchen, ich freue mich, wenn Sie mir die Wäsche später vorführen." Im Hotelzimmer konnte Christine nicht widerstehen und nippte doch einige Male an ihrem Champagnerglas, es war nun mal ihr Lieblingsgetränk. *Rüdiger ist eigentlich ganz nett und sein Wissensgebiet ist groß. Er ist sehr zuvorkommend, hat sein Versprechen wahr gemacht, die Rechnung kommentarlos beglichen, obwohl diese nicht gerade klein war. Vielleicht wird es doch noch nett mit ihm.* Anschließend spazierte Christine, genau wie er es wollte, in Unterwäsche und Strümpfen umher. Seine Augen strahlten und seine Komplimente wirkten aufrichtig. Als er sich satt gesehen hatte, ging er auf sie zu, begann alles was nackt war zu küssen, anschließend auch das, was später ebenfalls hüllenlos war. Er nahm sich das Dargebotene mit einer Ausdauer, die selbst Christine etwas verwirrte. Seine Zärtlichkeit war teilweise berührend und er schwärmte förmlich von der Tatsache, dass sie schwanger war. Beim Abschied sagte er: „Christine, ich danke dir für den wundervollen Nachmittag und für die Erfüllung unseres Arrangements. Solltest du irgendwann Lust auf meine Zärtlichkeit haben, du weißt wie du mich findest. Ich halte mein Versprechen, auch wenn es mir sehr schwer fällt, solch eine leidenschaftliche, wunderschöne Frau nicht mehr in den Armen zu halten."
In ihrer Wohnung ließ sie den Nachmittag mit ihm noch einmal Revue passieren. *Bernhard hatte Recht, er ist tatsächlich ein sehr umgänglicher Typ, und wenn er wirklich Wort hält, was ich auch glaube, war es für mich letztlich ein schönes Erlebnis.*

*

Es war das erste Mal, seitdem er Delia kannte, dass Christoph seine besten Freunde zu sich einlud. Einige kannte Delia von der Vernissage. Barbara kam in Begleitung eines älteren charismatischen Herrn, Peter, sein Anwalt, mit Gattin, die Geschwister Müller mit ihren Bekannten. Christoph hatte eingeladen, um ihnen mitzuteilen, dass er sich mit seiner Delia verlobt hatte. „Meine Eltern haben wir nicht informiert, denn es gibt nach wie vor berechtigte Bedenken von Seiten Delias. Wir glauben aber, mit Hilfe von Peter eine akzeptable Lösung gefunden zu haben."

Mit dem gereichten Glas Champagner ließen die Freunde die Verlobten hochleben. Gundi hatte wieder einmal in ihrer Küche gezaubert und freute sich, dass alle voll des Lobes für ihr delikates Menü waren. Da im Wohnsalon genügend Platz war, wurde nach dem Kaffee die klassische Musik durch Tanzmusik ersetzt und bis lange nach Mitternacht geplaudert und getanzt. Delia schwebte förmlich in Christophs Armen. Er und Peter waren brillante Tänzer und genossen zur Freude der Damen jeden Tanz. Delia hörte, wie Peter Christoph fragte: „Kannst du dir vorstellen, dass sich Christine von deinem Vater trösten lässt?"

„Wie kommst du nur auf diese Frage? - Ich weiß es nicht. Allerdings hatte sie in Vater schon immer einen Verbündeten."

„Man sieht sie miteinander und es macht eher den Eindruck, als würde er sich nicht nur - entschuldige - als zukünftiger Schwiegervater mit ihr zeigen."

„Peter, es ist mir egal, was sie oder mein Vater tun oder nicht tun. Ich will endlich Klarheit, damit ich meine Delia heiraten kann."

Delia hatte das Gespräch in ihrem Rücken mitgehört. *So ist das - es gibt sogar Gerüchte, dass Christine mit Christophs Vater etwas haben könnte. Das Beglückendste an dem ganzen Gespräch war, dass Christoph mich heiraten will. Ein wunderschöner Gedanke, andererseits kann ich ihn verstehen, dass er das Testergebnis abwarten möchte.*

Immer wenn Delia wusste, dass Christophs Mutter allein zu Hause war, besuchte sie diese. Doch eines Tages stand plötzlich Bernhard in der Eingangstür, da er früher von seiner Reise zurück war. Isabell ging auf ihn zu, um ihn zu begrüßen.

„Bernhard, wie schön, dass du schon zurück bist. – Ich denke du kannst dich an Frau Agatakis erinnern, sie ist bei Christoph auf Besuch."

Sie reichten einander die Hände und Delia sagte: „Herr von Föhrenwald, ich freue mich, nun auch Christophs Vater vorgestellt zu werden, aber Sie entschuldigen mich, ich bin schon im Gehen."

„Wegen mir müssen Sie nicht davonlaufen, ich weiß wie man einen Gast behandelt, ich finde es trotzdem seltsam, dass Sie den Umgang mit meinem Sohn weiterhin pflegen, obwohl Sie wissen, dass er der Vater meines Enkelkindes ist."

„Bernhard, Delia kennt unsere Einstellung zu Christine nach dem Vorfall auf dem Gut. Ich bin glücklich, dass Christoph eine so reizende, liebenswerte Frau wie Delia kennt."

„Isabell, du weißt, ich kann seine Entscheidung, das Kind nicht am Gut aufwachsen zu lassen, keineswegs akzeptieren."

„Herr von Föhrenwald, ich danke Ihnen für diese ehrlichen Worte. Aber solange nicht erwiesen ist, dass Christoph tatsächlich der Vater ist, sollte man keine voreiligen Schlüsse ziehen."

„Was erlauben Sie sich? Christine wird wohl wissen, wer der Vater ihres Kindes ist."

„Davon, Herr von Föhrenwald, bin ich überzeugt und nun entschuldigen Sie mich." Zu Isabell gewandt meinte sie: „Wann immer du willst und Zeit hast, können wir unsere Gespräche bei uns fortsetzen. Danke für den Tee, auf Wiedersehen."

Abends erzählte sie Christoph von der Begegnung mit seinem Vater.

„Er kann es nicht lassen, andauernd muss er sich in meine Angelegenheiten einmischen. Mutter und ich sind uns einig. - Delia, wenn es stimmt, was Peter vermutet, wundert es mich nicht, dass er sich für Christine einsetzt. Wobei ja noch nicht erwiesen ist, ob es sein Enkelkind oder sein Kind ist."

„Christoph, seine Fürsorge finde ich mehr als übertrieben. Er will und kann nicht akzeptieren, dass du Christine nicht zur Frau nimmst. Prinzipiell wäre deine Mutter über ein Enkelkind glücklich. Jedoch seitdem sie Christine mit dem Gärtner erwischt hat, ist sie misstrauisch und will Gewissheit.

*

Bernhard hatte eine Dachterrassenwohnung im Hochhaus angemietet. Christine war begeistert, als ihr Bernhard diese zeigte. Er hatte den Umzug organisiert und für den ersten gemeinsamen Abend eine Überraschung angekündigt.

Was für ein Glück, dass ich mich vorübergehend doch für Bernhard entschieden habe, er ist bis über beide Ohren in mich verliebt und seitdem er weiß, dass das Kind ein Mädchen ist, trägt er mich auf Händen. Bernhard zählt bereits die Tage, kann er doch die Niederkunft kaum erwarten. Sogar der Name steht schon fest.

Christine saß im Wohnzimmer, als Bernhard in Begleitung eines Paares herein kam und mit diesem in die Küche ging. Kurz darauf erschien er mit den Worten: „Liebste Christine, die beiden werden uns ein Galadiner servieren, damit wir stilvoll die Wohnung einweihen können. Morgen wird das Kinderzimmer geliefert. Unsere Ines soll sich vom ersten Tag an darin wohl fühlen."

Der Abend verlief ganz nach dem Geschmack von Christine. Der wunderschön gedeckte Tisch, die vorzüglichen Speisen, der Champagner, das Service, all das trug zu einer gelungenen Wohnungseinweihung bei. Sie konnte sich glücklich schätzen, denn mit Bernhard hatte sie einen Glücksgriff getan. Er hatte die Wohnung gemietet, den Umzug, das Kinderzimmer bezahlt und war auch sonst nicht kleinlich. Allerdings war er bald 64, sie dagegen wurde 27 und stand voll im Leben. Wie die weitere Zukunft mit ihm und dem Kind aussehen würde, konnte sie sich nicht wirklich vorstellen, denn verliebt in ihn war sie nie.

Vielleicht ist es in diesem Hochhaus leichter, sich einen Freund zuzulegen, doch Bernhard ist unberechenbar mit seinem Erscheinen. Wenn das Kind da ist, werde ich in ein Fitness-Studio gehen und neue Leute kennen lernen. Als allein erziehende Mutter steht man immer hoch im Kurs, insbesondere wenn man von vornherein erklärt, dass man sich in keine neue Abhängigkeit begeben will, sondern nur Spaß haben möchte. – Christine, träume solange dazu noch Gelegenheit ist. Wenn das Kind da ist, ist für nichts mehr Zeit. Ob Bernhard mir ein Kindermädchen bezahlt, ist fraglich. Ich werde unser Kind in eine Krabbelstube geben, denn ein Kindermädchen kann ich mir nicht leisten, und ich will wieder arbeiten. Wenn Bernhard aufgepasst hätte, gäbe es diese Probleme nicht. Darum hätte ich mich selbst kümmern müssen.

Christine war heute ein fescher, junger Mann behilflich, als sie mit den Einkaufstaschen zum Lift ging. „Darf ich helfen? Wie meine Tante, die schleppt auch immer viel mehr als sie tragen kann, noch dazu, wo Sie sich doch schonen sollten", und er nahm ihr die Einkaufstaschen ab. „Welcher Stock?" Er drückte den fünften, nachdem ihm Christine erklärt hatte, im Dachgeschoss zu wohnen. „Da müssen Sie einen herrlichen Ausblick auf die Stadt haben?"

„Ja, er ist zu jeder Tageszeit toll."

„Ich selbst wohne nicht hier, sondern bin der Blumen- und Lüftungsbeauftragte meiner Tante."

„Wenn Sie lüften, bleiben Sie doch länger? Da hätten Sie auch Zeit, mit dem Lift nach oben zu kommen, um die Aussicht zu genießen. Es gibt nur eine Wohnungstüre, also können Sie mich nicht verfehlen. Ich könnte mich mit Kaffee und Kuchen bei Ihnen fürs Helfen bedanken. Kommen Sie ruhig, wenn Sie Lust haben."

Kurze Zeit später läutete es tatsächlich und da stand der junge Mann mit einem Fotoapparat.

"Die Gelegenheit, von Ihrer Terrasse einen Blick auf die Stadt zu werfen, möchte ich mir nicht entgehen lassen. Ich möchte Architektur studieren, daher mein Interesse. Ich hoffe, ich mache keine Umstände, ich will nicht, dass Sie wegen mir eventuell Probleme bekommen."

Da stand er nun und fotografierte in alle Richtungen.

„Danke, dass Sie mir die Möglichkeit gegeben haben, nun will ich nicht weiter stören."

„Wollen Sie keinen Kaffee?"

„Gerne, aber ich habe ein ungutes Gefühl, wenn ich mit Ihnen allein bin und jeden Augenblick jemand kommen könnte."

„Heute kann niemand kommen und vor einer schwangeren Frau brauchen Sie keine Angst haben."

„Angst habe ich keine, es ist für mich ungewohnt mit einer schwangeren Frau allein zu sein, noch dazu, wo ich Frauen in anderen Umständen besonders erotisch und anziehend finde, das macht mich unsicher."

„Was kann da erotisch sein, ein riesiger Bauch, eine schlechte Haltung, weil man Angst hat vornüber zu kippen und das andauernde Strampeln im Bauch."

„Das Strampeln fühlen Sie?"

„Natürlich, es kann auch boxen oder treten, es bewegt sich halt. Schnell, legen Sie die Hand hierher, fühlen Sie es", und sie ergriff seine Hand. Er war etwas irritiert von ihrem Wunsch, aber nun lag seine Hand sanft auf ihrem Bauch.

„Man fühlt es wirklich, tut das nicht weh?"

„Nein, ich bin glücklich, dass es sich bewegt und anscheinend wohl fühlt. Sie aber sehen nicht aus, als würden Sie sich wohl fühlen."

„Ich sagte bereits, dass ich noch nie mit einer schwangeren Frau allein in einem Raum oder ihr so nahe wie Ihnen war. Ganz abgesehen davon, liegt meine Hand auf Ihrem Bauch. - Jetzt hat sich Ihr Kind beruhigt."

„Es war Ihre Hand, die es beruhigt hat."

„Dass sagen Sie doch nur so, wie soll das Kind das fühlen?"

„Ich bin mir sicher, dass mein Kind gespürt hat, dass eine zärtliche Hand auf dem Bauch seiner Mutter lag."

Diese Worte trieben dem jungen Mann die Röte ins Gesicht, und er wollte sich verabschieden, nachdem er es bemerkte.

„Sie können uns nun aber nicht allein lassen, wo Sie mein Kind beruhigt haben. Außerdem habe ich mich auf Ihren Besuch gefreut. Immer allein Kaffee trinken macht keinen Spaß."

Die italienische Espressomaschine gab ihr gurgelndes Geräusch von sich und unterbrach die Stille des Raumes. Der junge Mann hatte nur Augen für Christine, und um das Gespräch in Gang zu halten, musste sie ihm andauernd Fragen stellen, denn er war fasziniert von ihrer Schwangerschaft. Beim Kaffee taute er dann doch etwas auf. So erfuhr sie, dass er, wenn die Tante auf Urlaub war, einmal in der Woche mit dem Rad zu deren Wohnung fuhr, um seine Pflichten zu erfüllen, denn sie war eine Erbtante, wie seine Mutter immer sagte.

„Ist Ihre Tante die ältere Dame im vierten Stock?"

„Ja, alle anderen im Haus sind junge Familien."

„Wie lange ist die Tante noch auf Urlaub?"

„Drei Wochen, sie ist in Amerika bei ihrer Schwester."

Christine durchzuckte ein Gedanke. *Ein Wink des Schicksals, er ist zwar kein Draufgänger eher ein Schüchterner, aber er ist sicherlich recht zärtlich und wenn ich es geschickt anstelle, wird er schon alles tun, was ich will.*

„Wann kommen Sie wieder?"

„Am Montag."

„Aber wann genau? Ich möchte Sie gern in der Wohnung Ihrer Tante besuchen, denn Sie haben von meiner Terrasse die Stadt gesehen, und ich möchte sehen wie die Stadt im fünften Stock aussieht."

„Wenn Sie wollen, können Sie gleich mit hinunter kommen."

„Wenn Sie noch Zeit haben, komme ich gern."

Man sah sogleich, dass hier eine betuchte ältere Dame wohnte, die Geschmack besaß. Der Sternparkettboden war teilweise mit kostbaren Teppichen belegt, auch die altdeutschen Möbel hatten sicherlich ihren Wert. *So eine Tante würde ich mir auch wünschen.*

Nachdem sie auf dem Balkon gewesen war und eher in Häuserfluchten als über diese gesehen hatte, ging Christine wieder hinein und sagte: „Kein Vergleich mit meiner Aussicht, ich verstehe schon, dass Sie alles fotografiert haben. Schnell - legen Sie wieder Ihre Hand auf meinen Bauch, es strampelt wieder." Diesmal zog sie blitzschnell ihre Bluse aus dem Rock, bevor sie seine Hand nahm und drückte diese auf ihren nackten

Bauch. „So ungefähr fühle ich es", sagte sie. Und wieder hatte der junge Mann einen roten Kopf.
„Wie alt sind Sie eigentlich?" fragte nun Christine.
„18."
„Und einen Namen haben Sie sicherlich auch?"
„Fridolin."
„Aber viel Erfahrung mit Frauen haben Sie nicht. Sie werden ja immer rot."
„Natürlich habe ich Freundinnen, diese waren aber nicht schwanger. Es macht mich unsicher."
„Was macht Sie unsicher?"
„Das kann ich nicht sagen."
„Können oder wollen Sie nicht?"
„Ich kann mir halt nicht vorstellen, wie man mit einer Schwangeren intim sein kann oder was das Kind dabei fühlt, und trotzdem macht mich Ihre Nähe ganz unruhig."
„Da sollten wir aber etwas dagegen tun, oder?"
„Ich weiß nicht, was Sie dagegen tun wollen?"
„Kommen Sie, nehmen Sie mich in die Arme, ich werde Sie schon nicht verführen. Ich bin wahrscheinlich wie jede andere Frau, wenn Sie mich in die Arme nehmen, ich habe halt einen etwas größeren Bauch."
Er kam auf sie zu und nahm sie in seine Arme. Sie legte ihre Hände um ihn und drückte sich an seinen Körper, damit er ja alles fühlen konnte.
„Nun, ist es anders als bei den Freundinnen, wenn Sie mich umarmen?"
„Irgendwie unruhiger bin ich schon, aber Sie haben Recht, es ist nicht viel anders."
„Ich denke doch - Sie sind erregt."
Mit erhitztem Gesicht meinte er: „Als Mann kann man dies nicht verbergen. Was soll ich denn tun, es ist der Umstand, dass Sie schwanger sind."
„Machen Sie sich keine Sorgen, es war ja meine Idee. Ich wollte Ihnen die Scheu vor einer werdenden Mutter nehmen. Außerdem, auch Sie werden wahrscheinlich eines Tages Vater werden und es wird Ihnen alles ganz normal vorkommen. Wenn die Schwangerschaft normal verläuft, werdet ihr den Sex bis zum letzten Tag genießen."
„Was, Sex kann man bis zum letzten Tag haben?"
„Natürlich, Fridolin. Ich gehe jetzt, auf Wiedersehen. Am Montag werde ich mich überzeugen, ob Sie die Umarmung und das ausgelöste Gefühl schadlos überstanden haben."
Beim Lift hörte sie noch sein „Auf Wiedersehen", dann war die Türe zu. Während der Fahrt überlegte sie, wie sie es anstellen sollte, damit er am Montag nicht zu schüchtern blieb.

Am Montag machte Fridolin mit einem strahlendem Gesicht und leuchtenden Augen die Türe auf. Seine ersten Worte waren: „Ich bin so froh, dass Sie es sich nicht anders überlegt haben. Ich hatte Angst, dass Sie mich nicht mehr sehen wollen."
„Oh doch! Nun bin ich hier, um zu sehen, ob du der alte Fridolin bist oder unsere Umarmung dir geschadet hat." Sie verwendete bewusst das Du, um ihm die Scheu zu nehmen. „Du wirst ja schon wieder rot."
"Was soll ich machen?"
„Nun, bitte mich herein und sage mir, was du am liebsten mit mir anstellen würdest?" - Schweigen.
„Fridolin, hast du die Sprache verloren?"
„Nein, aber was soll ich sagen, ich denke, Sie wissen es sowieso."
„Ich will es aber von dir hören, nun komm schon, Fridolin, vielleicht gehen deine Wünsche in Erfüllung, wenn du sie mir sagst."
„Ich möchte Sie nackt sehen und Ihren Bauch streicheln."
„Sonst nichts?"
Christine hatte ein Kleid gewählt, welches man vorne komplett aufknöpfen konnte.
„Komm, Fridolin, wenn du das Kleid aufknöpfst, wirst du mich nackt sehen. Nun komm schon, sei nicht so schüchtern, oder hast du noch nie eine nackte Frau gesehen?"
Er bekam einen roten Kopf und stotterte herum, „Nein … ja … nein."

Christine ging auf ihn zu, nahm seine Hände und sagte: "Du musst das Kleid schon allein aufknöpfen." *Fridolin dürfte jungfräulich sein, so wie er sich anstellt, aber in seiner Hose regt und streckt sich sein nicht so keusches Glied. Ich werde ihn halt vernaschen, mal was anderes. Hoffentlich kommt er vor lauter Schreck nicht gleich.*

Fridolins Atem wurde immer erregter, je mehr Knöpfe er öffnete, denn Christine war mit Absicht darunter bis auf die Strümpfe nackt. Ihre bereits schweren Brüste mit dem riesigen dunklen Hof, die erregten Brustwarzen, der Sechsmonatsbauch, der dunkle herzförmige Haarbusch, die Beine in den dunklen Strümpfen brachten den armen Fridolin um den Verstand. Reglos stand er vor ihr, seine hungrigen Augen versuchten den nackten Körper förmlich aufzusaugen.

„Fridolin, was ist, gefalle ich dir nicht?"

„Sie sind so schön!"

„Wenn das so ist, darfst du alles küssen, aber nur, wenn du sehr zärtlich bist", und sie legte sich einladend auf die Chaiselongue. Er war zärtlich, ließ sich viel Zeit, bis er endlich ihre Scham küsste. Christine war sicher, dass er sich bereits das erste Mal in seiner Hose ergossen hatte. Sie holte sich ‚ihn' und ließ ihn in ihre heiße Grotte gleiten. Jetzt wurde aus Fridolin doch noch ein brauchbarer Liebhaber. Sie riss ihm förmlich die Kleider vom Körper, so sehr erregte sie seine schöne knabenhafte Gestalt. Er ließ sich fabelhaft dirigieren, und sie war mehr als erfreut über seine Ausdauer, bis er endlich in ihr explodierte. Christine genoss jeden noch so kleinen Augenblick mit ihm. Er war zärtlich, einfühlsam, fast behutsam und seine Bewegungen waren gefühlvoll. Er wollte das Baby nur liebevoll schaukeln, wie er es nannte. Für Christine war dies eine neue Erfahrung, denn so ruhig und besonnen war sie noch nie genommen worden. Fridolin war selig, und er konnte vor lauter Freude nicht an sich halten, Christine seine Liebe zu gestehen.

„Aber Fridolin! Wir hatten ein wunderschönes Erlebnis miteinander, aber ich bin, wie du weißt, nicht allein. Außerdem habe ich dir nur deine Scheu vor schwangeren Frauen nehmen wollen. Deine Fürsorge und Zärtlichkeit habe ich sehr genossen, es gibt kein weiteres Wiedersehen."

„Wenn ich verspreche, Ihnen keine Probleme zu machen, darf ich Sie dann nicht wenigstens besuchen?"

„Nein, das geht nicht, mein Freund ist wieder zurück und er geht bei mir ein und aus, wann immer es ihm gefällt. Ich habe dir eine Freude gemacht und ich erwarte, dass du meine Bitte akzeptierst. Versprich mir das."

„Ich verspreche es, aber ich werde immer wieder versuchen, Sie irgendwo zu sehen und wenn Sie Ihr Kind bekommen, werde ich Sie auch im Spital besuchen."

„Fridolin, sei doch vernünftig, du willst doch nicht, dass ich und mein Kind wegen dir Probleme bekommen?"

„Nein, das will ich nicht, aber ich habe mich in Sie verliebt, ich kann nichts dafür."

„Oh doch, du musst vernünftig sein und dich freuen, dass du eine solche Erfahrung machen konntest, und nun will ich nichts mehr hören."

Christine hatte aber nicht mit der Hartnäckigkeit von Fridolin gerechnet. Er läutete am darauf folgenden Montag. „Entschuldigen Sie, könnten Sie bitte meiner Tante zwei Eier borgen. Sie will einen Kuchen backen, hat aber zu wenige."

„Das ist aber nicht dein Ernst, Fridolin, die Tante kommt doch erst in vierzehn Tagen, oder?"

„Ja schon. Ich wollte Sie sehen und da habe ich mir halt diese Ausrede einfallen lassen, falls Ihr Freund hier wäre."

„Du bist doch recht vernünftig, so wäre es ja lediglich eine Frage gewesen und niemand hätte von unserem Geheimnis erfahren. Außerdem, du musst mich nicht mit ‚Sie' ansprechen, wir sind per Du, ich heiße Christine. Weißt du was, Fridolin, ich werde die Eier nehmen und mit dir in die Wohnung deiner Tante gehen."

„Ich brauche die Eier doch nicht wirklich, aber wenn du mitkommst, wäre ich sehr glücklich."

Christine schloss ab und die zwei Stunden in der Wohnung mit Fridolin bereute sie nicht. Diesmal schenkte er ihrem Schoß mit seinen zärtlichen Fingern, den Lippen und der

Zunge einen Orgasmus nach dem anderen, bis er endlich in sie eindrang. Christine hatte sich seit Monaten nicht so erfüllt gefühlt, wie nach diesen beiden Stunden. *Soll ich mir den Jungen nicht als Freund nehmen? Der Sex ist herrlich, leider kommt seine Tante zurück und damit ist es aus mit dem Vergnügen, bei mir ist ein Treffen unmöglich.*
„Sag, Fridolin, wo wohnst du eigentlich?"
„Ich wohne mit Freunden in einer Wohngemeinschaft, denn bei der Tante darf ich nicht wohnen, die will ihr geregeltes Leben."
„Hast du ein eigenes Zimmer?"
„Ja natürlich."
„Sag, was hältst du davon, wenn ich mir einmal das Zimmer ansehe?"
„Das wäre wunderbar, denn dort könnte ich auch ganz lieb zu dir sein."
„Willst du denn das noch immer?"
„Ja. Du hast gesagt, wenn alles in Ordnung ist, kann man bis zum letzten Tag Sex haben, und ich will dich und dein Kind lieben, bis es auf die Welt kommt."
„Fridolin, ich werde dir nächsten Montag Bescheid geben, aber bitte komm nicht nach oben. Es kann dauern, bis ich Zeit habe. Mein Freund wird sicherlich hier sein, aber ich werde schon eine Möglichkeit finden, bei dir vorbeizukommen, um mir dein Zimmer anzusehen. Ich will nicht auf Verdacht bei dir auftauchen, nein, du musst dir Gedanken machen, wie und wann wir allein sein können, nur so kannst du mit mir rechnen. Also verspiele deine Chance nicht. Servus, Fridolin, bis Montag."

*

Bernhard bat seinen Verwalter gegen alle bisherigen Gewohnheiten zu sich ins Gutshaus. Er erwartete ihn in seinem Büro und kam gleich zur Sache.
„Konrad, ich konnte mich in all den Jahren auf Sie verlassen und so soll es auch bleiben."
„Gewiss, Herr von Föhrenwald, und ich denke, es hat seinen besonderen Grund, dass Sie mich das erste Mal ins Gutshaus bestellt haben."
„Da haben Sie Recht."
In seinem Privat-Büro fand ein vertrauliches Gespräch statt. Konrad ich rechne mit Ihrer absoluten Verschwiegenheit, wenn Sie Ihren gut bezahlten Posten weiterhin behalten möchten."
„Herr von Föhrenwald, ich will ja nicht undankbar sein, aber ich kann mich nicht erinnern, dass Sie mir die für heuer versprochene Gehaltserhöhung schon angewiesen hätten."
Jetzt nützt nur mehr eine Ausrede, denn ich will was von ihm.
„Deswegen sitzen wir nun in meinem Büro. Sie bekommen rückwirkend Ihre versprochene Gehaltserhöhung. Leider hatte ich bis jetzt keine Zeit, da ich mit anderen Dingen beschäftigt war. Also kann ich mit Ihrer Verschwiegenheit rechnen?"
„Selbstverständlich, Herr von Föhrenwald."
„Mein Sohn wird Vater."
„Darf ich zum Großvater gratulieren?"
„Danke, aber unterbrechen Sie mich nicht. Also, mein Sohn wird Vater, er heiratet die Mutter des Kindes nicht, er hat ihr auch das Wohnrecht und die Begehung des Gutes verwehrt. Nun bin ich aber als Großvater verpflichtet, mich um die erforderlichen Dinge zu kümmern. Ich habe der werdenden Mutter und dem Kind eine Wohnung in der Stadt angemietet, ein Kinderzimmer eingerichtet und einige notwendige Sachen gekauft."
„Ich verstehe Ihre Fürsorge."
„Unterbrechen Sie mich nicht. Ihre Aufgabe besteht nun darin, diese Ausgaben zu verbuchen und zwar so als ob es sich um Anschaffungen für das Gut handelt. Des Weiteren müssen Sie eine monatliche Zahlung von 2.500 Schilling an die Mutter des Kindes verbuchen, die ebenfalls vom Gut bezahlt werden soll. Wie Sie das machen, ist Ihre Sache. Hier sind die Rechnungen, für die Sie mir die Beträge in bar übergeben werden; es spielt auch keine Rolle, wenn es länger dauert, denn auf einmal wird dies kaum möglich sein. Diese Rechnungen dürfen offiziell nicht aufscheinen. Wenn alles erledigt ist, geben Sie mir diese zurück. Die monatlichen Zahlungen für die Mutter müssen Sie persönlich auf unserer Bank auf das Konto 900 mit dem Zusatz Mutter/Kind

einzahlen. Ich habe den Bankdirektor schon informiert. So ist gewährleistet, dass die Mutter ihr Geld bekommt. Ob Sie diese Aufwendungen in den Futterzukäufen, bei den Tierarztrechnungen oder sonst wie verschleiern, ist mir egal. Ich will bei keiner kommenden Betriebsprüfung Probleme bekommen. Wenn mein Sohn offiziell als Vater angegeben ist, kann er die monatlichen Zahlungen selbst vornehmen. Falls ich andere Entscheidungen treffe, werde ich Sie informieren. Konrad, wenn irgendetwas davon publik wird, sind Sie Ihren Posten los. Ich wünsche keine weiteren Fragen, und nun gehen Sie wieder an Ihre Arbeit." Bernhard erhob sich, ging zur Tür und ließ Konrad den Vortritt.

Konrad freute sich zwar über die Gehaltserhöhung, aber die neuerlichen Verbuchungen machten ihm Kopfzerbrechen, hatte er sich doch sein Gehalt längst still und heimlich bei den Futter- oder Samenrechnungen geholt. Die neuen monatlichen Ausgaben würden ein Problem sein, wenn er nicht auf seine Extrazahlungen verzichtete. Wo sollte er die eben erhaltenen Rechnungen unterbringen?
Ich werde bei den Umbauarbeiten einige - selbst erstellte - Rechnungen verbuchen, damit ich dem Föhrenwald das Geld auszahlen kann. Franziska wird wieder herumzicken, aber sie ist mir ergeben und lebt auch recht gut neben mir - oder mit mir. Es ist verwunderlich, dass noch niemand hinter unser Verhältnis gekommen ist. Da wir uns für unsere Schäferstündchen außerhalb des Gutes treffen, wird es weiterhin geheim bleiben, so wie unsere zusätzlichen Geldquellen. Was wird sie zu den Neuigkeiten sagen? Der junge von Föhrenwald wird Vater und will nichts vom Kind und dessen Mutter wissen. Dafür kümmert sich der Alte um sie. Ob da nicht was faul ist?

*

Delia hatte sich in der Zwischenzeit bei Christoph eingelebt. Mit seiner Mutter hatte sie regen Kontakt. Die beiden konnten sich stundenlang unterhalten. Isabell war sich über ihren Mann so ziemlich im Klaren, im Zusammenhang mit Christine war sie noch immer davon überzeugt, dass er alles wegen des Enkelkindes tat. Sie hatte keinen Verdacht. „Delia, er freut sich auf das Enkelkind und will sich um dieses kümmern, denn er liebt nun mal Kinder. Ich wollte kein weiteres Kind mehr, nachdem ich feststellte, dass er mich nicht aus Liebe, sondern wegen des Gutes geheiratet hatte."
Isabell hatte Delia in ihre Arbeit am Gut eingebunden und sie bei dem einem oder anderen auch um Rat gefragt. Seit dem Ausflug auf die Alm hatte Delia das Gefühl, dass Isabell mit ihrer Zuneigung und Freundschaft es sehr ernst meinte, was Delia dazu veranlasste Isabell zu fragen, warum Christoph immer vom Großvater, aber nie von der Großmutter sprach.
„Das, Delia, ist eine traurige Geschichte. Christoph und ich kennen sie nur von Bildern. Meine Mutter ist bei meiner Geburt gestorben. Mein Vater hat nie wieder geheiratet, er liebte meine Mutter abgöttisch."
„Darf ich fragen wie alt deine Mutter damals war?"
„Ich weiß, ich kann es nicht ändern, aber es schmerzt mich nach wie vor, dass meine Mutter wegen mir mit 25 aus dem Leben gerissen wurde, damit sie mir das meines schenken konnte. - Ich denke, das war auch der Grund, warum mein Vater keine Beziehung mehr eingehen wollte. Das Einzige, was Vater sich vergönnte war eine Zeitlang, sich drei bis vier Wochen in einem der europäischen Kurhäuser verwöhnen zu lassen. Ansonsten gab es Gundi, die beiden verstanden einander ohne Worte. Wenn ich meinen Christoph nicht finden konnte, war er entweder bei meinem Vater oder bei Gundi. Sie ist eine Seele von einem Menschen, und wie ich hörte, gehörst du nun auch zu jenem Kreis, der ihre volle Zuneigung genießen kann. Von Christoph habe ich erfahren, dass du deine Eltern bei einem Unfall verloren hast. Als man dir die Nachricht vom Tod deiner Eltern überbrachte, ist da nicht eine Welt für dich zusammen gebrochen?"
„Natürlich schmerzt der Verlust sehr und es dauert lang, bis man damit umgehen kann. Mein Trost bestand darin, wenn es überhaupt einen Trost für den Verlust der Eltern gibt, dass alle Überlebenden mit schweren körperlichen Schäden ihr weiteres Leben bestreiten müssen. Das wenigstens ist meinen Eltern erspart geblieben. Du, Isabell, konntest diesen Schmerz nicht fühlen, du warst ein Baby. Aber mit jedem Jahr, das du älter wurdest,

hattest du begonnen dich nach einer Mutter zu sehnen. Wer war denn eigentlich für dich da?"
„Nun, es gab Adelheit, und als ich so 15 oder 16 war, kam Gundi statt ihr. Gundi war Mitte 20 und wie eine große Schwester. Sie hat neben meinem Vater über mich gewacht, so gesehen hatte ich immer eine Bezugsperson. Trotzdem frage ich mich, wie es gewesen wäre, wenn ich mit meiner Mutter hätte aufwachsen können."

*

Konrad und Franziska waren in der Bezirksstadt, um sich neu einzukleiden. Sie besuchten das exquisite Trachtengeschäft der Familie Bäumler. Franziska führte ihrem Konrad so lange Kostüme und Dirndlkleider vor, bis er sich für je eines entschied, danach war er an der Reihe. Konrad wollte keinen Anzug, eher etwas Sportliches, „... so wie der junge Föhrenwald oft angezogen ist." Als sie bei der Kasse standen, kam der Birnstingel ins Geschäft und war sehr verblüfft, die beiden hier zu sehen, und dies umso mehr, als er im Vorbeigehen die Rechnungssumme hörte, welche anstandslos von Konrad beglichen wurde. Bei Birnstingel läuteten die Alarmglocken - das konnte sich Konrad mit seinem Gehalt nie und nimmer leisten. *Ob der was für sich abzweigt? Eigentlich müsste ich Bernhard verständigen, denn das kann nicht mit rechten Dingen zugehen. Das waren locker fünf bis sechs Monatsgehälter.*
Nachdem auch Birnstingel das Geschäft verlassen hatte, sah er die beiden Händchen haltend in die Pension ,Zur Laube' gehen. *Irgendwie ist das eigenartig mit den beiden, so vertraut ... Die Pension war dafür bekannt, dass man Zimmer für zwischendurch bekam. Sieht aus als hätten sie ein Verhältnis. Vielleicht sollte ich den Vorstand vom Finanzamt anrufen und ihm die Geschichte erzählen. Unsinn, da fliegt der Föhrenwald mit seinen Machenschaften auch auf.*

Abends traf er sich mit Bernhard. Dieser war ebenfalls der Meinung, dass die beiden trotz der Gehaltserhöhung und der Nachzahlung sich das nicht leisten konnten. Das sie eventuell liiert waren, war ihm neu.
„Bernhard, ich sehe nur eine Möglichkeit, nämlich dass ich nachts die Bücher und Belege überprüfe, ob da alles mit rechten Dingen zugeht. Franziska ist ja für die Buchhaltung zuständig und wenn die beiden zusammenarbeiten, könnten sie schon Gelder abzweigen."
„Die Erträge sind nicht mehr so wie früher, es bleibt immer weniger übrig, die einzelnen Betriebe machen nicht mehr den gewohnten Gewinn. Isabell klagt auch, dass der Markt nicht mehr das abwirft, was er sonst immer einbrachte."
„Als Erstes soll deine Gattin den Erlös der am Markt verkauften Waren selbst kontrollieren, somit kann Franziska die Summen nicht mehr ändern. Zweitens müssten die Waren-Eingangsrechnungen zusammen mit den gelieferten Waren kontrolliert werden. Wer soll das machen, die kontrollierten Rechnungen aufaddieren, damit man später feststellen kann, ob nicht mehr in der Buchhaltung ausgewiesen ist? Sollte Konrad dies durchführen, wüsste er, dass man ihn verdächtigt. Bernhard, zu wem hast du wirklich Vertrauen?"
„Zu Konrad habe ich Vertrauen, ich glaube nicht, dass er damit etwas zu tun hat, denn er hat seine verspätete Gehaltserhöhung angewiesen bekommen. Dass die beiden in diesem Geschäft einkaufen und vermutlich ein Paar sind und die Pension aufsuchen ist mir neu. Danke, dass du dir Sorgen gemacht hast. Mein Freund, du bekommst für deine Beobachtungen einen Rehbock und den Konrad kontrolliere ich ab nun selbst."
Eigentlich bin ich ja selber schuld. Schließlich verlange ich von Konrad Buchungen, die er unauffällig durchführen soll, damit ich zu meinem Geld komme. Der Birnstingel ist schon ein alter Fuchs, der hat sofort kombiniert, dass da was schief läuft. Ich muss mit Konrad ein ernstes Wort reden, aber bis jetzt hat er die Sache gut gemacht, denn bei der Prüfung vor zwei Jahren wurde kaum etwas Gravierendes beanstandet. Natürlich war der Prüfer nicht der Birnstingel, der dafür bekannt ist, dass man ihm kein X für ein U vormachen kann. Deshalb wurde ihm das Wegschauen immer im Vorhinein mit zugesagten Abschüssen versüßt, durch seine Jagdleidenschaft war es mit ihm leichter. Der junge Schnösel war sicherlich überfordert und Franziska hat ihm gezielt Sachen

hingelegt, damit er etwas findet. Nein, was soll's, die bedienen sich vielleicht ein bisschen, nur was ist das im Vergleich zu dem, was sie für mich unter den Tisch fallen lassen müssen. Aber ich muss der lieben Christine sehr energisch Einhalt gebieten bei ihren kapriziösen Wünschen. Nun aber geht's im Kreise meiner Freunde in die Berge, danach werde ich die Anweisungen geben.

*

Die Landschaft lag seit Wochen im tiefen Winterschlaf. Nicht so Delia und ihr Christoph, sie genossen das Miteinander - Kunst, Kultur und Abende mit ihren Freunden, an denen auch getanzt wurde. Delia fühlte sich auf dem Gut und in Christophs Haus nun nicht nur als Gast. Anders konnten sie es sich gar nicht vorstellen. Die Pferde dampften, wenn die Liebenden gemeinsam über die verschneiten Felder galoppierten und ihre Wangen von der Kälte gerötet waren. Schlittenfahrten, eingehüllt in Pelzdecken, waren auch für die Freunde ein besonderes Erlebnis. Delia und Christoph waren sich aber einig - ein Ausritt hatte etwas Besonderes. Die Verbundenheit mit dem Pferd, die körperliche Anspannung, der scharfe Wind im Gesicht und die dahinfliegende Landschaft machten das Reiten zum Erlebnis. Delia und Christoph genossen nach einem Ausritt nicht nur die Sauna, sondern liebten es auch, in der großen Badewanne zu plaudern. Speziell in der kalten Jahreszeit saßen sie bei Kerzenschein gemeinsam im warmen Wasser, nippten an einem Glas Martini, während vor der Fensterfront der kalte Wind die Schneeflocken herumwirbelte. Sie führten lange Gespräche und Delia gewann immer mehr den Eindruck, Christoph wäre der richtige Mann an ihrer Seite, wenn nicht der Racheengel namens Christine über ihnen schwebte. Sie vermieden jegliches Gespräch in dieser Richtung. Delia bemerkte die Anspannung bei Christoph, je näher der Termin der Niederkunft kam.

Mit Beginn der Adventzeit hatte Delia angefangen, diverse Gestecke für die stillste Zeit des Jahres zu arrangieren. Für den Tisch hatte sie ein wunderschönes längliches Adventgesteck aus geschälten, gebeizten Wurzeln eines Weinstockes mit Reisig, Moos und dicken lila Kerzen angefertigt. In den großen Bodenvasen platzierte sie Gebinde aus verschiedensten Zweigen und Disteln, wobei sie Teile davon mit Silber oder Gold besprühte. Mit ihrer Kreativität verlieh sie dem Wohnsalon eine vorweihnachtliche Atmosphäre. Mit Beginn der Dämmerung entzündete sie an ausgewählten Standorten Kerzen, um dem Raum dadurch noch mehr Wärme und Behaglichkeit zu verleihen. Sie wunderte sich, dass im Wohnsalon immer Weihnachtsbäckerei herumstand und ihr Christoph im Vorbeigehen zugriff.

Delia hatte sich entschieden, einen neuen Roman zu konzipieren. Der Einblick in das Gutsleben hatte sie dazu inspiriert.
Da nun im Verlag einige Besprechungen bevorstanden, war sie vorübergehend in ihrer Wohnung und überlegte, ob es sinnvoll sei, diese später aufzugeben. Aber solange sie keine Gewissheit hatte, ob Christoph tatsächlich als Vater von Christines zu erwartendem Kind in Frage kam, wollte sie keine voreiligen Entscheidungen treffen. Selbst dann wäre es sehr praktisch, ihre Wohnung weiter zu behalten, denn man könnte sich nach Bällen, Opernbesuchen oder Konzerten dorthin zurückzuziehen. Delia telefonierte mit ihrer Freundin Viola und es traf sich günstig, als sie von dieser erfuhr, dass sie für drei Monate beruflich in der Stadt arbeiten musste. „Hast du schon eine Wohnung oder musst du im Hotel schlafen?" fragte Delia.
„Du weißt ja, als selbständige Journalistin muss ich mir eine günstige Bleibe suchen, ich kann erst abkassieren, wenn die Story einschlägt."
„Viola, ich wohne zurzeit nicht in meiner Wohnung. Wenn du willst, kannst du vorübergehend dort wohnen, wir werden uns über den Preis schon einigen."

*

Christine hatte mit ihrer Schwangerschaft überhaupt keine Probleme. Sie genoss nach wie vor die Zärtlichkeiten mit Fridolin. Je größer ihr Bauch wurde, umso vorsichtiger wurde Fridolin. Mit Birnstingel traf sie sich auch einige Male. Dieser ließ es sich nicht nehmen, ihr ein bezauberndes Umstandskleid zu kaufen und begründete dies damit, dass es gut wäre, wenn sie die Leute beim gemeinsamen Einkaufen sähen. Der gute Birnstingel hatte damit, wie sich später herausstellte, eine ganz andere Absicht verbunden. „Christine, Sie wissen schon, dass ich ein wenig in Sie verliebt bin. Natürlich ist mir bekannt, Sie gehören dem Föhrenwald. Ich weiß, dass Sie mich auf Ihre Art mehr als nett finden", und dann kam er mit seinem Vorschlag. „Es wäre mir ein Vergnügen, mit Ihnen in die Oper zu gehen, nachher im Lokal Ihrer Wahl zu speisen. Danach würde ich mich freuen, wenn Sie mich besuchen und während ich genüsslich eine Zigarre rauche und dazu ein Glas Cognac trinke, könnten Sie mir in Strümpfen und Unterwäsche, ohne Hemdchen, Gesellschaft leisten. Es ist Ehrensache, Ihnen nicht zu nahe zu treten, sondern nur Ihren Anblick zu genießen."

„Ich fürchte, es wird ein Traum bleiben. Wenn dies Bernhard wüsste, wäre eure Freundschaft sofort beendet. Aber natürlich fühle ich mich geschmeichelt, wenn Sie von mir träumen, Julius."

Ich wusste ja immer, der Birnstingel hat es faustdick hinter den Ohren.

Bernhard hingegen war weder feinfühlig noch charmant. Seit dem vierten Monat kannte er bloß eine Stellung: sie auf dem Tisch, er davor. „Ich werde doch mein geliebtes Kind nicht erdrücken", war seine Begründung.

Trotzdem lebt er nach wie vor sein Leben und bei Unternehmungen mit seinen Freunden will er mich nicht dabei haben. ‚Versteh doch, Christine, die anderen haben ihre Frauen auch nicht mit', redet er sich heraus. Ich denke, das wird die bekannten Gründe haben, aber solange er seinen finanziellen Verpflichtungen nachkommt, ist mir das egal.

*

Gundi war in den letzten Tagen ausschließlich damit beschäftigt, die köstlichsten Weihnachtsbäckereien herzustellen. Bei einer dieser Gelegenheiten erklärte sie Delia: „Christoph liebt sie seit seiner Kindheit. Natürlich muss die Bäckerei wie immer schmecken. Wenn nicht, erscheint er und fragt mich, warum ich das Rezept geändert habe. Es muss ab dem ersten Adventsonntag zumindest eine Bäckerei herumstehen. Sie haben sich anfangs darüber gewundert. Wie Sie sehen, Frau Agatakis, habe ich die Gepflogenheiten beibehalten."

Für Delia war heute ein ganz besonderer Tag, sie war mit Christoph, Isabell und dem Förster unterwegs. Der Schlitten brachte sie in den tief verschneiten Tannenwald, wo traditionell die passenden Bäume für das Gut ausgesucht wurden. Delia stapfte mit den anderen durch den knietiefen Schnee. Ihre Gedanken waren in der Kindheit. *Das Christkind ist ebenfalls durch den Schnee gestapft und hat für mich den Christbaum ausgesucht. Knecht Ruprecht, sein Helfer, musste diesen zu uns nach Hause tragen, damit die Engel ihn für den Heiligen Abend schmücken konnten. Wie schön war es, an das Christkind zu glauben. Heute fühle ich mich auch wie ein Engel, der durch den verschneiten Wald geht und einen Baum aussucht.*

„Delia, was hältst du von dieser Tanne?" fragte Christoph und holte sie aus ihrer Gedankenwelt.

„Christoph! Ist der Baum nicht doch ein klein wenig zu groß?" fragte sie zaghaft, als sie den Baum betrachtete.

„Nein, wir hatten immer Christbäume, die bis zur Decke reichen, und ich kann mir Weihnachten ohne sie nicht vorstellen."

„Sag, Christoph, wer schmückt diesen großen Baum? Oder kommen zu dir noch immer die Engel?"

„Nein - oder doch? Den Baum schmücken unsere Leute. Ich will ihn erst mit den brennenden Kerzen sehen, so wie in meiner Kindheit."

„Christoph, schau bitte hierher! Wäre der nicht für die Halle geeignet?" unterbrach Isabell den Wortwechsel der beiden. Sie einigten sich auf die Bäume sowie einen kleineren für das Wohnzimmer des Guthauses. Sie stapften durch den hohen Schnee zurück zum Schlitten. Als dieser anfuhr, hörten sie bereits die Sägen und Hacken der Arbeiter. Auf

der Heimfahrt wurde wenig gesprochen und so konnte sich Delia, an ihren Christoph geschmiegt, wieder ihren Gedanken widmen.
Die ersten Weihnachten auf Gut Reichental. Delia, das klingt doch himmlisch - und dann noch mit Christoph. Er ist der Mann meiner Träume, ich bin so glücklich in seiner Umgebung, und er erfüllt alle meine Vorstellungen. Er ist ein Mann, aber kein Macho. Er pflegt den Kontakt zu den Personen, die fürs Gut arbeiten. Für alle hat er ein offenes Ohr, ist hilfsbereit und hört sich auch deren Sorgen an. Er scheut keine Arbeit, auch nicht im Haushalt. Gundi verscheucht ihn stets mit dem Hinweis, das sei ihr Bereich. Er hat überall Ordnung und dennoch ist er nicht penibel. Sein Ankleideraum ist eine Augenweide. Seine Kleidung ist immer korrekt und passend. Er hat viel von seiner Mutter, denn sein Vater ist ein ganz anderer Typ. Christoph sieht man den Gutsbesitzer nicht an. Selbst wenn er in Reiterhose, Stiefel und Gehrock am Gut herumgeht, wirkt er immer locker und leger. Sein Vater dagegen hat das Auftreten des Herrschers über alles. Ob Christoph später auch so wird? Nein, das passt nicht zu ihm.

Am Nachmittag des Heiligen Abend gingen Christoph und Delia hinüber ins Gutshaus. Dort fand der traditionelle Weihnachtsempfang für die Angestellten und Arbeiter des Gutes statt. Alle waren festlich gekleidet. In der Halle waren mehrere Tische und Bänke aufgestellt. Als alle samt Kinderschar anwesend waren, wurde das Licht gelöscht und Bernhard von Föhrenwald entzündete die erste Kerze des Baumes, danach folgten seine Gattin und Christoph. Die Vorarbeiter zündete die restlichen Kerzen an, ebenso jene in den Leuchtern auf den Tischen. Gemeinsam sangen sie nun Weihnachtslieder, zum Schluss das ‚Stille Nacht‘. Für die Mädchen gab es Puppen und für die schulpflichtigen Buben den heiß ersehnten Taschenfeitel. Das vorbereitete Weihnachtsmenü wurde aufgetragen und alle ließen sich die vorzüglichen Speisen munden. Die Familie jedoch zog sich zurück, denn dieser Abend gehörte dem Personal.

Als Delia und Christoph Arm in Arm von oben die Treppe herunter kamen, erwarteten sie seine Eltern im Wohnsalon. Die vielen Kerzen und der Duft des Christbaums verbreiteten eine weihnachtliche Atmosphäre. Sie sangen gemeinsam ‚Stille Nacht, Heilige Nacht‘, während Gundi das traditionelle Weihnachtsessen auftrug.
Nachdem die Eltern gegangen waren, traten die beiden zum Baum und reichten einander die Geschenke. Delia hatte Christoph eine Ballonfahrt über die Ländereien des Gutes geschenkt und eine Woche Skiurlaub in Tirol. Delia bekam von Christoph eine wunderschöne Perlenkette mit dazupassendem Ring und Ohrsteckern. Sie fielen einander um den Hals, denn jeder hatte den anderen mit seinem Geschenk überrascht. Delia war sprachlos, sie konnte sich erinnern, diese edlen Schmuckstücke mit Christoph beim Juwelier Hofbauer in der Auslage gesehen zu haben. Sie hatten damals festgestellt, dass dies ein besonders schöner Familienschmuck war und sich darüber unterhalten. Delia hatte zu Christoph gesagt: „Liebling, leider kann man nicht die Familiengeschichte mit erwerben, denn es muss eine sehr große Liebe sein, wenn ein Mann seiner Frau solch edlen Schmuck schenkt."
„Delia, wie romantisch. Ich will nicht bestreiten, dass dies schöne Stücke sind, aber sie könnten genauso einen traurigen Hintergrund haben."
Delia erinnerte sich an dieses Gespräch, während ihr Christoph half den Sicherheitsverschluss der Kette zu schließen, und sie hörte ihn sagen: „Delia, du hattest damals mit deiner Vermutung recht, der Schmuck gehörte einer nicht mehr begüterten, allein stehenden Gräfin, die im hohen Alter noch einmal der Liebe begegnete. Um ihrem neuen Mann den Traum einer Schiffsreise zu erfüllen, verkaufte sie den Familienschmuck."
Beide saßen noch lange im dunklen Salon vor dem Kamin und schauten in die Glut des Feuers. Delia ließ ihre Finger über die Perlen gleiten und dachte bei sich: *Wenn sie schon bei dem roten Kleid so edel wirken, wie werden sie erst strahlen, wenn ich das dunkelblaue oder schwarze anziehen werde?*
Auch Christoph war in Gedanken, er überlegte, ob er die Ballonfahrt lieber im Winter, im Frühling oder gar im Herbst machen sollte, denn das Erlebnis jeder dieser Jahreszeiten würde aus der Luft sicherlich genau so seinen Reiz haben wie ihn die Natur auf dem Boden hatte.

Am nächsten Tag waren sie bei den Eltern eingeladen. Delia fand, dass sich Isabell sehr viel Mühe gab, lediglich Bernhard konnte seine Sticheleien nicht lassen. Aber Christoph brachte ihn zum Schweigen, indem er zu ihm sagte: „Vater, so wie du dich für Christine einsetzt, müsste ich ja annehmen, dass sie dir sehr am Herzen liegt und du an ihr interessiert bist."
„Bernhard, Christoph hat Recht, doch ich will von dieser Person nichts mehr hören", ergänzte Isabell. Es wurde erst gemütlich, als sich Bernhard zurückzog.

*

Christine schäumte vor Wut, denn ihr Bernhard kam am Heiligen Abend nicht vorbei und für den Christ- und Stefanitag entschuldigte er sich telefonisch. Bernhard hatte am Vortag des Heiligen Abend seine Geschenke vorbei gebracht. Er blieb gegen seine sonstigen Gewohnheiten ganz kurz, sagte aber kein Wort, dass er am Heiligen Abend überhaupt nicht kommen würde. Christine konnte es kaum glauben, er hatte auch auf seinen üblichen schnellen Sex verzichtet. So nebenbei erwähnte er, dass er Isabell bereits gesagt hatte, er würde einige Tage in die Berge fahren. „Dann bleibe ich bei dir oder wir fahren gemeinsam wohin du willst."

Bernhard hatte nämlich vom Notar Dr. Spitzweger einen Brief erhalten, in welchem dieser ihn aufforderte, in der Causa Schimmelpflug ehest in seine Kanzlei zu kommen. Bernhard wollte von dieser alten, geregelten Sache nichts mehr wissen, sprich jedoch mit seinen Freunden bezüglich des Briefes unterhalten, doch diese hatten vor Weihnachten keine Zeit mehr. Keiner hatte die leiseste Andeutung gemacht, dass er seinerseits an einem dringenden Gespräch interessiert wäre, so dass Bernhard keine weiteren Gedanken für den Brief übrig hatte.

Christine jedoch war verärgert und zornig. Vor Tagen waren sie noch gemeinsam unterwegs gewesen, um einen Baum für das Fest auszusuchen. Sie konnte sich Bernhards Sinneswandel nicht erklären, umso mehr als sie die ersten Weihnachten nun ohne ihn in der neuen Wohnung verbringen musste. Wenn Bernhard nicht wollte, konnte man noch so viel nachfragen, er verweigerte jegliche Antwort und wurde letztlich recht barsch. Da wusste Christine, dass es besser wäre, nicht weiter in ihn zu dringen, und auch Verführungskünste waren dann fehl am Platz.

Wenn sie den Heiligen Abend schon allein verbringen musste, wollte Christine nicht auch an den anderen Tagen allein sein. Sie entschloss sich gegen all ihre Vorsätze den Birnstingel zu fragen, ob er sie nicht in ihrer neuen Wohnung besuchen wollte. Über ihre Einladung freute sich dieser so sehr, dass er vom feinsten Lokal ein Dinner für zwei Personen bestellte. Birnstingel wurde in keinster Weise zudringlich, sondern war ganz der alte Gentleman. Für Christine hatte er deren Lieblingsparfum mitgebracht und überreichte ihr dieses mit den Worten: „Falls Sie sich doch entschließen sollten, mir wie Gott Sie schuf Gesellschaft zu leisten und Sie sich mit dem Duft ihres Lieblingsparfums umgeben, wären Sie nicht ganz nackt", und er lächelte bei er Äußerung dieses Gedankens verschmitzt über das ganze Gesicht.
Er ist und bleibt ein alter Schelm. Über das Geschenk von Bernhard hatte sich Christine nicht sonderlich gefreut, denn er war lediglich in der Parfümerie gewesen und hatte allerlei Teures für die Pflege gekauft. Ein seidenes Nachthemdchen mit passendem Morgenmantel und Pantöffelchen waren ebenfalls unter den Geschenken.

*

Bereits am Christtag war Gundi zu ihrer Cousine gefahren. Seit sie bei Christoph den Haushalt führte, konnte sie jedes Jahr ihren sechsten Jänner Urlaub machen.
Am Stefanitag waren er und Delia nach Tirol unterwegs, um sich dem Skivergnügen zu widmen. Sie wohnten in einer wunderschönen Pension am Rande von Kitzbühel. Delia kannte diese von ihren Leseabenden und dementsprechend herzlich wurde sie begrüßt.
„Frau Agatakis, welch eine Freude, Sie wieder bei uns begrüßen zu dürfen. Wenn das die

Gäste wüssten, die würden sich freuen, wenn Sie uns wieder eine kleine Kostprobe aus Ihren Büchern geben könnten. Wie Sie wissen, wir haben fast alle Ihre Bücher, daran soll es nicht scheitern."

Da Christoph gerade den Raum betrat, sagte Delia zur Pensionsbesitzerin. „Darf ich Ihnen meinen Verlobten, Christoph von Föhrenwald, vorstellen?"

„Es freut mich, dass Frau Agatakis einen so feschen Herrn als Begleitung hat, ich hoffe, dass auch Sie sich bei uns wohl fühlen. Frau Agatakis, ich habe Ihnen Ihr Lieblingszimmer vorbereiten lassen."

Das Zimmer war geräumig, durch die große Glasfront bot sich ein prächtiger Ausblick auf die tief verschneiten Berge. Nach dem zeitigen Frühstück verließen sie die Pension, um zur nahen Talstation zu gehen. Nachdem sie die Gondel verlassen hatten, waren sie bereit den Hang hinunter zu fahren.

„Auf los geht es los", sagte Delia und schon wedelte sie den Hang hinunter. Christoph war etwas erstaunt über seine Delia. Die Frau war unglaublich! Nicht nur dass sie in ihrem Skidress alle Blicke auf sich zog, war sie eine perfekte Schiläuferin, wie er neidlos anerkennen musste. Je länger der Urlaub dauerte, umso mehr weihte sie ihn in die Geheimnisse des Wedelns ein, was ihr bei dem talentierten Schifahrer nicht schwer fiel.

Eines Morgens stellten sie fest, es hatte die ganze Nacht über geschneit. So beschlossen sie, sich dem Zauber des Tiefschnee-Fahrens hinzugeben, was für einen Schifahrer das Höchste ist, wenn er seine Spuren in die unberührte Landschaft ziehen kann. Abends tanzten sie im Discokeller. Christoph bemerkte, dass seiner Delia viele begehrliche Blicke galten. Die Mutigen forderten sie zum Tanzen auf, was sie mit einem umwerfenden Lächeln ablehnte. Delia hatte nur Augen für ihren Christoph, bis eine dunkelhaarige junge Frau sich von hinten an Delia heranpirschte, sie mit den Händen um die Mitte nahm und zu ihr sprach: „Mensch, ich werd verrückt, Delia, meine unerreichte Liebe."

Delia lehnte sich an die Frau hinter sich mit den Worten: „Rosamunde, Mädchen - wie schön", drehte sich nun um und küsste die junge Frau. „Christoph, darf ich dir meine beste Freundin Rosamunde vorstellen, wir kennen uns seit der gemeinsamen Studienzeit." Christoph küsste die dargebotene Hand: „Ich freue mich, eine Freundin von Delia kennen zu lernen."

Christoph registrierte, dass er für die Frauen eine Weile nicht anwesend war, so sehr waren sie in ihr Gespräch vertieft. Nun versuchten die allein anwesenden Damen ihr Glück, um mit diesem feschen jungen Mann zu tanzen. Christoph tanzte gerne, er war erstaunt, wie viele von den Damen gleich zur Sache kamen und ihn auf ihr Zimmer einladen wollten, was er dankend ablehnte.

Endlich nahmen die Freundinnen wieder von ihm Notiz. „Es tut mir leid mein Geliebter, ich habe Rosamunde Jahre nicht gesehen. Sie ist als Journalistin viel unterwegs. Ich bin ja auch umgezogen, und so haben wir uns etwas aus den Augen verloren." Christoph fand die junge Frau umso sympathischer, je länger sie sich im Kaminzimmer der Pension unterhielten. Und so beschlossen sie, ihren letzten Urlaubstag mit Rosamunde zu verbringen. Beim Abschied lud Christoph Rosamunde aufs Gut ein, wobei er vorher Delia fragte, ob sie damit einverstanden sei. Rosamunde versprach vorbeizukommen, wenn es die Zeit erlaubte, sie war eine leidenschaftliche Reiterin. „Wenn dort ein so fescher junger Mann zu Hause ist, ist es fast Pflicht", und sie warf Delia einen ihrer gewissen Blicke zu, womit sie auf ihr Geheimnis anspielte. Delia klärte ihren Christoph auf. „Kannst du dich erinnern, was sie gesagt hat, als sie hinter mir stand?"

„Irgend so etwas wie ‚meine Liebe'."

„Nein, sie sagte, ‚meine unerreichte Liebe'. Christoph, mit ihr kann ich dich ruhig allein lassen, sie liebt Frauen. Daran ist auch unsere Freundschaft nicht zerbrochen, obwohl sie schon einige Zeit brauchte, um zu akzeptieren, dass ich ihre Gefühle nicht erwidere. Im Übrigen, sie war eine Zeitlang mit Viola liiert, du weißt, die Freundin, welche vorübergehend in meiner Wohnung wohnt."

*

Der Jänner war extrem kalt, Winterstürme heulten um das Haus. Christoph war seit Tagen in seinem Atelier. Delia saß im Gästezimmer, nahe der Fensterfront am kleinen Schreibtisch und brachte ihre Gedanken zu Papier. Das Wetter lud weder zu Ausritten noch zu Spaziergängen ein. Christoph erklärte ihr, dass es Ende Feber wieder besser würde, aber im Jänner wäre dieses Wetter nichts Ungewöhnliches. Ihre Pausen nützte Delia für etwas Gymnastik und den Besuch der Sauna. Sie wusste von Christoph, wenn er sich entschloss in sein Atelier zu gehen, mochte er nicht gestört werden. Delia hielt ihr Versprechen und schlief dann im Gästezimmer. Nachts fühlte sie, dass doch jemand unter die Decke kroch, sie in den Arm nahm und morgens wach küsste. Beim Frühstück wollte Christoph wissen, ob sie einsam sei. Er habe den Vorteil, dass er mit seinen Farben sich die Schönheiten der Jahreszeiten vor sein Auge zaubern könne und dennoch mit seinen Gedanken bei ihr wäre. „Delia, ich liebe dich, und wenn ich nicht bei dir bin, sind es Gedanken, die mich mit dir verbinden."

„Christoph, ich bin in einer anderen Welt, wenn ich schreibe, da kann ich mir keine Gedankenausflüge zu dir leisten, obwohl mir deine Nähe und Wärme fehlen."

„Nun, meine geliebte Göttin, es wird der Tag kommen und wir werden wieder über die Felder galoppieren, den Frühling einatmen, in der Sommerhitze ein kühles Bad im Waldsee genießen und im Herbst die bunten Blätter bewundern."

*

Bernhard hatte sich über den weiteren Brief des Notars hinweggesetzt. Da seine Freunde nichts von sich hören ließen, dachte er nicht weiter daran - an seine Christine und Ines jedoch sehr wohl. Bernhard hatte sich wegen Weihnachten bei Christine entschuldigt und sich auf Unpässlichkeiten ausgeredet, die aber vom Arzt wieder ins Lot gebracht worden waren. Christine wollte Näheres wissen, doch Bernhard blockte alle Fragen ab. Sie aber machte sich wirklich Sorgen um den Vater ihres Kindes. Im verschneiten Tirol genossen sie einige Tage die Zweisamkeit, das vorzügliche Essen und die Schlittenfahrten in der Umgebung. Als Geburtstermin stand nun der 6. März fest.

*

Die Schneedecke begann zu schmelzen und die wiederkehrenden Arbeiten beendeten den Winterschlaf am Gut. Im Winter waren alle Geräte und Maschinen überholt worden. In den Stallungen herrschte stets die tägliche Routine. Delia hatte Barabella und Mefisto 2 regelmäßig besucht. Wenn es sonnige Tage gab, wurden die Pferde und Rinder auf die Koppeln geführt. Delia saß dann oft auf den Zaunbalken und sah den umhertollenden Pferden zu, die sich zweifellos über den Auslauf freuten. Mit jedem Tag nahm die Kraft der Sonne zu und der Schnee schmolz weiter dahin. Bei einem Spaziergang um den See entdeckte Delia die ersten Schneerosen.

***

Isabell wurde über die Hausleitung von Josef in Kenntnis gesetzt, dass ein Dr. Gustav Spitzweger in Begleitung einer jungen Dame den Herrn von Föhrenwald, entsprechend dem vereinbarten Termin, sprechen wollte. „Soll ich die Herrschaften wegschicken, da Herr von Föhrenwald nicht zugegen ist oder wollen Sie sie empfangen, wo es sich doch um eine dringliche, private Angelegenheit handelt?"
„Lassen Sie die Herrschaften passieren."
Isabell erwartete die Limousine vor dem Gutshaus.
„Ich bin Isabell von Föhrenwald und heiße Sie herzlich auf Gut Reichental willkommen. Wie ich hörte, wollten Sie meinen Mann in einer dringlichen, privaten Angelegenheit sprechen. Leider ist er noch nicht zurück, aber ich denke, dass er auf den Termin nicht vergessen hat."
„Gestatten, Dr. Spitzweger in Begleitung von Verena Schimmelpflug."
Isabell bat die beiden ins Wohnzimmer und ließ ihnen durch Sophie die gewünschten Getränke servieren.
„Frau von Föhrenwald, es wäre mir lieber, wenn ich die Angelegenheit mit Herrn von Föhrenwald besprechen könnte, denn in erster Linie betrifft es ihn persönlich und ich weiß nicht, wie er auf diese Botschaft reagieren wird."
„Nun, da Sie den Weg zu unserem Gut auf sich genommen haben, sollten Sie mir erzählen, worum es bei der dringlichen Angelegenheit geht. Ich denke, Ihre Zeit ist sicherlich knapp und ich würde sowieso von dem Gespräch erfahren."
„Frau von Föhrenwald, diese junge Dame ist Überbringerin jener Worte, welche ihr ihre Mutter am Sterbebett anvertraut hat."
„Es tut mir sehr leid wegen des Verlustes Ihrer Mutter, mein Beileid", sagte Isabell.
„Frau von Föhrenwald, meine Mutter hat mir immer erklärt, wenn ich großjährig bin, wird sie mir den Namen meines Vaters nennen. Nun ist aber meine Mutter an den Folgen eines Autounfalls verstorben. Zuvor ersuchte sie mich, Dr. Spitzweger ihre letzten Worte zu übermitteln, denn er wüsste, was zu tun sei. Ihre letzen Worte lauteten, dass Dr. Spitzweger mit mir zu Herrn von Föhrenwald fahren sollte, denn dieser sei mein Vater."
Isabells Puls schnellte hoch, doch sie versuchte sich nichts anmerken zu lassen.
„Dr. Spitzweger, der ein langjähriger Bekannter meiner Mutter war, kennt die genaueren Zusammenhänge."
„Nun, es liegt folgender Sachverhalt vor", erläuterte Dr. Spitzweger. „Die Mutter der jungen Dame wurde neben einer anderen Studentin von fünf Herrn nach Kanada zu einen Helikopter Skiing Trip eingeladen. Sie wussten, dass diese Reise mit einer gewissen Bereitschaft, den Herrn ihre Freizeit zu versüßen, verbunden war. Nach dem Urlaub überredete sie Ihren Gatten, noch einige Tage mit ihr zu verbringen. Das Motiv der jungen Dame war, dass sie Ihrem Mann mehr Zuneigung entgegen brachte als all den anderen Herren. Als sie später bemerkte, dass der Urlaub nicht ohne Folgen geblieben war, kontaktierte sie Ihren Gatten. Die Herren konnten sich auf Grund ihrer privaten Stellungen keinen Skandal leisten. Somit trafen die mitgereisten Herren in meiner Kanzlei eine Vereinbarung, um für die Mutter und das zu erwartende Kind bis zu dessen Großjährigkeit zu sorgen. - Ich denke, Frau Schimmelpflug dürfte immer davon überzeugt gewesen sein, dass Ihr Gatte der Vater Ihrer Tochter ist - nennen Sie es das Gefühl einer Frau. Verena möchte ihren Vater kennen lernen, deswegen das Treffen mit Ihrem Herrn Gemahl. Natürlich ist die Vaterschaft nicht erwiesen. Sollte sich Ihr Gatte keinem Test unterziehen, wird dieses Arrangement bis zur Großjährigkeit meines Mündels bestehen bleiben. Ich möchte aber betonen, dass die junge Dame von sich aus keine Ansprüche stellen wird, sondern bloß wissen will, wer ihr Vater ist beziehungsweise wen ihre Mutter liebte, so dass diese bis zu ihrem Tod allein blieb."
Isabell schoss nur ein Gedanke durch den Kopf. *Es könnte doch ein anderer der Vater sein.* Und dennoch - mit jedem Wort konnte sie die herannahende Katastrophe erahnen und sah sich das junge Mädchen genauer an. Hatte sie Ähnlichkeit mit Christoph oder irgendetwas von Bernhard? Nein. Sie machte einen ruhigen, wohlerzogenen Eindruck und ließ sich kaum anmerken, dass es um sie ging, sondern wirkte sehr abwartend.
„Herr Dr. Spitzweger, wer waren die anderen Männer, es könnte doch ein anderer der Vater sein? Ich meine ja nur, will aber dem Gefühl der Frau Schimmelpflug nicht widersprechen, denn eine Frau hat bezüglich der Empfängnis schon eine eigene Antenne für den Augenblick. - Wer sind diese Herren?"

„Darüber kann ich keine Auskunft geben, das werden Sie wohl verstehen, die Namen unterliegen meiner Schweigepflicht. Ich konnte nur deswegen eine Ausnahme machen, da Verena mit einem Namen zu mir kam, den sie selbst bis zum Zeitpunkt des Todes ihrer Mutter nicht kannte. Von dem Arrangement der fünf Herren wusste sie nichts. Auch ihr sind die Namen nicht bekannt."

„Fräulein Verena, ich weiß nicht, wie ich Ihnen weiterhelfen kann. Ich werde meinen Mann von Ihrem Besuch in Kenntnis setzen, mehr kann ich leider im Moment nicht für Sie tun. Es tut mir leid, dass sich mein Gatte so sehr verspätet."

„Frau von Föhrenwald, darf ich Ihnen ein Bild zeigen, welches ich in den privaten Unterlagen meiner Mutter fand? Ich denke, es könnte mit der Vergangenheit zusammenhängen. Es gab sonst keine Bilder in dieser Mappe, nur von diesem Herrn. Sonstige Bilder aus der Studentenzeit oder mit Kollegen bei Festen waren allgemein zugänglich. Darf ich?" Verena reichte ihr das Bild. Isabell erblasste etwas, denn sie erkannte ihren Bernhard und Ehemann.

„Das ist kein Beweis für die mögliche Vaterschaft, aber es ist ein Bild von meinen Mann."

„Also zeigt dieses Bild, welches am Kamin steht, Sie mit Ihrem Mann. So also sieht mein Vater heute aus."

„Ja, das sind Bilder von uns."

Dr. Spitzweger warf ein: „Frau von Föhrenwald, ich möchte Ihre Zeit nicht weiter in Anspruch nehmen, ich hoffe, dass Sie Ihren Gatten von unserem Gespräch in Kenntnis setzen, da er auf meine Briefe nicht reagierte und auch heute nicht zugegen war. Dürfen wir uns verabschieden?"

„Ja, natürlich werde ich meinen Gatten über Ihren Besuch informieren. Darf ich Sie, Verena, fragen wie alt Sie sind?"

„Ich werde im August 18, warum?"

„Es tut mir aufrichtig leid, dass Ihre Mutter durch die Unfallfolgen den Tod fand, denn es ist nun mal das Schrecklichste, was man erleben kann. Sie haben wenigstens mit Ihrer Mutter fast 18 Jahre ein gemeinsames Leben führen dürfen, was mir verwehrt war. Ich kenne meine Mutter überhaupt nicht, sie ist bei meiner Geburt gestorben. Ich weiß nicht, welcher Schmerz der größere ist. Ich will auch an den Worten Ihrer Mutter nicht zweifeln, aber ich werde mir schon meine Gedanken machen dürfen, wenn auch die anderen Herrn als Vater in Frage kommen."

„Entschuldigen Sie, Frau von Föhrenwald, ich bin nur daran interessiert, wer mein Vater ist, meine Mutter hat sicherlich nichts Unrechtes getan. Sie hat immer gesagt, es wird der Tag kommen, an dem du deinen Vater kennen lernen wirst. Er ist ein ganz lieber Mensch. Von möglichen anderen Herrn habe ich erst durch dieses Gespräch erfahren."

„Welche Pläne haben Sie für später, wenn Sie mir die Frage noch erlauben?"

„Ich werde Kunst studieren, wie meine Mutter."

Isabell blickte hinter dem Wagen her. Ihre Gedanken kreisten um die Neuigkeiten und die mögliche Tatsache, dass Bernhard eine Tochter hatte. *Ich hoffe, es gibt nicht noch mehr Kinder, die Anspruch auf meinen Mann als ihren Vater erheben. Es ist doch etwas Wahres daran, dass Bernhard und seine Freunde bei ihren diversen Reisen immer Damenbegleitung mithaben. Diesmal werde ich keine Ausflüchte gelten lassen.*

*

Gustav und Verena unterhielten sich auf der Heimreise über das prächtige Gut und Frau von Föhrenwald, welche einen gefassten Eindruck gemacht hatte. „Das Sonderbare war, dass sie die mögliche Vaterschaft ihres Gatten nicht prinzipiell in Abrede stellte, sondern sich hinsichtlich des Verlustes deiner Mutter mit dir verbunden fühlte. Verena, was hältst du von der Frau?"

„Gustav, sie ist eine sehr charismatische Dame und hat nicht unbedingt den Eindruck erweckt, als würde sie mich ablehnen oder als Feindin betrachten. Sie war auch nicht geschockt, als du ihr sagtest, dass ihr Mann möglicherweise mein Vater wäre. Sie hat auf dem Foto ihren Mann erkannt, also könnte er es tatsächlich sein. Ich bin gespannt, ob er sich bei dir meldet."

„Verena, es ist grundsätzlich egal, ob er sich meldet oder nicht, deine finanzielle Sicherheit ist gewährleistet, ob er nun die Vaterschaft anerkennt oder nicht. Mache die Schule fertig und gehe deinen Weg, alles andere wird sich finden."

*

Bernhard kam sehr aufgekratzt spätabends zurück und war gegen seine sonstigen Gewohnheiten recht redselig. Isabell forderte ihn auf ihr zuzuhören und sie nicht zu unterbrechen, sie habe mit ihm über etwas sehr Ernstes zu sprechen.
„Bernhard, ich wurde heute vom Notar Dr. Gustav Spitzweger in Begleitung einer jungen Dame besucht, der angab mit dir einen Termin vereinbart zu haben. Die junge Dame wollte dir die letzten Worte ihrer verunglückten und verstorbenen Mutter mitteilen. Ihre Mutter hieß Doris Schimmelpflug. Diese sagte ihrer Tochter am Sterbebett, dass du der Vater bist."
Bernhard hatte einen roten Kopf bekommen, wollte schon aufbrausen, aber die Handbewegung seiner Frau und ihr Gesichtsausdruck ließen ihn verstummen.
„Bernhard, du weißt ganz genau wohin du und deine vier Freunde Monat für Monat Zahlungen leisten. Ihre Mutter hätte wie vereinbart geschwiegen bis das Kind 21 Jahre alt geworden wäre. Der Unfall hatte sie dazu veranlasst, ihrer Tochter zu sagen, dass sie mit Dr. Spitzweger Herrn von Föhrenwald aufsuchen soll, da dieser ihr Vater sei. Von dir will ich die Namen der anderen vier Herren wissen. Des Weiteren, warum du noch einige Tage bei der jungen Frau geblieben bist und sie sich sicher ist, dass dies der Zeitraum der Empfängnis war. Bernhard, ich höre!"
Mit hochrotem Kopf und einem Anflug von Zorn in seiner Stimme sagte er: „Isabell, das Ganze ist doch eine infame Lüge. Es will sich jemand an uns bereichern. Du glaubst doch diesen Unsinn nicht, und ich bin sicherlich nicht ihr Vater. Dafür kommen andere in Frage."
„Bernhard, ich habe es satt, von dir angelogen zu werden. Ich finde es außerdem abscheulich, dass du trotz der bedauerlichen Umstände noch leugnest. Also - ich höre."
„Wie alt ist das Mädchen?"
„Heuer wird sie 18, ihre Mutter Doris war seinerzeit Kunststudentin. Ich glaube kaum, dass du wirklich in deiner Erinnerung nachforschen musst. Vielleicht war sie eine kurze Liaison für dich, sie aber war in dich verliebt. Wenn sie am Sterbebett deinen Namen nennt und keinen anderen, wird schon etwas dran sein."
„Es stimmt, wir alle zahlen monatlich eine Summe für ein Kind, aber das ist schon alles. Ihre Mutter hat uns glaubhaft versichert, dass wir als Väter in Frage kommen. Um einen Skandal zu vermeiden, hat sie auf den Vaterschaftstest verzichtet, wenn die Zahlungen über den Notar Dr. Spitzweger abgewickelt werden."
„Bernhard, ich denke, du solltest die Vaterschaft abklären lassen, denn es könnte, wie du vermutest, genauso ein anderer der Vater sein."
„Isabell, es tut mir sehr leid, dass du das erfahren musstest, wir waren so froh über dieses Arrangement, dass wir nie mehr daran dachten. Ich bin neugierig, was die anderen sagen."
„Bernhard, sie hat dich als Vater angegeben, nicht die anderen. Ich will Klarheit, denn wie es scheint, hast du mir die ganze Zeit deine Treue vorgelogen."
„Isabell, ich bin nicht der Vater und wir werden alles so belassen wie es ist. Wenn die junge Dame ihrer Mutter Glauben schenkt, ist das ihre Sache."
„Nein, Bernhard, warum hat ihre Mutter ausgerechnet nur von dir ein Bild aufgehoben? Dieses Kind wäre ein möglicher Beweis für deine Untreue und würde die Gerüchte bestätigen, dass ihr eure Reisen immer in Damenbegleitung gemacht habt."
„So ein Blödsinn, wenn sich der eine oder andere eine Freundin mitnimmt, werden gleich alle verdächtigt. Es tut mir leid, dass das Mädchen mit dem Notar hier aufgetaucht ist und behauptet, ich sei ihr Vater, wenn es genauso auch die anderen sein könnten."
„Bernhard, ich bestehe auf den Test. Ich will endlich wissen, was an diesem und all den anderen Gerüchten dran ist. Ich bin sehr enttäuscht. Offensichtlich hatte mein Vater Recht, dass du mich nur des Gutes wegen geheiratet hattest. Unsere Ehe war ab dem Augenblick, als unser Sohn zur Welt kam, eine reine Zweckgemeinschaft, bis dahin glaubte ich, dass du mich liebst."

„Isabell, das ist nicht wahr, ich liebe dich und unseren Sohn. Dass ich nicht der ideale Ehemann bin, das weiß ich, aber ich war und bin immer für dich und unseren Sohn da. Ich lasse mir nicht unterstellen, dass ich dich nur wegen des Gutes geheiratet habe. Ich habe mich genauso wie du auf unser Kind gefreut. Natürlich bist du jetzt sehr verärgert, glaubst auch allen Grund dazu zu haben. Ich möchte keinen Tag an deiner Seite missen. Ich weiß, was für ein edler Mensch du bist und was du für das Gut und unser gemeinsames Wohl tust. Ich will nicht abstreiten, dass ich das eine oder andere Vergnügen gesucht habe, weil ich dich mit meinen Wünschen zu nichts zwingen wollte."

„Bei dem, Bernhard, was ich nicht wollte, wird eine Frau schwerlich schwanger. Ich finde es abscheulich wie du versuchst, dich aus allem raus zu reden. Du machst den Test. Ich hoffe, ich habe mich klar ausgedrückt. Außerdem bist du mir noch die vier Namen deiner Freunde schuldig. Ich denke, es waren der Apotheker Steiner, der Gemeindearzt Haberkorn, der Hofrat Friedmann und der Möchtegern von dem Möbelhaus mit dem unmöglichen Namen, Sibilius, außerdem kommen noch der Birnstingel und der Bierbrauer Großmeier in Frage, eigentlich passt zu diesem Kreis auch noch der Vorstand der Privatbank, der feine Herr Meier, dazu. Also wer sind sie? Bernhard, ich will es wissen."

Aber Isabell hatte zum Teil ins Schwarze getroffen, Bernhard erwiderte: „Es tut mir leid, die Namen kann ich dir nicht sagen, die lynchen mich, wenn es publik wird."

„Bernhard, ich habe es doch an deinem Gesicht ablesen können, dass sie dabei waren, und nun lass mich allein, ich kann momentan deine arrogante Art nicht ertragen. Halte dich an alles, was ich dir gesagt habe. Das Mädchen hat ein Recht darauf zu erfahren, wer ihr Vater ist."

Bernhard saß in seinem Arbeitszimmer und überlegte, wie er wohlbehalten aus der Sache herauskommen könnte. Hatte Isabell noch mehr gegen ihn in der Hand? *Ich erinnere mich natürlich an diese junge Kunststudentin, Doris. Sie hat mich sehr verehrt und es stimmt, sie wollte unbedingt, dass ich nach der Reise zumindest noch einige Tage bei ihr bleibe. Es kann schon sein, dass etwas passiert ist, dann hätte ich endlich eine Tochter. Isabell hat gesagt, Verena sei ein nettes Mädchen. Sie selbst hat sich immer geweigert, noch einmal schwanger zu werden, obwohl ich noch Kinder wollte. Doris hat sich an die Abmachung gehalten und sich nie mehr gemeldet. Dass sie eine Tochter hat, höre ich erst heute. Ich werde den Notar anrufen. Den anderen werde ich aber vorläufig nichts sagen, die sollen weiterhin zahlen, denn auch sie haben sich mit Doris vergnügt.*

Vor dem Test fürchtete er sich, denn Doris hatte ihm ja seinerzeit gesagt, dass nur er in Frage komme. Aber Bernhard hatte sie überredet es so darzustellen, dass sie nicht wisse, wer der Vater sei und alle für sie und das Kind aufkommen sollten.

Er rief den Notar an und ersuchte ihn, ihm das Prozedere für einen Vaterschaftstest zu erklären. „Am besten Sie kommen in meiner Kanzlei vorbei und wir besprechen alles." Dr. Spitzweger gab ihm die Adresse seines Vertrauensarztes, um dort die notwendigen Blutuntersuchungen durchführen zu lassen. Er verständigte Verena von der Bereitschaft des Herrn Föhrenwald und schickte auch sie zu diesem Arzt.

Isabell händigte Bernhard jenen Brief von Dr. Spitzweger aus, dessen Empfang sie dem Briefträger mit ihrer Unterschrift bestätigt hatte.

„Nun, Bernhard, öffne den Brief, ich will Gewissheit."

Bernhard riss den Umschlag auf. Mit jeder Sekunde, die er auf das Schreiben blickte, veränderte sich sein Gesichtsausdruck, und er hatte bloß einen Gedanken: *Sie hatte Recht.*

Isabell schloss daraus, dass er nun doch eine Tochter hatte. Und noch dazu eine, die ihm sicherlich gefallen würde, denn hübsch war sie schon, diese Verena.

„Nun, was ist, hat es dir die Sprache verschlagen?"

„Isabell, da lies selbst", und er reichte ihr den Brief. Der Notar teilte ihm mit, dass er mit 99,99 Prozent Wahrscheinlichkeit der Vater der jungen Frau sei, wie aus dem beiliegenden Testergebnis ersichtlich war. Des Weiteren forderte dieser ihn auf, ihm umgehend seine Entscheidung bezüglich seines weiteren Vorgehens mitzuteilen.

„Bernhard, was wirst du jetzt tun? - Was ist, du bist ja sonst nicht sprachlos."

„Isabell, was wäre, wenn ich zu diesem Kind stehen würde?"

„Was soll die Frage, natürlich musst du zu dem Kind stehen, denn du bist der Vater. Und welche Entscheidung trifft nun der Herr von Föhrenwald?"

„Es würde sich aber einiges ändern, wenn wir das Kind zu uns auf das Gut nehmen."

„Bernhard, Platz wäre zwar genügend, doch wer soll sich um das Kind kümmern, und glaubst du wirklich, dass ich deinen Fehltritt auf dem Gut willkommen heiße?"

„Isabell, sie ist doch in einem Alter, in dem sie sehr selbstständig ist und gar nicht zu uns ziehen möchte."

„Mein lieber Bernhard, was erwartest du? Sollte ich vielleicht Freudensprünge machen, wenn ich nun schwarz auf weiß den Beweis habe, dass du mir untreu warst und es in erster Linie auf unser Gut abgesehen hattest. Mein Vater hat dich vom ersten Tag an richtig eingeschätzt, ich bin leider auf deine gespielte Verliebtheit hereingefallen. Du hast sehr überzeugend mit mir und meinen Gefühlen gespielt. Ab nun, Bernhard, bin ich es, die dir sagt, was in diesem Hause geschieht. Es wird sich einiges ändern. Du, lieber Bernhard, wirst dich nicht mehr ändern, aber ich. In Zukunft werde ich nicht zu allem ja sagen und nicht mit allem einverstanden sein."

"Isabell! Ich bin dein Mann und als solcher habe ich Rechte, diese lasse ich mir von dir nicht nehmen. Noch treffe ich die Entscheidungen in diesem Haus und auf dem Gut."

„Das ist wieder typisch für dich, du versuchst immer, dich ins rechte Licht zu rücken, diesmal ist es anders. Du kannst in Wirklichkeit lediglich Vorschläge machen. Wenn du deine Freunde einladen willst, müsstest du mich vorher fragen, genau so bei Anschaffungen für das Gut. Ich bin es, die rechtlich das Gut für unseren Sohn verwaltet, und ich muss nicht zustimmen. Wenn du es nicht glauben willst, erkundige dich. Also, wie sieht deine Entscheidung in Bezug auf deine Tochter aus?"

Da er seine Isabell so bestimmend nicht kannte und er die Situation nicht noch aufschaukeln wollte, sagte er: „Natürlich möchte ich zu dem Kind stehen, denn das Mädchen kann überhaupt nichts dafür, dass es auf der Welt ist. Es wäre schön, wenn ich nun für sie da sein könnte, überhaupt nach dem Verlust ihrer Mutter."

„Gut, dann verständige den Notar von deiner Entscheidung. Doch auf dem Gut ist kein Platz für dein Kind."

„Isabell, ich liebe dich, auch wenn ich nicht immer der ideale Partner war. Du kannst doch nicht all die schöne gemeinsame Zeit vergessen haben."

„Bernhard, welche meinst du? Die, in der du nicht hier warst oder die du hier mit deinen Freunden verbracht hast?" Isabell verließ den Raum.

Bernhard stand regungslos im Zimmer. Plötzlich hatte er das Gefühl als würde sich dieses drehen. *Ich denke, bei Isabell habe ich für die nächste Zeit ausgespielt. Nur gar so aufspielen muss sie sich nicht. Es bleibt mir gar nichts anderes übrig, als ihre Wünsche zu akzeptieren. Wenn Christine erfährt, dass es noch ein Kind gibt und ich dieses auf dem Gut wohnen lassen will, wird sie mir die Hölle auf Erden bereiten. Ich muss mir ein Geschenk ausdenken, damit sie sich freuen kann, wenn ich sie besuche. Erst danach kann ich ihr das mit meiner Tochter erzählen. Mit Christine werde ich in Zukunft sicherlich mehr Probleme haben, denn jetzt hat sie ein weiteres Druckmittel gegen mich.*

Isabells Weg führte sie zu Christoph und Delia, beide traf sie nicht an. Gundi sagte: „Sie wollten vor der Jause noch eine Runde um den See gehen, es kann nicht mehr lange dauern bis sie zurück kommen."

„Danke, Gundi, ich warte auf sie." Isabell spazierte im Salon umher und stellte fest, dass sich einiges geändert hatte, seit Delia hier war. *Man sieht es an den Kleinigkeiten. Hier wurde etwas hinzugefügt, dort etwas umgestellt. Daran erkennt man, dass eine Frau im Hause ist, der Raum wirkt wesentlich wärmer. Ich denke, mit Delia könnte Christoph sein Glück finden. Ich hoffe für beide, dass Christine nicht doch noch dazwischen funkt.*

„Hallo, ihr zwei, ist noch ganz schön frisch draußen?"

„Mutter, welch eine Freude, zu so ungewohnter Stunde - ist etwas passiert?"

„Setzt euch zu mir. Wenn Gundi serviert hat, werde ich euch das Neueste von Gut Reichental erzählen. - Wie geht es dir, Delia? Du siehst ja recht glücklich aus, ist daran vielleicht mein Christoph schuld?"

„Da könntest du schon recht haben, Isabell, ich bin, nein, wir sind sehr glücklich", und sie strahlte ihren Christoph an. Sie lauschten nun Isabell, welche sehr ausführlich die Ereignisse der letzten Tage erzählte und ihnen ihren Entschluss mitteilte. Christoph wollte seine Mutter trösten, diese wehrte ihn mit den Worten ab: „Ich habe immer an Bernhards Treue gezweifelt, nun gibt es diese junge Dame, und sie kann am wenigsten dafür. Christoph, ist dir bewusst, dass du nun eine Halbschwester hast?"

„Mutter, du hast deine Entscheidung getroffen und alles andere muss Vater regeln. Ich denke, er wird sich mit ihr treffen, sie nach ihren Plänen fragen, aber darüber sollten wir uns keine Gedanken machen. Außerdem ist sie schon in einem Alter, in dem sie nicht unbedingt die Familie um sich benötigt."

Delia mischte sich in die Unterhaltung ein: „Natürlich ist der Tod ihrer Mutter ein riesiger Einschnitt in ihr bisher behütetes Leben. Du sagtest, dass sich der Notar um sie kümmert und sie nicht allein wohnt. Welchen persönlichen Eindruck hattest du, als sie bei dir waren?"

„Sie machte einen recht vernünftigen Eindruck und ich denke, sie wollte nur ihren Vater kennen lernen. Nun hat sie aber gesehen, wie ihr Vater lebt und das Gut ist natürlich sehr beeindruckend für einen Außenstehenden."

„Mutter, hast du nicht gesagt, dass bis zur Großjährigkeit ihr Lebensunterhalt gesichert ist?"

„Ja."

„Also wird sie später wie jeder andere einen Beruf haben, sich verlieben und heiraten. Ob sie Ansprüche stellt, wird sich noch weisen, und gegebenenfalls werden wir mit Peter sprechen. Eine Frage habe ich dennoch, Mutter. Wirst du sie abweisen, wenn sie einmal auf Besuch kommen möchte?"

„Solange es bei einem Besuch bleibt, kann ich ihr das nicht wirklich verbieten. Wohnen wird sie sicherlich nicht mit mir unter einem Dach, da teile ich die Meinung von Delia."

Nachdem Isabell gegangen war, meinte Christoph: „Wenn Christine auch noch von meinem Vater schwanger ist, wird meine Mutter am Boden zerstört sein. Als sie vorhin mit uns sprach, hatte sie sich noch unter Kontrolle."

*

Verena war über die angenehme Begegnung mit Frau von Föhrenwald sehr erfreut gewesen. Ob sie ihren Vater sympathisch fände, würde bei dem bevorstehenden Treffen festzustellen sein. In der Kanzlei von Gustav stand sie schließlich ihrem Vater gegenüber.

„Verena, der Verlust deiner Mutter tut mir sehr leid. Ich habe sie auf meine Art geliebt. Es waren die Umstände, weshalb wir nicht weiterhin Kontakt hielten. Sie hat sich ja nie geäußert, dass ich dein Vater sei. Ich wusste auch nicht, dass sie dir dies zu deinem 21. Geburtstag sagen würde, ebenso nicht, dass sie sich so sicher war, dass ich dein Vater bin. Ich habe mir immer eine Tochter gewünscht, du weißt gar nicht wie glücklich mich der Umstand macht, dass ich dein Vater bin. Aber es ist auch nicht leicht für mich, nun einer so großen Tochter gegenüber zu stehen. Ich habe gehört, du willst Kunst studieren?"

„Ja, ich will nach Rom und Paris reisen, denn dort hat Mama mir die Kunst näher gebracht. Ich will derzeit nichts von dir, ich wollte dich kennen lernen. Sollte ich dich einmal besuchen, möchte ich als deine Tochter angesehen werden und nicht als Fremde. Um meine Ausbildung muss ich mir keine Sorgen machen. Das Finanzielle ist für mich geregelt, wie mir Gustav, der langjährige Bekannte meiner Mutter, versicherte. Gustav hatte zu einem gewissen Teil so etwas wie eine Vaterrolle inne. Vater, ich erwarte mir keine Gutmachung, falls sich bei dir nun das schlechte Gewissen einstellt. - Gustav ich möchte gehen."

Zum Abschied wandte sie sich noch einmal an Bernhard. „Vater - oder muss ich Herr von Föhrenwal sagen, was ich aber nie tun werde - es ist erwiesen: du bist mein Vater. Dein Familienname ist ein anderer, aber mein Vater bist du. Auf Wiedersehen - irgendwann", und sie verschwand durch die Türe. Bernhard blickte ihr etwas verwundert nach. *Sie weiß was sie will, das hat sie als meine Tochter anscheinend von mir.*

„Herr von Föhrenwald, es ist meine Pflicht, die anderen Herren aus ihren Verpflichtungen zu entlassen. Ich erwarte, dass Sie Ihre Zahlungen entsprechend anpassen. Ob die anderen Herren an Sie Regressansprüche stellen, kann ich nicht beurteilen. Aber ich denke, es waren freiwillige Zahlungen, um nicht ins Gerede zu kommen. Es besteht natürlich die Möglichkeit, dass der eine oder andere damit an Sie herantritt, denn ich muss den Herren schon sagen, warum sie die Zahlungen nun nicht mehr zu leisten haben."

Auf der Heimfahrt dachte Bernhard an seine Tochter. *Es ist ein ganz eigenartiges Gefühl, einem jungen, sehr hübschen Mädchen gegenüber zu stehen, die wie aus dem Nichts meine Tochter ist. Sie hat wirklich sehr viel Ähnlichkeit mit ihrer Mutter. Sie wirkt sehr selbstsicher und hat ein klares Ziel vor Augen, das sie anscheinend beharrlich verfolgt. Eigentlich wie ihre Mutter, die auch ihren Weg ging und damals aus Geldmangel diesen Urlaub antrat, obwohl sie genau wusste, auf welches Abenteuer sie sich einließ. Sie wurde nach der Reise fürstlich belohnt und hat trotz der Schwangerschaft nie zusätzliche Ansprüche geltend gemacht. Es wäre ein riesiger Skandal gewesen. Wir waren alle verheiratet und in Positionen, die durch derartige Enthüllungen Schaden genommen hätten.*

Verenas Gedanken kreisten um ihren Vater. Er sieht natürlich nicht mehr so aus, wie ihn Mama damals kennen gelernt hat. Sie dürfte mit ihm glücklich gewesen sein. Ich weiß ja auch nicht, was ich mir vorgestellt habe. Natürlich war ich dann neugierig, als ich das Bild sah. Seine Frau ist eine Dame, er wirkt eigentlich sehr arrogant und hat eine Art, als wäre er der Herrgott selbst. Das Gut ist schon sehr beeindruckend, ich werde mir, wenn ich mal Zeit oder Ferien habe, dieses genau ansehen. Seiner Frau werde ich einen Brief schreiben, eigentlich wäre sie, nein - sie ist meine Stiefmutter.

Sehr geehrte Frau von Föhrenwald!

Mir persönlich tut es nicht leid, dass ich auf der Welt bin. Andererseits sehe ich natürlich Ihren Zorn und Ihre Enttäuschung, dass Ihr Mann mit meiner Mutter eine Liaison hatte. Ich denke, Sie sind eine Frau, die ihm diese nicht verzeiht. Außerdem bin ich auch davon überzeugt, dass Sie mich nicht in Ihrer Nähe dulden können oder wollen.

Aber Sie sind in erster Linie auch eine Mutter und haben diesbezüglich zwei Überlegungen, was diese Situation betrifft. Vielleicht können Sie später einmal meine Existenz anerkennen und in mir nur eine junge Frau sehen, die die Halbschwester Ihres Sohnes ist.

Derzeit will ich meinen Abschluss machen und wie bereits angekündigt, das Kunststudium, vermutlich in Paris, aufnehmen. Im Louvre kenne ich mich besser aus als in unserer Küche, geschweige, dass ich kochen kann. Mama hat mir immer erklärt: „Das lernst du, wenn du mit dem Studium fertig bist.' Ich möchte Einkäuferin bei Sotheby's werden. Aus all dem können Sie schließen, dass ich derzeit nicht daran denke meine Pläne zu ändern. Wenn ich meine Mutter nicht verloren hätte, würde ich ja auch erst mit 21 erfahren, wer mein Vater ist.

Sollte ich jedoch in den Ferien einmal Lust auf das Landleben haben, so erwarte ich von Ihnen, als die Tochter ihres Mannes angesehen zu werden, und nicht als eine Fremde. Das Gleiche habe ich meinem Vater gesagt. Ich persönlich verdiene es nicht, nicht akzeptiert zu werden, auch wenn ich aus dieser Liaison hervorgegangen bin. Es waren meine Eltern, die Ihnen Leid zugefügt haben, nicht ich.

Mit freundlichen Grüßen

Verena

*

Obwohl Bernhard Christine regelmäßig besuchte, hatte sie andauernd schlechte Laune, weshalb er sie nicht auch noch mit der Tatsache belasten wollte, dass er eine bereits erwachsene Tochter hat. Je näher Christines Geburtstermin kam, umso mehr Vorwürfe musste er sich anhören.

Christine konnte sich nicht damit abfinden, dass sie ihr Leben einem anderen Rhythmus unterwerfen sollte. Seitdem sie mit Fridolin die schönsten und erquickendsten Orgasmen erlebte, wollte sie sich nun auch nicht mehr nur kurz von Bernhard benützen lassen. Fridolin streichelte ganz liebevoll ihren Bauch, seine Lippen und die flinke Zunge brachten ihren Schoß regelmäßig zum Beben. *Er ist von Natur aus ein zärtlicher und einfühlsamer Junge.* Die doch eher grobe Art von Bernhard wollte sie momentan nicht. Sie fand jedoch, dass Bernhard seit Weihnachten irgendetwas bedrückte. Aus Erfahrung wusste sie, dass er sofort auf stur schaltete, wenn sie ihn bedrängte, aber sie wollte ihn bei Laune halten und schwieg deshalb.

Bernhard wurde von seinem Freund, dem Vorstand der Meier-Bank, ersucht, ob er nicht am Nachmittag, so gegen 15 Uhr, vorbeikommen könne, er wollte mit ihm ein neues Projekt besprechen. Bernhard freute sich, denn bisher hatte Meier immer gute Ideen gehabt, wenn es ums Geld ging. Bernhard staunte nicht schlecht, als er auch Sibilius vom Möbelhaus, Großmeier, den Bierbrauer, und Steiner, den Apotheker, antraf.

„Hallo, Bernhard, Gratulation zur Vaterschaft", sagte Sibilius. Wir wollen dir sicherlich nicht unterstellen, dass du die ganze Zeit wusstest, dass das Kind von dir ist, eine Erklärung hätten wir schon gern. Wir wurden nur in Kenntnis gesetzt, dass wir ab sofort nicht mehr verpflichtet sind, für das Kind zu zahlen, da auf Grund eines Vaterschaftstests nun der Vater festgestellt wurde. Nachdem du bei unseren Begrüßungsworten nicht protestiert hast, musst du der Vater jenes Kindes sein. Kannst du uns Genaueres erklären?"

Also erzählte Bernhard von Doris' Unfalltod und deren Vermutung, dass er der Vater ihrer Tochter sei.

„Dann Gratulation zur Tochter, und nun zu dir, alter Freund", sagte Meier. „Wir wollen nicht nachfragen, wie Isabell darauf reagiert hat. Es hätte jeden von uns treffen können, und wir können uns auch vorstellen, wie unsere Frauen reagiert hätten, Gott sei Dank wird uns das erspart bleiben."

„Bernhard, du kennst die Summe, welche jeder bisher geleistet hat. Wir wollen dich nicht in den Ruin treiben, aber wir überlegen, wie wir es anstellen, dass wir unsere Gelder von dir zurückbekommen", meinte Steiner.

Diese Aussage traf Bernhard wie ein Keulenschlag, gleichzeitig schossen ihm verschiedene Gedanken durch den Kopf. *Alles verloren, das sind ja Summen, die ich nie und nimmer aufbringen kann. Was soll ich tun, der Notar hat mich noch gewarnt. Ich hätte gleich mit ihnen sprechen sollen, bevor sie die offizielle Nachricht bekamen. Aber bei all dem Ärger, den ich zurzeit habe, war mir das nicht so wichtig, umso schlimmer ist es jetzt.*

„Hallo, Bernhard, wo bist du mit deinen Gedanken?" fragte ihn Meier. „Wir wollten doch über unser Projekt sprechen".

„Ja, das ist eine gute Idee", sagte Bernhard hoffnungsvoll, in der Annahme, dass Meier nun über eine lukrative Geldanlage sprechen würde.

„Lieber Bernhard, was hältst du von drei Wochen Safari in Afrika?"

„Da bin ich natürlich dabei! Wann soll es soweit sein? Aber ich dachte wir reden über neue Geldanlagen."

„Im Prinzip schon, wir werden ja gleich feststellen, ob du die Safari noch immer für eine gute Idee hältst. Als vorläufige Gutmachung erwarten wir von dir, dass wir deine Gäste sind und du für alles aufkommst. Und vergiss nicht, auch für unser Vergnügen zu sorgen. Wir finden, dass du damit bestens aussteigst. In den 18 Jahren hatte jeder von uns einen beträchtlichen Betrag zu bezahlen. Solltest du mit unserem Vorschlag nicht einverstanden sein, verlangt jeder von uns als Wiedergutmachung 50 Prozent der geleisteten Zahlungen. Natürlich gewähren wir dir auch Raten, nur allzu lange soll es nicht dauern, denn wir wollen uns mit dem Geld den einen oder anderen Traum ohne unsere Frauen finanzieren. Hatten sie bis jetzt von den monatlichen Zahlungen nichts gewusst, werden sie auch in Zukunft nichts erfahren. Also, lieber Freund, was sagst du zu unserem großzügigen Angebot?"

Bernhard war nicht nur blass geworden, sondern bekam gleichzeitig Hitzewallungen, wusste er doch, dass er das Angebot annehmen musste, selbst wenn er sich dadurch finanziell total verausgabte. Dennoch machte er einen Versuch: „Dr. Spitzweger vertrat die Meinung, dass ihr so wie ich die Zahlungen freiwillig geleistet habt, um keine Probleme zu bekommen. Also kann ich euren Vorschlag nicht wirklich ernst nehmen." Gleichzeitig dachte er, dass ihre Forderung sicherlich günstiger käme als bei einem möglichen Zivilprozess zu einer wesentlich höheren Summe verurteilt zu werden.

Nun meldete sich Großmeier zu Wort: „Bernhard, in diesem Fall werden wir uns mit unseren Anwälten beraten, ob wir nicht doch zu einem Teil unseres Geldes kommen, denn jetzt gibt es einen Vater und somit ist die rechtliche Situation eine andere. Außerdem hat unsere junge Reisebegleiterin sich damals an dich gewandt, was den Schluss zulässt, dass du ihr eingeredet hast, auch uns anzugeben. Du hast ja immer bestritten, dass du noch Tage bei ihr zugebracht hast."

„Ihr wollt meine Freunde sein und unterstellt mir eine solche Charakterlosigkeit", donnerte Bernhard los. „Ich weiß nicht wieso ihr glaubt, ich wäre noch bei ihr gewesen. Es war doch eure Idee, mit ihr Kontakt aufzunehmen und seither hatte sie meine Telefonnummer. Ich hoffe, ihr habt das nicht ernst gemeint, denn auf solche Freunde könnte ich verzichten", fügte er noch hinzu, obwohl er sich ertappt vorkam, aber die Flucht nach vorne war schon immer seine Strategie gewesen. „Natürlich seid ihr meine Gäste und ich komme auch für alles auf, aber etwas Zeit brauche ich, so flüssig bin ich nicht. Ich denke, in einigen Monaten oder eventuell sogar etwas früher könnten wir aufbrechen."

„Eine weise Entscheidung, Bernhard - also haben wir dein Wort?" fragte Meier.

„Sicherlich, ich stehe doch immer zu meinem Wort, so weit solltet ihr mich schon kennen. Und eures will ich schriftlich, dass damit die Sache aus der Welt geschafft ist, oder ich lasse mir die Option offen, es doch euren Frauen zu erzählen, wofür ihr bis jetzt an einen Notar Geldbeträge überwiesen habt."

Seine Freunde blickten einander an, besiegelten das gewünschte Versprechen ihrerseits, und mit einem Glas Champagner stießen sie auf ihren Plan an. Sie freuten sich auf das Abenteuer Afrika-Safari, hingegen Bernhard hatte einen fahlen Geschmack bei jedem Schluck, denn schriftlich wollten sie sich nicht festlegen.

Auf dem Weg zum Gut überlegte er, was er alles auflösen musste beziehungsweise wie er sonst zu Geld kam, das er dringend brauchte. Weitere Gelder aus dem normalen Betrieb abzuzweigen war nicht möglich, denn Christine und Verena kosteten diesen schon genügend. *Ich werde Pferde an Reitvereine oder Privatpersonen verkaufen, das bringt gutes bares Geld. Offiziell sind diese an Züchter verliehen.*

*

Die große Schneeschmelze war vorüber, der Lenz war ins Land gezogen, die Arbeiten auf den Feldern wurden aufgenommen. Der Kreislauf von der Saat bis zur Ernte begann aufs Neue.

Delia arbeitete viele Stunden konzentriert an ihrem neuen Buch mit Motiven aus dem Gutsleben. Wenn die Buchstaben sich zu Worten formen, man mit seinen Gedanken schon beim nächsten Satz ist, der Faden weiterläuft, hört man nicht auf zu schreiben. Aber Schaffenspausen, in denen man gedanklich die nächsten Schritte durchdenkt, verbringt man am besten fern der Schreibmaschine. Mit Barabella ritt sie zu all jenen Stellen, die sie mit Christoph aufgesucht hatte, erinnerte sich an seine Ausführungen und machte sich bei der Rast Notizen, die Einfälle flossen irgendwann in den Roman ein.

Dennoch war sie froh, dass Isabell Abwechslung in ihren Alltag brachte. Die Zeit mit ihr verschaffte ihr auch Einblick in ihr Tätigkeitsfeld, welches die Vermarktung der Produkte einschloss.

Christophs Erfahrungen auf anderen Gütern, auch jenem in Schottland, flossen in die Vermarktung ein: „Neben den Rindern wurden oft Schafe gehalten, in der

Nachbargrafschaft hatten sie jedoch Ziegen, was ich mir bei uns eher vorstellen kann. Die Nachfrage nach Schaffleisch ist bei uns nicht wirklich groß. Aber die Erzeugnisse aus Ziegenmilch, insbesondere der Käse, wären eine Spezialität." Delia und Isabell griffen diese Ideen auf und gewannen dafür entsprechende Leute am Gut. Der Bäcker sollte neue Brotsorten mit verschiedenen Getreidesorten probieren, denn Christoph hatte berichtet, dass es bei Brot große lokale Unterschiede und Vorlieben gibt. Ebenso wurde nun auch Kartoffelbrot, welches Delia liebte, nach alten Rezepten hergestellt. Die Angebotspalette vergrößerte sich insgesamt laufend, eine große Auswahl war stets für den Marktstand am Wochenende vorgesehen. Im Winter war ein Selchhaus errichtet worden, wo die Fleischstücke im Rauch des Holzfeuers abhingen. Der Fleischer hatte sein Angebot neben den harten Dauerwürsten um die in der Luft getrockneten Speckwaren erweitert. Butter und Frischkäse sollten dieses Jahr auch vermarktet werden. Dazu musste ein kleiner Kühlschrank für den Transport angeschafft werden. Auf Bestellung gab es die begehrten Forellen. Gemüsebeete wurden vergrößert, Tomaten, Salate, Zwiebeln, Erbsen, Bohnen und Karotten fanden immer ihre Abnehmer, Eier sowieso. Je nach Saison gab es Most oder Traubensaft.

Christoph belastete die Ungewissheit mit Christine. Die Zeit mit Delia vertiefte seine Liebe zu ihr, und er träumte von einer gemeinsamen Zukunft. Er konnte die Geburt von Christines Kind kaum erwarten und dass sie ihn als Vater angab, damit er endlich auf den Vaterschaftstest bestehen konnte. Jedes Mal, wenn er seinen Vater auch nur von weitem sah, wollte er diesen zur Rede stellen, wenngleich er Delia gegenüber versuchte, sich nichts anmerken zu lassen.

*

Bernhard litt unter der distanzierten Art von Christine, die ihm nicht verzeihen konnte, dass er sie die ersten Weihnachten allein gelassen hatte. Wenn er Sex wollte, sagte sie oft: „Du vernachlässigst mich, ich bin mit allem immer allein."
Also brachte er ihr wieder einmal ein sehr teures Schmuckstück. Kaum waren einige versöhnliche Tage vergangen, musste er Christine gestehen, dass er eine fast erwachsene Tochter hatte, von deren Existenz er erst kürzlich erfahren hatte, und sie deswegen in Zukunft mit weniger Geld auskommen musste.
Damit war der Frieden dahin und Christine tobte so richtig los. „Bernhard, was soll das! Du hast keine Ahnung, was ein Kind kostet. Wenn Ines auf der Welt ist, werde ich noch mehr Geld benötigen. Für Ines brauche ich eine Hilfe, denn ich muss wieder arbeiten gehen, mit deinem Geld komme ich nie aus. Wieso willst du deinem Versprechen, für uns zu sorgen, auf einmal nicht mehr nachkommen? Bernhard, so sprich doch mit mir!"
„Liebe Christine, das Gut wirft nicht mehr so viel wie früher ab. Ich muss mich auch einschränken."
„Bernhard, du hast schon besser gelogen, ich kann mich nicht erinnern, dass du in letzter Zeit auf eine Reise verzichtet hättest. Aber bei mir und deinem Kind willst du sparen?"
„Liebes, wenn Ines auf der Welt ist, musst du sofort Christoph als Vater angeben. Du wirst sehen, es geht uns wieder besser, wenn er seinen finanziellen Verpflichtungen nachkommt. Wenn es soweit ist, wird er sich über unsere Ines freuen. Er tut nur so, er ist mein Sohn und hat meinen Charakter. Glaub mir, Christoph wird zahlen, denn Isabell wird ganz verrückt nach ihrer Enkelin sein, und sie hat großen Einfluss auf unseren Sohn."
„Bernharti", - Bernhard hasste es, wenn sie ihn so nannte, aus ihrem Mund klang es nicht lieb sondern spöttisch – „du bist ja doch der Beste. Wir schaffen das schon. Aber du hast sicherlich etwas anderes auf dem Herzen. Ich sehe doch die ganze Zeit, dass dich etwas bedrückt. Sprich mit mir darüber."
„Ich habe vor Jahren mit Freunden ein Arrangement getroffen. Leider ist es nicht so gelaufen wie wir uns das ausgemalt hatten. Überdies habe ich dem Brief des damaligen Notars zu wenig Beachtung geschenkt, bis dieser auf dem Gut auftauchte und mit Isabell die Angelegenheit besprach."
„Bernhard, was ist los, und was für ein Arrangement hast du mit Freunden geschlossen? Ich verstehe überhaupt nichts."

„Wir waren unterwegs, auch dieses Mal hatten wir junge Frauen mit. Leider ist eine von ihnen schwanger geworden. Sie hat uns als Väter angegeben. Seither zahlen wir alle, denn einen Skandal konnten wir uns nicht leisten."

„Dann ist doch alles in Ordnung, die können nicht auf einmal aussteigen und dich allein zahlen lassen."

„Leider ist es so. Ihre Mutter erlitt bei einem Autounfall tödliche Verletzungen. Noch bevor sie diesen erlag, nannte sie ihrer Tochter den Namen ihres Vaters - meinen. Mit dieser jungen Dame ist der feine Herr Notar bei meiner Frau aufgetaucht. Dir brauche ich nicht erklären, was da los war. Sie hat mich gezwungen einen Vaterschaftstest zu machen und der war positiv."

„Bernhard, Bernhard, das hat mit uns überhaupt nichts zu tun. Du liebst mich. Unser Kind wurde in Liebe gezeugt. Was interessiert mich ‚die'. Du hast hier deine Verpflichtungen. Glaube ja nicht, dass du mir wegen der blöden Göre die Zahlungen kürzen kannst. Du wirst mich noch kennen lernen. Versuche ja nicht, mich mit Almosen abzuspeisen, ich nehme mir einen Anwalt! Du wirst zahlen, was ich fordere, ich teile doch nicht mit ‚der'. Du solltest mich in der Zwischenzeit kennen, mit mir kannst du das nicht machen. Bernhard, überlege dir genau, was tu tust. Deine Isabell wird Augen machen, wenn ich ihr sage, dass du ihr noch einmal Hörner aufgesetzt hast."

„Christine, wie sprichst du mit mir, was glaubst du denn, wer du bist?"

„Komm, Bernhard, mir hast du erklärt, ich muss einem Vaterschafstest nicht zustimmen. Du aber gehst hin. Sag mir, wie blöd muss ein erwachsener Mensch sein, das freiwillig zu tun, wenn er weiß, dass er sich diesen entziehen könnte. Wie alt ist deine Tochter?"

Bernhard wurde immer erregter bei diesem Wortschwall, wollte aber Christine nicht unterbrechen, denn er fürchtete um das Kind, weil Christine sich ziemlich aufregte.

„Alles soll sich immer um dich drehen, Bernhard. Je mehr Frauen, umso lieber. Glaubst du wirklich, ich sehe nicht, wie du hinter jedem Kittel herschaust? Du hast dich ja nur mit mir eingelassen, weil du eine - junge - Geliebte wolltest. Nun hast du mich geschwängert und du kannst dich nicht der Verantwortung entziehen. Bernhard, wir sind noch nicht fertig. Du wirst tun was ich will oder ich werde dein Kind mit den besten Wünschen für dich beim Pförtner abgeben, und du wirst sehen, was deine Isabell davon hält."

„Liebste Christine, du wolltest, dass ich mit dir über meine Sorgen spreche. Ich konnte doch nicht anders, Isabell hätte sich scheiden lassen, wenn ich nicht den Test gemacht hätte. Du weißt aber schon, dass mir danach nichts mehr gehören würde. Solange ich auf dem Gut bin, kann ich es mir richten und vergiss nicht, ich habe bis jetzt recht gut gelebt und dir ging es auch nicht schlecht. Ich will deine Worte nicht auf die Waagschale legen, zügle dein Temperament, denn in deinem Zorn weißt du nicht was du sprichst."

Bernhard musste all seine Überredungskunst aufbringen, um Christine zu beruhigen.

„Für keine Frau habe je soviel getan wie für dich. Ich liebe dich und muss mir vorwerfen lassen, ich würde für dich und unser Kind nicht alles tun, was in meiner Macht steht. Christine, du bist sehr ungerecht, wenn du so mit mir sprichst, aber ich verzeihe dir. Du bist zu Recht aufgebracht, aber glaube mir, auch ich bin nicht glücklich über den Tod der Frau. In drei Jahren wäre alles vorbei gewesen, die Zahlungen waren nur bis zur Großjährigkeit vereinbart. Christine, du und unser Kind werden die einzigen Menschen sein, die ich aus ganzem Herzen liebe. Leider kann ich nicht so wie ich möchte. Wenn ich nicht tu, was Isabell will, stehe ich zwar nicht mittellos da, aber ich könnte dir und unserem Kind nicht das bieten, was diesem standesgemäß zusteht." Bernhard fiel ein, dass er seine Ersparnisse und noch einiges mehr für die Afrika-Safari benötigte, aber darüber schwieg er. Laut sagte er: „Ich freue mich, wenn ich endlich unser Kind in den Armen halten kann."

„Bernharti, es liegt an dir, ob wir beide eine schöne harmonische Zeit miteinander haben. Also denk dran, und du wirst in mir dein braves Mädchen haben."

*

Delia war zu ihrer Wohnung unterwegs und verband dies mit einer Fahrt zu ihrem Verlag, wo die letzten Gespräche bezüglich ihres vor kurzem erschienenen Buches anstanden. Nach ihrer Schreibkrise zu Beginn des vorigen Sommers war sie nun doch sehr zufrieden

mit dem Endergebnis, insbesondere da sie erstmals in einem ihrer Werke mit der Krebskrankheit ein ernsthafteres Thema bearbeitet hatte.
Die Tour für die Lesungen wurde zusammengestellt, welche Delia nach der Buchmesse absolvieren sollte. Mit Peterson suchte sie jene Stellen aus, die sie an diesen Tagen lesen würde.
Da ihre Freundin Viola noch bei ihr wohnte, hatten sie Gelegenheit die Abende miteinander zu verbringen. Sie führten wie seinerzeit, als sie noch studierten, lange Gespräche bis in den Morgen. Viola war eine sehr attraktive, maskuline Person, die aber mit Männern nicht konnte. Sie hatte es bei Delia versucht, jedoch schnell gemerkt, dass Delia dafür nicht zu haben war. Seitdem war dies zwischen ihnen kein Thema mehr, sie respektierten einander und waren Freundinnen geworden. Delia erzählte Viola, dass sie Rosamunde im Schiurlaub getroffen hatte. Viola wollte sofort wissen, wie es ihrer Verflossenen ging und ob diese eine Freundin hätte. Darüber konnte ihr Delia keine Auskunft geben. „Viola, ich gebe dir ihre Telefonnummer, du wirst ja sehen, ob sie sich auch so freut wie du eben."

Delia freute sich auf die Lesungen und ganz besonders auf ihren Christoph, der ihr versprochen hatte sie zu besuchen, wenn sie einen Touraufenthalt in der näheren Umgebung hatte. Beide waren sich einig, die Tage der Trennung liebten sie nicht wirklich. Das gemeinsame Leben auf dem Gut war traumhaft. Die Tage flogen dahin, denn neben ihren persönlichen Aktivitäten liebten sie zu jeder Jahreszeit das Wunder der Natur, genossen schweigend deren Stille und Farben, die grünen Wiesen, die Obstbäume, wenn ihre Blüten schon von Weitem leuchteten, das Goldgelb der Getreidefelder oder die frisch gepflügten Felder. Sie lauschten verschiedenen Melodien, dem Gezwitscher der Vögel, dem Zirpen der Grillen, dem Rascheln der Blätter und Grashalme, wenn der laue Sommerwind darüber strich.

*

Christine war bei Fridolin, um sich verwöhnen zu lassen. Seine Zärtlichkeit sowie seinen gefühlvollen, fast fürsorglichen Umgang mit ihr schätzte sie sehr. Er schaffte es immer, dass sie ganz glücklich und entspannt war. Doch dieses Mal setzte nach dem ersten Orgasmus ein heftiges Ziehen im Bauch ein, sodass sie Fridolin ersuchte, sie mit ihrem Wagen ins Krankenhaus zu bringen. Es war für Christine eine qualvolle Prozedur, auf Fridolin gestützt, die Treppe hinunter und zum Auto zu gehen. Sie wimmerte ununterbrochen wegen der schmerzenden Wehen. Zusätzlich war viel Verkehr, sodass es kein Weiterkommen gab. Fridolin war außerdem kein sehr geübter Autofahrer. Die Auffahrt beim Krankenhaus war durch ein Rettungsauto verstellt. Christine musste sich wieder auf Fridolin stützen. Ein Sanitäter erkannte die Situation, brachte einen Rollstuhl und führte sie zur Geburtenstation.
So kam es, dass Fridolin bei ihr war, als sie in die Geburtsklinik eingeliefert wurde. Christine wollte nicht, dass er sie verließ, er sollte die Untersuchungen abwarten. Er war einerseits sehr glücklich, andererseits glaubten alle, er sei der Vater. Später kam eine Schwester mit den Worten auf ihn zu, dass Frau Könytvar ihn erwarte. Fridolin betrat das Zimmer und fand eine fröhliche Christine in ihrem Bett.
„Die Wehen haben sich einigermaßen beruhigt, es wird also sicherlich noch dauern. Aber sie lassen mich nicht mehr weg, weil sich der Muttermund schon geöffnet hat. Fridolin, was mache ich jetzt mit dir, willst du mir nicht Gesellschaft leisten? Jetzt hast du es doch erreicht, dass du bei mir im Spital bist. Wie findest du dich in der Vaterrolle?"
„Christine, ich bin ja so glücklich, aber das mit der Vaterrolle ist mir schon etwas peinlich, denn die Belegschaft sieht mich dabei schon sehr eigenartig an."
„Das bildest du dir ein, bist ein fescher junger Mann und mein bester Liebhaber. Aber was machen wir nun? Fridolin, würdest du in meine Wohnung fahren und mir einige Sachen holen? Du brauchst keine Angst zu haben, mein Freund kommt erst morgen zurück."
„Ja, natürlich, du musst mir halt sagen, wo ich was finde."
„Dann hole dir von einer Schwester ein Blatt Papier und einen Stift."

Sie schrieb ihm die Sachen auf und auch wo er diese finden sollte. Fridolin staunte nicht schlecht, als er die Liste sah.

Fridolin betrat die Wohnung, suchte im Badezimmer die Sachen und ging ins Schlafzimmer. Da das Bett noch nicht gemacht war, sah er in diesem ihr Nachthemdchen und das Höschen liegen. Beides nahm er in die Hand und schnupperte daran. Das Höschen aber steckte er ein. *Nun habe ich ein Andenken an sie, hoffentlich vergeht der Geruch nicht so schnell.* Er nahm die beschriebene Wäsche aus den Laden oder dem Kasten. Im Vorzimmer suchte er nach der Tasche, packte alles ein, sperrte ab und fuhr wieder zu Christine.

Er traf diese schlafend an, nahm sich einen Stuhl, setzte sich zu ihrem Bett und betrachtete seine wunderschöne Geliebte, bis diese die Augen aufschlug.

„Fridolin, ich freue mich dich zu sehen, hast du alles gefunden?"

„Natürlich, bei der genauen Beschreibung! Ich habe inzwischen alles in den Kasten gelegt. Christine, jetzt wo du dein Kind bekommst und wir uns wahrscheinlich nicht mehr sehen, habe ich mir ein Andenken aus deiner Wohnung mitgenommen."

„Was hast du? Ich habe dir vertraut, Fridolin - was hast mitgenommen?"

„Christine, ich konnte nicht anders, ich habe dein Nachthöschen mitgenommen, denn es erinnert mich an dich und es duftet nach dir, Geliebte, ich will es als Andenken."

„Fridolin, Fridolin, das ist Diebstahl, dafür sollte ich dich bestrafen. Sonst hast du wirklich nichts mitgenommen?"

„Nein, was denkst du von mir, ich habe auch das Geld liegen lassen, obwohl ich tanken musste, der Tank war fast leer. Christine, ich liebe dich doch."

„Bring mir meine Geldbörse - wie viel hast du denn bezahlt?"

„Lass das, ich habe es gern getan, aber weil du mir nicht vertraut hast, habe ich das mit dem Tanken und dem Geld erwähnt, ich habe nur ein paar Liter getankt."

Als er sich zum Abschied über sie beugte und sie küsste, ging die Türe auf und ein Arzt kam herein.

„Das ist gut, wenn auch der Vater anwesend ist. Die Untersuchungen sind alle in Ordnung, und nun müssen wir auf das Kind warten. Was den Termin anlangt, werden Sie eine Woche früher ihr Kind bekommen. Was machen die Wehen?"

„Sie sind zwar nach wie vor da, aber nicht so stark wie zu vor."

„Nun, dann müssen Sie warten, es kann noch dauern bis Sie Ihr Kind in den Armen halten."

Als sie allein waren, fragte sie Fridolin, ob er morgen für sie eine Telefonnummer anrufen würde.

„Und was soll ich sagen?"

„Du verlangst Herrn Bernhard von Föhrenwald und richtest ihm aus, dass Frau Könytvar im Spital auf Zimmer 16 der Geburtenstation liegt. Danach solltest du sofort auflegen, denn wie ich meinen Freund kenne, würde er dich mit seinen Fragen löchern."

In der Nacht setzten die Wehen heftig ein, und um 4.31 erblickte die gesunde Ines das Licht der Welt. Christine selbst war von der Geburt sehr mitgenommen, denn die kleine Ines wollte nicht so schnell aus der sicheren Umgebung. Aber als sie es endlich geschafft hatte, war sie umso lauter. Christine war begeistert, als sie ihre wunderschöne Tochter in den Armen hielt. Christine fand, dass Ines wie sie damals auf den Babyfotos aussah. *Gott sei Dank, Ines hat nichts von Bernhard, also eine Sorge weniger. So schön wie Christoph? Das könnte eher passen. Der hat auch nichts von seinem Vater, er ist eher die ganze Mutter, so auch meine Ines.*

Fridolin hatte Herrn von Föhrenwald schon viermal zu erreichen versucht, am Apparat jedoch war immer nur seine Frau. Diese wollte natürlich wissen, was sein Begehr sei, wenn er so hartnäckig anrief. Dies sei eine rein private Sache, hatte er immer geantwortet.

Christine staunte nicht schlecht, als Fridolin mit einem Strauß roter Rosen in der Tür stand. „Fridolin, du weißt doch, du sollst nicht mehr kommen, mein Freund kann jederzeit hier auftauchen. Die Rosen sind aber wunderschön."

„Christine, ich wollte dich sehen. Hast du schon dein Kind?"

„Ja, sie ist ein so süßes Baby. Fridolin, wenn mein Freund kommt, was sagen wir dann? Bitte geh, auch wenn ich mich riesig freue über deinen Besuch, bist ein ganz Süßer, du mein schüchterner Fridolin."
„Mach dir keine Sorgen, ich habe immer nur die Frau erreicht und nie ihn."
„Wenn das so ist, ruf gleich nochmals an. Wenn die Frau am Telefon ist, sage ihr das Gleiche, nur füge hinzu, dass Mutter und Kind wohlauf sind. Vergiss nicht, schnell aufzulegen. Fridolin, machst du das noch für mich? Du darfst dann nicht mehr kommen. Ich werde mich bei dir melden, wenn ich entlassen bin. Er darf dich nicht sehen, es hängt zu viel daran, als dass ich dieses Risiko eingehen möchte. Sei bitte vernünftig, du weißt ganz genau, dass du mir als Freund viel bedeutest. Fridolin, mach mir bitte keinen Kummer. Danke für alles, was du für uns getan hast, aber nun lass mich bitte allein."

*

Isabell von Föhrenwald war erstaunt, als sie wieder diese Stimme hörte. Kaum waren die wenigen Worte gesprochen, war das Telefon schon wieder stumm. *So ist das also, sie lässt anrufen. Ist doch eigenartig, dass sie es Bernhard ausrichten lassen wollte. Sie muss einen sehr intensiven Kontakt zu ihm haben. Christine weiß schon, was sie tut. Sie denkt, Bernhard wird alles in die Wege leiten, damit unser Sohn zu seiner Vaterschaft steht. Eigentlich wäre es mein erstes Enkelkind. Isabell, bleibe hart, die Frau bringt sicherlich nur Unglück. Ob es ein Bub oder ein Mädchen ist? Bernhard wird es erzählen. Er kommt aber erst gegen Abend vom Berg zurück. Seit der letzten Debatte ist er noch seltener zu Hause als vorher. Ob ihn das schlechte Gewissen drückt? Hat Bernhard überhaupt eines, wo er doch nur an sich selbst denkt? Am Abend werde ich zu Christoph und Delia hinübergehen, um ihnen mitzuteilen, dass es nun so weit ist. Bin gespannt wie es nun weitergehen wird.*

„Bernhard, ich soll dir ausrichten, dass Christine bereits in der Geburtenstation des Spitals ist."
„Danke, und weißt du schon Näheres - wie geht es unserer Enkeltochter?"
„Wieso weißt du, dass es ein Mädchen ist? Wo du doch noch gar nicht dort warst?"
„Christine hat erwähnt, dass sie ein Mädchen erwartet."
„Bernhard, ich vergaß ganz, dass du nach wie vor sehr regen Kontakt zu ihr hast. Sorgen brauchst du dir keine machen, denn der Anrufer sagte auch, Mutter und Kind sind wohlauf."
„Was soll das, ich kümmere mich um sie, da der feine Herr Sohn nur Interesse für seine Schriftstellerin hat, nicht aber für sein Kind. Isabell, ich finde euer Verhalten gegenüber Christine nicht fair."
„Solange nicht geklärt ist, ob Christoph der Vater ist, solange bin ich nicht sonderlich erpicht auf den Kontakt mit Christine. Sollte das Kind aber tatsächlich von Christoph sein, werden wir alles über den Anwalt regeln. Christoph und Delia werden sicherlich heiraten, und er wird für das Kind aufkommen, aber sonst wird er nichts für die „keusche" Christine tun."
„Isabell! Diesen Ausdruck finde ich mehr als unpassend."
„Wie soll ich sie denn sonst nennen, wenn ich selber gesehen habe, wie sie sich auf unserem Gut vergnügt hat. Ich wette, sie ist keine Heilige, wenn sie es mit dem Gärtner treibt, obwohl sie behauptet, von unserem Sohn schwanger zu sein. Bernhard, du kannst dich noch immer nicht daran gewöhnen, dass Christoph andere Pläne hat. Ich müsste ja glauben, dass du darin den Grund siehst um Christine zu kümmern. Manche Leute sind sehr mitteilsam, wenn sie dich mit ihr sehen, doch es interessiert mich nicht. Nun entschuldige mich, von meiner Seite ist dieses Thema fürs Erste erledigt, bis man mehr weiß."

Isabell traf Christoph und Delia beim Abendessen an. „Mutter, komm setz dich zu uns. Gundi, sind Sie doch so nett und bringen Sie noch ein Gedeck für Mutter."
„Danke, Gundi, ich habe wie immer schon früher zu Abend gegessen. Aber lasst es euch schmecken. Der Polenta-Gemüseauflauf duftet gut."
„Nun, was führt dich zu uns, Mutter?"

„Hattest du keinen Anruf, Christoph?"
„Was für einen Anruf sollte ich haben?"
„Ich jedenfalls wurde angerufen. Eigentlich hat man versucht deinen Vater zu erreichen. Er ist erst heute zurückgekommen. Zu guter Letzt wurde mir ausgerichtet, dass Christine auf der Geburtenstation liege. Dein Vater wusste schon lange, dass es ein Mädchen wird und ich nehme an, er wird Christine sicherlich bald besuchen."
„Nun ist es also so weit. Aber mich hat niemand angerufen. Bin gespannt, wann er hier auftaucht, um mir zu erklären, dass ich mich nun um Christine und das Kind kümmern sollte."

*

Bernhard war ins Krankenhaus geeilt. Auf dem Weg hatte er noch schnell eine Goldkette und einen Anhänger mit Marienbild für Ines gekauft. Das Geschenk für Christine hatte er bereits besorgt.
„Hallo, Bernhard, wie schön, dass du den Weg zu uns findest", und sie zeigte ihm ganz stolz ihre Tochter. „Schau, Ines, das ist dein Papa."
„Mein tapferer Liebling, ich bin untröstlich, dass ich nicht hier war, aber Ines sollte doch erst nächste Woche zur Welt kommen."
„Nun, unsere Tochter hatte es eilig. Bernhard, was hast du deiner Geliebten als Geschenk mitgebracht? Ich verdiene doch eines, wo ich dir eine so schöne Tochter geschenkt habe."
„Natürlich bekommst du dein Geschenk, aber für unsere Ines habe ich auch etwas mitgebracht."
Er überreichte ihr eine sehr kleine Schachtel. Christine öffnete sie und als sie das Marienbild sah, war sie erleichtert. Hatte sie doch befürchtet, in dieser wäre ihr Geschenk.
„Das ist aber lieb von dir, ich werde die Hebamme fragen, ob ich es Ines schon umlegen kann. - Bernharti, was hast du nun für mich? Ich vergehe vor Neugierde."
Bernhard holte aus der Tasche ein Etui und reichte es Christine. Als sie den Inhalt sah, leuchteten ihre Augen.
„Bernhard, du hast dich aber richtig ins Zeug gelegt, danke."
Christine nahm dass Collier in die Hand, ließ es über die Finger gleiten, legte es um und schaute sich in den Spiegel. „Wunderschön, danke Bernharti. Aber schau doch selbst, irgendetwas fehlt."
Bernhard wusste sofort, was sie vermisste. „Liebes, wenn du wieder Farbe im Gesicht hast und dich rundherum wohl fühlst, wirst sehen, dass dieses Collier für sich allein wirkt. Selbst der Juwelier hat dies angemerkt."
„Bernhard, der versteht das nicht, denn an die Ohren gehören Goldstecker mit zumindest einem großen Diamanten oder mit drei kleinen. So wie am Collier, wo sie in der Mitte angeordnet sind. Schau doch selbst, wenn die Ohren so nackt sind wie jetzt, fehlt doch was."
„Christine, könntest du wenigstens einmal genügsam sein?"
„Ich habe dir lediglich erklärt, das dieses Collier wundervoll ist, aber nicht komplett, auch wenn der Depp von einem Juwelier meint, das Collier spreche für sich. Du kannst mir glauben, ich verstehe einiges davon."
„Christine, viel wichtiger ist, ob du meinen Sohn als Vater angegeben hast."
„Natürlich, so wie du es wolltest. Bin gespannt wie er sich verhält, wenn er die Nachricht erhält."
„Mach dir keine Sorgen, er wird, wenn er dieses süße Mädchen sieht, ganz stolz sein."
„Bist du sicher, dass er mich im Spital besucht?"
„Ich bin morgen bei ihm und werde ihm ins Gewissen reden. Er kann sich nicht aus der Verantwortung stehlen. - Willst du mir nicht Ines geben, ich möchte sie im Arm halten."
Bernhard war entzückt. „Unsere Ines ist ein schönes Kind, ich bin stolz auf dich, Christine." Zum Abschied küsste er seine Mädels. Auf dem Weg zu seinem Auto hatte er noch immer ein Lächeln auf den Lippen. *So eine wunderschöne Tochter, und wie sie mir ähnlich ist. Ich kann es kaum erwarten, bis beide zu Hause sind. Ich muss Isabell davon*

überzeugen, dass sie sich ihr Enkelkind ansieht. Ich bin sicher, die kleine Ines wird ihr Herz zum Schmelzen bringen.

Bernhard suchte seinen Sohn auf, der mit Delia plaudernd auf dem Kaminsofa saß. „Christoph, ich habe ganz dringend mit dir zu sprechen", zu Delia gewandt sagte er: „Lassen Sie uns allein, es handelt sich um eine familiäre Angelegenheit."
„Delia bleibt! Ich habe keine Geheimnisse vor ihr. Außerdem bin ich sicher, dass es sich nur um Christine handeln kann. Also erzähle, was dir am Herzen liegt, Vater."
„Fahre ins Spital und sieh dir deine wunderschöne Tochter an. Christine hat dich als Vater angegeben. Ein so schönes Kind habe ich noch nie gesehen, du wirst sie lieben, so süß wie sie ist."
„Vater, falls es mein Kind ist, werde ich für dieses zahlen. Ich habe mich von Christine getrennt und wer weiß, mit wem sie sich in der Zwischenzeit eingelassen hat, der Gärtner wird nicht der Einzige sein." Bernhard wechselte lediglich die Gesichtsfarbe, schwieg aber. „Ich werde weder Christine besuchen, noch mir das Kind ansehen. Alles wird Peter regeln. Gibt es sonst noch etwas, was du mit mir besprechen willst?"
„Christoph, was ist los mit dir? Ich kenne dich nicht mehr, seitdem sich diese Person hier breit gemacht und dir den Kopf verdreht hat."
„Vater, es ist besser du verlässt mein Haus. Ich dulde hier keine Beleidigungen. Bevor du gehst, solltest dich bei Delia entschuldigen, den Ausgang findest du sicherlich allein."
„Christoph! Wie sprichst du mit deinem Vater? Warum soll ich mich entschuldigen, es stimmt doch. Seitdem sie in dein Leben getreten ist, bist du besessen von ihr. Ich erkenn dich nicht wieder."
„Vater! Verlasse endlich mein Haus und gehe zu deiner Christine, denn es muss dir sehr viel an ihr liegen, wenn du dich so für sie einsetzt. Ich habe alles gesagt und zu mehr bin ich nicht bereit."
Delia war die ganze Zeit über still, doch plötzlich erklang ihre Stimme mit einem kalten Unterton: „Herr von Föhrenwald, wenn Ihr Sohn sagt, Sie sollen zu ‚Ihrer‘ Christine gehen, wird er schon Recht haben. Seitdem ich Ihren Sohn kenne, sind Sie es, der sich nach wie vor mit Christine befasst und dies, obwohl sie sich am Gut der Lust hingab. Dieser Umstand ist in meinen Augen äußerst sonderbar, noch dazu wo sich Ihr Sohn von ihr getrennt hat, Sie aber anscheinend nicht."
„Was erlauben Sie sich! Wie kommen Sie dazu, so mit mir zu reden", donnerte Bernhard in seiner gewohnten Art; diesmal wurde er dabei blass.
„Eigentlich waren Sie es, der ausfällig wurde. Ich habe lediglich die Wahrheit gesagt."
Christophs Vater verließ genauso grußlos wie er gekommen war den Salon.
„Delia, dass hätte ich nicht erwartet, du kannst ganz schön bestimmend sein. Du hast Vater mit deinen Worten sehr nervös gemacht. Vielleicht hat er tatsächlich eine Beziehung mit ihr. Doch das will ich mir nicht vorstellen, wenn ich an Mutter denke. "
„Christoph, es ist doch wahr, bei ihm dreht sich alles nur um Christine. Man muss ihm sein Verhalten klar machen, wenn er es selbst nicht merkt, wie sehr er für sie Partei ergreift. Es tut mir leid, dass ich mich eingemischt habe, aber ich kann nicht mit ansehen, wie er dich immer wieder damit behelligt. Es könnte ja sein, dass er der Vater ist, aber von sich ablenken möchte, um ja gut dazustehen, das wäre typisch für ihn."
„Delia, du hast Recht, er kümmert sich viel zu viel um Christine."
„Dein Vater ist doch regelrecht davon besessen. Er will, dass ihr euch wieder vertragt, am liebsten wäre ihm du heiratest Christine, damit wäre sie ein Familienmitglied und immer am Gut, und er könnte den fürsorglichen Schwiegervater mimen."
„Delia, ich denke wir sollten dieses Gespräch als beendet betrachten und uns erfreulicheren Dingen zuwenden. Was hältst du davon, wenn wir uns mit Urlaubsplänen beschäftigen?"

*

Im Spital tauchte ganz überraschend Birnstingel auf, um ebenfalls zur Geburt der Tochter zu gratulieren. Dabei erzählte er Christine, dass Bernhard vor lauter Stolz am liebsten allen sagen würde, wie schön sein Enkelkind sei.
Selbst Rüdiger von Hagenberg hatte schriftlich seine Glückwünsche übermittelt.

Ich gratuliere zum freudigen Ereignis, wünsche Ihnen und dem ‚alten' Föhrenwald viel Freude mit der Tochter. Als Postscriptum führte er an: *Sollte diese bezaubernde Mutti Sehnsucht haben, stehe ich gerne zur Verfügung.*

Christine war überrascht, als Fridolins Gesicht in der Türe auftauchte: „Darf ich?"
„Komm herein. Mein Freund war schon hier, und sonst erwarte ich keinen Besuch."
Sie umarmte ihn stürmischer als sie es wollte. Christine freute sich wirklich über seinen Besuch. Sie war Fridolin dankbar, dass er so fürsorglich reagiert hatte. Auch dass er alles aus ihrer Wohnung geholt hatte, war nicht so selbstverständlich. *Er ist über beide Ohren in mich verliebt und ich muss ehrlich sagen, ich will ihn auch nicht missen.*
Er hielt dann auch das Baby im Arm, obwohl er recht unsicher dabei wirkte. „Christine, bist du auch ein so süßes Kind gewesen? Die blauen Augen, die blonden Haare, die niedlichen Hände. Auch du hast kleine Hände - und so schöne schlanke Finger. Wie heißt denn die junge Dame? Ich muss es wissen, wenn ich euch besuchen komme, will ich sie mit den Namen anreden."
„Ines."
„Ein sehr schöner Name, ich verschwinde jetzt und ich hoffe, dass du dich meldest, wenn du zu Hause bist."
„Fridolin, so schnell wird es nicht sein, verzage nicht, ich denke sowieso an dich."

*

Bernhard versuchte seit geraumer Zeit seine Frau zu überreden, sich ihre schöne Enkelin anzusehen. „Isabell, überwinde dich doch und besuche Christine im Spital, es ist unser erstes Enkelkind. Wenn du dieses süße Kind in den Armen hältst, vergisst du deinen ganzen Groll, sobald es dich mit seinen blauen Augen ansieht."
Vielleicht kann sie mir dann leichter verzeihen, dass es meine Tochter ist.
„Bernhard, du kennst meine Einstellung: solange Christoph nicht als Vater erwiesen ist, habe ich keine Veranlassung dazu. Sollte er es tatsächlich sein, wird es unvermeidlich sein, Mutter und Tochter zu begegnen, aber bis dahin werde ich ihr aus dem Weg gehen. Das Gut darf sie sowieso nicht betreten und somit ist für mich die ganze Sache erledigt. Bernhard, ich wünsche, dass du mich mit dem Kind und Christine nicht mehr behelligst."
„Isabell, so benimmt sich keine Oma, ich verstehe dich und unseren Sohn nicht. - Gestern haben mich Christoph und ‚die Seine' aus dem Haus geschmissen. Die hat sich mächtig wegen meiner Fürsorge aufgeregt, statt dass sie endlich auszieht, damit unser Sohn zur Vernunft kommt."
„Bernhard, sie heißt Delia und wenn unser Sohn so reagiert hat, wirst du sicherlich nicht schuldlos gewesen sein. Ich finde, du kümmerst dich viel zu viel um Christine."
„Das ist der Dank, dass sich all das tue, was dein verwöhnter Sohn nicht tut, obwohl er der Vater des Kindes ist. Ich finde es geradezu empörend, dass auch du dich strikt weigerst unser Enkelkind zu besuchen. Dass du gegen die Mutter etwas hast, hat doch mit dem Kind nicht das Geringste zu tun. Ich finde es ja auch nach wie vor empörend, was sie sich mit dem Gärtner erlaubt hat, aber Ines ist in erster Linie unser Enkelkind."

*

Christoph bekam vom Anwalt seines Vaters einen eingeschriebenen Brief. *Was will sein Anwalt und wieso verkehrt Vater mit mir über ihn? Ist er so beleidigt?* Christoph öffnete den Brief, und mit jeder Zeile wurden seine Stirnfalten tiefer. Der Anwalt teilte ihm mit, dass er beim Jugendamt als Vater für die geborene Ines Könytvar angegeben worden war. Die Mutter des Kindes verlangte ab nun für sich und das Kind einen monatlichen Unterhalt in Höhe von 3.500 Schilling. Diesen Betrag möge der Vater, Christoph von Föhrenwald, auf das angeführte Konto so überweisen, damit die Berechtigte ab dem Ersten des Monats über diesen Betrag verfügen könne. Sollte er diesen Zahlungen nicht freiwillig nachkommen, werde er in seiner Eigenschaft als Anwalt die Beträge gerichtlich einfordern. Christoph rief seinen Freund Peter an, doch dieser hatte keine Zeit. Die Freunde vereinbarten, dass Peter mit seiner Frau am Abend zu Christoph kommen sollte.

„Ich verspreche dir, ich werde für euch den besten Rotwein öffnen und danke, dass du dir Zeit nimmst."

Die Herren zogen sich gleich in Christophs Arbeitszimmer zurück, die Frauen machten es sich auf dem Sofa im Salon bequem. Peter las den Brief und sagte zu Christoph: „Ich denke, hinter dem Brief steckt dein Vater. Ich glaube nicht, dass Christine gleich den Schritt zum Anwalt genommen hätte und wenn, wäre der Absender ein anderer."
„Peter, ich verstehe dich nicht, wieso glaubst du, dass mein Vater hinter dem Brief steht?"
„Es ist eine Vermutung, denn so clever ist Christine nicht. Christoph mache dir keine Gedanken, wir werden dem Anwalt mitteilen, dass du dieser Forderung nachkommen wirst, sobald die Vaterschaft mittels Test erwiesen ist. Bis zur Klärung des Sachverhaltes bist du nicht bereit, nur einen Schilling zu bezahlen."
Es wurde noch ein wunderschöner Abend zu viert. Die Damen waren über die rasche Rückkehr der Männer etwas überrascht. „Das ging aber schnell, wir konnten gar nicht unsere Neuigkeiten austauschen, umso schöner, dass ihr uns nun Gesellschaft leistet", sagte Delia.
„Ich werde Gundi sagen, dass wir nun komplett sind, sie hat eine Kleinigkeit gerichtet."
Gundi hatte aus Brandteig, passend zum Wein, Kipferl und Polster mit verschiedenen Füllungen, gebacken. Peter inspizierte anerkennend den zehn Jahre alten Rotwein aus dem Burgund.
„Christoph, bei dem edlen Tropfen kann ich dir für die 15 Minuten in deinem Arbeitszimmer nichts berechnen, sehr gute Wahl."

Christoph hatte sich entschieden, die Ballonfahrt in der ersten Aprilwoche anzutreten. Sie wurden verständigt, dass am kommenden Tag die besten Wetterbedienungen seien. Delia und Christoph waren gespannt, was auf sie zukommen würde, als der Wagen vor einer Koppel hielt und der Ballon ausgeladen wurde. „Aufhauser Peter. Peter genügt", so stellte sich der Herr der Lüfte vor. Mein Helfer Karl fliegt mit uns und Cäcilia folgt uns mit dem Auto, damit wir wieder nach Hause kommen, wenn wir landen. Es ist immer ein Erlebnis, denn der Wind bestimmt unsere Fahrt. Herr von Föhrenwald, nun werden Sie uns ebenfalls helfen, je mehr Hände, umso schneller heben wir ab."
Die Hülle des Ballons wurde ausgelegt. Sie deckte einen großen Teil der umzäunten Fläche ab. Anschließend wurde der Brenner angeheizt, mittels großen Ventilatoren die warme Luft in die Hülle des Ballons geblasen, die sich langsam füllte, und wie von Zauberhand stellte sich der Ballon mit dem Korb auf.
„Alles einsteigen." Und schon hob der Ballon ab. Majestätisch schwebte er nach oben, nur das gelegentliche Geräusch des Brenners unterbrach die Stille. Christoph war begeistert, sein Gut nun aus der Vogelperspektive zu betrachten. Die Fahrt ging über den Waldsee, den Weiher, die Fischteiche, über das Ausflugslokal, die Felder und die saftigen Wiesen. Selbst die Ortschaften sahen noch kleiner aus als sie ohnehin waren und immer weiter ging die lautlose Fahrt. Die Bäume des Waldes sahen von oben mit Blick auf die Wipfel ganz anders aus. Selbst die Mooralm tauchte entfernt auf.
Delia entnahm ihrer Tasche eine Flasche Sekt, füllte die Gläser und reichte ihrem Liebsten ein Glas mit den Worten: „Christoph, trinken wir auf dein Land unter uns."
Christoph war die ganze Zeit hellauf begeistert. Immer wieder fand er Spuren auf der Erde, wo er mit seiner Delia schon überall gewesen war und hielt alles mit dem Fotoapparat fest. Immer höher schwebte der Ballon nach oben. Die Luft wurde merklich kühler und die Geschwindigkeit nahm auf Grund des leichten Windes zu. Schließlich sank der Ballon langsam auf die Erde. Sie landeten auf einem Wiesenhang knapp vor dem Wald. Obwohl der Korb etwas schief aufsetzte, fiel dieser nicht um. Karl war hinaus gesprungen und hielt den Korb. Peter ersuchte Christoph, Karl zu helfen, beide dirigierten den Korb zu einer Stelle, wo der Boden eben war. Christoph hob seine Delia, sie vor Freude über das eben Erlebte küssend, aus dem Korb. Allmählich sank die Hülle des Ballons auf die Erde. Inzwischen tauchten der Wagen mit Cäcilia sowie ein Land Rover vom Gut auf. Mit vereinten Kräften wurde die Luft aus der Ballonhülle gedrückt, damit man diese zusammenrollen konnte.

Auf der Terrasse von Christophs Haus wurden sie der rituellen Taufe der Ballonfahrt unterzogen.
„Ich taufe dich mit Feuer und Wasser, wie es die Ballonfahrt vorsieht. Knie nieder!" - und schon wurden ihm einige Haarspitzen angezündet und sofort mit Sekt gelöscht.
„Wir, der Pilot und seine Crew, geben hiermit kund und zu wissen, dass wir Christoph von Föhrenwald nach Zunft und Ordnung der Ballonfahrer auf den Namen Graf Christoph, Luftreisender über Felder, Wasser und Wälder zu Gut Reichental getauft haben."
Delia wurde dem gleichen Zeremoniell unterzogen. „Gräfin Delia, mutige Luftreisende am tiefblauen Himmel von und zu Reichental, getauft. - Von nun an haben Sie diese Namen im Kreise von Ballonfahrern zu tragen."
Zum Abschluss lud Christoph die Crew zu einen Gläschen Sekt und auf Gundis kleine Häppchen ein. Diese wurden sehr gelobt, weshalb Christoph betonte, dass es sich ausschließlich um Erzeugnisse des Gutes handelte. Christoph erkundigte, wie lange im Voraus er sich anmelden müsste, um dieses Erlebnis noch einmal im Herbst zu wiederholen. „Delia, da könnten wir Mutter mitnehmen."
„Nachdem ich soeben Ihr Land gesehen habe, glaube ich nicht, dass sich der Herbst besonders eignen würde. So viel Laubwald haben Sie nicht und die Felder würden teilweise schon gepflügt sein, wodurch die Farbenpracht eingeschränkt wäre. Früher im Jahr bieten die saftigen Wiesen, die blühenden Obstbäume. die reifen Kornfelder als Kontrast zu den Wäldern wesentlich mehr Kontrast für Ihre Fotos," wandte der Ballonführer ein.
„Nun, wir haben ja Zeit, uns dies durch den Kopf gehen zu lassen, aber grundsätzlich haben Sie Recht", erwiderte Christoph.

*

Bernhard brachte seine wunderschöne Tochter und Christine zu deren neuer Wohnung, und gemeinsam legten sie Ines in deren Wiege.
„Christine, mein Sohn weiß inzwischen, wie viel er zu bezahlen hat. Ich hatte meinen Anwalt damit beauftragt und den zu zahlenden Betrag auf 3.500 Schilling erhöht. Christoph hat genug Geld. Mein Anwalt teilte ihm auch mit, dass er bei Nichtbezahlung mit gerichtlichen Schritten rechnen müsste. Am nächsten Ersten sollte das Geld auf deinem Konto sein."
„Dein Sohn hat uns nicht besucht, aber wenn er das Geld überweist, soll es mir Recht sein. Du kennst deinen Sohn, ich verlasse mich da ganz auf dich."

Christine hatte sich, als Bernhard gegangen war, hingesetzt um auszuspannen. Aber es dauerte nicht lange und Ines begann zu schreien, denn sie war hungrig. „Meine Kleine, ich komme gleich", aber Ines verstummte erst, als sie schmatzend an Mamis Brust lag. Christine fielen vor Müdigkeit die Augen zu. Ines wurde unruhig, als die Brust leer war, schnell legte Christine sie um, schloss wieder ihre Augen um dahinzudämmern, jedoch ihre Gedanken hielten sie wach.
Ich bin nicht mehr allein und kann nicht tun und lassen was ich will. Nein, über mich bestimmt nun diese süße, kleine Ines. – Bernhard, du bist gegangen, und was ist mit mir, ich muss nun für unser Kind da sein. Es muss unbedingt eine Haushaltshilfe her, die sich auch um Ines kümmert. Ob es Bernhard gefällt oder nicht, es ist sein Kind, also wird er einsehen, dass ich nicht alles allein machen kann.

Christine war am Zweiten auf der Bank, aber auf dem Konto gab es noch keinen Eingang von Christoph. Sie versuchte vergeblich Bernhard zu erreichen. Sie rief den Anwalt von Bernhard an. Dieser teilte ihr lediglich mit, dass er gestern von Christophs Anwalt ein Schreiben erhalten habe und dieses an Bernhard übergeben würde.
Christine kochte vor Wut. *Was soll ich jetzt machen? Wie bekommen wir Christoph dazu, dass er zahlt. Das muss Bernhard regeln. Wo ist er schon wieder, so dass ich ihn nicht erreichen kann? Isabell ist immer am Apparat, aber mit der will ich mich nicht unterhalten. Ich werde am Abend Christoph anrufen.*
Christoph war kurz angebunden. „Christine, du bekommst das Geld, sofern es dir zusteht. Ohne Nachweis gibt es kein Geld. Mich als Vater anzugeben war zwar deine

Entscheidung, nur ich habe so meine Zweifel und die will ich mittels Test geklärt haben. Wenn du dich weigerst, brauchst du auch nicht mehr anzurufen. Ich werde darauf bestehen, dass ich bis zum eindeutigen Nachweis als Vater gelöscht werde." Christine schimpfte und drohte Christoph, bis es ihm zu viel wurde und er auflegte. Sechsmal versuchte sie es noch, aber es ging niemand ans Telefon. Endlich erreichte sie Bernhard. „Ich spreche mit Christoph und danach komme ich zu dir."

*

Bernhard hatte Josef Anweisung gegeben ihn zu verständigen, wenn Christoph käme. „Herr von Föhrenwald, Ihr Sohn hat eben das Tor passiert." Bernhard erwartete Christoph vor dem Gutshaus. Er begann ohne Gruß mit seinen Vorwürfen.
„Christoph, dass du nicht an unseren Ruf denkst und es auf eine gerichtliche Auseinandersetzung ankommen lässt, ist eine Schande."
„Guten Abend, Vater. Ich habe meinen Standpunkt klargelegt und dein Anwalt hat keine Handhabe gegen mich. Ich zahle, wenn meine Vaterschaft erwiesen ist. Der Anwalt kann drohen so viel er will. Ich werde Delia heiraten. Das Kapitel Christine ist somit erledigt."
„Christoph, dass wirst du nicht tun. Wie kommt Christine dazu, dass du dich weigerst für dein Kind die entsprechenden Mittel bereit zu stellen."
„Du kennst meinen Standpunkt", Christoph ließ den Motor an und fuhr zu seinem Haus. *Am liebsten hätte ich ihm gesagt: Warum ich, du könntest ja auch der Vater sein oder hast du die Situation im Stall vergessen? Nur wegen meiner Mutter schweige ich, solange ich keinen Beweis habe.*
Bernhard stand mit versteinerter Miene noch eine Weile vor dem imposanten Gutshaus, bis er hineinging, um mit Isabell zu sprechen. Isabells einziger Kommentar war: „Christoph hat Recht. Wenn sie will, dass er für das Kind zahlt, soll sie einem Test zustimmen, aber das Mädchen hat sicherlich etwas zu verbergen. Bernhard, erwarte dir von mir keine Unterstützung. Nun sei so nett und lass mich allein."

Christine schäumte vor Wut, als ihr Bernhard die Neuigkeiten erzählte. „Was sollen wir tun, ich kann es nicht darauf ankommen lassen, denn ich bin mir ganz sicher, dass du der Vater bist."
„Christine, und wenn es nicht so ist?"
„Bernhard, das ist schlichtweg eine Frechheit, aber wir können diesen Test sofort machen, wenn du mir nicht traust."
„Liebes, ich vertraue dir, aber könnte es nicht doch sein?"
„Du bist unverschämt, Bernhard, was erlaubst du dir. Ich habe all die Sorgen und die Arbeit für unsere Ines und du traust dich, mir solche Sachen an den Kopf zu werfen, schäm dich."
„Christine mach dir keine Gedanken, Christoph ist als Vater angegeben. Das Jugendamt wird ihn sicherlich aufsuchen, wenn er nicht zahlt."

*

Nun, wie es so ist im Leben, es sickert immer etwas durch, so auch, dass Christoph sich weigerte Unterhalt zu zahlen, obwohl er offiziell der Vater des neugeborenen Kindes war. Hingegen sah man Christine nur mit dem Senior, aber nie mehr mit Christoph. Bernhard hatte Christine im Spital besucht und tat dies weiterhin in ihrer Wohnung. Und so waren viele der Meinung, dass der alte Föhrenwald der Vater sei.
Auch Delia hörte von den Gerüchten. Sie sprach mit Christoph darüber. Sie einigten sich, seiner Mutter ihr Wissen nicht mitzuteilen, um diese nicht unnötig zu beunruhigen. Delia traf Peter in der Stadt, und er sprach sie wegen der Gerüchte an. Sie erzählte ihm von der Situation im Stall und dass sie und Christoph weder seinen Vater zur Rede stellten noch mit seiner Mutter darüber sprachen.
„Christoph ist nach wie vor überzeugt, dass er nicht der Vater ist."
„Solange ihr das für euch behaltet, sehe ich keinen Grund etwas zu unternehmen."

*

Christine und Bernhard verkehrten nur noch im Streit. Bernhard wollte immer weniger für sie und Ines bezahlen. Er redete sich auf die Zahlungen für Verena aus, denn der Notar war zu keinerlei Zugeständnissen bereit.

„Bernhard, du hattest deinen Spaß - wie lange hat es gedauert, bis du mir unser Kind gemacht hast? 40 Sekunden oder doch weniger? Eine verdammt lange Zeit, die du investiert hast. Es ist ja nicht böse gemeint, aber es ist Realität. Dann hat sich unser Kind neun Monate bei mir wohl gefühlt, und nun haben wir eine wunderschöne Tochter. Ich bin allein mit ihr bis unsere Ines 20 ist und vermutlich auch allein verantwortlich, und wo bist du? Du schiebst sogar deinen Sohn vor, weil du dich weigerst, Ines offiziell als deine Tochter anzuerkennen. Du gehst, nachdem du dein Vergnügen hattest, gönnst mir nicht einmal die zwei Monate Pause, andauernd willst du. Ich brauche eine Haushaltshilfe, die sich auch um Ines kümmert. Auch ich möchte Freizeit, nicht nur du. Bernhard, es ist dein Kind, und du bist nicht im Stande uns jenen Lebensstil zu finanzieren, welcher uns zusteht. Wenn du nicht zu deinen Verpflichtungen stehst, werde ich mich an Isabell wenden. Sollte dies auch nichts nützen, werde ich mich schweren Herzens von Ines trennen und sie beim Tor für dich abgeben."

Da aber Bernhard keine Anstalten machte, sich zu bessern, brachte sie das Gerücht in Umlauf, dass der alte Föhrenwald der Vater des Kindes sei und nicht der Sohn. Es verbreitete sich sehr rasch, denn der alte Föhrenwald war generell nicht so beliebt wie sein Sohn. Das Gerücht kam auch Isabell zu Ohren. Sie war sowieso schon genervt, seitdem Ines auf der Welt war, und nun dieses Gerede. Jahrelang war das Gut angesehen, selbst die uneheliche Tochter ihres Mannes war kein Gesprächsstoff. Isabell fragte sich die ganze Zeit, ob nicht auf dem Gut eine undichte Stelle war. Wer sollte dies sein, sie sprach mit niemandem. Christoph und Delia hatten kein Interesse, so etwas bekannt zu machen. Es konnte nur Bernhard durch sein Verhalten sein. *Ich werde mit ihm ein sehr ernstes Wort reden müssen. So kann es nicht weitergehen.*
Bernhard leugnete, fragte jedoch Isabell: „Wieso hörst du auf Gerüchte? Du hast mir doch erklärt, dass dich dieser ganze Tratsch nicht interessiert. Wieso jetzt?"
„Bernhard, wir haben einen Ruf zu verlieren, und ich will das Gut aus der Schusslinie bringen. Christoph hätte alles, was zur Klärung notwendig gewesen wäre getan, ich denke, Christine hat etwas zu verbergen, sonst würde sie zustimmen. Oder kommst du als Vater des Kindes in Frage?"
„Ich finde es schlichtweg als Frechheit, dass du mir das zutraust. Statt dass du darüber glücklich bist, dass wenigstens ich mich um unser Enkelkind kümmere, muss ich mir solche Anschuldigungen anhören."
„Bernhard, es könnte doch sein, dass sie sich mit einem Burschen eingelassen hat. Vermutlich ist dieser fesch, hat aber kein Geld. Clever wie Christine ist, ist sie nur hinter deinem Geld her, ihr traue ich das zu. Bernhard, wenn du tatsächlich kein Verhältnis mit Christine hast, versuche wenigstens jetzt Klarheit zu schaffen. Bei Verena hast du auch geglaubt, einer der anderen wäre ihr Vater – oder?"
„Isabell, ich bin entsetzt, wenn du wirklich glaubst, ich hätte mit Christine ein Verhältnis, weil ich mich um unser Enkelkind kümmere."

*

Isabell bat Peter um einen Termin. Sie erklärte ihm die Lage und auch, dass sie mit dieser Situation nicht zufrieden sei. Peter war der Ansicht, dass man gegen Verleumdungen nur vorgehen sollte, wenn man sich ganz sicher sei, dass sich diese nicht als haltlos erweisen würden.
Isabells Vermutung in Bezug auf ihren Mann, dass an den Gerüchten etwas stimmen könnte, widersprach Peter nicht. Darauf hin ersuchte Isabell ihn ihr zu sagen, ob er etwas wisse, was Sie nicht wusste.
„Nun, es gibt einige Gerüchte, die nicht ganz aus der Luft gegriffen sind. Ihr Mann war mit Christine kurz nach der Vernissage auf der Alm. Dafür gibt es einen Zeugen. Ich persönlich sah die beiden in Zürs. Ihr Mann machte nicht den Eindruck auf mich, als würde er als zukünftiger Großvater auftreten, wenn Sie mir diese Andeutung erlauben. Dann wurden beide im Kaiserbad von Ischl gesehen. Es gibt Gerüchte, Ihr Mann hätte ihr

eine Wohnung in der Stadt gekauft. Des Weiteren gibt es einen sehr verlässlichen Zeugen, der Ihren Mann mit Christine in einer sehr eindeutigen Situation im Stall am Gut gesehen hat. Es tut mir sehr leid, doch Sie wollten es wissen. Wenn Christine sicher wäre, dass Christoph nicht der Vater ist, bleibt die Frage, wen deckt sie? Sie, Isabell, müssen die Entscheidung treffen, ob Sie Ihrem Mann gegenüber Aufklärung einfordern. Vorweg eines: Wenn Christine zustimmt, müssen Sie damit rechnen, dass Ihr Gatte als Vater in Frage kommt. Dennoch könnte es sein, dass er trotz aller Beobachtungen ausscheidet. Von Christoph weiß ich, dass Ihr Mann Kinder liebt und wenn er überzeugt ist, dass Christoph der Vater ist, wird er für sein Enkelkind als Großvater alles tun was möglich ist. Leider kann ich Ihnen ansonsten nicht weiterhelfen."

Am Abend konfrontierte Isabell Bernhard mit allem, was sie gehört hatte. Bernhard leugnete, ein Verhältnis mit Christine zu haben, jedoch die Farbe in Bernhards Gesicht änderte sich zusehends und schon wollte er aufbrausen. Isabell aber ließ sich nicht unterbrechen. Sie hielt ihm die Sache im Stall vor, und nun wurde er bleich. Er wollte das gemeinsame Wohnzimmer verlassen, Isabell hinderte ihn mit den Worten: „Wenn du jetzt gehst, ist dies ein Schuldbekenntnis für mich. Aber du könntest zu allen Vorwürfen Stellung nehmen. Ich will Klarheit, ich halte das ganze Getue von dir nicht mehr aus. Es gibt für die meisten Vorwürfe, die Christine und dich betreffen, Zeugen, die euch gesehen haben. Also, was ist jetzt?"
„Das alles sind nur Verleumdungen. Ich will wissen, wer mir das alles unterstellt, und du glaubst diesen Unsinn auch noch."
„Bernhard, du hast bloß eine Chance: Wenn du nicht die Scheidung willst, machst du einen Test. Sollte er negativ sein, vergebe ich dir in diesem Fall, aber mein Vertrauen zu dir ist schon lange dahin. Du allein hast es in der Hand, ob wir uns scheiden lassen. - Ich will endlich Klarheit."
„Ich sehe nicht ein, warum ich mich dieser Prozedur unterziehen sollte, nur weil du diesen Gerüchten mehr Glauben schenkst als mir."
„Bernhard, Christoph kann es nicht sein, sonst hätte Christine einer Abklärung zugestimmt. Also ist es jemand anderer. Bis die Sache geklärt ist, kannst du in den Ostflügel ziehen, denn ich ertrage dich mit jeder Lüge weniger in meiner Nähe."

Auch das noch! Isabell, hielt Verenas Brief in der Hand. *Was will die von mir? Ich werde noch verrückt!* Isabells Ärger wuchs mit jeder Zeile. *Was glaubt diese Göre, tut als wäre sie das Opfer. Es gibt ein Sprichwort: Der Apfel fällt nicht weit vom Stamm. So wie sie sich ausdrückt, hat ihre Mutter ganze Arbeit geleistet. So schön und ruhig war es, bis Verena auftauchte. Aber nein, da gibt es ja auch diese Christine, sie ist die Schlimmste. Ich war von Anfang an nicht begeistert von ihr. Wie sie sich auch vorgestellt hat: – Ich bin eine ungarische Gräfin. Wir sind ein altes Geschlecht. Mein Name ist Gräfin Christine von Könytvar. Ich weiß, es wird neuerdings nicht gerne gesehen, wenn man adelig, ist. -' Und ihre arrogante Art, die sie zur Schau stellt! Sie ist unbestritten sexy, was meinem Christoph sehr gefallen hat, bis er merkte, dass sie in erster Linie hinter seinem Geld her war. In Bernhard hat sie sofort einen Fürsprecher gefunden. Eine Gräfin als Schwiegertochter in der Familie, das wäre schon etwas, hat er gesagt. Sie hat vom ersten Augenblick an gewusst, wie sie bei Bernhard etwas erreichen konnte.*
Und nun das Schreiben seiner Tochter Verena - *Den Brief sollten die Jungen lesen. Es interessiert mich, wie Christoph reagiert, wo sie doch ,seine Halbschwester' ist. Und was Delia sagen wird? Wo sie doch in moralischen Dingen sehr konservativ ist.*

Delia und Christoph nützten den lauen Abend und saßen auf der Terrasse, als Isabell kam. „Kinder, ich möchte mit euch über Verenas Brief sprechen und eure Meinung hören", und sie reichte diesen ihrem Sohn. Als Christoph den Brief an Delia weitergab, fragte er Mutter: „Wie sieht meine Halbschwester aus?"
„Verena ist eine hübsche junge Frau, dunkelblond, mit Pagenschnitt, hat eine recht sportliche Figur und ist höchstens 1,70 groß. Warum fragst du, mein Sohn?"
„Vielleicht will ich sie kennen lernen. Was denkst du, Delia?"
„Das, lieber Christoph, ist eine familiäre Angelegenheit, da halte ich mich ganz raus."
„Meine Lieben, eigentlich wollte ich mit euch über den Inhalt des Briefes sprechen."

„Mutter, man muss ihn sowohl aus deiner als auch aus ihrer Betrachtungsweise sehen. Ich finde, sie hat tatsächlich am wenigsten damit zu tun, dass sie auf der Welt ist. Anderseits kann sie nicht so tun, als müsstest du Freudensprünge machen. Dein Mann hat dich betrogen und das ist das Schlimme an der Sache. Mutter, ich habe immer befürchtet, dass Vater irgendwann mit seinen Eskapaden auffliegt."
"Und wie siehst du das, Delia?"
„Isabell, ich denke Christoph hat die Zeilen ziemlich gut analysiert, und wenn er seine Halbschwester kennen lernen möchte, ist das seine Entscheidung. Dass du über die Tatsache generell nicht glücklich bist, kann ich verstehen."
„Meine Lieben, ich hatte mit Peter ein ausführliches Gespräch und ich möchte, dass ihr darüber Bescheid wisst. Es gibt Gerüchte, und es wird allgemein über Bernhard und Christine viel geredet, einiges trifft auch zu, wie mir Peter bestätigte. Es könnte schon sein, dass Vater mit Christine ein Verhältnis hat. Peter findet, es spricht einiges dafür, den Gerüchten Glauben zu schenken. Er meint auch, dass nur ich Klarheit in die Sache bringen kann. Bernhard streitet alles ab, denn er sieht in allem eine Verleumdung seiner Person. Das ganze Gerede gebe es nur, weil du dich nicht genügend um Christine kümmerst, ist alles was er dazu zu sagen hat. Ich bin so wütend, dass ich ihn aus dem Westflügel verbannt habe. Ich habe zu ihm jegliches Vertrauen verloren. Christoph, ich überlege, ob nicht die Zeit gekommen ist, dass er sich aus allen Bereichen des Gutes zurückzieht und du endlich dein Erbe antrittst."
„Das wird er sich nicht gefallen lassen, Mutter. Du kennst ihn doch und auch das Testament."
„Mein geliebter Sohn, mein Vater hat auch dafür gesorgt, ich kann ihm nicht genug für seine Umsicht danken. Christoph, gewöhne dich an den Gedanken, dass ich deinem Vater das Gut wegnehmen kann. - Nun etwas Erfreuliches. Ich sehe, dass ihr die gleichen Ringe tragt. Was hat das zu bedeuten? Warum habt ihr mich nicht in euer Geheimnis eingeweiht, es sind doch Verlobungsringe?"
„Mutter, wir wollten dir, so lange die Sache mit Christine nicht ausgestanden ist, keine allzu großen, Hoffnungen machen. Für uns ist es in erster Linie ein Symbol unserer Liebe."
„Aber eure Freunde sind eingeweiht, jetzt weiß ich, was Peter mit der Andeutung meinte: ‚Die machen genau das Richtige, sie versuchen Christine zu vergessen.' Ich verstehe eure Beweggründe nicht wirklich, ich hätte mich gerne mit euch gefreut."
„Unsere Freunde haben uns versprochen, es nicht weiter zu erzählen. Du hättest auch geschwiegen, doch in deinen Augen wäre dies ein Versprechen. Wir waren uns aber einig, dass die Ringe eben nur ein Geschenk sind, die nicht als Verlobungsringe zu sehen sind."
„Nun, dann werde ich es auch so sehen, obwohl ich mich freue, denn es zeigt mir, dass ihr es ernst meint. - Wie sieht es mit Heiratsplänen aus? Ich hoffe, diesmal werde ich mit einbezogen?"
Christoph antwortete: „Mutter, wir haben uns schon darüber unterhalten, wollen aber warten, bis eine endgültige Klärung der Vaterschaft vorliegt."
„Christoph, entschuldige, ich denke nun laut", warf Delia ein. „Wenn Christine tatsächlich etwas mit Bernhard hatte, so dass er als Vater in Frage kommt, würdest du deinerseits mit wesentlich weniger als 99,9 Prozent bestätigt werden."
„Delia, bitte nicht noch ein außereheliches Kind!" rief Isabell aus. „Ich habe schlichtweg Angst, dass es so ist wie es aussieht. - Wie würden eure Hochzeitpläne denn aussehen? Habt ihr euch schon etwas überlegt?"
„Mutter, wir haben uns überhaupt nicht mit irgendwelchen Detailfragen beschäftigt. Wir wissen lediglich, dass wir heiraten wollen."
Delia ergänzte: „Es soll ein schönes Fest werden, und solange nicht alles geklärt ist, könnte es zu unerwarteten Situationen kommen."
„Allein die Tatsache, dass ihr euch Gedanken macht, freut mich. - Habt ihr schon die Bilder von der Ballonfahrt?"
„Mutter, sieh dir die Bilder an. Sie sind eindrucksvoll, denn aus der Vogelperspektive sieht alles noch imposanter aus. Es ist das erweiterte Blickfeld. Von oben ist der Horizont wesentlich weiter und ein ganz anderer. Bisher kannte ich unseren Wald ja nur vom Boden aus, aber nun habe ich die Wipfel und nicht bloß den Waldboden gesehen."
Isabell war auch hellauf begeistert, als sie das Gut nun von oben sah.

„Wir konnten so ziemlich alles sehen, es fehlte nur ein Teil des Waldes, aber der Wind bestimmte die Richtung", fügte Christoph noch hinzu.

„Die Bilder sind der Beweis, unser Gut ist grandios, wenn man es von oben betrachten kann. Es muss wahrlich ein Erlebnis gewesen sein.

*

Bernhard hatte den sechsten Cognac bereits getrunken, aber er sah keine Möglichkeit, wie er Isabell umstimmen könnte. *Sie vertraut mir nicht mehr. Sie weiß so ziemlich alles und leider stimmt es. Wieso ist mein Leben auf einmal so zerrüttet? Das mit Verena ist schon schlimm, aber wenn Isabell jetzt erfährt, dass ich doch der Vater von Ines bin, glaube ich, führt kein Weg an der Scheidung vorbei. Alles was ich mir aufgebaut habe, ist mit einem Schlag dahin. Ich werde heute Nacht heimlich abreisen. Egal, dieses Mal muss ich halt allein fahren, denn meine Freunde können nicht so unvorbereitet abreisen. Nur den Birnstingel rufe ich an, der hat sicherlich nichts dagegen, mit mir noch heute Nacht aufzubrechen. Doch der Birnstingel war nicht zu erreichen.*

Wenn ich jetzt fahre, könnte man dies als Schuldeingeständnis werten. Ich habe Sehnsucht nach meiner Ines und Christine, leider ist sie auch nicht besonders gut auf mich zu sprechen. Trotzdem, ich fahre zu den beiden.

Christine war mehr als erstaunt, als um zwei Uhr Früh plötzlich Bernhard im Zimmer stand. Sie war gerade mit Ines beschäftigt, die an ihrer Brust nuckelte.

„Bernhard, was ist passiert? Das ist doch keine Zeit für einen Besuch."

„Wir reden, wenn du mit Ines fertig bist."

„Du, ich kann dir ganz problemlos zuhören, Ines braucht noch eine geraume Weile."

„Ich weiß aber nicht, wie ich anfangen soll."

„Bernhard, dort wo dein Kummer begonnen hat. Du hast getrunken, man riecht es bis hierher, und in diesem Zustand bist du mit dem Auto gefahren."

„Die paar Cognacs werfen mich nicht um. Aber dass unser Verhältnis aufgeflogen ist, das haut mich um. Isabell hat mir ein Ultimatum gestellt. Entweder einen Vaterschaftstest oder die Scheidung. Du weißt aber, was dabei herauskommt."

Christine blickte ihren Bernhard still an.

„Wenn sie sich scheiden lässt, müssten wir zusammen ziehen und von dem Geld leben, das mir mein Sohn freiwillig gibt. Du weißt doch, das Gut gehört ihm und ob er großzügig sein wird, wenn er das Gut übernimmt, ist fraglich. Natürlich würden wir nicht verhungern, aber dein ausschweifendes Leben könnte ich nicht mehr finanzieren, da ich mich selbst einschränken müsste."

„Was soll der Vorwurf, ich hätte ein ausschweifendes Leben? Auf deine Vergnügungen willst du nicht verzichten, aber bei uns möchtest du sparen? Du verreist, kommst zurück, willst von mir die Pflichterfüllung, gehst wieder deiner Wege, jammerst wegen dem bisschen Geld, welches du uns gibst. Bernhard, so stelle ich mir unsere gemeinsame Zukunft nicht vor. Bekenne dich offiziell zu dem Kind, Christoph wird nicht zahlen, und viel länger kannst du ihn nicht unter Druck setzen."

„Christine, was ist, wenn du angibst ‚Vater unbekannt', denn du hast dich geirrt … wo Ines sowieso einige Tage zu früh zur Welt gekommen ist."

„Bernhard, mir reicht es jetzt. Entweder du triffst eine Entscheidung oder ich. Und nun geh, ich will dich erst wieder sehen, wenn du zur Vernunft gekommen bist und endlich begreifst, dass es dein Kind ist."

Christine machte die ganze Nacht kein Auge zu, denn Ines war unruhig, weinte, schrie und verweigerte ihre Wiege. Kaum dass sie Ines hinein legte, begann das Jammern und Schreien. Christine wusste sich nicht mehr zu helfen. Zu ihrem Leidwesen gab Ines erst Ruhe, als sie diese zu sich ins Bett nahm, und endlich um fünf Uhr morgens in den Armen ihrer Mutter einschlief. Christine erinnerte sich wieder an ihren schlauen Einfall, der die Lösung aller Probleme bedeutete. *Wenn ich Ines zum Gutstor bringe und ins Ausland verschwinde, bin ich alle Sorgen los. Sollen sich die Föhrenwalds streiten. Isabell kann Ines nicht zur Adoption freigeben, denn das könnte ihrem Ruf schaden, ebenso eine Scheidung. Sie müsste Ines auf dem Gut großziehen und Ines würde es an nichts fehlen.*

Sie würde zwar wie Isabell ohne Mutter aufwachsen aber ohne Sorgen, darauf würde Bernhard schon achten, er liebt seine Ines und vergöttert sie.

In ihr reifte dieser Gedanke immer stärker, denn das Kind wollte andauernd ihre Aufmerksamkeit. Und sie dachte zurück an die elf Wochen seit der Geburt: Bernhard nahm Ines immer gern auf seinen Arm, aber wenn sie ihn nicht anlächelte, gab er sie sofort Christine oder legte sie in die Wiege. Seine Kommentare über ihre Erziehung trugen auch nicht unbedingt zu einem harmonischen Miteinander bei. „Du machst alles falsch, ich kann mich nicht erinnern, dass unser Christoph ein so unruhiges Kind gewesen wäre." Er belehrte sie andauernd. Dieses Herumnörgeln war Christine manches Mal zu viel geworden und sie hatte ihn förmlich aus der Wohnung geschmissen.

„Christine, dass kannst du aber nicht machen, wir haben uns noch nicht geliebt. Ich habe Sehnsucht nach dir und deiner Wärme, geliebtes Mädchen. Ich wollte doch bei euch bleiben. Seitdem ich am Gut nicht mehr im Schlafzimmer erwünscht bin, kann ich kommen und gehen, wann ich will. Komm, beruhige Ines, damit wir füreinander Zeit haben."

„Bernhard, es reicht, ich will, dass du jetzt gehst, und vergiss nicht, mir Geld dazulassen, denn ich habe keines mehr."

„Du bist eine Verschwenderin, ich gebe dir keines. Wofür hast du das Geld verwendet, das ich dir erst kürzlich gegeben habe?"

„Ich war bei der Kosmetikerin, bei der Masseurin und beim Friseur, aber du siehst das nicht einmal."

„Wo war unsere Ines?"

„Mitgeschleppt habe ich sie, und dann habe ich mir halt eine Studentin genommen, die aufgepasst hat. Das kostet alles Geld, mein Lieber. Wenn ich gewusst hätte wie knausrig du in Wirklichkeit bist, hätte ich mich nie mit dir eingelassen."

All diese Gespräche, die Streitereien, Bernhards Nörgeln verfestigten Christines Plan. Ende Mai lagen ihre Nerven blank und sie beschäftigte sich mit der Ausführung ihres Planes. *Soll er doch sehen, wie er mit dem Kind weiterkommt, wenn ich fort bin. Ich werde nach Italien gehen und neu anfangen. Zum Glück habe ich Geld gespart, denn so blöd bin ich nicht, dass ich alles ausgegeben habe. Bei dem verlangten Haushaltsbuch wäre die Sache sicherlich früher oder später aufgeflogen. Der arme Bernhard, wenn der wüsste, dass sein Geld gut angelegt ist. Aber man muss halt den Ruf haben, verschwenderisch zu sein. In der Zeit mit Bernhard ist schon einiges zusammen gekommen, hungern werde ich nicht müssen. Die feurigen Italiener werden mir mein Leben schon finanzieren. Aber wie soll ich vorgehen? Ich müsste alles so vorbereiten, dass ich, sobald ich Josef das Kind zum Tor stelle, gleich weiter nach Italien fahren kann. Den Wohnungsschlüssel und einige Kleinigkeiten für Ines müsste ich auch in den Kinderwagen geben – und einen ‚netten Brief', so dass sich Bernhard und Isabell freuen können. Ich denke, Ines wird es dort besser gehen als bei mir. Ich könnte mir für sie keine schönere Kindheit vorstellen, als auf dem Gut wohlbehütet aufzuwachsen. Außerdem ist jetzt ein idealer Zeitpunkt. Bernhard ist mit Freunden für drei Wochen nach Afrika geflogen. Somit würde er von den Aktivitäten nichts mitbekommen und ich wäre für den Tag X vorbereitet.*

Christines Entschluss stand fest und sie begann mit den Vorbereitungen, denn es musste ein endgültiger Abschied sein. Sie nützte Bernhards Abwesenheit, ihr persönliches Hab und Gut in Kartons und Taschen zu verpacken, um für den Tag seiner Rückkunft vorbereitet zu sein.

*

Josef wunderte sich, als dem vorgefahrenen Taxi Gräfin von Könytvar entstieg, wo doch gegen sie ein Begehungsverbot ausgesprochen worden war. Der Fahrer hob aus dem Kofferraum einen Kinderwagen, Christine legte ihr Baby in diesen und kam auf das Tor zu.

„Hallo Josef, rufen Sie oben an, man erwartet mich und das Enkelkind. Ich will die paar Schritte zu Fuß gehen."

Josef ging in sein Pförtnerhaus um anzurufen. Er erreichte Frau von Föhrenwald. "Frau von Föhrenwald, Gräfin von Könytvar ist hier. Sie sagte, man erwarte sie. Darf ich sie passieren lassen?"

„Josef, sie hat doch Hausverbot, schicken Sie sie weg, ich will sie nicht sehen."

Als Josef wieder aus seinem Häuschen kam, sah er gerade das Taxi mit Frau von Könytvar wegfahren, der Kinderwagen stand noch immer vor dem Pförtnerhaus.

Was soll ich nun tun? Ich muss nochmals anrufen, überlegte er.

Als sich Frau von Föhrenwald meldete, sagte sie: „Josef, schicken Sie sie weg, sie darf nicht ins Gut."

„Gnädige Frau, Frau Könytvar ist bereits mit dem Taxi weggefahren, hat aber den Kinderwagen mit dem Kind da gelassen."

„Was hat sie?"

„Den Kinderwagen mit einem ganz süßen Baby hier stehen gelassen. Was soll ich nun tun, Frau von Föhrenwald?"

Isabell wurde blass. Sie lief in den Ostflügel, wo sie den gestern erst spät abends nach Hause gekommenen Bernhard beim Putzen seiner Jagdwaffen antraf.

„Bernhard, diese Christine ist schlicht das Letzte. Sie hat ihr Kind bei Josef abgegeben und ist davongefahren. Was will diese Frau, glaubt sie, sie kann erzwingen, dass ich mir das Kind ansehe? Bernhard bringe ihr das Kind zurück, du weißt wo sie wohnt. Steh nicht so verdutzt herum, kümmere dich darum, du bist doch sonst auch immer für sie da."

Bernhard fuhr zum Tor und sah Josef händeringend den Kinderwagen auf und ab schieben, da Ines weinte.

Sie hat es tatsächlich gemacht, aber ich glaube, sie will mir nur zeigen, dass sie es ernst meint. Aber wie soll ich nun reagieren, Ines schreit, ich kann sie im Auto nicht mitnehmen. Ich rufe Isabell an.

„Bitte, Isabell, es ist ein Notfall, hilf mir, bitte. Die Kleine schreit, ich kann sie nicht beruhigen oder gar im Auto mitnehmen. Bitte, ausnahmsweise, ich fahre gleich zu Christine. Bitte, Isabell, komm herunter und hilf Josef, das Kind zu beruhigen." Danach legte er auf, stieg in seinen Wagen - die Räder drehten durch, denn Bernhard gab Vollgas.

Isabell stand noch immer starr vor Zorn neben dem Telefon, als es wieder schellte. „Frau von Föhrenwald, ich weiß wirklich nicht mehr, was ich machen soll, dass Kind weint jämmerlich, und Ihr Gatte ist eben weggefahren."

„Josef, bringen Sie den Kinderwagen zum Gutshaus, ich erwarte Sie."

Das Erste, was sie hörte, als sie vor das Haus trat, war das Schreien des Kindes.

„Was ist denn mit dir?" und blickte in den Wagen. Ein hochroter Kopf und Tränen waren alles, was sie wahrnahm. Sie griff hinein und nahm das Kind auf den Arm, sah die Babyflasche, ein paar Utensilien für das Kind und ein Kuvert. Sie nahm alles an sich, ging ins Haus, rief mit ungewohnt energischer Stimme nach Sophie. Diese erschien sofort, als ahnte sie, dass etwas nicht stimmte. Als sie Frau von Föhrenwald mit einem schreienden Baby im Arm sah, nahm sie ihr das Kind mit den Worten: „Ich kümmere mich um das Kleine" ab.

Isabell übergab ihr auch die anderen Sachen, nur das Kuvert nahm sie mit und ging ins Wohnzimmer. Sie riss das Kuvert auf und mit jeder Zeile wurde ihr Blick starrer, bis sie den Brief zu Boden warf.

Was glaubt diese Christine? Sie bringt Bernhard das Kind vorbei, und er soll sich um dieses kümmern. Sie las diese Zeilen nochmals. Da stand doch, dass Bernhard der Vater des Kindes war.

Bernhard, du bist nicht bereit, mir und dem Kind die notwendigen finanziellen Mittel zur Verfügung zu stellen, so dass wir ein sorgenfreies Leben führen können. Ich bin auf dem Weg ins Ausland, in ein neues Leben, weit weg von dir und überlasse dir sämtliche Entscheidungen, denn als Vater hat man auch nach dem Vergnügen noch Pflichten. Bevor du die Wohnung räumst, solltest du alles, was für Ines wichtig ist, auf's Gut bringen lassen. So hat sie die gewohnte Umgebung. Du hast ihr das Kinderzimmer gekauft. Der Schlüssel für die Wohnung und die offenen Rechnungen liegen im Kinderwagen unter der Matratze. Nun hat deine Isabell unsere Kleine doch noch am Hals. Du aber wirst nun die Hölle auf Erden haben. Ich habe dem Jugendamt schriftlich mitgeteilt, dass du dich um die Erziehung unserer Tochter kümmern wirst. Deinen Sohn kannst du als Vater streichen lassen. Du kannst nun, wenn Isabell es dir erlaubt, den stolzen Vater spielen.

Für Isabell brach nun endgültig die Welt zusammen. *Ach, Vater, wie Recht du mit Bernhard hattest. Ich war in ihn verliebt, habe mich aber von ihm blenden lassen und in all den Jahren alles ertragen. Gott sei Dank hast du für Christoph vorgesorgt. Es ist nun an der Zeit, dass Christoph das Gut führt. Mit Bernhard bin ich endgültig fertig.*

Das Klopfen an der Tür riss Isabell aus ihren Gedanken. „Ja bitte!" Sophie trat ein. „Gnädige Frau, ich habe dem Kind frische Windeln und die Flasche gegeben, nun hat sich die Kleine beruhigt. Was soll ich nun mit der süßen Kleinen machen?"
„Sophie, ich weiß es nicht, das muss ich erst mit meinem Mann besprechen, aber danke, ich gebe Ihnen dann Bescheid."
Was soll ich tun? Sie hat das Kind wie ein Paket hier abgegeben und alle Pflichten dem Vater - meinem Mann! - übertragen. Also hat mich Bernhard bewusst getäuscht. Wenn er der Vater ist, hatte er natürlich auch Sex mit ihr, und das in unserem Stall entspricht der Wahrheit. Bernhard hat mich die ganze Zeit angelogen. Nach dem Brief zu schließen, hat sie sich offenbar ins Ausland abgesetzt. Es kommt für mich nicht in Frage, dass ich mich um das Kind kümmere, geschweige dass es hier aufwächst. Bernhard wird dafür aufkommen, dass das Kind gut versorgt ist, außerdem die offenen Rechnungen begleichen, welche sie in den Kinderwagen gelegt hat. Diese Christine ist unverschämter als ich dachte. Bin ich froh, dass mein Sohn diese Beziehung beendet hat.

Sie hörte einen Wagen vorfahren und schon stand Bernhard in der Tür. „Christine ist verschwunden! Sie hat ihre gesamte Garberobe mitgenommen, lediglich das Kinderzimmer ist noch da. Sie hat es wahr gemacht, sie hatte es mir angedroht."
„Bernhard, es reicht! Wie war das noch? ‚Nein, ich habe doch kein Verhältnis mit Christine'. Wieso bist du dann der Vater dieses Mädchens und was hat sie dir angedroht? Ich habe jegliches Vertrauen zu dir verloren, denn du hast uns monatelang den besorgten Großpapa vorgespielt, obwohl du genau wusstest, dass es dein Kind ist. Ich bin ja gespannt, was Christoph sagen wird, wenn er hört, dass du der Vater bist. Was hast du alles versucht, uns die Geschichte aufzutischen, es sei Christophs Kind", und sie deutete auf den am Boden liegenden Brief. „Der ist für dich, den Vater."
Er ging hin, hob ihn auf und bekam seinen üblichen roten Kopf, wenn er sich über etwas ärgerte. Und schon vernahm er Isabells energische Stimme: „Das Kind bleibt nicht bei uns, du hast alle Vollmachten, kümmere dich darum. Der Wohnungsschlüssel und die offenen Rechnungen liegen auf dem Tisch. Du kannst weiter im Ostflügel wohnen oder mit deiner Tochter in Christines Wohnung ziehen, denn du hast sicherlich alles bezahlt. Außerdem wird ab sofort Christoph das Gut übernehmen und du hast dich aus allem zurück zu ziehen. Ob du dir dann noch deinen aufwändigen Lebensstil leisten kannst, hängt von der Gnade deines Sohnes ab. Nun lass mich allein, ich hab deine Lügen satt. Versuche ja nicht mich umzustimmen, sonst lasse ich mich scheiden. Egal was die Leute dazu sagen, schlimmer kann es nicht mehr werden. Dein Kind ist bei Sophie, verlasse diesen Raum, du skrupelloser Mensch, ich will dich nicht mehr sehen."

Isabell ging zu Sophie, um nachzufragen, wie sie mit dem Kind zu Recht komme.
„Sie ist ein kleiner Schreihals, aber auch sehr süß, die Kleine, wie heißt sie eigentlich?"
„Ines."
„Ich denke, einige Tage wird es schon gehen, aber auf Dauer glaube ich nicht, dass ich das neben meiner sonstigen Tätigkeit schaffe, Frau von Föhrenwald."
„Dies wird nicht nötig sein, Christine hatte eine Kurzschlusshandlung, als sie das Kind hier abgab, sie dachte, bei uns wäre es gut aufgehoben. Ich sehe aber keine

Veranlassung, dieses Kind auf dem Gut aufwachsen zu lassen. Außerdem wäre es besser, wenn nicht alle davon erführen."

Sie rief den langjährigen Hausarzt, Dr. Berger, an und ersuchte um einen Besuch, er solle Ihrem Mann und einem Kind Blut für einen Vaterschaftstest abnehmen und anschließend das Nötige in die Wege leiten. Anschließend informierte sie Bernhard, dass der Arzt komme, um endlich die Wahrheit ans Licht zu bringen.
„Bernhard, solltest du dich weigern, werde ich die Scheidung einreichen, du kannst sofort mit deinem Kind in die leere Wohnung von Christine übersiedeln." Sie drehte sich um und verließ den Raum.

Isabell ging zum Haus ihres Sohnes in der Hoffnung, wenigstens Delia zu treffen. „Hallo Gundi, wo ist Delia?"
„Sie ist mit ihrer Reiseschreibmaschine runter zum See gegangen."
Isabell spazierte zum Waldsee. Sie sah Delia schon von weitem im Schatten eines Baumes sitzen, ihre Finger glitten über die Tasten.
Es ist vielleicht nicht gut, wenn ich sie unterbreche, ich setze mich hier ins Gras, wenn sie aufblickt, wird sie mich sehen. - Ich frage mich, ob ich in Bezug auf Bernhard die Realität verloren habe oder ob ich, nachdem unsere Ehe nicht so harmonisch war wie ich es mir erträumt habe, viel zu lange weggeschaut habe. Bernhard ist ein Blender, ich habe das viel später erst bemerkt. Er hat die Gabe, seine Argumentationen so vorzubringen, dass man alles glaubt, was er Einem einreden will. Die ganze Zeit hat er uns weisgemacht wie wichtig ihm sein Enkelkind ist, um von sich abzulenken. Auf die Reaktion von Christoph bin ich gespannt. Er ist in Bezug auf das, was seinen Vater betrifft, immer sehr vorsichtig gewesen. Ich bin so froh, dass Christoph viel Zeit mit meinem Vater und Gundi verbracht hat. Bernhard war es wichtig, vor seinen Freunden immer gut dazustehen, was er dabei aber übersehen hatte war, dass er sich einige dieser Freundschaften mit Geld erkaufte. Die letzten Monate waren alles anders als friedlich. Die Sache mit Verena ... Soll ich ihr auf den Brief antworten? Es ist besser ich warte, vielleicht kommt sie sowieso nicht her in den Ferien. Aber wenn doch - was soll ich dann tun? Ich hasse sie nicht wirklich, es ist Bernhard, dem ich nicht verzeihen kann. - Delia hat mich erblickt.
„Welch eine Freude, Isabell, du hier. Wolltest du zu mir?"
„Delia, ich möchte dich nicht stören, aber ich will mit dir über meine Probleme sprechen. Nein, eigentlich dich bitten, mir deine Meinung zu meinen Entscheidungen mitzuteilen."
Isabell erzählte Delia, was seit dem Kennenlernen mit Bernhard bis zum heutigen Tag so alles schief gelaufen war. Als Isabell mit ihrer Lebensgeschichte zu Ende war, sagte Delia: „Danke für dein Vertrauen, Isabell, es ehrt mich, dass du dich an mich wendest. - Natürlich ist es für mich schwer, die richtigen Worte zu finden, ich möchte nicht auch noch etwas sagen, was dir vielleicht wehtun könnte. Du hast bald nach der Geburt von Christoph gemerkt, dass dein Gatte dir etwas vorgespielt hat. Natürlich warst du zu stolz, dies zuzugeben, noch dazu wo dein Vater ihn nicht wirklich als Schwiegersohn wollte. Bernhard ist und bleibt ein Lebemann. So lange alle das tun, was ihm gefällt und er sich darin sonnen kann, ist er der charmanteste, netteste, großzügigste Freund für alle. - Durch deinen Schmerz hast du dich zurückgezogen und alle Liebe deinem Sohn gegeben. Dafür danke ich dir übrigens sehr, er ist ein Prachtexemplar. Sag ihm das aber nicht, denn zu viel Lob tut den Männern nicht gut. Die Untreue deines Mannes hast du in erster Linie auf das zurückgeführt, was du abgelehnt hast. Für Bernhard war das möglicherweise ein kleiner Freibrief. Dass es Verena gibt, hättest du erst in einigen Jahren erfahren. Möglicherweise hätte es dir dann weniger Kopfzerbrechen bereitet. Ich weiß nicht, ob er mit Christine ein Verhältnis hat. So wie ich sie kennen gelernt habe, hat sie die Gelegenheit ergriffen und seine Sympathie ausgenützt. Die eine Geldquelle war versiegt und hier war ein gestandener Mann, der sie sehr verehrte. Ich denke, dein Mann ist regelrecht in eine Falle getappt. Ich will es nicht schönreden, aber sie ist ein ausgekochtes Luder, diese Christine. Dass sie das Kind bei euch abgegeben hat, zeugt davon, was für ein Mensch sie wirklich ist. - Ich denke, du hast richtig gehandelt. Eine Scheidung bringt nur Probleme und es ist besser, ihr geht euch aus dem Weg. Was

Bernhard sicherlich mehr zu schaffen macht als dass du ihn in den Ostflügel verbannt hast ist der damit verbundene Imageverlust, bald nicht mehr Herr auf dem Gut zu sein."
Isabell schaute lange still auf die Oberfläche des Waldsees, bis sie sich an Delia wandte und zu dieser sagte: „Danke für deine offenen Worte, ich denke, ich habe richtig gehandelt, wenn du es auch so siehst. Es geht mir jetzt wesentlich besser und ich sehe klarer, denn ich habe mich lange gewehrt."
Gemeinsam gingen sie zurück und ließen sich auf der Terrasse nieder, um von Gundi verwöhnt zu werden.
„Delia, vielleicht solltest du Christoph von unserem Gespräch nichts erzählen, ich möchte mit meinem Sohn selbst sprechen."
„Isabell, dieses Gespräch fand zwischen uns statt und es ist für mich selbstverständlich, es vertraulich zu behandeln."

*

Christine fuhr auf der Autobahn Richtung Rom. Ihre Gedanken waren bei Ines. *Sie ist ein ganz süßes Mädchen und ich bin eine Rabenmutter. Ich habe sie bei ihrem Vater abgegeben. Aber ich bin mir sicher, dort wird es ihr an nichts fehlen. Und wenn Ines einige Zeit auf dem Gut ist, wird sich auch Bernhards Frau nicht mehr so ablehnend verhalten. Ob Christoph sich meine Ines ansieht? Er soll ruhig sehen, welch ein schönes Kind er verpasst hat, weil er sich von mir abgewandt hat. Ich bin gespannt, ob er wirklich diese Delia heiraten wird. Auf mich wirkt sie farblos, und ob sie ihm das bietet, was er bei mir hatte, bezweifle ich sehr. Die ist sicher im Bett ein braves Mädchen. Ach, Christoph, das wird nichts mit euch, du brauchst etwas anderes als sie. Was wird Fridolin machen, wenn er feststellt, dass ich nicht mehr im Lande bin. Ich denke, so schnell wird mich niemand suchen, denn ich habe nichts verbrochen. Bernhard hat nun Töchter, die er immer schon wollte. Nun hat er die Auswahl, 18 und zickig oder vier Monate und ein kleiner Schreihals. Aber süß war Ines schon, wenn sie endlich schlief.*

Christine parkte nun ihren Wagen auf einer Raststation, um sich endlich mit einem italienischen Kaffee zu verwöhnen. Sie ging auf die Terrasse, ließ ihren Blick über die besetzten Tische gleiten, bis sie einen älteren Italiener erblickte, der allein an einem Tisch saß. Sie steuerte auf diesen zu. „Darf ich?" Ohne seine Reaktion abzuwarten setzte sich Christine. Nun blickte der Mann von seiner Landkarte auf.
„Natürlich dürfen Sie, ich vermute, Sie besuchen unser schönes Land. Der Frühling hat seinen besonderen Reiz, denn die Touristen kommen erst später. Selbst ich fahre im Frühling immer durch unser schönes Land."
Christine sah sich den Mann nun genauer an: Mitte 50, leicht angegraute Schläfen, edle Gesichtszüge und er sprach fließend Deutsch, was sie zu der Frage bewog: „Wo haben Sie so perfekt Deutsch gelernt, Sie sind doch Italiener?"
„Seit meiner Geburt, meine Mutter war Deutsche und zu Hause sprachen wir immer Deutsch, auch die Hausmädchen waren aus Deutschland."
Hausmädchen, das klingt gut, da gehört er sicherlich nicht zu den ganz Armen, dachte Christine.
„Was sehen Sie sich alles an, wenn Sie meine Heimat bereisen?" fragte der Unbekannte.
„Ich war noch nie in Italien, ich bin unterwegs nach Rom."
„Nun, das trifft sich gut, ich will bis Neapel hinunter fahren. Wenn Sie wollen, kann ich Ihnen auf dem Weg nach Rom einige Tipps geben, was Sie sich ansehen sollten. Aber wenn Sie keine Zeit haben oder Sie in Rom erwartet werden, hätte es keinen Sinn, Sie auf die kulturellen Schönheiten und Bauten hinzuweisen."
„Es erwartet mich niemand. Es wäre fantastisch, doch ich habe keine Karte. Aber danke schön, es wäre trotzdem sehr nett, wenn Sie mir jene Orte nennen könnten. Andererseits hätte es wenig Sinn, denn ich weiß nicht, was konkret ich mir ansehen sollte."
„Aber zwei, drei Sehenswürdigkeiten liegen in unmittelbarer Umgebung. Sie sind in der Toskana. Florenz - die Piazza Michelangelo, die Altstadt. Pisa - der schiefe Turm, Lucca - Geburtsstadt Puccinis. Ich denke, wenn Sie sich mir anvertrauen, könnte ich vorfahren und so würden Sie doch in den Genuss kommen, alles zu sehen. Außerdem, ich habe

ebenso Zeit, es erwartet mich niemand in Neapel. Was halten Sie von meinem Vorschlag?"
„Das kann ich doch nicht annehmen."
Christine hatte die ganze Zeit alle Register ihres jugendlichen Charmes ausgespielt, um zu sehen, ob dieser charismatische Herr Gefallen an ihr fand, und er war bereits in ihren Fängen verstrickt. Christine stellte sich wie üblich als ungarische Adelige vor, was den Herrn doch etwas beeindruckte.
„Es würde mich freuen, für eine ungarische Gräfin der Fremdenführer zu sein. Nennen Sie mich einfach Francesco."
Er bezahlte Christines Kaffee und schon gingen sie zu ihren Autos. Sie sagte auf dem Weg dorthin: „Wenn ich Sie Francesco nennen soll, bin ich Christine."
Francesco staunte nicht schlecht, als er den voll beladenen Innenraum des Cabrios sah. Christine erklärte ihm, dass sie alle Brücken abgebrochen hat und mit ihrer Garderobe sowie einem gebrochenen Herzen auf dem Weg nach Rom sei. „Mein gebrochenes Herz lege ich nun voll Vertrauen in ihre Hände." Er fuhr seinen Bentley aus der Parklücke und Christine folgte mit ihrem Cabrio.

*

Die Stimmung am Gut war unerträglich, man wartete auf den Brief des Labors. Seit der wiederholten Androhung der Scheidung - durch Isabell - war Bernhard am Boden zerstört. Und ihre Ankündigung, dass er auf dem Gut nicht mehr nach Gutdünken verfahren konnte, trug auch nicht zu seiner Laune bei. Schuld an allem hatte Christine. Wie konnte sie ihn in diese ausweglose Situation bringen? Ihre Vorgehensweise war skandalös und unverantwortlich. Und das alles nur, um sich an ihm zu rächen. *Habe ich sie wirklich so schlecht behandelt, dass sie zu dieser Maßnahme gegriffen hat? Aber sie hat es mir auch nicht leicht gemacht mit ihrer andauernden Unzufriedenheit.*
Bernhard wusste nicht, wie er sich nun Ines gegenüber verhalten sollte, nachdem ihm Isabell gesagt hatte, dass das Kind nicht auf dem Gut bleiben konnte. Isabell hatte ihre Entscheidungen in einer Art und Weise getroffen, die er an ihr bisher nicht gekannt hatte. *Sie zwingt mir ihren Willen auf, ich habe keine Chance dagegen anzukämpfen, wenn ich nicht alles verlieren will. Ich muss mit ihr noch einmal darüber sprechen. Meine Ines gehört doch zu mir, wenn sie die Mutter schon nicht will. Das mit Verena lässt sich doch besser handhaben. Meine hübsche 18 jährige Tochter macht mich sehr stolz. Isabell gegenüber sollte ich es nicht zeigen. Dass ich für Verena nicht der Vater sein kann, der ich gerne wäre, liegt an Isabell, die Verena nicht am Gut wohnen lassen will. Würde sie am Gut wohnen, wären die Zahlungen vielleicht niedriger. Was mir aber die heuchlerische Christine angetan hat, ist mehr als schändlich. Und nun auch noch Isabell, die sich weigert, Ines am Gut wohnen zu lassen.*
In seine Gedanken hörte er Isabells Stimme: „Bernhard, falls es Christophs Kind sein sollte, wird sich nichts ändern, denn er will das Kind nicht am Gut. Er würde lediglich für das Kind aufkommen, nicht aber für Christine. Solltest du der Vater sein, wirst du dich mit den dir übertragenen Rechten um das Kind kümmern. Hier ist jedoch nicht der Platz dafür. Bernhard, ich meine es sehr ernst und ich möchte nichts mehr hören, höchstens wohin du das Kind bringst."

*

Christine war das Schicksal hold, ihr so genannter Fremdenführer, Francesco Balladini, entpuppte sich als Besitzer eines Weingutes im Piemont. Er war seit zwei Jahren verwitwet. Mit ihm lebten seine Kinder und deren Großeltern auf dem Weingut. Tochter Lucia war 22 und Sohn Mario 27. Francesco war Christines Charme und ihrer Jugend bereits verfallen. Florenz, Pisa lagen hinter ihnen. In fünf Sterne Hotels bestellte er Zimmer mit Verbindungstüre, gab aber Christine den Schlüssel mit der Bemerkung: „Damit Sie sich auch sicher fühlen." Nur in der ersten Nacht war die Türe geschlossen, denn bereits in der zweiten huschte Christine in sein Bett, als er im Bad war. Als Francesco sie darin erblickte, rief er händeringend alle Heiligen an. Als er zu ihr ins Bett

stieg, bedankte er sich bei den Heiligen. Der etwas verdutzt blickenden Christine erklärte er: „Man darf den Himmel nicht verärgern."
Er war ein leidenschaftlicher Liebhaber. Sie nützte die Gelegenheit und setzte ihre ganze Raffinesse ein, um ihn zu Höchstleistungen anzuspornen. Francesco war selig und stolzierte danach mit einem Glas Champagner im Zimmer umher. Zu Christine sagte er: „Ich bin dem Schicksal dankbar, dass ich dich getroffen habe, ich würde dich auf Händen tragen. Begleite mich auf meiner Reise durch Italien und sei danach Gast auf meinem Gut. Wir könnten eine wunderschöne Zeit miteinander verleben."
Er kehrte zu ihr ins Bett zurück. Christine kuschelte sich an ihn und murmelte: „Lass uns morgen darüber sprechen." Dennoch überlegte die schläfrige Christine: *Habe ich richtig gehört? Oh wie schön kann das Leben sein.*

Der Morgen begann mit einem ausgedehnten Frühstück im Bett. Christine war über Francescos Einladung sehr glücklich und nahm diese mit der Erklärung an, dass der Neubeginn in Rom warten könne, wenn er sich mit ihr eine gemeinsame Zeit vorstellen könnte. Um ihn in seiner Entscheidung zu bestärken, verführte sie ihn noch während des Frühstücks. Francesco war so glücklich, dass er für Christines Wagen einen Stellplatz in der Garage des Hotels anmietete. Zu ihr aber sagte er: „Ab nun bist du mein Gast und am Retourweg holen wir das Auto ab, ich bin dem Zufall so dankbar", und küsste sie.
Christine verwahrte im Hotelsafe ihre gesamten Wertsachen, denn sie hatte alle Konten und Sparbücher aufgelöst. Sie wollte keine Spur hinterlassen. Sie hatte ihre Koffer und Taschen durchdacht und zweckmäßig gepackt, sodass sie treffsicher fand, was sie für die kommenden drei Wochen benötigte.
Sie genossen die ersten, warmen Julitage mit all ihren Facetten und Francesco zeigte Christine seine geliebte Heimat. Fernab von der Autobahn fuhr er durch die berühmten Weingegenden der Abruzzen, durch Apulien, Basilikata, Marken, Umbrien, Kampanien, bis hinunter nach Kalabrien. Er zeigte ihr die berühmten Sehenswürdigkeiten wie San Gimignano mit den Geschlechter-Türmen, Siena, Perugia, welches auf einer Anhöhe liegt mit Blick auf die Bergkette, mit seinen schmalen Gassen, Treppen und Brunnen. Christine kam aus dem Staunen nicht heraus, denn Francesco hatte sich über all die Dinge ein erstaunliches Wissen angeeignet. Seine Art darüber zu sprechen war faszinierend und nie langweilig. Sie übernachteten nicht nur in Hotels, sondern in Stein- oder Patrizierhäusern, die zu erstklassigen Pensionen umgebaut worden waren und inmitten von blühenden Gärten lagen.
Christine ließ all ihre Register spielen, um sich diesem Mann als unentbehrliche Geliebte zu zeigen. Francesco war leidenschaftlich, ausdauernd, verspielt und schuf eine lockere, Atmosphäre, voll mit Neckereien, wenn sie sich liebten, nicht zu vergleichen mit der schweigsamen von Bernhard. Francesco sah auch nackt blendend aus und war ihr gegenüber immer Gentleman, eben ganz anders als Bernhard.

Was tut Bernhard und seine mich so hassende Isabell? Sind sie lieb zu meiner Ines? Wie geht es Bernhard nun, wo er mit dem Kind am Gut wohnt? Hat Isabell endlich eingesehen, dass Ines ein süßes Baby ist? Es war die richtige Entscheidung, denn ich habe Francesco kennen gelernt und werde es mir dieses Mal nicht wieder selbst kaputt machen. Man bekommt nicht immer eine zweite Chance. Ich bin schon auf sein Weingut gespannt, es muss ganz schön groß sein, so wie er davon spricht. Francesco verkauft seine Spitzenweine direkt an ausgesuchte Hotels sowie Spezialitäten-Geschäfte und Vinotheken. An diesen Kunden verdient er sehr gut. Mit dem Rest beliefert er Handelsketten in der Schweiz. Ein Weinhändler würde nie solche Beträge bezahlen.

*

Isabell übernahm den Brief, schlitzte das Kuvert auf und wurde blass. Der Hausarzt teilte mit, wie dem Test zu entnehmen sei, war ihr Gatte nicht der Vater des Kindes. Isabells Zorn auf Christine wuchs von Sekunde zu Sekunde. *Sie hat sich aus dem Staub gemacht, ihr Kind einem ungewissen Schicksal überlassen. Darüber hinaus hat diese Person noch die Frechheit, das Kind hier abzugeben und zu behaupten, Bernhard sei der Vater, ich begreife das alles nicht. Was ist das für eine Mutter?* Isabell dachte überhaupt nicht daran, die weitere Obsorge für das Kind zu übernehmen. Sie rief sofort am Jugendamt an, um diesem mitzuteilen, dass laut dem vorliegenden Vaterschaftstest ihr Gatte nicht der Vater des Kindes ‚Ines' sei, obwohl ihre Mutter, Christine Könytvar, dies in ihrem Schreiben behauptet hatte. Daher komme ein weiterer Aufenthalt des Kindes am Gut für sie nicht in Frage. Sollte das Jugendamt das Kind nicht in den nächsten Tagen abholen, würde sie es in ein Heim geben. Mit diesem Schreiben sei weiters bewiesen, dass der angegebene Vater des Kindes, Christoph von Föhrenwald, dies ebenfalls nicht sein konnte. „Im Übrigen haben wir das schriftlich, wenden Sie sich an Dr. Berger, der wird meine Worte bestätigen", fügte sie abschließend hinzu.

Als Isabell aufgelegt hatte, ging sie zu Bernhard, der in seinem Zimmer bei einer Flasche Cognac saß und vor sich hin starrte. „Bringst du mir mein Todesurteil?" fragte er und erhob sich von seinem Sessel.
„Bernhard, hattest du eine sexuelle Beziehung zu Christine, ja oder nein? Es ist deine letzte Chance, mir die Wahrheit zu sagen."
„Christine hat mich auf der Alm verführt und daraufhin konnte ich nicht mehr von ihr lassen."
„Bernhard, du bist und bleibst der Typ von Mann, der nur nach Anerkennung heischt und dabei seinen Verstand nicht einschaltet. Hier, lies den Brief, damit du auch weißt, was ich meine", und sie übergab ihm das Schreiben.
Bernhard bekam dieses Mal keinen roten Kopf, er wurde bleich, schwankte und ließ sich in den Lehnstuhl fallen. „Dieses verdammte, ungarische Luder hat mich wie eine Weihnachtsgans ausgenommen, ich werd noch verrückt. Isabell, wir sind das Kind los und ich muss für dieses nicht aufkommen. Kann ich nicht doch noch das Gut leiten, denn du hast gesagt, wenn ich nicht der Vater bin, verzeihst du mir?"
„Bernhard, ich habe das zwar gesagt, aber es bezog sich nicht auf das Kind, sondern auf dein Verhältnis mit Christine. Das hast du ja bis zuletzt geleugnet. Das ist schon ein kleiner Unterschied, ich habe deine Lügen satt. Es bleibt bei meinen Entscheidungen, und das Jugendamt wird das Kind in den nächsten Tagen abholen. Und nun entschuldige mich, ich fahre zu Peter, der soll die notwendigen Schriftstücke verfassen und sie dem Jugendamt zukommen lassen."
Abends besuchte sie ihren Sohn und gratulierte diesem neuerlich zur Verlobung.
„Mutter, wieso, es ist doch nicht offiziell?"
„Christoph, du könntest nun Delia heiraten, denn sowohl dein Vater als auch du kommen laut vorliegendem Testergebnis als Väter für Christines Kind nicht in Frage."
„Mutter! Diese Nachricht macht mich glücklich und gleichzeitig bin ich empört, mit welcher Frechheit Christine uns das Kind unterjubeln wollte. Auf der anderen Seite hat mir Vater mehr oder weniger wegen Christine andauernd ins Gewissen geredet, weil sie ihn in dem Glauben ließ, dass er der Vater sei."
„Mein Sohn, sie hat es mit der Treue wohl nicht so genau genommen. Sie hatte mit Vater ein sexuelles Verhältnis und somit wäre es im Bereich des Möglichen gewesen, obwohl du es immer in Frage stelltest."
„Mutter, Vater und Christine, ich hielt das für ein Gerücht. Er war nur Mittel zum Zweck, denn damit konnte sie sich seiner Großzügigkeit sicher sein. Christine hat ihm ihre Gunst nicht aus Liebe geschenkt, sondern aus Berechnung."
„Christoph, ich bin so erleichtert, dass nun alles in Ordnung kommt. Ich habe Vater aus allen Ämtern enthoben. Nun ist es höchste Zeit, dass du dein Erbe antrittst und das Gut übernimmst."

Nachdem Isabell ihren Mann verlassen hatte, wurde Bernhard erst bewusst, was Christine für ein schamloses Spiel mit ihm getrieben hatte. *Die ganze Zeit hat sie mir wegen dem Kind Vorhaltungen gemacht, dabei hat sie mich wahrscheinlich öfter betrogen als ich sie. Mein Geld war es, das sie wollte. Ich habe sie geliebt und sie hat mein Leben zerstört. Wenn Isabell ihre Drohung wahr macht, habe ich nichts mehr. Wo ist dieses falsche Luder? Ich könnte sie erwü…! Bernhard war ein gebrochener Mann. Ich hab sie doch geliebt, aber sie hat meine Welt zerstört. Ich Hornochse bin auf ihre gespielte Liebelei hereingefallen. Was habe ich nun? Kein Geld, kein Gut und Isabell habe ich auch verloren.* Er suchte Trost bei seinem alten Cognac und verfiel zusehends in einen Dämmerzustand.

*

Der Verlag hatte Delias neues Buch während der Buchmesse bestens präsentiert. An den Messetagen waren bereits über 400 Bücher verkauft worden. Peterson war zufrieden, er hatte mit seiner Prognose wieder einmal Recht behalten, dass dieser Titel ein Bestseller werden würde.
„Delia, wenn die Nachfrage anhält, werden wir eine weitere Auflage benötigen, gratuliere Ihnen zu dem Erfolg."

Delia war gerade auf ihrer dreiwöchigen Lesetour im Lande unterwegs. Da das Wochenende bevorstand, machte sich Christoph auf den Weg, um Delia zu überraschen. Er wollte es so einrichten, dass er unter den Gästen einer Lesung weilte. Er setzte sich in die letzte Reihe und lauschte so wie alle anderen ihren Worten. Nachdem der Applaus verklungen war, kamen die Gäste zum Tisch, um ein signiertes Buch zu erwerben. Auch bei diesen Gelegenheiten verkauften sich die Bücher bestens, ein Kurier des Verlages füllte den Bestand regelmäßig auf. Christoph war auf seinem Platz geblieben. Je weniger Personen Delia nun umringten, umso größer war die Möglichkeit von ihr entdeckt zu werden. Sie blieb aber ganz ruhig, bis der letzte Gast das Lokal verlassen hatte.
„Wünscht der Herr in der letzten Reihe nicht auch ein Buch oder ein Autogramm?"
„Das ist eine gute Idee, ich komme und hole mir ein Autogramm." Christoph ging nach vorn, reichte Delia mit den Worten: „Würden Sie mir bitte das innen liegende Blatt signieren?" eine Mappe. Kunigunde, die Besitzerin der Buchhandlung, verfolgte das Geschehen etwas irritiert.

Auf dem innen liegenden Pergament las Delia:

Ich, Christoph von Föhrenwald,
möchte Delia Agatakis zu meiner Frau nehmen,
sie lieben und ehren bis der Tod uns scheidet.
Und nun frage ich Sie, Frau Agatakis,
ob Sie dieses Dokument unterzeichnen wollen?
Wenn Sie`s tun, könnte ich das Aufgebot bestellen.
Im Jahre des Herrn, 1971

„Natürlich will ich", rief sie entzückt und unterschrieb mit einem strahlenden Lächeln.
„Christoph, was ist geschehen, dass wir auf einmal heiraten können?"
„Delia, eine Frau wie dich darf man nicht ziehen lassen. Bis vor zwei Tagen gab es ein Problem, das Christine hieß. Dieses gibt es nun nicht mehr, denn es wurde nachgewiesen, dass mein Vater nicht ihr Kind gezeugt hat, was automatisch auch mich ausschließt."
„Entschuldige, Kunigunde, aber das ist mein Verlobter und ich werde bald seine Frau. Du warst Zeuge eines Heiratsantrages, und ich habe diesen Antrag soeben in der Mappe unterschrieben."
„Nun, da gratuliere ich von ganzem Herzen, ich wusste nicht, dass du in festen Händen bist. Delia, seit ich dich kenne, habe ich immer miterlebt, wie du die aufdringlichen Männer mit deinem Charme glücklich gemacht hast, aber für mich war nie erkennbar, dass du ein Angebot angenommen hast. Ich habe im Kühlschrank eine Flasche Sekt, darf ich mit euch auf dieses Ereignis anstoßen?"

Abends speisten Christoph und Delia im besten Lokal der Stadt. Er war wieder so locker wie zu Beginn ihrer Bekanntschaft, scherzte und flirtete mit ihr, und als sie noch in einer Bar tanzten, schwebte sie förmlich in seinen Armen. In dieser Nacht liebten sie sich unbeschwert, Christine war nun nicht mehr unablässig in ihren Köpfen.

Delia hatte noch drei Lesungen in anderen Städten, sodass sich Christoph nach dem gemeinsamen Frühstück verabschiedete, es jedoch kaum erwarten konnte, bis sie wieder bei ihm zu Hause war.

Christophs erste Tätigkeit als Gutsherr bestand darin, seinen Freund Peter anzurufen, um ihn zu fragen, ob er unabhängige Wirtschaftprüfer kenne oder solche empfehlen könne. Bald darauf erschien Christoph mit dem Prüferteam in der Buchhaltung des Gutes. Franziska fiel aus allen Wolken und wollte sofort Konrad zu Hilfe holen.

„Bleiben Sie ruhig hier und geben Sie diesen Herrn alle Unterlagen, die sie verlangen. Ich werde Konrad selbst verständigen."

Als Konrad hörte, dass Wirtschaftprüfer im Büro waren, trat er sofort die Flucht nach vorne an.

„Herr von Föhrenwald, es kann schon sein, dass die Herren Unterlagen finden, die wir selbst anfertigen mussten. Ihr Herr Vater wollte sich immer größere Beträge aus der Gutskasse auszahlen lassen. Somit waren wir gezwungen, gefälschte Eingangsrechnungen zu erstellen, damit wir das Geld entnehmen konnten."

Christoph war über die Dreistigkeit seines Vaters schockiert, der sich so seine Launen finanziert hatte.

„Konrad, ich wünsche absolutes Stillschweigen, auch gegenüber Franziska, ich will sehen, ob die Prüfer das aufdecken."

„Es wird ihnen schwer fallen, das nachzuweisen, denn bis jetzt wurde es von den Finanzprüfern auch nicht entdeckt."

„Ich bekomme von Ihnen eine Liste über jene Beträge, die Sie für meinen Vater verbucht haben."

„Ich könnte entsprechende Hinweise geben."

„Danke, nein, und wie gesagt, zu niemandem ein Wort."

Als Christoph das Verwaltungsgebäude verließ, traf er auf seine Mutter.

„Mutter, auf ein Wort."

„Christoph, für dich hab ich immer Zeit."

Christoph erzählte das Gehörte seiner Mutter, die vor Fassungslosigkeit erblasste.

„Wieso habe ich mich in meinem Mann so getäuscht? ‚Kind', hatte mein Vater gesagt, ‚das ist kein Mann für meine Tochter'. Zum Glück war er so klug, Vorsorge zu treffen. Mir fehlen die Worte. Christoph, bin ich wirklich so naiv, dass ich all das nicht sehen wollte?"

„Mutter, du weißt, mein Verhältnis zu Vater war immer ein gespanntes, ich bin ihm tunlichst aus dem Weg gegangen. Was mich immer störte war, dass er ohne Rücksicht sein Leben lebte. Nur wenn es um Einladungen, Bälle, Konzerte ging oder ums Repräsentieren, da wusste er, dass es dich gibt."

„Christoph, das ist deine Sicht der Dinge, ich sehe das etwas anders. Aber was wirklich schlimm ist - er hat uns und das Gut betrogen. Bernhards Prestige als Gutsherr verlangte nach einem aufwändigen Lebensstil, den er sich durch Lügen und Betrügen finanziert hat. Ich bin empört, Christoph, es ist wirklich höchste Zeit, dass du dich um alles kümmerst. Wann wirst du mit Vater darüber sprechen?"

„Mutter, vorerst möchte ich, dass du das für dich behältst, ich will erst die Prüfung abwarten und danach mit Vater sprechen."

„Was wirst du mit Konrad und Franziska machen?"

„Von Konrad war ich nie begeistert, also fällt mir seine Kündigung nicht schwer, von Franziska bin ich sehr enttäuscht, wenn auch sie davon gewusst hat. Vielleicht hat sie es aus Liebe getan, sie sind ja nicht nur Kollegen, sondern auch ein Paar. Trotzdem hätte ich Franziska für loyaler gehalten. Aber wo die Liebe hinfällt, ist meistens der Verstand dahin."

„Welch wahre Worte, mein Sohn, du wirst schon das Richtige machen. Wieso weißt du, dass sie liiert sind?"

„Delia hat es vermutet, sie hat sie in der Bezirksstadt gesehen."

Am nächsten Tag übergab ihm Konrad eine Liste, auf der an die 630.000 Schilling aufschienen. „Es könnte mehr sein, aus der Erinnerung kann ich nicht mehr alles rekonstruieren."

Was Christoph sofort auffiel, waren die letzten großen Posten: ein Kinderzimmer, die monatlichen Zahlungen an Christine sowie die Zahlungen für Bernhards aufgetauchte

Tochter Verena. *Ich habe mich immer gefragt, wie mein Vater all die Reisen, seine Feste, die Autos finanziert hat. Diese Gelder hat er sich also neben seinem Gehalt durch die angewiesenen Manipulationen vom Gut auszahlen lassen.*

Die Prüfer waren nach vier Tagen fertig und übergaben Christoph die Unterlagen. Da waren Eingangsrechnungen, die auf dem Kopiergerät erstellt oder mit der Büroschreibmaschine geschrieben worden waren. Sie unterschieden sich von den Originalen hauptsächlich durch ihre geringere Farbstärke und dem Papier. Aber das Größte war, dass die Prüfer für die fünf geprüften Jahre auf einen Fehlbetrag von knapp über 1,3 Millionen Schilling kamen.

Christoph suchte seinen Vater im Ostflügel auf. „Vater ich habe unabhängige Prüfer kommen lasen, die unsere Bücher prüften. Ich wollte wissen, wie der Betrieb finanziell dasteht. Nun habe ich hier eine Liste von Ausgaben, die du mir erklären musst." Christoph übergab ihm die Liste. Er wartete und beobachtete seinen Vater. Dieser bekam seinen üblichen roten Kopf, aber er schwieg, und es dauerte geraume Zeit bis er antwortete. Er gab nichts zu, sondern wies auf kleine gleich bleibende Beträge hin, die die letzten drei Jahre betrafen.

„Die sind sicherlich nicht von mir."

Christoph zog seine Schlussfolgerungen aus dieser Reaktion, behielt jedoch den Hinweis auf die abgestrittenen Beträge im Hinterkopf, er hatte da einen Verdacht.

„Vater, was hast du dir dabei gedacht? Immer wolltest du den Lebemann spielen und das auf Kosten unseres Gutes. Außerdem hast du Mutter betrogen, denn sie hat dir freie Hand gelassen. In weiterer Folge aber hast du mich betrogen, denn ich bin der Eigentümer des Gutes, Mutter hat es interimsmäßig für mich geleitet. Ich werde nun das Gut übernehmen, du hast mit dem auszukommen, was ich für angemessen halte. Es gibt keine aufwändigen Reisen, keine großen Feste mit deinen Freunden mehr, und du wirst auch die kostspieligen Jagdpachten aufgeben müssen. Wir haben genug eigene Jagdgründe, aber die waren dir ja nicht fein genug. Darüber hinaus wird Peter die Banken informieren, dass du auf den Konten nicht mehr zeichnungsberechtigt bist, außer auf deinen eigenen. Ich bin zutiefst enttäuscht von dir, ab heute habe ich keinen Vater mehr. Um ehrlich zu sein, deine Arroganz hat mich immer schon gestört. Du wirst wie die meisten deiner Freunde, wo die Jungen die Betriebe übernommen haben, auch leiser treten müssen. Außerdem, wenn ich den Betrieb offiziell übernehme, werde ich klar zum Ausdruck bringen, dass du weder Anweisungen geben darfst noch dass deine Befehle ausgeführt werden müssen. Die Zeiten sind vorbei und je ruhiger du dich verhältst, umso besser für uns alle."

Die ganze Zeit hatte Bernhard seinen roten Kopf, und er war nahe am Explodieren. So kannte er Christoph nicht, aber als dieser zu Ende war, traf ihn der Zorn seines Vaters.

„Was erlaubst du dir eigentlich? Ich bin dein Vater und solange ich das Gut nicht übergebe, hast du überhaupt kein Recht. Was das Geld anbelangt - du hast genug von deinem Großvater bekommen, er hat dir meine Millionen vererbt. Ich bin kein Bettler, also habe ich mir auf Kosten des Gutes genommen, was mir zusteht. Ich werde Anwälte einschalten, denn ich lasse mich weder von Isabell noch von dir so behandeln. Ich hole mir meinen Teil und du hast hier nichts zu sagen."

„Vater, ich würde mir das überlegen, denn sowohl deine Frau als auch ich könnten dich wegen Veruntreuung anzeigen, vergiss das nicht. Du hast seinerzeit das Testament nicht angefochten, weil klipp und klar war, was Großvater wollte. Und so klein war dein Anteil nicht. Du hast immer auf großem Fuß gelebt und nun ist es vorbei. Außerdem, wer sagt mir, dass du das Gut nicht über all die Jahre geschädigt hast? Es wurden nur die letzten fünf Jahre geprüft. Ich an deiner Stelle würde leiser treten, aber das kommt einem Herrn von Föhrenwald ja gar nicht in den Sinn. Und nun entschuldige mich, ich habe Wichtigeres zu tun als mich mit dir über deine Moralvorstellungen zu unterhalten."

Dieses Mal verließ Christoph grußlos das Zimmer seines Vaters.

Nun saßen Franziska und Konrad ihm gegenüber.

„Mein Vater hat nicht alle Beträge zugegeben. Wofür waren in den letzten drei Jahren die monatlichen, sehr ähnlichen Beträge? - Das Schweigen macht Sie nicht weniger verdächtig."

„Herr von Föhrenwald, Ihr Vater hatte mir immer eine größere Gehaltserhöhung versprochen, jedoch dachte er nie mehr daran. Er stand nie zu seinem Wort. Da ich wusste, wie Ihr Herr Vater zu seinem Geld kam, habe ich mir die versprochene Erhöhung inzwischen selbst ausbezahlt. Aber Franziska hat damit überhaupt nichts zu tun."

„Konrad, Sie sind sich schon darüber im Klaren, dass ich Sie ab morgen auf dem Gut nicht mehr sehen möchte. Alles was Ihnen zusteht, werden Sie bekommen, wobei ich davon ausgehe, dass unter dem Strich nicht viel übrig bleiben wird, wenn ich die Beträge gegenverrechne."

Konrad machte noch einen Versuch, seinen neuen Chef umzustimmen. „Herr von Föhrenwald, auf der Liste ist nicht alles enthalten. Es gab in den letzten Wochen nicht verbuchte Einnahmen. Wenn ich Ihnen nun erzähle, was ich gesehen habe, kann ich meinen Posten wiederhaben? Denn da hat sich Ihr Herr Vater das Größte geleistet."

„Konrad, Sie können keine Forderungen stellen, sondern bestenfalls etwas für Sie Entlastendes vorbringen. Also was ist?"

„Ihr Herr Vater hat in den letzten Wochen offiziell vor seiner Reise nach Afrika ein Pferd verkauft. Tatsächlich fehlen aber fünf. Er hat behauptet, die anderen Pferde habe er Bekannten geborgt, denn diese wollen ebenfalls einen Zuchtbetrieb eröffnen. Ich konnte jedoch beobachten, dass er für jedes abgeholte Pferd eine beträchtliche Summe kassierte. Ich sage Ihnen, die sind verkauft, denn Ihr Herr Vater hat ungefähr 170.000 bis 280.000 Schilling eingesteckt. Darf ich nun meinen Posten wiederhaben?"

„Nein, das Fehlen der Pferde hätte auch ich festgestellt und nachgefragt."

„Das glaube ich Ihnen, aber keiner hätte Ihnen sagen können, dass Ihr Herr Vater dafür viel Geld bekommen hat und die Pferde verkauft sind, denn es gibt nichts Schriftliches."

„Konrad, mein Entschluss steht fest."

„Herr von Föhrenwald, es stimmt nicht, dass Konrad alles für sich verwendet hat, er gab auch mir Geld von den Beträgen, die er als manipulierte Zahlungen deklarierte. Also bin auch ich schuldig, denn ich wusste, dass es für diese Beträge keine offiziellen Rechnungen gab, schließlich habe ja ich die Buchhaltung gemacht. Es fiel mir lange nicht auf, denn wenn Konrad für Lieferungen das Geld benötigte, gab er mir die Rechnungen und ich ihm das Geld. Bis ich ihn eines Tages erwischte, wie er Rechnungen fälschte."

„Franziska, ich weiß, dass Sie mit Konrad liiert sind es spielt keine Rolle, wie viel Sie bekommen haben. Von Ihnen bin ich menschlich sehr enttäuscht. Bis ich eine neue Kraft gefunden habe, werden Sie ihre Arbeit äußerst korrekt erledigen. Sind wir uns einig?"

„Danke, Herr von Föhrenwald, Sie können auf mich zählen."

Konrad war nicht nur enttäuscht, dass ihn Christoph von Föhrenwald kündigte, sondern auch sehr zornig, denn schuld war der Alte, der in all den Jahren von ihm diese Manipulationen erwartet hatte. Nun aber meinte Bernhard von Föhrenwald nur: „Dumm gelaufen, da kann ich auch nichts für Sie tun."

„Mehr fällt Ihnen als Dank nicht ein? Ich bin meinen Posten los und Sie tun so als wäre es meine Schuld. Da ist das letzte Wort zwischen uns noch nicht gesprochen. Ich werde das dem Finanzamt mitteilen, Sie werden schon sehen, was Sie davon haben, mich zu kündigen."

„Nicht ich. Mein Sohn hat Sie gekündigt, denn auch Sie haben sich bedient. Also was wollen Sie, gehen Sie und drohen Sie mir nicht." Aber Konrad gehörte nicht zu denen, die so etwas auf sich sitzen ließen.

Christoph besuchte seine Mutter, um sie über den neuesten Stand des Geschehens zu informieren. Diese war entsetzt über die Dreistigkeit ihres Mannes, sie konnte es kaum glauben. Das mit Franziska verstand sie ebenso wenig.

„Christoph, was Bernhard betrifft kann ich nicht fassen, wie mich dieser Mann geblendet hat. Natürlich war ich mir nie ganz sicher, ob da nicht auch andere Frauen im Spiel waren, aber dass er uns betrogen hat, um sich sein schönes Leben zu finanzieren, das ist ungeheuerlich. Es gab das Gerücht, dass dein Vater die vier Freunde auf seine Kosten zur Afrika-Safari und zu den ersten Abschüssen eingeladen hatte. Vermutlich hat er diese

Reise mit dem Geld der verkauften Pferde finanziert. Ich denke, es sind jene Herren, die 18 Jahre lang für Verena bezahlt haben. Sie waren sich ja nicht sicher, ob sie nicht eventuell doch als Verenas Vater in Frage kämen. Mein Sohn, ich denke es ist der Zeitpunkt gekommen, wo ich eine Scheidung in Betracht ziehen sollte. Ich muss das alles erst in Ruhe überdenken, aber dein Vater und ich haben sicherlich keine gemeinsame Zukunft."

*

Christine und Francesco waren zehn Tage durch Italien gereist und hatten auch Neapel, sein ursprüngliches Ziel, erreicht. Für Christine war ein Tag schöner als der andere. Francesco nahm sich auch Zeit, mit Christine hin und wieder einen Auslagenbummel zu unternehmen. Wenn Christine oder er besonderen Gefallen an dem einen oder anderen fanden, kam es vor, dass er mit ihr das Geschäft betrat und sie bat das entsprechende Stück zu probieren. Nicht immer war er ihrer Ansicht und dann kaufte er nichts. Christine akzeptierte seine Meinung, auch wenn sie diese nicht teilte, aber sie wollte bei Francesco einen guten Eindruck hinterlassen.

Bei ihrer Rückkehr erwartete sie beim Hotel ein Angestellter seines Weingutes. „Christine, er wird dein Auto zum Gut bringen, denn ich möchte, dass wir gemeinsam ankommen, außerdem fahren wir nicht direkt zu mir. Wenn mir das Schicksal eine solche Frau zur Seite stellt, muss man einen Abstecher zu den Gondeln machen." „Francesco, du willst mit mir nach Venedig? Diese Geste finde ich famos, was bist du nur für ein toller Mann! Mit dir in der Stadt der Liebe zu schlendern, auf dem Markusplatz an einem Espresso zu nippen, einfach herrlich." Christine umarmte Francesco stürmisch und küsste ihn überschwänglich.

Venedig ist jene Stadt, die Liebenden das Gefühl gibt, dass ihre Liebe ewig währen wird. Wenn sie über die vielen Brücken gehen oder durch die Gassen schlendern, die Paläste, Kirchen, Kanäle, und den Markusplatz besuchen. Christine jedoch hatte nur Augen für die Auslagen der Modegeschäfte und Juweliere. Ihr Herz schlug höher, als sie in einem dieser Geschäfte geschnitzte Gemmen sah. Christine entschied sich für ein Relief, das einer Nixe glich. Die Zartheit hatte es ihr angetan, so dass Francesco ihr diese Gemme schenkte. Am Markusplatz saßen sie inmitten von Touristen, doch Francesco hatte nur Augen für seine reizende Begleitung. Sie folgten den Touristenströmen, um sich die eine oder andere Sehenswürdigkeit anzusehen, aber Christine hatte nur noch einen Wunsch - eine Gondelfahrt mit ihrem Francesco. Der Gondoliere steuerte sie schaukelnd durch die Kanäle. Christine bestand darauf, auf Francescos Schoß zu sitzen, um ihm so nahe wie möglich zu sein. Schweigend an einander geschmiegt, genossen sie den Blick auf die Häuserfronten und das Treiben auf den Kanälen. Nach einem typisch italienischen Essen im Hotel saßen sie am Balkon, mit Blick auf den Canale Grande.

Sie fuhren schon einige Zeit zwischen den Weinkulturen, als in der Ferne auf einem Hügel ein typisches Anwesen aus Steinen auftauchte. Als Francesco das Auto im Hof ausrollen ließ, kamen sofort helfende Hände, um dem Herrn Balladini beim Ausladen des Gepäcks behilflich zu sein. Das Cabrio von Christine stand im Schatten eines Maulbeerbaumes. „Francesco, wo sind meine Koffer und Taschen?" „Clara hat sicherlich alles im Gästezimmer zu deiner Zufriedenheit verstaut. Da kommt Clara, sie wird dir dein Zimmer zeigen." Christine folgte ihr in die riesige Halle und wunderte sich über einen sehr langen Tisch mit vielen Sesseln. Während sie mit Clara die Freitreppe nach oben ging, wollte sie von dieser wissen, wofür der große Tisch notwendig sei. Da Clara kaum Deutsch verstand, versuchte sie, der Sache mit ihren Italienisch-Kenntnissen auf den Grund zu gehen. So erfuhr sie, dass in der Halle traditionell mit allen Arbeitern des Gutes das Essen eingenommen wurde. „Zur Lesezeit oder an Tagen, wo alles in den Weingärten beschäftigt ist, nehmen auch Herr Balladini und seine Kinder an den Abendessen teil." Clara ergänzte noch, dass das Speisezimmer der Familie im Erdgeschoß links liege, wo sie später zum Essen erwartet würde.

Christines Zimmer war groß, alles war in Kästen oder Schubladen verstaut und Clara versicherte ihr, dass alles frisch aufgebügelt war. Christine duschte, zog sich um, ging nach unten, denn sie war neugierig wie der Herr Balladini lebte. Sie hörte erregte Stimmen, auch Francescos. Sie schlich sich in die Nähe der offenen Tür, blieb aber im Hintergrund. Da auch eine Frauenstimme darunter war, nahm sie an, dass er sich mit seinen Kindern stritt. Christine verstand nicht alles, denn es wurde sehr schnell gesprochen, aber Wortfetzen wie, „Mama würde sich im Grabe umdrehen, wenn sie sehen könnte, wie jung diese Person ist. Schämen solltest du dich, die ist kaum älter als ich", schrie eine Frauenstimme.

„Wenn du sie nicht sofort wegschickst, lege ich die Arbeit nieder", sagte eine männliche Stimme.

Francescos Stimme war schneidend. „Ich bin erwachsen und kann tun und lassen, was ich will. Sie bleibt, sie ist mein Gast und ich erwarte, dass sie als solcher behandelt wird."

„Vater, was werden deine Freunde sagen, wenn du eine so junge Freundin hast."

„Gerede wird es geben", sagte Francesco.

„Vater, ich verstehe nicht, warum du dich so gegen die Contessa Bartolli wehrst?"

„Was soll ich mit der Alten?" fragte Francesco.

„Die hat wenigstens Geld und nimmt uns nicht unser Erbe weg", mischte sich die Frauenstimme ein.

Christine ging nun, hoch erhobenen Hauptes, in den Raum. In die plötzliche Stille hinein, grüßte sie mit „Buona sera", wandte sich an Francesco mit den Worten: „Ich denke, du brauchst mir deine Kinder nicht mehr vorzustellen, denn Sie zeigen ihrem Vater gegenüber keinen Respekt", und sie trat ganz in seine Nähe.

„Ich weiß zwar nicht, was Ihnen Ihr Vater erzählt hat, aber ich bin kaum eine Stunde hier und schon führen Sie Krieg mit Ihrem Vater. Wissen Sie eigentlich, wie geschmacklos das ist, und es zeigt Ihren wahren Charakter. So wie Sie sich verhalten, wünschen Sie Ihrem Vater kein langes Leben, wenn Sie jetzt schon über das Erbe streiten. Komm, Francesco, zeig mir dein Anwesen und gönne deinen Kindern eine Nachdenkpause", nahm ihn bei der Hand und verließ mit ihm den Raum.

Im Hof blieb er plötzlich stehen, Christine: „Warum hast du dich in meine Angelegenheiten gemischt, wie kommst du dazu?"

„Entschuldige, aber ich habe meine Eltern verloren. Ich hätte mir nie erlaubt, so mit ihnen zu sprechen. Deine Kinder sollten doch froh sein, dass sie noch einen Vater haben. Es macht mich zornig, und dann bin ich nicht zu bremsen. Bei so viel Ungerechtigkeit muss ich mir Luft machen."

„Du hattest Recht, gehen wir ein paar Schritte. Eigentlich bin ich froh, diese Debatten nicht weiter hören zu müssen. Sie sind nach wie vor auf ihre Mutter böse, weil diese nach ihrem Tod alles mir beziehungsweise dem Weingut vererbt hat und sie bis zu ihrem 31. Geburtstag leer ausgehen. Erst dann können sie über jenes Geld verfügen, das ihnen testamentarisch zusteht. Meine verstorbene Frau wollte, dass sich unsere Kinder bis dahin in das Weingut eingearbeitet haben, so dass man annehmen kann, dass sie darin ihre Zukunft sehen. Sie sehen in dir eine Gefahr, falls ich dich heiraten würde."

„Francesco, du bist ein Mann in den besten Jahren, sie müssen doch damit rechen, dass du nicht immer allein sein wirst. Ich freue mich dein Gast zu sein und es zählt, was uns verbindet", und sie küsste ihn leidenschaftlich.

*

Da sich das Jugendamt nach Tagen nicht gemeldet hatte, sprach Isabell persönlich vor.

„Sollte das Kind nicht in der kommenden Woche abgeholt werden, werde ich es bei den Ursulinen abgeben. Die Mutter hat das Kind unter falschen Voraussetzungen bei uns zurück gelassen. Ich bin nicht daran interessiert, es länger auf dem Gut zu beherbergen."

„Frau von Föhrenwald, wir wollen für das Kind das Beste. Wir sind mit einer sehr prominenten Familie in Verhandlungen, die ein Baby adoptieren möchte, jedoch nicht als Pflegefamilie zur Verfügung steht."

„Sie kennen doch den Inhalt des Briefes, die Mutter will das Kind nicht."

„Schon, aber ob sie dieses zur Adoption freigibt, müssten wir von ihr persönlich hören."

„Ich kann die Familie verstehen, aber das Kind bei uns zu lassen, bis Sie einen passenden Platz gefunden haben, sehe ich nicht ein. Sie kennen die Umstände und ich will nicht andauernd daran erinnert werden."

„Frau Föhrenwald, wären Sie einverstanden, wenn wir mit der Familie bei Ihnen vorbeikommen, denn wenn die Frau dieses süße Kind sieht, wird das Paar vielleicht doch in den vorläufigen Pflegestatus einwilligen. Es besteht nach wie vor die Möglichkeit, dass Frau Könytvar das Kind nicht wirklich behalten möchte. Wir haben uns natürlich über Frau Könytvar erkundigt, und es würde einiges dafür sprechen, dass sie lieber ohne Kind ihr Leben bestreiten möchte. Der Inhalt des Briefes unterstreicht, dass sie mit den Umständen nicht glücklich war. Man sollte auch nicht außer Acht lassen, dass sie für das Kind das Beste wollte, weshalb sie es in die Obhut des vermeintlichen Vaters, Ihres Mannes, gab. Eine begüterte Familie würde also diesen Bestrebungen entgegen kommen. Bitte, Frau Föhrenwald, geben Sie uns noch ein paar Tage."

Isabell kam nicht zur Ruhe, denn kaum war sie zu Hause, rief Josef an und teilte mit, dass eine junge Dame in einem Taxi vorgefahren war und Einlass begehrte, sie sei die Tochter des Herrn Föhrenwald.
„Hat die junge Dame auch einen Namen?"
Sie wird sagen, ich bin Verena und ich möchte sofort zu meinen Vater vorgelassen werden. Josef meldete sich und bestätigte Isabells Vermutung mit den Worten: „Die junge Dame will sofort zu ihrem Vater. Er wisse, wer Verena sei."
„Josef, sagen Sie ihr, sie möge auf die Entscheidung ihres Vaters warten, der sich dann um sie kümmern wird."
Isabell läutete das Glöcklein, Sophie erschien. „Gnädige Frau wünschen?"
„Sophie, gehen Sie zu meinen Mann und teilen Sie ihm mit, dass Besuch für ihn beim Tor ist." Isabell ging auf die große Terrasse im Erdgeschoß und überlegte, was mit Verenas Erscheinen auf sie zukommen würde.

Bernhard hatte wieder etliche Cognacs intus, als es klopfte.
„Herein!"
„Herr von Föhrenwald, ich soll Ihnen ausrichten, dass für Sie Besuch beim Tor ist."
„Ja und, dann soll sich der Besuch zu mir bemühen. Wer ist es denn, Sophie?"
„Ich weiß es nicht, Ihre Frau Gemahlin schickt mich."

Diesmal klopfte es energischer und schon ging die Türe auf, da stand seine Tochter, mit einer großen Reisetasche in der Hand.
Nein, nicht das auch noch, was will sie hier? Ich kann keine neuen Probleme gebrauchen.
"Vater, was ist das für eine Art, mich wie eine Fremde beim Tor warten zu lassen, bis du dich bequemst mich zu empfangen. Sag, hast du getrunken? Lüften könntest du auch mal, hier riecht es nach Alkohol und Zigarren. Deine Freude über mein Erscheinen ist nicht zu übersehen. Ich habe Hunger und Durst. Vater, was ist, hast du deine Sprache verloren? Nun gut, ich werde mich selbst umsehen." Verena verließ den Raum.
Genau das habe ich befürchtet, wenn sie einmal hier erscheint. ,Ich bin da, nun ist es deine Pflicht, dass du dich um mich kümmerst', meint sie wohl. Hoffentlich geht das gut. Isabell ist mehr als verärgert über mich, und nun das auch noch. Mir bleibt nichts erspart.

Verena öffnete jede Türe, schaute in die Räume, ging ins Erdgeschoß und folgte dem Geruch, der aus der Küche kam. Sie traf die Frau, die sie im Zimmer ihres Vaters gesehen hatte.
„Ich bin Verena, die Tochter von Bernhard, ich habe Hunger und Durst."
„Wenn Sie durch alle Räume gehen, kommen Sie auf die große Terrasse, ich lass etwas richten."
Verena durchschritt den großen Speisesaal, das Zimmer der Raucher, das Wohnzimmer und trat nun auf die große Terrasse hinaus, wo sie Isabell von Föhrenwald lesend in der Sonne sitzen sah.
„Guten Tag, Frau von Föhrenwald, ich freue mich Sie zu sehen."

„Worüber sollte ich mich freuen, wenn ich bei Ihrem Anblick daran denken muss, dass mein Mann mich mit Ihrer Mutter betrogen hat? Ein ‚Grüß Gott' wird reichen. Denn ob es ein guter Tag ist, wenn Sie hier sind, wird sich weisen. Fräulein Verena, solange Sie sich wie ein Gast verhalten, werde ich Ihre Anwesenheit tolerieren."

„Was soll denn das? Meine Anwesenheit tolerieren? Ich denke, liebe Stiefmutter, es ist Ihre verdammte Pflicht, mich mit etwas mehr Respekt zu behandeln. Ich hatte den Eindruck, als ich Sie kennen lernte, dass Sie mich doch etwas sympathisch fanden, aber Ihre Abneigung ist nicht zu übersehen."

Sophie erschien mit dem Essen. Da Verena noch immer herumstand, fragte sie, wo sie das Essen für sie abstellen sollte.

„Ich setze mich zu Frau von Föhrenwald, die freut sich über meine Gesellschaft."

Als Sophie gegangen war, sagte Isabell: „Wie ich schon sagte, wenn Sie sich wie ein Gast benehmen, können Sie mit unserer Gastfreundschaft rechnen, aber Ihrem Vater gehört hier überhaupt nichts. Und anmaßende Bemerkungen sollten Sie unterlassen, die stehen Ihnen nicht zu. Es gehört alles meinem Sohn und es ist mein Elternhaus. Ihr Vater ist mein Mann, deswegen wohnt er hier. Auch mir gehört hier nichts, doch wie gesagt, es ist mein Elternhaus. Also wenn Sie glauben, hier wäre eine Geldquelle für Sie, haben Sie sich getäuscht."

„Ich habe keine Geldsorgen. Ich wollte Vater besuchen, meinen Halbbruder kennen lernen, reiten und Ihre Gastfreundschaft genießen. Vater hat sicherlich ein Pferd, das ihm gehört und wenn nicht, wird mir meine liebe Stiefmutter oder mein Halbbruder um des Friedens willen eines borgen. Was ich nicht verstehe, Frau von Föhrenwald, ist, dass Sie Angst haben, ich könnte Ihnen etwas wegnehmen. Nun gut, wenn Sie es so sehen wollen, für alles gibt es Anwälte, die werden Ihnen erklären, was mir zusteht oder nicht. Ich bin ganz friedlich hierher gekommen, aber wenn Sie Krieg wollen, dann können Sie diesen haben. Ich habe doch nicht darum gebeten, dass Ihr Mann mit meiner Mutter schläft, nur damit ich existiere. Aber nun ist es so und wir sollten einander das Leben nicht schwer machen. Sie haben Ihren Standpunkt klargemacht und ich meinen - Frieden?"

„Solange Sie sich an das halten, was wir gerade besprochen haben, können wir es versuchen. Aber erwarten Sie nicht zu viel von mir."

Diese Verena weiß schon, was sie will und kann sich sicherlich auch durchsetzen.

Verena ging zu ihrem Vater, den sie noch wie vor mit der Flache Cognac antraf.

„Vater, ich habe eben deine Frau getroffen, die mir weismachen wollte, dass dir hier überhaupt nichts gehört. Das kann doch nicht so sein."

„Das Gut gehört schon lange deinem Halbbruder, ich habe nur mehr das Geld, das ich zum Leben brauche. Eigentlich haben sie mir wirklich alles genommen. Aber das soll dich nicht weiter beunruhigen. Deinen Unterhalt bekommst du nach wie vor, aber über das große Geld verfüge ich nicht mehr, seitdem Christoph auf dem Gut das Sagen hat. Aber was führt dich wieder zu mir, du wolltest doch alles allein erkunden."

„Wo kann ich schlafen, ich will die drei freien Tage am Gut verbringen und mit dir ausreiten."

„Das mit dem Schlafen ist nicht so einfach, wir haben zwar Gästezimmer, doch die sind mit den alten Möbeln angeräumt. Da fällt mir ein, ich könnte dich in Christophs altem Kinderzimmer unterbringen."

Bernhard, das ist die Idee deines Lebens. Wie groß wird die Freude meiner Frau sein, wenn meine Tochter im Zimmer ihres verhätschelten Sohnes wohnen wird ...

Als er mit Verena das Zimmer betrat, wurde ihm gleich wieder bewusst, wie arg ihm Christine mitgespielt hatte. Die Wiege stand im Zimmer und Sophie dürfte sich auch hier aufhalten, da sie sich um Ines kümmern musste.

„Es tut mir leid, ich habe vergessen, dass dieses Zimmer vorübergehend schon belegt ist."

„Wer hat denn hier Nachwuchs? Vielleicht Christoph, ist der denn verheiratet?"

„Nein, da ist vorübergehend ein Kind vom Personal untergebracht. Aber Christoph hat ein Gästezimmer. Komm, wir fahren hinüber."

„Er wohnt nicht im Gutshaus?"

„Nein, er hat sein eigenes Haus hinter dem Wald."

Verena war über das moderne Haus überrascht. Als sie die Treppe zur Terrasse hinaufstiegen, kam ihnen eine ältere Frau entgegen.

„Herr von Föhrenwald, von den Herrschaften ist niemand anwesend."

„Gundi, ich möchte die junge Dame, sie ist meine Tochter, für drei Tage im Gästezimmer unterbringen. Im Kinderzimmer von Christoph ist Sophie mit dem Kind. Und in den Gästezimmern hat Isabell nach wie vor die alten Möbel von ihrem Vater untergebracht."

„Herr von Föhrenwald, hier im Gästezimmer wohnt Frau Delia. Ihr Sohn wollte, dass sie ihr eigenes Reich hat, damit sie sich dorthin zum Schreiben zurückziehen kann. Es tut mir leid, aber hier ist kein Platz. Es wird doch der jungen Dame nichts ausmachen, wenn sie bei Ihnen im Wohnzimmer auf dem großen Sofa schläft. Außerdem hätten Sie so Ihre Tochter in Ihrer Nähe."

Bernhard fuhr wieder zurück. „Verena, wenn du später wieder einmal vorbei kommst, ist das Zimmer von Christoph im Westflügel sicherlich frei, denn das Kind wird nicht allzu lange auf dem Gut sein. Die Idee, dich in meiner Nähe zu haben, ist vielleicht gar nicht so schlecht. Du könntest mir über deine Mutter erzählen und es wäre nett, wenn ich auch etwas über meine Tochter erfahren könnte. Wenn du willst, fahren wir zu den Stallungen, oder musst du vorher noch deine Reitkleidung anziehen?"

„Nein, aber du kannst mir eine kaufen, denn ich werde öfter hierher kommen."

Sie fuhren zu den Stallungen, ein Stallbursche war sofort zur Stelle. „Herr von Föhrenwald, was kann ich für Sie tun?"

„Sattle meinen Hengst und Schneeflocke."

Im Trab verließen sie den Hof. Kaum auf dem Feldweg angelangt, trieb Verena mit energischem Schenkeldruck Schneeflocke an und schon galoppierte sie dahin.

Nun, reiten kann sie, sie ist ja meine Tochter. Ich finde, sie ist hübscher als ihre Mutter, oder ist deren Bild bereits verblasst. Ich werde sie fragen, ob sie neuere Bilder von ihrer Mutter hat.

Als sie im scharfen Galopp zwischen den Feldern Meter um Meter hinter sich ließen, sah Bernhard in der Ferne Delia mit Barabella dahintraben.

„Verena, da drüben reitet die Freundin deines Halbbruders, reite zu ihr. Die ist sicherlich neutraler dir gegenüber. Reite zu ihr, ich nehme einen anderen Weg, wir sehen uns später."

Delia sah die Pferde und wusste, dass es Bernhard war, denn mit seinem Hengst durfte außer ihm niemand reiten, und das andere Pferd war Schneeflocke, seine Schimmelstute. Bloß, wer ritt auf dieser? Die Reiter trennten sich und einer kam im Galopp auf sie zu. Je näher er kam, desto sicherer war sich Delia, dass es sich bei dem Reiter um eine junge Dame mit Pagenschnitt handelte. Auf gleicher Höhe parierten sie ihre Pferde.

„Hallo, Sie sind Delia und hoffentlich jemand, der mir nicht mit Argwohn und Misstrauen begegnet. Ich bin ..."

„Ich weiß, Sie sind Verena, denn Bernhard war bei Ihnen, und Schneeflocke darf nicht jeder reiten. Aber was soll das mit dem Misstrauen oder Argwohn?"

„Vater ist nicht sehr begeistert und meine Stiefmutter ist mir feindlich gesinnt, obwohl ich ihr einen freundlichen Brief geschrieben habe."

„Christoph und ich kennen den Inhalt. Man muss ihn sowohl von der Seite der Schreiberin als auch und von der Seite der betrogenen Ehefrau betrachten. Da sind natürlich Welten dazwischen. Isabell ist eine sehr besonnene Frau. Mit der Tatsache konfrontiert zu werden, dass die Tochter ihres Mannes hier ist, muss sie erst umgehen lernen. Es wird sicherlich viel davon abhängen, wie Sie sich hier in das Geschehen einfügen. Christoph wird sich freuen, seine Halbschwester kennen zu lernen. Und ich denke, er sieht es ebenfalls neutraler, obwohl auch er von seinem Vater sehr enttäuscht ist. Seine Mutter ist sein Ein und Alles, wenn ihr jemand Schmerz oder Leid zufügt, kann er ganz schön böse werden. Ich denke, es wird sich alles regeln. Sie sind doch nur zu Besuch, oder? Wir haben gehört, dass Sie studieren wollen, oder hat sich an Ihren Plänen etwas geändert?"

„Ich habe drei Tage frei und da wollte ich Vater besuchen und reiten. Mit Paris ist es nichts geworden, aber mit Italien. Im Herbst geht es ab nach Rom, ich freue mich schon."

Als sie bei den Stallungen ankamen, übergab Verena ihr Pferd dem herbeigeeilten Stallburschen. „Frau Delia, sind Sie mit einem Wagen hier? Könnten Sie mich bitte mitnehmen?"

„Gern, ich versorge noch das Pferd."

„Dazu sind die Stallburschen da. Ich will nur reiten, die sollen ihre Arbeit machen und als zukünftige Frau von Föhrenwald würde ich das schon gar nicht tun", sagte Verena.

„Wenn Sie zu einem Pferd eine Beziehung aufbauen wollen, müssen Sie sich schon mehr um dieses kümmern als es nur zu reiten", widersprach Delia.

„Ich will keine Beziehung zu einem Pferd, eher noch zu dem Stallburschen, der sieht ja niedlich aus mit seinen kohlschwarzen Schneckerln."

„Gregor ist der Liebling aller Frauen. Was viel wichtiger ist, der Bursche hat eine besonders gute Hand für Pferde und wird trotz seiner Jugend vom Stallmeister sehr gefördert."

Verena verschwand nun doch im Stall. Delia sattelte Barabella ab, führte sie in die Box, rieb die Stellen unter der Satteldecke mit frischem Stroh trocken. Danach gab es natürlich Äpfel und Streicheleinheiten für Barabella. Sie wieherte stets leise und scharrte mit den Hufen, wenn sie Delia witterte. War Barabella auf der Koppel und Delia setzte sich auf den oberen Balken der Umzäunung, dauerte es nicht lange bis sich Barabella das Mitgebrachte abholte.

Delia suchte nach Verena, fand sie aber nicht, sodass sie allein zurück fuhr und sich ihre Gedanken machte. *Ich muss unbedingt zum Frauenarzt, denn ich bin über die Zeit. Es wundert mich, dass Christoph, der doch so viel Einfühlungsvermögen hat, mich noch nicht darauf angesprochen hat. Aber er ist mit nicht sehr erfreulichen Dingen beschäftigt, seitdem er das Gut übernommen hat.*

Verena war dabei, sich an Gregor heranzumachen. Er aber kümmerte sich um die Pferde und zeigte kaum Interesse an ihr. Eine Zeit lang sah sie ihm zu, bis es ihr zu bunt wurde und sie zum Angriff überging. „Gregor, so war doch Ihr Name? Sie könnten mir sagen, wem welches Pferd gehört."

„Es tut mir leid, aber gutsfremden Personen gegenüber ist das nicht erlaubt."

„Ich bin die Tochter von Bernhard."

„Dann bin ich der Sohn von Frau Föhrenwald."

„Lass die Blödelei, ich bin es wirklich, und nun zeig mir alles." Da er keine Anstallten machte, nahm sie ihn bei der Hand und zog ihn in Richtung der Heuballen, gab ihm einen Schubs und schon lagen sie auf diesen.

„Vielleicht ist das nicht verboten, und es macht Spaß, gefalle ich dir nicht? Es ist deine Chance, du kannst es mit der Tochter des Gutsherrn treiben. Sei nicht so steif, ah hoppla, ganz so ist es nicht, da gibt es Gefühle."

„Bitte lassen Sie das, wenn uns jemand sieht."

"Wer sollte uns schon sehen, komm bleib locker", und sie küsste ihn.

„Verena! Was soll der Unfug?"

„Vater, zum Glück bist du noch rechtzeitig aufgetaucht. Der junge Mann ist unverschämt geworden, er hat mich auf die Heuballen geworfen."

„Gregor, wir sprechen uns noch. Wo ist Delia?"

Verena flüsterte: „Schweig Gregor, sonst gibt es kein nächstes Mal. Ich komme wieder, und dann sei nicht so schüchtern.

„Delia hat nicht auf mich gewartet", sagte sie laut und ging zu ihrem Vater.

Nach dem Abendessen saß sie mit ihrem Vater in dessen Wohnzimmer. Verena erzählte: „Nachdem Mutter mit mir schwanger war, ist sie umgezogen. Seit dieser Zeit kannte sie den Notar, der trotz all seiner Bemühungen nie in ihrem Bett gelandet ist. Er war aber ein unentbehrlicher Freund des Hauses. Mutter war viel auf Reisen und ich denke, da hat sie den Sex ohne Probleme genossen, denn eine Bindung wollte sie nicht eingehen. ‚Frei sein ist das Schönste', hat sie mir immer erklärt. Aber was den Sex angeht, das hat sie mir regelrecht eingetrichtert zu verhüten. Es ist das ganze Leben aus der Bahn geworfen, wenn man schwanger wird und mit dem Kind allein leben muss. ‚Auch wenn du in einer Beziehung bist, sei unabhängig und verhüte solange du selbst keine Kinder willst, die Männer sind dazu nicht bereit.' Mutter hatte mit einer Freundin, der das gleiche Schicksal

nicht erspart blieb, eine große Wohnung gekauft. So hatte ich eigentlich vom ersten Tag in deren Tochter, die um drei Monate älter ist, eine Freundin, sie heißt Sieglinde. Ich wohne nach wie vor mit deren Mutter in der Wohnung. Meine Mutter hat die Hälfte der Wohnung bezahlt und nun gehört diese Hälfte auch mir. - Sie hat mir immer versprochen, wenn ich 21 bin, wird sie mir den Namen meines Vaters sagen, aber bis dahin sollte ich sie nicht nerven. Sie hat es so gewollt und ich hielt mich daran. Es kam alles anders. Durch Gustav erfuhr ich, dass damals auch andere Personen mit in Kanada waren. - Ich werde nicht nach Paris gehen, Gustav hat mich davon überzeugt nach Rom zu gehen, denn mein Französisch ist nicht gerade berauschend. Außerdem findet er, die Italiener sind viel lockerer, und ich werde mich mit diesen besser verstehen. – Vater, kann ich noch zu meinem Bruder gehen, oder ist es zu spät?"
„Warte, ich rufe an. Man erwartet dich, den Weg kennst du."

Christoph und Delia saßen auf der Terrasse. Die aufgestellten Fackeln beleuchteten den Weg, und die Terrasse wirkte richtig romantisch. Inzwischen wusste Delia, dass auch Christoph deren Flammen und Lichtschein liebte.
Als Verena die Treppe hinaufstieg, kam ihr ihr Halbbruder entgegen.
Das ist aber ein fescher Mann, der wäre was zum Vernaschen, dachte sie.
„Hallo, ich bin Verena und du bist mein Bruder, freut mich, einen so feschen Bruder zu haben."
„Dann lass dich ansehen, denn eine Schwester ist mir bis heute verwehrt gewesen", und sie reichten einander die Hände. „Sei unbesorgt, ich glaube, man muss dich auch nicht verstecken."
„Ich brauche mir nur Delia ansehen, so weiß ich über deinen Geschmack Bescheid, aber danke für das Kompliment."
„Ja, richtig, ihr habt einander bereits kennen gelernt, komm setz dich zu uns. Darf ich dir etwas zum Trinken bringen oder willst du einen guten frischen Apfelstrudel?"
„Apfelstrudel wäre fein", und sie reichte Delia die Hand, bevor sie sich auf den angebotenen Sessel setzte.
„Für mich ist die Situation etwas ungewohnt und ich denke auch für dich, Verena. Aber das Schicksal hat es eben so gewollt, auch wenn es für meine Mutter nicht gerade zu den erfreulichen Geschehnissen zählt."
Verena erzählte Christoph und Delia von ihrer Kindheit und dem Entschluss, nach der Matura nach Rom zu gehen, um dort Kunst zu studieren. Dennoch war es ein Gespräch, in dem das gegenseitige Abtasten im Vordergrund stand. Beim Abschied ließ sie die Katze aus dem Sack: „Sag, lieber großer Bruder, wann hast du das Gut geerbt? Es ist wichtig für mich, denn wenn ich schon auf der Welt war, wird sicherlich für mich auch etwas abfallen, weil ich nun mal deine Halbschwester bin. Aber mach dir keine Sorgen, das wird unser Notar schon feststellen. Danke für den Apfelstrudel und nun gute Nacht", und sie ging des Weges.
Christoph sagte zu Delia: „Ich denke, das sollte ich mit Peter abklären, damit ich gewappnet bin, wenn ich damit konfrontiert werde."

Isabell war vom Jugendamt verständigt worden, dass sich die Familie das Baby gern ansehen wollte. Natürlich würde jemand vom Jugendamt zugegen sein. Dem vorgefahrenen Bentley entstieg die Mitarbeiterin des Jugendamtes und stellte Isabell die Familie Fritsch-Mader vor. Die Dame vom Jugendamt flüsterte Isabell leise zu: „Der Mann ist der Besitzer der teuersten Privatklinik des Landes."
Isabell führte die Herrschaften in das Kinderzimmer. Ines schlief tief und fest. Sie sah wirklich niedlich aus. Frau Fritsch–Mader konnte ihr Entzücken nicht verbergen und so sagte Isabell: „Nehmen Sie sich die Zeit, die sie brauchen. Sophie wird Ihnen zur Hand gehen. Ines wird bald aufwachen und nach ihrer Flasche schreien. Sophie weiß, wo sie mich findet", und sie verließ das Zimmer.
Auch wenn sie noch so süß und lieb ist, das Kind gehört nicht aufs Gut. Hoffentlich können sich die zwei für das Kind entscheiden, dort würde es ihr sehr gut gehen. Wie alt könnten die sein – wohl so um die 40.
Nach drei Stunden kam Sophie und ersuchte die gnädige Frau ins Kinderzimmer zu kommen.

120

„Frau von Föhrenwald, die Herrschaften würden das Kind am liebsten gleich mitnehmen", eröffnete die Dame vom Jugendamt das Gespräch.

„Sie brauchen doch nicht mein Einverständnis, das Kind gehört nicht hierher, die Entscheidung hat das Jugendamt zu treffen. Alles was wir für das Kind hier haben, geben wir gerne mit. Sophie richten sie alles zusammen."

„Es geht um das Formelle, Frau von Föhrenwald."

„Was soll das heißen?"

„Nun, das Kind ist bei Ihnen und es muss ein Schriftsatz angefertigt werden, damit es nachvollziehbar ist, wie das Kind zur Familie Fritsch-Mader gekommen ist."

„Nun, was habe ich damit zu tun? Ich will nicht weiter behelligt werden. Von mir aus nehmen Sie das Kind gleich mit. Außer dem Brief von Frau Könytvar, den diese dem Kind mitgab, gibt es ja keinen weiteren Schriftsatz. Sie wissen doch, dass der Inhalt des Briefes null und nichtig ist. Also, was wollen Sie mit einem Schriftsatz? Mir reicht die Kopie des Briefes und eine Bestätigung oder wie das sonst offiziell heißen mag, dass das Kind vom Jugendamt mitgenommen wurde. Alles andere interessiert mich nicht."

„Ich werde mit meiner Dienststelle telefonieren. - Wo kann ich bitte?"

Nach Ende des Gespräches fragte sie Frau von Föhrenwald: „Wissen Sie hier in der näheren Umgebung einen Anwalt?"

„Natürlich, Dr. Peter Edelhofer."

„Glauben Sie, dass er uns kurzfristig einen Schriftsatz anfertigt? Die Kosten übernimmt die Familie Fritsch-Mader. "

„Ich werde ihn anrufen."

So kam es, dass alle zu Peter fuhren. Der bestätigte unter anderem, dass das Jugendamt auf Grund der neuen Tatsachen die geborene Ines Könytvar von der Familie Isabell und Bernhard von Föhrenwald entgegen nimmt und somit Bernhard von Föhrenwald aus dem von Frau Christine Könytvar übertragenen Sorgerecht enthoben wird.

Im Wartezimmer bei Peter nützte Frau Fritsch-Mader die Gelegenheit, um von Isabell etwas über die Mutter zu erfahren.

„Da gibt es nicht viel. Sie stammt aus einer ungarischen Familie. Sie ist ziemlich zielstrebig, wenn es darum geht, sich Männer auszusuchen, die ihren Lebensunterhalt sehr großzügig finanzieren. Sie ist immer in Geldnöten, obwohl sie als freiberufliche Steuerberaterin recht gut verdient, wenn sie arbeitet. Sie war die Freundin meines Sohnes. Als er aber ihr wahres Gesicht erkannte, ihr Verlangen nach Luxus und Geld, wollte er dies auf Dauer nicht finanzieren. - Dann hat sie sich an meinem Mann herangemacht. Wer nun wirklich der Vater des Kindes ist, wissen wir nicht. Sie war zumindest überzeugt, dass dies mein Mann sei. Das ist alles, was es zu diesem Thema zu sagen gibt. Ich denke, dass die Aussichten auf die Adoption groß sind, was ich Ihnen von Herzen wünsche, denn süß ist die Kleine schon, aber das Jugendamt hat Ihnen das alles sicherlich schon gesagt."

„Ich wollte etwas über den Menschen wissen."

„Ich denke, sie war überfordert. Meinem Mann hielt sie vor, dass er ihr nicht die erforderlichen Mittel zur Verfügung stellt. Sie wollte ein Kindermädchen, eine Haushaltshilfe und so weiter, damit sie sich um andere Dinge kümmern kann als um das Kind. Ich nehme an, zu guter Letzt war es ihr zu viel. Ich wünsche Ihnen vorläufig auf alle Fälle viel Freude mit der Kleinen, und vielleicht können Sie sie später doch noch adoptieren. Viel Glück und auf Wiedersehen."

Auf der Heimfahrt überlegte Isabell, ob nun endlich Ruhe einkehren würde, denn die letzten Monate waren einigermaßen turbulent gewesen. *Wie wird sich das mit Verena entwickeln? Christoph hat davon gesprochen, dass sie sich schon wegen eines eventuellen Erbes Gedanken macht. Als Christoph mit 27 das Gut erbte, musste sie bereits 14 oder 15 gewesen sein. Ich muss Peter fragen, ob sie überhaupt Anspruch auf einen Erbteil hat – wenn, dann höchstens auf einen Vermögensteil ihres Vaters. Das Gut selbst gehörte ihm ja niemals. Wenn Bernhard stirbt, ist sie nach mir und unserem gemeinsamen Sohn die Nächste in der Erbfolge. Aber das wird uns Peter noch genau erklären.*

Verena war nach wie vor auf dem Gut. Noch immer hatte sie es auf den feschen Stallburschen abgesehen. Dieser dachte jedoch nicht daran sich mit ihr einzulassen. Verena kannte allerdings keine Skrupel und trieb ihr Spiel mit ihm. Bei jeder Gelegenheit raubte sie ihm fast den Verstand mit ihren weiblichen Reizen. Als er eines Abends sein Zimmer betrat und sie nackt in seinem Bett lag, war es um ihn geschehen. Da konnte er nicht mehr widerstehen. Die Ernüchterung kam, nachdem es geschehen war. Sie stand auf, zog sich ihr Kleid über ihren wunderschönen nackten Körper mit dem Worten: „Wenn ich wiederkomme, wirst du mir zu Willen sein. Für dich war es das erste Mal, nun bist du mir verfallen und kommst nie mehr von mir los." Grußlos verließ sie sein Zimmer. Nachdem er eben zum Mann geworden war, fühlte sich Gregor allein und verlassen. Er konnte nicht glauben, was er eben erlebt hatte. Das Bettzeug roch noch nach Verenas Parfum und auf seinen Körper fühlte er noch ihre Hände und Lippen.

Verena suchte am letzten Tag ihres Kurzurlaubs Isabell auf, um sich zu verabschieden. „Frau von Föhrenwald, ich möchte mich bedanken, dass wir doch ohne Streit in diesen Tagen ausgekommen sind. Es lag wohl daran, dass wir uns wenig begegneten. Ich denke, immer wird das nicht der Fall sein, denn ich habe gehört, dass eine Hochzeit bevorsteht. Ich werde mir natürlich Zeit nehmen, denn mein Halbbruder wird doch nicht vergessen, seine liebe Schwester einzuladen. - Etwas möchte ich jedoch schon noch loswerden. Ich finde es als eine Frechheit, dass Sie meinen Vater schneiden und ihn darüber hinaus auch noch aus dem Schlafzimmer verbannt haben. Hat er doch alles für Sie und Ihren Sohn getan, damit Sie in Saus und Braus leben konnten. Obwohl er nicht der Vater von Ines ist, haben Sie ihm das Gut weggenommen. Ich hoffe, dass mein Halbbruder ihm nicht die notwendigen finanziellen Mittel streicht, denn sollte ich davon betroffen sein, wird Gustav, unser Notar, das mir zustehende Geld gerichtlich einfordern. Und nun wünsche ich Ihnen einen schönen Tag, bis zum nächsten Mal." Sie drehte sich um und wollte das Zimmer verlassen. Die schneidende Stimme von Isabell ließ sie jedoch augenblicklich verharren.

„Ich frage mich, ob Sie eigentlich wissen, wie respektlos und unerzogen Sie Gehörtes von sich gegeben haben in der Meinung, Sie hätten ein Recht dazu. Was meinen Mann betrifft und welche Probleme wir miteinander haben, geht Sie schlichtweg überhaupt nichts an. Ihre anmaßende Art über Dinge zu sprechen, deren tatsächlichen Hintergrund Sie nicht kennen, finde ich impertinent. Dies zu Ihrer Information: Ihr Vater kann sehr überzeugend sein, auch wenn er es mit der Wahrheit nicht so genau nimmt, das werden Sie auch noch feststellen. Sollten Sie jemals wieder auf das Gut kommen und Ihr derzeitiges Benehmen beibehalten, sind Sie schneller wieder vor dem Tor als Ihnen lieb ist. Ihren Vater können Sie dann treffen wo immer Sie wollen, nur nicht hier, denn Sie kennen nur seine Sicht der Dinge. Die Tatsachen widersprechen Ihrem Vater, aber das würde er nie zugeben." Isabell drehte sich um und verließ grußlos das Zimmer.

*

Delia saß mit Christoph am Ufer des Waldsees und jeder hatte so seine Gedanken. Delia unterbrach die Stille: „Christoph, jetzt wo du dich um das Gut kümmerst, sollten wir unsere Urlaubspläne überdenken. Wir wollten nach Schottland, aber ich glaube, es gibt viel zu tun und du hast derzeit keinen Kopf, um an Urlaub zu denken, denn deine Anwesenheit auf dem Gut ist erforderlich."
„Delia, wenn du das ehrlich meinst, verstehst du mich ohne Worte. Ich habe die ganze Zeit schon überlegt, wie ich es dir beibringen soll. Ich möchte nicht wie mein Vater den Fehler machen, dass für gemeinsame Urlaube keine Zeit ist, doch momentan muss ich mich um das Gut kümmern, denn nun ist dieses unsere Zukunft."
„Christoph, das mit deinem Vater war doch etwas ganz anderes, er hatte einen Verwalter, außerdem ging er allein auf Reisen. Du wirst dir ebenfalls einen Verwalter suchen, und wenn er zu deiner Zufriedenheit ist, werden wir zusammen Urlaube genießen."
„Delia, ich werde morgen mit allen Leuten sprechen und mir einen Überblick verschaffen. Wenn du Zeit und Lust hast, kannst du mich zu Ross bei den Inspektionen begleiten. Anhand der Liegenschaftskarten habe ich mir schon Gedanken gemacht, wie ich

vorgehen werde. Unsere Felder weisen sehr unterschiedliche Bodenbeschaffenheit auf. Ich werde Bodenproben anordnen. Wir werden kommende Woche mit der Entnahme der Erdproben beginnen. Je Feld drei bis vier Bohrungen, diagonal und mindestens 50 Zentimeter tief. Erst anhand der Zusammenstellung des Bodens kann man Entscheidungen treffen, was wo angebaut werden sollte und welche Flächen dafür in Frage kommen. Je nach deren Beschaffenheit müssen die Saaten getauscht und die Felder bestellt werden, damit die Erträge entsprechend ausfallen. Davon haben weder Vater noch der Verwalter etwas verstanden. - Außerdem überlege ich die Anschaffung eines Kühl-Kastenwagen, der es uns ermöglicht unsere Produkte auch in weiter entfernte Hotels zu liefern; Brot, Fleisch, Wurst, Butter, Käse, Gemüse und Weine werden immer gern gekauft. Es müsste immer die gleiche Strecke gefahren werden, damit die Kunden sich danach richten können. Ich denke, der Verkauf vom Erzeuger kann in Zukunft ein kontinuierliches Einkommen garantieren. Ich möchte Mutter mit diversen Kostproben zu den Kunden schicken, sie weiß, was wir anbieten. Ich werde das mit ihr besprechen und eine Tour zusammenstellen."
„Sag, mein geliebter Mann, denkst du nun auch daran ins Gutshaus zu ziehen oder bleiben wir hier?"
„Delia, eigentlich will ich hier bleiben, denn ich möchte Mutter nicht zumuten, dass sie zu Vater in den Ostflügel zieht. Warum fragst du? Wir haben darüber doch schon einmal gesprochen."
„Christoph, ich möchte eigentlich von diesem wunderschönen Haus nicht wegziehen, auch später nicht. Bist du sehr enttäuscht?"
„Nein, aber irgendwann wird sich alles von selbst lösen, denn was ist, wenn wir Kinder bekommen?"
„Das ist das wenigste Problem, wird halt Gundi im Gutshaus wohnen und schon haben wir ein schönes großes Kinderzimmer."
„Delia, ich will aber vier, fünf Kinder, denn allein ist es nicht so lustig als Kind. Wir wissen wie es ist, allein aufzuwachsen."
„Wenn mein geliebter Christoph solche Pläne hat, wird er sich sicherlich schon Gedanken über einen Zubau gemacht haben, und Platz dafür ist genügend vorhanden. Ideal wäre ein Durchbruch von der Küche und im ersten Stock vom Gang her, südseitige Fenster würde es in den Räumen nicht geben. Oder du verzichtest auf den schönen alten Baumbestand rechts von deinem Haus und baust dort an.
Trotzdem hatte sich Delia Gedanken über Veränderungen im Gutshaus gemacht.
„Christoph, ich denke, dass wir später im Gutshaus für die Reitgäste weitere Zimmer herrichten werden, denn nirgends gibt es diese Möglichkeit, stundenlang über Feldwege und durch Wälder reiten zu können wie hier in der Umgebung. Das ist unbezahlbar, denn es gehört alles zum Gut, und wenn ich meine Gedanken weiterspinne, könnten wir sogar Ausritte mit Picknick veranstalten. Wir würden nur Reiterurlaube anbieten und uns nicht um die Ausbildung kümmern. Christoph, überleg, was wir oft für herrliche Ausflüge gemacht haben und da hat oft ein Picknick auf uns gewartet. Man ist oft Stunden unterwegs und ein echter Reiter würde dies sehr schätzen."
„Delia, du überraschst mich immer mehr, die Idee hat etwas für sich, denn es werden immer weniger Pferde für die Landwirtschaft benötigt, der maschinelle Fortschritt ist unaufhaltsam. Reitpferde sind vorhanden, und ich könnte die Zucht von Haflinger Pferden ins Auge fassen, die haben meiner Meinung nach Zukunft."

Christoph hatte um sechs Uhr Früh seine Ansprache an die Arbeiter gehalten und sich im Anschluss mit den Vorarbeitern in das Verwaltungsgebäude zurückgezogen, um ihnen seine Pläne zu unterbreiten. Alle hatten sich gefreut, dass nun Christoph das Gut führen würde. Nach der Besprechung waren sie sehr motiviert und versprachen, für ihren neuen Chef alles zu tun. Christoph hatte ihnen sein Vertrauen ausgesprochen und vorerst jedem die alleinige Verantwortung für seinen Bereich übertragen.
„Erst wenn es nicht so klappt wie ich es mir vorstelle, wird es einen Verwalter geben. Es ist eure Chance, das Wissen habt ihr und ich bin für jeden von euch immer da, wenn ihr nicht weiter wisst. Aber kommt rechtzeitig, gemeinsam werden wir sicherlich eine Lösung finden. Wir werden uns jeden Montag um 6 Uhr hier treffen und über die erledigten und anstehenden Arbeiten sprechen. - Zum Schluss noch etwas Privates: Es gab in der

letzten Zeit einige Gerüchte, teils sind es Tatsachen, aber ich möchte, dass der Tratsch aufhört. Ja, es gibt eine Halbschwester, sie war kurz hier, aber das Familienleben meiner Eltern will ich nicht diskutieren. Vater hat absolut keine Anordnungen mehr zu treffen, die mit dem Betrieb des Gutes zusammenhängen. Konrad war für mich als Verwalter nicht ausreichend kompetent, daher hat er das Gut verlassen müssen und Franziska verlässt uns auch, sobald ich geeigneten Ersatz gefunden habe."

Seine Leute versprachen nochmals, ihr Bestes zu tun. „Sie, Herr Christoph von Föhrenwald, wissen wie man ein Gut zu führen hat, ganz anders als Konrad, der teilweise Anordnungen traf, wobei er wichtige anstehende Arbeiten nicht sehen wollte", war die einhellige Meinung. „Er wusste es ja auch nicht besser", warf Gustl ein, der für den Anbau zuständig war. „Ich werde mir bei unseren Besprechungen eure Meinungen anhören, und wenn ich sie vernünftig und positiv finde, werden wir sie umsetzen. Und nun geht zu euren Leuten - ich hoffe auf eine gute Zusammenarbeit", sagte Christoph abschließend.

*

Bernhard begann immer mehr zu trinken. Er konnte die erzwungene Abdankung nicht verkraften. Auch der Besuch seiner Tochter hatte daran nichts geändert, obwohl sie sich für ihn eingesetzt hatte. Die Besprechung mit seinem Anwalt war nicht so verlaufen wie er sich das vorgestellt hatte. Dieser hatte ihm erklärt, dass es sich bei seiner Vorgangsweise in der Tat um Betrug handelte, da er Gelder veruntreut hatte, obwohl er nie Eigentümer war. Dass er aus den Verträgen der Jagdpachten aussteigen musste, wenn er über das notwendige Geld nicht mehr verfügen konnte, war die logische Folge. Bernhard fühlte sich verraten, gedemütigt, verstoßen und war ein gebrochener Mann. Sein Zorn auf Christine wurde von Tag zu Tag größer, denn an allem war nur sie schuld. Alle Versuche sich mit Isabell auszusöhnen waren erfolglos. Im Gegenteil, Isabell sagte zu ihm: „Bernhard, du hast mir jahrelang ein Leben neben deinem aufgezwungen, denn du hast deines ohne mich gelebt, nun ist es umgekehrt. Du selbst bist an deiner jetzigen Situation schuld. Wenn du nicht auch noch die Scheidung willst, lass mich in Zukunft in Ruhe. Je weniger wir miteinander zu tun haben, umso friedlicher wird das Klima zwischen uns sein. Sophie wird dir, wenn du es wünschst, dein Essen in den Ostflügel bringen. Ich musste jahrelang allein speisen, weil mein Mann es vorzog verreist oder sonst wie abwesend zu sein. Bernhard, ich meine es genauso wie ich es sage, also halte dich daran und nun geh in dein neues Reich."

***

Die Zwillinge Grete und Karoline befanden sich in der Wohnung ihrer Tante Margarete, wo sie den Nachlass regelten. Tante Margarete war die Schwester ihrer Mutter, die sie vor fünf Jahren verloren hatten. Nun war die Tante im 71. Lebensjahr ihrer Schwester gefolgt, und die Zwillinge kümmerten sich um die Auflösung der Wohnung. Grete war gerade dabei die Fotokiste danach durchzusehen, ob es sich lohnte, das eine oder andere Familienfoto für die Enkelkinder aufzuheben. Liesbeth und Florian waren ihre Kinder, Liselotte und Karl-Heinz die von Karoline. Sehr ordentlich war die Tante aber nicht gewesen, denn es fand sich bereits der dritte Brief unter den Fotos.
Das ist doch Mutters Schrift. Was schreibt sie denn ihrer Schwester und wie alt sind die Briefe? Der Absender stammt aus Karlsbad, wo Mutter gearbeitet hat. Ich bin neugierig, was sich die Schwestern geschrieben haben, weshalb die Tante die Briefe aufgehoben hat. Welcher ist der erste? Ja, so ist die Reihenfolge.

Liebe Schwester!

Magnus war wieder zur Kur und diesmal konnte ich seinem Charme nicht mehr widerstehen. Was soll ich machen, ich liebe ihn, aber es hat keinen Sinn, denn er will nie wieder heiraten, nachdem seine Frau bei der Geburt seiner Tochter Isabell gestorben ist.

Wenn ich frei habe, verbringen wir viel Zeit miteinander. Er ist ein ausgezeichneter Reiter und ein richtiger Gentleman der alten Schule. Er erzählt mir immer wie schön es auf Gut Reichental ist und welch edle Pferde es dort gibt.

Sorgen macht ihm das mit dem Bernhard von Föhrenwald, den seine Tochter heiraten will. Magnus ist damit überhaupt nicht einverstanden. Seine Tochter droht ihm, ihn zu verlassen, wenn er einer Heirat nicht zustimmt. Du, er tat mir richtig leid. Noch dazu ist sie bereits von diesem Föhrenwald schwanger. Er fragt mich, was ich tun würde, wenn ich an seiner Stelle wäre.

Gestern haben wir einen Ausflug nach Brünn gemacht und sind eine Nacht geblieben, da ist es dann halt passiert, aber es war sehr schön. Er ist sehr einfühlsam und ich denke, ich habe mich ihm hingegeben, weil ich zu ihm Vertrauen habe und er mir ehrliche Zuneigung gibt.

Ich weiß, du bist damit nicht einverstanden, aber ich möchte zumindest das Glück, wenn er zwei-, dreimal auf vier Wochen zur Kur kommt, nicht missen.

Deine glückliche Schwester

p.s.: Du sagst doch immer, ich soll auch leben und nicht nur arbeiten.

Liebe Schwester!

Draußen ist tiefer Winter, für mich scheint die Sonne, er ist wieder da. Er sieht nicht gut aus, denn seine Tochter hat den Föhrenwald tatsächlich geheiratet. Aber er ist auch glücklich, denn es gibt nun Christoph, seinen Enkel. Der Mann seiner Tochter ist nie zugegen, immer ist er irgendwo mit seinen Freunden unterwegs. Aber seine geliebte Tochter Isabell ist traurig, obwohl sie den kleinen Christoph hat. Magnus glaubt, dass sie mit dem Bernhard nicht wirklich glücklich ist, doch das wird sie nie zugeben, wo er doch gegen die Heirat war. Du, es tut ihm gut, dass er mir seinen Kummer erzählen kann.

Auch wenn du mir geschrieben hast, ich soll vorsichtig sein, denn von einer Beziehung kann man ja nicht sprechen, wenn er gelegentlich zur Kur kommt, wir lieben uns und wir genießen die gemeinsamen Stunden.

Deine ungehorsame Schwester

Liebe Margarete!

Die gemeinsamen Frühlingstage mit Magnus waren traumhaft und dennoch bin ich traurig, denn er will seine nächsten Kuraufenthalte in Ungarn verbringen. Sein Arzt hat ihm dieses Bad ans Herz gelegt. Er hat versprochen mich bald zu besuchen und es wäre gut, denn ich bin schwanger.

Schimpfe nicht mit mir, auch wenn er nicht so schnell wiederkommt, ich liebe ihn und ich freue mich auf dieses Kind.

Du musst mir nicht andauernd sagen, was gut für mich ist, nur weil du die Ältere bist. Ich fühle es selbst, was mir gut tat und er tut mir gut. Nun verbindet uns ein unzertrennliches Band der Liebe.

Poldi

„Karoline, komm schnell! Ich habe etwas gefunden, was dich umhauen wird. Es gibt eine Spur von unserem Vater."
„Was redest du für einen Blödsinn, Grete!"
„Da, lies die Briefe, du wirst verstehen, was ich meine."
„Das ist ja unglaublich, demnach müsste unser Vater dieser Magnus sein. Isabell ist seine Tochter, Bernhard der Schwiegersohn und Christoph sein Enkelkind. Grete, du hast Recht, Ottokar ist ja nicht unser biologischer Vater. Da fällt mir ein, dass auf unserer Geburtsurkunde kein Vater angegeben ist. Mutter hat uns erklärt, dass unser Vater nie wieder auf dem Reiterhof, wo sie gearbeitet hatte, aufgetaucht ist. Aber wen sollen wir fragen? Vater ist schon lange tot und Mutter hat dieses Geheimnis mit ins Grab genommen; und nun auch die Tante. Ist es ein Wink des Schicksals, dass wir die Briefe gefunden haben, wie alt sind sie? Typisch Mutter, sie schrieb nie ein Datum drauf, die Poststempel sind unleserlich."
„Karoline, wozu brauchst du ein Datum, wir werden 32 und nach dem Inhalt des Briefes zu schließen, wurde der letzte vor unserer Geburt geschrieben."
„Gibt es keinen weiteren Brief mehr?"
„Nein, Mutter hat diesen Magnus anscheinend nie wieder gesehen."
„Grete, ich kann jetzt keinen klaren Gedanken fassen, ich verstehe nicht, warum sie nie darüber gesprochen hat, auch nach dem Tod von Vater nicht."

Was sie wertvoll fanden, um es als Erinnerungsstücke aufzuheben, nahmen die Schwestern mit. Die Wohnung wurde verkauft, denn sie hatten sich mit ihren Familien im Raum Karlsruhe ein Haus gemietet. Als sie wieder zu Hause waren, durchsuchten sie sämtliche Telefonbücher Deutschlands nach dem Namen Föhrenwald oder einem Gut Reichental, jedoch ohne Erfolg.
Sie hatten sich mit der Zeit abgefunden, dass es außer den Briefen keinen weiteren Hinweis gab, bis sie zur Geburtstagfeier eines Freundes eingeladen waren. *Was werden wir ihm mitbringen,* überlegten die Schwestern und entschlossen sich für eine Kiste edlen Weines. Also standen sie in der neu eröffneten Vinothek vor den Regalen und suchten nach dem passenden Geschenk. Es sollte ein „Portugieser" sein, wie sie in Erfahrung gebracht hatten. Dieser Wein wurde aus verschiedensten Regionen angeboten. Karoline ließ benahe vor Schreck die Flasche fallen, welche sie gerade aus dem Regal genommen hatte; auf dem Etikett stand „Blauer Portugieser, Gut Reichental, Austria".
„Grete, komm, schau, was ich in Händen halte, es ist unsere mögliche Lösung."
„Was soll das, jeder Wein ist die Lösung, aber welchen sollen wir nehmen?"
„Natürlich den mit dem Namen Gut Reichental."
„Was, von Gut Reichental? Zeig her, das gibt es nicht - also muss unser Vater aus Österreich sein."
Sie ließen sich dann doch noch beraten, aber diese Flasche nahmen sie auch mit.
Nun begann wieder das Durchsuchen der Telefonbücher. Sie wurden unter dem Namen Gut Reichental fündig, und es waren auch die Namen Bernhard und Isabell von Föhrenwald angeführt. Nachdem sie ihren Männern damals von den Briefen und den Nachforschungen erzählt hatten, teilten sie diesen auch die Neuigkeit mit, dass dieses

Gut in Österreich liege. „Wir haben beschlossen, mit den Briefen und der Flasche Wein nach Österreich auf das Gut Reichental zu fahren, um festzustellen, ob es sich bei den Personen um jene in den Briefen handelt. Dieser Magnus könnte unser Vater sein."

Je näher sie dem Gut kamen, umso höher schlug ihr Puls. Die Aufregung war groß, als sie zwischen den Alleebäumen die ersten weidenden Rinder und Pferde in den umzäunten Flächen sahen. Karoline verlangsamte das Tempo und blieb vor einer Koppel mit Pferden stehen. Da sie leidenschaftliche Reiterinnen waren, war ihr Interesse besonders groß. Ganz fachmännisch suchten sie nach dem Pferd, welches sie für das schönste hielten, konnten sich aber auf kein Pferd einigen, da auf der Koppel nur edle Pferde grasten.
„Komm, lass uns weiterfahren", sagte nun Karoline, und sie bestiegen wieder den Wagen und fuhren in den Hof, der von kleinen Häusern umgeben war. Als sie nach der Familie von Föhrenwald fragten, wurden sie ersucht der Steinmauer entlang zu fahren bis sie beim Tor anlangten. Josef fragte die Damen nach ihren Wünschen. „Wir möchten Herrn Christoph von Föhrenwald sprechen." Sie hatten sich auf ihn geeinigt, da er in ihrem Alter sein musste.
„In welcher Angelegenheit? Ich werde sicherlich am Telefon danach gefragt, also bitte, was darf ich melden?" erkundigte sich Josef.
Die Schwestern schauten einander unentschlossen an, bis Grete sagte: „Wir wollen uns über alte Briefe und eine Flasche Wein mit Christoph von Föhrenwald unterhalten."
Josef erklärte den Damen, dass sie rechts am Gutshaus vorbeifahren müssten, und nach einem Waldstück würden sie das Anwesen von Christoph von Föhrenwald sehen.
„Glaubst du noch immer, dass wir hier richtig sind?" fragte Grete ihre Schwester, als sie durch den Park fuhren.
„Schau, welch imposantes Gutshaus! Lass uns träumen, dass unser Vater von hier war."
Grete bemerkte: „Allein wenn ich an das Putzen der vielen Fenster denke, bekomme ich Albträume, aber sehr beeindruckend ist dieses Haus schon."
Umso erstaunter waren sie, als sie aus dem Wald kamen und vor einem überaus modernen Haus den Wagen ausrollen ließen. Sie wurden von einer älteren Dame erwartet. „Ich bin Gundi, die Haushälterin. Darf ich Sie auf die Terrasse bitten und Ihnen eine Erfrischung anbieten? Herrn Christoph von Föhrenwald habe ich schon von Ihrem Besuch verständigt. Was darf es sein, Holunder- oder Weichselsaft? Mit Wasser aufgespritzt könnte ich bei den frühlingshaften Temperaturen empfehlen."
„Danke, machen Sie sich keine Umstände."
Gundi servierte ihnen ihre selbst gemachten Säfte in Glaskrügen mit dem Hinweis „So können Sie probieren."
Ein Geländewagen hielt vor der Terrasse und es entstieg ihm ein fescher junger Mann, der zwei Stufen auf einmal nahm und nun zu den Schwestern sagte: „Es ist unverkennbar, Sie sind Zwillinge. Ich bin Christoph von Föhrenwald. Und mit wem habe ich das Vergnügen?"
„Ja, wir sind Zwillinge und vor der Heirat hießen wir Grete und Karoline Ullisch. Wir fanden Briefe, aber erst diese Flasche Wein führte uns zu Ihnen. Wenn die Flasche Wein von diesem Gut stammt, könnte in Briefen unserer Mutter von Ihrem Großvater die Rede sein."
Christoph blickte etwas irritiert, sagte aber: „Das ist unser Portugieser." Bevor er noch eine Frage stellen konnte, wurde ihm ein Brief überreicht.
„Wir denken, der Inhalt des Briefes wird Ihnen unser Erscheinen am ehesten begreiflich machen."
„All diese Namen gibt es auf dem Gut und Großvater hieß Magnus."
„Dann lesen Sie die anderen Briefe auch."
Christoph schwieg lange, bis er nach Gundi rief.
„Gundi, rufen Sie bitte meine Mutter an. Sie möge in einer dringlichen Sache zu mir herüberkommen, da sie vermutlich meinem Besuch mehr erzählen kann als ich, und bringen Sie uns einen kleinen Imbiss."
An die Zwillinge gewandt sagte er: „Ich denke, Sie werden sich kaum Zeit genommen haben, länger wo anzuhalten."

Christoph stellte den Zwillingen seine Mutter vor und erklärte ihr, dass die Damen Briefe mitgebracht hatten, über die sie mit ihr sprechen wollten. „Aber lies diese selbst, denn ich glaube, du hast sicherlich eher eine Antwort als ich." Isabells Gesichtsausdruck veränderte sich bei jedem Brief bis sie laut „Mein Vater" sagte. „Ich kann es nicht glauben. Aber irgendwie muss was Wahres an diesen Briefen sein, sie sind schon älter. Entschuldigen Sie, wie alt sind denn Sie?"
„Wir sind 31, warum fragen Sie danach?"
„Mein Vater war gegen meine Heirat, und er hatte die ersten Jahre meiner Ehe sehr gelitten. Vater hatte die Ehe nie akzeptiert, jedoch all seine Liebe Christoph geschenkt. Er hatte die Vaterrolle für Christoph übernommen, da mein Gatte viel auf Reisen war. In dieser Zeit ist er sehr oft nach Karlsbad, Ungarn und Italien zur Kur gefahren. Wenn Sie 31 sind, in welchem Monat haben Sie Geburtstag?"
„Wir werden im Jänner 32."
„Christoph war heuer im März 32."
„Mutter, ich kann mich nicht erinnern, dass Großvater irgendwann auf Kur war."
„Christoph, zu dieser Zeit warst du doch noch ein Baby."
„Der Inhalt der Briefe lässt natürlich den Schluss zu, dass mein Vater mit Ihrer Mutter bekannt war. Wenn wir davon ausgehen, dass sie sich liebten, könnten wir möglicherweise Halbschwestern sein."
„Haben Sie Bilder von Ihrem Vater? Es lag keines bei den Briefen, möglicherweise gibt es eines bei den Fotos unserer verstorbenen Mutter, nur müssten wir wissen, wie er damals aussah."
„Wenn Sie mich begleiten, könnte ich Ihnen einige Bilder aus dieser Zeit zeigen."
Die Zwillinge verabschiedeten sich von Christoph und fuhren mit Isabell zum Gutshaus.

Christoph stieg die Stufen hinunter und spazierte zum See. Seine Gedanken kreisten um das eben Erlebte. *Schwestern meiner Mutter und noch dazu in meinem Alter. So weit ich mich erinnern kann, fuhr Großvater hin und wieder auf Urlaub, vielleicht mal in die Berge zur Jagd, aber nie zur Kur. Aber nach den Briefen und deren Inhalt sieht es doch danach aus.*

Isabell betrat mit gemischten Gefühlen ihr Wohnzimmer, bot ihren möglichen Schwestern Platz an und suchte sofort nach den alten Fotoalben.
„Hier sind Bilder aus der Zeit, in der mein Vater zur Kur fuhr. Ich kann es immer noch nicht glauben, dass mein Vater auf diesen Kuren Ihre Mutter schwängerte und sich in der Folge nicht um diese kümmerte. Das sieht meinem Vater überhaupt nicht ähnlich."
„Unsere Mutter schrieb ja, dass er sich, entsprechend der Anordnung seines Arztes, ab einem gewissen Zeitpunkt in Ungarn behandeln ließ. Da es keine weiteren Briefe mehr gab, könnte es sein, dass er nie wieder nach Karlsbad fuhr. Unsere Mutter wusste anscheinend auch nichts Näheres über ihn und ob sie nach ihm gesucht hat, wissen wir nicht."
„Mein Vater hörte bald nach der Geburt seines Enkels mit den Kuraufenthalten auf."
Isabells Gedanken schweiften in die Vergangenheit. Die Zwillinge unterbrachen sie. „Frau von Föhrenwald, wir finden kein Bild, welches uns bekannt vorkommt. Aber wir würden gerne ein Bild mitnehmen, es wäre eine Erinnerung an unseren möglichen Vater."
„Ich zweifle nicht an den Worten Ihrer Mutter. Hatten Sie überhaupt keinen Vater?"
„Doch, Ottokar."
„Und der ist nicht Ihr Vater?"
Die Zwillinge blickten einander an und antworteten, dass es laut Geburtsurkunde nicht so wäre, dort stünde ‚Vater unbekannt'. „Mutter hatte es nie erwähnt. Wir waren bereits erwachsen, als wir unsere Geburtsurkunden benötigten und feststellen, dass Ottokar nicht unser Vater ist. Mutters ganzer Kommentar war, dass sie nichts Näheres wisse, denn unser Vater kam nie wieder nach Karlsbad."
„Mutter hatte ihren langjährigen Schulfreund Ottokar geheiratet, der sie immer noch wollte, obwohl wir schon auf der Welt waren. Er war uns immer ein guter Vater, leider ist er relativ jung verstorben. Mutter blieb bis zu ihrem Tod allein und nun wissen wir, wer möglicherweise unser Vater war. Eigenartig ist, dass wir so alt sind wie Ihr Sohn und dennoch wären wir zu Ihnen Halbschwestern."

„Wenn es nach den Briefen geht, könnten wir tatsächlich den gleichen Vater haben. Erzählen Sie mir von Ihren Familien, haben Sie Kinder, was arbeiten Sie, wo wohnen Sie? Ich weiß, lauter Fragen, aber ich möchte über meine möglichen Schwestern gerne mehr wissen."

Die Schwestern erzählten in Kurzform ihre Familienverhältnisse und erwähnten so nebenbei, dass sie ausgezeichnete Reiterinnen seien und von den Pferden auf den Koppeln begeistert waren.

„Wenn ihr Zeit habt, zeige ich euch gerne das Gut oder noch besser - kommt mit euren Familien einfach mal zu Besuch." Isabell hatte unbeabsichtigt zum Du gewechselt.

„Danke, diese Einladung würden wir gerne annehmen. Wir könnten kommen, wenn unsere Kinder Ferien und unsere Männer Urlaub haben. Wir würden uns sehr freuen. Nun fahren wir nach Hause, denn die Unseren werden schon neugierig sein, ob wir Erfolg hatten." Sie verabschiedeten sich und versprachen bald wieder zu kommen.

Isabell konnte nicht glauben, dass ihr Vater sich nicht um die Zwillinge gekümmert hatte. *Es passt so gar nicht zu ihm. Wie sollte er wissen, dass die Zuneigung zu dieser Frau solche Folgen hatte? Es ist ein eigenartiges Gefühl, dass ich auf einmal so junge Schwestern habe, die müssten sich mit meinem Christoph und seiner Delia bestens verstehen, wo sie doch gleich alt sind. Ich muss mich mit Gundi unterhalten, ob sie etwas weiß. Vielleicht hatte mein Vater auch mit Gundi ein Verhältnis, das ein Geheimnis blieb. Ich werde noch verrückt, das alles passt nicht zu dem Bild von meinem Vater.*

Als sie so ihre Gedanken wälzte, fiel ihr jenes Gespräch mit Bernhard ein. Dieser hatte erzählt, auf einer seiner Reisen einen Graf von Rittersheim kennen gelernt zu haben, der angeblich ihren Vater in Karlsbad auf einem Reiterhof getroffen hatte. Die Zwillinge sprachen ebenfalls von einem Reiterhof. *Vater, kann es sein, dass du später keinen Kontakt mehr mit dieser Frau hattest? Aber es sieht so aus als wären dies deine Kinder.*

Isabell hatte Gundi am Telefon ersucht vorbeizukommen, wenn es ihre Zeit erlaubte.

*

Nachdem Delia von ihren Lesungen zurückgekehrt war, spazierte sie mit ihrem Christoph rund um den See. Er erzählte die Neuigkeiten. Delias erste Reaktion war: „Dieses Bild passt nicht zu deinem Großvater", und sie schwieg. „Delia, was ist? Warum bist du so schweigsam?"

„Christoph, wenn es so ist wie es aussieht und es tatsächlich Halbschwestern deiner Mutter sind, hätten diese Anspruch auf einen Erbteil in der Größenordnung wie ihn Isabell bekam."

„Delia, so simpel ist das nicht, in diesen Briefen sind Namen genannt, die auf unsere Familie zutreffen. Ob wirklich mein Großvater deren Vater ist, das ist mit diesen Briefen nicht erwiesen. Aber ich rede mit Peter darüber, und du solltest mich nicht mit solchen Gedanken konfrontieren."

„Christoph, es ist immer besser man beschäftigt sich mit einer eventuellen Tatsache und ist gewappnet, wenn diese zum Tragen kommt. So wie du mir das erzählt hast, ist deine Mutter begeistert von der Idee, Schwestern zu haben und dass diese auch noch Kinder haben, vergiss das nicht."

Christoph überlegte, wie groß der Erbteil seiner Mutter war und er wurde leicht blass, als er dies mit zwei multiplizierte - rund 900.000 Schilling. *Ohne größere Verkäufe kann ich diese Summe nicht aufbringen, wobei Mutter auf einen Großteil verzichtet hat. Lediglich 150.000 Schilling in bar wollte sie haben.*

„Ich muss unbedingt mit Peter sprechen. Delia, ich denke nicht einmal im Traum daran, für das Abendteuer meines Großvaters diese Summe zu bezahlen. Ich bin nicht gewillt auf Grund der Briefe, obgleich Mutter von den beiden Frauen begeistert ist, auch nur einen Schilling freiwillig zu bezahlen. Ich hoffe Mutter reagiert in ihrer Euphorie nicht allzu herzlich und macht ihnen irgendwelche Hoffnungen, weil sie diese vermeintlichen Schwestern um sich haben möchte. Wie siehst du das?"

„Christoph, du bist der Herr von Gut Reichental und du musst wissen, ob das Gut in der Lage wäre, solche Summen zu verkraften."

Gundi und Isabell saßen sich im Wohnzimmer gegenüber und Isabell erzählte Gundi den Hintergrund zum Besuch der Zwillinge. „Was halten Sie von der Geschichte, Gundi?"
„Frau von Föhrenwald, was soll ich sagen, seit der Zeit, wo ich auf dem Gut bin, ist Ihr Herr Vater nie zur Kur gefahren."
„Gundi, das weiß ich auch, aber halten Sie es für möglich?"
„Wie soll ich das wissen?"
„Gundi, so wie Sie mit meinem Vater vertraut waren, könnte es doch sein, dass Sie und mein Vater sich vielleicht auch geliebt haben und ich das nicht mitbekommen habe."
Diesmal wurde Gundi etwas rot. „Frau von Föhrenwald, Sie wissen ganz genau, dass ich Ihren Herrn Vater sehr verehrte und wir uns um Ihren Christoph liebevoll kümmerten."
Die Röte in Gundis Gesicht war nicht gewichen, was Isabell veranlasste nachzufragen.
„Gundi, ich bin die Letzte, die Ihnen und meinem Vater dies nicht vergönnt hätte, bloß damals hätte ich nie im Traum daran gedacht, sondern mich eben über das gute Verhältnis gefreut. Natürlich war da ein Altersunterschied, aber wenn man sich liebt, spielt das doch keine Rolle."
„Frau von Föhrenwald, Sie können es nicht vergessen haben, wie sehr ich mit Ihnen getrauert habe, als ihr Vater verstorben ist, wir trösteten uns gegenseitig in unserem Schmerz."
„Gundi, Sie brauchen mir keine Antwort zu geben, aber wenn ich den einen Gedanken noch aussprechen darf: Es könnte doch Ihre Nähe gewesen sein, die bewirkt hat, dass Vater nicht mehr zur Kur fuhr."
„Frau von Föhrenwald, ich muss für Christoph und Delia das Abendessen richten. Kann ich mich verabschieden?"

Ach, Vater, ich kann dich verstehen, jeder sehnt sich nach Liebe, und wenn du sie bei Gundi gefunden hast, hattest du mit ihr sicherlich eine schöne Zeit. Ich kann aber nicht glauben, dass du dich der Verantwortung entzogen hättest, wenn du von der Schwangerschaft gewusst hättest. Andererseits hat Vater mit den Kuraufenthalten erst aufgehört, als Gundi aufs Gut kam und davor war er in Ungarn und Italien. Vielleicht war diese Liaison für ihn nicht so wichtig, so dass er nie wieder dorthin fuhr. Umso mehr ist es nun meine Pflicht mich um diese Zwillinge zu kümmern, wenn schon mein Vater dieser nicht nachkam. Aber wie soll ich es anstellen? Ich muss mit Christoph reden, denn es steht ihnen sicherlich eine Wiedergutmachung zu.

*

Die Zwillinge wurden von ihren Familien schon mit Spannung erwartet. Sie konnten alle gestellten Fragen beantworten. Zu ihren Ehemännern sagten sie: „Isabell, also seine Tochter, könnte sich mit der Tatsache, dass wir eventuell Halbschwestern sind, schon anfreunden. Sie hat uns alle eingeladen. Liebe Männer, ihr solltet euch, wenn die Kinder die nächsten Ferien haben, Urlaub nehmen, dann könnten wir gemeinsam einige Tage dort verbringen. Sie haben wunderschöne Pferde, wir könnten den ganzen Tag reiten. Für Ausritte stehen weit verzweigte Feld- und Waldwege zur Verfügung. Zuerst hielten wir bei vielen kleinen Häusern, die im Halbkreis aufgestellt sind und fragten nach der Familie. Wie sich herausstellte, war das der Meiereihof, wo die Arbeiter und Büros untergebracht sind. Erst später stellten wir fest, dass dahinter die Stallungen waren. Man ersuchte uns, an der Steinmauer entlang bis zum Tor zu fahren. Wie im Film war das, wir fuhren durch den Park, am imposanten Gutshaus vorbei, bis wir bei Christophs modernem Haus hielten."
Karoline lag neben ihrem Mann im Bett. Ihre Gedanken waren bei dem wundervollen Gut. Sie sah sich schon hoch zu Ross über die Felder galoppieren. Günther, ihr Mann, holte sie in die Realität zurück. „Karoline, wenn ihr nun wirklich Halbschwestern von Isabell sein solltet, wären wir all unsere Sorgen los."
„Günther, wie meinst du das?"
„Wenn du eine von ihnen bist, sollten wir uns überlegen, ob wir nicht dorthin ziehen und ebenfalls wie Gutsleute leben."

„Günther, du mit deinen Illusionen, du solltest froh sein, dass du wieder Arbeit bei dem Notar hast. Ich weiß noch immer nicht den Grund, warum du nicht mehr bei Dr. Röder arbeitest."

„Es hat nicht mehr gepasst und du brauchst mich nicht andauernd nach einem Grund fragen. Ich sorge ja für euch und verhungert sind wir auch nicht. Es kann nicht jeder so brillant wie Peter sein. Allein seine arrogante Art macht mich wahnsinnig, er glaubt etwas Besseres zu sein. Er bildet sich jetzt noch mehr ein, seitdem er in dem Greißlerladen Geschäftsführer wurde."

„Günther, aus dir spricht doch bloß unbegründeter Neid. Du hast ein abgebrochenes Studium der Rechtswissenschaften, es fehlt dir angeblich nur die letzte Prüfung. Er hat nicht studiert und dennoch seinen Weg gemacht. Wieso fühlst du dich ihm gegenüber immer als Versager? Im Übrigen ist es das größte Delikatessengeschäft in der Stadt. Natürlich können sie sich wesentlich mehr leisten als wir, obwohl auch ich arbeite, was Grete nicht muss. Trotzdem reicht es bei uns nie. Du vergisst, dass Peter in diesem Geschäft seit Jahren tätig ist, während du immer unzufrieden bist und wechselst, weil du glaubst, wo anders geht es dir besser. Aber kurze Zeit später ist auch dort nicht alles so wie du dir das erträumst. Ich will mich nicht beschweren, denn ich helfe ja gern immer wieder mal aus in dem Haushaltswarengeschäft, für Grete wäre das unvorstellbar, also muss Peter eben mehr verdienen als du, trotz deines teilweisen Studiums. Komm, lass uns schlafen."

Grete und Peter saßen bei der Flasche Portugieser, welche sie in der Vinothek gefunden hatten und die die Schwestern zum Gut geführt hatte. „Was hältst du von dem Ganzen, Peter?"

„Was soll ich sagen, du hattest eine schöne Kindheit und Ottokar war dir ein guter Vater. Ich denke, die gefundenen Briefe haben in euch etwas geweckt, was ihr schon lange vergessen hattet. Natürlich seid ihr etwas durcheinander, denn das Gut, die Leute und die Tatsache, dass man eine mögliche Verwandtschaft nicht gleich in Abrede stellte hat euch sehr euphorisch gemacht. – Allerdings, meine Liebe, ohne eurer Mutter etwas zu unterstellen, es könnte ja sein, dass sie sowieso einen Freund hatte, sich aber in diesen Magnus verliebte und die Zeit des Kuraufenthaltes mit ihm genoss. Ob eine Blutsverwandtschaft vorliegt, müsste mittels Test festgestellt werden. Natürlich könnte es sein. Nett finde ich, dass wir dort für einige Urlaubstage verweilen könnten. Wenn ich denke, dass man dort stundenlang im Gelände reiten kann, fände ich das schon super."

„Peter, du hast mit allem was du eben gesagt hast Recht, anderseits musst du auch uns verstehen. Wir finden die Briefe, und es wird uns wieder bewusst, dass Mutter uns nie etwas über unseren wirklichen Vater sagte. Nun haben wir möglicherweise dessen Familie gefunden. Ich denke, es wird sich nichts ändern, denn wir sind hier seit Jahren glücklich und es ist unser zu Hause. Karoline sieht es auch so, wir haben uns auf der Heimfahrt entschlossen das Angebot, dort zu urlauben, anzunehmen. Wir werden ja sehen, was Isabell oder ihre Familie für Vorstellungen haben. Für unsere Familien wird sich nichts ändern."

*

Isabell besuchte Christoph und Delia, um mit ihnen über ihre möglichen Halbschwestern zu plaudern.

„Christoph, was sagst du zu der Tatsache, dass Großvater noch Kinder hatte und du nun zwei ganz bezaubernde Tanten."

„Mutter, es freut mich für dich. Ist dir bewusst, was das bedeuten könnte? Sollten sie wirklich Halbschwestern sein, hätten sie Anspruch auf ein Erbe. Ich fürchte, du machst dir darüber keine Gedanken. Das Gut kann sich das nicht leisten und ich bin nicht bereit, die Existenz des Gutes wegen eines möglichen Seitensprungs meines Großvaters zu gefährden."

„Christoph, es ist mein Vater. Wie sprichst du über deinen Großvater, der nur dein Bestes wollte?"

„Eben, er wollte mein Bestes. Ich sehe nicht ein, warum ich jetzt sein Lebenswerk für angebliche Kinder von ihm zerstören sollte. Wenn du sie unterstützen willst, kannst du das tun, aber nicht aus dem Vermögen des Gutes. Mutter, ich meine es Ernst."

„Christoph, ich kann nicht glauben, dass das wirklich deine Meinung ist."
„Mutter, du weißt schon von welcher Summe wir sprechen? Das würde sich auf mindestens 900.000 Schilling plus die Zinsen belaufen."
„Delia, du bist so schweigsam, findest du, dass sich mein geliebter Sohn eben richtig verhalten hat?"
„Isabell, ich finde seine Bedenken, was das Gut betrifft, sehr vernünftig, es ist unser aller Existenz. Was die Aussage zu seinem Großvater betrifft, die will ich nicht kommentieren."
„Ich verstehe euch nicht. Wie kommt ihr darauf, dass diese Frauen sich am Gut bereichern wollen, sie haben ihren möglichen Vater gesucht. Ich finde, sie sind glücklich, ihn zumindest von einem Bild her zu kennen, auch wenn es nicht erwiesen ist. Nein, ich sehe das alles nicht so schwarz wie ihr. Ich freue mich, und ich habe sie mit den Familien eingeladen, da alle ausgezeichnete Reiter sind und ihr sowieso einen Reiterhof plant."
„Mutter, du verkennst die Situation. Was haben sie schon? Namen - und wer sagt, dass Großvater ihr biologischer Vater ist? Es wird nicht lange dauern und sie werden mit ihren Ansprüchen kommen, aber von mir können sie sich nichts erwarten. Selbst Verena wollte wissen, wann ich das Gut geerbt habe, auch sie denkt darüber nach. In ihrem Fall ist die Situation anders, denn Vater war nie Eigentümer des Gutes, aber diese wären Kinder deines Vaters, da sieht es rechtlich ganz anders aus."
„Christoph! Wenn du so sprichst, erkenne ich in dir nicht meinen Sohn. Wir haben doch keine Not. Und wer sagt dir, dass ihnen ein Erbteil zusteht?"
„Mutter, wenn sie beweisen können, dass Großvater ihr Vater ist, stünden ihnen die gleichen Summen zu wie dir. Natürlich kannst du die jungen Frauen nett finden, aber das ist schon alles. Es kann nicht dein Ernst sein, das Gut in finanzielle Schwierigkeiten bringen zu wollen, um das Ansehen deines Vaters zu retten. Du bist diesen Frauen nichts schuldig, und wenn Großvater von der Schwangerschaft nichts wusste, tust du ihm keinen Gefallen, wenn du die Schuld auf dich nimmst."
„Mein geliebter Sohn, ich kann nicht glauben wie du dich verhältst, kein Mensch will dir etwas wegnehmen. Wenn dich Großvater hören könnte, er würde nicht glauben, dass du so sprichst."
„Mutter, ich habe dir meine Meinung gesagt und es hängt einzig und allein von dir ab, ob wir wegen diesen angeblichen Tanten streiten. Tatsache ist, sie hätten Anspruch und nur du könntest ihnen zur Klärung verhelfen und damit Beweise schaffen. Frag Peter, er wird dir die rechtlichen Details erklären. Bitte Mutter, es geht um das Erbe deines Vaters, denke darüber nach und sei nicht so blauäugig."
„Delia, siehst du das auch so oder bin nur ich davon überzeugt, das diese jungen Frauen nicht an ein Erbe denken."
„Isabell, es bleibt dir nichts anderes übrig als der Tatsache ins Auge zu sehen, dass dein Sohn die Existenz des Gutes gefährdet sieht, wenn er ihr Erbe auszahlen müsste. Was glaubst du, wie sich dein Mann freuen würde, wenn er davon Kenntnis hat und den beiden vielleicht auch noch den Tipp gibt, sich um ihr Recht zu kümmern."
„Ihr wollt mich nicht verstehen, es sind meine Schwestern und mein Vater hatte ein Recht, nach dem Tod meiner Mutter sein Leben zu leben. Ihr seht rein das Geld und seid unmenschlich", sagte Isabell verärgert und verließ die beiden.
Haben sie Recht? Oder bin allein ich diejenige, die diese Situation und deren Folgen nicht erkennt. Aber Vater war kein Mensch, der sich nicht um seine Kinder geschert hätte. Andererseits, wenn er wirklich nichts davon wusste? Aber umso mehr sollte ich mich um sie kümmern, wenn es tatsächlich seine Kinder sind. Um dies festzustellen, müsste ich mich testen lassen, was ich mir noch gründlich überlegen sollte. Christoph meinte, es liege an mir, ob ich das Gut gefährden will. Ach, Vater, das alles passt so gar nicht zu dir.

*

Friedlich grasten die Pferde neben der inzwischen auch für Delia lieb gewordenen Bank beim Weiher. Christoph und sie genossen den Blick über die imposante Landschaft des Gutes, welche von den letzten Strahlen der Abendsonne in ihr eigenes Licht getaucht wurde.
„Liebste Delia, ich habe bereits Überlegungen wegen unserer Hochzeit angestellt. Ich möchte diese mit einem großen Erntedankfest, so wie es zu Großvaters Zeiten stattfand,

verbinden. Ein Erntedankfest sollte eigentlich Tradition auf einem Gut sein. Vater hat es abgeschafft, doch ich werde es wieder einführen. Unsere Erntedankfeste fanden immer im Park des Gutes mit Messe und Segnung der Erntekrone sowie dem gemeinsamen Essen mit unseren Arbeitern und Tanz statt. Wir könnten uns nach der standesamtlichen Trauung hier im Anschluss an die Messe trauen lassen und hätten einen wunderschönen Rahmen, der auch für unsere Gäste etwas Einmaliges bietet. Was hältst du von der Idee?"

„Ich könnte mir das sehr gut vorstellen, und wir würden damit die Verbundenheit zum Gut ausdrücken."

„Ein großer Teil der Gäste kommt aus der näheren Umgebung, für die anderen müssten wir in den Hotels Zimmer bestellen. Am Gut ist keine Möglichkeit Gäste unterzubringen, es gab schon Probleme bei Verenas Besuch. Wegen der Zimmer muss ich mit Mutter reden, wir haben mindestens vier Zimmer, aber diese dienen als Lager für die alten Möbel. Mutter konnte sich von den Möbeln, die zu Großvaters Zeiten üblich waren, nicht trennen."

„Christoph, warst du schon einmal in einem Pensionszimmer von Frau Waldmüller?"

„Nein."

„Dort sind die Zimmer mit alten Möbeln eingerichtet und ich finde die Zimmer sehr wohnlich. Was sind das für Möbel am Gut? Ich werde mit deiner Mutter sprechen, vielleicht kann man diese verwenden und mit anderen ergänzen."

„Delia, was hältst du davon, wenn wir zur standesamtlichen Trauung ausschließlich die engste Familie, die Trauzeugen und die geladenen Gäste mitnehmen? Nein, besser wären nur die Trauzeugen, … entschuldige, ich habe nicht gleich daran gedacht, dass du keine Familie mehr hast."

„Christoph, das kannst du deiner Mutter nicht antun. Was hältst du davon, wenn ich sie mir als Trauzeugin nehme? Bei der kirchlichen Trauung könnten wir unsere Freunde nehmen. Wann wäre das Fest geplant?"

„Spätestens Ende September."

„Wenn dies so ist, sollten wir deine Mutter einweihen, damit sie sich nicht wieder übergangen fühlt. Ich glaube, dir ist es Ernst mit dem Heiratstermin, Christoph, oder?"

Sie besuchten Isabell. Christoph erzählte ihr von den Plänen zu einem Reiterhof und fragte sie auch, was sie von der Wiedereinführung eines Erntetankfestes auf dem Gut hielt.

„Christoph, das wäre eine Freude, sie sind mir all die Jahre abgegangen. Vater wollte keine, und so hat er sie abgeschafft; ich habe ihm viel zu viele Freiheiten gelassen."

„Ich erinnere mich gern an die Zeit, als Großvater sie noch organisierte, und ich will sie wieder aufleben lassen. Mutter, wir haben noch andere Pläne, eigentlich war es Delias Idee. Sie möchte sich die alten Möbel ansehen und damit unsere Gästezimmer einrichten."

„Was habt ihr vor?"

„Nichts Besonderes, aber es ist schon etwas befremdend, wenn man niemand einladen kann, weil es keine Gästezimmer gibt, und Delia will ihre Freundinnen einladen. Sie hat so eine Idee, die alten Möbel mit anderen zu kombinieren, so wie sie es in der Pension von Frau Waldmüller gesehen hat."

„Delia, wenn du willst, können wir uns die Möbel in den Zimmern gleich ansehen."

Delia war begeistert, da standen Kästen, Sekretäre, Schminktische und Betthäupter aus den Epochen Biedermeier, Barock, Jugendstil, Klassizismus, Alt-Deutsch und sogar Louis-Philippe herum.

„Isabell, da ist jedes Stück ein Vermögen Wert, die gehören lediglich aufpoliert. Damit könnte man Zimmer exzellent einrichten. Wieso habt ihr die nicht in Verwendung oder du, Christoph?"

Isabell erläuterte: „Eigentlich sind diese von meinem Großvater und Vater, aber Bernhard ist ein Mensch, der mit der Zeit geht, und er hat alles entsprechend dem neuesten Trend eingerichtet. Von den Möbeln meines Großvaters und Vaters konnte ich mich nie trennen."

Christoph ergänzte: „Die passen doch nicht in unsere Zeit, heute hat man ganz andere Vorstellungen von wohnen als damals."

„Das ist schon richtig, aber glaube mir, das eine oder andere Stück würde auch in deinen Salon passen, es kommt auf die Kombination an, oder hier im Gutshaus in das untere Wohnzimmer. – Isabell, es war sehr klug, diese alten Möbel aufzuheben. Lass mich machen, ich richte dir die Zimmer damit ein, und was fehlt, das ergänzt man eben mit moderneren Möbeln oder sucht bei Antiquitätenhändlern. Aber nicht bei denen, die die schicken Geschäfte haben, sondern bei jenen, die alles sammeln und hoffen, dass jemand etwas sucht. Es gibt sie noch, die so genannten Trödler."

„Sag, Delia, wieso kennst du dich mit den Epochen der Möbel so gut aus?" fragte sie Isabell.

„Ich hatte einen älteren, langjährigen Verehrer, der in diesem Geschäft tätig war und von dem habe ich so einiges gelernt, auch ich habe das eine oder andere antike Stück in meiner Wohnung."

„Meine Lieben, ich frage mich die ganze Zeit, ob da nicht auch etwas anderes dahinter steckt als bloß, dass man eben Gästezimmer braucht, falls jemand zu Besuch kommt?"

„Mutter, Delia hatte die Idee, später Zimmer an passionierte Reiter zu vermieten, denn es gibt kaum einen Reiterhof, der so ein Gelände bieten kann wie wir. Es würde Leben in die Räume kommen und du hättest Gesellschaft. Was hältst du davon, Mutter?"

„Christoph, du bist nun der Herr auf Gut Reichental, natürlich unterstütze ich deine Pläne, denn sie sind gut."

„Das freut uns, denn wir brauchen die Zimmer auch, wenn wir im September unser Erntedankfest feiern." Christoph schubste Delia und meinte, „Nun bist du an der Reihe."

„Isabell, ich habe eine große Bitte, möchtest du am Tag des Erntedankfestes meine Trauzeugin sein?"

„Ihr wollt heiraten? Natürlich will ich", und sie umarmte die beiden.

„Wir wollen uns nach dem Standesamt hier am Gut nach der Dankesmesse kirchlich trauen lassen."

„Ich freue mich für euch, es bleibt nicht mehr viel Zeit. Habt ihr euch schon Gedanken gemacht, wen ihr einladen wollt?"

„Delia ihre Freundinnen mit Anhang und den Chef des Verlages mit Gattin, dafür brauchen wir die Zimmer. Meine Freunde, vielleicht auch jemand aus Schottland. Die aus der Umgebung fahren sowieso mit ihren Autos heim oder wir bringen sie mit den Kutschen. Mutter, du solltest dir Gedanken machen, wen du gerne einladen möchtest. Es soll ein tolles Fest werden, wir haben immer viele Leute zum Erntedankfest eingeladen."

„Christoph, ich möchte wissen, ob du deine Halbschwester einlädst."

„Mutter, ich … wir haben keine Veranlassung sie einzuladen und ich hoffe, Vater wird dies trotz seiner Bosheit unterlassen, aber fragen werde ich ihn nicht. Wir haben uns auch wegen der Sitzordnung Gedanken gemacht. Neben uns sollen die Trauzeugen der standesamtlichen und der kirchlichen Trauung sitzen, wobei deren Angehörige nicht an diesem Tisch sitzen werden. Damit können wir vermeiden, dass du neben Vater sitzen musst. Delia hat sich das überlegt."

Als Isabell allein war, holte sie die Telefonnummern ihrer Freundinnen hervor und rief sie der Reihe nach an. Die Gespräche waren ähnlich. „Erinnerst du dich noch an unsere Erntedankfeste von früher? Christoph, mein Sohn, hat nun das Gut übernommen und er will die Tradition seines Großvaters heuer wieder aufleben lassen. Ich würde mich freuen, wenn du Zeit hättest, das Fest wird am 21. September sein. Ich habe auch alte Schulfreundinnen eingeladen so könnten wir das Fest nützen, um uns wieder einmal zu sehen. Unabhängig von unserem Treffen wäre es nett, wenn du in Tracht erscheinen könntest, denn mein Sohn heiratet auf dem Fest. Seine geladenen Freunde sollen ebenfalls in Tracht erscheinen. Es finden also zwei Feste statt an diesem Tag, aber alle Besucher werden das Erntedankfest genießen, bei dem du mein Gast bist. Meine Telefonnummer ist noch immer die gleiche. Überleg es dir und lass dich nicht abwimmeln, sollte Bernhard am Apparat sein, wenn du zurückrufst. Ich habe erfahren, dass er in der Vergangenheit so mancher Anruferin erklärt hatte, ich hätte keine Zeit, da ich mich ausschließlich meinem Sohn zu widmen hätte. Leider hat sich die eine oder andere bereits am Telefon abschrecken lassen. Erst jetzt ist mir klar geworden, warum dieser oder jener Kontakt abgebrochen ist. Ich hatte immer gedacht, weil ich Bernhard geheiratet habe und wusste, dass viele mit meiner Entscheidung nicht einverstanden waren."

*

Die Hufe der Pferde wirbelten die Erde hoch, als Delia und Christoph im scharfen Galopp die abgemähten Getreidefelder überquerten. Bei den Fischteichen legten sie eine Rast ein. Christoph hatte gute Laune, die sehr guten Ernteerträge und die erzielten Getreidepreise trugen dazu bei. Isabells Besuche bei den Hotels waren mehr als positiv verlaufen, die wöchentlichen Folgeaufträge waren ihr Verdienst. Die Vorbereitungen für das Erntedankfest liefen wunschgemäß. Alle Einladungen waren verschickt, es gab keine Absagen - im Gegenteil, es wurde zu der wieder auferstandenen Idee gratuliert. Delia hatte die Zimmer mit viel Liebe und Geschmack unter Verwendung der alten Möbel eingerichtet. Im Salon von Christoph stand nun ein Biedermeierkasten, wo Gundi die feine Tafelwäsche aus Batist unterbrachte. Der Louis-Philippe Sekretär wurde mit einem passenden Stuhl ins Wohnzimmer von Isabell gestellt. Sie war so begeistert, dass dies ihr Lieblingsplatz wurde.

Delia und Christoph freuten sich auf die bevorstehende Hochzeit. Sie hatten sich entschieden, im Dirndl und Trachtenanzug zu heiraten, was auf den Einladungen vermerkt wurde. Ebenso, dass die Hochzeit anlässlich des Erntedankfestes auf dem Gut stattfinden würde.
„Ich vermute, lieber Christoph, du bist rundum zufrieden, oder?" fragte Delia.
„Siehst du das nicht? Ich bin der glücklichste Mensch, ich freue mich, dass du mich auch so liebst wie ich dich."
„Christoph, bist du sicher, dass du nur mich liebst?"
„Delia, was soll die Frage, natürlich liebe ich nur dich."
„Liebst du mich, auch wenn ich nicht allein bin?"
„Was soll das nun heißen, Delia, du hast doch keinen anderen?"
„Christoph, es gibt aber nun jemand, der Anspruch auf mich hat."
„Delia - ist es möglich, dass ich Vater werde? Irgendwie bist du anders und sicher bin ich auch nicht, ob du deine Periode hattest, bei all dem Stress. Nun sag schon, werde ich Vater?"
„Ja, mein Geliebter, ich bin schwanger."
„Delia, was wird es denn, wie lange bist du denn schon schwanger und warum hast du mich nicht gleich eingeweiht? Ich weiß, ich habe dir in letzter Zeit die zustehende Aufmerksamkeit kaum zuteil werden lassen. Bitte, spann mich nicht so auf die Folter, ich bin ganz aus dem Häuschen vor Freude. Delia, ich bin so glücklich, es stimmt doch? Ich werde Vater?"
Delia umarmte ihren Christoph, küsste ihn, legte ihm einen Finger auf seine Lippen.
„Wenn du still bist, könnte ich dir alles erzählen. Du lässt mich ja kaum zu Wort kommen. Als die erste Periode ausblieb und die zweite ebenfalls nicht termingerecht kam, habe ich den Arzt aufgesucht. Ja, wir bekommen ein Baby. Es ist die siebente Woche."
„Das müssen wir sofort Mutter erzählen. Die wird sich über ihr erstes Enkelkind freuen."
„Christoph, ich möchte es erst anlässlich unserer Hochzeit verkünden."
„Weißt du, was du da von mir verlangst? Auch unseren Freunden darf ich es nicht sagen?"
„Nein! Beim Erntedankfest darfst du es ganz offiziell verkünden. Ich möchte sicher gehen, dass alles mit unserem Kind in Ordnung ist. Aber freuen darfst du dich mit mir."

Delia hatte mit Isabell mehrere einschlägige Trachtengeschäfte besucht. Die Wahl fiel auf ein sonnengelbes Dirndl für die standesamtliche und ein champagnerfarbenes für die kirchliche Trauung. Zu den Dirndln gab es farblich passende Beutel. Die Suche nach passenden Schuhen war anfangs nicht so leicht, schließlich aber doch erfolgreich.

Christoph lernte Viola kennen, die mit Rosamunde auf dem Gut eintraf. Delias Freundinnen-Trio wurde durch Bernadette komplettiert. Natürlich kam auch Kunigunde mit ihrem Mann - war es doch in ihrem Buchgeschäft gewesen, wo sie gemeinsam auf den Heiratsantrag von Christoph angestoßen hatten. Delia verbrachte den Abend mit ihren Freundinnen und lud dazu auch die Partnerinnen jener Herren ein, die mit Christoph feierten. Carolin Müller, Peters Gattin Carmen, Barbara, die Galeristin, Ingrid und Eleonore, Freundinnen von Christophs Freunden. Später schaute noch Isabell mit ihren Freundinnen vorbei. Es war ein ausgelassener Abend und die Frauen konnten mit ihren teils nicht selbst erprobten Ratschlägen Delias Freude auf ihre Hochzeit am nächsten Tag nicht erschüttern.

Schon in der Früh herrschte reges Treiben im Park. Christoph hatte Anweisung gegeben, dass der Tisch für das Brautpaar und die vier Beistände parallel zum Gutshaus aufzustellen sei. Vier lange Tischreihen, für je 40 Gäste, mussten im rechten Winkel dazu stehen, somit war gewährleistet, dass alle einen direkten Blick zum Brautpaar hatten. Zwischen dem Tisch des Brautpaares und den Tischreihen sollte genügend Platz für die Erntedankkrone, Ministranten und die Gratulanten sein. Um 11 Uhr mussten die Tische der Gäste entsprechend dem Anlass gedeckt sein. Der Tisch des Brautpaares diente vorerst als Altar.

Für den großen Tag hatte sich traumhaftes Wetter angekündigt. Gundi ließ es sich nicht nehmen, dem Brautpaar auf der Terrasse ein besonders kräftigendes Frühstück, entsprechend dem Anlass, zu richten. Jedoch Delia wie auch Christoph waren viel zu aufgeregt um zu frühstücken. „Kinder, ihr erlaubt mir heute diese Anrede. Es wird ein langer und sehr aufregender Tag, da solltet ihr ordentlich frühstücken. Ihr dürft nicht eher aufstehen, bevor ihr nicht alles gekostet habt." Beide lachten, griffen daraufhin nach den Köstlichkeiten, denn sie wussten, Gundi hatte Recht. Danach ging Delia zu Isabell ins Gutshaus. In der Halle traf sie auf ihre zukünftige Schwiegermutter. Beide gingen nach oben, um sich für die standesamtliche Hochzeit umzuziehen. Christoph und Peter fuhren mit der Kutsche, welche mit weißen und roten Rosen geschmückt war, beim Gutshaus vor. Christoph hatte sich zu diesem Anlass aus feinem taubengrauen Tuch einen Trachtenanzug mit hellgrüner Verbrämung anfertigen lassen. Seine Augen strahlten beim Anblick seiner Delia. Ihr sonnengelbes Dirndl passte vortrefflich zu seiner Tracht. Er bot ihr seinen Arm und führte sie zur Kutsche. Peter reichte Isabell mit den Worten: „Frau von Föhrenwald, ich habe Sie schon zu den verschiedensten Anlässen gesehen, aber so wie Sie heute strahlen, sah ich Sie noch nie", seinen Arm. „Das brombeerfarbene Dirndl unterstreicht diesen Eindruck."
„Ach, Peter, lange habe ich auf diesen Tag warten müssen. Geben Sie nicht ein wunderschönes Paar ab? Übrigens, wir sind doch per du?"
„Natürlich, Isabell. Wir werden heute gemeinsam den beiden beistehen."
Delia freute sich, dass diese edlen, vor Kraft strotzenden Friesenpferde ihre Hochzeitskutsche zogen. Als der Kutscher die Zügel freigab, fielen die Pferde in einen leichten Trab, und mit jedem zurückgelegten Meter kamen sie dem Standesamt näher, wo sich das Brautpaar im Kreise von Freunden das Jawort geben würde.

Da laufend Gäste eintrafen und Josef angehalten war, alle Autos entlang der Mauer parken zu lassen, wurden die Gäste mit Kutschen zum Gutshaus gebracht. So fiel das Brautpaar beim Zurückkommen nicht wirklich auf. Die Kutsche hielt vor dem Gutshaus, Christoph half seiner Frau galant aus dieser. Sowohl in der Halle als auch vor dem Haus wurden den Gästen Backwaren und Getränke gereicht.
Pünktlich, wie auf der Einladung zu lesen war, begann die Dankesmesse mit der Segnung der Erntedankkrone und all den Gaben, die zur Weihe aufgestellt waren. Nach der Messe richtete der Priester das Wort an die Gäste: „In Kürze werden wir alle Zeugen der Vermählung von Christoph von Föhrenwald mit Delia Agatakis. Während sich die Brautleute im Gut frisch machen, lassen Sie sich die Weine, welche bei Ihren Plätzen bereits auf den Tischen stehen, munden. Sie sind alle von feinster Qualität, ich weiß wovon ich spreche, bekomme ich doch den Messwein aus diesem Haus."

Das Erste, was die Gäste sahen, war Christoph von Föhrenwald mit seinem Beistand Stephan Müller, gefolgt von Isabell von Föhrenwald und Peter Edelhofer. Da stand nun der Bräutigam und wartete sehnsüchtig auf seine Delia. Ein Raunen ging durch die Menge, als diese mit ihrem champagnerfarbenen Dirndl am Arm ihrer Freundin erschien. Viola hatte sich für ein lindgrünes Dirndl entschieden, damit das von Delia noch mehr zur Geltung kam. Christoph war beim Anblick seiner Delia perplex, denn er wusste nicht, dass sie für die kirchliche Trauung ein anderes Dirndl gewählt hatte. Nun standen sie vor dem Pfarrer, der einige Worte über das Brautpaar sprach, unter anderem, dass sie bereits eine Prüfung hinsichtlich ihrer Liebe gemeistert hatten. „Zu Beginn ihrer jungen Liebe schien es nicht so, als würden sie heute so gelöst vor uns stehen können. Aber ihrer Liebe war das Schicksal hold und so kann ich die Brautleute heute mit Gottes Segen vereinen." Das ,Ja, ich will' wurde von ihnen mit lauter Stimme gesprochen. „Sie dürfen nun die Braut küssen" – der Satz durfte nicht fehlen. Das frisch getraute Paar küsste sich ziemlich lange unter dem Beifall der Gäste. Der Priester, die Brautleute sowie die Beistände zogen sich in die Halle des Gutes zurück, um die notwendigen Papiere zu unterschreiben. Inzwischen wurde aus dem Altartisch jener der Brautleute. An den Enden wurden Blumen-Arrangements aufgestellt, unter den Blicken der Gäste wurde er in Windeseile gedeckt. Zu zweit wurden die Tischtücher aufgelegt, anschließend von sechs Personen die Teller, das Besteck und von weiteren die Gläser und Servietten fachgerecht arrangiert. Selbst Blumengirlanden wurden ausgelegt. Ein letzter prüfender Blick, und schon erschien das Brautpaar mit den Beiständen und dem Priester.

Es war Christophs Wunsch gewesen, dass die Arbeiter des Gutes an diesem Tag frei bekamen, damit sie der Vermählung ihres neuen Herrn wie alle anderen Geladenen als Gäste beiwohnen konnten. Also war in der Küche angemietetes Personal beschäftigt. Die Speisenfolge wurde entsprechend dem Brauchtum von Bauernhochzeiten ausgerichtet.

Während nun die ersten Gratulanten vor dem Tisch des Brautpaares erschienen, begann die Blasmusik des Dorfes zu spielen. In der Einladung war vermerkt worden, dass das Brautpaar keinen Hausstand gründen müsse und man von diversen Geschenken Abstand nehmen sollte. So wurden nicht nur Glückwünsche ausgesprochen, Hände geschüttelt und Wangen geküsst, sondern auch Kuverts überreicht. Schließlich kam die Reihe an Christophs Eltern. Seine Mutter kam mit Tränen des Glücks auf sie zu und umarmte die Brautleute. Sein Vater hatte sich die ganze Zeit den Gästen gegenüber so gegeben als würde es keine ehelichen Probleme geben. Er hatte auch dem Alkohol nicht in Massen zugesprochen. Die Gratulation für Delia wurde aber wieder mit etwas Ablehnung ausgesprochen. „Herzlichen Glückwunsch, Sie bekommen was Sie wollten, dafür haben andere alles verloren, was ihnen lieb und teuer war." Seinem Sohn reichte er lediglich die Hand.

Von seinen Leuten bekam Christoph ein besonderes Geschenk. Es hatte sich herumgesprochen, dass er die Jagdprüfung machen wollte, und so schenkten sie ihm einen erstklassigen Hirschfänger und eine schottische Jagdtasche. Christophs Freude war unverkennbar, und er sah darin auch die Anerkennung seiner Leute für seine Arbeit. Als die Schar der Gratulanten vorbei war, nahm er seine Delia und führte sie zum Tanzboden, und schon erklangen die ersten Takte des Brautwalzers. Christoph winkte ab, bedankte sich auch im Namen seiner Frau für die Glückwünsche und die zahlreichen Kuverts. „Bei meinen Leuten möchte ich mich für das sehr persönliche Geschenk bedanken. Ich verspreche euch, bei der Jagdprüfung nicht durchzufallen, damit ich euer Geschenk auch rechtmäßig verwenden kann. - Und nun etwas ganz Privates. Für alle, die sich mit uns freuen wollen, möchte ich sagen: Delia und ich sind schuld, dass bald Großeltern auf dem Gut wohnen werden. Tut uns leid, liebe Eltern, aber auch euch hat dieses Schicksal ereilt." Mit Blick auf die Kapelle, die alles mit einem Tusch untermalte, verkündete er: „Jetzt seid ihr es, die unsere Hochzeitsgesellschaft in Schwung bringen solltet." Als der Brautwalzer verklungen war, forderten er und Delia die Gäste auf, recht fleißig das Tanzbein zu schwingen.

Lange nach Mitternacht verließen die letzten Gäste das Fest. Delia und Christoph waren bis zum Schluss geblieben, eng umschlungen spazierten sie zu seinem Haus. Der Vollmond strahlte genauso wie sie und man konnte sehen wie glücklich sie waren.

Als sie zum Frühstück erschienen, fanden sie auf ihren Plätzen jeweils ein kleines Päckchen vor. Gundi war von den Eheleuten getrennt ersucht worden, diese auf den Frühstückstisch zu legen. Auf Delias Platz war das Päckchen etwas größer und es stand auf dem Kärtchen: *Liebste Delia, dies ist ein Zeichen meiner Liebe für Dich,. Christoph* Delia öffnete ihr Päckchen, und ihr Entzücken über den Inhalt fand kein Ende. Christoph hatte seiner Delia einen alten dunkelroten Granatschmuck geschenkt, in Altsilber gefasst, was hervorragend zu Dirndln passte, welche sie liebte, seit dem sie auf dem Gut wohnte. Es fehlte nichts, die Kette hatte am Dekollete mehrere Reihen, die im Spitz zusammenliefen. Ohrgehänge, Ring und Armband komplettierten diesen Schmuck.

Auf Christophs Schachtel war ein Herz, in welchem zu lesen war – *In Liebe, deine Delia*
Und als er dieses wegnehmen wollte, öffnete sich das Herz. *Für den Mann, der mich mit dieser Heirat zur glücklichsten Frau der Welt gemacht hat. Und so soll auch mein Geschenk verstanden werden, denn unsere Liebe soll ebenfalls immer währen.* Christoph hielt nun einen goldenen Ring mit einer aquamarinblauen Ziselierung in der Hand und blickte etwas ratlos drein.

„Christoph, das ist euer Familienwappen."
Erst jetzt wurde im bewusst, was er in Händen hielt. „Delia, ich weiß gar nicht, was ich sagen soll. Es wurde nie von einem Familienwappen gesprochen und es gab auch keine Hinweise."
„Christoph, es war sehr wahrscheinlich, dass im ersten Weltkrieg alles vernichtet wurde, was darauf Hinweise geben konnte. Aber ich habe so lange gesucht bis ich fündig wurde und euer Name ist laut dem Dokument fast 300 Jahre alt."
Christoph strahlte, und er warf immer wieder einen Blick darauf. Delia fand, dass ihr die Überraschung gelungen war. Er rief sogar seine Mutter an und fragte diese, ob sie irgendwann etwas von einem Familienwappen gehört hatte.
„Christoph, es ist möglich, dass es so etwas irgendwann gab. Warum fragst du, mein Sohn?"
„Meine Morgengabe ist ein Goldring und darauf ist unser Familienwappen. Ja, Delia hat es in einem Taufbuch gefunden. Dort hat ein Salvador von Reichental seine Unterschrift mit diesem Siegel-Wappen im Jahre 1686 beglaubigt."

Christoph hatte aus Gesprächen mit Delia in Erfahrung gebracht, dass ihr Vater seit seiner Kindheit nie mehr auf Kreta gewesen war, da seine Eltern nach Italien übersiedelt waren. Delias Vater hatte keinen Bezug zu seinem Geburtsland. Es hatte sich nie ergeben, dass sie ein Urlaub nach Kreta geführt hätte. Aber Delia wollte die Heimat ihres Vaters und ihrer Großeltern sehen, denn es wurde ausnahmslos Gutes über diese Insel und die Leute berichtet.

Das Flugzeug setzte zur Landung auf dem Flughafen von Heraklion an und Delia fieberte dem Kommenden entgegen. Sie verstauten in dem bestellten Mietwagen ihr Gepäck und versuchten nun nach der Landkarte den Weg nach Chersonissos zu finden.
„Christoph, findest du nicht auch, dass die Häuser und die Geschäfte hier den Eindruck erwecken als würden sie Jahre des Fortschrittes verschlafen haben?"
„Ich hoffe, wenn wir aus der Stadt draußen sind, wird sich der Eindruck ändern. Du darfst nicht vergessen, wir befinden uns am Stadtrand, also sind es eher Vororte, die wir durchfahren."
Nun fuhren sie die Küstenstraße entlang. Links lag das Meer, wo vereinzelte Häuser oder Hotels standen. „Die Erde ist durch die Sonne ganz verbrannt. Sieh, auch in den Olivenhainen wirkt die Wiese farblos, nicht so saftig grün wie bei uns."
Habe ich ‚wie bei uns' gesagt? Ja, ich bin seine Frau und es ist unser zu Hause.
„Delia, was sagst du zu den vielen Oleander-Büschen, wir wären froh, wenn unsere auf der Terrasse auch so wuchern würden."

„Jetzt müssen wir Acht geben. Christoph, wir müssen nach rechts abbiegen, um nach Chersonissos Village zu kommen."
Der Wagen fuhr die Bergstraße hoch und wenig später erreichten sie diesen malerischen Ort.
„Wir werden fragen müssen, wo sich das Haus befindet, welches ich gemietet habe."
Sie fuhren durch das offene Tor und wurden von einer Frau begrüßt.
„Guten Tag, ich Helena, ich koche, putze, wasche, bügle, auch für Sorgen bin ich da. Bitte eintreten, auf Terrasse habe Jause vorbereitet, griechische Salat, Wein, Brot und Wasser. Werde Ihr Gepäck auf Zimmer bringen lassen."
Sie betraten nun ihr neues zu Hause. Kühle umgab sie, denn alle Fensterläden waren geschlossen, aber durch die beweglichen Holzleisten der Außenflügel konnte die Luft zirkulieren. Delia trat hinaus auf die Terrasse und war von der Aussicht begeistert.
„Christoph, ist der Blick nicht herrlich?"
Unterhalb der Terrasse waren Felder mit Olivenhainen. Weiter unten lag der Ort und zwischen den Häusern glänzte das Meer. „Delia, hier heroben ist es wesentlich kühler als unten im Ort, deswegen habe ich das Haus nicht direkt am Meer gemietet."
Bereits zu Hause hatten sie Touren zusammengestellt, denn sie wollten einen Überblick über die Insel bekommen. Abends saßen sie schweigend nebeneinander auf der Terrasse und genossen die laue Nacht. Der Blick auf den Sternenhimmel wirkte sehr vertraut, denn auch zu Hause konnten sie das Sternenzelt genießen. In der Ferne glänzte das Meer im Mondlicht. Delia nahm ihren Mann an der Hand und schob ihn vor sich her, bis er vor dem Bett stand. „Mein geliebter Mann, wir sind im Land der griechischen Götter und ihrer Sagen. Verführe mich, wie dies Eros tat, denn ich möchte mit dir in den Olymp der Lust entschweben."
Nach dem Frühstück brachen sie zur ersten Tour auf. Sie führte sie Richtung Malia, um sich dort für den Anfang jene Ausgrabungen anzusehen, die mit der minoischen Kultur in Verbindung stehen. „Später werden wir durch den Besuch von Knossos so richtig in deren Kultur eintauchen."
Nachher hielten sie bei einer unberührten Sandbucht, um sich dem Badevergnügen hinzugeben. Da Delia nicht pausenlos liegen wollte, überredete sie Christoph, mit ihr auf den nahen Hügel zu spazieren. Je näher sie kamen, um so mehr roch es nach den verschiedensten Küchenkräutern.
„Christoph, schau hier wächst alles wild, was wir teuer kaufen müssen."
Vorrangig war der Geruch von Thymian. Auch Minze, Lavendel, Rosmarin wuchsen hier wild. Einen sehr intensiven Geruch hatte eine Pflanze, wenn man die Blätter zwischen den Fingern rieb, doch es wollte ihr und Christoph der Name nicht einfallen. Aber Delia pflückte einige Blätter, um Helena zu fragen. Auf dem Weg zurück fiel ihr der Name ein - Majoran. Am späten Nachmittag fuhren sie noch nach Agios Nikolaos. Abends schlenderten sie in Chersonissos bis sie ein Lokal nach ihren Geschmack entdeckten. Sie fanden einen Platz direkt beim Meer und hörten unter sich das Brechen der Wellen. Die Balkonterrassen der Lokale waren nämlich alle auf das Meer hinaus gebaut.
Helena war sofort zur Stelle, als sie um Mitternacht in den Hof fuhren.
„Frau Mutter hat angerufen, ob alles in Ordnung. Habe gesagt Kinder sind glücklich. Mutter wünscht schönen Urlaub."
Beide sahen sich an und hatten ein schlechtes Gewissen, denn auf den Anruf hatten sie vergessen. „Danke, Helena."
„Morgen müssen wir gleich anrufen. Mutter soll sich keine Sorgen machen. Aber es waren die neuen Eindrücke, und nach dem ganzen Trubel genossen wir das Alleinsein", meinte Christoph.
„Mein lieber Mann, du hast mir heute Nacht gezeigt wie sehr du mich begehrst. Ich bin rundum glücklich, da kann man schon mal etwas vergessen."

Sie waren die reizvolle Küstenstraße über Gournia bis Vai an die Ostspitze zum Palmenstrand gefahren. „Christoph, es war eine famose Idee hierher zu fahren, ich glaube die Insel bietet so allerhand." Delia war entzückt, als sie mit Christoph unter den Palmen lag, sie war überrascht, dies auf Kreta genießen zu können.
„Das mit dem Palmenstrand habe ich im Reiseführer gelesen und ich dachte, mit der schönsten, liebsten, und nun meiner Frau hier zu liegen, muss wunderschön sein. Auf der

Rückfahrt besuchten sie Gournia. Der Ort war um 1600 v. Chr. ein wirtschaftlich blühendes, unabhängiges Gemeinwesen gewesen, es wird auch „Pompeji der einfachen Leute" genannt. Das auf den Berg von Sitia gelegene venezianische Kastro wurde ebenfalls besichtigt und anschließend das festungsartige Kloster Toplou. Abends wurden sie von Helena verwöhnt, der es gefiel, ihre Gäste mit echter griechischer Kost zu erfreuen: gefüllte Weinblätter und ein ganz vorzügliches Moussaka. Zum griechischen Kaffee gab es Honigkuchen.

Helena hatte ihnen eine Badebucht empfohlen, die so reizend war, dass sie sich nun zwei Tage lang dem Badevergnügen hingaben. Das Meer war klar, der Strand zwar klein, aber dafür waren sie allein. So konnten sie sich ungestört küssen, lieben, lachen und im Meer herumtollen bis sie den von Helena mitgegebenen Picknickkorb inspizierten: Käse, Weintrauben, harte Wurst, das Weißbrot durfte nicht fehlen, und es gab eine kleine Flasche Rotwein und Wasser.
„Wie findest du Helena?" fragte Delia ihren Mann.
„Ich denke, sie gehört zu den Frauen, die sich über das Wohl der anderen Gedanken machen. Allein wie ihr Haus mit viel Liebe eingerichtet ist und sie immer besorgt ist, ob wir auch alles haben. - Morgen, liebste Delia, werden wir ins Bergdorf Kritsa fahren, denn dort wohnten deine Großeltern. Bin gespannt wie das Dorf aussieht."
„Es muss sehr klein sein und es liegt am Berghang. Vaters Eltern hatten Hühner, Ziegen und einen Esel, aber das ist schon alles, woran sich Vater erinnern konnte. Er war kaum fünf Jahre alt, als seine Eltern nach Italien gingen."
Es war tatsächlich ein typisches Dorf, mit engen Gassen und so richtig in den Berghang hineingebaut. Die alten Griechen saßen vor dem einzigen Lokal oder vor ihrem Haus. Sie sahen beladene Esel hinter denen jeweils eine schwarz gekleidete Frau mit Kopftuch ging, ihr Mann aber saß auf diesem. Verglichen mit dem Gut, fühlte man sich bei diesem Anblick in eine längst vergangene Zeit versetzt. Doch hier war es Alltag und alles ging langsam, gemächlich und dennoch hatte es den Anschein, die Leute waren glücklich und zufrieden.

Von Knossos waren beide sehr beeindruckt, denn die Residenz des sagenumwobenen Königs Minos war ein vierstöckiger und raffinierter Palast, in dem Licht einst bis in die untersten Räume fiel. Teilweise konnten sie auch die aufwändige Malereien bestaunen, welche den einzelnen Räumen ihre Bedeutung gaben. Sie wanderten durch den ausgegrabenen Palastbezirk und fühlten sich Jahrtausende in die Vergangenheit zurückgesetzt. Man gewann trotzdem den Eindruck, dass es damals alles gegeben hatte, um das Leben in vollen Zügen genießen zu können.
„Wenn ich daran denke, was wir alles haben, um unsere Lebensmittel haltbar zu machen, und hier gab es lediglich riesige Tongefäße, die entweder tief eingegraben wurden, damit sie den Inhalt kühl hielten, oder die in einem so genannten Vorratsraum standen. Und trotzdem musste damals alles funktioniert haben. Man kam aus dem Staunen nicht heraus. „Delia, wenn ich die Augen schließe, sehe ich dich in einem wallenden weißen Gewand zwischen den Häusern herumspazieren."
„Und du gehst zur Jagd, damit wir etwas zu essen haben. Wir haben Hunger, mein lieber Mann."
„Wir suchen uns eine echte griechische Taverne, denn dort bekommt man sicher typisch griechisches Essen."

Die sorglosen Tage unter der Sonne von Kreta gingen dem Ende zu und sie freuten sich auf ihr gemeinsames Zuhause.

*

Die Ruhe am Gut wurde vom unangemeldeten Besuch von Verena gestört. Josef rief an, um mitzuteilen, dass Verena mit einem VW-Bus voll mit jungen Menschen um Einlass ersuchte.

„Frau Sophie, ich möchte noch bemerken, dass die Jugendlichen nicht unbedingt einen gepflegten Eindruck machen."
„Josef, lassen Sie sie nicht auf das Gut. Ich werde versuchen den Senior zu erreichen, denn Frau von Föhrenwald ist außer Haus und die jungen Eheleute sind auf Urlaub."
Als Verena von Josef hörte, dass sie nicht ins Gut dürfe, wurde sie zornig. Sie schubste Josef zur Seite, öffnete selbst das Tor. Der Bus hielt kurz, Verena stieg ein und Augenblicke später hielt dieser vor dem Eingang des Gutshauses.
„Kommt, folgt mir, wir gehen in die Küche, um uns richtig satt zu essen."
Die werden noch ihr Wunder erleben, wenn sie beabsichtigen mich auszuschließen. Ich bin Bernhards Tochter, ich habe das Recht das Gut zu besuchen. Isabell auf ihrem hohen Ross wird mich noch kennen lernen. Sie kann mich nämlich nicht hinausschmeißen, wenn ich nicht gerade goldene Löffel stehle, hat mir Gustav erklärt. - Die ganze Bande, die ich auf dem Weg hierher kennen gelernt habe, kommt mir dabei gerade recht. Wenn sie bloß das tun, was ich ihnen erlaube, bekommen sie dafür eine Woche Schlaraffenland. Isabell will Krieg, den kann sie haben, ich lasse mich nicht so behandeln. Christoph werde ich fragen, warum er mich nicht zu seiner Hochzeit eingeladen hat, es ist doch nicht meine Schuld, dass es mich gibt.
Aus dem Bus stiegen nun sechs Mädchen mit zerzausten Haaren in bunten Röcken oder Kleidern. Die fünf Burschen in ihren bunten Hemden und weiten Hosen sahen nicht viel besser aus. Verena betrat das Gutshaus und suchte sofort die Küche auf. Sie öffnete alle Kühlschränke und die Türe zum Vorratsraum. „Nehmt euch was ihr wollt, es gehört ebenso gut auch mir." In Bruchteilen von Sekunden war die Küche in ein Schlachtfeld verwandelt.

Sophie suchte nach dem Gespräch mit Josef den Senior auf. Dieser dämmerte in seinem Rausch dahin und war nicht bereit eine Entscheidung zu treffen.
„Herr von Föhrenwald, Sie können sich doch nicht so gehen lassen! Und was soll Josef nun machen, wir sind doch nicht auf einen Bus voll junger Menschen eingestellt." Aber kaum hatte sie ausgesprochen, stand Verena in der Türe.
„Hallo, Vater, danke für die Einladung zur Hochzeit meines Bruders. Ich habe davon erst durch die Zeitung erfahren. Nun aber bin ich mit meinen Freunden hier, jetzt werden wir feiern."
Zu Sophie gewandt sagte sie: „Wir sind in der Küche und haben uns inzwischen selbst bedient, es war niemand da, der uns standesgemäß serviert hätte."
Sophie wurde vor Schreck blass und eilte in ihr Reich. Der Lärm war ja nicht zu überhören. Als sie sah in welchem Zustand die Küche war, blieb ihr fast das Herz stehen. Da standen oder saßen die jungen Leute und ließen sich alles Essbare munden.
Josef hat Recht, wenn er die jungen Leute als ungepflegt bezeichnet.
„Mit sehr lauter Stimme sagte Sophie: „Wer immer Ihnen erlaubt hat, sich hier häuslich niederzulassen, hatte von mir keine Einwilligung. Ich bin die Hausdame und somit habe ich das Recht, Sie aus der Küche zu verjagen. Lassen Sie alles liegen und stehen und gehen Sie in die Halle. Verena erwartet Sie."
Sophie suchte Adelheid und Katharina auf, damit sie die Küche in Ordnung brachten und für die jungen Leute etwas zu essen richteten. Als Sophie wieder in die Küche kam, stand Verena mit den jungen Leuten wieder in dieser und sagte: „Was erlauben Sie sich, es sind meine Gäste und ich habe ihnen erlaubt sich zu nehmen, wonach ihnen der Sinn steht. Sie haben kein Recht, meine Gäste aus der Küche zu werfen."
„Fräulein Verena, ich darf Sie daran erinnern, dass Sie sich eben bei Ihrem Vater beschwert haben, nicht standesgemäß bedient zu werden. Ich habe Anweisung gegeben, und nun verlassen Sie mit Ihren Freunden die Küche und setzen sich in das große Speisezimmer. Es gehört nicht zu den Gepflogenheiten in diesem Hause, dass sich die Herrschaften selbst bedienen."
Sophie ging wieder zu Herrn von Föhrenwald und ersuchte ihn, mit seiner Tochter zu sprechen.
„Es ist doch Ihre Tochter, Sie allein sollten ihr und ihren Freunden entsprechende Verhaltensregeln mitteilen. Außerdem haben die jungen Leute sämtliche Gästezimmer belegt und mir mitgeteilt, dass sie von Verena auf eine Woche kostenlosen Urlaub mit

Verpflegung, Reiten und Kutschen fahren eingeladen wurden. Ich denke, es wäre Ihre Aufgabe als Vater, nach dem Rechten zu sehen."

„Sophie, was wollen Sie von mir, ich habe auf dem Gut keine Entscheidungen zu treffen, im Übrigen ist es mir egal, mit wem meine Tochter unterwegs ist."

Aber es kam noch schlimmer, denn Verena hatte Gregor aufgefordert, Pferde für die jungen Leute zu satteln, wobei sie auf Schneeflocke, Mefisto 2, Barabella und dem Hengst ihres Vaters bestand. „Wen reitet Isabell?"

„Sirene."

„Die auch."

„Fräulein Verena, Sie wissen aber schon, dass ich das ohne Erlaubnis nicht tun kann, ich rufe Herrn von Föhrenwald an."

„Das brauchst du nicht, er weiß es bereits."

„Können Ihre Freunde überhaupt reiten?"

„Könnt ihr reiten?" fragte Verena.

„Wären wir sonst hier?"

Gregor wollte unbedingt Herrn von Föhrenwald anrufen, denn die Pferde durften ausschließlich für den Besitzer gesattelt werden. Verena aber sagte: „Gregor, wenn du nicht tust was ich dir sage, hast du mit Konsequenzen zu rechnen. Im Übrigen, ich bin einige Tage hier und wenn du nicht tust was ich will, werde ich nicht mit dir schlafen. Jetzt geh und sattle die Pferde."

Gregor rief nach Gustav und ersuchte diesen, ihm beim Satteln der Pferde zu helfen. In einem unbemerkten Augenblick aber lief Gregor zum Telefon und rief Herrn von Föhrenwald an.

„Was sollst du tun? Ich komme", und schon war die Leitung stumm.

Gregor ließ sich viel Zeit beim Satteln, was ihm einen bösen Blick von Verena einbrachte. „Beweg dich doch etwas schneller, wir wollen noch bevor es dunkel wird ausreiten."

Die Ersten verließen bereits den Sattelplatz. Zur Verwunderung von Gregor schlugen sie auf die Tiere ein, was zur Folge hatte, dass diese sofort in den Galopp wechselten und mit den unsicheren Reitern davon galoppierten.

Mit blockierenden Reifen hielt der Land Rover des Herrn von Föhrenwald. „Halt, es darf niemand mehr aufsteigen, die Pferde müssen zurück in den Stall."

Aber niemand reagierte, die Übermütigen galoppierten Reitgerten schwingend davon.

„Gregor, wo ist meine Tochter?"

„Die reitet Schneeflocke. Sie war die Erste, die den Hof verließ."

„Sattle mir meinen Hengst."

„Auch den musste ich satteln, sie hat alle Pferde der Familie satteln lassen."

„Dann nehme ich Prinz, aber schnell. – Gregor, was hattest du für einen Eindruck von den jungen Leuten, können die reiten?"

„Außer dem Fräulein Verena kann nicht wirklich wer reiten, aber mit den Reitgerten gingen sie nicht gerade sparsam um, sondern droschen auf unsere Pferde ein."

Bernhard schwang sich in den Sattel, rief Gregor zu, er solle sich ein Pferd nehmen und ihm nachreiten. „Ich denke, dass da sicherlich einiges passieren wird", und schon galoppierte er davon. Das erste Pferd, welches ohne Reiter auf ihn zukam, war Barabella, die zu den Stallungen trabte, er begegnete auch einem etwas humpelnden Burschen.

Den hat sicherlich Barabella abgeworfen, durchzuckte ihn ein Gedanke. In der Ferne sah er die Reiterschar, und ihm gefiel überhaupt nicht, dass er Gregors Bemerkung bezüglich der Reitpeitschen bestätigt fand. Im vollen Galopp versuchte er, zu den vor ihm Reitenden aufzuschließen. Allen voran sah er Schneeflocke und Sirene, die auf den Wald zuhielten. *Nur das nicht! Da werden sich die Pferde von ihren Reitern befreien. Diese ausgelassene Bande hat keine Ahnung, dass Pferde keine Bäume streifen, weil sie wissen wie viel Platz sie brauchen. Aber der Reiter muss selbst dafür sorgen, dass auch für sein Knie Platz bleibt.*

Verena und ein zweiter Reiter hatten bereits den Wald erreicht. Um den anderen den Weg in den Wald abzusperren, hob sich Bernhard aus dem Sattel und trieb sein Pferd noch mehr an. Er griff in die Zügel des ersten Reiters und sprach beruhigend auf seinen Hengst ein, bis dieser stehen blieb. „Sie rühren sich nicht vom Fleck oder Sie bekommen es mit mir zu tun, ich hoffe, Sie haben mich verstanden."

Sodann versuchte er die anderen Pferde zu beruhigen, indem er ihre Namen rief und ebenfalls auf sie zuritt. Gregor hatte die Gruppe nun ebenfalls erreicht, gemeinsam verhinderten sie ein Weiterreiten der anderen.

„Ich bin Verenas Vater, sie hatte nicht das Recht die Pferde für Sie satteln zu lassen, und nun geben Sie mir die Reitgerten. Außerdem, sollte sich jemand meinen Anordnungen nicht fügen, wird er mich kennen lernen. Wir reiten zurück zum Gut. Wenn wir dort angekommen sind, werden Sie sich um die verschwitzten Pferde kümmern, meine Leute werden das Abreiben überwachen. Gregor und ich geben das Tempo vor und ihr haltet euch daran. Haben wir uns verstanden, oder wollen Sie lieber zu Fuß zum Gut zurückkehren?"

Aus dem Wald tauchte Sirene ohne Reiter auf. Bernhard ritt auf sie zu, griff nach dem Zügel, um sie anzuhalten. „Gregor, nimm ihre Zügel. Wer hat das Pferd geritten?"

„Sie heißt Trude, sie ist mit Ihrer Tochter vorausgeritten."

Bernhard musste nicht lange den schmalen Weg entlang reiten, da sah er, wie sich Verena über die am Boden liegende Trude beugte. „Was ist passiert, Verena?"

„Das blöde Pferd hat sie abgestreift und sie hat sich an der Schulter und am Knie verletzt."

„Das kommt davon, wenn man nicht reiten kann. Verena, wie konntest du so verantwortungslos sein?"

Er stieg vom Pferd und sah sich die Verletzungen des Mädchens an. Dieser liefen die Tränen über die Wangen und sie jammerte vor Schmerzen.

„Verena, ich reite zurück zum Gut und komme mit dem Wagen und einer Bahre, wir werden sie aus dem Wald tragen müssen, du bleibst bei ihr."

Bernhard überholte im vollen Galopp die Gruppe, die im Schritt auf dem Weg zurück zum Gut war. Er rief Gregor zu: „Es gibt eine Verletzte, ich hole den Wagen."

Als er mit der Verletzten am Gut eintraf, waren die anderen damit beschäftigt sich um die Pferde zu kümmern. Zuerst mussten sie die Pferde trocken reiben und dann noch bürsten bis ihr Fell wieder glänzte. Dr. Berger, der Hausarzt, war bereits am Gut und untersuchte das Mädchen. Zum Glück hatte sie nur sehr schmerzhafte Prellungen und Blutergüsse am Knie und an der Schulter, die vom Sturz herrührten. Bernhard nahm sich seine Tochter zur Seite, nachdem sie Schneeflocke so wie es angeordnet war, versorgt hatte. Sie wollte zwar protestieren, aber Bernhard sagte bloß: „Das war erst der Anfang. Verena, was hast du dir gedacht? Es war unverantwortlich und wer sind die anderen?"

„Vater, du bist verärgert? Ich bin verärgert, niemand hat mich zur Hochzeit eingeladen und deine Frau tut gerade so als wäre ich eine Aussätzige. Ich möchte als deine Tochter mit Respekt behandelt werden. - Nun, zu deiner Frage: Es sind Freunde von mir und ich habe ihnen versprochen, dass wir gemeinsam reiten werden. Was machst du für ein Theater wegen der Pferde, sie gehören auch mir, denn ich bin deine Tochter und ich habe hier am Gut auch Rechte."

„Verena, du hast hier genauso wenig Rechte wie ich. Du bist noch mehr Gast als ich, denn ich bin wenigstens der Mann von Isabell, auch wenn sie auf mich böse ist und wir getrennt wohnen. Du bist schuld, dass deine Freundin nun verletzt ist, du hättest nicht in den Wald reiten dürfen. Was ist dir eingefallen? Bei uns verwendet niemand die Reitgerte, es sind erstklassige Reitpferde und jedes einzelne ein Vermögen wert. Sie stammen alle aus unserer Zucht. Wie lange wolltest du mit deinen Freunden bleiben? Wobei ich nicht wirklich glaube, dass dies deine Freunde sind, der Umgang passt nicht zu dir."

„Eine Woche habe ich ihnen versprochen, du kannst mich jetzt nicht bloßstellen, Vater. Wie sehe ich denn aus, wenn sie merken, dass ich sie angelogen habe."

„Das, mein liebes Kind, ist mir ziemlich egal, ihr reist heute noch ab. Wenn du wieder kommst und du führst dich wieder so auf, werde ich dich ebenfalls wieder wegschicken. Dieses Benehmen kannst du unmöglich von deiner Mutter haben. Und nun geh zu deinen Freuden. Am Abend will ich keinen mehr von euch sehen."

„Vater, du kannst mich nicht vertreiben, ich habe ein Recht hier zu sein, denn ich bin deine Tochter."

„Rechtlich gesehen, wenn ich dich nicht am Gut wohnen lassen möchte, müsste ich für dich eine andere Wohnmöglichkeit suchen, aber du hast eine Wohnung. Du kannst jederzeit aufs Gut kommen, aber benimm dich wie eine junge Dame, dieses alberne Benehmen passt nicht zu dir. Inzwischen hast du wohl schon deine Reifeprüfung abgelegt, und ich vertraue auf die Intelligenz meiner Tochter. Geh zu deinen so genannten Freunden und enttäusche mich nicht, denn du willst ja mit Respekt behandelt werden, also handle auch danach."

*

Christine hatte sich auf dem Weingut eingelebt. Jedoch an irgendwelchen Aufgaben besaß sie kein Interesse. Sie wollte als die Frau an Francescos Seite im Mittelpunkt stehen. Allerdings, dort stand seit dem Tod ihrer Mutter Lucia, seine Tochter. Die wollte Christine weder an der Seite ihres Vaters sehen noch ihre Anwesenheit akzeptieren. Es verging kein Tag ohne Diskussionen mit seinen Kindern. Sie konnten nicht verstehen, dass Christine nicht mehr im Gästezimmer, sondern bei ihrem Vater in Mutters Bett schlief und ließen kaum eine Möglichkeit aus, Christine bei ihm anzuschwärzen. Christine erklärte ihnen, unter dem Siegel der Verschwiegenheit, dass sie nie die Absicht hatte, ewig auf dem Gut zu bleiben. Sie genieße es, dass ihr Vater ihr den Start in Italien ermöglichte. „Derzeit lerne ich mittels Fernkurs das italienische Steuerrecht, denn mit dem österreichischen bin ich bereits selbständig und mein Plan ist, mir in Rom mit meinem Wissen eine Arbeit zu suchen. Was ich will ist, dass ihr mir ein wenig über den Wein beibringt, denn ich möchte bei der Weinpräsentation nicht als Dummerchen dastehen und gerade so viel wissen, dass ich meinen Gesprächspartner an euch oder an euren Vater verweise, da ich das fachliche Wissen nicht im Detail habe. Ich sollte über die Sorten und über deren speziellen Geschmack Bescheid wissen. Solltet ihr aber auf stur schalten und euren Vater in meine Pläne einweihen, kann ich euch versichern, dass ich so lange bleibe wie es euer Vater will - und der will mich. Er weiß ja, dass ich mir in Rom eine neue Existenz aufbauen will. Aber er hat sich in mich verliebt und mich zu sich eingeladen, also denkt nach, was euch in Zukunft lieber ist."

Beim nächsten Frühstück, fragte Lucia und Mario Christine, ob sie Lust hätte, mit ihnen einige Weine zu verkosten. Denn, wenn sie schon auf dem Gut wäre, sollte sie doch davon profitieren und ihrem Gaumen die Möglichkeit geben, den Unterschied der verschiedensten Weine kennen zu lernen.
„Endlich eine vernünftige Idee von euch", bemerkte ihr Vater.
Als sie allein waren, fragte Lucia Christine, ob sie das Ganze auch wirklich ernst gemeint hatte. „Wir wissen momentan nicht, wie wir uns in Zukunft verhalten werden, aber wir stellen die Bösartigkeiten gegen dich vorerst ein, bis wir Klarheit haben, ob du zu deinem Wort stehst."
„Davon könnt ihr ausgehen."

*

Gedankenverloren blickte Isabell aus dem Fenster ihres Wohnzimmers, doch der Schein trog. *Ich erkenne meinen Sohn nicht wieder. Delia steht hinter ihrem Mann, was ich ja gut finde. Hinsichtlich meiner Halbschwestern fällt sie mir allerdings in den Rücken. Haben sie Recht, wenn sie an die Folgen und das Gut denken? Christoph hat erwähnt, dass Peter dies ebenfalls so sieht. Ob ich jedoch zu einer Abklärung bereit bin, weiß ich nicht. Hatte Vater ein Verhältnis mit der Mutter von Karoline und Grete? Ein Test könnte Klarheit bringen. Ich denke, sie wollten wissen, wer ihr Vater war. Ich werde sie mit ihren Familien offiziell zu unserer traditionellen Weihnachtsfeier und die Tage danach einladen. Vielleicht kann ich dabei feststellen, was sie tatsächlich denken und welche Meinung ihre Männer vertreten.*

Seitdem sich Isabell dazu durchgerungen hatte, sich wieder an den Flügel zu setzen, konnte sie alles um sich vergessen, um mit geschlossenen Augen in der Musik zu versinken. Die gelegentlichen Nachmittage mit ausgewählten Damen sowie ihr Klavierspiel trugen zu schönen gemeinsamen Stunden bei. Delia las gelegentlich aus ihren Büchern. Bernhard hatte sich sehr zurückgezogen. Durch die Tatsache, dass er das Gut um Gelder betrogen hatte, war ein Miteinander unmöglich.

Christoph überlegte, wie er Vater aus seiner Lethargie herausholen könnte und erzählte ihm, dass er und Delia beabsichtigen, einen Reiterhof mit Pensionsgästen in die Tat umzusetzen. „Mit Pferden kennst du dich bestens aus, und es wäre schön, wenn du dort nach dem Rechten sehen würdest. Wir wollen keine Reitstunden geben, sondern passionierte Reiter als Gäste beherbergen. Du kennst das Gelände und könntest Tagestouren zusammenstellen und auch Rastplätze einrichten, wo auf die Reiter ein kleiner Imbiss wartet."

Der erste Schnee hatte die Landschaft in eine Daunendecke gehüllt, die Einladungen zum gemeinsamen Weihnachtsessen am Stephanitag wurden sowohl von Isabell als auch von den Jungen verschickt. Für diesen Anlass musste der große Speisesaal weihnachtlich geschmückt werden, was in diesem Jahr eines zusätzlichen Christbaums bedurfte.
Seine eher unschöne Debatte mit Mutter hatte hoffentlich Früchte getragen, und Christoph war zuversichtlich, dass er sie von unüberlegten Schritten hatte abhalten können. Er bot ihr an, ihre möglichen Schwestern mit den diversen Erzeugnissen des Gutes zu unterstützen, der Kühlwagen belieferte ohnehin ein Hotel in unmittelbarer Umgebung. Seine Mutter war von der Idee begeistert, und sie erkannte in dieser Geste wieder ihren Sohn.

Delia hatte mit der Schwangerschaft überhaupt keine Probleme. Ihr Buch verkaufte sich bestens. Christoph verbrachte wieder mehr Zeit in seinem Atelier und jede freie Minute mit Delia. Er hatte sich mit Delia darauf geeinigt, dass er seine Halbschwester zum offiziellen Weihnachtsfest einladen würde. Dementsprechend wurde auch die Einladung von ihm und seiner Frau verfasst.
Verena reagierte sehr erfreut und bedankte sich mit einem kurzen Brief.

Lieber Christoph!

Ich freue mich riesig, dass du an mich denkst und mich zum traditionellen Weihnachtsfest einladen willst. Als Dank meinerseits verspreche ich dir, mich untadelig zu benehmen. Herzliche Grüße auch an deine Gattin und eine besinnliche Adventzeit.

Verena

Christoph zeigte diese Zeilen bei nächster Gelegenheit seiner Mutter. „Christoph, vielleicht hast du Recht damit, dass wir uns ihr gegenüber nicht nur ablehnend verhalten sollten. Wir werden ja sehen, ob sie Wort hält. Vater hat ihr ja sehr eingehend klargemacht, was er sich erwartet, wenn sie nochmals auf das Gut kommt."

Delia hatte alle Räume entsprechend der Adventzeit geschmückt und sie fieberte dem Tag entgegen, an dem sie im Wald die Christbäume aussuchen würden. Sie stellte sich das wie in einem Weihnachtsmärchen vor, wenn Schlitten durch die verschneite Landschaft fahren.
Da sie nicht mehr reiten sollte, fuhr sie oft mit Isabell im Schlitten durch die winterliche Landschaft. Sie verstanden sich prächtig. Delia hatte das Gefühl, dass Isabell hinsichtlich ihrer möglichen Schwestern eher dazu neigte, es nicht auf eine Überprüfung ankommen zu lassen, da das Gut ihr Elternhaus war und ihr sehr am Herzen lag. Christophs Angebot, die Familien mit diversen Lebensmitten zu versorgen, hatte ihr bei ihrer Entscheidung geholfen, wie sie Delia gegenüber durchblicken ließ.
Die erste Kerze am Christbaum entzündete diesmal Christoph, und da nach wie vor kein Verwalter am Gut notwendig war, wurden die restlichen Kerzen von den Vorarbeitern angezündet. Nachdem der Baum im Kerzenschein erstrahlte, bedankte sich Christoph bei allen Anwesenden für ihre Arbeit und den Zusammenhalt untereinander. „Damit dies nicht nur leere Worte sind, liegt für jeden von euch ein Kuvert mit dem gleichen Inhalt im

Büro. Ihr alle habt zum Erfolg gleich viel beigetragen, bitte seht dies als mein Dankeschön an. Nun wünsche ich euch im Namen der Familie ein friedliches Fest und guten Appetit." Nicht enden wollender Applaus war das Danke seiner Leute.
Delia und Christoph hatten Isabell eingeladen, aber sie lehnte ab. „Ich werde mit Vater gemeinsam essen, euch aber will ich seine Gesellschaft nicht zumuten, denn er kann die Sticheleien sicherlich nicht lassen, und das würde euren Heiligen Abend unnötig belasten. Kommt nachher auf einen Sprung vorbei, ich würde mich freuen."

Als sie Hand in Hand von oben herunter kamen, erklangen aus der Musikanlage Weihnachtslieder. Der Kerzenschein des riesigen Christbaumes und die Tischleuchter verliehen dem Wohnsalon eine stimmungsvolle Atmosphäre. Nachdem sie das vorzügliche Fünf-Gang-Menü genossen hatten, sangen sie das ‚Stille Nacht‘ und überreichten einander die Geschenke. Christoph konnte es gar nicht fassen, als er seinen Karton öffnete, denn er hatte angenommen, Delia wäre nicht so sehr begeistert von seinen Jagdplänen.
„Christoph, ich habe mich schlau gemacht, es gehört zu einem Gutsherrn, dass er auf die Jagd geht." Sie schenkte ihrem Christoph ein Jagdgewehr, welches aus der renommiertesten Gewehrfabrik stammte und dazu ein Zielfernrohr der Firma Leica. Christoph überreichte seiner Delia lediglich ein Kuvert. Darin war ein Weihnachtsbillet und darauf stand – *Dir, geliebte Frau, wünsche ich von Herzen ein schönes Fest. Gehe zur Fensterfront und blicke in die Nacht hinaus. Sollte es anders aussehen als sonst, ziehe dich warm an und gehe nach draußen.*
Delia ging zum Fenster, legte die Hände an die Schläfen und drückte ihre Nase an die Scheibe, um besser sehen zu können. Voll Erstaunen sagte sie: „Draußen steht eine riesige Schachtel." Sie eilte in die Garderobe, um sich etwas zum Anziehen zu holen, dann stand sie vor der großen Schachtel und öffnete die riesige goldene Masche.
„Delia, nun musst du zurücksteigen, sonst kann sich die Schachtel nicht öffnen." Die Vorderfront der Schachtel senkte sich ganz langsam. Sie traute ihren Augen nicht, denn es kam der neueste Land Rover zum Vorschein. Seit der Zeit ihrer letzten Lesungen war sie in diese Autos verliebt. Sie fiel ihrem Christoph um den Hals, küsste ihn und zog ihn zu ihrem Auto hin. Der Wagen war mit allen Finessen ausgestattet. Sie stieg ein, ersuchte ihren Mann ebenfalls Platz zu nehmen. „Danke für dieses wundervolle Geschenk, ich muss unbedingt eine kleine Spritztour machen." Sie hielten später noch beim Gutshaus und trafen Isabell Klavier spielend an. Bernhard hatte sich nach dem Essen zurückgezogen. „Es war gut, dass wir nicht zu euch gekommen sind, denn an seinem Elend tragen alle andern die Schuld, nur nicht er selbst", meinte sie.
Lange nach Mitternacht saßen die beiden mit einem Glas Portwein vor dem Kamin, blickten in die Glut des Feuers und waren glücklich.
Am Vormittag des Christtages kamen die ersten Gäste an. Isabell freute sich, als ihre Schwestern mit ihren Familien am Gut eintrafen. Die Kinder der Schwestern schloss sie sofort in ihr Herz, zu deren Männern fand sie nicht gleich den erhofften Kontakt. Nachdem alle ihre Zimmer bezogen hatten, wollten sie zu den Stallungen gehen. Diese Aufgabe wurde Bernhard übertragen. Er sollte sich, wenn später die ersten Reitgäste auf das Gut kamen, ebenfalls um diese kümmern. Er hatte ein Auge dafür, wie gut jeder Einzelne reiten konnte beziehungsweise welchen Zugang er zu Pferden hatte.
Die Freundinnen von Isabell und Delia trafen ebenfalls bereits am Christtag ein und am Stephanitag die Freunde aus der Umgebung. Um 11 Uhr verließen mehrere Schlitten, auf denen es sich die Gäste in warmen Pelzdecken bequem gemacht hatten, das Gut. Sie fuhren durch die tief verschneite Landschaft, bis sie auf der Alm ankamen, wo ihnen heißer Punsch, Brötchen oder Kekse serviert wurden. Verena wich kaum von Christophs und Delias Seite, als wollte sie demonstrieren, dass es doch jemanden in der Familie gab, der sie wahrnahm.
Abends traf man sich im Speisezimmer und jeder, der dieses betrat, war begeistert, denn es erstrahlte im warmen Licht der Christbaumkerzen, der Tischleuchter; außerdem waren auf den Fensterbrettern ebenfalls Kerzen aufgestellt. Isabell hatte sich über eine Tischordnung Gedanken gemacht, so dass jeder seinen Platz fand. Delia und Christoph saßen sich auf der Stirnseite gegenüber, was sie als Gastgeber hervorhob. Isabell und Bernhard saßen sich in der Mitte gegenüber, wobei an seiner Seite Verena und an ihrer

die Kinder der Tanten saßen. Es war ein gelungenes Festessen, und man saß danach im Raucher- oder Wohnzimmer beisammen und plauderte bis lange nach Mitternacht. Isabell unterhielt sich mit ihren Halbschwestern. Günther, der Mann von Karoline, schien sich sehr für das Gut zu interessieren. Seine gezielten Fragen über Größe der Land- und Forstwirtschaft, über die Erträge ließ sie aufhorchen und sie verwies ihn an ihren Sohn, „denn damit habe ich wenig zu tun."

„Günther, du nervst Frau von Föhrenwald mit deinen Fragen, eigentlich wolltest du doch fragen, ob wir eventuell morgen ausreiten könnten", tadelte ihn seine Frau.

„Grundsätzlich ja", meinte Isabell, „wenn Sie die ausgefahrenen Wege benützen. Es gibt oft Verwehungen, die nur wir kennen, und es wäre unverantwortlich, bei dieser Schneelage querfeldein zu reiten, aber das wird Ihnen mein Mann noch erläutern."

„Frau von Föhrenwald, Sie haben wunderschöne - was sag ich! - sehr edle Pferde in den Stallungen", ergänzte Günther.

„Das ist auch ein Grund, warum Christoph und Delia von einer Reiterhofpension träumen, die sich nicht mit Ausbildung beschäftigt, sondern rein für erstklassige Reiter gedacht ist. Unser weitläufiges Gutsgelände bietet sich für Ausritte bestens an. Delia meinte, es könnte kein Reiterhof mit solch einem Gelände aufwarten."

„Isabell, der Reiterhof, wo wir alle hingehen, ist zwar sehr schön, aber die Ausritte beschränken sich auf ganze zwei Touren, und diese sind auf eineinhalb Stunden begrenzt."

Isabell freute sich, dass sich Bernhard mit Peter unterhielt, der anscheinend sehr viel von Pferden verstand. Isabell wusste aber nicht, dass Bernhard durch ihn erfahren hatte, dass die Frauen eventuell Halbschwestern seiner Frau sein könnten. Er hatte die ganze Zeit gedacht, dass es Freundinnen waren, die er nicht kannte. Bernhard hörte das Meiste, das ihm sein Gegenüber sagte, nicht wirklich, denn seine Gedanken waren bei Isabell und natürlich ihrem Vater. *Isabells Vater, der glorreiche Magnus, weiß gar nicht welch eine Freude er mir mit diesen Zwillingen macht. Ist es mein Schicksal, dass ich mich über größere Probleme meiner eigenen Familie vielleicht freuen kann? Durch diese Familien hätte ich meine Rache.* Diese Vorstellung hob seine getrübte Laune. *Christoph wird es am meisten treffen, denn die Auszahlung der Erbteile kann sich das Gut nicht so ohne weiteres leisten, da muss er von seinem Besitz viel abgeben. So gesehen bin ich froh, dass mich das nicht mehr berührt, aber ihm und Isabell vergönne ich das. Ich muss mir Gedanken machen, wie ich diesen Familien helfen kann, damit ich Genugtuung bekomme. Es ist unverzeihlich, was mir ihr Vater und Isabell angetan haben. Mein Sohn hat sich auch abgewandt wegen dem Geld, welches ich mir aus den Erträgen des Gutes genommen habe, es stand mir zu, auch wenn es alle anders sehen.*

Somit bot sich für Bernhard bei den Reitausflügen immer wieder die Möglichkeit, darauf hinzuweisen, dass den Schwestern samt Familien von alledem etwas gehören würde, wenn ihr Vater tatsächlich Magnus wäre. Diese Aussage bestärkte Günther in seinen Gedanken, etwas zu unternehmen. *Wenn wir zu Hause sind, werde ich mit allen ein ausführliches Gespräch führen, denn wir müssten den Nachweis erbringen, dass unsere Frauen Kinder von Isabells Vater Magnus sind.*

*

Christine erlebte die ersten Weihnachten bei Francesco, die Feiertage unterscheiden sich jedoch von den österreichischen. Sie freute sich auf diese Tage. Am 6. Dezember kommt San Nicola und stellt den Kindern seine Geschenke vor die Schlafzimmertüre, er selbst lässt sich nicht blicken. Am 13. Dezember beschenkt Santa Lucia die Kleinen. Die Heilige Santa Lucia wurde im Jahre 281 in Sizilien geboren, sie vermachte ihr ganzes Vermögen den Armen. Noch heute wird an dem Tag ‚Torrone dei Poveri' - eine Mahlzeit für die Armen - vorbereitet. Christine gehörte zu den Beschenkten, wobei es eher eine Geste war als ein besonderes Geschenk, denn es waren Karten für ein Weihnachtskonzert. Am 25. Dezember kommt endlich Il Bambinello Gesu, das Jesuskind. Bei der Familie von Francesco gab es einen Tannenbaum und eine riesige Krippe, deren Stall sein Urgroßvater aus abgeizten Weinwurzeln zusammengebaut hatte. Die Heilige Familie, die Drei Könige, Hirten, Esel, Kuh und Lämmer stammten von einem Grödener Holzschnitzer, selbst die Stalllaterne, welche mittels Batterie ein schummriges Licht verbreitete. Francesco ließ sich das Aufstellen der Krippe und das Arrangieren nicht nehmen. Traditionell gab es geschmorten Rinderbraten in Barola, und die typische Apfeltorte durfte nicht fehlen. Außerdem gehörte es zur Tradition, dass in der Vorweihnachtszeit ein Olivenbaum gefällt und dessen Holz am 25. Dezember abends im Kamin verbrannt wird.

Francesco schenkte seiner geliebten Christine, vor den Augen seiner Kinder und Eltern, eine wunderschöne Perlenkette, was Lucia zu der leisen Aussage ihrem Bruder gegenüber bewog, „Ein Strick wäre besser."

Christine erfuhr, dass am 6. Jänner La Befana, die gute alte Hexenfigur, die italienischen Kinder besucht: La Befana fliegt von Dach zu Dach und durch die Schornsteine ins Haus hinein; für die artigen Kinder gibt es Süßigkeiten, für die unartigen schwarze Kohlen, welche sie in die am Kamin aufgehängten Strümpfe oder die vor ihm stehenden Schuhe legt. Lucia meinte zu ihrem Bruder: „Vielleicht holt sie diese Christine, dann würde La Befana endlich etwas Gutes für uns tun."

„Du kannst es nicht lassen, gib wenigstens heute Ruhe", entgegnete Mario und laut sagte er, dass sein Vater nun mit dem Olivenholz den Kamin anzünden sollte. Christine war beeindruckt von den Bräuchen, die so ganz anders waren als die ihr bekannten, aber hier mit Hingabe auch von den Erwachsenen hochgehalten wurden.

*

Delia und Christoph fuhren nach St. Moritz zum Schilaufen. Dieses Mal verbot Christoph seiner Delia, flink über die Hänge zu wedeln. „Du bist schwanger", sagte er besorgt. „Ja, mein geliebter Mann, aber nicht krank", und schon sauste sie den Hang hinunter. Delia nützte die sonnigen Tage und legte sich gern über Mittag in einen der Liegestühle. Sie genoss die wärmende Sonne und konnte dabei über ihr Leben mit Christoph und auf dem Gut nachdenken.

Es war die richtige Entscheidung ihn zu heiraten, denn wir lieben uns und freuen uns auf das Kind, welches zum gemeinsamen Glück noch gefehlt hat. Christoph hat seine Malerei nicht ganz aufgegeben, in der schlechten Jahreszeit war er sehr oft in seinem Atelier, und ich komme mit meinem Manuskript ganz gut voran. Er ist mit seinen Leuten zufrieden und denkt vorerst nicht daran, einen Verwalter einzustellen, den er wiederum kontrollieren müsste. Bernhard beginnt seine Enttäuschung besser in den Griff zu bekommen, seitdem er weiß, dass er für die Reitgäste und deren Wohl allein zuständig sein wird. Isabell hat ihm nicht verziehen, und sie gehen sich aus dem Weg. Sie hat mit den möglichen Schwestern zu einem gemeinsamen Miteinander gefunden und dürfte kaum mehr einen Gedanken daran verschwenden, sich einem Bluttest zu unterziehen.

Ein Schatten fiel auf Delias Gesicht und als sie aufblickte, stand Christoph vor ihr. Sie suchten die Hütte auf, bestellten den herrlichen Topfenstrudel und heiße Schokolade. In der Hütte war immer etwas los. Es wurde entweder zur Zither oder zur Harmonika gesungen, und es herrschte stets ausgelassene Stimmung. Abends war tanzen angesagt, beide liebten es, sich im Takte der Musik zu bewegen, um sich schlussendlich zufrieden ins Bett zu kuscheln. Auch wenn er in diesen Momenten seine Sehnsucht nach lustvollem Sex mit ihr unterdrücken musste, akzeptierte Christoph schweren Herzens Delias derzeit mangelndes Verlangen.

*

Der Lenz war ins Land gezogen; so nannten die alten Bauersleute den März. Die Geburt ihres Sohnes vollzog sich so schnell, dass Delia und Christoph kaum Zeit fanden diese Situation zu genießen. Auf der Fahrt ins Spital kamen die Wehen in kurzen Abständen und kaum waren sie dort, kam ihr Sohn zur Welt. Nun standen Delia und Christoph vor seiner Wiege. Sie konnten ihr Glück kaum fassen. Natürlich war ihr Sohn das schönste Baby - was ihnen von Isabell bestätigt wurde. Für Gundi war es selbstverständlich, dass die beiden ein süßes Baby bekommen würden und sie war ganz stolz, dass sie Recht behalten hatte: der Bub war eine Schönheit von einem Kind. Schon im Krankenhaus waren alle Schwestern hellauf begeistert, wenn sie Dienst hatten und sich mit ihm

148

beschäftigen konnten: schwarze Haare, kaum Runzeln von der Geburt, eine überaus niedliche Stupsnase. Und nun, da er bereits sechs Wochen alt war, konnte man erahnen, dass er die schwarzen Augen seiner Mutter geerbt hatte. Isabell war aus dem Häuschen und selbst Bernhard fand, dass er ein hübsches Kind sei.

Christoph bestand darauf, dass zumindest die erste Zeit eine ausgebildete Kinderschwester ins Haus sollte, um Delia zu entlasten. Es dauerte aber länger bis sie sich auf Agnes, eine Frau um die 40, einigten. Und sie waren sich sicher, damit die richtige Entscheidung getroffen zu haben, nachdem auch Gundi und Isabell sie geeignet fanden. Aber das Wichtigste war: Ihr Sohn fühlte sich in ihren Armen wohl.

Womit aber niemand gerechnet hatte war, dass diese Agnes hinter Christoph her war. Diesem las sie alle Wünsche von den Augen ab. Die Erste, die dies bemerkte, war Gundi, denn ihren Christoph durften ausnahmslos sie und Delia verwöhnen. Christoph merkte von all dem nichts, bis eines Tages, als er in der Sauna war, Agnes auftauchte.

„Oh, entschuldigen Sie", und sie ließ vor Schreck ihr Handtuch fallen. „Herr von Föhrenwald, um diese Zeit sind Sie doch nie in der Sauna."

Sie bückte sich recht aufreizend und fragte, ob es ihn sehr stören würde, wenn sie die Zeit, da das Baby schlief, nütze.

„Wenn Sie schon mal hier sind, bleiben Sie ruhig", und er schloss wieder seine Augen.

„Herr von Föhrenwald, Ihr Söhnchen kann sich glücklich schätzen, einen so fürsorglichen und charismatischen Vater zu haben", hörte er Agnes. Christoph reagierte nicht. Nach einiger Zeit vernahm er wieder ihre Stimme. „Herr von Föhrenwald, darf ich Sie mit einem Aufguss verwöhnen, es wäre mir eine Ehre."

„Danke, ich gebe nur Wasser auf die Steine, das reicht mir."

Sie aber stand auf, ließ ihr Handtuch liegen, goss Wasser auf die Steine, holte nun ihr Handtuch und fächelte die heiße Luft Christoph zu. Nun hatte er die Augen nicht mehr geschlossen, so sah er die nackte, etwas mollige Frau mit ihren schwingenden Bewegungen. Christoph musste sofort den Blick von dem aufreizenden Körper abwenden, denn seine unerfüllten Gedanken machten sich selbstständig.

„Danke, das genügt", und fluchtartig verließ er die Sauna, wobei er sein Handtuch vor seinen Schoß hielt.

Ich wusste es, der ist auch nur ein Mann, und fesch ist er auch noch. Aber er hat die Flucht ergriffen und mit seinem Handtuch seine Reaktion verborgen. Bin gespannt, ob ich nun nicht mehr in die Sauna darf.

Christoph war ganz verblüfft, dass er beim Anblick dieser Frau eine Erektion bekommen hatte. *Sie ist doch überhaupt nicht mein Typ, und trotzdem ließ mich dieser Anblick nicht kalt. Ich bin doch mit Delia sehr glücklich und der Sex ist wundervoll - nein … er war es. Die letzten Monate hatte sie kaum Lust und wenn wir doch miteinander geschlafen haben, war sie anders als früher. Ich glaube, ich sollte mit ihr darüber sprechen, denn es ist schlimm, dass es mich aus der Bahn wirft, wenn Agnes nackt vor mir ihr Handtuch schwingt. Bei uns fehlt die Leidenschaft, das einander Begehren, und ich bin mir nicht sicher, ob mir Delia lediglich einen Gefallen tut. Nur so kann es sein, dass ich auf den Anblick vorhin so reagierte, ich hatte doch nie Augen für eine andere Frau, seitdem ich Delia kenne.*

Delia war sehr erstaunt, als Christoph ihr von der Begegnung erzählte, und er verschwieg ihr auch nicht seine Reaktion. „Christoph, mein lieber Mann, ich dachte du hast dafür Verständnis, dass eine Frau die letzten Wochen vor der Geburt und auch nach dieser kaum Lust auf Sex hat. Ich weiß aber wie wichtig dir diese gemeinsamen Stunden der Lust sind. Hab noch etwas Geduld, denn ich möchte sie ebenfalls wieder mit dir erleben. Und mach dich nicht verrückt, wenn dich Agnes etwas verwirrt hat. Ich weiß, dass dir die lustvollen Stunden sehr abgehen, aber es ist nun mal so, ich brauche noch etwas Zeit."

Tatsächlich hatte sie überhaupt kein Verlangen danach, was sie ihrem Christoph aber verschwieg.

*

Die Eltern hatten sich lange nicht auf einen Namen einigen können, noch weniger darüber, wer Taufpate sein sollte. Aber dann kam der Tag, an dem der Sohn auf den Namen Magnus getauft wurde. Christoph konnte Delia davon überzeugen, dass

Großvaters Vorname der richtige war, „denn er hat mir und nun auch dir mit dem Gut eine Existenz geschaffen." Sie einigten sich auf zwei Taufpaten - Bernadette, Delias langjährige Freundin, und Peter, Christophs Freund, obwohl sich so ziemlich alle im Freundeskreis dieser Aufgabe stellen wollten.

Es war soweit, in der Kirche waren die geladenen Gäste Zeugen, wie Magnus von Föhrenwald bei der Taufe alles über sich ergehen ließ. Selbst das Weihwasser brachte ihn nicht aus der Fassung. Er hatte nur Augen für seine Taufpatin, der er sogar ein Lächeln schenkte. Erst als sie ihn an Peter weitergab, wurde er etwas unruhig. Kaum waren sie zu Hause, schrie er, bis ihn Delia in den Arm nahm und an ihre Brust legte. Danach war er wieder der süße Magnus, wie ihn alle kannten. Nachdem er gesättigt war, wurde das Essen aufgetragen. Delia und Christoph nahmen die Geschenke für ihren Sohn entgegen. Agnes hatte Magnus geholt, denn es war an der Zeit für sein Schläfchen.

Was soll ich tun, fragte sich Delia. *Magnus fühlt sich bei Agnes seit dem ersten Augenblick wohl. Bei allen anderen, die sich vorgestellt hatten, lag er nicht so friedlich in deren Armen. Nur, wenn mein Christoph so intensiv reagiert, dann muss er sich sehr vernachlässigt vorkommen. Schmeiße ich sie hinaus, dann fehlt sie Magnus. Ich will aber Christoph nicht weiterhin mit ihrem Anblick konfrontieren. Jedes Mal, wenn er sie sieht, hat er das Bild aus der Sauna vor Augen und denkt an seine Reaktion. Ich werde sie kündigen und meinem Christoph mehr Zuneigung geben müssen, er soll nicht an unerfüllten Träumen leiden. Natürlich dreht sich alles um Magnus und das wird es weiterhin, er soll all meine Liebe bekommen, aber ohne Agnes.*

*

Tage später war Christoph auf dem Weg zu seinem Atelier und freute sich, als er den Kinderwagen von Magnus sah, der dort halb in der Sonne stand. Er ging auf den Wagen zu und schon schnellte sein Puls in die Höhe: Unmittelbar daneben lag Agnes mit Büstenhalter und Höschen in der Sonne. Und wie damals reagierte er. Rasch griff er nach dem Kinderwagen und fuhr ums Eck. Agnes war ihm nachgekommen und begann ihr durchgeknöpftes Kleid zu schließen. „Herr von Föhrenwald, Sie tun ja gerade so, als würde Sie mein Anblick aus der Ruhe bringen. Haben Sie noch nie eine Frau in Unterwäsche gesehen? Ich hatte ja keine Ahnung, dass Sie hier auftauchen würden. Es tut mir leid, aber ich wusste nicht, dass ich so hässlich bin, so dass Sie jedes Mal die Flucht ergreifen."

„Ich bin nicht prüde, jedoch Sie haben ein besonderes Geschick, mich solchen Situation auszusetzen, wenn ich am wenigsten damit rechne. Außerdem wissen Sie ganz genau, dass mir Ihr unverhoffter Anblick etwas zu schaffen macht."

„Wenn dies so ist, warum haben Sie ihn nicht genossen, Herr von Föhrenwald? Sie finden mich doch nicht bloß hübsch, sondern auch begehrenswert, und ich bin verrückt nach Ihnen."

„Agnes, übertreiben Sie nicht?"

„Herr von Föhrenwald seit der Sauna weichen Sie mir regelrecht aus. Ich war so glücklich, dass Sie so empfanden, Sie konnten es vor mir nicht verbergen. Wäre es so schlimm, wenn wir unseren Gefühlen nachgeben? Ich weiß, dass Sie Ihre Frau auf Distanz hält. Bei mir würden sich all Ihre Wünsche erfüllen."

„Agnes, es reicht, was erlauben Sie sich, und vergessen Sie diese Treffen und das Gespräch." Er sperrte sein Atelier auf und verschwand in diesem. *Warum reagiere ich so, wenn ich sie sehe? Ist es immer das Unverhoffte? Oder ist es der mir eher unbekannte Frauentyp? Ich werde Delia dieses Mal nichts sagen.*

Christoph war schon einige Zeit in seinem Atelier, als er hörte, dass die Eingangstüre geöffnet wurde. Als er nachsah, stand Agnes vor ihm. „Hier wären wir ungestört", und sie begann ihr Kleid aufzuknöpfen. Sehr weit kam sie nicht, denn Christoph ergriff sie, schob die Protestierende aus seinem Atelier und schloss ab. Auch darüber würde er nicht mit Delia sprechen. Agnes hatte wieder eindeutige Gefühle erweckt, und er musste seiner Phantasie Einhalt gebieten, indem er Farben mischte.

*

Delia und Christoph spazierten wieder einmal um den Waldsee und machten sich Gedanken über den Reiterhof. Delia sagte: „Unser Plan ist, die Pensionsgäste in Zukunft in die Gästezimmer des Gutes einzuquartieren. Dabei müssen wir darauf achten, dass wir für unsere oder die Besuche deiner Mutter Zimmer freihalten. Würdest du dich wohl fühlen, Christoph, wenn durch unser Haus andauernd fremde Personen gehen und unsere Räume benützen?"

„Natürlich nicht, du hast Recht, aber was wird dann aus unserem Plan?"

„Das Haus vom Verwalter ist leer und du bist mit deinen Vorarbeitern sehr zufrieden, also wird dieses Haus länger leer stehen. Könnten wir die Gäste nicht im Meiereihof unterbringen? Natürlich müssten wir die Zimmer nach dem neuesten Stand adaptieren. Außerdem ist Franziska auch weg und Doris wohnt zurzeit allein in einem Haus. Es gibt dort die Großküche für die Arbeiter und die könnten die Pensionsgäste ebenfalls mit verpflegen. Wenn die Reitgäste frühstücken, sind unsere Leute schon lange bei ihrer Arbeit."

„Du hast Recht, wir werden die Pensionsgäste vom Gut fernhalten, ausschließlich am Samstagabend werden sie ins Gutshaus geladen. Sie werden dies als Auszeichnung ansehen, wenn sie von der Gutsfamilie zum gemeinsamen Abendessen geladen werden. Somit können wir über die Gästezimmer im Gut verfügen, allein schon deshalb, weil ich an die Familien von Mutters Schwestern denke, die sicherlich wieder kommen werden. Dafür sorgt sie schon. Hat sie doch nach wie vor ein schlechtes Gewissen und will gutmachen, was ihr Vater mangels Unwissenheit nicht konnte."

„Christoph, sie hat den Kindern zu Weihnachten jedem ein Sparbuch gegeben mit den Worten, „Das Geld dürft ihr ganz für euch verwenden."

„Delia, sie ist der Meinung, auch wenn ihr Vater von den Kindern nichts wusste, sei sie nun moralisch verpflichtet zu helfen und ist überzeugt, dies in seinem Sinne zu tun."

*

Mitte Mai trafen die von den Zwillingen empfohlenen Gäste auf Gut Reichental ein und wurden von Bernhard von Föhrenwald in Empfang genommen. Er sah sehr bald, dass die Zwillinge tatsächlich nur hervorragende Reiter auf das Gut aufmerksam gemacht hatten. Je nach deren Können wählte er die Pferde für die Gäste aus.

Eine blonde, etwas üppige Frau, die mit einem feschen jüngeren Herrn angereist kam, stellte sich mit Komtess von Bühl vor. Der Herr wurde als ihr Sekretär vorgestellt, der sie mit Madam ansprach. In Wirklichkeit kam der Sekretär jeden Morgen aus ihrem Zimmer, wie Anna, die für die Gäste im Meiereihof zuständig war, feststellte.

Isabell trat eben aus dem Haus, in dem die verarbeitenden Bereiche untergebracht waren, und sah wie ein älterer, sehr aparter Herr von ca. Ende 50 mit grauen Schläfen seinem Mercedes entstieg. Er kam direkt auf Isabell zu, verbeugte sich mit den Worten: „Frau von Föhrenwald, Sie sind noch interessanter als man es mir prophezeite. Darf ich mich vorstellen – DDr. Habenichts. Mein Name täuscht, ich bin nicht wirklich arm", und er küsste die ihm dargebotene Hand zum Gruße.

„Willkommen auf Gut Reichental, ich hoffe Sie werden alles zu ihrer Zufriedenheit vorfinden. Wer hat Ihnen von mir erzählt, dass Sie sich sicher sind, ich wäre Frau von Föhrenwald?"

„Karoline ist von Ihnen so begeistert. Sie sagte, wenn du die Frau siehst, dann weißt du, dass Isabell von Föhrenwald vor dir steht' Sie hat nicht übertrieben."

Isabell fand diesen Mann durchaus interessant - braungebrannt, was zu den grauen Schläfen einen schönen Kontrast war, edle Gesichtszüge und eine sehr gepflegte Sprache. *Der Mann ist sicherlich eine Bereicherung, solange er hier Gast ist.* Isabell wies auf jene Häuser, in denen die Zimmer der Reiter sich befanden.

„Wenn Sie das Haus betreten, wird sich Anna um Ihre Wünsche kümmern."

„Frau von Föhrenwald, ich hoffe doch sehr, Sie öfter während meines Aufenthaltes zu sehen, es wäre mir ein Vergnügen."

„Herr Dr. Habenichts, dazu werden Sie am Samstagabend Gelegenheit haben, und nun entschuldigen Sie mich."

Weitere Gäste wurden erwartet. Ein Richter mit Gattin und zwei jüngere Damen, die sich um ihren Lebensunterhalt keine Sorgen machen mussten, denn ihren Männern gehörte eine Textilfabrik. Diese Informationen waren Isabell brieflich von Grete vorweg mitgeteilt worden.

Samstagabends fand das erste Mal das gemeinschaftliche Abendessen mit den Gästen statt. Isabell und Bernhard speisten mit den Gästen im großen Esszimmer, wobei sie den DDr. Habenichts rechts von sich platzierte. Die Komtess von Bühl saß neben dem DDr. Habenichts. Links von Isabell saß der Richter Dr. Kranzelmaier, ihr gegenüber saß Bernhard mit den Farbrikantengattinen Cäcilia und Ludmilla Wollner, dem Sekretär und der Gattin des Richters. Isabell war glücklich, endlich mit Gästen nach ihrem Geschmack zu speisen. Alle liebten Pferde, die Natur, und sie konnten gar nicht genug von der Landschaft schwärmen, nachdem ihnen Bernhard bereits einige Reitwege gezeigt hatte. Selbst Bernhard lebte in diesem Kreis auf, auch wenn es nicht um die Jagd ging.

Wöchentlich kamen neue Gäste, denn unter den Reitern wurde das Gut Reichental als Geheimtipp gehandelt, wenngleich Isabell anfangs skeptisch war wegen der von Delia vorgeschlagenen Preise für Tages-, Wochenend- oder wöchentliche Aufenthalte. „Delia, man kann doch nicht so viel verlangen."

Delia erklärte ihr, was eine einzelne Reitstunde kostete. „Unsere Gäste hingegen können den ganzen Tag reiten und werden noch bestens verköstigt. Wir wollen ja ohne Ausnahme Reitgäste, die sich dieses Arrangement leisten können, und so ist immer ein feines Klientel gewährleistet. Isabell, glaube mir, dementsprechend werden auch die Samstagabende ein gesellschaftliches Ereignis sein", und sie sollte Recht behalten.

Christoph freute sich, denn wenn sich dies weiterhin so entwickelte, waren die Reitgäste eine sehr gewinnbringende Investition. Die Idee, sie im Meiereihof unterzubringen, erwies sich als ideale Lösung. So waren sie unter sich und konnten auch die Abende gemeinsam auskosten, denn es gab einen gemütlichen Raum mit Polstermöbeln und kleinen Tischen. Auch war die Möglichkeit gegeben, an lauen Abenden bis spät in die Nacht im Garten hinter dem großen Geräteschuppen zusammen zu sitzen.

*

Seitdem Christine mit Francescos Kindern gesprochen hatte, bemühten sich diese und es gab weniger Streit mit ihnen. Sie waren überrascht, welch feinen Geschmack Christine hatte und wie schnell sie die wichtigsten Unterschiede zwischen den Weinen erkannte. Sie freute sich schon darauf, wenn sie im Herbst bei den Weinpräsentationen dabei sein durfte. Francesco war über diese positive Entwicklung natürlich sehr glücklich.

Christines Traum nach Rom zu gehen, war nicht mehr in weiter Ferne. Ihre Italienisch-Kenntnisse wurden immer besser, denn sie unterhielt sich nur mehr auf Italienisch. Bei Francesco ging es ihr soweit gut, doch so wie sie ihr Leben bisher gelebt hatte, konnte Christine es hier nicht weiterführen. Sie wurde von Tag zu Tag unruhiger, denn ihr Lebensrhythmus begann eintönig zu werden. Das Weingut lag zwar wunderschön auf einer Anhöhe, die Umgebung war hügelig, und so weit das Auge reichte, reihte sich Weinstock an Weinstock. Der nächstgelegene Ort bot nicht viel an Abwechslung und um in die nächste Stadt zu kommen, war man eine Stunde mit dem Auto unterwegs. Francesco liebte sie abgöttisch, der Sex war immer hervorragend, seine Kinder hatte sie in der Hand, trotzdem war sie nicht wirklich glücklich. Francesco war täglich auf seinem Weingut unterwegs, es gab keine Abwechslung.

„Du weißt, wenn die Weinpräsentationen beginnen, ist immer etwas los. Heuer kannst du bei all diesen dabei sein. Lucia lobt deinen feinen Geschmack und nun bist du so weit, dass du auch entsprechende Gespräche führen kannst. Christine, erinnere dich, voriges Jahr hattest du dich nicht wohl gefühlt bei den gelegentlichen Festessen für die besseren Kunden, wenn das Gespräch auf die Weine kam. Das wird heuer ganz anders sein. Ich bin sehr stolz auf dich, dass du nun als die Frau an meiner Seite unseren Wein repräsentieren kannst."

Dies war wie Balsam für Christine und sie küsste ihren Francesco so, dass er weiche Knie bekam. „Mein Geliebter, ich freue mich und ich werde dir als die Frau an deiner Seite nur Freude bereiten. Francesco, hast du nicht Lust mich in unser Zimmer zu begleiten?" Zu zweit gingen sie nach oben und da Lucia dies sah, rief sie sofort nach ihrem Vater. „Vater, hast du schon die neuen Etiketten gesehen, es wäre gut, du würdest einen Blick darauf werfen, bevor wir mit dem Etikettieren beginnen."

„Jetzt wäre es sowieso zu spät, wenn sie mir nicht gefallen, oder sehen sie anders aus als die Muster?"

„Nein, aber es wäre mir lieber."

„Wenn es so ist, musst du dich ein wenig gedulden, ich komme später", und er folgte Christine.

Sie ist eine Hexe, aber ich werde schon einen Weg finden, sie los zu werden, dachte Lucia und ging unverrichteter Dinge ihres Weges.

*

Kaum hatten die Schulferien begonnen, kamen die Schwestern mit den Familien angereist. Diese blieben mit den Kindern bis die Schule wieder begann, ihre Männer kamen nach Ende ihres Urlaubs immer zum Wochenende. Dies trug dazu bei, Isabells Gewissen zu beruhigen und die zusätzlichen Ausgaben rechtfertigte sie damit, dass es wesentlich mehr Personen waren, wenn Bernhard seine Freunde einlud und diese Feste sicherlich kostspieliger waren als die Ferien für die Familien.

Auf dem Gut war Leben eingekehrt. Isabell lebte förmlich auf, denn die Kinder waren ihr ans Herz gewachsen. Selbst Delia profitierte davon, seitdem sie sich von Agnes getrennt hatte. Sie freute sich, wenn Liesbeth und Liselotte Magnus abholten und herumführten oder mit ihm spielten. Sie waren sieben und neun Jahre, also in einem Alter, wo es noch schick war, sich mit Magnus zu beschäftigen, und dieser liebte die Mädchen. Gundi hatte natürlich ein wachsames Auge auf Magnus, wenn Delia ausritt oder sich zurückziehen wollte.

Christoph liebte seine Delia abgöttisch, aber auf Magnus war er dennoch eifersüchtig, dieser stahl ihm von der möglichen gemeinsamen Zeit mit Delia doch sehr viel, und sie war noch immer nicht wieder die leidenschaftliche Delia von früher. Christoph wollte daher nach wie vor jemanden für Magnus. Seine Delia sollte entlastet werden, damit sie sich nicht Tag und Nacht um ihn kümmern musste. Er selbst hatte für seine Familie nur am späten Nachmittag oder abends Zeit. Die Wochenenden verbrachte er mit seinen Liebsten. Christoph kümmerte sich tagsüber um alle Belange des Gutes und war viel unterwegs. Delia begleitete ihn öfters bei seinen Inspektionsritten, doch diese waren nie mehr so unbeschwert wie früher. Natürlich wollte er das eine oder andere Picknick einplanen, wurde aber immer darauf aufmerksam gemacht, dass Magnus sein Recht auf seine Mutter forderte. „Christoph, wenn ich nicht mehr stillen muss, wird es leichter."

„Delia, ich bin sicher, es gibt dann wieder etwas anderes, weshalb Magnus uns keine spontane, gemeinsame Zeit gönnt. Warum wehrst du dich so gegen ein Kindermädchen? Es kann doch nicht wegen dem sein, was ich dir über Agnes erzählt habe. Denk doch an die vielen schönen gemeinsamen Stunden, als Magnus noch nicht geboren war und welch lustvolle Abende wir hatten. Aber jetzt hör ich nur noch, ,Ich muss zu Magnus'. Liebst du mich denn nicht mehr oder begehrst du mich nicht? Delia, ich möchte trotz Magnus meine Delia wieder haben und dich nicht an ihn verlieren."

„Mein lieber Mann, es ist unser Kind und es soll ihm doch an nichts fehlen, oder?"

„Natürlich soll es ihm an nichts fehlen, und wenn wir ein Kindermädchen hätten, könntest du dich auch wieder um andere Dinge kümmern."

„Ich verstehe. Christoph, du meinst um dich, mein Geliebter, aber das mache ich doch die ganze Zeit."

Grete hatte von ihrer Tochter Liesbeth erfahren, dass Christoph ein Kindermädchen suchte und sofort ihre Freundin Beate angerufen. Diese hatte eben ihre Arbeit verloren. Die Botschafterfamilie, bei der sie als Kindermädchen gearbeitet hatte, musste wieder in ihre Heimat zurück. Beate war sofort Feuer und Flamme. Noch dazu, wo sie gelegentlich in der Nähe von Grete wäre und diese ihr von dem wunderschönen Gut erzählt hatte. „Beate, setz dich in dein Auto und komm auf das Gut. Ich bin sicher, bei deinen Referenzen bekommst du die Stelle, ich werde dich Christoph persönlich vorstellen."

Christoph wurde eines Nachmittages von Grete in der Verwaltung des Gutes in Begleitung einer jungen Frau aufgesucht. „Herr von Föhrenwald, dürften wir Sie kurz stören?"

„Grete, Sie stören nicht. Was kann ich für die Damen tun?"

„Herr von Föhrenwald, von meiner Tochter weiß ich, dass Sie dringend ein Kindermädchen suchen, und nun stelle ich Ihnen meine Freundin Beate Schatz vor. Sie ist geprüfte Kinderschwester und war die letzten vier Jahre bei einer englischen Botschafterfamilie beschäftigt. Dort hat sie sich seit der Geburt um die nun vierjährige Tochter zur vollsten Zufriedenheit gekümmert. Da diese Familie wieder zurück nach England musste, könnte sich Beate sofort um Ihren Magnus kümmern."

„Grete, das hört sich ausgezeichnet an, ich wusste gar nicht, dass Ihre Tochter das mitbekommen hat. Da sieht man wieder, was Kinderohren so alles aufschnappen. Ich kann das nicht allein entscheiden. Wenn die Damen mich begleiten, werde ich sofort mit meiner Frau sprechen."

Delia saß an ihrer Schreibmaschine und klopfte wie ein Wirbelwind in die Tasten, so dass sich im Nu ein Wort an das andere fügte. Als sie einen Luftzug verspürte, blickte sie zur Tür. „Christoph, wie schön dich zu sehen, noch dazu zu so ungewohnter Stunde, ist etwas passiert?"

„Nein, meine liebe Delia, aber wir müssten uns bei Grete bedanken, denn diese hat unser Problem gelöst, wenn du damit einverstanden bist."

„Wieso löst Grete unser Problem? Ich wusste nicht, dass wir eines haben."

„Grete hat eine Freundin und diese ist ausgebildete Kinderschwester. Sie war bei einer Botschafterfamilie seit der Geburt von deren Kind vier Jahre beschäftigt."

„So hervorragend wird diese Kinderschwester nicht sein, wenn sie nun arbeitslos ist."

„Die Botschafterfamilie musste zurück nach England, daher könnte sie sich nun um Magnus kümmern."

„Christoph, das ist nicht dein Ernst. Hast du dich bei den Schwestern beschwert, wie wenig Zeit ich für dich habe? Ich bin enttäuscht. Ich sorge mich um unser Kind und das ist der Dank."

„Delia, das stimmt doch nicht. Nicht ich, sondern Liesbeth hat es ihrer Mutter erzählt. Diese hat daraufhin ihre Freundin Beate angerufen. Nun sei doch bitte so nett und sieh dir die Frau an, sie wartet unten."

„Was mache ich nicht alles, damit mein Christoph zufrieden ist ..."

Sie gingen nach unten, und als sie die Frau sah und deren Blick wusste sie, dass sie kein Interesse an ihrem Mann haben würde. *Mit diesem Frauentyp habe ich kein Problem.* Sie ging nun auf Beate zu, reichte ihr die Hand mit den Worten: „Sie wollen sich um unseren Sohn kümmern? Ich habe gehört, Sie bringen ausgezeichnete Referenzen mit. Das Wichtigste aber ist, dass sich unser Magnus bei Ihnen wohl fühlt. Ich denke, nach einigen Tagen werden wir sehen, ob Magnus Sie akzeptiert. Dann können wir über alles Weitere sprechen."

Christoph konnte dies kaum glauben nach der wochenlang abwehrenden Haltung. „Delia, ich bin so froh, dass du eine so schnelle Entscheidung getroffen hast."

„Wir werden sehen, ob wir dadurch wirklich mehr Zeit für einander haben werden."

„Frau Schatz, begleiten Sie mich zu unserem Sohn."

„Frau von Föhrenwald, ich bin es gewöhnt mit Beate angesprochen zu werden."

Beate war entzückt, als sie Magnus' Lockenopf sah, sodass ihr die Bemerkung, „Der muss mich mögen, so süß wie er ist", entschlüpfte. „Entschuldigen Sie, Frau von Föhrenwald, ich habe sicherlich schon viele Kinder gesehen, aber er ist ein ganz Süßer. Er sieht Ihnen sehr ähnlich, aber die entzückenden kleinen Ohren, die Nase und den Mund scheint er vom Vater zu haben."

„Wir sind so glücklich mit unserem Magnus und ich verbringe viel Zeit mit ihm, denn ich will, dass er sich wohl fühlt. Grete wird Sie zum Gutshaus begleiten und ich erwarte Sie morgen um sechs Uhr."

„Frau von Föhrenwald, es ist noch früher Nachmittag und Magnus wird sicherlich bald wach, kann ich nicht gleich hier bleiben? Ich möchte gerne dabei sein, wenn Magnus aus seinem Mittagsschlaf erwacht."

„Beate, ich hoffe wir kommen gut miteinander aus. Wenn Sie mein Sohn akzeptiert, würde ich mich freuen."

*

Bernhard hatte sich mit Günther unter dem Vorwand, er wolle von ihm einen juristischen Rat einholen, in sein Arbeitszimmer zurückgezogen.

„Cognac gefällig? Ich würde nicht nein sagen, denn dieser ist ein ganz alter. Oder doch lieber etwas anderes?" fragte Bernhard seinen Gast.

„Danke, einen kleinen Cognac kann man, wenn es um etwas Geschäftliches geht, um diese Zeit schon trinken."

„Eigentlich wollte ich Sie fragen, was Sie von der Sache halten, dass Ihre Gattin und Schwägerin eventuell Schwestern meiner Frau sind. Ich meine, rein juristisch gesehen. Es gibt angeblich nur diese drei Briefe, und deren Inhalt kann doch nicht als Beweis gelten, wenn es um die tatsächliche Vaterschaft geht, oder? Wie sehen Sie das als Anwalt?"

„Ich denke, Ihre Gattin sieht dies aber schon als erwiesen, denn sonst wären wir nicht ihre Gäste. Oder sind Sie anderer Meinung, Herr von Föhrenwald?"

„Ich wollte wissen, wie sich das juristisch verhält. Denn ich weiß aus sicherer Quelle, dass es ohne geklärte Vaterschaft keinen Rechtsanspruch gibt."

„Sie sind aber recht gut informiert, genau das ist hier das Hauptproblem. Die Briefe bestätigen lediglich, dass sie sich kannten und die Mutter meiner Frau schwanger war. Ob Magnus der Vater ist müsste man abklären?"

„Ich nehme ja nicht an, dass sie vorher als Nonne gelebt hat? Wer sagt, dass sie nicht einen Freund hatte und mit meinem Schwiegervater nur zusammen war, wenn er vor Ort war. Ich finde euch alle sehr sympathisch und deswegen wollte ich Ihre Meinung hören. Außerdem habe ich gehört, dass ihr vierzehntägig mit Waren des Gutes versorgt werdet und ihr immer auf dem Gut willkommen seid. Sollte es aber einen Weg geben, der zur Klärung beiträgt, würden eure Frauen auch erbliche Ansprüche geltend machen können. Ich frage deswegen, weil sich das Gut diese Summe von einigen 100.000 Schilling nicht leisten könnte, ohne in große finanzielle Schwierigkeiten zu kommen. Ich muss natürlich an den Fortbestand des Gutes denken, auch wenn mein Sohn nun das Sagen hat."

„Natürlich verstehe ich Ihre Lage, Herr von Föhrenwald. Sollten jedoch die fehlenden Beweise erbracht werden, wären rechtliche Folgen unsererseits nicht auszuschließen, aber trotz allem danke für das offene Gespräch."

Wenn er von diesen Summen spricht, muss ich alles tun, damit wir in naher Zukunft ein unbeschwertes Leben führen können.

In Bernhard aber reifte ein Plan. *Günther ist von der Idee sehr begeistert, Einer von uns zu sein. Wenn er mitspielt, könnte ich mit Hilfe von biologischem Material seiner Frau und seiner Schwägerin die Vaterschaft von Magnus abklären lassen. Aber was viel wichtiger wäre - ich könnte mich bei meiner Familie für die Schmach rächen.*

„Wollten wir nicht alle zu den Fischteichen reiten? Wann sollen wir uns treffen, Herr von Föhrenwald?"

„Ich muss noch etwas Organisatorisches erledigen, in einer halben Stunde findet der angekündigte Ausritt statt." Beide verließen das Büro. Bernhard ging in die Küche, um nachzufragen, ob das mit dem Picknick bei den Fischteichen in Ordnung ging.

Günther dachte über das Gespräch mit Herrn von Föhrenwald nach. *Wenn er sich über den Fortbestand des Gutes Gedanken macht, müsste es sich bei dem Erbe um Millionen handeln. Anderseits, so wie sich dieses Gut präsentiert, kann ich mir nicht wirklich vorstellen, dass finanzielle Probleme entstehen könnten. Natürlich liegt die Hauptsubstanz bei solch einem Gut im Grund und Boden. Laufende Einnahmen hängen von den diversen Erträgen ab. Ich denke, ich werde von dem Gespräch alle informieren. Ich muss versuchen festzustellen, was die einzelnen Familienmitglieder hier arbeiten. Oder leben sie so in den Tag hinein? Es müsste wunderbar sein.*

*

Um 16 Uhr verließen an die 20 Reiter den Hof. Im Trab ging es entlang der Allee bis sie in den ersten Güterweg einbogen und im gestreckten Galopp ihrem Ziel entgegen ritten, wobei Bernhard einige Umwege eingeplant hatte. Die Freude war groß, als sie nach drei Stunden bei den Fischteichen ankamen und dort unter einem Sonnensegel ein riesiges Büffet vorfanden. Die Pferde grasten friedlich unter Aufsicht der Stallburschen. Die Reiter hatten es sich in Gruppen auf der Wiese bequem gemacht. Die Zwillinge mit ihren Familien saßen beisammen und ließen sich ebenfalls die Köstlichkeiten munden. Günther benützte die Gelegenheit, ihnen den Inhalt des Gespräches mit Bernhard mitzuteilen. „Wenn es nach Bernhard geht, wäre dies auch eure Heimat. Genießt das alles und bedenkt, dass ihr eigentlich dazu gehören könntet, wenn ihr einen Beweis hättet, dass Magnus euer biologischer Vater ist", meinte Günther. „Er versteht nicht, wieso sein Schwiegervater sich nie um euch gekümmert hat. Oder wusste Magnus wirklich nichts von eurer Existenz? Vielleicht sollten wir gemeinsam nach Möglichkeiten suchen oder uns darüber Gedanken machen, wie wir zu einer Bestätigung kommen könnten, dass Magnus euer Vater war", fügte Günther hinzu.

Karoline ergriff sofort das Wort: „Günther, das ist nicht unser zu Hause, und hör auf zu träumen, denn die Föhrenwalds müssen auch für ihr Geld arbeiten, oder glaubst du, dass sich das alles von selbst erledigt. Welchen Beweis haben wir denn außer den Briefen?"

„Günther, du hast wie immer deine eigene Ansicht über die Dinge, aber so bist du nun mal", sagte Peter und ergänzte: „Was willst du, sie behandeln uns doch als wären wir mit ihnen verwandt. Glaubst du Günther, wenn du auf stur schaltest, dass sie so reagieren wie du es dir erhoffst? Ich kann mir nicht vorstellen, dass wir dann noch gerne gesehen sind. Wer weiß, ob du je den Beweis erbringen wirst, den man braucht, um an ein mögliches Erbe zu kommen. So viel verstehe ich auch von der Juristerei, den ganzen Sommer sind unsere Kinder Gäste, und wir haben auch unseren Urlaub hier verbracht. Hast du dir schon einmal ausgerechnet, wie viel Geld wir in unserem Reitklub für die vielen Reitstunden hätten ausgeben müssen?"

Grete ergänzte: „Peter hat Recht und wenn Bernhard so denkt, sollten wir es dabei belassen. Wir profitieren, seit dem Karoline und ich das erste Mal hier waren. Isabell versorgt uns mit ihren Produkten und wir müssen vieles nicht mehr einkaufen. Von Peter weiß ich wie teuer die Waren vom Gut sind, die im Geschäft angeboten werden? Die Qualität rechtfertigt diese Preise und wir bezahlen dafür nichts.

Bei diesem Ausritt war selbst Delia mit von der Partie, denn seitdem Beate für Magnus sorgte, konnte sie sich ohne schlechtes Gewissen um ihren Mann oder andere Dinge kümmern. Christoph und Delia saßen nicht weit von den Familien, so dass sie gelegentliche Gesprächsfetzen aufschnappen konnte. Es war ihr aber unmöglich, sofort mit Christoph darüber zu sprechen.

*

Verena war der römischen Hitze entflohen und entspannte ebenfalls einige Tage auf dem Gut. Kaum eingetroffen, besuchte sie Gregor und verführte ihn im Heu, sie liebte Quickies. Und auch jetzt saß sie bei ihm und nicht bei der Gesellschaft. Dies gefiel ihrem Vater überhaupt nicht. Bernhard konnte seiner Tochter das lose Verhältnis zum Stallburschen Gregor nicht ausreden. Immer, wenn sie hier war, schlief sie mit ihm. Für Bernhard war er nicht standesgemäß, was zu Debatten mit seiner Tochter führte.

„Vater, du hast kein Recht mir Vorschriften zu machen, denn meine Mutter war ja auch nur eine Kunststudentin und du hast sie geschwängert. Gregor ist sehr intelligent und belesen."

„Verena, er ist ja ein fescher Bursche, aber eben nur ein Stallbursche."

„Ja, er liebt Pferde und du weißt selbst, dass er auf diesem Gebiet viele gute Voraussetzungen mitbringt. Also mach mir keine Vorschriften."

Isabell gefiel die lange Anwesenheit von Verena nicht, und nun hatte sie auch noch ihre Freundin Sieglinde mitgebracht. Diese aber saß bei Bernhard und nicht bei ihrer Freundin, was ihm anscheinend Spaß machte, denn sie lachten viel. Isabell wusste nicht, dass hinter all dem Bernhard steckte, denn er wollte Isabell damit ärgern, und so kam es immer wieder vor, dass sie den Mädchen im Hause begegnete oder er mit ihnen zum Essen erschien. Verena konnte es nicht lassen, Isabell immer mit den Worten: „Einen wunderschönen guten Morgen wünsche ich meiner lieben Stiefmutter", zu begrüßen. Desgleichen tat sie untertags oder abends, falls sie einander nicht davor begegnet waren. Isabells Versuche, mit Verena darüber zu sprechen, waren zwecklos, denn sie argumentierte, „Was wollen Sie, ich kann schwerlich ‚Mutter' sagen, doch ich bin nun mal sehr höflich. ‚Frau von Föhrenwald', wäre ja kaum angebracht in unserer Situation."

Taktlos kann sie schon sein, dachte Isabell, und laut fragte sie „Wann reisen Sie endlich ab, damit ich mir Ihre Bemerkungen nicht mehr anhören muss?"
„Vater findet es schön, dass ich hier bin. Er ist außerdem der Meinung, nachdem Ihre angeblichen Schwestern hier wohnen, könnte er mich auch die paar Urlaubstage mit meiner Freundin, mit der er sich ausgezeichnet versteht, wohnen lassen."

*

DDr. Habenichts hatte es endlich geschafft, sich bei seiner angebeteten Isabell nieder zu lassen. „Ich bin momentan der glücklichste Mensch in dieser Runde, denn ich sitze mit der charmantesten Dame von diesem Gut beisammen."
„Das freut mich, wenn Sie das so sehen. Schließlich habe ich mich gegen meine sonstigen Gewohnheiten an diesem Ausritt beteiligt, um Ihnen diese Freude zu machen. Normalerweise fahre ich lieber mit der Kutsche durch unsere Ländereien, da kann man sich besser entspannen, was beim Reiten nicht so leicht möglich ist. Ich kann nicht leugnen, dass ich Ihre Gesellschaft genieße. Jedoch ist es nicht meine Art, auf Avancen wie Sie sie mir machen zu reagieren. Wie gesagt, ich bin verheiratet und an einem Flirt nicht interessiert, denn auf einen solchen läuft doch ihr Bemühen hinaus."
„Frau von Föhrenwald, was soll ich denn dagegen tun, Sie sind seit langem eine Frau, die in mir all das weckt, was man halt sagt oder tut, wenn man verliebt ist. Ja, ich weiß, das wollen Sie nicht hören, aber meine Gedanken beschäftigen sich mit Ihnen und ich suche Ihre Nähe. Glauben Sie mir, es ist mir bewusst, dass ich keine Chance habe."
„Herr Doktor -"
„Nicht doch, nennen Sie mich Siegfried."
„Herr Doktor, ich fühle mich zwar geschmeichelt, aber genauso bedrängt, wenn Sie solche Worte sagen. Natürlich genieße ich unsere Gespräche und es bereitet mir Vergnügen Sie zu sehen. Meine Situation erlaubt mir allerdings nicht, gewisse Grenzen zu überschreiten und da darf man eventuellen Gefühlen nicht fraglos nachgeben."
„Ich bin mir sicher, dass Sie meine Gegenwart etwas unsicher macht, und daraus schließe ich, Sie empfinden mehr für mich als Sie zugeben, liebste Isabell."
„Herr Doktor, belassen wir es dabei, dass ich weder an einem Flirt noch an Avancen interessiert bin, und nun entschuldigen Sie mich, ich muss mich auch um die anderen Gäste kümmern."

Bernhard wurde von allen für die Idee mit dem Picknick gelobt. Nach zwei Stunden mahnte er zum Aufbruch. „Wir reiten noch nicht nach Hause, ich habe eine Überraschung eingeplant." Sie folgten Bernhard in den Wald und schon ging es immer bergwärts, bis sie auf einer Lichtung gemeinsam das Schauspiel des Sonnenunterganges genossen. Aber erst als die Sonne hinter dem Berg verschwunden war, erstrahlte der Himmel in orange-gelben Farben, was so manchen ein „oh wie wunderschön" entlockte. Mit dem fahlen Abendlicht ging es im scharfen Galopp zurück zum Gut und jeder hatte seine eigenen Gedanken über diesen gelungenen Ausritt.

Delia und Christoph besuchten noch ihren schlafenden Magnus und ließen den Abend in der großen Badewanne und im Bett ausklingen. Beim Frühstück waren sie sich einig, dass der Ausritt der Anfang der wieder gefundenen gemeinsamen Zeit war. Delia nützte die Gelegenheit, um mit Christoph über das gestern Gehörte zu sprechen.
„Ich habe es befürchtet, dass das auf uns zukommen kann, und Günther ist sicherlich der Rädelsführer. Ich werde das Problem mit Peter besprechen. Leider habe ich dies bis jetzt verabsäumt, obwohl du mir geraten hast mich zu erkundigen. Weißt du, ob sich Mutter für einen Test zur Verfügung stellen wird?"
„Ich bin mir nicht sicher, aber ich denke, das Gut ist ihr wichtiger und sie glaubt nach wie vor, dass die Familien glücklich sind, so aufgenommen worden zu sein. Und nun, mein geliebter Mann, wartet ein anderer auf mich oder gehst du noch mit."
Hand in Hand gingen sie ins Kinderzimmer, Gundi hatte es freiwillig geräumt. Das Lachen von Magnus war schon zu hören, bevor sie die Türe öffneten. Sie trafen Beate mit Magnus am Boden an, wo sie ihn knuddelte. Delia hatte zu Beate großes Vertrauen, nachdem ihr auch Gundi bestätigt hatte, dass es Magnus an nichts fehlte. Als Magnus

seine Eltern erblickte, robbte er auf sie zu, und schließlich lagen auch sie am Boden und spielten mit ihm.

Isabell konnte in diesem Sommer ihr Glück kaum fassen. Da gab es Magnus, ihren Enkel, der sich ganz prächtig entwickelte. Mit den Kindern ihrer Schwestern verstand sie sich gut und widmete diesen ebenfalls viel Zeit. Sie wollten zum Beispiel wissen, wie der Käse aus der Milch gewonnen wird, aus dem Fleisch die Wurst oder der Speck, dem Bäcker zusehen, wie viel Arbeitsschritte es waren, bis das Brot oder das Gebäck in den Ofen kamen.

*

Christoph war allein unterwegs, um auf entlegenen Feldern zu sehen, welche der angebauten Getreidesorten je nach unterschiedlichem Boden den meisten Ertrag brachten. Einige sahen viel versprechend aus, jedoch musste man die Ernte abwarten. Christoph wurde von einem schnell aufziehenden Gewitter überrascht und überlegte sich auf Mutters Alm zu reiten, um dort das Gewitter abzuwarten. Er staunte nicht schlecht, als er im Wald Paula begegnete.
Paula war ein Pensionsgast, der gern allein und selbst am Samstagabend immer sehr in sich gekehrt war. Irgendwie machte sie den Eindruck als würde sie etwas sehr belasten. Nach außen hin hätte sie keinen Grund gehabt, sie sah mit ihren 40 Jahren recht gut aus, hatte eine ansprechende Figur und arbeitete als Anwältin.
„Hallo Paula, Sie reiten in die falsche Richtung, Sie müssen sich verirrt haben. Es ist ein Gewitter im Anzug."
„Herr von Föhrenwald, ich freue mich Sie zu sehen. Ja, ich habe mich verirrt, ich reite seit einiger Zeit im Kreis. Vom Gewitter weiß ich nichts, im Wald ist es zwar dunkler geworden, darauf habe ich aber nicht geachtet, sondern verzweifelt den richtigen Weg gesucht."
„Paula, reiten Sie mir nach. Viel Zeit ist nicht mehr, wenn wir halbwegs trocken unsere Alm erreichen wollen."
Christoph ritt im gestreckten Galopp voran. Die ersten Regentropfen fielen bereits durch das Blätterdach des Waldes. Als sie auf die Lichtung kamen, war der Regen so stark, dass sie kaum Sicht hatten. Christoph parierte sein Pferd vor dem Unterstand und stellte fest, dass er bis auf die Unterwäsche nass war. Sie betraten die Hütte. Als Erstes machte Christoph Feuer in dem alten Küchenherd, der auch ein Warmwasserschiff hatte. Dies war notwendig um heißes Wasser zum Waschen zu haben. Die Wärme, die von der gusseisernen Ofenplatte aufstieg, diente zum Trocknen der Kleidung, welche auf den Holzstangen über dem Herd hing. Paula stand nur da und wirkte verzweifelt. Sie hatte keinen trockenen Faden mehr am Körper, selbst die Haare klebten an ihr.
„Paula, am besten Sie ziehen alles aus hängen es auf die Stangen oberhalb vom Herd. Ich suche inzwischen, ob ich etwas finde, damit Sie sich abtrocknen können. Als er mit Handtüchern zurückkam, stand sie noch immer reglos im Raum. Er aber zog alles aus und hängte seine nasse Kleidung auf die Stangen, trocknete sich ab, band sich ein Handtuch um die Hüfte und setzte sich, Paula den Rücken zugewandt, zum Herd. „Nun machen Sie schon, runter mit den nassen Kleidern. Stellen Sie sich doch nicht so an, mit den nassen Sachen werden Sie den Heimweg nicht ohne Erkältung und aufgeriebene Schenkel und Po zurücklegen können."
Sie stand noch immer da, zitterte und Christoph sah in ihren Augen Angst.
„Paula, was immer es ist, vor mir brauchen Sie keine Angst haben und ich werde mich auch nicht umdrehen bis Sie sich mit den Handtüchern bedeckt haben."
„So etwas Ähnliches habe ich schon einmal gehört. Nein, ich bleibe in den nassen Sachen, noch besser wird sein, ich gehe zu den Pferden."
„Paula, was soll das, ziehen Sie Ihre nassen Sachen aus und hängen sie diese, so wie ich, auf die Stange. Ich verspreche Ihnen, dass ich nichts tun werde, was Sie brüskieren könnte."
„Ich kann nicht", und schon hörte Christoph sie schluchzen. Christoph drehte sich um und sah, wie ihr die Tränen über das Gesicht liefen. Er ging auf sie zu, mit angstvollen Augen wich sie zurück.

„Paula, was haben Sie, ich will Ihnen doch nicht zu nahe kommen, sondern nur, dass Sie sich der Kleider entledigen, damit wir diese trocknen können."
„Das ist es ja, so hat es begonnen und dann hat er mich vergewaltigt", sie sank zu Boden und schluchzte.
„Paula, was glauben Sie von mir?"
„Es ist wie damals, und er kommt immer wieder und vergewaltigt mich, ich kann mich nicht wehren, denn er ist Richter und ruiniert meine Zukunft als Anwältin, wenn ich ihn anzeige."
„Das ist ja schrecklich. Kommen Sie, Paula, hier kann Ihnen nichts passieren, ich drehe mich um. Nun ziehen Sie sich endlich aus. Ich gehe noch nachsehen, ob ich etwas anderes als Handtücher finde, damit Sie sich nicht nackt fühlen mit nur einem Handtuch", und verließ den Raum.
Als Christoph zurückkam, saß sie wie ein Häufchen Elend neben dem Feuer.
„Ich habe außer der Schürze nichts gefunden, aber die ist groß und geht rundherum, ich weiß es von meiner Mutter."
„Danke, es geht schon, ich habe vorher vielleicht zu impulsiv reagiert, aber es war wie damals. Wir suchten seine Jagdhütte auf, nachdem wir beim Überqueren des Baches hineingefallen waren. Auch er bot mir an, ich solle mich ausziehen und dann geschah es."
„Paula, das wusste ich nicht, aber es ist ein langer Ritt zurück und ich weiß, wie man danach aussieht. Und dieser Richter kommt immer wieder?"
„Mein ganzes Flehen, mich endlich in Ruhe zu lassen, kostet ihn nur ein Lächeln. Was soll ich tun, ihm wird man glauben, mir aber nicht."
„Wenn wir wieder auf dem Gut sind, fahren wir zu meinem Freund, der ist Anwalt und wir werden ihn fragen, welche Chancen Sie haben."
„Als ich vorher den Richter von weitem gesehen habe, bin ich in den Wald geritten und habe die Orientierung verloren, zum Glück kamen Sie. Ich wusste nicht, dass er ebenfalls hier ist, sonst wäre ich nicht hierher gefahren."
„Sie sagen, er ist auch hier, also muss es der Dr. Kranzelmaier sein, oder?"
„Ja, genau, und er ist Richter auf dem Gericht, wo ich viele Termine habe. Ich kann nicht leugnen, dass er mir vor diesen Übergriffen sehr charmant erschienen ist und ich hätte nie gedacht, dass er so ein Schuft ist und seine Position derart ausnützt."
Paula redete sich den ganzen Kummer von ihrer Seele. Der Richter bestellte sie unter dem Vorwand, er müsste etwas besprechen, oder suchte sie zu Hause auf, um sich dann an ihr zu vergehen. Christoph hatte längst vermutet, dass sie irgendetwas betrübte, so wie sie sich in Gesellschaft verhielt.
„Paula, ich werde Sie bis zur Abreise im Gutshaus unterbringen, damit Sie so wenig wie möglich mit ihm zusammen treffen müssen. Ich sage Ihnen Bescheid, wenn ich einen Termin bei meinen Freund habe. Meine Mutter werde ich insofern einweihen als ich ihr sage, dass Sie wegen eines offenen Falles nicht mit dem Richter zusammen treffen dürfen."

Als endlich alles trocken war, begannen sie sich anzuziehen. Als beide gerade ihren Slip angezogen hatten, ging die Türe auf und Bernhard betrat den Raum. „Oh, ich wusste nicht, dass ich störe. Ich wollte mich wegen dem Gewitter unterstellen - und was muss ich sehen? Christoph, ich hoffe du hattest deinen Spaß."
Paula hatte sich sofort hinter Christoph versteckt.
„Vater, auch wenn es den Anschein hat, es ist aber alles anders. Auch wir waren klatschnass. Paula, die sich verirrt hatte, habe ich im Wald aufgelesen und hierher mitgenommen. Es wäre nett, wenn du einen Augenblick in den Nebenraum gehen könntest, damit sich Paula fertig anziehen kann. Zieh dich dort aus und nimm das nasse Gewand mit, die Stangen sind gleich frei. Wir warten nachher gemeinsam, bis der Regen aufhört."
Als Bernhard wieder die Stube betrat, konnte er nicht an sich halten und legte los: „Mein Sohn, der Moralapostel, der sich auf der Alm vergnügt. Ich kann dich ja verstehen, sie sieht gut aus. Ich hätte nichts dagegen, wenn Paula meine Avancen erhört hätte, aber sie reagierte nicht."
Paula begann zu schluchzen und lief aus der Hütte.

„Vater, du weißt nicht, was du mit dieser Anschuldigung angestellt hast, die Frau hat sehr Schlimmes erlebt, ich muss zu ihr." Er fand Paula bei den Pferden.
„Paula, ich muss mich für meinen Vater entschuldigen. Für ihn sah es verfänglich aus, als er uns beim Anziehen sah. Dass wir auch nass waren, konnte er nicht wissen. Kommen Sie mit, solange es regnet, hat es keinen Sinn zurück zu reiten." In der Hütte sagte er zu seinem Vater: „Es wäre nett, wenn du dir deine Anschuldigungen gegen mich für später aufheben würdest."
Als der Regen endlich aufhörte, ritten sie gemeinsam zum Gut zurück. Christoph brachte Paula zu seiner Mutter, die ihr ein Gästezimmer bis zu ihrer Abreise zuwies. Christoph hoffte, dass Peter einen brauchbaren Einfall hätte, der Paula vor dem Richter schützte. Was sich dieser erlaubte, war nicht nur skandalös, sondern es bedeutete Nötigung, seine Position auszunützen, um ihr immer wieder Gewalt anzutun. Peter überlegte, ob es nicht am besten wäre, ihm eine Falle zu stellen beziehungsweise dem weiblichen Personal des Gerichtes anonyme Briefe zukommen zu lassen, in denen man die Frauen warnte. ‚Es gibt ein Gerücht, dass sich ein Richter unter dem Vorwand sachlicher Erörterungen mit Kolleginnen trifft, sich aber nicht scheut, sein eigentliches Ziel mit Gewalt zu erreichen. Hinterher zwingt er die Kollegin zum Schweigen, indem er droht, im Falle einer Aufdeckung als Sieger aus der Sache hervorzugehen. Aufgrund seines großen Einflusses würde man ihm Glauben schenken, der Betroffenen sicherlich eine Kündigung nahe legen.‘
Peter verwarf jedoch den Gedanken, weil für den Richter es klar wäre, dass dahinter nur Paula oder eine andere Leidensgenossin stecken konnte, denn diese Briefe blieben sicherlich nicht geheim.
Beim Abschied umarmte Paula Christoph und versprach ihm, sich von dem Richter soweit wie möglich fernzuhalten und ihm keine Möglichkeit zu geben, ihr etwas anzutun. Sein Vater sah die Umarmung und fühlte sich bestätigt, dass sein Sohn etwas mit Paula am Laufen hatte.

*

Die Ferien gingen zu Ende und es musste Abschied genommen werden. Auf dem Gut kehrte eine beklemmende Stille ein, als die Schwestern mit ihren Kindern nach Hause fuhren. Zum Glück gab es den Reiterhof und so konnte sich Isabell auf die gemeinsamen Essen mit den Gästen freuen, denn da saß ‚er‘ neben ihr. Womit Isabell nicht gerechnet hatte war, dass der DDr. Habenichts jedes Wochenende auf dem Gut auftauchte und sich keine Gelegenheit entgehen ließ, mit ihr zu plaudern. Er versuchte immer wieder, sie zu überreden, doch mit ihm auszureiten. „Frau von Föhrenwald, ich würde mich doch so glücklich schätzen, wenn Sie mir Ihre wunderschöne Heimat zeigen würden. Ich bin sicher, Sie kennen andere Reitwege und ich könnte mich mit Ihnen länger unterhalten. Leider sind Sie immer so beschäftigt, und somit kann ich mich lediglich auf den Samstagabend freuen. Nur dort bietet sich die Gelegenheit, Sie ein wenig für mich allein zu haben."
„Herr DDr. Habenichts, ich muss mich um meine Pflichten kümmern. Es kann Ihnen doch nicht entgangen sein, dass ich eine verheiratete Frau bin. Wenn ich bei Ihnen eine Ausnahme mache, müsste ich dies auch bei den anderen Herrn tun. Sie sehen, selbst wenn ich wollte, ich kann Ihr Angebot nicht annehmen, aber ich freue mich wie Sie auf unsere gelegentlichen Gespräche. Natürlich war es sehr schön, als wir den gemeinsamen Ausflug machten, aber Sie müssen schon meinen Standpunkt akzeptieren."
In Wirklichkeit freute sie sich immer, wenn sie ihn sah. Wenn sie mit ihm allein war, musste sie gegen seine Bitten ankämpfen, denn Isabell begehrte ihn längst, wollte sich dies aber nicht eingestehen.
Auch Karoline war aufgefallen, dass der DDr. Habenichts keine Gelegenheit ausließ, um mit ihr zu plaudern, und sie hatte zu Isabell gesagt: „Der ist in dich verliebt, so wie der sich benimmt, wenn du auftauchst. Warum bist du so abweisend, wo du doch mit deinem Bernhard überhaupt nichts mehr Gemeinsames hast. Lass es einfach zu, du bist doch eine interessante Frau. Und rede dich nicht auf dein Alter aus, das sieht dir sowieso keiner an. Du hast immer strahlende Augen, wenn du mit ihm sprichst."

Karoline hatte Recht, ich werde ihn unter dem Vorwand, dass er Dauergast ist, zu unserem Erntedankfest einladen.

*

Das Erntedankfest war ein gesellschaftliches Ereignis und alle Gäste kamen mit Freuden. Das Wetter konnte nicht schöner sein und so war im Garten gedeckt worden. Es war ein fröhliches Fest, es wurde getanzt, gescherzt und gelacht.

Dieses Mal hatte Christoph seinen Vater gefragt, ob er nicht die noch verbliebenen Freunde einladen wolle, was dieser dann auch tat. Zusätzlich freute ihn der Umgang mit dem Reitervolk, insbesondere mit so manchem weiblichen Reitgast. Bernhard beflügelte noch etwas ganz anderes; es war die Aussicht, dass die Zwillinge sich von Günther dazu überreden ließen, sich um das Erbe zu bemühen. Endlich könnte er sich für die erlittene Schmach revanchieren. Für ihn und Isabell würde sich finanziell nicht viel ändern, denn Christoph allein würde es Treffen. ‚Nun habe ich aber meine Rache, wegen dem veruntreuten Geld sagte Christoph, ‚Ich habe keinen Vater mehr;' denn die Zwillinge werden ihm einiges kosten.
Bezug nehmend auf das DDr. Habenichts freute sich über die persönliche Einladung und überreichte Isabell ein Kuvert mit den Worten: „Ich möchte Ihnen auch eine Freude machen. Ich bin sicher, Sie werden mir keinen Korb geben, wo ich doch weiß, dass Ihr Gatte kein großer Freund vom Klavierspiel ist." Isabell öffnete das Kuvert und war mehr als entzückt, darin lagen Karten für den Beethoven Klavierkonzert-Zyklus. Als er ihre Freude sah, ergänzte DDr. Habenichts noch: „Ich würde mich freuen, wenn der Platz neben mir nicht leer bliebe."
„Herr DDr. Habenichts, ich bin gerührt und ich danke Ihnen sehr herzlich, weiß jedoch nicht, ob ich dieses Geschenk annehmen kann."
„Diese Entscheidung müssen Sie schon allein treffen. Ich jedoch hoffe, dass neben mir die bezaubernde Frau von Föhrenwald sitzen wird."

Bernhard nützte die Gelegenheit, um mit Günther zu sprechen. „Inwieweit konnten Sie die Schwestern überzeugen, im Hinblick auf eine Verwandtschaftsnachweis etwas zu unternehmen?" Bernhard war überhaupt nicht glücklich als er hörte, dass die Schwestern nicht daran dachten und einschließlich seines Schwagers sogar dagegen waren. Günther erzählte Bernhard, dass er sich mit seinem alten Schulfreund, dem Richter, getroffen hatte. „Dieser jedoch machte mir wenig Hoffnung. Für das Gericht sind die Briefe zu wenig, um einen Bluttest anzuordnen. Mein Einwand, dass sie schrieb, nun bin ich schwanger und verbindet uns etwas', tat er mit der Bemerkung ab, dass dieser Hinweis nicht unbedingt zwingend bedeutet, dass sie es von Magnus sei, sondern man dies einfach als eine Mitteilung an die Schwester werten müsse."
„Günther, wenn das so ist, sollten wir uns gemeinsam überlegen, wie wir dennoch zu einem Test kommen."
„Wie soll ich dies verstehen?"
„Es wäre zwar nicht unbedingt legal, aber der Bescheid wäre dennoch bindend. Günther, Sie müssten von Ihrer Frau einige Haare mit Wurzeln besorgen, eventuell von der Haarbürste. Am Besten wäre ein Tropfen Blut. Ich ergänze diese mit Proben von Isabell und schicke alles in ein Labor."
„Das zu besorgen wäre überhaupt kein Problem, aber würde dies reichen?"
„Glauben Sie mir, Günther, ich weiß das."
„Gut, ich werde Ihnen das Erforderliche beschaffen, aber wieso wollen Sie uns helfen, nachdem Sie Sorge hatten, dass das Gut sich diese Summe nicht leisten kann?"
Unter dem Siegel der absoluten Verschwiegenheit erzählte Bernhard, was man ihm angetan hatte und dies wäre seine Rache, denn ihn beträfen die Folgen nicht mehr. Da Günther und er nun Verbündete waren, besiegelten sie es mit dem gegenseitigen Du-Wort.

DDr. Habenichts ließ keine Gelegenheit aus, um mit Isabell zu tanzen und ihr glückliches Strahlen fiel doch einigen Besuchern auf. Die Gattin des Fleischers, welche sehr eng mit

Bernhard tanzte, bemerkte dazu: „Deine Frau scheint ja einen neuen Verehrer zu haben, stört dich das nicht?"
„Warum sollte mich das stören?"
„Bernhard, ich würde dich gerne trösten, aber du hast ja bloß Augen für deine weiblichen Reitgäste."
Ein Reiter beendete die Idylle, als er im vollen Galopp auf den Tanzboden zuritt, vom Pferd sprang und auf die Musik zustürmte, welche verstummte. „Feuer, Feuer!" rief der Bursch. Christoph war sofort bei ihm. „Der Strohstadel bei den Pferdekoppeln brennt. Ich habe die Koppel geöffnet, die Pferde hinausgetrieben und bin hierher geritten. Herr von Föhrenwald, die Pferde müssen wieder eingefangen werden. Sie waren in Panik, weshalb ich sie hinaustrieb." „Kurt, das hast du gut gemacht", sagte Christoph zu dem halbwüchsigen Burschen, der ohne Sattel hierher geritten war. „Reite zurück und versuche zu verhindern, dass die Pferde auf die Straße laufen." Christoph wollte seinen Leuten zurufen, aber er musste feststellen, dass diese schon in Richtung Meiereihof unterwegs waren. Er selbst rief Delia zu, sich um die Gäste zu kümmern, und fuhr mit sich durchdrehenden Reifen davon.
Der Stadel war nicht mehr zu retten, denn er stand bereits im Vollbrand. Die Leute versuchten nun, das Übergreifen des Feuers zu bekämpfen, indem sie kübelweise aus dem kleinen Löschtank schöpften, der immer mit ein paar 100 Litern Wasser gefüllt war. Bis die Feuerwehr kam, wurden die trockene Wiese und die Stangen des hölzernen Zaunes, die ebenfalls schon brannten, eimerweise bewässert. Ein Glück, dass es windstill war, so dass das brennende Stroh nur im Stadel loderte und nicht vom Wind verweht wurde.
Inzwischen galt es, die Pferde einzufangen, welche rund um das Gut grasten. Da Kurt trotz seiner Jugend sehr überlegt gehandelt hatte, war kein einziges Pferd zu Schaden gekommen. Später stellte sich heraus, dass Kurt, nachdem er beim Fest satt gegessen hatte, wieder zu den Pferdekoppeln gegangen war, wo er sich am liebsten aufhielt. Als er dort ankam, brannte bereits ein Teil des Stadels und die Pferde waren sehr unruhig, denn eine Stadelwand bildete einen Teil des Zaunes. Er tat das einzig Richtige: Nachdem er das Gatter geöffnet hatte, schwang er sich auf das erstbeste Pferd und trieb die Pferde aus der Koppel. Kurt war mit seinen vierzehn Jahren der Held des Tages und Christoph versprach ihm, dass er ab nun als Pferdepfleger arbeiten dürfe. Nach dem ‚Brand aus' wurden die Feuerwehrmänner auf Speis und Trank eingeladen.
Der Stadel war nicht besonders groß gewesen, der Schaden hielt sich also in Grenzen. Die Feuerwehr war sich sicher, dass der Brand gelegt worden war, denn in der Stadelmitte wurde ein verkohlter Benzinkanister gefunden. Christoph war überzeugt, dass den Brand niemand vom Gut gelegt hatte und überlegte, wem vom Gut schaden wollte. Der Einzige, der ihm einfiel war Konrad, denn dieser war im Streit gegangen. Dass der nicht den Geräteschuppen oder einen Stall angezündet hatte, lag wohl einerseits daran, dass der Übeltäter dabei von einem der Beschäftigten auf dem Gut gesehen worden wäre. Anderseits waren alle auf dem Fest, und der Stadel war problemlos und schneller erreichbar als andere Bauten. Oder war dies der Anfang von weiteren Brandlegungen? *Ich werde Wachen einteilen bis die Polizei mit ihren Ermittlungen fertig ist und eine Anzeige gegen Unbekannt machen. Aber der Versicherung werde ich den Hinweis geben, dass ich das dem Konrad zutraue, nachdem ich ihn gekündigt hatte und er im Zorn ging.*

*

Tage später wurde Christoph von Josef angerufen, der ihm mitteilte, dass Barbara, die Galeristin, eben das Tor passiert hatte und ihn sprechen wolle. Er wunderte sich, denn auch sie war am Erntedankfest gewesen. Christoph erwartete sie vor seinem Haus.
„Hallo, Barbara, was führt dich zu so später Stunde zu mir?"
„Ich habe Neuigkeiten für dich. Können wir in dein Atelier gehen, ich möchte mir die neuen Bilder ansehen, vielleicht habe ich eine Überraschung."
Sie betrachtete die Bilder ziemlich lange, bis sie auf ihn zuging und sagte: „Lieber Freund, du wirst in Hamburg ausstellen, ich habe bereits alles arrangiert, der Termin ist noch offen, aber wie ich sehe, hast du genügend Bilder um dort auszustellen."

162

„Was soll ich? In Hamburg ausstellen?"
„Ja, lieber Christoph, du gehörst gefördert, und ich weiß dich dort in guten Händen. Ich denke, Ende November oder im Frühling, wenn du nicht unbedingt am Gut sein musst, aber das klären wir noch. Nun, lieber Christoph, was sagst du?"
„Ich bin sprachlos, aber gleich in Hamburg. Du kennst Galeristen in Hamburg oder ist das ein Bekannter von dir?"
„Nein, es ist eine Galeristin, und ich habe sie vorige Woche in Genf getroffen. Sie hat ja in der Fachzeitung von deiner Ausstellung bei mir gelesen und ist an Bildern dieser Art interessiert. Ich habe dich in den kühnsten Farben geschildert, sie ist schon sehr neugierig auf dich. Enttäusche mich nicht, denn sonst empfehle ich dich nicht mehr weiter", sagte Barbara noch, und Christoph wusste, dass sie es mit dieser Aussage ernst meinte.
„Hast du noch Zeit? Delia würde sich freuen, dich zu sehen."
Delia war von den Plänen genauso überrascht wie Christoph. Barbara aber meinte: „Er ist auch Künstler und als solcher muss man flexibel sein. Dass müsstest du als anerkannte Schriftstellerin doch am besten wissen."
Als sie allein waren, gratulierte Delia ihrem Christoph zu der großartigen Chance, seine Werke in Hamburg einem neuen Publikumskreis präsentieren zu können.

*

Auf dem Weingut herrschte seit Tagen reges Treiben, denn die verschiedenen Rebsorten mussten gelesen werden. Bereits bei der Lese wurde darauf geachtet, dass ausnahmslos einwandfreie Trauben in die bereitgestellten Putten kamen. Was dieser Vorgabe nicht entsprach, musste vor Ort großzügig herausgeschnitten werden. Christine chauffierte das Küchenmädchen Eleonora von einem Weingarten zum anderen, mussten doch die Erntehelfer mit Essen versorgt werden. Es war eine sehr hektische Zeit am Gut, denn die unterschiedlichen Traubensorten mussten auch entsprechend verarbeitet werden.
Nachdem alle Tanks und Fässer gefüllt waren, kehrte wieder Ruhe auf dem Gut ein. Selbst Francesco war nun nicht mehr so angespannt, denn jetzt hing sehr viel vom Kellermeister ab. Alljährlich war es das große Ziel, bei der Weinpräsentation edle Weine zur Verkostung bereitstellen zu können. Die Einladungen zu den Präsentationen waren schon lange vorher verschickt worden, und nun wurden die ersten Käufer erwartet. Christine freute sich, denn dieses Mal konnte sie etwas beitragen. Francesco selbst testete sie, ob sie wirklich die Sorten auseinander halten konnte und genügend Bescheid darüber wusste. Er war erstaunt, wie schnell sie sich ein beachtliches Wissen über seine Weine angeeignet hatte.
Die ersten Gäste, welche jedes Jahr erwartet wurden, waren die Einkäufer von Hotels und jenen erlesenen Geschäften, die seine Weine führen durften. Sie wurden abends zur großen Tafel in die Halle geladen, wo ihnen zu den variantenreichen kalten und warmen Speisen der entsprechende Wein serviert wurde, damit sie sich überzeugen konnten, zu welchen Speisen sich der jeweilige Wein besonders eignete.
Es herrschte ein Kommen und Gehen, bis Christine eines Tages Rüdiger von Hagenberg gegenüber stand. Dies war natürlich für beide eine freudige Überraschung. „Mein Tiroler Freund, der ein Hotel und zwei Pensionen sein Eigen nennt, hat mich eingeladen mitzukommen, da ich an dem Chardonnay interessiert bin. So kommen mir meine 25 Kartons billiger und Berti hat Verwendung dafür, wenn er mir nicht mundet."
Christine war froh, als endlich der offizielle Teil der Verkostungen vorbei war und sie sich zum Plaudern mit ihm Zeit nehmen konnte. Rüdigers erste Worte waren: „Mit allem habe ich gerechnet, als ich mitfuhr, nur nicht damit. Christine, ich bin mehr als überrascht, dich hier in dieser Rolle zu sehen, wo sich zu Hause alle den Kopf zerbrechen, wo du sein könntest. Keiner hat eine Ahnung, wo du dich aufhältst, und nun präsentierst du hier die Weine des Weingutes Balladini. Wie kommst du hier her?"
„Francesco ist mein Freund und wir sind seit fast einem Jahr zusammen."
„Christine, komm, lass die Scherze, aber du bist immer für Überraschungen gut. Du siehst noch verführerischer aus als bei unserem letzten, wunderschönen Beisammensein."

„Lass diese Anspielungen, es muss ja nicht jeder gleich merken, dass wir uns näher kennen."

„Francesco sieht zwar besser aus als der Föhrenwald, aber was ist er gegen den feurigen, jungen Rüdiger - oder habe ich dich enttäuscht?"

„Rüdiger, bitte! Sei etwas leiser, ich will nicht, dass Francescos Kinder irgendetwas mitbekommen, ansonsten könnten sie wieder gegen mich Stimmung machen. Außerdem, Francesco erfüllt mir alle meine Träume. Ich habe es nicht nötig, nach anderen Männern Ausschau zu halten. Was gibt es zu Hause Neues, das würde mich mehr interessieren."

„Christine, wenn ich dich nicht kennen würde und wüsste wie aufregend du es findest, wenn sich Abwechslung in dein Leben drängt, hätte ich den Versuch erst gar nicht unternommen."

„Erzähle, was treiben der alte Föhrenwald und seine Isabell mit meiner Ines?"

„Das, Christine, weiß ich nicht. Deine Tochter ist schon lange nicht mehr am Gut."

„Was? Wo ist dann meine Ines? Sie werden sie doch nicht in ein Heim gegeben haben?"

„Wie kommst du auf ein Heim? Dein Kind wurde über das Jugendamt zu Pflegeltern vermittelt. Christine, der Föhrenwald ist nicht der Vater deines Kindes."

Christine war nicht leicht aus dem Gleichgewicht zu bringen, aber diese Nachricht hatte zur Folge, dass ihre Knie nachgaben und sie sich am Tisch festhalten musste. Ein Gesicht ohne Farbe und große Augen blickten Rüdiger an.

„Christine, was ist mit dir?"

„Rüdiger, das kann nicht sein, wer soll dann der Vater sein? Christoph?"

„Christine, wenn es der Alte nicht war, kann es der Junge doch auch nicht sein. Denk doch nach, es muss ein anderer der Vater sein."

In diesem Augenblick kam Francesco ganz aufgeregt zu Christine. „Liebes, was ist denn los, du bist ganz blass. Was haben Sie meiner Frau erzählt, dass sie so reagiert?"

„Francesco, darf ich bekannt machen, dass ist Rüdiger von Hagenberg, ein Bekannter aus meiner Heimat, und er hat mir gerade eine sehr unerfreuliche Nachricht übermittelt. Aber es geht schon wieder. Es ist alles in Ordnung, es handelt sich um eine familiäre Tragödie, die mich etwas aus der Fassung gebracht hatte. Danke für deine Fürsorge, mein geliebter Francesco."

Da er von einem Gast angesprochen wurde, ging Francesco mit diesem zur Ausschank.

„Ich muss schon sagen, du bist sehr clever, wenn du dich aus der Affäre ziehen musst, Hut ab."

„Rüdiger, was weißt du über meine Ines?"

„Ich kann dir nicht mehr sagen als ich dir bereits erzählt habe. Es gab einige Aufregung, als du das Kind am Gut abgegeben hast und spurlos verschwunden bist. Isabell hat auf einen Vaterschaftstest bestanden und war angesichts des Ergebnisses so wütend, dass sie das Kind in ein Kloster geben wollte, wenn das Jugendamt nicht schnell reagiert hätte. Zum Glück haben sich Leute gefunden, die das Kind vom Gut abholten."

Christine überlegte. *Es gab doch nur Christoph und Bernhard. Ein Irrtum kann nicht vorliegen. Rüdiger und Fridolin können es nicht sein, das war später, aber wer? Und wo ist meine süße Ines, und hat sie es gut dort?*

„Rüdiger, wenn ich dir je etwas bedeutet habe, musst du für mich in Erfahrung bringen, wo mein Kind ist."

„Das verstehe ich nicht, du hast dich von deinem Kind getrennt und nun machst du dir Sorgen?"

„Rüdiger, auf dem Gut hätte sie eine wohlbehütete Kindheit gehabt und einen Vater, der sie liebt. Wer weiß, wie es ihr jetzt geht. Ich bin dir keine Rechenschaft schuldig, aber ich habe Ines allein deswegen zu Bernhard gegeben, weil er uns die notwendige Unterstützung nicht gewähren wollte."

Aus den Augenwinkeln heraus bemerkte sie Lucia, die in der Nähe stand. Christine war aufgefallen, dass Lucia zuvor schon jede noch so kleine Gelegenheit genutzt hatte, um angeregt mit Rüdiger zu plaudern. Lucia hatte die letzten Sätze des Gesprächs aufgeschnappt, konnte damit aber nicht wirklich etwas anfangen. Beim gemeinsamen Abendessen in der Halle saß sie Rüdiger und Christine zufällig gegenüber. Sie unterhielten sich leise, wirkten aber sehr vertraut. Lucia war sich sicher, sie müssten sich gut kennen, eine gemeinsame Vergangenheit haben. Oder teilten sie ein Geheimnis? Eigentlich versuchte Lucia schon länger, den feschen Herrn näher kennen zu lernen, doch abgesehen von ein paar kurzen Wortwechseln hatte sich keine geeignete Gelegenheit ergeben. Dieser junge Mann war ganz der Typ, von dem sie sich gerne umgarnen ließe. Als Rüdiger sich verabschiedete, fragte Lucia direkt: „Wo wohnen Sie denn in Österreich, denn falls ich mal dort bin, würde ich gerne unsere interessanten Gespräche fortsetzen." Er überreichte ihr natürlich seine Visitenkarte mit den Worten: „Ich würde mich freuen, wenn ich Ihnen meine wunderschöne Heimat zeigen könnte." Von Christine verabschiedete er sich mit Küsschen und flüsterte ihr ins Ohr, er werde versuchen herauszufinden, wo Ines nun wirklich sei. Das gefiel Lucia überhaupt nicht und sie überlegte, welches Geheimnis sie nun wirklich hatten.

*

Christoph hatte mit seiner Idee, Wachen aufzustellen, Glück. Denn diese erwischten um zwei Uhr Früh bei der Wachablöse den vermummten Täter, als er ein Stallfenster einschlug und eine brennende Fackel hineinwarf. Nicht auszudenken, wenn am Vorabend das Heu für die Morgenfütterung vom Dachboden hinunter geworfen worden wäre, da hätte das Feuer rasch um sich greifen und einen riesigen Schaden verursachen können. Zum Glück war dies nicht geschehen, so dass das Feuer mit Kübeln und Schlauch rasch gelöscht werden konnte. Die Tiere in der Nähe des Feuers wurden sofort aus dem Stall getrieben.
Dass die Brandlegung ein so glückliches Ende fand, war darauf zurückzuführen, dass sich mehrere Personen auf dem Gelände aufhielten und den Täter verfolgten. Als sich der Vermummte als Konrad herausstellte, wurde er mit einigen Blessuren, die er sich offiziell bei seiner Flucht zugezogen hatte, an die Gendarmerie übergeben. In Wirklichkeit dürften ihn einige Arbeiter nicht sehr sanft behandelt haben, was er bei seiner Einvernahme angab. Als Grund für seinen Anschlag gab er Rache und Zorn an. „In all den Jahren musste ich für den alten Föhrenwald Gelder unterschlagen, wofür ich keine offiziellen Rechnungen hatte. Als der junge Föhrenwald das Gut übernahm, wurde ich deswegen hinausgeschmissen und seitdem finde ich keinen Arbeitgeber mehr", behauptete er. „Außerdem soll sich der Föhrenwald nicht so aufregen. Wenn ich gewusst hätte, dass dort so wenig Heu lagert, hätte ich einen anderen Tag genommen, es wären der ganze Stall und das Vieh auch gleich mit verbrannt. Außerdem werde ich alles dem Finanzamt erzählen", drohte er.
Als man Christoph dies mitteilte, störte ihn das aber nicht mehr. Er hatte seinerzeit nach dem Abgang von Franziska den Auftrag gegeben, sowohl die Räume der Buchhaltung als auch die des Aktenlagers neu zu adaptieren. Alle Aktenkartons wurden mangels Platz im Keller am Boden zwischengelagert. Als die ursprünglichen Räume fertig waren und man die Akten ins neue Lager bringen wollte, stand der Keller unter Wasser. Ein Arbeiter hatte einen neuen Wasserhahn installiert und sich nicht überzeugt, ob dieser wirklich fest zugedreht war. Somit waren alle Belege bis zur Unkenntlichkeit beschädigt. Als Christoph mit Peter wegen der Versicherung sprach, gab ihm dieser den Rat, zuvor den Vorstand des Finanzamtes zur Besichtigung zu bitten. „Du wirst mir noch dankbar sein für den Rat. Nach dem, was du von deinem Vater und Konrad erzählt hast, soll sich der Vorstand selbst ein Bild machen." In Gummistiefeln konnte sich der Beamte überzeugen. Mittels Aktenvermerk wurden die Belege von ihm als unbrauchbar eingestuft und er stimmte der endgültigen Vernichtung zu. Christoph dankte Peter im Nachhinein für seine Umsicht, die darauf abgezielt hatte, dass sich später mögliche Anschuldigungen von Konrad nicht mehr beweisen ließen.

*

Isabell freute sich auf den heutigen Abend, denn es gab das Klavierkonzert, und sie traf DDr. Habenichts. Auf der Fahrt in die Stadt gingen ihr so manche Gedanken durch den Kopf. *Wie wird er reagieren, wenn ich doch erscheine? Ich kann ihn mir in einem Anzug überhaupt nicht vorstellen. Wie wird er aussehen?* Je näher sie der Konzerthalle kam, umso feuchter wurden ihre Hände, und sie fühlte eine gewisse Erregung, denn dieser DDr. Habenichts vermittelte ihr das Gefühl, trotz ihres Alters begehrenswert zu sein. Isabell schlenderte im Foyer umher, nickte oder begrüßte Bekannte und eilte sogleich auf ihren Platz, denn sie wollte nicht, dass er sie unter den Augen der Bekannten allzu herzlich begrüßte. Sie fühlte seinen Blick, als er die Treppen herunterkam, um neben ihr Platz zu nehmen. Sie beobachtete ihn aus den Augenwinkeln. Zum Glück wurde die Beleuchtung bereits auf dämmrig geschaltet, so dass er ihre Hand nehmen konnte und diese mit den Worten „Ich bin entzückt" küsste. *Ich hätte ihn nicht sofort erkannt, wenn ich ihn irgendwo in der Stadt getroffen hätte. Ein Gentleman vom Scheitel bis zur Sohle, wie man so sagt. Er hat meine Vorstellung weit übertroffen, so edel sieht er in einem Anzug aus.*

Der Pianist verzauberte mit seiner Musik und Isabell ließ sich von dieser davontragen, bis sie der Applaus wieder zurückholte und sie die Worte ihres Begleiters, „Darf ich Sie nun auf ein Glas Sekt einladen?" direkt störend fand. Die Pause verlief dann doch sehr angenehm, sie unterhielten sich über den Pianisten und seine Interpretation. Als das Konzert zu Ende war, teilte ihr DDr. Habenichts mit, dass er im Hotel Restaurant ‚Zum Schwarzen Adler' einen Tisch bestellt hatte, in der Hoffnung, dass sie die Einladung annehmen würde.

„Herr DDr. Habenichts, es war ein wunderschönes Konzert und ich freue mich auf das nächste, bei dem ich wieder Ihre Gesellschaft genießen kann, aber Ihre Einladung zum Essen muss ich ausschlagen. Ich fände es nicht passend, mit Ihnen gesehen zu werden. Wenn Ihnen aber an meiner Gesellschaft so viel liegt, dann könnten wir uns das nächste Mal bereits vor Beginn des Konzertes im Pausenfoyer treffen. Nun wünsche ich Ihnen eine gute Heimfahrt. Danke für die Idee mit dem Konzert. Auf Wiedersehen bis zum nächsten Mal."

„Frau von Föhrenwald, ich hoffe, Sie entschuldigen meine vorschnelle Einladung, aber ich akzeptiere natürlich Ihre Entscheidung."

*

Christoph erlebte mit Delia nach wie vor nicht jene unbeschwerte Zeit im Bett, wie es vor der Geburt von Magnus gewesen war. Dennoch versuchte Christoph, wann immer es möglich war, mit seiner Delia viel Zeit zu verbringen. Die Einstellung von Beate war das Beste, sie hieß nicht nur Schatz, sie war es auch. Magnus fühlte sich wohl, und Delia hatte nun mehr Zeit und ihren Rhythmus gefunden. Sie überraschte ihren Christoph nun öfter, indem sie sich für die gemeinsamen ungestörten Stunden sehr sexy kleidete. Sie verführte ihren Christoph nicht nur im Bett, sondern sie nützten so manch andere Gelegenheit, was ihr Liebesleben bereicherte. Christoph entdeckte ganz neue Seiten an Delia. Und dennoch wurde er das Gefühl nicht los, dass sie Vieles ihm zuliebe tat. Ihr heißes Verlangen loderte nicht mehr so wie einstmals. Christoph fragte sich, ob dies tatsächlich mit der Geburt von Magnus zusammenhing.

Natürlich musste er einen Teil seiner Zeit im Büro sein, da es Arbeiten gab, die normalerweise in das Aufgabengebiet eines Verwalters fielen. Für die zu erledigende Korrespondenz holte er Regina, die anstelle von Franziska für die Buchhaltung zuständig war. Es viel ihm auf, dass diese gerne Dirndln trug, in denen ihr wohlgeformter Busen besonders zur Geltung kam. Auch waren manche Röcke sehr kurz, so dass man ihre schönen langen Beine sehen konnte. Für Christoph holte sie immer einen kleineren Imbiss oder einen Kuchen und Kaffee von der Meiereiküche, wofür er ihr dankbar war. Regina hatte ganz andere Absichten, denn ihr gefiel Christoph und sie spielte ihre weiblichen Reize immer dann aus, wenn er am wenigsten damit rechnete. Da blitze das Ende der Strümpfe unter dem Rock hervor, oder sie beugte sich über seinen Schreibtisch und er hatte ihre Brust vor Augen. Der Duft von Chloe erzeugte zusätzlich eine erotische Spannung, denn er verband damit schöne Stunden. Gelegentlich führte das dazu, dass er sie als begehrenswerte Frau wahrnahm, was ihn doch etwas beunruhigte.

„Regina, ich habe Sie wegen ihrer Qualifikation eingestellt. Dass Sie auch sehr hübsch sind, weiß ich, aber lassen Sie die versteckten Komplimente oder Ihre zufälligen Berührungen."

„Herr von Föhrenwald, ich möchte doch gern, dass Sie ihre Arbeit hier mit Freude verrichten. Kaum betreten Sie Ihr Büro, wirken Sie angespannt, doch kaum verlassen Sie dieses, sind Sie wieder ein ganz anderer. Ich glaube, mit der Büroarbeit sind Sie nicht wirklich glücklich."

„Sie haben ja so Recht, ich hasse den ganzen Bürokram, aber er muss sein. Wenn Sie nicht die Absicht haben, mich im Büro zu verführen, lassen Sie uns arbeiten, denn umso früher kann ich wieder gehen."

„Herr von Föhrenwald, lassen Sie mir doch die kleine Freude, Sie auf andere Gedanken zu bringen oder Sie zu verwöhnen, wenn Sie hier sind. Oder wollen Sie wirklich, dass ich mich in Sack und Asche kleide, bloß damit Sie nicht abgelenkt werden, aber dann noch weniger gerne ins Büro gehen? So können Sie sich wenigstens auf unsere gemeinsame Arbeit freuen. Glauben Sie mir, auch für mich ist es immer eine Freude, wenn Sie mich rufen und ich mich nicht nur mit den Zahlenreihen beschäftigen muss, sondern meinem Chef helfen kann."

„So meine ich das ja auch nicht, aber es lenkt mich ab, wenn ich sehe, wie hübsch oder verführerisch Sie sind."

„Aber, Herr von Föhrenwald, Sie haben doch eine wunderschöne Frau. Ich würde Ihnen gern einen Teil der Arbeit abnehmen, wenn Ihre Leute mir sagen, was bestellt werden soll oder was sonst notwendig wäre. Ich könnte in den Unterlagen nachsehen und Ihnen die Briefe oder Bestellungen schon vorbereiten, so dass Sie diese nur noch unterfertigen müssen. Sie wären schneller wieder aus dem Büro und könnten fröhlich sein. Aber die Zeit, die Sie hier herinnen arbeiten, möchte ich Ihnen so nett wie möglich machen."

„Was soll ich mit Ihnen machen, Sie sind eine hervorragende Kraft, haben den Überblick und ich glaube auch, dass Sie die notwendigen Schreiben oder Bestellungen sicherlich allein vorbereiten können. In Sack und Asche will ich Sie bestimmt nicht sehen."

*

Mit der Ankunft von Dorothea Gassmeier, die sich für einen Aufenthalt von zwei Wochen entschieden hatte, war Bernhard förmlich aufgeblüht. Er hatte schon ein Auge auf diese Frau geworfen, als sie mit Grete am Wochenende des Erntedankfestes hier war und Bernhard viel mit ihr getanzt hatte. Dorothea war eine allein stehende attraktive, lebenslustige Frau, die immer gut gelaunt war und mit ihren 55 Jahren blendend aussah. Bernhard bestand natürlich darauf, dass Dorothea bei den traditionellen Essen mit den Reitgästen neben ihm ihren Platz hatte. Dies wollte Isabell zwar verhindern, nachdem sie schon gehört hatte, dass ihr Mann an diesem Gast besonderes Interesse bekundete. Bernhard konterte mit dem Hinweis, „Der Habenichts sitzt auch immer neben dir." Isabell freute sich innerlich über Bernhards Eroberung, denn sie hatte selbst ein schlechtes Gewissen - der Doktor ging ihr nicht aus dem Kopf.

Keine Frage, diese Frau hatte es Bernhard angetan, denn vor den gemeinsamen täglichen Ausritten mit ihr hatte er dafür gesorgt, dass ein Stallbursche einen Picknickkorb an eine vereinbarte Stelle zu bringen hatte, damit er mit Dorothea allein sein konnte.

Als sich Isabell in der Meierei-Küche aufhielt, hörte sie wie ein Stallbursche den Küchenmädchen erzählte: „Diese Dorothea hat an dem Alten einen Narren gefressen. Außerdem hat man gesehen, dass sie sich gegenseitig das Heu abklaubten. Aber ich sage euch, man muss schon gemeinsam im Heu liegen, damit man sich gegenseitig die Halme abklauben kann", nahm den bestellten Picknickkorb und ging.

Dass Bernhard zumindest ein bezeugtes Schäferstündchen mit Dorothea gehabt hatte, wusste sie zu diesem Zeitpunkt noch nicht, erfuhr jedoch später davon, weil es tagelang Gesprächsthema Nummer Eins war: Bernhard wurde von Arbeitern, die grade Pause machten, beim Forellenteich mit Dorothea gesehen. „Der Senior hatte Dorothea bis auf die Unterwäsche entkleidet, er aber öffnete lediglich seinen Hosenschlitz, während sie auch ihren Slip auszog. Es sah so aus, als wollte er schnell flüchten, falls jemand vorbeikommt. Kaum war der Alte mit ihr intim gewesen, bestieg er schon seinen Hengst und galoppierte davon. Sie lag noch eine Weile im Gras, zog sich dann ebenfalls an und ritt ihm nach. Aber einen guten Geschmack hat er schon, denn die Dorothea sieht auch nackt prächtig aus, ein richtiges Frauenzimmer, bei der hätte ich mir mehr Zeit gelassen", meinte einer der Erzähler. „Als auch sie endlich weg war, konnten wir mit dem doch lärmenden Ausholzen wieder beginnen."

Isabell tröstete sich damit, dass Frau Gassmeier bald abreisen würde. Es störte sie aber, dass Bernhard vor allen so offen mit Dorothea flirtete. Bernhard hatte wieder einmal bewiesen, dass er wenig Fingerspitzengefühl besaß, er hätte damit rechnen müssen, dass die Arbeiter überall auftauchen können.

Selbst Christoph hatte seinen Vater ersucht, solche Angelegenheiten nicht so offen vor den Bediensteten zur Schau zu stellen. „Vater, du machst dich doch lächerlich bei den Leuten, das kann dir doch nicht wirklich egal sein."
„Ich konnte nicht wissen, dass die gerade Pause hatten. Es ist herrlich, begehrt zu werden und die Gefühle dieser Frau zu erwidern. Auch du wirst nicht immer treu sein. Ich sage nur Paula, denn du bist ein Mann und mein Sohn, irgendetwas musst du ja auch von mir haben. Das mit Paula muss dir nicht peinlich sein, denn sie ist ja überaus attraktiv."

Isabell war überrascht, als sie Tage später auf dem Weg zum Frühstück Frau Gassmeier die letzten Stufen der großen Treppe des Gutshauses hinunter laufen sah. *Nun ist Bernhard nicht mehr zu retten, die hat die Nacht bei ihm verbracht. Das ist eine bodenlose Frechheit, auch wenn wir getrennt sind, kann er sich nicht so aufführen.* Isabell drehte um und ging zur Wohnung von Bernhard, den sie frohgelaunt im Morgenmantel antraf. „Was verschafft mir deinen Anblick zu so früher Stunde?"
„Ich sah gerade Frau Gassmeier die Treppe runter laufen. Sag, Bernhard, wie geschmacklos bist du eigentlich? Nimmst du dir nun schon Frauen mit in dein Bett und das in unserem Haus?"
„Was willst du, du gehst mir aus dem Weg, das große Geld habt ihr mir auch weggenommen. Ohne dieses kann ich nicht verreisen und Mönch bin ich keiner. Eigentlich bist nur du schuld, dass ich mir ein fremdes Vergnügen in mein Bett holen muss, du hast mich ja ausgesperrt. Dorothea versteht mich und ich fühle mich zu ihr hingezogen. Sie kennt meine finanzielle Situation und hat mich eingeladen mit ihr zu verreisen. Wir planen gemeinsam eine Schiffsreise und bis dahin musst du halt noch meinen und ihren Anblick ertragen. Und nun, liebe Isabell, lass mich allein, du hast mich aus unserem Schlafzimmer verbannt und mir klar zu verstehen gegeben, dass du sogar an Scheidung denkst. Also was sollen die Vorwürfe?"
„Bernhard, mein Vater war gegen unsere Heirat, aber ich liebte dich und habe mir unsere Ehe anders vorgestellt, aber bald habe ich erkennen müssen, dass du andere Ziele hattest als eine Familie. Dir ging es doch immer bloß darum, dein Leben zu leben und deinen Freunden ein schönes Zuhause vorzeigen zu können, das den Anschein erweckte, es wäre alles in Ordnung. Bernhard, es ist mein Elternhaus und ich will diese Frau nicht mehr in diesem Stockwerk sehen. Das Haus kann ich ihr nicht verbieten, sie wird wie jeder andere Reitgast an unseren Essen teilnehmen." Sie drehte sich um und verließ das Zimmer. Isabell war mehr als verärgert. Wie konnte er nur ihr die Schuld an seinen Fehlern geben?

*

Es war das erste Mal, dass Francesco sein Versprechen hielt und mit Christine das Wochenende außerhalb des Weingutes verbrachte. Das Tischgespräch im „Goldenen Löffel" verlief zwischen ihnen nach dem Opernbesuch nicht ganz so wie sich Christine dies vorgestellt hatte. Francesco wollte wissen, wie sie denn zu Hagenberg wirklich stehe oder stand. „Christine, es gibt Gerüchte, dass du dich mit ihm über ein Problem aus deiner Heimat unterhalten hast. Es ging um eine Ines und dass du sicher bist, dass es ihr ‚dort' besser gehen wird. Wer ist Ines und was hattest du damit zu tun, dass du der Ansicht bist, es geht ihr nur ‚dort' gut." Christine überlegte, ob sie es als unwichtig abtun oder die Wahrheit so darstellen sollte, dass sie selbst nicht unbedingt als böse Mutter dastand.
„Francesco, als wir uns kennenlernten habe ich dir gesagt, dass ich alle Brücken abgebrochen habe, und ich legte mein gebrochenes Herz in deine Hände. Ich habe einem Mann vertraut. Als es zu Problemen kam, hat er mir sein wahres Gesicht gezeigt."
„Das solltest du mir schon näher erklären, denn ich habe dich um eine Ines gefragt."
„Aus dieser kurzen Liaison gibt es Ines. Der Vater hatte sein Vergnügen, aber er wollte sich um das Kind nicht in der Form kümmern, wie es ihm auf Grund seiner Stellung möglich gewesen wäre. Ich habe keinen anderen Ausweg gesehen als ihm das Kind zu

überlassen, um diesem eine unbeschwerte Kindheit zu sichern. Er hätte mir das Kind sofort wieder zurückgeben, wenn ich geblieben wäre. Also konnte ich nicht anders als meine Zelte abbrechen. Nun muss er für das Kind in der Form sorgen, wie es seinem Lebensstandard entspricht. - Dass ich, lieber Francesco, wahrscheinlich ein Leben lang ein schlechtes Gewissen haben werde, weil ich meiner Tochter nicht die Mutter sein kann, die ich eigentlich sollte, damit muss ich klarkommen. Aber Ines hat eine blendende Zukunft und sie wird dort – das ist auf einem schönen Gut - standesgemäß aufwachsen."
Sie verschwieg ihm aber, dass sie neuerdings gar nicht wusste, wo Ines sich befand.
„Wenn man das hört könnte man glauben, dass du richtig gehandelt hast. Bedenke, Christine, du hast dein Kind zwar weggegeben in der Hoffnung, dass es ihm dort besser gehen wird. Aber deiner Tochter wird ein Leben lang die Mutter fehlen und sie wird nie glücklich sein, weil ihr diese abgeht."
„Francesco, ich finde deine Einstellung zu dieser Sache typisch männlich. Ihr findet ja immer, dass die Mutter alle Last zu tragen hat und der Vater nur eine Nebenrolle spielt. Ich sehe das als Betroffene ganz anders. Außerdem will ich mit dir darüber keinen weiteren Diskurs führen, denn ich habe eine Entscheidung getroffen und mit dieser muss ich leben."
„Natürlich muss ich deine Entscheidung zur Kenntnis nehmen. Ich wollte Klarheit, denn meine Kinder haben mir von den Gesprächen mit Hagenberg erzählt."
„Deine lieben Kinder sollen sich nicht wegen mir den Kopf zerbrechen. Sie sind ohne Sorgen aufgewachsen und haben keine Ahnung, wie hart das Leben außerhalb einer finanziell abgesicherten Welt sein kann. Francesco, ich bin glücklich und möchte nicht, dass irgendetwas unsere Liebe gefährdet."
Es wurde dann doch noch ein netter Abend. Sie besuchten eine Bar und Christine stellte fest, dass Francesco ein brillanter Tänzer war, was sie sofort zur Frage veranlasste, ob ihm das Tanzen bei seinem Talent nicht abging.
„Natürlich, aber allein gehe ich nicht in eine Bar, um zu tanzen, und es ist nicht mit jeder Frau ein solches Vergnügen wie mit dir."
„Dies wäre doch ein weiterer Anlass, dass wir öfter ein gemeinsames Wochenende außer Haus verbringen."
„Liebe Christine, du weißt wie sehr ich dich liebe, aber erhoffe dir nicht, dass wir nun jedes Wochenende ausgehen."
„Ach, mein Francesco, du würdest nicht zu kurz kommen mit deiner Leidenschaft. Du wirst sehen, wenn wir vorher weggehen, wird unser Sex anders sein, denn ich bin sehr, sehr glücklich, weil ich mit dir wieder einmal unterwegs war. Denke doch an unsere Zeit, in der wir uns kennen lernten."
„Also ich finde nicht, dass unsere Leidenschaft nachgelassen hat."
„Warte, wenn wir zu Hause sind, ob sich der Ausklang dieses Abends nicht doch von anderen unterscheidet, mein Geliebter."

Beim gemeinsamen Frühstück fragten die Kinder ihren Vater: „Wieso kannst du so vergnügt und so fröhlich sein, wo du doch mit Christine wegen dem Hagenberg hättest sprechen sollen?"
„Natürlich haben wir darüber gesprochen. Es ist alles in Ordnung, aber weitere Details werdet ihr nicht hören, denn dies ist eine private Sache, die uns nichts angeht."
„Vater, du bist verliebt und hast die Realität verloren, egal was Christine sagt oder tut, in deinen Augen ist es in Ordnung."
„Lucia und Mario, ihr habt nach wie vor Angst, euer Vater könnte sich verheiraten und euer Erbe würde dadurch kleiner, aber es gibt auch andere Faktoren, warum ein Erbe dahinschwinden könnte."
„Hört doch mit diesen Streitereien auf, ich dachte schon, ihr vertragt euch, aber wie ich sehe, wollt ihr Christine nach wie vor schlecht machen."
„Francesco, beruhige dich, für deine Kinder ist es eben schwer zu sehen, dass du glücklich bist. Mit mir hat das überhaupt nichts zu tun, denn jede Person, die nicht so reich ist wie die Contessa Bartolli ist eine Gefahr für sie. Sie haben halt Angst mittellos da zu stehen."
„Christine, übertreibe nicht, ihre Mutter hat ihnen doch einiges hinterlassen und es gibt ja noch das Weingut."

„Aber dieses kann durch eine Heirat, Katastrophen oder andere elementare Ereignisse von dem Wert verlieren, den sich deine Kinder ausrechnen. Ich denke überhaupt, wenn ihre Mutter das mit dem Geld nicht so eingerichtet hätte, würden sie dir keine so große Hilfe sein. Du solltet sie hören, was für Pläne sie haben, wenn sie sich ungestört fühlen. Sie träumen von wenig Arbeit, dafür aber wollen sie zum Jet Set gehören und in den Tag hinein leben."
„Christine, jetzt übertreibst du aber."
„Frage deine Kinder, ob sie sich nicht erst kürzlich darüber unterhalten haben."
„Ist das wahr?"
„Vater, sie übertreibt. Ja, wir haben uns unterhalten, aber mehr im Spaß. Wir lieben dich und unsere Arbeit und sind glücklich hier. Wenn es um deine Christine geht, verlierst du gern die Realität, Vater."
„Lucia, wenn du mit mir ein Problem hast, solltest du dieses mit mir besprechen und deinen Vater raushalten."
„Ich habe die Streitereien satt, es schien ja schon, als wäre alles in Ordnung und nun das. Sie ist mein Gast und als solcher nicht verpflichtet zu arbeiten."
Da allgemeines Stillschweigen herrschte, sagte Christine: „Eigentlich solltet ihr euch schämen, nun habt ihr eurem Vater die gute Laune verdorben."
„Christine, lass nur, begleitete mich, ich habe in der Stadt Besorgungen zu machen."
„Gerne, Francesco."
Mario machte seiner Schwester später Vorwürfe, dass sie jede Gelegenheit nutzte, um Christine vor ihrem Vater schlecht zu machen.
„Es ist zu blöd, dass man dieser Christine nicht an kann. Ich bin mir ziemlich sicher, dass sie es mit dem Hagenberg getrieben hat. Eugen hat doch erzählt, dass er sich sicher ist, im Unterstandshäuschen am Leonardihügel hätten zwei Sex gehabt, so wie die keuchten und flüsterten."
„Aber er hat auch gesagt, er wüsste nicht, wer die waren, denn er ging ja nicht hinein. Und er vermutete, dass es Leute vom Gut gewesen sein müssten. Keiner hat Christine oder Hagenberg gesehen."
„Ja, aber du weißt auch, dass sie in den Weingärten herumspazierten, mit Vater geht sie nie. Ich habe eine Idee, ich werde den Kummer Berti anrufen und mir die Adresse von seinem Freund, dem Hagenberg, geben lassen und ihn aufsuchen, denn ich finde seine Karte nicht mehr."
„Lucia, du bist verrückt."
„Nein, das bin ich nicht. Ich will diese Christine nicht hier haben und je früher sie geht, umso lieber ist es mir."
„Wie willst du dahinter kommen, dass zwischen ihnen etwas war, er wird dir kaum sagen, dass er es mit Christine hier getrieben hat."
„Armer Mario, ich bin eine Frau und der Hagenberg wird mir nicht widerstehen, wenn ich meine weiblichen Reize einsetze. Dann wird er plaudern, denn er ist ein Mann, eitel, selbstherrlich, wenn es um die Eroberung einer Frau geht."

*

Isabell genoss die Gesellschaft von Siegfried. Sie freute sich immer auf die Konzerte und musste sich eingestehen, dass sie seine Aufmerksamkeit, sogar seinen Pfeifengeruch und sein Rasierwasser, missen würde. Natürlich kam er jedes Wochenende auf das Gut, aber da waren beide nie so locker wie im Pausenfoyer vor den Konzerten. Isabell wollte es sich nicht eingestehen, aber sie fühlte sich zu diesem Mann hingezogen, rein ihre Erziehung hinderte sie daran, sich ihm hinzugeben. Sie war entsetzt und beglückt zugleich gewesen, als er sie beim letzten Treffen unter dem Nussbaum geküsst hatte.
Er ritt allein aus, sie fuhr mit der Kutsche zu ihrem Lieblingsplatz, wo sie sich trafen. Wenn sie allein waren, war ein vertrautes Du ein Beweis ihrer Verbundenheit und es kam zu vorsichtigen Zärtlichkeiten. Isabell hatte vielleicht davon geträumt, aber nie damit gerechnet. Beim Abschied nahm Siegfried sie unvermittelt in den Arm und küsste sie. Sie war machtlos, denn sie genoss seine Lippen und seine Umarmung. Isabell hatte zwar einen roten Kopf, aber jeglicher Protest blieb aus, was ihn zu der in ihren Augen frechen Aussage verleitete: „Isabell, Sie begehren mich doch genauso wie ich Sie."

„Herr Doktor! Wie können Sie", kam es endlich über ihre Lippen, wobei sie noch immer seinen herrlichen Kuss fühlte.

Heute war der letzte Konzertabend. Davor aßen sie ein Kaviarbrötchen und tranken ein Glas Champagner. Sie plauderten über das bevorstehende Klavierkonzert und Siegfried war wie immer charmant und flirtete mit Isabell - was sie heute auch erwiderte. In der Pause überraschte sie Siegfried. „Falls du heute Zeit hättest, könntest du mich nach dem Konzert begleiten, oder hast du andere Verpflichtungen? Du würdest mir eine Freude machen." Als sie seinen erstaunten Blick sah, meinte sie so nebenbei: „Ich habe dieses Mal für uns einen Tisch bestellt, in der Annahme du gibst mir keinen Korb, so wie ich dies zuletzt tat", und sie lächelte.

Sie ließen sich die vorzüglichen Speisen munden und Siegfried freute sich, dass Isabell das Beisammensein genoss, die erotische Spannung zwischen ihnen konnte man regelrecht fühlen. Isabell wollte am nächsten Tag mit ihm seinen Geburtstag in der Stadt feiern, wusste aber nicht, wie sie es ihm sagen sollte ohne dass er sich falsche Hoffnungen machte, wenn er erfuhr, dass sie im Hotel übernachten würde. Beim Abschied küsste er sie wieder, und diesmal erwiderte sie seinen Kuss. „Ach, Siegfried, ich weiß nicht, wo ich anfangen soll", und sie schwieg.

„Am besten wird sein, du beginnst am Anfang."

„Gehen wir noch ein Stück gemeinsam, aber nur, wenn du noch Zeit hast."

„Natürlich, liebste Isabell."

Er macht es mir nicht leicht, aber ich möchte doch morgen mit ihm den Tag verbringen. Aber wenn er mitbekommt, dass ich hier schlafen will, wie wird er reagieren?

„Siegfried, du hast doch morgen Geburtstag."

Er wollte sie unterbrechen, sie jedoch legte ihm den Finger auf die Lippen.

„Ich dachte, wir könnten diesen Tag gemeinsam verbringen, da ich in der Stadt bin. Am liebsten wäre mir, wenn du so um neun Uhr ins Hotel kommen würdest, damit ich nicht allein frühstücken muss, ich übernachte im Hotel." Dem Ganzen folgte ein Seufzer der Erleichterung. „Jetzt habe ich dir alles gesagt, was mir die ganze Zeit schon am Herzen lag. Siegfried, schau doch bitte nicht so verdutzt oder habe ich etwas falsch gemacht?"

„Liebste Isabell, ich bin sprachlos. Wieso weißt du, dass ich morgen Geburtstag habe? Natürlich von den Unterlagen. Wie lange kennen wir uns nun schon und immer warst du um Distanz bemüht und nun dieses Geständnis ... Du liebst mich? - Oder?"

„Wenn du es so sehen willst, ja. Ich mag dich und bin gern mit dir beisammen. Du weißt doch, auf dem Gut muss ich Contenance wahren, aber wenn wir morgen gemeinsam in der Stadt unterwegs sind, werden wir schon nicht alle Bekannten treffen und falls doch - wir wurden ja auch im Konzert gesehen."

„Du machst mich glücklich, natürlich will ich, denn ich hatte vor, auf das Gut zu kommen um dich zu sehen. Wie du richtig sagtest, es ist morgen mein Geburtstag und da wollte ich mir eben selbst eine Freude machen, deshalb wäre ich zu dir auf das Gut gekommen. Isabell, ich freue mich auf morgen. Dies ist die schönste Geburtstagsüberraschung seit Jahren", und er nahm sie in die Arme und küsste sie bis beide außer Atem waren.

„Siegfried, sei doch vorsichtig, es könnte uns jemand sehen."

Sie gingen zum Hotel und er lud Isabell noch zu einem Drink an die Bar. Es war Mitternacht, als er sich an ihrer Zimmertüre verabschiedete.

Sie genossen das reichliche Frühstück und hatten nur Augen füreinander. „Siegfried, jetzt sollten wir auf deinen Geburtstag anstoßen", und sie bestelle zwei Gläser Champagner. „Auf dich, lieber Siegfried, und hier eine Kleinigkeit", und sie reichte ihm ein Kuvert. Er öffnete dieses und sein Gesicht begann zu strahlen.

„Isabell, Liebste, danke, aber das Geschenk ist erst unübertroffen, wenn du an meiner Seite sitzen wirst."

„Natürlich, Siegfried, ich weiß ja inzwischen, dass du auch Opern liebst und im speziellen italienische. Also werden wir wieder wunderschöne Abende genießen, freut mich, dass ich das Richtige getroffen habe, auf uns."

Siegfried übernahm den Fremdenführer. Sie besuchten eine Ausstellung, schlenderten durch eine Parkanlage, gingen in ein Café, fuhren zu Mittag zu einem bekannten Restaurant, speisten vorzüglich und sprachen über die kommenden Opernbesuche. Am

Nachmittag fragte Siegfried, ob Isabell sehen wolle wie er lebte. „Wenn du Lust hast, fahren wir noch bei mir vorbei, bevor ich dich zu deinem Wagen bringe."
Er bewohnte eine sehr großzügig angelegte Dachwohnung mit Blick ins grüne Umland. Die Wohnung war sehr geschmackvoll eingerichtet. Sie hatte rundum einen Balkon, nur dort wo der Blick die Weite der Landschaft freigab, befand sich eine große Terrasse mit einem Schwimmbad. Von seinem Musikzimmer war Isabell am meisten überrascht. Darin standen ein Flügel und zwei Cellokoffer.
„Bevor du mich fragst, ob ich Klavierspielen kann, muss ich sagen nein, er gehörte meiner Frau. Aber Cello spiele ich, und wenn du Lust hast, können wir gemeinsam musizieren."
„Das sollten wir tatsächlich tun, aber ich muss auch daran denken, dass ich noch bei Tageslicht nach Hause fahren möchte. Aber ich verspreche dir, lieber Siegfried, ich werde wieder einmal im Hotel übernachten und dann werden wir gemeinsam musizieren, und nun bringe mich zu meinen Auto, sonst werde ich noch schwach."
„Isabell, ich bin zwar kein Arzt, aber eine Notfallapotheke hätte ich, oder sollte ich doch an etwas anderes denken?"
„Komm, lass diese Anspielung, es fällt mir ja auch schwer, dass ich mich verabschieden muss."

*

Es klopfte an Christophs Bürotür. „Ja, bitte." Die Tür ging auf und Paula stand in dieser. „Herr von Föhrenwald darf ich kurz stören?"
„Natürlich, Paula, was kann ich für Sie tun?" Christoph stand auf und ging auf sie zu. Ohne jegliche Vorwarnung umarmte sie ihn und küsste seine Wangen, dabei rannen ihr die Tränen herab, sodass er ganz perplex war. „Paula, was ist denn los?" Sie ließ sich nicht wegschieben.
„Christoph, ich habe Ihnen so viel zu verdanken", und sie küsste ihn wieder und wieder. „Sie sind mein Retter, ach, ich bin so glücklich."
„Paula, was ist denn nun wirklich los und warum küssen sie mich?"
„Sie sind mein Retter, der Dr. Kranzelmaier ist versetzt worden und zwar 700 Kilometer von meiner Wohnung entfernt. Ich brauche keine Angst mehr haben, das verdanke ich Ihnen", und sie halste ihn wieder. „Christoph, ich liebe Sie, Sie sind ein Schatz, Sie haben mir mein Leben wiedergegeben."
„Paula, setzen Sie sich und erzählen Sie mir, wieso Sie das wissen."
„Ihr Freund, der Anwalt, hat mich angerufen, denn er hat seine Beziehungen im Ministerium genutzt und denen die Geschichte erzählt. Die haben den Kranzelmaier vorgeladen und er hat die Versetzung akzeptiert, wenn er keine weiteren Probleme haben wollte."
„Nun, Paula, ich freue mich für Sie, aber deswegen müssen Sie mich doch nicht gleich so küssen."
„Sie haben keine Ahnung wie erleichtert ich bin. Das auf der Alm mit Ihnen hat mir gezeigt, dass es doch noch Männer gibt, die eine Frau als Frau behandeln, auch wenn sie fast nackt ist."
„Paula, Sie sind eine fesche Frau und ich wünsche Ihnen einen Mann, der Sie von ganzem Herzen liebt. Ich hoffe, dass Sie uns oft besuchen werden, wo ja keine Gefahr mehr besteht, dem Richter zu begegnen und ich würde mich freuen, Sie bei diesen Gelegenheiten so glücklich zu sehen."

Regina hatte zufällig gesehen, dass eine fremde Frau zu ihrem Chef gegangen war und war neugierig. Sie wusste, dass diese Frau ein Reitgast war, aber Christoph kümmerte sich nicht um die Reitgäste. Als sie sein Zimmer betreten wollte, um zu fragen, ob er irgendwelche Wünsche hatte, sah sie wie diese Frau ihn umarmte und küsste. *So ist das, mir macht er Vorwürfe und die küsst er einfach so. Wenn das so ist, wird er sicherlich seine Ruhe haben wollen.* Sie ging. Aber was sie noch hörte, konnte sie nicht glauben.
„Paula, eines muss ich Ihnen schon sagen, hätten sie mich auf der Alm so geküsst wie eben hier, ich weiß nicht, ob ich Ihren fraulichen Reizen widerstehen hätte können, denn Sie sind eine begehrenswerte Frau."

Soso, bei mir tut er so, aber in Wirklichkeit ist mein lieber Chef gar nicht so treu. Ich werde mich in Zukunft nicht so zurückhalten. Und Regina ging in ihr Büro.
„Paula, ich freue mich und nun wird alles gut werden. Wie lange bleiben Sie?"
„Übers Wochenende, und ich möchte mich noch persönlich bei Ihrem Anwalt bedanken. Wie komme ich am besten zu ihm?"
„Er kommt zum Wochenende aufs Gut. Ich werde Sie verständigen, und nun wünsche ich Ihnen einen schönen unbeschwerten Aufenthalt."

*

Günther sammelte sowohl von seiner Frau als auch von seiner Schwägerin die notwendigen Haare mit Wurzeln für Bernhard. Dabei hatte er Glück, fand er doch im Badezimmer auch das blutige Taschentuch von Karoline; sie hatte ihm von ihrem Nasenbluten erzählt. Da er alles beisammen hatte, erklärte er ihr, dass er beruflich in Österreich zu tun hätte und sie nun zwei Tage auf in verzichten müsse. Günther hatte seine Frau wegen dem Vaterschaftstest genervt, so dass sie froh war, wenn er einige Tage außer Haus war. Seine fixe Idee und der Traum, auf dem Gut zu leben und nichts arbeiten zu müssen missfiel ihr. Gegen ihre Überzeugung, die Intimsphäre des anderen zu respektieren, stöberte sie in seinen Unterlagen und stellte fest, dass er sein Studium schon frühzeitig abgebrochen hatte und nicht - wie er ihr immer erklärte - ihm nur eine einzige Prüfung fehlte. Sie ärgerte sich, dass sie einen Blender geheiratet hatte. Aber er sah gut aus, war sehr charmant, war ihr und den Kindern immer ein lieber Mann und Vater gewesen. Beruflich hingegen brachte er nichts auf die Reihe.

Bernhard wunderte sich, als ihm Josef mitteilte, dass eben Herr Günther Wohlmut das Tor passiert habe und bei ihm vorsprechen wolle. Isabell war genauso überrascht, als ihr Sophie mitteilte, dass sie eben Herrn Wohlmut ins Arbeitszimmer von Herrn von Föhrenwald gehen sah.

„Hallo, Günther, das ist eine ungewöhnliche Zeit, aber es freut mich, dass du vorbeischaust, wenn du schon beruflich in der Gegend bist. - Kann ich dir was bringen lassen?"
„Nein, danke, soviel Zeit habe ich nicht, ich wollte dir nur die notwendigen Dinge vorbeibringen. Bernhard, du weißt, ich habe lange erfolglos gesucht, um einen Anwalt zu finden, der in der Sache einen Erfolg sieht. Dein Vorschlag, das Ganze hinter dem Rücken der Beteiligten aufzuklären, hat mich deshalb nicht warten lassen bis wir offiziell wieder herkommen", und er übergab ihm die gesammelten Dinge.
„Ich werde deine Proben mit denen meiner Frau persönlich ins Labor bringen. Ich will euch zu eurem Recht verhelfen. Mach inzwischen keine Dummheiten und zu niemanden ein Wort, ich streite alles ab, wenn unser Plan verraten wird. Dein Wort, Günther, wenn es was wert ist, andernfalls bist du bloß ein Träumer."
Günther verabschiedete sich von Bernhard und versprach zu warten bis sie offiziell wiederkämen und auch nicht anzurufen, denn Bernhard verbat sich alles in dieser Richtung. Dennoch fuhr Günther glücklich zurück. Kaum zu Hause, erzählte er seiner Frau, dass er eine Möglichkeit ins Auge fasse, um doch noch den Beweis zu erbringen, dass sie und ihre Schwester Magnus' Kinder waren.
„Hör endlich auf zu träumen, wir alle wollen es nicht, und wenn du nicht aufhörst, lasse ich mich scheiden. Diese Idee von dir, eine gerichtliche Anordnung erreichen zu wollen, enttäuscht mich sehr, ich will in dieser Sache nichts mehr hören. Versuche jene Energie in deine Arbeit zu setzen, die du für diese Hirngespinste aufwendest. Dein Problem ist, dass dir keine Arbeit gut genug ist. Du träumst davon wie ein Jurist zu verdienen, hast aber dein Studium geschmissen, warum eigentlich? Du musst froh sein, wenn dich ein Anwalt überhaupt nimmt. Glaubst du wirklich, du bist so gut, dass dir ein anderes Gehalt zusteht? Nun lass mich allein, ich bin sehr zornig."

*

Unter der Führung von Christoph waren die Einnahmen und Erträge zur vollsten Zufriedenheit. Die Aufzucht der Haflinger machte Fortschritte, die ersten Fohlen sprangen vergnügt mit ihren Müttern auf den Koppeln herum, und Christoph hatte schon mit dem Militär Kontakt aufgenommen, denn für die Gebirgsjäger ist der Haflinger unentbehrlich. Auf den Pferdeauktionen erwartete er sich auch private Käufer. Sich einen gutmütigen Haflinger privat zu halten ist nicht so kostspielig wie ein Rassepferd.

Das Alltagsleben auf dem Gut hatte sich nicht sonderlich geändert seit Christoph dieses übernommen hatte. Isabell pflegte ihre Kaffeerunden mit Frauen aus der besseren Gesellschaft, wobei sie zur Freude der Gäste mit Siegfried musizierte. Magnus hatte sich zu einem ganz süßen kleinen Knirps entwickelt und war der Liebling von allen. Bei ihren Besuchen verhielten sich die Familien von Isabells Schwestern nach wie vor so, als wären sie mit dem zufrieden wie es gehandhabt wurde und bedankten sich immer für alles. Bernhard traf sich mit Dorothea Gassmeier, seiner neuen Freundin, in der Bezirksstadt. Nach außen hin hatte er sich mit seinem Los abgefunden. Er kümmerte sich um die Reitgäste, was ihm Freude bereitete. Er hofierte alle Frauen, aber man merkte trotzdem, wenn ihm eine besonders gefiel. Es war ihm egal, was hernach über ihn geredet wurde, denn diese Abenteuer weckten seinen Lebensmut. Bei offiziellen Anlässen gaben sich Isabell und Bernhard Mühe als Paar aufzutreten, gingen sich aber ansonsten aus dem Weg.

Für Isabell waren die Opernbesuche eine vortreffliche Abwechslung und sie übernachtete immer öfter in der Stadt. Das gemeinsame Musizieren mit Siegfried führte schließlich dazu, dass sie sein Schlafzimmer von innen sah. Er war ein gefühlvoller Liebhaber und weckte so manche Leidenschaft in Isabell, von der sie selbst nichts wusste. Bernhard bekam die Veränderungen überhaupt nicht mit, denn sie verkehrten nach wie vor nur, wenn es unbedingt notwendig war. Nur Delia gratulierte ihr zu der Veränderung. „Isabell, ich freue mich, dass du so einen Glanz in den Augen hast, dieser lässt dich um Jahre jünger aussehen", war ihre Bemerkung. Isabell freute sich über die Worte, fühlte sich aber ertappt.

„Isabell, ich freue mich, wenn es dir gut geht und du glücklich bist, und habe kein schlechtes Gewissen, denn auch du hast ein Recht auf harmonische Stunden", sagte Delia.

Christoph pflegte sein Hobby, denn dabei konnte er abschalten und sich mit den Farben und deren Kompositionen seine Welt schaffen. Er blieb zwar seinem Stil treu, aber es gab auch mutigere Ansätze, in denen er nicht so sehr ins Detail ging. Bei diesen Bildern ließ er die Farben eher verschmelzen, was den Eindruck erweckte, die farbenprächtigen Landschaften würden in weiter Ferne liegen.

*

Bernhard hielt den Brief des Labors in Händen und war sehr enttäuscht: Es bestand keine genetische Übereinstimmung zwischen Isabell und den angeblichen Schwestern. „Ich habe von meinem Anwalt die Auskunft erhalten, dass die Zwillinge keinen Anspruch mehr auf das Erbe haben. Sie hätten dieses bis zum 30-sten Geburtstag einklagen müssen, somit wäre der Ausgang des Test vollkommen belanglos", erzählte er Günther und fügte beiläufig hinzu, dass er deshalb das Material nicht ans Labor gesandt hatte.

Günther wurde blass und blickte ins Leere, so betroffen war er von dieser Nachricht. Aber es wäre nicht Bernhard gewesen, wenn er diese Tatsachen nicht für sich genutzt hätte.

„Günther, sei doch nicht verzweifelt, es gibt viele Möglichkeiten, trotzdem Kapital daraus zu schlagen."

„Wie sollte das möglich sein?"

„Nun, du dürftest vergessen haben, wie viele Wochen ihr auf dem Gut verbringt, die Reitstunden, Einladungen zu den Festen, die Lebensmittellieferungen und die Zuwendungen von Isabell an eure Kinder. Hast du schon einmal nachgedacht, was ihr euch erspart? Du musst es halt Isabell erzählen, wenn eure Kinder etwas möchten, die finanziellen Möglichkeiten jedoch nicht gegeben sind. Sie hat die Kinder ins Herz geschlossen und wird es kaufen. Oder wenn eure Kinder eine bessere Schule besuchen könnten, soll Isabell in Kenntnis gesetzt werden. Sie wird natürlich nicht nein sagen und dafür aufkommen, hat sie doch ein schlechtes Gewissen wegen des Verhaltens ihres Vaters. Es liegt allein an dir, den einen oder anderen Wunsch der Kinder im Gespräch zu deponieren, Isabell wird von sich aus aktiv werden. Die Kinder deiner Schwägerin sollen nicht leer ausgehen, du musst auch sie nach ihren Wüschen fragen. Nun, Günther, was sagst du zu meinem Vorschlag? Voraussetzung wäre, kein Wort über die Auskunft des Anwaltes hinsichtlich der Altersgrenze zu verlieren."

*

Delia hatte sich wieder mehr mit dem Schreiben beschäftigt und besuchte öfter den Verlag, um mit Peterson zu plaudern. Jedoch traf sie eines Tages der Blitz, als sie sein Büro betrat.
„Delia, hallo, ich freue mich, dass Sie früher Zeit hatten, so kann ich Ihnen meinen Nachfolger, Justus von Burghausen, vorstellen. Er hat wie Sie Journalistik studiert, war in England und Amerika und übernimmt meinen Verlag."
Delia hörte das Gesagte vernebelt, denn dieser Mann raubte ihr den Atem. Sie glaubte, ihrem angebeteten Lieblingsschauspieler Oskar Werner gegenüber zu stehen, so stark war die Ähnlichkeit. Dieser schenkte ihr ein charmantes Lächeln, küsste die dargebotene Hand und Delia machte ohne es zu wollen einen Knicks, der ihr die Röte ins Gesicht trieb.
„Ich bin entzückt, jene Frau persönlich kennen zu lernen, deren Romane mir Freude bereiten", vernahm sie sein sonores Organ. Sie hatte zwar seinen Namen so nebenbei gehört, aber die Stimme des Mannes holte sie aus ihren Träumereien zurück.
„Ich freue mich Ihre Bekanntschaft zu machen", erwiderte sie und flüchtete sich zu Peterson. „Sie wollen sich zur Ruhe setzen, und was wird aus mir? Sie wissen doch, dass ich allein Ihrem Urteil vertraue und Sie für mich die wichtigste Person in punkto meiner Bücher sind."
„Keine Angst, auch wenn Justus den Verlag übernimmt, Sie, Delia, betreue ich natürlich weiter, denn die Freundschaft mit Ihnen und ihrer Familie möchte ich nicht missen."
„Davon hast du mir, lieber Freund, aber nichts gesagt. Ich höre es das erste Mal, dass ich Frau von Föhrenwald nicht ebenso betreuen darf wie alle anderen Autoren. Jetzt, wo du sie mir persönlich vorgestellt hast, kann ich es nicht vertreten, dass du sie zu deiner persönlichen Autorin erklärst, sie gehört doch zu deinem Verlag und somit habe ich auch ein Mitspracherecht, wenn es um Frau von Föhrenwald geht." In diesem Augenblick nutzte Delia die Situation für sich, indem sie sagte: „Die Herrn werden sich auch ohne mich einig und Herr Peterson, es bleibt dabei, ich zähle auf Ihr Wort. Ich wünsche den Herren einen schönen Tag", und sie floh aus dem Büro. Die Männer schauten einander etwas perplex an. Peterson schüttelte den Kopf. „So kenne ich sie nicht. Kennt ihr euch?"
„Nein, ich sah sie zum ersten Mal. Aber ich denke, es ist die Ähnlichkeit, die sie von dem Blitz getroffen hat. Ich kenne das. Wenn meine Stimme auch noch den Klang jener von Oskar Werner hätte, würden mir mehr Frauen zu Füßen liegen."
„Oder fliehen, wie eben Delia", erwiderte Peterson.
Delia ärgerte sich, denn sie hatte wie ein Schulmädchen reagiert, und dann noch der Knicks. *Beschämend, was wird sich - wie hieß er? - Justus von Burghausen von mir denken.* Sie verließ das Gebäude und setzte sich in die Konditorei gegenüber dem Verlagshaus. *Ich darf diesem Justus nicht immer begegnen, wenn ich in den Verlag komme, denn bei seinem Anblick wird mir ganz heiß. Zum Glück ist seine Stimme nicht so markant wie die von Oskar Werner, aber sein Anblick reicht.*
„Darf ich?" Sie blickte von ihrer Torte auf. „Ich bedaure, dass ich Sie mit meiner Ähnlichkeit etwas aus der Fassung gebracht habe, das passiert mir öfter. Sie erlauben?" und da sie nichts sagte, nahm er Platz.
„Muss das sein, nach dem peinlichen Auftritt im Büro? In Zukunft passiert mir das nicht wieder, ich weiß nun, was mich erwartet", sagte Delia schnell.
„Das tut mir aber Leid, ich fand den Knicks ganz bezaubernd."
„Ach nein! Und dann betonen Sie das auch noch, wie taktlos", und sie blickte auf ihre Torte. Sie wusste, sie brauchte ihn nur anzusehen, sogleich war sie wieder von seiner Erscheinung gefangen. „Es wird unvermeidlich sein, dass wir uns begegnen, denn ab dem Frühjahr zieht sich Peterson zurück und es wird immer wieder Gelegenheiten geben, bei

denen wir einander begegnen. Ich persönlich finde es ja sehr schade, dass diese Begegnungen selten sein werden. Umso mehr freue ich mich, wenn sich unsere Wege kreuzen, Frau von Föhrenwald oder soll ich Sie Delia Agatakis nennen, wie Sie als Autorin auftreten?"

„Letzteres, denn ich habe einen Künstlernamen, als Delia von Föhrenwald gibt es sicherlich kein Buch."

Da war wieder der Blick, der sie unsicher machte, wenn seine Augen sie anstrahlten. *Hoffentlich habe ich nicht wirklich viel mit ihm zu tun, und das Alleinsein mit ihm werde ich vermeiden.* „Woran arbeiten Sie derzeit, wenn ich fragen darf?"

„Da Sie erst im Frühjahr den Verlag übernehmen und ich noch meine Gedanken ordne und diese niederschreibe, wird es noch eine Weile dauern, bis ich damit vorstellig werde."

„Ich finde es sehr schade, dass Sie mir so ausweichen, noch dazu wo Sie doch zu jenen Frauen gehören, die ein Männerherz schneller schlagen lassen."

Delia verschluckte sich an der Torte, denn sie wollte ihm mit vollem Mund ihre Meinung sagen, wie unverschämt er eigentlich sei, stattdessen klopfte er ihr den Rücken. Seine Gegenwart wurde ihr unerträglich. Delia blickte auf die Uhr. „Entschuldigen Sie, ich habe die Zeit vergessen. Auf Wiedersehen", und sie war auf dem Weg zum Ausgang. Die Kellnerin kam hinter ihr her. „Gnädige Frau, ich möchte gerne kassieren, bevor Sie gehen." „Entschuldigen Sie, ich war in Gedanken", und wieder hatte sie einen roten Kopf. Justus aber war schon an ihrer Seite und sagte zur Kellnerin: „Wie kommen Sie dazu, der Dame nachzulaufen, wo ich doch noch an dem Tisch sitze und selbstverständlich die Rechnung für uns beide begleiche." Dabei hatte er seinen Arm um ihre Mitte gelegt. „Ich erledige das schon, und nun auf Wiedersehen, Frau Agatakis." Delia war über sich verärgert. *Zuerst vergesse ich zu bezahlen, dann die Peinlichkeit mit der Kellnerin und letztlich überlasse ich ihm die Rechnung, mehr als peinlich. Das Schlimme ist, dass ich Herzklopfen habe, seitdem ich ihm im Büro begegnet bin. Und zum Schluss legt er noch seinen Arm um mich. Hoffentlich ergeben sich kaum Notwendigkeiten, länger mit ihm zusammen zu treffen. Das halte ich nicht aus. Ich muss mich mehr auf seine Stimme konzentrieren und versuchen ihn nicht anzusehen.*

*

Lucia nahm den Hörer ab und war wie elektrisiert, denn es war Rüdiger von Hagenberg, der Christine dringend sprechen wollte. Sie rief nach dieser, versteckte sich aber im Zimmer nebenan, um zu hören, worum es ging.

„Hallo, Rüdiger, ich habe schon auf deinen Anruf gewartet. -
Was? Du weißt nicht, wo sich meine Ines aufhält? –
Das gibt es nicht. –
Was? Sie geben dir keine Auskunft? –
Hast du Bernhard gefragt? –
Was ist mit ihm? -
Was? Christoph hat das Gut übernommen und Bernhard alles weggenommen. –
Auch alle Jagdpachten hat er ihm gekündigt? –
Bernhard kann nicht mehr zu seinen Gesellschaften einladen? –
Rüdiger, er tut mir nicht leid. Aber was haben sie mit meiner Ines gemacht, ich will wissen, ob es ihr gut geht. –
Rüdiger, du kennst doch Bernhard, da wird es doch kein Problem sein, ihn zu fragen. Wenn du ihn nächste Woche triffst, frag ihn halt, wie das war und wohin Ines gekommen ist. Vielleicht weiß er, wer die Leute sind. –
Was? Lass das, ich bin eine ehrsame Frau. -
Jetzt hör aber auf, da hatte ich halt einen schwachen Moment. -
Untersteh dich, komm ja nicht auf die Idee hier Urlaub zu machen. –
Nein auch nicht für ein paar Tage. -
Danke für deine Mühe, ich muss Schluss machen und komm ja nicht. -
Hör doch auf mit deinem Süßholzraspeln. -
Servus, Rüdiger, bis irgendwann." und sie legte auf.

Christine stand noch eine Weile im Zimmer und ihre Gedanken kreisten um das Gehörte. *War es gut, dass ich mich von Ines getrennt habe? Aber ich versteh noch immer nicht, wieso Bernhard nicht der Vater ist. - Oder ist das im Hotel passiert? Von dem Typ wollte ich bestimmt kein Kind. Die Sache mit Bernhard war später, aber im Hotel hätte noch nichts passieren dürfen. Ich weiß sowieso nicht, wo der Kerl ist. Natürlich könnte ich mich unter einem Vorwand um die Adresse des Vertreters erkundigen, schließlich müssten die wissen, wer für die neuen Kücheneinrichtungen zuständig war. Soll ich nach Österreich? Nein, das muss geheim bleiben, denn was ist, wenn er das Kind anerkennt und mich auch haben will? Nein, es ist besser, ich weiß von nichts. Arme Ines, Vater unbekannt.*

Lucia hatte nicht alles verstanden, aber dass Christine so still und nachdenklich war, musste mehr bedeuten. *Das ganze Gespräch hat sich nur um ihre Ines gedreht, und von einem Bernhard war auch die Rede. Mein Entschluss steht fest, sie muss so schnell wie möglich von hier verschwinden. Ich muss unseren Vater vor ihr schützen, bevor er noch auf die Idee kommt sie zu heiraten. Ich bin sicher, sie hat ein Geheimnis und dem werde ich auf den Grund gehen.*

*

Lucia hatte es wahr gemacht, sie hatte sich von Berti die Telefonnummer besorgt, denn sie wollte Rüdiger von Hagenberg treffen. Rüdiger war verwundert, als sie anrief und noch mehr als sie ihm mitteilte, dass sie in der Gegend sei und sich „mit dem feschen jungen Mann treffen" wollte. „Bei uns zu Hause ließen Sie mir ja keine Chance, Sie näher kennen zu lernen. Sie waren ständig mit Christine zusammen und haben mir keine Möglichkeit gegeben mit Ihnen allein zu sein. Ich habe geschäftlich in Salzburg etwas zu erledigen und würde mich freuen, wenn wir uns am Donnerstag um fünf im Café Tomaselli treffen könnten." Rüdiger sagte sofort zu, denn diese Lucia war eine sehr interessante, rassige Italienerin.

Es wurde ein sehr netter Nachmittag und abends speisten sie im ,Goldenen Hirschen'. Rüdiger flirtete mit Lucia und sie tat alles, um sein Interesse an ihr zu wecken. Nach dem Essen ersuchte sie ihn, sie zu ihrem Zimmer zu begleiten, denn sie wollte ihm zum Abschied noch eine Flasche von einen fünf Jahre alten Eiswein schenken. Lucia hoffte nun, mit ihrer weiblichen List all das zu erfahren, weswegen sie überhaupt hier war.

Rüdiger wunderte sich nicht, als im Zimmer ein Sektkübel samt Inhalt und eine Schüssel mit Erdbeeren zu sehen waren. *Diese Lucia will mich offenbar verführen. Ich wäre dumm, dies auszuschlagen, obwohl ich glaube, sie will mich wegen Christine aushorchen.* Wie Recht er hatte! Aber er wich ihren Fragen geschickt aus, bis er so nebenbei erwähnte, dass sie ihm doch einen Eiswein geben wollte. „Es würde mich freuen, wenn Sie mit mir noch ein Glas Sekt trinken könnten, bevor Sie gehen. Seien Sie so nett und öffnen Sie die Flasche. Ich hohle den Eiswein", und sie verschwand hinter einer Tür. Lucia erschien in einem sehr verführerischen seidenen Hemdchen, das ihre Nacktheit schemenhaft verdeckte. Die Flasche in der Hand, wechselte sie zum Du. „Mach kein so erstauntes Gesicht, ich weiß doch, dass du den ganzen Tag davon geträumt hast mich so zu sehen. Gefalle ich dir nicht? Ich habe bereits in Italien davon geträumt. Du bist anders als unsere Männer - wie sagt man bei euch - kerniger oder so, eben ein richtiger Mann, der einer Frau im Bett zeigt, wo es lang geht, nicht so wie unsere Softies, die nicht halten, was man sich erträumt."

Rüdiger nahm mit einer Hand den Sektkübel, die andre Hand legte er um ihre Mitte. Er hob sie hoch wie eine Feder, trug sie zum Bett, wo er sie mit den Worten, „Ganz wie Sie wünschen", niederlegte. Lucia war doch etwas überrascht, denn Rüdiger nahm ihre Hände nach oben, hielt sie dort fest und begann ihren Körper zu liebkosen. Sie war wehrlos, er hatte die Kraft ihre Hände zu halten, obwohl sie sich entschieden dagegen wehrte. Das seidene Hemdchen störte ihn überhaupt nicht, er fühlte ihre Wärme und genoss ihre Nacktheit. Er leckte, küsste, biss sie in die aufgerichteten Brustwarzen, fühlte ihre Bereitschaft. Er ließ sie los, begann ihre Beine bis kurz vor ihre Liebesgrotte zu streicheln, massierte ihre Brüste, ihr Stöhnen war nicht mehr zu überhören, obwohl sie sich bemühte, passiv zu sein, denn sie wollte die Kontrolle. Ohne Vorwarnung drehte er sie um, setzte sich auf ihren Po, schob das Hemdchen höher, küsste ihren Nacken, rutschte tiefer und begann ihre herrlichen Pobacken zu liebkosen. Er ließ von ihr ab, zog sich blitzschnell aus und nahm sie nun wie eine Sturmflut, die immer wieder heran rollt und sich in der Gischt auflöst. So zumindest fühlte sich Lucia und sie war im Taumel der Lust gefangen. Ihr Körper wusste gar nicht, was mit ihm geschah, so sehr war sie diesen kostbaren Augenblicken ausgeliefert.

Ermattet, mit strahlenden Augen, sah sie Rüdiger an und flüsterte: „Wenn du alle Frauen so liebst, wundert es mich nicht, dass dir auch Christine verfallen ist. Aber ich hoffe, Rüdiger, dass ich deine Zärtlichkeit in Zukunft nicht missen muss. Es ist mir egal, was mit dir und Christine war. Du bist ein ausgezeichneter Liebhaber, ich will, dass wir Freunde werden."

Im Badezimmer legte er sie noch auf den flauschigen Teppich, kühlte mit dem mitgenommenen Sekt ihre heiße Scham. Das Prickeln steigerte noch einmal ihre Lust und Rüdiger löschte auch dieses Feuer.

Lucia verbrachte noch zwei Tage mit Rüdiger im Bett des ‚Goldenen Hirschen‘ bis sie schweren Herzens die Heimreise antrat. Das innerliche Lodern samt berauschendem Hochgefühl wirkte immer noch nach. *Diesen Rüdiger will und kann ich nicht vergessen. Ob er verlobt oder verheiratet ist, mir ist das egal, ich werde ihn gleich anrufen, wenn ich zu Hause bin, denn er hat schon den Eindruck gemacht, dass er von mir fasziniert war.*

Lucia rechnete nicht mit Rüdiger, denn dieser rief Christine bereits an, als Lucia noch auf dem Heimweg war. Christine konnte nicht glauben, was sie hörte. Rüdiger erzählte, dass Lucia in Salzburg war und ihn ausfragen wollen, „ob ich mit dir was hatte und was mit unserem Kind sei und lauter so banale Fragen. Aber sie hat nichts erfahren, obwohl sie mit mir im Bett war. In der Sache also leider umsonst. Aber weißt du, dass die verrückt nach Männern ist? Lebt sie zu Hause als Nonne? Du bist ja auch eine leidenschaftliche Frau, aber Lucia ist ein Nimmersatt. Sie ist der reinste Vulkan."

„Es freut mich für dich, wenn du so außerordentliche Stunden mit ihr geteilt hast. - Weißt du inzwischen, wo sich Ines aufhält? Das ist das Einzige, was mich interessiert."

„Bernhard hat gesagt, dass alles Isabell in die Wege geleitet hat, und Ines ist nun bei einer betuchten Familie, denn das Ehepaar war mit einem Bentley da, aber mehr weiß er nicht. Bernhard und Isabell sind offenbar mehr als zerstritten. Christine, du bist mir nicht böse, wenn ich zu Lucia fahre?"

„Nein, überhaupt nicht, doch glaube ich nicht, dass sie dich auf das Gut einlädt, denn wenn sie was im mit Männern hatte, dann nicht hier auf dem Gut."

*

Zurück auf dem Weingut, sagte Lucia zu ihrem Bruder Mario: „Die Reise hätte ich mir sparen können, denn über Christine weiß ich nun auch nicht mehr. Der kennt sie ja nicht wirklich."

„Hast du wenigstens erfahren, ob Ines ihr Kind ist?" fragte sie Mario.

„Er hat nicht nein aber auch nicht ja gesagt, denn das ist eine komplizierte Geschichte, und mehr wollte er nicht herausrücken."

„Es muss schön in Salzburg sein. Du hast ja verlängert."

„Die Stadt ist wundervoll, und da kann man schon einige Tage damit zubringen, sie sich anzusehen."

Beim gemeinsamen Abendessen erzählte Lucia, dass sie zufällig Rüdiger von Hagenberg getroffen habe.

„Erinnerst du dich, Vater? Er war ja hier", und im gleichen Atemzug sagte sie zu Christine, „Er lässt dich schön grüßen und träumt von deiner Leidenschaft."

Mit der Reaktion von Christine hatte sie aber nicht gerechnet.

„Ich weiß, Lucia, er hat mir von euren heißen Liebesnächten in Salzburg erzählt, er ist sehr begeistert von deinem Temperament, und er will dich besuchen, anscheinend hast du ihn verhext."

„Was höre ich da, Lucia?" fragte sie Francesco.

„Vater, die lügt doch, wenn sie den Mund aufmacht."

„Lucia, du lügst, er hat mir alles ausführlich über deine Nächte mit ihm am Telefon erzählt, und er ist sehr begeistert von dir."
„Erzähle lieber du unserem Vater, dass du dein eigenes Kind dem Vater überlassen und dich nach Italien abgesetzt hast."
„Dein Vater kennt die ganze Wahrheit und du wirst erst Ruhe geben, wenn ich dieses Haus verlassen habe. Es geht dir einzig und allein darum, dass dein Vater sich nicht eine neue Frau nimmt, die nicht in Geld schwimmt, denn du könntest ja zu wenig erben. Dir geht es doch nur um das Geld. Francesco, ich habe heimlich in den Büchern nachgesehen. Frage deine Tochter, wieso sie monatliche Spenden an Arme und Bedürftige auf ihr Konto überweist.   Lucia bekam einen roten Kopf und die Stimme versagte ihr - bis sie losschrie: „Da siehst du ihr wahres Gesicht. Sie hat sich sogar an unseren Büchern vergriffen."
„Lucia, stimmt das, was Christine sagt? Ich glaube ihr, denn sie kennt sich in Steuersachen gut aus, auch wenn ich enttäuscht bin, dass sie das getan hat. Aber wenn du mich und deinen Bruder betrogen hast, wird es rechtliche Schritte geben, auch wenn du meine Tochter bist."
„Vater, ich brauchte das Geld nicht für mich, ich unterstütze damit ein armes kleines Kind in Frankreich."
„Darüber sprechen wir später."
„Francesco, sie sagt die Wahrheit, möglich wäre, es handelt sich um ihr Kind, das sie in Frankreich bekommen hat, als du sie auf das Weingut zur Ausbildung geschickt hast. Ja, Lucia, man soll sich mich nicht zur Feindin machen, noch dazu, wo ich euch ja gesagt habe, ich studiere auch das italienische Steuerrecht."
Francesco war kurz sprachlos, alsdann ging ein wortreiches Gewitter über Lucia nieder. Christine unterbrach ihn mit den Worten: „Francesco, du warst immer ein Gentleman, aber deine Kinder, speziell Lucia, verdienen einen solchen Vater wie du einer bist nicht. Ich wollte das alles nicht aber ich verlasse heute noch dein Haus. Sie gibt erst Ruhe, wenn ich nicht mehr hier bin."
„Was sagst du da?"
„Lucia war in Salzburg, um irgendetwas Zusätzliches über mich zu erfahren, das du noch nicht weißt. Sie will mich mit allen Mitteln aus deinem Haus verbannen."
Francesco war fassungslos, und Lucia riss ihre Augen auf und fauchte: „Dann geh doch, ich bin froh, wenn ich dich nicht mehr sehen muss." Christine stand auf und sagte zu Francesco: „Ich habe bereits gepackt und wenn du mitkommst, kann ich mich in Ruhe von dir verabschieden", und sie verließ den Raum.

„Christine, das alles ist zu viel für mich, aber was mich am meisten trifft ist, dass du mich verlassen willst."
„Francesco, es war eine wunderschöne Zeit mit dir, aber Lucia will mich nicht."
„Ich werfe sie raus, wenn du bleibst. Wenn die Geschichte stimmt, war sie meine Tochter. Dir wirft sie vor, dass du dein Kind verlassen hast und sie ist keinen Deut besser."
„Francesco, umarme mich ein letztes Mal, ich gehe und du wirst überlegt und nicht emotionell handeln."
Christines Entschluss stand fest, sie wollte nach Rom.

*

Christoph war nach Hamburg unterwegs, Delia hatte eine vom Verlag organisierte Lesereise zu absolvieren. Er was schon gespannt auf die von Barbara empfohlene Galerie. Barbara hatte seine Ankunft angekündigt und man erwartete ihn. Er parkte seinen Wagen und der Kleinlaster mit seinen Bildern suchte sich ebenfalls einen Abstellplatz. Er betrat die Galerie und war von der Größe beeindruckt. Eine elegante Dame kam aus dem hinteren Bereich lächelnd auf ihn zu, reichte ihm die Hand mit den Worten: „Barbara hat mich gewarnt. ‚Wenn du Christoph von Föhrenwald gegenüberstehst, wirst du selbst sehen, welch feschen Export ich dir empfohlen habe.' Ich freue mich, Ihre Bekanntschaft zu machen", und sie küsste ihn, als wären sie alte Freunde. Christoph war von der Aura und vom Duft dieser Dame verzaubert. Mit solch einer charismatischen Frau hatte er nicht gerechnet: ein blonder Lockenkopf, strahlende Augen, Grübchen beim Lachen, volle Lippen, in dem eng anliegenden Kleid verbarg sie nichts von ihrer fraulichen Figur. Ihre Stimme hatte etwas Laszives, Erotisches. Christoph war sprachlos.

„Kommen Sie, wir gehen in mein Büro." Er folgte ihr, wobei er ihren schwingenden Gang beobachtete.

„Nenn mich Esmeralda, denn ich sage einfach Christoph, so ist es in der Kunstwelt. Ich bin schon gespannt auf deine Werke. Babara ist von deinen Bildern restlos begeistert und der Verkauf hat ihr Recht gegeben. Außerdem ist sie überzeugt, dass deine Bilder immer besser werden."

Christoph war aufgewühlt, doch wie gelähmt, und nach langer Zeit in seinem Leben wieder einmal etwas sprachlos.

„Ich wünsche ebenfalls einen wunderschönen guten Tag. Ich danke für die Einladung und für die Möglichkeit, meine Bilder in diesen exquisiten Räumen präsentieren zu dürfen. Was mir Barbara verschwiegen hat, ist die Tatsache, dass ich nun einer wunderschönen, weltoffenen, charismatischen Dame gegenüber stehe und ich mich erst mit dieser Situation vertraut machen muss."

„Aber Christoph, fang dich wieder, wir gehen jetzt essen, und wenn wir zurückkommen, sind die Bilder ausgepackt. Im Anschluss werde ich mir einen Überblick machen, wie ich sie am Besten ins rechte Licht rücken werde."

„Soll ich nicht dabei sein, wenn meine Bilder entladen und ausgepackt werden?"

„Christoph, dafür habe ich meine Leute und glaub mir, die verstehen ihr Handwerk", und sie hakte sich bei Christoph unter. „Keine Angst, deinen Bildern passiert schon nichts, aber ich möchte mich mit dem Künstler unterhalten und mir ein Bild von ihm machen."

Sie verließen die Galerie, Esmeralda steuerte auf das geparkte silberne Cabrio der Marke Mercedes zu. „Komm, steig ein, mein silberner Stern ist erst zehn Tage alt und du bist der erste Mann, der mitfahren darf."

Sie war recht flott unterwegs, es dauerte nicht lange und sie waren aus der Stadt draußen.

„Ich dachte, wir wollten essen gehen und nun fahren wir aufs Land."

„Ach, Christoph, du sollst dich doch wohl fühlen. Es gibt in der Stadt kein Lokal, das dir so gefallen würde wie jenes, das ich ausgesucht habe."

Der Tacho zeigte bereits 160, und die Landschaft flog vorbei. Die Felder rechts und links erinnerten ihn an sein zu Hause und Delia.

„Christoph, gleich sind wir am Ziel", und schon tauchte zwischen Bäumen eine hohe Mauer auf. Sie hielt vor einem Tor, welches wie von Geisterhand aufging, und sie fuhren durch einen gepflegten Park, bis sie vor einem alten steinernen Herrenhaus hielten.

„Esmeralda, das sieht mir aber nicht nach einem Lokal aus."

„Nein, es ist mein zu Hause. Für einen Gast wie dich, Christoph, ist dies der richtige Rahmen. Hier wirst du wohnen, denn bis zur Eröffnung bist du mein Gast. Es hat doch keinen Sinn, wegen eineinhalb Tagen hin und her zu fahren."

„Darauf war ich aber nicht eingerichtet, ich kann dieses Angebot nicht annehmen."

„Was soll da, Barbara hat gesagt ‚Sei ja nett zu ihm, sonst empfehle ich dir keinen Künstler mehr.' Also musst du bleiben, ob du willst oder nicht. Ich denke, du bist ein Mann von Welt oder täusche ich mich? - Du wirst schon die richtigen Worte finden, wenn du daheim anrufst."

Sie betraten die Halle und schon war ein hübsches junges Mädchen zur Stelle. „Gnädige Frau, wünschen Sie, dass wir im Speisezimmer oder auf der Terrasse servieren?"

„Christoph, was wäre dein Wunsch?"

„Wenn es nach mir geht, dann auf der Terrasse, bei diesen schönen Wetter."

„Sybille, Sie haben es gehört."

„Jawohl, gnädige Frau."

Im Anschluss an die Terrasse befand sich ein sehr gepflegter Garten, der leicht abfiel und sich an den Seiten öffnete und somit eine wunderschönen Blick auf einen See freigab.

„Das ist ein prachtvoller Blick", sagte Christoph. „Von meiner Terrasse aus kann ich einen kleinen Teil unseres Waldsees einsehen, aber das hier ist besonders schön."

„Als ich das Anwesen vor Jahren kaufte, war dieses Haus ziemlich verfallen und der Garten verwildert. Damals wollte keiner so einsam wohnen, denn es ist ja ausschließlich

Wald auf dieser Uferseite, und der Besitzer verkauft seinen Wald nicht, obwohl ihm schon viel geboten wurde."
„Esmeralda, wieso war es dir dann möglich, das Haus zu erwerben?"
„Dieses Grundstück gehörte nicht dem Eigentümer des Waldes, sondern einer kleinen armen Gemeinde, die es mir verkaufte mit der Auflage, es wieder so instand zu setzen wie es war. Ich durfte keine Erweiterungen oder Zubauten vornehmen, sondern musste es so herstellen wie es eben jetzt aussieht. Innen durfte ich Mauern versetzen und es auf den neusten Stand bringen. Wenn ich nicht von meinem Vater Geld geerbt hätte, wäre ich heute nicht in der glücklichen Lage, hier zu wohnen, denn die Renovierung hat Unsummen verschlungen. Aber dafür bin ich weit und breit ohne Nachbarn. Sollte ich jemals verkaufen, dann muss ich zuerst der Gemeinde die Möglichkeit geben, es zu erwerben."
„Hast du keine Angst in der Einsamkeit?"
„Auf der Mauerkante sind 15 cm lange, sehr scharfe Pfeilspitzen und Glasscherben einzementiert, vom See her bin ich durch meine speziell ausgebildeten Schäferhunde geschützt."
Da saß er nun mit dieser Frau an einem Tisch und hatte sich noch immer nicht wirklich unter Kontrolle. Alles ging so schnell, anderseits konnte er diese Frau, die ihm die Ausstellung ermöglichte, nicht vor den Kopf stoßen. *Wenn sie nur nicht eine solch betörende Frau wäre.* Ihr Charme, ihre Leichtigkeit in allem machte ihm zusehends zu schaffen. Sie flirtete, machte ihn unsicher und immer, wenn er von der Ausstellung sprechen wollte, hörte er: „Genieße meine Gastfreundschaft. Wenn wir in der Galerie sind, haben wir genügend Zeit."
Mit der Zeit wurde Christoph etwas lockerer, denn das vorzügliche Essen, die erlesenen, zu jedem Gang passenden Weine und das Champagner-Eis zum Abschluss trugen das ihre dazu bei. Er erwischte sich immer öfter dabei, dass er auf ihre Flirtangebote reagierte und konterte, sodass die Stimmung ziemlich locker war.

„Sybille, sagen Sie Gottfried, er soll vorfahren", und zu Christoph, „Wenn ich trinke, fahre ich nicht selbst."
Vor der Auffahrt parkte ein Lamborghini. Dienstbeflissen öffnete der Chauffeur die Wagentüre mit den Worten: „Es ist mir eine Ehre, Madam, Sie zur Galerie zu chauffieren."
„Sie können aber gleich wieder zurückfahren, abends fahre ich mit unserem Gast."

Nun lernte Christoph Esmeralda von einer ganz anderen Seite kennen. Ohne ein Wort zu sagen betrachtete sie ziemlich lange die Bilder. Christoph wurde immer unruhiger und hatte schon Bedenken, dass Barbara diesmal falsch lag. Er wusste, dass seine Bilder gut waren, aber womöglich passten sie nicht in diese Galerie.
„Leute, das, das, das, das und so weiter, stellt ihr auf die West-, Ost-, und Nordseite im ersten Raum", und so ging es weiter, bis alle Bilder in den Räumen der Galerie am Boden standen.
„Nun, Christoph, werden wir gemeinsam schauen, ob ich mit meiner Wahl Recht habe."
Sie hatte eine hervorragende Übersicht, denn jedes seiner Bilder wirkte für sich und entfaltete im vorgesehenen Raum eine besondere Wirkung.
„Esmeralda, ich bin sprachlos mit welcher Sicherheit du die Bilder auf die Räume verteilt hast."
„Ach, Christoph, Barbara hat mir in jeder Hinsicht nicht zu viel versprochen", und sie lächelte ihn verführerisch an. Das "Ach, Christoph" verwendete sie gern.

„Leute, ihr könnt nun anfangen mit dem Hängen der Bilder und dem Einrichten der Spots. – Christoph, das dauert, wir werden uns inzwischen über die Preise Gedanken machen." Christoph war erstaunt über die Preise, die sie vorschlug, gleichzeitig wusste er, dass sie 45 Prozent von jedem verkauften Bild behielt. Bei einigen Bildern würde ihm mehr bleiben als er sich erhofft hatte.

Am frühen Nachmittag fuhren sie zurück, tranken auf der Terrasse Kaffee und kosteten von den Mehlspeisenvariationen.

„Komm, spazieren wir runter zum See."
„Gern, ich möchte vorher noch in mein Zimmer gehen und auspacken."
„Christoph, das hat bereits Sybille erledigt. Du kannst dich natürlich frisch machen oder dich auf dein Zimmer zurückziehen. Ich wollte mit dir die warme Nachmittagssonne am See genießen."
„Ich wusste nicht, dass Sybille das für mich erledigt hat."
Sie saßen schweigend auf der Bank des Bootshauses, welches man von der Terrasse aus nicht sehen konnte, da es im angrenzenden Wald versteckt war, und jeder machte sich Gedanken über den anderen.
Der gute Christoph ist ein verheirateter Mann, und ich denke punkto anderer Frauen dürfte er seither keinen Gedanken verschwendet haben, er ist ganz schön unsicher in meiner Gegenwart.
Diese Esmeralda macht mir nicht den Eindruck, dass sie, obwohl doch um einiges älter als ich, nicht gern mit dem Feuer spielt, so wie sie sich gibt.
In seine Gedanken hinein vernahm er ihre Stimme: „Christoph, was hältst du von einem kühlen Bad im See? Er ist noch warm."
„Grundsätzlich keine schlechte Idee, aber …", und er wurde schon unterbrochen: „Sag bloß, du hast noch nie nackt gebadet?"
„Doch, auch wir schwimmen immer nackt in unserem Waldsee, aber hier bin ich Gast und ich denke, das wäre nicht in Ordnung."
„Papperlapapp, wenn ich kein Problem habe, solltest du ebenfalls keines haben." Und schon stieg sie aus ihrem Kleid. Ein mit Spitzen besetztes, cremefarbenes seidenes Hemdchen legte sie ebenfalls ab, der Rest folgte und schon hechtete sie ins Wasser.
Wenn ich jetzt nicht reagiere, hält sie mich vielleicht für verklemmt. Und schon entledigte er sich seiner Kleider. Stumm schwammen sie kleine Kreise, bis sie zur Leiter des Bootshauses zurückkehrten. Er ließ ihr den Vortritt und war perplex, welch schönen fraulichen und sehr begehrenswerten Körper diese Frau hatte. Als sie oben neben der Leiter stand, ließ er den Anblick auf sich wirken, bis er endlich aus dem Wasser stieg.
„Du hast einen schönen durchtrainierten Körper. Stammt der von der Arbeit am Gut oder betreibst du Sport? Wie ich merke, war das Wasser nicht zu kalt."
Ihre Bemerkung ließ ihn rot werden und er ließ sich ins Wasser fallen. „Entschuldige, Esmeralda, ich habe nicht darauf geachtet. Aber wie ich eben feststellen konnte, stand neben der Leiter eine sehr begehrenswerte Frau."
„Christoph, komm aus dem Wasser, ich sehe es als Kompliment an, wenn du so reagierst, und wir sind doch keine 20 mehr."
„Esmeralda, du hast ja Recht, aber du bringst mich tatsächlich durcheinander."
Nun saßen sie nackt in der Abendsonne und plauderten über Belangloses, obwohl die erotische Schwüle unerträglich wurde. Christoph konnte gegen sein aufkeimendes Verlangen nicht mehr gegensteuern. Er stand mit den Worten auf: „Esmeralda, ich denke, es ist besser, ich gehe nun, denn ich halte diese Spannung zwischen uns nicht länger aus. Ich möchte nichts tun, was unserer gemeinsamen Zeit schaden könnte."
Auch sie stand auf, ließ ihr Handtuch fallen, sah ihm in die Augen, bebende Lippen verschmolzen zum Kuss. Ihre Hände erforschten seinen Köper. Christoph umarmte sie, legte sie auf den Holzboden, und im Rausch der Lust vereinigten sich die erregten Körper. Nun war Christoph nicht mehr zu halten, und er nahm sich das Dargebotene mit einer ihm nicht gekannten Sehnsucht. Ihre geschmeidige Hingabe war überwältigend und ihre fraulichen Rundungen erregten ihn. Er hätte nie gedacht, dass diese so erotisch sein könnten. Diese Frau wusste genau, was ihr Körper wollte und sie holte es sich. Für Christoph war es neu, dass eine Frau ihre Empfindungen derart klar artikulierte, so dass er stets wusste, wodurch er ihre Lust steigern konnte.

Christoph stand unter der Dusche, noch immer war er innerlich aufgewühlt von dem Erlebten, jedoch sein schlechtes Gewissen ließ ihn nachher zum Telefon greifen, und er erreichte Delia vor der Lesung im Hotel.
„Delia, hallo Liebes, wie geht es dir? –
Barbara hat mich zu einer Galeristin geschickt, sie ist eine kompetente, interessante Frau. –

182

Nein, ich fahre nicht nach Hause, ich wohne in ihrem Haus. Ich musste ihr Angebot annehmen, dies sei sie Barbara schuldig. Sie duldete keine Widerrede und ich wollte keinen Streit herauf beschwören. Und daheim wäre ich sowieso allein gewesen, da du ja ebenfalls unterwegs bist. - Sind die Lesungen gut besucht? -
Delia, wieso fragst du mich, ob sie mir gefällt? Sie ist eine interessante Frau mittleren Alters, die in ihrem Beruf sehr erfolgreich ist. Allein die Galerie ist eine Augenweide. -
Ich dachte du wolltest wissen wie sie ist. –
Wir hören uns wieder, ich umarme und küsse dich, und viel Erfolg. Ich liebe dich. –
Danke, ich bin selbst neugierig, was die Vernissage einbringt", und er legte auf.

Abends speiste er mit Esmeralda in der Stadt, danach besuchten sie noch eine Bar, tanzten bis lange nach Mitternacht, flirteten, liebten sich die restliche Nacht und blieben auch noch den Vormittag im Bett. Obwohl Christoph zwischendurch außer Atem kam und Pausen erforderlich waren, wollte er diese umwerfend leidenschaftliche, erotische Frau bis zu ihrer Selbstaufgabe lieben.

Die Gäste der Vernissage kamen alle aus der oberen Schicht und waren persönlich geladen. Ihnen wurden von Hostessen Getränke und kleine Häppchen gereicht. Esmeralda ergriff das Wort, bedankte sich, dass man ihrer Einladung so zahlreich gefolgt war und stellte Christoph von Föhrenwald vor, dessen „farbenprächtige Bilder, die Licht und Schatten, flirrende Sonne oder das Mondlicht sehr gekonnt in Szene setzen, meiner Galerie diesen besonderen Glanz verleihen." Sie erhob ihr Glas mit den Worten: „Auf ein gelungenes Beisammensein!"
Esmeralda war mit dem Verkauf mehr als zufrieden, bis auf wenige Exponate wurden alle verkauft und die Gäste waren voll der Anerkennung für Christophs Bilder. Am nächsten Tag lud er die verbliebenen Bilder in seinen Wagen und verabschiedete sich von Esmeralda mit den Worten: "Vielen Dank für die wunderschönen Stunden", umarmte sie und sagte: „Wann immer du willst, du bist auf dem Gut willkommen", küsste sie und stieg in seinen Wagen. Christoph fand, diese Frau hatte etwas, das man nicht in Worte fassen konnte, sie hüllte einen in eine Wolke des Glücksgefühls.

*

Delia begrüßte ihren Christoph mit den Worten: „Hat sich mein geliebter Mann nun doch von dieser Esmeralda trennen können? Die scheint dich etwas verwirrt zu haben, so wie du von ihr geschwärmt hast."
„Das nenn ich einen Empfang. Bist du eifersüchtig oder hattest du Angst, ich könnte Esmeralda so gefallen, dass sie mich nicht mehr heimfahren lässt?"
„Irgendetwas muss es ja gewesen sein, weshalb du nicht nach Hause gefahren bist, wie du es vorhattest."
„Liebe Delia, ich habe dir doch gesagt, dass ich sie nicht vor den Kopf stoßen konnte, wo sie doch so viel für mich gemacht hat. Der Verkaufserfolg ist für mich eben so wichtig wie für dich der deiner Bücher. Die Ausstellung hat dies ermöglicht, und das habe ich allein ihrer Umsicht zu verdanken. Ich habe sie auf das Gut eingeladen, vielleicht kommt sie zum nächsten Erntedankfest. Sie möchte dich und unser Gut kennen lernen. Wie geht es dir und unserem Magnus?"
„Uns geht es gut, aber du machst einen so fröhlichen, glücklichen Eindruck wie schon lange nicht."
„Delia, darf ich mich nicht freuen über den Erfolg und das Geld, welches ich mit dieser Ausstellung verdient habe? Esmeralda wird dir gefallen, wenn sie kommt. Oder bist du doch eifersüchtig? Ich habe dir ja auch keine Vorschriften gemacht hinsichtlich der Zeit, die du für deine Lesungen verwenden sollst, sondern mich darauf gefreut, dich wieder in die Arme schließen zu können."
„Christoph, es kann schon sein, dass ich dich mehr vermisst habe als mir lieb war."
„Erzähl, wie war es bei deinen Lesungen? Sind sie im Verlag zufrieden?"
„Ja, schon, doch ich komme mit dem Neuen nicht wirklich zurecht. Bis jetzt hat sich keine Gelegenheit ergeben, es dir zu erzählen. Peterson hat einen neuen Partner, denn er

will sich langsam zurückziehen. Ich mag den Neuen nicht. Er heißt Justus von Burghausen, und er glaubt jetzt schon, ich bin sein Eigentum."
„Wie meinst du das? Delia, so ablehnend kenne ich dich gar nicht. Was ist, was dich so stört und wieso fürchtest du sein Eigentum zu sein, wo du doch Peterson hast?"
„Das ist es ja, er hat sich sofort beschwert, dass mich Peterson allein betreuen will."
„Aber Delia, irgend etwas stört dich an seiner Person oder irre ich mich?"
„Nein, du irrst dich nicht. Ich bin seit Jahren von Oskar Werner fasziniert und ich dachte, er steht vor mir ... diese Ähnlichkeit. Und als ihn mir Peterson vorstellte, habe ich vor lauter Aufregung einen Knicks gemacht, bis ich endlich an der Stimme merkte, dass er es gar nicht sein kann."
„Delia, so schlimm wird es schon nicht gewesen sein."
„Das glaubst auch nur du. Wenn man seinem Idol auf einmal gegenüber steht, bekommt man schon weiche Knie."
„Ich denke, du wirst dich an seinen Anblick gewöhnen, sodass du nicht immer einen Knicks vor ihm machst. Ich glaube aus dem Alter bist du draußen."
„Christoph, du verstehst mich nicht. Aber das ist noch nicht alles, es kam noch schlimmer."
„Delia, du bist ja richtig aus dem Häuschen und hast rote Flecken im Gesicht, so kenne ich dich gar nicht."
Delia erzählte ihm von der Situation in der Konditorei, was Christoph zu der Bemerkung veranlasste: „Delia, dich hat es aber ganz schön erwischt, wie mir scheint." Und er dachte in diesem Augenblick an sein Erlebnis in Hamburg. „Delia, du solltest ihn auch auf Kuchen und Cafe einladen, dann wäret ihr quitt."
„Du bist unmöglich, ich halte seine Nähe nicht aus. Ich muss mich erst daran gewöhnen, dass er Oskar Werner nur ähnlich sieht. Das dauert, es traf mich ja aus heiterem Himmel. - Christoph, möchtest du heute noch mit Mutter sprechen?"
„Ja, spazieren wir hinüber, der kleine Spaziergang wird dir und mir gut tun nach der langen Fahrt."

Isabell gratulierte ihrem Sohn zum Erfolg in Hamburg. Sie erzählte ihnen, dass Bernhard kein Geheimnis mehr daraus machte, dass Dorothea Gassmeier seine neue Freundin ist. „Es muss was Wahres dran sein, denn ich habe sie frühmorgens unsere Treppe hinuntereilen gesehen. - Deinen Vater habe ich sofort aufgefunden und traf ihn im Morgenmantel bestens aufgelegt an. Er bestritt nicht, dass sie gerade von ihm kam. Er erzählte mir auch, er wird längere Zeit nicht hier sein, die Gassmeier hat ihn auf eine Schiffsreise eingeladen. Er hat angedeutet, dass er auch deshalb so viel Zeit mit ihr verbringen möchte, weil er hier nur geduldet ist."
„Die Dorothea hat ihn eingeladen?"
„Er hat ihr erzählt, seitdem er das Gut dir übergeben musste, verfüge er nur mehr über wenig Geld, darauf hat sie ihn eingeladen."
„Das ist wieder typisch für Vater, er lässt keine Gelegenheit aus, mich schlecht zu machen."
„Christoph, du solltest ihn eigentlich schon kennen. Er wird immer wieder allen erzählen, wie kurz du ihn hältst."
„Das ist eine Frechheit, er bekommt das Vierfache von dem, was er seinem Verwalter bezahlt hat. Natürlich kann er nicht mehr an das Geld des Gutes, mit dem er sich seinen aufwändigen Lebensstil finanziert hat."

*

Christine fuhr auf der Autobahn Richtung Rom, ihre Gedanken waren bei Francesco. *Er war ein so lieber netter Mann. Wenn seine Tochter nicht gewesen wäre, ich hätte es sicherlich noch einige Zeit bei ihm ausgehalten.* Aber ihre tieferen Gedanken beschäftigten sich mit der Tatsache, dass Ines nicht mehr auf dem Gut weilte. *Wie konnte ich diese Nacht damals im Hotel mit dem Vertreter vergessen - und dass sie solche Folgen hat ... Vermutlich habe ich mich nur darauf eingelassen, weil ich mich über Christoph und seinen Vater so aufgeregt habe ... oder war es wegen Delia? Dass Bernhard nicht Ines' Vater ist, macht mich sehr traurig. Bernhard hätte seine Tochter auf*

Händen getragen. Wo ist Ines? Ich kann nicht Bernhard fragen, der ist sicherlich fuchsteufelswild auf mich. - Rüdiger hat auch nichts Genaueres sagen können. Das Jugendamt wird mir Auskunft geben. Wenn Ines bei Leuten ist, die ihr nichts bieten können, wird man an mich herantreten. Nein, das Jugendamt ist keine gute Idee. Anderseits, wenn die Familie einen Bentley ihr Eigen nennt, dürften die auch Geld haben, und so gesehen wird Ines nichts abgehen. Es würde mich interessieren, wer die Leute sind. Ines ist mein Kind. Sollte ich, wenn die Familie es will, sie zur Adoption freigeben? Mit Bernhard als Vater wäre alles einfach gewesen.

Christine hatte auf der Suche nach einer netten Wohnung am Rande von Rom von Signora Magdalena, der Chefin des Personalbüros des Auktionshauses, die Adresse erhalten. „Das Haus ist für die ältere Dame zu groß, seitdem ihre Tochter nach Amerika ausgewandert ist, daher sucht sie für die ehemalige Stock-Wohnung mit Balkon und Gartenbenützung eine Mieterin." Wie sich herausstellte, war Magdalena die Freundin der Tochter und besuchte nach wie vor deren Mutter. Das Haus lag sehr zentral, aber doch außerhalb der Stadt, und hatte den Vorteil, dass Christine nicht mit dem Wagen in die Stadt fahren musste, sondern lediglich sieben Minuten zum Bus zu gehen hatte. Ihre neue Arbeitsstelle war ebenfalls nur einige Minuten von der Haltestelle entfernt. Christine hatte die erste Zeit in einer Pension gewohnt und sich verschiedene Stellen angesehen. Ihr Wissen über deutsches und italienisches Steuerrecht war letztlich ausschlaggebend. Das Auktionshaus suchte jemand mit ihren Fähigkeiten. Es hatte in Wien und Hamburg weitere Häuser, und man wollte die Buchhaltung zur Gänze ins Stammhaus nach Rom verlegen.
Christine flanierte durch die Straßen und Gassen der Stadt und was ihre Augen erblickten, erfreute sie, denn es gab schon sehr fesche Italiener. Aber bis jetzt war außer einem netten Flirt nichts Erwähnenswertes dabei. Sie war auf der Suche nach einem älteren, gepflegten, situierten Herrn, der ihr einiges bieten konnte.

Christine arbeitete nun schon fünf Monate im Auktionshaus, als man sie ersuchte, in Hamburg nach dem Rechten zu sehen, da eine Steuerprüfung bevorsteht. Außerdem sollte sie die Kunststudentin Verena Schimmelpflug mitnehmen, die ein Praktikum absolvierte. „Wir möchten sie behalten, sie arbeitet schon länger neben dem Studium für uns und nun Ferien. Sie soll die Filialen kennen lernen, sie reist nachher weiter nach Wien. Sie haben genügend Zeit, sie auf der Reise kennen zu lernen."
Verena Schimmelpflug, so hieß doch Bernhards Tochter. Das kann kein Zufall sein, er sprach ja davon, dass diese Göre nach Italien wollte, um Kunst zu studieren. Dass es tatsächlich Bernhards Tochter sein könnte, ließ Christines Zorn aufleben. Es war ja deren Schuld, dass Bernhard ihr nicht die nötige Unterstützung gegeben hatte.

Auf dem Flughafen standen sich die beiden das erste Mal gegenüber. „Da Sie auch unseren Auktionskatalog in Händen halten - sind Sie Frau Könytvar?"
„Ja, Christine von Könytvar."
„Entschuldigen Sie, ich bin Verena Schimmelpflug und komme wie Sie aus Österreich."
„Das ist kein Grund gleich Freundschaft zu schließen."
„Entschuldigen Sie, so war es nicht gemeint."
„Mir ist nicht nach Konversation und im Übrigen möchte ich den Flug über Österreich genießen", und sie ging zum Check-in. Verena versuchte es noch einmal: „Ein schönes Land, unsere Heimat." Da sie keine Antwort bekam und Frau Könytvar ihr erneut zu verstehen gab, dass sie ihre Ruhe haben wollte, schwieg sie.
Der Flug über die Alpen war großartig, das Wetter konnte nicht besser sein. Die Stimme des Kapitäns erklang und er teilte mit, dass nun Salzburg und die umliegende Seenlandschaft überflogen wurden. Nach den Alpen bietet dieser Anblick dem Auge Abwechslung durch ein ganz anderes Landschaftsbild. Die Wiesen und Felder erinnerten Christine wieder an Ines. *Wo bist du, mein Kind, geht es dir gut? Wenn ich nur wüsste, wo du bist, damit ich mir ein Bild machen kann über die Leute. Bereue ich, dass ich sie weggeben habe? Nein! Ich konnte ja nicht wissen, dass sie nicht auf dem Gut aufwachsen würde. Und jetzt noch Verena, Bernhards Tochter. Ich muss mir alles in Ruhe überlegen, denn vielleicht kann ich durch sie erfahren, wo Ines ist. Sie verkehrt*

sicherlich gelegentlich auf dem Gut. Ich werde sie vorsichtig ausfragen, sie kennt mich ja nicht, sonst hätte sie anders reagiert. Wegen ihr habe ich Ines weggegeben, das wird sie mir büßen. Ihr Taxi hielt vor dem Auktionshaus und Christine stellte fest, dass dies größer, edler und moderner aussah als das Stammhaus. Die Fassade des Antiquitätengeschäftes bestand aus Chrom und Glas, die darüber liegenden Stockwerke aus roten Klinkerziegeln bildeten einen interessanten Kontrast. Hell und freundlich war der große Verkaufsraum, in dem die Möbel und Bilder sehr eindrucksvoll arrangiert waren. Aus der Mitte des Raumes führte eine Treppe in die oben liegenden Büros. Christine wurde von einer blonden jungen Dame nach oben geführt, die von ihrem blumigen Parfum etwas zuviel erwischt und auch bei ihrem Make-up nicht gespart hatte. Sie übergab Christine der Vorzimmerdame des Direktors mit den leisen Worten: „Hoffentlich ist sie sehr gut, denn die angesagten Prüfer sind die besten, die das Finanzamt hat, und vor denen fürchtet sich unser Herr Direktor König."

Als Christine das Büro des Direktors betrat, thronte ein korpulenter Herr mit großem Schnurrbart hinter seinem Schreibtisch. Seine Sekretärin verneigte sich sehr ehrfurchtsvoll: „Herr Direktor König, darf ich Frau Christine Könytvar aus dem Stammhaus melden."

„Danke."

Dieser wuchtete sich hoch, reichte Christine die Hand. Christine wollte schon die ihre zurückziehen, denn die feuchten, weichen Finger fühlten sich sehr unangenehm an, doch er nahm noch seine zweite hinzu und drückte ihre Hand mit den Worten: „Wünsch einen schönen guten Tag, hoffe Sie hatten einen guten Flug und sind wirklich in der Lage, in der kurzen Zeit die Unterlagen für die Prüfer zu überarbeiten." Er setzte sich, wies mit der Hand auf den Stuhl vor seinem Schreibtisch.

„Ich wünsche auch einen guten Tag. Was heißt hier ‚die Unterlagen zu überarbeiten'? Ich dachte, ich sollte lediglich bei den Besprechungen dabei sein und nicht Unterlagen prüfen, davon war keine Rede. Oder haben Sie Bedenken, dass etwas nicht mit rechten Dingen zugeht, Herr König, denn sonst wüsste ich nicht, was Sie mit dieser Aussage meinen."

Er griff zum Telefon, „Schicken Sie mir Frau Müller", und legte auf. „Ich wünsche mit ‚Herr Direktor König' angesprochen zu werden. Die Müller wird Ihnen zur Hand gehen, und da Sie ja als sehr kompetent angekündigt wurden, werden Sie sicherlich in der kurzen Zeit alles zu meiner Zufriedenheit erledigen."

„Sie verstehen anscheinend meine Aufgabe nicht, ich bin weder Ihre Buchhalterin noch dazu bereit Unterlagen vorzubereiten. Dazu haben Sie ja Ihre Leute. Ich werde mich im Hause umsehen und selbst entscheiden, ob ich vor der Prüfung Unterlagen einsehen werde. Herr Direktor, es ist wie gesagt nicht meine Aufgabe und außerdem, wie soll ich wissen, welche Unterlagen die Prüfer auswählen werden." Er verzog etwas sein Gesicht, nachdem sie ihn trotz Aufforderung nicht mit ‚Herr Direktor König' angesprochen hatte.

Mit dem werde ich noch einige Male zusammenkrachen. Was glaubt denn der?

Frau Müller betrat das Büro, sodass Christine nun schwieg und neugierig war, was kommen würde. Sie verbeugte sich, bevor sie den Herrn Direktor ansprach. „Herr Direktor König wünschen?"

„Das ist unser Gast aus Italien, der sich um die steuerlichen Belange und die bevorstehende Prüfung kümmern wird, nehmen Sie sie unter Ihre Fittiche." Er griff zum Telefon und ließ sich mit dem Restaurant ‚Zum Fisch' verbinden. Frau Müller deutete Christine, mit ihr zu gehen und eilte zur Türe. Christine wusste nicht, was sie von all dem halten sollte und folgte Frau Müller, die es anscheinend sehr eilig hatte. „Entschuldigen Sie, unserer Herr Direktor König wünscht, dass seine Anordnungen kommentarlos zur Kenntnis genommen werden, er duldet keine Fragen. Ich freue mich auf unsere gemeinsame Zusammenarbeit, ich bin erst seit drei Monaten hier - und nun diese Prüfung."

„Wer war vorher zuständig oder wer hat Sie eingearbeitet?"

„Frau Gudrun, die langjährige Mitarbeiterin, dürfte mit Herrn Direktor König irgendwelche Probleme gehabt haben, sie wurde gekündigt. Näheres weiß ich nicht."

„Kennen Sie die Adresse von Frau Gudrun?"

„Nein."

„Nun, dann besorgen Sie mir diese."

„Ich bin nicht befugt, und ohne Erlaubnis des Herrn Direktor König darf ich keine Daten weitergeben."

„Legen Sie mir sämtliche Lohnsteuerunterlagen der zu prüfenden Jahre vor, damit der Herr Direktor seinen Willen hat."

Frau Müller war erleichtert, suchte das Gewünschte zusammen und legte es vor Christine auf den Tisch. Diese suchte nach der gekündigten Gudrun, schrieb sich die Adresse der einzigen Mitarbeiterin mit dem Vornamen Gudrun auf, sagte Mahlzeit und verließ das Büro mit den Worten, „Wenn der Herr Direktor Mittagspause macht, steht auch mir eine zu. Außerdem komme ich heute nicht mehr, morgen sehen wir uns wieder", ließ eine etwas verdutzte Frau Müller stehen und ging. Christine suchte im Verkaufsraum die duftende Blonde und ersuchte diese, ihr ein Taxi zu rufen. „Ich warte draußen", sagte sie knapp. Die Blonde hatte plötzlich einen entsetzten Gesichtsausdruck, wollte etwas sagen, Christine jedoch meinte nur, „Wenn der Chef geht, kann ich das auch", und verschwand. Das Taxi hielt vor der angegebenen Adresse und Christine ging auf den Eingang zu, um nach dem Klingelknopf zu suchen. Bei Carletti läutete sie vergebens. Sie besuchte das Bistro nebenan und bestellte sich an der Bar einen Cappuccino. Sie fragte die Servicekraft, ob sie Leute aus dem Nebenhaus kenne, denn sie suche Frau Carletti.

„Die trinkt täglich in der Früh vor der Arbeit ihren Cappuccino und abends ihren Espresso, bevor sie nach oben geht. Wenn Sie in einer halben Stunde vorbeischauen, können Sie sie treffen."

Christine bedankte sich für die Auskunft und schlenderte an den Auslagen vorbei, wobei sie die schicke Mode aus Italien vermisste. Dabei beobachtete sie das Café, sah eine Frau mittleren Alters, die es aufsuchte und dann ins Haus ging. Christine betrat erneut das Café und fragte, ob Frau Carletti gerade hier gewesen war, was bejaht wurde. Christine läutete, stellte sich als Angestellte des italienischen Auktionshauses vor und bat um Einlass. Als sie aus dem Lift trat, wartete Frau Carletti vor ihrer offenen Wohnungstüre auf sie. Nach der formellen Begrüßung kam Christine sofort auf den Grund ihres Besuches. „Frau Carletti, ich arbeite ich im Stammhaus in Rom. Man ersuchte mich, wegen einer bevorstehenden Steuerprüfung nach Hamburg zu kommen, um bei dieser zugegen zu sein. Ich lernte den Direktor König und Ihre Nachfolgerin kennen." Es stellte sich heraus, dass Frau Carletti die Nachfolgerin nicht kannte und diese vor ihr nicht eingearbeitet worden war. „Frau Müller erwähnte, dass Sie angeblich mit dem Direktor Probleme hatten und deswegen mit sofortiger Wirkung gekündigt wurden. Ich will von Ihnen den Grund wissen, denn ich denke, Sie haben etwas entdeckt, was dem Herrn Direktor nicht besonders gefiel und Mitwisser kann er sich nicht leisten. Habe ich nicht Recht?"

„Wie kommen Sie zu der Vermutung, dass ich etwas weiß, was dem arroganten König nicht passt?"

„Nun, es liegt auf der Hand, wie man so sagt. Also, was haben Sie sich zu Schulden kommen lassen?"

„Ich bin mir keiner Schuld bewusst."

„Aber ich denke, der Herr König hätte Probleme, wenn Sie länger in der Firma gewesen wären. Also worum ging es?"

„Wenn Sie mir versprechen, dass Sie meinen Namen aus dem Ganzen heraushalten, erzähle ich Ihnen, was ich entdeckt habe."

„Das kann ich Ihnen lediglich zusagen, wenn ich genügend Information habe, um mir selbst ein Bild zu machen."

„Vorweg, der Direktor König fährt selbst auf die diversen Auktionen, um einzukaufen. Es war ein Telefongespräch, welches ich mithörte. – ‚Überweisen Sie mir die Beträge auf mein Konto, nachdem Sie sich Ihre vier Prozent in Abzug gebracht haben. Offen ist die Riemenschneider Madonna, das flämische Landschaftsbild und der Jugendstilleuchter.‘ Es kamen so Floskeln wie ‚Ich freue mich, wenn wir uns wieder sehen und einen gemeinsamen Abend verbringen.‘ - Später habe ich mir die betreffenden Auktionskataloge angesehen und festgestellt, dass in unserer Buchhaltung tatsächlich wesentlich höhere Beträge ohne Berücksichtigung von allfälligen Spesen verbucht wurden, denn der Direktor König hat den Zuschlagspreis kodiert ausgewiesen. Er wusste

nicht, dass ich ihn kenne. Diese Fakten habe ich ihm vorgehalten, er stritt alles ab und zu guter letzt wurde ich mit sofortiger Wirkung gekündigt."
„Wo liegen die Auktionskataloge? Wie kann ich an sie herankommen, wenn das Haus geschlossen ist? Und wie lautet der Zifferncode?"
„Das wäre kein Problem, ich müsste Agata fragen, ob sie Sie als aushelfende Raumpflegerin mitnehmen kann, der Code ist ZIEGNBARTS, Z=1 und S=0, für 3.600 steht folglich EBSS."

Nachdem die Schlussbesprechung der Steuerprüfung zu Ende war und Christine mit Herrn König allein war, legte sie ihm die gesammelten Beweise mit den Worten vor: „Herr König, Sie wollten ja, dass ich mir Unterlagen ansehe. Nun, was sagen Sie zu diesen?" Der gute König bekam einen roten Kopf, schnaubte und schon brüllte er los.
„Wie kommen Sie zu diesen Unterlagen, was erlauben Sie sich, das ist eine Frechheit und was halten Sie mir vor? Das sind alles Spesen oder glauben Sie, ich zahle irgendetwas aus meiner Kasse, wenn ich für die Firma unterwegs bin?"
„Über die will ich vorerst nicht sprechen. Aber darüber", Christine griff in die Ordner und legte ihm diverse Belege über Einkäufe von Auktionen vor.
„Was soll das, das sind die angekauften Stücke."
„Ja, aber bei allen haben Sie den Auktionszuschlagspreis um zehn Prozent für eine fingierte offizielle Rechnung erhöhen lassen. Diese manipulierten Rechnungen ließen Sie von Ihren diversen Helfern für die Buchhaltung ausstellen. Sie haben die nötigen Summen für die Einkäufe auf ein – fingiertes - weiteres Konto anweisen lassen, und die dortige Buchhalterin bzw. Ihre Komplizin hat die Beträge für die einzelnen Gegenstände laut dem ursprünglichen Zuschlagspreis, also der offiziellen Rechnung, verbucht. Alle Überweisungen tragen Ihre Unterschrift und auf dem fingierten Konto sind die Namen Ihrer Helfer ersichtlich, da diese zeichnungsberechtigt sind. Der Rest, also Ihre zehn Prozent, wurde geteilt. Vier blieben beim Helfer und den Rest überwies man auf Ihr Privatkonto." Christine legte ihm seine Kontoauszüge vor, welche sie in seinem Schreibtisch gefunden hatte. „Sie fühlten sich ja so sicher, aber ihre Machenschaften dürften das Unternehmen doch einiges gekostet haben. Also werde ich dies Dr. Francini mitteilen, und dieser würde die ganzen Jahre aufrollen lassen und gerichtliche Untersuchungen für Ihr Privatkonto beantragen. Über welche Summe sprechen wir? Ich warte."
„Das ist eine Unverschämtheit, ich werde Sie anzeigen wegen Einbruch in meinen Schreibtisch."
„Herr König, der Schreibtisch gehört der Firma, in diesem sollte außer Unterlagen, die die Firma betreffen, nichts anderes aufbewahrt werden, oder irre ich mich?"
„Aber die Lade war abgesperrt, das ist Einbruch."
„Wobei in dieser die belastenden Unterlagen waren. Ich musste sie öffnen, es konnten ja wichtige Unterlagen, die Firma betreffend, in dieser sein. - Herr König, ich mache Ihnen einen Vorschlag. Sie kündigen aus gesundheitlichen Gründen und wir zeigen Sie nicht wegen Betruges an. Ich teile Ihre Entscheidung dem Stammhaus mit und keiner wird je etwas erfahren. Was halten Sie von meinem Vorschlag?"
„Das würden Sie wirklich für mich tun?"
„Nun, für dieses Entgegenkommen sollten Sie mir aber eine angemessene Summe aus Ihren privaten Geschäften bar zukommen lassen. Was halten Sie davon?"
„Sie sind verrückt."
„Nennen Sie es wie sie wollen, ich will jetzt eine Antwort und eine Zahl, die es mir leicht macht, Ihre Geschäfte nicht in Rom offen zu legen. Sie ersparen sich eine Anzeige und eine gerichtlichen Verurteilung."
„Habe ich bis morgen Bedenkzeit?"
„Nein, Sie haben keine, denn ich rufe jetzt an."
Christine ergriff das Telefon und wählte. Als er hörte, dass sie Dr. Francini verlangte, drückte er die Gabel des Hörers, um das Gespräch zu unterbrechen.
„Was halten Sie von 3.000 DM?" fragte sie Herr König.
Christine konterte frech: „Muss ein einträgliches Geschäft in all den Jahren gewesen sein."

„Das nicht, aber Sie erpressen mich. Wenn Sie mich nicht anzeigen, würde ich den Betrag schweren Herzens zahlen."
„Ach, Sie Armer."
Das Telefon schellte, die Sekretärin teilte Direktor König mit, dass Dr. Francini Frau Könytvar wünsche. Er wurde blass. „Guten Tag, Herr Dr. Francini, sie ist momentan nicht im Zimmer. Es ist alles bestens, die Nachforderungen halten sich im Rahmen. Ihre Idee, die Buchhaltung generell ins Stammhaus zu verlegen, halte ich für eine gute Entscheidung. Darf Frau Könytvar später zurückrufen, wir sind noch in einer Besprechung. Danke und auf bald." Bei dem Gespräch hatte Direktor König von blass auf rot gewechselt und Schweißperlen standen ihm auf der Stirn.
„Also, Herr König, Ihre Entscheidung … Wenn ich später anrufe, werde ich Ihre Kündigung mitteilen oder aber dem Dr. Francini die Augen über Sie öffnen."
„Ich werde aus gesundheitlichen Gründen kündigen."
„Ein weiser Entschluss. Aber wir beide sind noch nicht fertig, denn ich will für mein Schweigen 7.500 DM oder in Ihrer Sprache ANSS und ich denke, dass Sie die Firma in den zehn Jahren um ein Vielfaches betrogen haben. Ein faires Angebot, und ich will das Wort Erpressung aus Ihrem Munde nicht hören. Kann ich nun anrufen und Ihren Entschluss mitteilen?" Jetzt konnte man sehen, dass aus dem arroganten König ein Häufchen Elend geworden war.

Christine bestieg, mit Stolz geschwellter Brust und dem Schweigegeld, den Flieger nach Italien. Sie hatte mit Dr. Francini vereinbart, dass es für alle Häuser nur mehr einen Einkäufer mit entsprechenden Kenntnissen geben sollte und dieser sich mit ein oder zwei Mitarbeitern, welche jedenfalls Kunst studiert hatten, umgeben sollte. Somit würde man sich in Hamburg und Wien die teuren Direktionsposten sparen und nur mehr einen geeigneten Geschäftsführer benötigen. Dr. Francini war von Christines Arbeit und deren Vorschlägen so begeistert, was dazu führte, dass er sie zur Leiterin der neu zu gestaltenden Buchhaltung ernannte.

Nach Tagen rief sie Rüdiger von Hagenberg von ihrem neuen Büro aus an, der ihr mitteilte, dass es ihrer Ines sehr gut gehe. „Sie ist bei einer Familie Fritsch-Mader und die vergöttert deine Ines. Dies habe ich über Umwege in Erfahrung gebracht. Du musst dir keine Gedanken machen, und ich glaube sogar, dass sie es dort wesentlich besser getroffen hat als auf dem Gut - sie wird von dem Ehepaar geliebt."
„Was weißt du sonst noch?"
„Sie sind reich, leben in einer prachtvollen Villa mit Park und Zugang zum See. Also hat deine Tochter dort ein einmaliges Zuhause. Außerdem wollen sie Ines adoptieren, jedoch scheitert dies an deinem fehlenden Einverständnis. - Mir geht es gut, Lucia ist eine sehr hartnäckige Verehrerin."
„Und eine fabelhafte Liebhaberin. Wenn du mit ihr glücklich bist, nimm sie dir. Geld zu Geld, da verlierst du nichts, und sie ist ja nicht hässlich."
„Christine, willst du mich loswerden?"
„Rüdiger, sei nicht kindisch, ich würde mich für dich freuen und vergiss nicht, mich zur Hochzeit einzuladen, das bist du mir schuldig. Das darfst du ihr natürlich nicht sagen, aber während sie entführt wird, treiben wir es."
„Christine, du kannst es nicht lassen, Lucia eines auszuwischen. Allerdings sprichst du eventuell über meine zukünftige Frau und der werde ich treu sein, also bemühst du dich umsonst."
„Wir werden ja sehen, wie sich das zwischen euch entwickelt. Danke, du hast was gut bei mir, Rüdiger. Wir hören uns und ciao."
Es ist sehr beruhigend, Ines ist gut aufgehoben, das freut mich, also brauche ich mir keine Sorgen mehr zu machen. Wenn Rüdiger meint, dass sich die Leute um eine Adoption bemühen, müssen sie meine Ines sehr lieb haben. Ob ich sie zur Adoption freigeben werde, weiß ich nicht.

*

Bernhard hatte tatsächlich mit Dorothea Gassmeier eine Schiffsreise angetreten. Isabell nützte die Gelegenheit, um mit dem Doktor mehr Zeit zu verbringen und lebte förmlich unter seiner Fürsorge auf.

Delia hatte sich schön langsam an Justus gewöhnt und konnte diesem ohne weiche Knie begegnen. Umso überraschter war sie, als er bei einer Lesung auftauchte. Es dauerte eine geraume Weile, bis sie in der gewohnten Art vortragen konnte. Bei der ersten Gelegenheit beschwerte sie sich bei ihm, dass er nicht wisse, welch ein Chaos er in ihr ausgelöst hatte mit seinem Erscheinen. „Ich hatte Mühe, mich auf das Lesen zu konzentrieren." „Frau Agatakis, es war wunderbar, Ihrer Stimme zu lauschen. Aber Sie müssen auch mich verstehen. Sie gehen mir aus dem Weg, versuchen Ihre Termine so zu legen, dass ich außer Haus bin, vergessen aber, dass ich der neue Eigentümer bin. Ich kann es mir nicht leisten Sie zu verlieren, also gibt es nur eine Möglichkeit, die Sache zu bereinigen. Aus diesem Grund habe ich für uns einen Tisch bestellt, denn Sie sollen endlich merken, ich bin nicht Ihr Idol."

Da saß sie ihm nun gegenüber und er versuchte über alles Mögliche zu sprechen, um die Situation aufzulockern, was ihm mit der Zeit gelang. Als sie beide zu ihren Zimmern gingen, nahm er sie auf dem leeren Flur in den Arm und küsste sie. Delia war so perplex, dass sie vorerst nicht reagierte, ihm aber Sekunden später eine Ohrfeige gab. Er hielt ihre Hände fest und meinte: „Nun sollten Sie endlich wissen, dass ich nicht der bin, für den Sie mich halten. Ihre Ohrfeige bestätigt mir dies, denn Ihrem Idol gegenüber hätten Sie nicht so reagiert. Ich hoffe, damit sind Sie nun endgültig geheilt und wir können wie zwei normale Menschen miteinander umgehen. Gute Nacht", und er ließ die verdutzte Delia stehen.

In ihrem Zimmer war sie noch immer aufgewühlt. Seinen Kuss hatte sie im Unterbewusstsein sehr genossen, und tatsächlich sah sie in ihm nun einen Mann, der ihr gefährlich werden konnte, so sehr hatte ihr Körper reagiert.

Beim Frühstück wurde ihr mitgeteilt, dass Herr Justus von Burghausen bereits sehr früh das Hotel verlassen hatte, und man reichte ihr ein Kuvert. Delia, traute ihren Augen nicht, da stand –

Frau Agatakis, ich bitte Sie um Entschuldigung für mein Benehmen, aber seit dem ersten Moment, als ich Sie sah, war ich von Ihnen fasziniert, so wie Sie perplex waren, als wir uns das erste Mal gegenüberstanden und Sie dachten, ihr Schwarm Oskar Werner stünde vor Ihnen. Nun denke ich, dass wir beide vernünftig genug sind und unseren Ausflug in die Illusion heil überstanden haben und einer gemeinsamen Arbeit nichts mehr im Wege stehen wird, Justus

Wenn der wüsste, dass ich von ihm geträumt habe. Schrecklich, was er in mir ausgelöst hat.

*

Delia musste auf dem Gut für einige Zeit die Kontrolle über die verarbeitenden Betriebe übernehmen, denn Isabell war mit Siegfried nach Verona zu den Opernfestspielen unterwegs. Ganz wohl fühlte sie sich dabei nicht. Isabell kannte seit Jahren die verschiedenen Betriebe und hatte sich ihr Wissen kontinuierlich erworben. Ihre Kompetenz war umfassend, und wenngleich sie Delia immer wieder um ihre Meinung gefragt hatte, waren alle Letztentscheidungen stets bei ihr gelegen. Aber es gab keinen Grund zur Sorge. Sie war in den Augen der Leute die neue Herrin und wurde als diese akzeptiert. In der Käserei wollte Agnes von ihr wissen, was Delia am Geschmack der neuen Käsesorte störte. „Wie kommen Sie darauf?"

„Ich sah Ihnen an, dass Sie mit dem Geschmack nicht einverstanden sind, obwohl Frau von Föhrenwald diesen als gut befand."

„Mir ist er etwas zu wenig würzig, ich finde, er könnte etwas mehr nach den Kräutern schmecken."

„Wir machen einen neuen Versuch und ich schicke Ihnen die Probe, oder wenn es Ihre Zeit erlaubt, kommen Sie gegen 15 Uhr, bis dahin kann ich die neue Mischung vorbereiten."

„Wegen mir müssen Sie nichts ändern."

„Natürlich, ich finde ja auch, dass er etwas mehr von den Kräutern vertragen kann, wir machen den Versuch."

Beim Fleischer wurde sie auf ganz frische heiße Grammeln eingeladen, die sich Delia schmecken ließ. „Ich wusste nicht, dass wir die im Sortiment haben."

„Haben wir auch nicht, Frau von Föhrenwald, aber wir machen immer welche für uns, wenn wir Schlachttag haben. Die Grammeln sind Zutaten für die harten geselchten Würste."

Überraschend lief ihr Christoph über den Weg.

„Hallo, du bist in Gedanken, ich habe dich schon gerufen. Kommst du vom Fleischer?"

„Entschuldige, aber ich dachte gerade daran, dass dies später zu meinen Aufgaben gehören wird. Sag, wusstest du, dass heute Schlachttag ist?"

„Ja, warum?"

„Ich habe gerade frische Grammeln gegessen. Ludwig sagte, dass Sie immer für den Eigenbedarf Grammeln machen."

„Da schaue ich vorbei, denn es gibt nichts Köstlicheres als heiße Grammeln. Kommst du mit?"

„Nein, ich hab schon gekostet. Sie verständigen mich, wenn es wieder welche gibt."

„Delia, willst du am Nachmittag mit mir ausreiten? Ich müsste mich mit dem Förster beim Sauwald treffen. Er meint, wir sollten einige Bäume schlägern, es ist momentan ein guter Preis zu erzielen. Das Gespräch wird nicht lang dauern, und so könnten wir dies gleich mit einem Ausritt verbinden."

„Gern, ruf an, wenn du soweit bist."

Delia wusste gar nicht, was für gewaltige Bäume im Wald standen.

„Diese schönen Bäume willst du fällen lassen?"

„Dazu sind sie ja da, und wenn der Preis stimmt, werden eben einige gefällt."

„Was macht man aus diesen geraden Stämmen? Die sind aber nicht zum Verheizen?"

„Nein. Im ersten Schritt wird der Stamm an den Seiten begradigt, das ist Abfall. Danach werden unterschiedlich dicke Bretter geschnitten, bis die gewünschte Größe eines Balkens übrig bleibt. Dieser wird für die Tramdecken wie im ‚Gasthaus zur Traube' verwendet oder für Dachstühle."

*

Christoph war seit Tagen verzweifelt, es regnete und regnete, dabei sollten auf den Kornfeldern die Dreschmaschinen fahren. *Wenn es so weiterregnet, wird es einen großen Ernteverlust geben.* Als es endlich aufhörte, musste man warten bis der Boden sich gefestigt hatte, erst danach konnte man mit den schweren Geräten aufs Feld fahren. Das Positive war, dass die Tage sehr sonnig waren und ein leichter Wind das Trocknen beschleunigte. Der erzielte Preis war natürlich nicht wie im Vorjahr, so dass doch finanzielle Einbußen verkraftet werden mussten. Dabei hatte Christoph in diesem Jahr größere Flächen für Getreide verwendet, aber der Regen hatte ihm seinen Plan zunichte gemacht. Dafür waren die Preise für das Schlachtvieh heuer besonders gut.

Isabells Schwestern machten mit ihren Familien wieder Ferien auf dem Gut. Mit dem Gedanken an ihren Vater freute sich Isabell wie immer darüber. Günther hatte sich die Worte von Bernhard zu Herzen genommen. Immer wenn Gelegenheit war, erzählte er Isabell von den Träumen der Kinder, vergaß dabei nicht ihr zu sagen, dass sie mit ihren vielen Wünschen das angespannte Budget der Familien belasteten. Isabell hatte den Schwestern eine größere Summe übergeben, damit die Kinder ihren anderen Hobbys außer dem Reiten nachgehen konnten. Die Mädchen wollten im Herbst rhythmischen

Tanz lernen, Florian eine Musikschule besuchen, um Klarinette zu lernen und Karl-Heinz interessierte sich für Judo.
Die Reitgäste gehörten in der schönen Jahreszeit zum alltäglichen Anblick und die Zimmer waren immer gut ausgelastet.
Christoph und Delia widmeten viel Zeit ihrem Magnus. Es war eine Freude, wie er sich entwickelte. Natürlich war er von den Pferden am meisten begeistert. Beate war sehr oft mit ihm bei den Koppeln und er quietschte förmlich, wenn Tiere sprangen oder dahingaloppierten.

Die Einladungen für das bevorstehende Erntedankfest waren verschickt. Esmeralda sagte ihr Kommen zu. Christoph freute sich jedoch besonders, dass vom schottischen Gut, wo er gearbeitet hatte, deren Sohn Ainsley mit seiner Frau und ihrem Sohn ebenfalls zugesagt hatten. Er erläuterte Delia: „Der Name Ainsley kommt aus dem Gälischen, seine Eltern haben diesen gewählt, weil er einen Bezug zu ihrem Besitz hat. Er heißt übersetzt ‚meine eigene Weide oder Lee`.“

Christoph und Delia erwarteten Ainsley und seine Familie in der Ankunftshalle des Flughafens. Es war ein Hallo, als sich die alten Freunde trafen. Christoph wirkte etwas verwirrt, als ihm Ainsley seine Frau Cameron vorstellte. *Das ist seine Frau? Cameron kenne ich nur allzu gut. Sie hat sich auch nichts anmerken lassen, dass wir uns kennen.* Delia hieß die Gäste ebenfalls willkommen.

*

Sophie erschien ganz aufgeregt. „Frau von Föhrenwald, Ihr Gatte hat angeordnet, in seiner Abwesenheit seine Räume einer gründlichen Reinigung zu unterziehen. Eben haben wir die schweren Seitenteile herunter genommen und dabei ist mir dieser Brief in die Hände gefallen. Ich wollte ihn nicht lesen, aber als mein Blick auf die Namen fiel, konnte ich nicht anders. Es ist skandalös, was hier geschrieben steht. Sie sollten es lesen“, und sie hielt Isabell das Schreiben hin.
„Sophie, was soll das und warum sind Sie so aufgeregt?“ Isabell las den Brief und konnte nicht glauben, was da stand. Ihre angeblichen Schwestern waren nicht die Kinder ihres Vaters und Bernhard wusste dies schon über ein Jahr lang. *Er hat die Vaterschaft hinter meinem Rücken abklären lassen und mir über den Ausgang nichts gesagt. Im Gegenteil, er hat sich daran ergötzt, dass ich ein schlechtes Gewissen hatte und alles tat, damit es den Schwestern mit ihren Familien gut geht. Das war also seine Rache an mir. Den Brief sollte ich Christoph und Delia zeigen.*
„Sophie, zu niemanden ein Wort, oder weiß schon jemand von dem Brief?“
„Nein, ich habe ihn an mich genommen, bevor ihn Angela und Wilma sehen konnten.“
„Danke, Sophie, Sie haben wie immer sehr umsichtig gehandelt.“

Christoph war über diesen Sachverhalt mehr als betroffen. „Ich kann nicht glauben, dass Vater so voll Bosheit ist, dir dies zu verschweigen und sich freut, wenn du zusätzlich zu den Ferienaufenthalten der Familien den Kindern Sparbücher und Geld zukommen lässt oder wie zuletzt für ihre Hobbys zahlst.“
„Christoph, sie wissen es genauso so wenig wie wir es bis jetzt wussten, also du kannst ihnen keinen Vorwurf machen.“
„Mutter, so sehe ich das nicht. Zumindest Einer hat es gewusst und dir immer erzählt, was sich die Kinder so wünschen, oder?“
„Du hast Recht, Günther war es, der immer irgendetwas erwähnte, damit ich Bescheid weiß. Aber ich glaube nicht, dass Grete und Karoline eingeweiht waren. Ich muss mir überlegen, wie ich am besten ohne Gesichtsverlust aus der Sache rauskomme, denn weiterhin werde ich nicht die edle Spenderin sein. - Delia, du sagst ja gar nichts.“
„Isabell, was soll ich sagen? Dein Mann hat dich zum zweiten Mal hintergangen, von seinen Affären will ich gar nicht reden. Du selbst musst dir überlegen, wie deine Zukunft mit ihm aussehen soll, nachdem er dich wiederholt hinters Licht geführt hat.“
„Delia, das sind harte Worte, aber eigentlich hast du Recht. Ich muss eine Entscheidung treffen.“

„Mutter, du hattest immer vor Augen, ein Unrecht deines Vaters irgendwie gut zu machen. Nun hast du keinen Grund mehr, und du wirst das Richtige tun."

*

Esmeralda traf nicht wie all die anderen auf dem Gut ein, nein, sie erschien. Als Delia aus dem Gutshaus trat, dachte sie sofort: *Das kann nur Esmeralda sein.* Und schon kam diese auf Delia zu.

„Sie sind Delia", umarmte und küsste sie. „Wo ist Ihr Mann, der begabte Maler?"

Delia war etwas überrumpelt, aber Esmeralda sprach schon weiter. „Wissen Sie eigentlich, welch einen Rohdiamanten Sie zum Manne haben, der würde als Maler auch sein Geld verdienen. Aber das Wenige, was ich bis jetzt vom Gut gesehen habe, macht schon einen prächtigen Eindruck."

„Ich heiße Sie auf Gut Reichental sehr herzlich willkommen. Mein Mann ist mit unseren schottischen Gästen auf dem Gut unterwegs. Darf ich Ihnen Ihr Zimmer zeigen?"

Als sie die Halle betraten, trafen sie auf Isabell.

„Darf ich Ihnen Christophs Mutter, Frau von Föhrenwald, vorstellen?"

„Es freut mich, Christophs Mutter kennen zu lernen", und Esmeralda küsste diese ebenfalls. Isabell wirkte etwas widerstrebend. Esmeralda hatte die Irritation der Frauen bemerkt und sagte sogleich: „Wir Künstler sehen die Welt nicht so streng, eher zwanglos, dafür aber herzlich. Wenn Ihr begabter Sohn unter Künstlern aufgewachsen wäre, würde Ihnen das kaum fremd vorkommen. Zu Delia sagte ich bereits, welch eine Begabung in Christoph steckt. Solche Bilder zu malen ohne eingehendes Studium, finde ich faszinierend."

„Wir haben seine Bilder nicht vor der ersten Ausstellung gesehen. Wir wussten zwar, dass er sich gerne in sein Atelier zurückzieht, aber es ist sein Reich."

„Ich bin schon gespannt, was er in der Zwischenzeit gemalt hat. Diese Halle würde sich für eine Ausstellung sehr eignen."

„Ich denke nicht, dass mein Sohn dies auch so sieht."

„Frau von Föhrenwald, ich bin wie jeder andere Gast eingeladen mit Ihnen und Ihrer Familie auf Ihre Kosten das Erntedankfest zu feiern. Ich bin überzeugt, wenn Ihr Sohn gleichzeitig seine Bilder ausstellt, wäre das eine Gelegenheit, bei der viele Gäste ein Bild erwerben werden. Sie können sich auf mein Urteil verlassen. Ich mache das schon, ich kenne mich aus."

„Nun, Sie sind ja Feuer und Flamme, wenn es um die Bilder meines Sohnes geht, die Idee hat etwas für sich. Was meinst du Delia?"

„Christoph hat ja auch geschwärmt, als er von Hamburg zurückkam, wie Frau Esmeralda das alles so managt. Aber ohne Einwilligung meines Mannes ist eine Idee bleiben. - Darf ich Ihnen nun Ihr Zimmer zeigen? Wenn Sie sich frisch gemacht haben, müssen sie mit Ihrem Auto in den Wald fahren, um zu uns zu gelangen. Wir wohnen nicht im Gutshaus. Inzwischen wird Christoph auch vom Ausritt zurück sein."

Warum war ich eifersüchtig, sie ist vieles älter als ich und ihre besitzergreifende Art war der Grund dafür, dass Christoph nicht anders konnte, als ihr Angebot anzunehmen, bei ihr zu logieren. Aber sie versteht es, Menschen zu begeistern und ihr Urteil über meinen Christoph freut mich.

Auf dem Rückweg ging sie noch schnell in Isabells Zimmer. „Isabell, was hältst du von ihr?"

„Sie wirkt sehr kompetent, eigentlich so wie Christoph sie beschrieben hat. Nach allem, was er erzählt hat, dürfte sie mit ihrer Galerie recht erfolgreich sein. Sie hat schon Recht, wenn sie meint, wir laden ein, dies im Gegenzug mit dem Verkauf von Christophs Bildern zu verbinden, finde ich überlegenswert, so würde wenigstens Christoph profitieren."

*

Tage später traf Christine Verena im hauseigenen Bistro. „Hallo, Fräulein Schimmelpflug, ich hatte noch keine Gelegenheit mich für mein Verhalten bei unserem gemeinsamen Flug zu entschuldigen. Es war nicht mein Tag. In Hamburg erwartete mich eine sehr schwierige Aufgabe, die ich für unser Stammhaus zu erledigen hatte. Es hing viel für

mich von einem positiven Ausgang ab, daher war ich nicht gesprächig. Sie sagten damals, Sie kommen auch aus Österreich?"
„Ja."
„Was führt Sie nach Rom?"
Verena erzählte über den Verlust ihrer Mutter, dass diese auch Kunst studiert hatte. „Wir haben das gleiche Schicksal, auch ich habe meine Eltern verloren. Und wieso Rom?"
„Das Auslandsstudium war Mamas Idee, zwischen Paris und Rom sollte ich entscheiden. Da mein Italienisch wesentlich besser ist, wurde es Rom."
„Und was wollte ihr Vater?"
„Ich habe meinen Vater erst nach dem Tod meiner Mutter kennen gelernt."
„Wieso denn das?"
„Das ist eine lange, private Geschichte."
„Ich wollte nicht unhöflich sein, doch Sie erwähnten, dass Sie Ihren Vater erst jetzt trafen. Wie ist das, wenn man ihm das erste Mal gegenüber steht?"
„Ich weiß nicht, was ich mir erwartet habe, aber seine Frau ist eine Lady, er dagegen wirkt wie der Gutsbesitzer in diversen Filmen."
„Das verstehe ich nicht."
„Nun, er sieht nicht nur so aus, sondern ist tatsächlich ein Gutsbesitzer."
„Da haben Sie ja einen reichen Vater, denn Gutsbesitzer sind in der Regel sehr vermögend, das weiß ich von meinen Beruf."
„Es tut mir leid, aber meine Pause ist um, auf Wiedersehen, Frau Könytvar."
„Wenn Sie Lust haben, könnten wir doch abends etwas unternehmen, zwei einsame Österreicherinnen sollten zusammenhalten, und entschuldigen Sie nochmals mein Verhalten beim Flug."

Christine hatte Verena als Wiedergutmachung eingeladen mit ihr zu speisen. Nun saßen sie auf der Terrasse von Christines Lieblingslokal und hielten die Speisekarte in Händen. Christine merkte, dass sich Verena etwas unsicher fühlte und sagte zu ihr: „Suchen Sie sich aus, worauf Sie Appetit haben, Sie sind ja mein Gast."
„Das kann ich nicht annehmen, ich werde mir nur einen Salat nehmen, den kann ich selbst bezahlen. Ich wüsste auch nicht, warum Sie mich auf ein so teures Essen einladen sollten. Wir kennen uns kaum und wegen der angespannten Situation bei unseren Flug haben Sie sich schon entschuldigt."
„Ich dachte, Sie sind es von Ihrem Vater gewöhnt ausgeführt zu werden."
„Außerhalb des Gutes war ich noch nie mit Vater essen. Auf dem Gut gibt es ja alles, wobei ich keine große Esserin bin. Von woher kommen Sie eigentlich?"
„Zum Schluss aus der Linzer Umgebung und vorher aus dem Raum Salzburg. Woher kommen Sie und wo ist das Gut Ihres Vaters? In Österreich gibt es einige."
„Ich habe eine Wohnung am Stadtrand von Graz und das Gut heißt Reichental."
„Ich dachte Föhrenwald, es gehört doch der Familie von Föhrenwald? Dann wären Sie die uneheliche Tochter vom alten Föhrenwald. Das Gut liegt nördlich von Linz."
„Kennen Sie etwa meinen Vater?"
„Nein, mir ist der Name des Gutes und dessen Besitzer beruflich schon untergekommen. Außerdem hört man, es hat dort jemand ein Baby für Ihren Vater abgegeben. Wissen Sie darüber Bescheid?"
„Nicht für meinen Vater, sondern für seinen Sohn Christoph, der gar nicht der Vater des Kindes ist. Das Kind wurde vom Jugendamt an eine Familie weitergegeben, die eine Privatklinik betreibt. Aber wieso wissen Sie das mit dem Kind?"
So ist das, seiner Tochter gegenüber hat er behauptet, das Kind sei von Christoph, das ist typisch für Bernhard. „Verena, Sie kennen das sicherlich auch, sowas macht immer die Runde und in den Kreisen, wo ich beruflich verkehre, war das kürzlich Gesprächsstoff." *Sie hat von meiner Verbindung zu den Föhrenwalds keine Ahnung, denn spätestens jetzt hätte sie darauf kommen können, also wurde mein Name am Gut nicht erwähnt. Ich werde Rüdiger anrufen, er soll mir die Adresse der betreffenden Familie ausfindig machen, denn so viele Privatkliniken in der Gegend von Linz gibt es sicherlich nicht.* „Sie haben Recht, Frau Könytvar, bei solchen Sachen lebt der Tratsch. Ich habe gehört, Sie sind die neue Leiterin der Buchhaltung, man hält sehr viel auf Sie."

„Verena, wenn man in seinem Beruf sehr gut ist, bekommt man sicherlich eher eine Chance. Wenn Sie Kunst studieren und sich auf spezielle Gebiete spezialisieren, wird es leichter sein, oder fallen Antiquitäten sowieso in Ihre Richtung?"
„Ich möchte Einkäuferin für eines der berühmten Auktionshäuser werden. Dass ich hier bin, liegt auch daran, dass die Uni und mein Zimmer in der Nähe sind."
„Man kann auch hier viel lernen, man muss sich halt für alles interessieren, hin und wieder in Katalogen schmökern und das nötige Grundwissen für das eine oder andere sich aneignen. Ich habe mir das italienische Steuerrecht erarbeitet, und es hat sich ausgezahlt."
„Ich arbeite ja nur mehr einige Tage voll hier, und nach den Ferien wieder stundenweise nebenbei zur Uni. Die letzten Ferientage werde ich bei meinem Vater auf dem Gut sein. Seine Freude wird sich wie immer in Grenzen halten, aber ich kann reiten und lebe umsonst. Seine Frau ist nie glücklich, wenn ich dort bin, denn ich bin der lebende Beweis für die Untreue ihres Mannes."
„Ich dachte, Sie sind hier als eine Art Praktikantin angestellt?"
„Nein, ich muss im Monat 15 Stunden arbeiten, aber in den Ferien war ich täglich hier, das bekomme ich natürlich extra bezahlt. Die Arbeit macht mir Spaß und man gibt mir die Möglichkeit, mich neben meinem Studium mit der Materie Antiquitäten zu beschäftigen. Am Objekt und mit der dazugehörigen Literatur lernt man am schnellsten."
„Also verlassen Sie uns in den nächsten Tagen und ärgern mit Ihrer Anwesenheit Ihre Stiefmutter. Wieso sagten Sie, die Freude Ihres Vater hält sich in Grenzen?"
„Er jammert herum, wenn ich ihn um Geld ersuche. Er behauptet, er bezahlt sowieso genug für mich, ich soll mich einschränken. Er hat mir erklärt, wenn ich in Österreich in der Umgebung der Wohnung auf eine Uni gegangen wäre, müsste er nicht zusätzlich in Italien ein so teures Zimmer bezahlen. Ich erzähle Ihnen das ja bloß, weil Sie meinten, Gutsbesitzer seien vermögend. Vielleicht hatte er mehr Geld, als er das Gut noch führte. Man hat ihm alles weggenommen und sein Sohn hält ihn sehr knapp."
„Verena, ich glaube nicht, dass er so arm ist wie er tut, aber er hatte früher schon den Ruf eines sehr reichen Lebemannes, und nun muss er sich einschränken, nachdem er nur über das offizielle Geld verfügt."
„Was wollen Sie damit sagen?"
„Jeder Geschäftsmann kann sich das eine oder andere Geld abzweigen, wenn er weniger erklärt es tatsächlich einnimmt. Mir können Sie glauben, ich kenne mich da bestens aus. Nun hat er aber diese Möglichkeit nicht mehr und somit verfügt er nur über das offizielle Geld. Schauen Sie nicht so, das macht doch jeder, wenn er kann. Nehmen wir an, Sie kaufen sich ein teures Kleid um 700 Schilling. Für die Buchhaltung bzw. auf der Durchschrift des Kassabons steht ‚fehlerhaft' und der Betrag wird auf 450 Schilling reduziert. Also steckt der Kaufmann die Differenz in die eigene Tasche."
„Das wusste ich nicht. Sie glauben, dass mein Vater so das eine oder andere Mal so zu Geld gekommen ist, deswegen ist er doch kein schlechter Mensch?"
„Das, Verena, habe ich nicht behauptet."

*

Esmeralda hatte Christoph, nachdem er vom Ausritt zurückgekommen war und sie sich sehr herzlich begrüßt hatten, sofort ihre Idee mit den Bildern unterbreitet.
Auf seiner Terrasse saßen außer ihm Delia, Isabell und Ainsleys Familie, und alle lauschten den Worten von Ainsley, der sich nach dem Ritt über das Gut beeindruckt äußerte über Christophs Experimente mit den verschiedenen Getreidesorten. „Wir haben ein anderes Klima und einen anderen Boden, sind somit seit Generationen an bestimmte Sorten gebunden. Du aber hast dir auf Basis der Bodenbohrungen die Grundlage für solche Schritte geschaffen und wurdest dafür mit bestmöglichem Ertrag belohnt."
Bei der ersten Gelegenheit bestand Esmeralda darauf, dass alle ins Atelier gingen. Delia staunte, wie viele Bilder ihr Christoph schon wieder gemalt hatte. Esmeralda war ganz in ihrem Element. Sie konnte Christoph überzeugen, dass sowohl in der Halle als auch im Speisezimmer entsprechende Vorkehrungen getroffen würden, damit sie Christophs Bilder platzieren konnte. „Christoph, nutze diese Möglichkeit, deine Bilder euren vielen

Gästen zu zeigen. Ich bin sicher, dass sich der eine oder andere Besucher für ein Bild interessieren wird."

Esmeralda hatte wieder bewiesen, dass sie jedes einzelne Bild genau dort aufhängen ließ, wo es am besten zur Geltung kam. Obwohl die Räume nicht mit einer Galerie mithalten konnten, waren Delia und Isabell beeindruckt mit welcher Sicherheit Esmeralda die Bilder ins rechte Licht gerückt hatte. Christoph war von der Idee begeistert, denn nun konnte er seine Bilder das ganze Jahr über präsentieren.

Im großen Speisezimmer des Gutshauses fand das erste gemeinsame Abendessen vor dem morgigen Erntedankfest mit den bereits eingetroffenen Gästen statt. Esmeralda beobachte die Besucher und fand ihre Idee bestätigt, denn so ziemlich alle betrachteten die ausgestellten Bilder und gratulierten Christoph. Einige richteten während des Essens den Blick auf das eine oder andere Bild oder unterhielten sich darüber.

Spät abends tauchte noch Verena mit Sieglinde, ihrer Freundin seit Kindheitstagen, auf, die beide in Bernhards Wohnung übernachteten. Verena besuchte Gregor, um sich mit ihm zu vergnügen. Gregor zeigte ihr die kalte Schulter.
„Was soll das, ich habe mich so auf dich gefreut, bin ich dir nicht abgegangen?"
„Du hast dich ja die ganzen Monate hindurch auch nicht darum gekümmert, ob ich Sehnsucht habe. Ich habe es satt, von dir nur benutzt zu werden, wenn du hier bist. Die andere Zeit kann ich nur träumen und leiden."
„Gregor, es geht mir ja auch nicht anders. Ich dachte, du bist mein Freund."
„Ja, der wollte ich sein, aber ich bin dir weder einen Anruf noch einige Zeilen wert. Das ist mir zu wenig, und nun verlasse mein Zimmer."
„Gregor, du vergisst wer ich bin. Ich muss nur ein Wort zu meinem Vater sagen und du bist deine Stelle hier los, also mach kein Theater, komm ins Bett", und sie begann sich auszuziehen. Gregor verließ mit den Worten, „So habe ich mir das mit uns nicht vorgestellt", das Zimmer. Verena war so perplex, dass sie ihm fast nackt wie sie war nachlief und rief: „Das wirst du mir büßen, man lässt mich nicht einfach stehen." Aber Gregor hatte bereits das Haus verlassen. Verena zog sich an und suchte ihn im Stall, denn sie wollte Sex.
Gregor ärgerte sich. Er konnte sie nicht vergessen und nun, wo er sie endlich in den Armen halten könnte, war er weg gelaufen. Womit er nicht gerechnet hatte war, dass sie ihn im Stall suchte. Ohne Worte oder einen Vorwurf rissen sie sich die Kleider vom Leib und ließen sich ins Heu fallen.

*

Isabell bat die Zwillinge zu sich in ihre privaten Räume. „Meine Lieben, mein Mann und Günther haben sich hinter unseren Rücken biologisches Material von uns besorgt und einen Test wegen unserer möglichen Verwandtschaft durchführen lassen", und sie reichte ihnen den Brief. „Beachtet das Datum, er ist vom Vorjahr." Den Zwillingen standen Überraschung und Enttäuschung darüber deutlich ins Gesicht geschrieben. „Isabell, wie können wir das je wieder gut machen, was du alles für uns getan hast? Wir waren überzeugt, dass wir einen gemeinsamen Vater haben. Wir stehen natürlich tief in deiner Schuld und werden versuchen, dir einen Teil der Aufwendungen zurück zu zahlen. Die weiteren Warenlieferungen stell uns in Rechnung, denn auf die Köstlichkeiten wollen wir in Hinkunft nicht verzichten."
„Ihr seid mir nichts schuldig, ich tat alles, weil ich der Überzeugung war, dass sich mein Vater um eure Mutter hätte kümmern müssen und ich sein Versäumnis nachträglich gut machen wollte. Das Ärgerliche an dem Brief ist die Tatsache, dass Bernhard, Günther zu seinem Komplizen gemacht hat, um mit seiner Hilfe die Auswirkungen meines Wiedergutmachungsbestrebung zu genießen. Wann immer ihr wollt, könnt ihr kommen. Über die Preise werden wir uns schon einig. Es liegt an euch, ob wir unsere Freundschaft aufrecht halten, an mir wird es sicherlich nicht scheitern."
Auf dem Weg zu ihren Familien waren die Schwestern mit ihren Gedanken beschäftigt, bis Karoline sagte: „Grete, sag mir, was ich mit meinem Mann tun soll. Ihm allein haben

wir es zu verdanken, dass diese außergewöhnliche Zeit auf diesem Gut nun zu Ende ist, und das alles, weil ich einen Blender von Mann geheiratet habe. Er war wie besessen von der Idee, auf dem Gut zu leben und nicht mehr arbeiten zu müssen. Mir reicht es nun endgültig, die Kinder sind groß und ich kann uns allein durchbringen. Ich lasse mich scheiden."

„Dass du zornig bist, kann ich verstehen, aber wenn wir die Briefe nicht gefunden hätten, würdest du dich kaum von ihm trennen, oder? Es stimmt, es sind bei ihm immer die anderen an seinem verpfuschten Leben schuld. Aber das ist nichts Neues, und er ist doch zu dir und den Kindern immer zuvorkommend. Dieses Mal wird ihm Peter seine Meinung sagen, denn er hielt sich bisher immer wegen dir zurück. Es wird den ersten großen Streit geben zwischen unseren Männern. Günther tat ja immer so, als sei er etwas Besonderes, dabei ist er weder Anwalt noch Notar. Ich hoffe, der Streit wird unser gutes Verhältnis nicht trüben. Die Kinder sollen davon nichts mitbekommen. Aber glaub mir, es wird eine schwere Zeit werden."

„Grete, du hast mit allem Recht. Obwohl ich keinen Streit will, werde ich mich dieses Mal nicht vor Günther stellen, denn ich könnte ihn in meinem Zorn erwürgen. Nie wieder werden wir so schöne Stunden in den Ferien oder zu Weihnachten und Silvester erleben."

„Karoline, erinnere dich, als wir das erste Mal durch den Park fuhren, sagten wir ‚Wie im Film.' Nun ist er zu Ende und wir werden den Kinosaal verlassen und uns nach Hause begeben. Für die Kinder wird die Enttäuschung besonders groß sein."

*

Esmeralda, Delia, Ainsley und Christoph saßen allein auf der Terrasse. Ainsleys Frau hatte sich schon mit dem Kind zurückgezogen.

„Christoph, ich bin von deinem Gut begeistert, ich hätte mir nie träumen lassen, dass du in solch einem modernen Haus wohnst", sagte Ainsley.

„Ich wollte etwas Eigenes, nachdem ich mich mit Vater nicht so verstand."

„Aber, Christoph, wenn ich mir euren Besitz, den Park, das imposante Gutshaus so ansehe und mir vorstelle, dass der Gutsherr dort nicht wohnt, verstehe ich die Welt nicht", ergänzte Esmeralda.

„Hier sind wir mit unserem Sohn allein, fühlen uns wohl und solange Isabell und Bernhard dort wohnen, denken wir nicht daran ins Gutshaus zu ziehen. Wenn das mit der Reiterei weiterhin so gut läuft, werden wir später die Gäste auch im Gutshaus unterbringen müssen, denn im Meiereihof haben wir zu wenige Zimmer", erklärte Christoph.

„Christoph, du warst von meinem Besitz begeistert. Mein altes Steinhaus hatte es dir angetan und mir euer imposantes Herrenhaus. Diesem Gutshaus fehlt ein Familienwappen über dem Eingang, du hast es ja auch auf deinem Ring, es zeichnet dich als Gutsherr aus. Was meinst du, Ainsley, gehört das nicht zusammen?" wandte Esmeralda ein.

„Natürlich, allerdings, mein Freund und seine Frau haben andere Vorstellungen. Dieses Haus spiegelt den Geschmack von Christoph wieder, das darf man nicht vergessen."

„Das bestreite ich nicht, aber, jetzt ist er der Gutsherr und nicht nur mehr der Maler Christoph von Föhrenwald, deshalb sollte er im Gutshaus wohnen."

„Ich freue mich, dass euch mein Haus gefällt. Irgendwie habt ihr alle Recht, wie siehst du das, Delia?"

„Solange deine Eltern leben, sollten wir uns keine Gedanken machen, und wir werden ja sehen, falls wir wirklich unsere drei Wunschkinder bekommen, was dann ist."

„Christoph, deine Delia hat vollkommen Recht und sie hat den Weitblick für die Dinge. Du kannst dich glücklich schätzen, solch eine Frau an deiner Seite zu haben", sagte Esmeralda. „Morgen wird ein langer Tag, ich denke ich werde schlafen gehen."

Christoph hatte sich entschlossen, um den See zu laufen, da er am Vorabend von dem ausgezeichneten 20yo Single Malt Whisky, dem Geschenk von Ainsley, etwas zu viel getrunken hatte. Aber zu seinem Erstaunen traf er auf Cameron, die immer frühmorgens ihre Runden drehte.

„Guten Morgen, Cameron, ich wusste nicht, dass du Ainsley kanntest, geschweige, dass du seine Frau bist."
„Wer stieg ohne ein Wort zu sagen in den Flieger auf nimmer Wiedersehen? Ich suchte dich bei Ainsley und so lernten wir uns kennen. Von ihm erfuhr ich, dass dein Großvater gestorben war und du umgehend abgereist warst. Ich bin nicht bereit, weitere Worte darüber zu verlieren, denn ich hatte dich geliebt, Christoph." Sie ließ in stehen und lief weiter.

*

Das Erntedankfest fand bei strahlendem Sonnenschein statt und es wurde bis lange nach Mitternacht gefeiert und getanzt. Esmeralda stellte sich in einer Musikpause auf die Tanzfläche, ergriff das Mikrophon, bedankte sich bei Christoph und Delia für die Einladung zu dem gelungenen Fest. „Wie Sie ja an meiner Aussprache erkennen, bin ich keine Österreicherin, sondern komme aus Hamburg. Christoph und ich kennen uns, seitdem er in meiner Galerie seine Bilder ausgestellt hatte, das war für uns beide ein voller Erfolg. Meine kunstinteressierte Klientel war voll des Lobes für den Künstler. Nun habe ich Christoph dazu überredet, seine Bilder nicht im Atelier aufzubewahren, sondern in der Eingangshalle und im Speisezimmer des Gutes aufzuhängen. So hatten Sie die Möglichkeit, sich von seinem Können zu überzeugen. Für Sie alle ist dies eine einmalige Gelegenheit ein Bild zu erwerben. Ich als Galeristin kann Ihnen einen Kauf nur empfehlen, seine Bilder sind einzigartig und werden im Wert steigen. Christoph ist mit seinen Preisen noch zu bescheiden, in Hamburg kosteten seine Bilder bis zum Dreifachen. Ich stehe Ihnen neben Christoph mit meinem Fachwissen gerne zur Verfügung."
Isabell war nicht glücklich über Esmeraldas Rede. DDr. Habenichts legte den Arm auf ihre Schulter und sagte: „Mach dir keine Sorgen, eine blendende Rede, die versteht ihr Handwerk und jeder wird glücklich sein, ein Bild zu erwerben."
Isabell wollte antworten, doch er sagte: „Abgerechnet wird immer am Ende."
„Siegfried, was werden die Leute über uns denken, die werden ja förmlich gezwungen zu kaufen."
Am Ende des Tages war Christoph der glücklichste Mensch und bedankte sich bei Esmeralda. Isabell war stolz auf ihren Künstler.

*

Tage später kam die Nachricht von der Reederei, dass Bernhard von Föhrenwald und seine Begleitung, Frau Gassmeier, nicht mehr auf das Schiff zurückgekommen waren und man die örtliche Polizei davon in Kenntnis gesetzt hatte. Das Außenamt brachte in Erfahrung, dass Herr von Föhrenwald einen Geländewagen gemietet hatte und auf eigene Gefahr, ohne Begleitung einer ortskundigen Person, ins Hinterland zu den Wasserfällen gefahren war. Frau Gassmeier erzählte, als sie im tropisch-feuchten Wald zu Fuß unterwegs waren, sie plötzlich einen Schrei hörte und Bernhard kurz danach auf dem Waldboden liegen sah. Sie war starr vor Schreck, als sie die grüne Schlange sah, welche sich von seinem Kopf entfernte. Da er ohnmächtig war, schleppte sie Bernhard zum Wagen. Ohne Kenntnis des Weges fuhr sie lange in der Gegend umher, bis sie auf einen Wagen stieß, der die geschockte Frau zurück zur Straße lotste. Obwohl der Lenker die Situation erkannte und die Rettung verständige, kam jede Hilfe zu spät.

Bernhard wurde unter großer Anteilnahme in der Familiengruft beigesetzt. Besonders Verena sah man an, dass sie unter dem Verlust ihres Vaters litt. Bekannte, Freunde und die Jägerschaft begleiteten ihn auf seinem letzten Weg. Es war ein sehr bewegender Augenblick, als einer der Jäger das Wort ergriff: „Bernhard, du hast uns immer animiert etwas Neues in Angriff zu nehmen. So sind wir durch deine Ideen viel in der Welt herumgekommen. Dieses Mal hast du uns zurück gelassen, um den neuen Weg, der auch uns bestimmt ist, allein zu gehen. Immer wenn die Jagd beginnt, ist es üblich das Halali zu blasen. In der Hoffnung, dass wir das vor uns Liegende erreichen, in diesem Sinne, für dich lieber Freund, das Halali."

Zum Leichenschmaus der Familie im Gutshaus wurden die engsten Freunde geladen. Nach dem Genuss von reichlich Alkohol hörte Isabell, dass diese dem großzügigen Bernhard mehr nachtrauerten als dem Freund. Verena hatte sich nach dem Begräbnis zurückgezogen, sie wollte nicht mit jenen Herrn zusammen treffen, die ebenfalls als ihre Väter in Frage gekommen wären. Es hatte schon gereicht, dass diese beim Kondolieren die komische Bemerkung machten, „Ach, Sie sind seine Tochter ...“

Bernhard hatte in seinem Testament bestimmt, dass alles seine Tochter Verena Schimmelpflug zu bekommen hatte. Weder sein Sohn noch seine Frau wurden darin erwähnt. Wie sich aber herausstellte, hatte er für Christine sowie für den Afrika-Trip, den er für seine Freunde zu bezahlen hatte, einiges ausgegeben, so dass all seine Ersparnisse aufgebraucht waren. Obwohl Christoph wie auch Isabell auf ihr Erbteil verzichteten, reichte das Wenige nicht, dass die Zahlungen für Verena bis zu ihrem 21. Geburtstag gewährleistet waren. Christoph wollte die Zahlungen übernehmen. Verena war über diese Geste so gerührt, dass sie in Tränen ausbrach. Delia und Isabell versuchten sie zu beruhigen. Unter Tränen sagte Verena: „Mein Vater war nicht besonders glücklich, dass es mich gab, aber er war mein Vater und jetzt habe ich auch diesen verloren. Hier wollte mich sowieso niemand und du, Christoph, musst dich nicht verpflichtet fühlen zu zahlen. Vater ist tot und wenn kein Geld da ist, habe ich eben Pech - Pech wie immer. Meine geliebte Mutter habe ich verloren, einen Vater für einige Monate bekommen und mit ihm eure Feindseligkeiten. Ich brauche nichts, ich reise noch heute ab“, und sie verließ die Kanzlei des Notars. Isabell stand als Erste auf und ging ebenfalls hinaus. Sie traf die weinende Verena, am Steinboden sitzend, an die Wand gelehnt. Isabells Mutterherz rührte das Bild so sehr, dass sie sich zu Verena hockte und beruhigend auf sie einsprach. „Verena, es ist sicherlich nicht leicht, in so kurzer Zeit beide Eltern zu verlieren. Du hast doch deinen Bruder gehört, wir sind für dich da“, und sie nahm die Weinende in die Arme. Verena ließ es geschehen und murmelte: „Du auch? Ich habe mir das vom ersten Tag an gewünscht“, und sie umarmte Isabell, die nun auch mit den Tränen kämpfte. Verena verbrachte nun doch noch die freien Tage auf dem Gut und versprach im Urlaub zu kommen, auch gelegentlich anzurufen und zu schreiben.

*

Auf dem Gut war wieder Ruhe eingekehrt, da alle ihre Heimreise angetreten hatten. Als Isabell später Christoph traf, fragte sie ihn, ob er Cameron von früher kenne?
„Wie kommst du darauf?“
„Nun, sie hat dich immer sehr verträumt angesehen ...“

Isabell war oft tagelang bei Siegfried in der Stadt. Sie erblühte förmlich unter Siegfrieds Liebe und machte sich bereits Gedanken, wie es mit ihm und ihr weitergehen würde, wenn das Trauerjahr vorbei wäre.
Christoph entschied sich, den Ostteil des Gutes umzubauen. Aus diesem Grund besprach er sich mit Delia, denn es sollten dort Zimmer für Reitgäste entstehen. Aber nach Tagen konfrontierte Delia ihren Christoph mit einem neuen Plan.
„Christoph, deine Mutter erwähnte kürzlich, dass sie in den Wintermonaten lieber bei Siegfried wohnen möchte und nur die schönen Jahreszeiten auf dem Gut verbringen wird. Da habe ich mir über unsere Zukunft Gedanken gemacht. Deine Mutter überlässt mir ja jetzt schon immer öfter ihre Arbeit und ich muss mich um ihre Aufgaben kümmern. Eines Tages wird sie mir alles übergeben. Also werden wir gemeinsam das Gut führen und unsere Kinder werden nicht verstehen, wieso wir nicht im Gutshaus wohnen, wo genügend Platz ist. Deine Mutter könnte in diesem Haus wohnen, wenn sie zu Besuch ist. Und später könnte sie mit Siegfried für ihren Lebensabend hier einziehen.“
„Delia, ich dachte du wolltest in meinem Haus bleiben.“
„Ja, Christoph, aber inzwischen hat sich einiges verändert. Du wirst vermutlich wieder Vater. Ich will mir ganz sicher sein und habe deshalb morgen einen Termin beim Arzt.“
„Delia, ist das wahr? Ich werde Vater, warum hast du mir nicht gleich etwas gesagt, du weißt doch, ich freue mich riesig, wenn wir wieder Eltern werden. Du immer mit deinen Geheimnissen!“

„Christoph, morgen wissen wir mehr, aber es geht um das Gutshaus. Also wenn wir umbauen, sollten wir es uns so gestalten und einrichten, dass wir uns dort genau so wohl fühlen wie hier. Im Erdgeschoß muss man ja nichts verändern, aber oben. Alle Zimmer sollten ein eigenes Bad haben, eine bequeme Sitzecke und ein großes Bett, denn die Kinder werden größer und sie sollen sich in diesen Zimmern wohl fühlen. Natürlich werden wir auch die alten Möbel verwenden und so ergänzen, dass die Harmonie nicht gestört ist. Du bist ja auch begeistert von den von mir gestalteten Zimmern. Der Ostflügel könnte für persönliche Freunde oder Bekannte verwendet werden, aber nicht für Reitgäste. Wenn deine Mutter wirklich auszieht, wäre eine Sauna eine Überlegung wert. Und wenn schon Handwerker im Haus sind, solltest du an das Familienwappen über den Eingang denken."

„Delia, du überraschst mich immer wieder, aber wenn ich mir die Zimmer so vorstelle wie du sie gerne eingerichtet haben möchtest, glaube ich, dass man sich darin sehr wohlfühlen kann und alles vorfindet, was man benötigt. Ich werde mich mit dem Baumeister beraten. Da müssten einige Zwischenwände entfernt werden und neue entstehen, denn die Zimmer müssten wesentlich größer sein."

„Christoph, wo ist das Problem? Vaters Zimmerflucht ist groß genug und aus den kleinen Räumen kann man sicherlich zwei, drei neue Zimmer machen. Damit hätten unsere Kinder schon ihre eigenen Zimmer."

Während sie sich Gedanken über eventuelle Pläne machten, passierte auf dem Gut ein Unglück. Als Isabell mit Magnus an der Hand die Treppe im Gutshaus hinunterstieg, stolperte sie so unglücklich, dass ihr Magnus entglitt und die Stufen hinabrollte. Isabells Schrei war im ganzen Haus zu hören. Sophie lief in die Halle und sah Magnus am Boden liegen. Zum Entsetzen von Isabell rührte er sich nicht. Sie nahm Magnus, trug diesen zu ihrem Wagen, ersuchte Sophie einzusteigen, legte ihr Magnus in die Arme, Isabell stieg zu und die Räder drehten sich durch, als der Wagen losbrauste. Dr. Berger, der Hausarzt, ließ Magnus und Isabell mit der Rettung ins Spital bringen, da er einen Schlüsselbeinbruch oder eine Schulterverletzung nicht ausschließen wollte. Als Delia und Christoph im Spital erschienen, lag ihr Sohn neben Isabell im Bett und schlief. Magnus hatte alles gut überstanden, Isabell hingegen hatte einen Gips, denn sie hatte vom Sturz einen Sprung im Knöchel und eine Prellung am Ellenbogen, die sie in ihrem Schock nicht wahrgenommen hatte.

„Es ging alles so schnell, ich muss die Stufe übersehen haben und schon fiel ich hin, dabei habe ich Magnus mitgerissen, den ich am Arm hielt. Zum Glück ist ihm nichts passiert."

Delia nahm ihren Magnus in den Arm und küsste ihn. „Isabell mache dir keine Vorwürfe, es kann immer etwas passieren."

Siegfried wohnte nun bei Isabell, denn für die nächsten drei Wochen war sie nicht so mobil wie sie es gern gewesen wäre. Christoph besprach mit ihr die Pläne wegen des anstehenden Umbaus. „Christoph, ich werde in Zukunft bei Siegfried wohnen und nur gelegentlich aufs Gut kommen. Mach dir auch Gedanken, was mit dem Westflügel geschehen soll."

„Mutter, darüber werde ich mir erst Gedanken machen, wenn du wirklich bei Siegfried wohnen wirst, denn hier ist dein Zuhause."

„Christoph, du solltest sowieso hier einziehen und ich in euer Haus. Der Gutsherr gehört hierher. Aber lass mir Gundi, denn wir sind beide in die Jahre gekommen und wenn ich nicht hier bin, werde es ihr mit dem Studium und der Arbeit so ergehe. „Diese Kombination ist toll. Und meine Freundin, Christine, sie ist übrigens auch aus Österreich, ist die treibende Kraft, dass ich soviel wie möglich von der Praxis lerne. In unserem Auktionshaus bekommt man natürlich viele interessante Objekte zu Gesicht und deren Geschichte ist fürs Studium sehr hilfreich." Auf die Frage, ob ihre Freundin denn auch

Kunstexpertin sei, antwortete sie. „Nein, sie hat die Buchhaltung für alle unsere Geschäfte inne und ist gelernte Steuerberaterin. Sie hat sich das italienische Recht in Kursen angeeignet. Deswegen sagt sie immer zu mir, ‚Wenn du was werden willst, lerne so viel als möglich und lass dir kein Kind einreden, wenn du es nicht willst.‘ Genau wie meine Mutter. Sie hat anscheinend auch schlechte Erfahrungen gemacht, denke ich. Ich würde sie gern zu Weihnachten mitnehmen." Christoph hatte das ganze Gespräch aufmerksam verfolgt, und wollte schon nach dem vollständigen Namen der Freundin fragen, ließ es aber sein.

*

Weihnachten sollte wieder traditionell gefeiert werden, jedoch gab es diesmal keinen Silvesterball. Als Verena mit ihrer Arbeitskollegin auf dem Gut erschien, war Josef schon etwas erstaunt. „Josef, das geht in Ordnung, sie gehört zu mir", und sie fuhren durch das Tor. Josef aber rief Isabell an und sagte ihr, dass Verena mit Frau Könytvar eben das Tor passiert hatte und auf dem Weg zu Christoph sei.
Die hat aber Mut, hier aufzutauchen. Also ist Christine diejenige, die sich um Verena kümmert, sie zum Lernen animiert und sie unter ihre Obhut nimmt. Die Frage ist, warum eigentlich? Ich gehe auch zu Christoph, ich will wissen wie er reagiert.
Christoph und Delia trauten ihren Augen nicht, als die Frauen im Wohnsalon erschienen und Verena freudestrahlend ihre beste Freundin vorstellte. Es war aber Christine, die das Wort ergriff: „Lasst mich bitte ausreden. Ich weiß, ich hätte nicht kommen dürfen, denn ihr seid zu Recht nicht bloß böse auf mich, sondern ihr hasst mich. Ich schwöre euch, ich war entsetzt, als mir Rüdiger von Hagenberg voriges Jahr mitteilte, dass Bernhard nicht der Vater von Ines ist. Es war Bernhards Plan dir, Christoph, einzureden, dass du der Vater bist und er tat alles, damit du Zweifel hattest. Und solang du glaubtest, du wärst der Vater, solltest du Unterhalt zahlen. Alle seine Machenschaften waren zu guter letzt auch der Auslöser dafür, dass ich das Kind zu ihm brachte, weil er sich nicht dazu bekennen wollte. Mit dem tatsächlichen Vater von Ines hatte ich eine einzige Begegnung. Ich kenne ihn nicht näher, noch hab ich ihn jemals wieder gesehen. Fragt Rüdiger von Hagenberg, der wird euch bestätigen, dass ich bei der Neuigkeit aus allen Wolken fiel und Sorge hatte wegen Ines. Hier hätte sie eine erstklassige Zukunft gehabt, und nun ist sie bei wildfremden Menschen. Verena wusste das alles nicht, aber ich wollte die Gelegenheit nützen und mich für alles, was ich euch unwissentlich angetan habe, entschuldigen." Zu Verena sagte sie: „Ich verlasse sofort das Gut und hole dich am vereinbarten Abreisetag beim Tor ab", und sie verließ den Raum. Christoph und Delia waren perplex, Verena kannte sich überhaupt nicht aus und sagte: „Ich verstehe überhaupt nichts. Vater sagte doch zu mir, es hätte sich um dein Kind gehandelt, Christoph, welches hier abgegeben wurde."
„Verena, du sagst, Bernhard hat behauptet, es sei mein Kind?"
„Ja."
„Das ist wieder typisch, er versuchte sich immer aus allem raus zu reden oder es so darzustellen, dass er als der Saubermann dastand. Was sagst du, Delia, nach dem was Christine erzählt hat?"
„Falls sich alles so zugetragen hat wie sie es darstellte, war es für sie vielleicht der einzige Ausweg, auch wenn es sehr verwerflich ist, sein Kind im Stich zu lassen. Aber sie sah vermutlich darin die einzige Möglichkeit, ihrem Kind ein gutes zu Hause zu geben."In diesem Augenblick kam Isabell herein und sagte: „Christine ist soeben an mir vorbeigefahren. Was war nun los?" Sie erzählten ihr, was sie eben gehört hatten und Verena ergänzte das Ganze mit den Worten: „Ich hatte von all dem keine Ahnung, aber mir gegenüber ist Christine immer korrekt und schaut auch, dass ich lerne." Nach den Weihnachtstagen fuhr Verena mit Christine wieder nach Rom. Niemand von der Familie kam zur Verabschiedung zum Tor, obwohl sich der Groll gegen Christine nun in Unverständnis gewandelt hatte.

*

Christine hatte in der Zwischenzeit die Adresse der Familie Fritsch-Mader in Erfahrung gebracht, und sie stand mit ihrem Wagen vor deren Villa. Sie überlegte, wie sie vorgehen sollte, um über die Familie mehr zu erfahren. Da öffnete sich das Garagentor und ein Chauffeur lenkte einen großen BMW aus dieser. Im Fond saß eine Dame. Christine fasste den Entschluss, dem Wagen zu folgen. Sie hatte Glück, denn er fuhr durch ein Tor, welches sich elektrisch öffnete. Christine stieg aus und stellte fest, dass es sich um einen privaten Kindergarten handelte. Nachdem der Wagen das Grundstück verlassen hatte, ersuchte sie um Einlass. Nun saß sie der Leiterin gegenüber und erkundigte sich, unter welchen Bedingungen sie ihr Kind hier anmelden könnte, denn Frau Fritsch-Mader hatte ihr den Kindergarten empfohlen. Sie ließ sich herumführen und lenkte das Gespräch immer wieder darauf, wie es denn deren Kind, Ines ginge und wie die Eltern sonst so waren. Christine erfuhr genügend, um nun zu wissen, dass es ihrer Ines an nichts fehlte. In Christine reifte nun der Entschluss, der Familie im Beisein eines Notars folgenden Brief zu schreiben:

Sehr geehrte Familie!

Ich, Christine Könytvar, schreibe im Beisein des unterzeichneten Notars diese Zeilen. Nach meinen Informationen und denen des Notars geht es meiner Tochter Ines bei Ihnen sehr gut und ich bin einverstanden, wenn Sie meine Ines adoptieren. Ich weiß, dass dies Ihr sehnlichster Wunsch ist, denn es vergeht kein Monat, wo sie nicht beim Jugendamt nachfragen. Seien Sie lieb zu Ines.

Notariatskanzlei Dr. Gruber

Christine Könytvar   *Dr. Franz Gruber*

*

Der Winter war extrem lang und kalt. Christoph war wie immer viel im Atelier. Delia ging es mit der Schwangerschaft recht gut und Magnus wurde ein richtiger Wildfang. Beate war zwar immer hinter ihm her, aber es war ihm eine besondere Freude, wenn er ihr entwischen konnte. Dann fand sie ihn bei den Pferden. Die Umbauarbeiten und auch die Renovierung der unten gelegenen Räume gingen in die Endphase. Die einzelnen Stuckteile des Wappens wurden in den ersten warmen Frühlingstagen zusammengefügt und angebracht, bis sie als Familienwappen den Eingang schmückten.

Die Einladungen für die Eröffnung am 15. Mai waren verschickt. Esmeralda rief noch am gleichen Tag an. „Ich freue mich für euch und egal, was es an wichtigen Dingen zu tun gibt, ich komme. Das kann ich mir nicht entgehen lassen, wenn ihr endlich zu echten Gutsleuten werdet." Verena war natürlich auch auf dem Gut und von ihr erfuhr Isabell, dass Christine ihre Tochter der Familie Fritsch-Mader zur Adoption frei gegeben hatte. „Dir soll ich auch ausrichten, dass sie den Friedhofsgärtnern den Auftrag gab, an Bernhards Geburtstag ihm für die nächsten fünf Jahre ein Rosengesteck auf das Grab zu stellen, denn sie hat deinen Mann in liebevoller Erinnerung behalten."

Christoph wählte den Todestag seines Großvaters, um ihren offiziellen Einzug ins Gutshaus mit Freunden und Bekannten zu feiern. Das umgebaute Gutshaus wurde natürlich vom Pfarrer gesegnet und unter dem neuen Familienwappen vom Gutsherrn, Christoph von Föhrenwald, seiner Gattin, Delia von Föhrenwald, sowie Magnus von Föhrenwald, die durch das Spalier der Gäste schritten, in Besitz genommen.

Constantin und die Frauen

Novum Verlag – ISBN 978385022178-8
Ein Lesevergnügen für Jung und Alt,
aber nichts für Moralapostel.

Auszug

Kindheit

Constantin erblickte im Frühjahr des Jahres 1939 das Licht der Welt und so erlebte er als Sohn einer Arbeiterfamilie, noch einige Kriegesjahre.

Die ersten von Constantin wahrgenommen Eindrücke des Krieges waren die Luftangriffe. Die Angst war groß, wenn das Dröhnen der herankommenden Flieger immer lauter wurde, Sirenen heulten und die einschlagenden Bomben Haus und Fußboden erzittern ließen.

Endlich kam die erlösende Nachricht: **„Der Krieg ist aus."** Welch eine Freudenbotschaft. Großmutters Ziegen, Hasen und Hühner waren in den Kochtöpfen der Soldaten gelandet, die auf der Wiese und den Feldern ein riesiges Lager mit Zelten und Pferdewagen aufgeschlagen hatten.

Die Schule

Constantin lebte, trotz der russischen Besatzungssoldaten, des herrschenden Hungers und der Not, eher unbeschwert. Mit dem ersten Schultag änderte sich auch seine Kindheit. Vom Lesebuch war Constantin fasziniert und erwähnte später öfter dieses Buch. Es hatte einen harten Kartoneinband und auf der Innenseite waren alle Großbuchstaben illustriert. So war unter dem A der Affe, unter dem B der Bär und unter dem D ein Dach und so weiter.

Der Herr Pfarrer erklärte, dass bei der Geburt eines Kindes der liebe Gott den weiteren Lebensweg bereits aufgezeichnet hat. Ob dieses Freude, Schmerz oder Leid verheißt, ist vorgezeichnet, auch der Tod. Sein Schicksal ist bestimmt und der Mensch kann nichts mehr ändern. Auch der Vers "Der Mensch denkt, doch Gott lenkt", blieb ihm in Erinnerung.

Kindertransporte in den Ferien

War es Schicksal, so wie der Herr Pfarrer es vorausgesagt hatte, dass alles vorgezeichnet ist, also auch Constantins Weg? Alle Volksschüler wurden in den Schulferien zu Pflegeeltern geschickt. So gab es zu Ferienbeginn Kindertransporte nach Holland, Italien, Spanien, in die Schweiz sowie in die Bundesländer, wo Engländer oder Amerikaner als Besatzungssoldaten stationiert waren. Constantins Transport blieb in Niederösterreich bei den Russen. Zuerst ging es mit dem Zug und dann mit einem holzbetriebenen offenen Lastwagen Richtung Weinviertel. Nach dem Krieg wurden diese Holzvergaserautos noch lange verwendet.

Auf Constantin wartete ein Bub, der um zwei Jahre älter war als er. Karls Eltern hatten einen großen Bauernhof, dieser wurde von da an jahrelang in den Schulferien zu Constantins zweiter Heimat. Die Eltern der Gastfamilie wollten vom ersten Tag an, dass er sie mit Vater und Mutter ansprach. Auch der Großvater bestand auf seinem "Großvater", die Magd nannten alle Maridl, was auch er tat. Für Constantin begann eine wunderbare Zeit und er lernte vieles kennen. Constantins große Liebe gehörte den beiden Pferden. Ein Rappe und Fuchs zogen die Gerätschaften, zu Hause sah er oft Ochs und Kuh vor dem Wagen gespannt. Weiters waren zwölf Kühe, zwanzig Schweine samt Ferkeln sowie eine Vielzahl an Hühnern vorhanden.

Eines Samstagnachmittag sagte Vater zu Constantin; "Komm geh mit, wir gehen Obstbäume ersteigern." Bei der Pferdeschwemme am Dorfplatz, blickte der Bürgermeister auf seine Taschenuhr, sah in die Runde und meinte „Auf gehts." Damals standen am Straßenrand überwiegend Obstbäume. Beim ersten Baum angekommen sagte er: „5 Schilling, wer bietet mehr?" Wenn der Bürgermeister der Meinung war, das die Früchte des Obstbaumes der Gemeindekasse genug eingebracht hatte bekam der Letzte das Recht das Obst in diesem Jahr zu pflücken.
Constantin war so glücklich bei seinen Pflegeeltern, dass er bei der Abreise nach den Ferien in einem unbemerkten Augenblick wieder über das Führerhaus des Lastwagens hinunter stieg und sich davon machte. So fuhr der Wagen ohne ihn los. Die Pflegeeltern hatten ihn auch lieb gewonnen und zum Abschied versprochen, dass er in den Ferien wieder kommen dürfe - nur, Constantin wollte nicht nach Hause.

Constantin entdeckt, dass Mädchen anders sind

Constantin hatte das Glück, dass sich immer eine gemischte Gruppe von Kindern in Großmutters Hof oder auf der Wiese hinter dem Haus traf um Räuber und Gendarm, Verstecken oder Völkerball zu spielen.
Es gab auch andere Spiele und Constantin kam in das Alter wo er die Doktorspiele kennen lernen sollte. Es wurde untersucht, gesalbt und Tabletten verabreicht. Die Tabletten bestanden aus gesponnenem Zucker und dürften eher als Belohnung dafür gewesen sein, dass man die verbotenen Stellen sehr genau untersuchen ließ. Es war natürlich eine hohe Auszeichnung, wenn man überhaupt in den Kreis aufgenommen wurde.

Erfahrungen und Widersprüche mit dem Körper

Constantin fiel bald auf, dass fremde Frauen immer einen Grund fanden ihn an sich zu drücken oder sein Gesicht streichelten.
Constantin fühlte sich bald zu jenen Frauen hingezogen, die ihn so nett und lieb fanden. Constantin war sehr erfinderisch, um in deren Nähe zu sein. Er bot ihnen auch seine Hilfe an, Holz oder Kohlen aus dem Keller zu holen. Constantin war ganz einfach von Frauen fasziniert und fühlte sich zu diesen hingezogen. Die Erlebnisse mit diesen Frauen waren

einfach berauschend und Constantin fühlte sich bei ihnen geborgen, so auch bei Frau Gudrun, einer Freundin der Tante Anka.

"Constantin du bist immer so nett und lieb, kannst mir helfen? Ich sollte mich mit dieser Crem einreiben, nur ich komme nicht richtig dorthin. Sie gab Constantin eine Tube mit Salbe und ersuchte ihn, ihre brennenden Popobacken einzureiben, die Salbe lindere den Schmerz. "Außerdem verlasse ich mich darauf, daß du die Augen schließt, wenn du die Salbe einreibst." Sie stellte sich zum Tisch, bat Constantin neben sich, gab ihm Salbe auf die Hand, sagte "Augen zu!" Constantin tat wie versprochen und hörte den Rock rascheln, fühlte ihre Hand an der seinen, wobei sie sich vergewisserte "Hast auch die Augen zu?" Ihre Hand führte die seine auf ihr Hinterteil und ersuchte ihn die Salbe zu verreiben.

"Fester, sonst nützt es nichts, nimm noch Creme und vergiss nicht auf die andere Seite." Um Creme zu nehmen, machte er die Augen auf, nur zu sehen gab es nichts, außer ihrem erhitzten Gesicht, denn der Rock war wieder runtergefallen. Sie drückte nun Creme auf seine beiden Hände. „Augen zu und jetzt mach's ordentlich, nicht zu zart, knete nur die Salbe richtig rein." Die Augen waren bald nicht mehr geschlossen, sie fragte auch nicht mehr danach, sondern wölbte und drückte sich seinen forschenden Händen entgegen, wobei sie tiefe Seufzer ausstieß, deren Ursache er bereits kannte. Es war ein Anblick, den er nie vergaß. Die Strümpfe endeten auf den Schenkeln wobei diese von einem Gummiband gehalten wurden. Der Rock war hoch geschoben und der Hintern lag in seiner ganzen Pracht vor ihm.

Es ist selbstverständlich, dass Constantin dies so aufregte, dass er die bereits bekannten Zustände bekam.

Heute weiß Constantin, dass er für die Frauen ein Ausgleich für ihre Lüste war. Es war Krieg, die Männer waren fort, so dass man einen heranwachsenden, herzigen, schwarz gelockten Knaben, der es genoss, gedrückt und geküsst zu werden, gerne in den Armen hielt. Constantin suchte die Nähe und Wärme der Frauen, er genoss diese Augenblicke. Constantin wurde mit der Zeit immer frecher, denn die Cousinen liebten es ja auch. Für Constantin war es aber eine Zeit des Erlebens und des Genießens. Er begehrte die Mädchen und Frauen, sehnte sich nach deren Duft, fühlte sich hingezogen zu dem Verbotenen und nahm die warnenden Worte seiner Mutter, die eher zu Widersprüchen führten, nicht ganz ernst. Denn eines war ihm klar, so schlimm konnte es nicht sein, wenn man ihn zu solchen Spielen animierte. Es waren ja nicht nur seine Cousinen, sondern auch andere Frauen die seine fühlenden, tastenden Hände und frechen Fingerspitzen suchten.

Der Zufall

Es waren die allerletzten Schulferientage und Constantin hatte auch keine fixe Freundin - wie so viele andere. Ja, Mädchen kannte er genug, aber die,   die er wollte,   wollten ihn nicht. Von Helga träumten alle, sie war was Besonderes, eine Figur, von der die anderen Mädchen nur voll Neid träumen konnten, sogar die Männer drehten sich nach ihr um und die Frauen hatten eher neidvolle Blicke für sie. Helga dürfte etwas über Zwanzig gewesen sein, ihre Freunde waren wesentlich älter, sie war wunderschön, aber unerreichbar.

An einem heißen, schwülen Sommertag, lernte Constantin sie jedoch ganz unverhofft kennen. Constantin fuhr zum Antoniusbründel, Tante Resi hatte ihm erzählt, dass das Altarbild der Kapelle ein Verwandter von Constantin gemalt hätte. Das Bründl lag in der Nähe eines Flusses und außerdem am Nordhang des angrenzenden Waldes, so dass es dort immer sehr kühl war. Nachdem sich Constantin das Bild angesehen hatte, nahm er seinen Zeichenblock und versuchte die Kapelle mit dem Bründl und den alten Weidenbäumen zu skizzieren. Schritte drangen an sein Ohr und plötzlich stand Helga vor ihm.

"Hallo, zeig mir doch was Du zeichnest."

"Das sieht aber toll aus, du hast Talent, glaub ich". Und sie setzte sich zu ihm in die Wiese.

"Über dich hört man ja so manches... Wenn das alles stimmt, bist ja ein Casanova."

„**Wäre ich gerne, ich fühle mich halt zu den Mädchen hingezogen.**"

"Ja, und zu den Frauen", ergänzte sie. „Ich weiß so einiges. Bist ein ganz durchtriebenes Bürschchen", strich Constantin über seine gelockten Haare, stand auf ging zum Bründl, um sich die Augen zu waschen.

Diesem Wasser sprach man Heilkraft zu. Helga wusch sich das Gesicht, den Hals, die nackten Arme, zog ihre Sandalen aus, steckte die Füße ins kühle Nass und setzte sich ans Ufer. Sie schob das Kleid ganz nach oben und kühlte nicht nur ihre Waden, sondern auch ihre Schenkel.

"Das ist herrlich kühl, ich liebe diesen Platz. Weißt du eigentlich, dass ich oft hier bin?"

„**N e i n**." Mehr brachte Constantin nicht über die Lippen, denn Helga hatte das Kleid zwischen den Schenkeln hochgehoben und kühlte sich nun auch die Innenseite ihre Oberschenkel, wobei die Haltung der Hand den Schluss zuließ, dass sich Helga wohl auch noch etwas anderes kühlen musste.

„**Helga, ich glaube, Sie kühlen sich noch was anderes als ihre Oberschenkel**?"

Stieg aus dem Wasser, kam auf ihn zu, blieb direkt vor Constantin stehen, sodass seine Augen den bunten, zum Teil nassen Stoff, der auf den feuchten Schenkeln klebte, vor Augen hatte. Ehe er die Konturen so richtig erahnen konnte, war es plötzlich dunkel und Constantin spürte ihre Hände an seinen Hinterkopf. Diese pressten sein Gesicht gegen ihre Lockenpracht und er fühlte, wie kalt und nass ihr Schoß war. Das alles kam so rasch und ohne jede Vorwarnung, dass er ganz vergaß, sich an den Köstlichkeiten, die sich ihm darboten zu laben. Aber der Druck auf seinen Hinterkopf bewirkte, dass sie Constantins Gesicht gegen ihre Scham presste und keinen Zweifel daran ließ, was sie wollte. "Komm, gehen wir ein Stück in den Wald. Hier ist es mir zu unsicher, und ich will dich genießen. ... Es ist doch war, was man über dich sagt", nahm den Zeichenblock, seine Hand, schlüpfte in ihre Sandalen und ging mit ihm auf die nahe Lichtung, suchte dort einen Platz, der nicht eingesehen werden konnte und ließ sich ins Gras fallen.

"Komm, setz dich zu mir", wobei sie ihn zu sich hinunterzog, sein Gesicht mit den Worten Du warst bei mir, ich rieche mich selbst gerne", an sich zog und ihn leidenschaftlich küsste. Nun war der Bann gebrochen, denn Constantin war sich sicher, Helga wollte mehr, und wenn er es geschickt anstellte, dann konnte er sicherlich noch einiges genießen und seine Phantasien in die Tat umsetzen. Constantin küsste ihr Gesicht, die Augen, den Hals, die Lippen verschmolzen und seine Hand suchte zwischen den Knöpfen an ihre Brust zu kommen. Helga trug auch keinen Büstenhalter.

„Du trägst wirklich nur das Kleid auf der nackten Haut."

"Was erwartest du bei der Hitze, ich geh immer so, wenn es heiß ist."

Er war fasziniert und knöpfte das Kleid auf, um den störenden Stoff zwischen seinen Händen zu beseitigen. Die Brust von Helga war fest, größer als bei seinen Cousinen und etwas kleiner als bei den reiferen Frauen. Ihre winzigen Nippel standen kerzengerade in die Höhe. Constantin küsste, knetete, streichelte und knabberte an ihrer wunderbaren Brust. Eine Hand suchte den Weg zur Liebesgrotte, fand diese feucht und erhitzt. Die Finger spielten im Gelöck. Sie küsste stürmisch, leidenschaftlich, Tage später hatte er noch dunkle Druckstellen auf seiner Unterlippe. Kaum hatte Helga sich erholt, nahm sie seinen Lümmel in ihre Hand, der ihr ein begeistertes "Na, so was" entlockte, setzte sich auf Constantin, ohne den Lümmel loszulassen. Constantin sah in ihr erhitztes Gesicht, auf die Brüste, welche aus dem offenen Kleid ragten. Der bunte Stoff ihres Kleides bedeckte ihren und seinen Schoß. Constantin konnte Helgas Paradies nicht sehen, aber er fühlte es umso mehr. Constantin versuchte mit seinen Lippen an ihren Busen zu kommen, wobei er sich aufrichten musste.

Er küsste Augen, Lippen, Hals, Brust und vergrub sich in ihrer Halsbeuge, um den Duft der erhitzten Haut einzuatmen. Seine Hände umklammerten ihren Hinterteil, um diesen noch fester an sich zu drücken. Sie hob und senkte sich auf seinem Schoß und bei jeder Bewegung glitt sein Speer zwischen den Schamlippen. Sie warf den Kopf in den Nacken, und er hörte nur mehr: "Ja, ja, jaaa, jaaaa - ein Wahnsinn."

„Helga! - Ich halt das alles nicht mehr aus, er explodiert."

Helgas Reaktion verblüffte Constantin. Constantin versuchte es zurückzuhalten, der Wille und seine Leidenschaft waren nicht im Einklang.

„Es stimmt ja doch, was man über dich sagt, denn du bist ja ein ganz ausgekochtes Bürscherl."

„Ich konnte es nicht mehr kontrollieren und dann war es einfach wunderbar."

"Du hast mir ebenfalls Freude bereitet, und wenn ich nicht aufpassen müsste, hätte ich…."

„Was, du hättest mit mir?"

"Natürlich! Tu nicht so als hättest es nicht auch wollen."

"Es stimmt doch, du bist ganz schön raffiniert, hast einen sehr brauchbaren Lümmel und für dein Alter kannst recht einfühlsam sein.

Jetzt muss ich aber heim, vielleicht sehen wir uns bald wieder, umarmte ihn und weg war sie. Das Erlebte mit Helga war auch im Laufe der Zeit nie ganz aus Constantins Erinnerung verschwunden.

Lehrzeit

Die Lehrzeit war eine harte, schwere aber prägende Zeit und formte Constantin doch fürs weitere Leben. Der Senior Chef war gerecht und von ihm konnte man viel lernen, wenn man ihn beobachtete, wie er mit den Kunden umging. Das Geschäft führte alles, was der Haushalt, ein Haus an Gegenständen benötigte sowie die verschiedensten Gewerbebetriebe an Materialien brauchten. Da dieses Geschäft mit der großen Auswahl auch das einzige im Bezirk war, verfügte dieses über einen dementsprechend großen Kundenstock.

Wöchentlich kamen Lastwagen, beladen mit Öfen für den Wohn- und Küchenbereich, oder waren voll von verschiedenen Rund-, Flach-, Winkel-, Bandeisen und Blechen. An manchen Tagen mussten die Zement- und Kalksäcke abgeladen werden, die mit der Bahn angeliefert wurden. Das war für einen Lehrling damals eine genauso wichtige Arbeit, die zu seiner Ausbildung gehörte wie zu verkaufen oder die vielen tausende Artikel zu kennen.

Ein Erlebnis der besonderen Art war, als man das erste Mal ins Nachbargeschäft zum Wechseln geschickt wurde. Als Constantin das Geschäft betrat, sah er sich einer schlanken blonden Verkäuferin gegenüber, die so zwischen 30 bis 35 Jahre alt war.

"Komm", sagte sie, du bist der neue Lehrling von nebenan?"

„Ja, woher kennen Sie mich?"

"Noch nicht, komm ... ich zeig dir was, und führte ihn in eine der Umkleidekabinen. Dort umarmte, küsste sie ihn ungestüm, schob ihm ihr Bein zwischen seine, drückte ihm ihren Schoß entgegen, rieb an einer Stelle, die alle Alarmglocken klingeln ließ und meinte: "Das muss ich sehen, der fühlt sich aber stramm an."

Constantin war so perplex, dass er gar nicht reagieren konnte und schon hatte sie ihn draußen.

"Das ist ja ein Prachtstück, drückte ihn fest zusammen als wolle sie seine Härte prüfen, bückte sich, küsste ihn flüchtig, drehte sich um und ging zur Geldlade, um ihm den Tausender zu wechseln."

Constantin stopfte seinen Lümmel in die Hose, nahm das Geld und verabschiedete sich mit roten Ohren.

Jugendliebe

Anni erzählte Constantin, dass sie mit ihrer Mutter in den Osterferien nach Lilienfeld fahren werde. „Sag, Constantin, möchtest nicht mitkommen, dann müsste ich nicht allein im Gästehaus schlafen. Mutter will drüben bei ihrer Freundin schlafen, die plaudern immer bis tief in die Nacht hinein. Mutter hilft ihr dann beim Vorbereiten des Gästefrühstücks und Aufdecken des Frühstücksraumes."

Constantin und Anni tauschten immer wenn sie allein waren, Zärtlichkeiten aus. Anni genoss sein Streicheln und Constantin wusste, dass er nicht zu weit gehen durfte, denn das wollte sie nicht. Anni war genauso wie Constantin ein verschmustes neugieriges Mädchen. Leider wurde aus den gemeinsamen Spielereien nicht viel, da seine Cousine gerade in diesen Urlaub ihre ersten Tage bekam. Constantin war verstimmt und verärgert, denn Anni ging auch tagsüber nicht aus dem Zimmer und vermied es, überhaupt mit Constantin allein zu sein.

Aber es kam alles ganz anders. Eines Tages sah er auf der anderen Seite des Bächleins, welches hinter dem Garten die natürliche Grenze bildete, ein ihm unbekanntes Mädchen. Brünette Locken, ein eher breites Gesicht mit ganz süßen Grübchen, wenn sie lachte. Sie hatte schon einen deutlich sichtbaren Busen, der sich auf dem gelben Pullover abzeichnete. Sie trug einen blauen Rock, weiße Söckchen und schwarze Halbschuhe. Ihre Erscheinung war für ein Mädchen sehr modisch, wenn nicht elegant. Constantin fragte, ob sie zu dem Haus, welches auf der Anhöhe lag gehört. Das hübsche Mädchen antwortete mit einer lieblich klingenden Stimme "Ja, dort wohnen wir, und du schläfst bei Frau Koller?" Ihre Sprache verriet, auch dass sie nicht unbedingt vom Lande war.

Ihre natürliche Ausstrahlung war gepaart mit soviel Koketterie, dass Constantin beinahe zu stottern begann.

„Ja, ja, - wir sind hier auf Besuch."

"Das weiß ich. Wo ist deine Freundin? Ich sehe diese schon seit Tagen nicht, oder ist es deine Schwester?"

„Nein, meine Cousine Anni."

"Wie verbringst du den Tag? Wie heißt du?"

„Constantin"

"Das ist ein schöner Name."

„Anni will nichts unternehmen, denn sie hat ihre Tage und immer Krämpfe, alleine freut es mich nicht, irgendwohin zu gehen, aber wir fahren zum Glück in drei Tagen nach Hause."

"Jetzt muss ich laufen, wir fahren in den Ort Besorgungen zu machen, aber wenn du willst, dann kannst morgen um 9 Uhr mit uns auf den Muckenkogel gehen, dort arbeitet meine Mutter. Frag halt, ob du mitgehen darfst.

Der Morgen kam, und Constantin konnte es gar nicht erwarten bis es soweit war, auf der Straße bis zur Brücke zu gehen, um auf Viola zu warten. Er schaute den Forellen zu, die im klaren Wasser zwischen Sonnenlicht und Brückenschatten hin- und herschwammen. Entweder er war wirklich zu früh zur Brücke aufgebrochen oder sie kam gar nicht. Nach einer halben Stunde, Constantin wollte schon gehen, sah er Viola den Wiesenhang hinunterlaufen. Sie trug einen dunklen Rock, dazu eine weiße Bluse, darüber eine offene dunkle Weste und die weißen Söckchen leuchteten bei jedem Schritt. Beim Weidenzaun angekommen, Constantin traute kaum seinen Augen, sie zog den engen Rock hoch, Strümpfe und nackte Haut kamen zum Vorschein. Beim Darübersteigen blitzte auch noch das weiße Höschen. Atemlos kam sie auf ihn zu und meinte: "Das hat viel Überredungskunst bedurft, meine Schwester davon abzuhalten mitzugehen.

Ganz ungeniert nahm sie seine Hand und Hände schlenkernd gingen sie auf dem Feldweg zum nahen Wald. Kaum dort angelangt, ließ sie seine Hand los, verließ den Weg und verschwand zwischen den Fichten.

"Komm, hier gehen selten Leute, der Weg ist ihnen zu steil aber man ist dafür um so schneller oben, oder kannst du nicht so steil bergauf gehen?" Der Ausblick lag völlig in der Sonne und man konnte überhaupt nicht eingesehen werden, denn ringsum war nur Wald. Die Bank mit dem Tisch auf der Lichtung lud förmlich zum Rasten ein.

"Hier sind wir allein und deswegen wollte ich auch nicht, daß meine Schwester mitgeht." Sie legte sich der Länge nach auf die Bank und meinte: "Leg dich so auf den Tisch, dass du zu mir herunter sehen kannst." Was Constantin auch tat, lümmelte sein Kinn auf seine Hände und sah auf sie hinunter. Violas Antlitz wirkte fröhlich, spitzbübisch und beim Lächeln hatte sie ganz süße Grübchen. Constantin war nicht nur begeistert, sondern fasziniert von diesem lieblichen Wesen.

Viola erzählte ihm, dass sie in einem exquisitem Wäschegeschäft als Lehrling tätig war und verabsäumte es auch nicht ihm zu sagen, dass man dort nur erlesene Dessous bekam – „Das ist edelste Damenunterwäsche – falls du französisch nicht verstehst."

Dies veranlasste Constantin ihr zu sagen, dass sie natürlich wesentlich hübschere Sachen verkaufe.

"Meinst du wirklich, dass ich hübschere Sachen verkaufe?"

„Ja."

"Hast überhaupt schon die neueste BH-Mode gesehen?"

Vielleicht sah Constantin sie etwas fragend an, denn Viola erklärte ihm sofort.

"Büstenhalter mein ich … schau, so wie der" knöpfte ihre Bluse auf, um ihm das neueste Büstenhalter-Modell zu zeigen. Weiß wie Schnee, mit Spitzen, und oberhalb der Körbchen war ihre wohlgeformte Brust zu sehen.

"Schau, er hat auch einen Reifen, damit die Brust mehr zur Geltung kommt, und setze sich auf."

Direkt vor seinen Augen war nun ihre Brust und sie erklärte ihm auch den neuen modischen Verschluß, der zwischen der Brust lag. Bis er überhaupt sah, was sie meinte, waren ihre Finger schon dort und der Büstenhalter ging in der Mitte auf und er sah sich ihrem teilweise unbedeckten wunderbaren Busen gegenüber. Da der Büstenhalter nicht ganz weggerutscht war, sah er zwar den Hof, ihre Brustwarzen konnte er nur erahnen. Bei diesem Anblick und ihrer selbstverständlichen Art, ihm dies zu zeigen, war Constantin mutig genug, die vor seinen Augen freigelegte Brust zärtlich zu küssen, was ihr auch Spaß machte, denn nun hing der BH nur mehr lose auf den Schultern und er konnte nun auch die süßen kleinen Brustwarzen sehen. Die Lippen suchten und fanden, mit der gewölbten Handfläche streichelte er die andere und es durchlief ihren Körper ein kaum merkbarer Schauer. Sie genoss es, von seinen Lippen liebkost zu werden und kraulte ihm seinen Lockenkopf, den sie zwar zaghaft, aber doch fordernd an ihre Brust drückte. Genauso wie sie ihn ohne Vorwarnung geöffnet hatte, machte sie den modernen Verschluss des BH wieder zu, stand auf knöpfte noch ihre Bluse zu und vorbei war der Zauber.

„Schade, dass du es nicht so genossen hast wie ich – es war herrlich deine Haut zu fühlen und zu küssen."

"Ich weiß wohin das führt und dazu bin ich noch nicht bereit, ich will dich erst richtig kennen lernen" waren ihre Worte.

Urlaubsreise

In diesem Jahr war ein Frühling wie im Bilderbuch, Constantin zählte bereits 16 Lenze, die Gartenarbeiten beim Chef waren abgeschlossen, da hielt vor der Tür ein riesiges türkisfarbenes, offenes amerikanisches Auto. Diesem entstieg ein groß gewachsener Mann im hellen Anzug, beigefarbenen Schuhen, Sonnenbrille, Strohhut und betrat das Geschäft.

„Wer ist hier der Chef? Ich möchte ihn sprechen", wandte er sich an Constantin. Der Senior-Chef kam, fragte nach seinen Begehr. Der Mann übergab diesem eine Liste mit seinen Wünschen sowie einen Scheck, nickte kurz und weg war er. Der Chef wandte sich an Constantin: „Geh auf die Bank und lass den Scheck unserem Konto gutschreiben."

Die Unterschrift bestand aus lauter eng nebeneinander liegenden schwungvollen Strichen. Der Betrag von zwanzigtausend Schilling wurde anstandslos dem Firmenkonto gutgeschrieben. Im Geschäft herrschte reges Treiben, es musste den Wünschen des Kunden entsprechende Waren bereitgestellt werden und diese anschließend ins nahe gelegene Schloss geliefert werden. Somit betrat Constantin das erste Mal in seinem Leben ein Jagdschloss. Der Großteil war für die Küche, aber die Öfen musste Constantin in den Schlossräumen aufstellen.

Constantin war unterwegs, seinen zweiten gewerkschaftlichen Erholungsurlaub anzutreten. Bei der Untersuchung wurde festgestellt, dass er auf Grund seiner Größe zu wenig auf die Waage brachte. Das erste Mal war er in der Nähe von Mariazell gewesen und diesmal war er mit einer Gruppe unterwegs nach Maria Wörth am Wörthersee. Da Constantin der Älteste war, wurde er auch dazu auserkoren, die Filmrollen von der Bahn zu holen und Tags darauf wieder dorthin zu bringen. Dieser Spaziergang war natürlich eine feine Sache, denn das Verlassen des Areals war in der Zeit des Aufenthaltes nicht gestattet. Bei einem dieser Ausgänge lernte Constantin Gerlinde kennen, die ebenfalls von der Bahn etwas abholen musste.

Als Constantin den Raum betrat, wurde ein junges Mädchen mit „Servus Gerlinde" begrüßt, „du es dauert noch bis ich Zeit habe." Diese Gelegenheit benutze Constantin, um mit dem jungen Mädchen ins Gespräch zu kommen. „Guten Tag, wenn Sie warten müssen, dann gilt dies für mich wohl auch." Das Fräulein drehte sich um, sah Constantin an und stellte sofort fest: „Du bist aber nicht von hier, sonst würde ich dich kennen. Für einen Sommergast ist es noch zu früh, also kannst nur vom Gewerkschaftsheim sein – wie heißt du?"

„Constantin."

Gerlinde war ebenfalls Verkäuferin und sicherlich um die 25 Jahre.

„Wie gefällt es dir bei uns?"

„Das Heim, der große Garten und der Badestrand sind wunderschön, nur zum Baden ist es noch zu kalt. Sonst kenne ich ja nur den Weg zum Bahnhof und seit ein par Minuten ein schönes Fräulein namens Gerlinde."

„Bist immer so charmant?"

Gerlinde wurde ein riesiges Paket mit der Bemerkung, „das ist heute aber sehr schwer", ausgehändigt. „Hoffentlich bist mit dem Rad hier?" „Nein damit ist Renate zur Post gefahren." Gerlinde fragte sich, wie sie das tragen sollt?

„Fräulein Gerlinde, zu zweit werden wir es schon schaffen, ich muss ja nur die Filmrollen abgeben."

„Das würdest du tun?" Constantin war begeistert, denn Gerlinde flirtete mit ihm den ganzen Weg. Sie war etwas größer als er, schlank, blond und wollte sich unbedingt mit ihm Verabreden. „Weißt du, dass du mich an den Schauspieler Buchholz erinnerst. Wann hast den Ausgang?"

„Ausgang gibt es nicht, aber ich hole Samstag und Mittwoch vom Abendzug die Filme ab und bringe sie am übernächsten Tag vor 11 Uhr wieder zur Bahn."

Als er Tage später das Heim verließ, konnte er es gar nicht glauben, da stand Gerlinde. „Guten Abend, was für eine Überraschung warten Sie wirklich auf mich?"

"Ich wollte mich für die Hilfe bedanken" meinte sie so nebenbei.

Kaum waren beide aus dem Blickfeld des Heimes, nahm sie seine Hand, zog ihn zu sich und küsste ihn.

"Ich bin verrückt, aber was soll ich machen, du bist ein so süßer Kerl, dass ich nur noch an dich denken konnte. Ich weiß nicht was es ist, aber ich glaube wir sind seelenverwandt."

Für Constantin war dies nichts Neues, denn er wusste inzwischen, dass die reifen Frauen ihm seine Sehnsucht nach Zuneigung, Wärme und Geliebt werden, ansahen oder es war einfach seine Erscheinung.

Dem entsprechend verlief auch der Weg zur und von der Bahn. Es war später als sonst als Constantin beim Portier vorbeiging. Gerlinde hatte sich keinerlei Zwang angetan, um sich gegen seine Zärtlichkeiten zu wehren und auf der dunklen Uferbank hatte auch sie keine Hemmungen. Sie hatten sich beide im leidenschaftlichen Rausch der Lust befriedigt.

Am letzten Samstag schlug Gerlinde Constantin vor, er sollte doch seinen Urlaub in Velden verbringen, um das Zimmer kümmere sie sich. Es folgten heiße Briefe und es klappte tatsächlich. Mitte Juni war Constantin in Velden. Mit Gerlinde war er die ersten zwei Tage immer nachmittags unterwegs, nur von ihrer Seite bedeute es leider keine Fortsetzung der Leidenschaft.

Gegen Ende des Urlaubes lernte Constantin eine Freundin von Gerlinde kennen. Bernadette bewohnte ein kleines Zimmer bei der Familie, wo sie beschäftigt war. Constantin konnte es gar nicht glauben, Bernadette zog sich bis auf die Unterwäsche aus, wusch sich im Waschbecken Gesicht, Hals, Achselhöhlen, zog sich frische Unterwäsche, Strümpfe, Hemdchen an und all dies ohne sich von Constantins Anwesenheit gestört zu fühlen. Das Mädchen hatte alles was Constantin begeisterte, sie war nicht schlank und den Konturen ihres Körpers hätte er gerne Zärtlichkeiten entgegen gebracht, umso mehr als Gerlinde diese ablehnte. Dann ging es mit der "Ente" von Bernadette, das war der legendäre Citroen 2 CV, ab nach Villach.

Leider oder Gott sei Dank. Leider deswegen, weil Gerlinde zu Constantins Ärger sich nur mehr mit einem älteren Herrn unterhielt und ausschließlich mit ihm tanzte. Bernadette war auch sauer auf Gerlinde und beide kamen sich überflüssig vor. Tanzen wollte Bernadette auch nicht und so maunzte sie solange bis „der Neue" zu ihr sagte: „Um Gerlinde brauchen sie sich keine Sorgen machen, die bringe ich schon nach Hause, aber sie können ja nach Hause fahren und ihn gleich mitnehmen. Verärgert verließen wir nun das Lokal.

Bernadette hielt dann doch noch bei einem Tanzcafe. Sie wollte nun doch tanzen und dies sehr eng. Sie wusste ganz genau, wie sie Constantin in ihren Bann ziehen musste, was ihr auch gelang.

Bernadette brachte ihn mit dem Wagen zu seiner Pension, drehte das Licht ab und Dunkelheit umgab sie. Sie küssten sich, Bernadette protestierte auch nicht, als ihr Constantin an die Wäsche ging, sondern meinte: „Können wir nicht zu dir aufs Zimmer gehen?"

Das Licht der Nachtischlampe erhellte spärlich den Raum. Bernadette wollte sich ihrer Kleider entledigen, aber Constantin ersuchte sie dieses ihm zu überlassen. Constantin küsste jede freigelegte Stelle ihrer Haut was für Bernadette neu war.

„Constantin, bis jetzt habe ich noch nie einen kennen gelernt, der das mit mir gemacht hat.

Nun lag sie mit BH, Höschen und Strümpfen neben ihm. Sie presste sich an seinen lodernden Speer, doch Constantin wollte erst mit den Lippen ihr „Nesterl" liebkosen. Bernadette ließ alles über sich ergehen, ihr Schnurren und Seufzen zeigte Constantin, dass sie dies sehr genoss. Constantin begann ihren Bauch und die Brust zu streicheln, ihr Schoß wurde immer unruhiger. Es vorbei mit dem ruhigen sich Fühlen, sie warf die Hände um seinen Hals, hob und senkte sich, die Lippen verschmolzen zu einem leidenschaftlichen Kuss. Es war ein unbeschreibliches Gefühl, in dem heißen Tunnel mit den seidigen Wänden, die seinen Schwanz zusammenpressten und wieder locker ließen. Bernadettes Schoß ging nun Auf und Ab, sie war wie von Sinnen. „Ich kann mich nicht mehr lange beherrschen" stammelte Constantin. „Fick mich, fick mich, mach dir keine Sorgen, mach was du willst mit mir, aber fick weiter, es ist soooo herrrrrlich" und schon schrieen Beide ihre Lust hinaus. Schweiß gebadet, jedoch eng umschlungen schliefen beide ein.

Im Morgengrauen verließ ihn Bernadette mit den Worten. „Constantin wenn dich die Gerlinde nicht will, werde mein Freund, du bist einfach wunderbar."

Der wunderschöne Sommer wurde von einem sonnigen Herbst abgelöst. Constantin konnte es kaum erwarten, dass seine Lehrzeit zu Ende ging. Dann noch die Kaufmannsgehilfenprüfung in Baden ablegen und dann im Herbst seinen Präsenzdienst beim Bundesheer antreten. Constantin freute sich, denn dann konnte er dem strengen Regiment seiner Mutter entkommen, die ihre Vorschriften kaum gelockert, hatte obwohl sich Constantin doch schon erwachsen fühlte.

Die Begegnung

Der Sommer war vorüber und für Constantin begann eine wunderbare, erlebnisreiche Zeit durch die Frau, die eben das Geschäft betrat.
Sie trug ein Figur betonendes, elegantes blaues Kostüm, Schuhe mit hohen Absätzen, die dazu passende Handtasche, einen sehr kessen kleinen Hut in der Farbe des Kostüms, der ihr langes brünettes Haar kaum bedeckte. Leider stand der Chef wie so oft bei der Tür, sodass dieser ihr die Türe öffnete und sie nach ihren Wünschen fragte. Nicht nur Constantin, auch der erste Verkäufer war enttäuscht, denn der Chef ging mit dieser Dame in die Geschirrabteilung. Constantin war fasziniert von diesem Anblick und konnte seine Augen nicht von dieser Dame lassen. Eine betörende Duftwolke verströmte diese Frau und Constantin war sicher, in ihren Augen ein amüsiertes Aufblitzen gesehen zuhaben, als sich die Blicke trafen.

Abends sagte der Chef zu Constantin: "Du gibst am Heimweg die Pakete ab, die Adresse steht drauf."
Innerlich murrte Constantin, denn es waren keine leichten Pakete. Also ging er heimwärts, wobei es zu dieser Adresse ein ganz kleiner Umweg war. Constantin läutete, die Tür öffnete sich, es war niemand zu sehen, nur eine wohlklingende Frauenstimme sagte: "Gehe ruhig weiter und stell die Pakete beim Tisch ab." Als sich Constantin umdrehte, um wieder Richtung Türe zu gehen, stand eine Frau mit einem weiß glänzenden, offenen Morgenmantel bei der Türe. Constantins Puls raste, das Blut schoss ihm nicht nur in den Kopf, sondern füllte auch seinen Lustbengel. Seine Augen verschlangen den wunderbaren Anblick. Schwarze Strümpfe,

nackte Haut, schwarzes Höschen mit Beinansatz, Büstenhalter ebenfalls in schwarz, der von einer Haarlocke teilweise bedeckt wurde, ein strahlendes, liebliches Gesicht, und in den Augen war wieder das amüsierte Leuchten. Sie war es, Constantin traute sich kaum zu atmen, um das faszinierende Bild nicht verlöschen zu lassen.

"Na, was ist denn mit dir? Hast noch keine Frau im Morgenrock gesehen?" Dabei machte sie den offenen Morgenmantel zu und sagte: "Hast deswegen so geschaut?"

„Nein", hörte er sich mit kratzender Stimme sagen, „das ist es nicht", aber eine so schöne Frau in Unterwäsche habe ich noch nie gesehen. Dabei wusste er, dass er gelogen hatte, aber dieser Anblick war mit nichts zu vergleichen.

"Hast noch Zeit oder mußt gleich nach Hause gehen?"

„Nein."

"Wie heißt du denn?"

„Constantin."

"Ein seltener Name in diesem Land."

„So hieß mein Urgroßvater."

„Ich bin Natascha, aber du kannst mich Nati nennen. Trinkst mit mir eine Tasse Schokolade oder magst du keine?"

„Wirklich Schokolade? Bitte gerne, so etwas gibt es bei uns höchstens zu Weihnachten."

"Nun, dann ist jetzt Weihnachten. Setz dich auf das Sofa, ich komme gleich", und weg war sie.

Natascha kam mit einem Tablett, bei jedem Schritt öffnete sich der Mantel, und er sah die bestrumpften Beine. Sie stellte das Tablett auf den Tisch, musste sich aber hinunterbeugen, was Constantin einen tiefen Einblick auf ihre Brust bot. Constantin konnte nicht mehr sitzen, so sehr war ihm sein Ungehorsamer im Wege.

"Erzähle mir von dir, wo wohnst du, hast eine Freundin?"

„Eine richtige Freundin hab ich nicht, aber ich kenne einige Mädchen und Frauen aus der Nachbarschaft.

Mir ist nur aufgefallen, wie enttäuscht du warst und was für traurige Augen du machtest, als ich im Geschäft war und an dir vorbeiging. Im Übrigen habe ich dich schon einige Male in der Früh gesehen."

„Mich kennen Sie, woher?"

"Ja, du gehst meistens in der Früh mit einem Mädchen Richtung Arbeit."

„Das ist meine Schwester". Und dann hab ich dich im Stadtpark gesehen. Es begann bereits zu dunkeln. Ich saß mit einem Bekannten auf der Bank und sah dich mit der hübschen rothaarigen Verkäuferin vom Konsum. Ist die nicht zu alt für dich? Du bist aber recht raffiniert ans Werk gegangen und hast sie ganz schön in Stimmung gebracht. Wir warteten auf den Beginn des Kinos, mussten dann hineingehen, aber ich hatte genug gesehen. Du bist ja ein richtiger Draufgänger. Kennst du das Fräulein schon länger? Denn ein Mädchen in deinem Alter ist sie nicht mehr."

„Nein, sie ist schon verheiratet, trifft sich aber gerne mit mir."

"Und du besorgtest es ihr ja auch recht gekonnt, denn vom Schmusen allein stöhnt eine Frau nicht so. Und nun sitzt du bei mir, trinkst Schokolade, lässt deine hungrigen Augen nicht von mir, hast einen roten Kopf und bist ganz anderes als ich erwartet habe.

Constantin blickte ihr ins Gesicht. **Natürlich würde ich sie gerne wieder sehen, noch dazu, wo ich jetzt Gewissheit habe, dass Sie dies auch wollen. Ich bin dann sicherlich anders als heute.**"

"Wie bist du dann?" fragte sie ihn und sah ihm tief in die Augen.

Ich fühle mich halt zu den Frauen hingezogen und suche ihre Wärme und Zärtlichkeit, die es zu Hause nicht gibt. Ich weiß ja, dass ich noch jung bin, aber ich möchte die Erfahrungen mit den Cousinen oder den Frauen nicht missen."

"Gut, trink deine Schokolade aus und komm morgen um die gleiche Zeit". Sie erhob sich, ging zur Tür. Constantin folgte ihr auf dem Weg dorthin, blieb aber plötzlich stehen.

"Was ist, ich dachte du musst gehen?"

Seine Frechheit hatte ihn wieder eingeholt. „Vorher würde ich noch gerne ihren wunderschönen Körper mit der schwarzen Wäsche sehen."

"Du bist aber ganz schön keck", öffnete jedoch den Knopf des Gürtels. Der Mantel fiel aber nicht aus einander, denn mit einer Hand hielt sie diesen zusammen.

"Komm zu mir, ja, ganz nahe, ich will dich spüren." Constantin war so nahe, dass er ihren Körper fühlen konnte und legte seine Arme um Natascha, streichelte ihr Gesicht und vergrub seinen Kopf in ihren Hals. Auch sie legte ihre Hände um ihn, küsste ihn auf die Stirn, wie er es von den Frauen kannte, die sich nicht zu weit wagten mit ihren Zärtlichkeiten. Constantin war selig, er sog den Duft ihrer Haut ein, fühlte die Wärme, seine Hände ertasteten die Konturen des Körpers. Plötzlich entwand sie sich, trat einen Schritt zurück, ihr Mantel öffnete sich und gab alles frei. Constantin war entzückt, das Gesicht mit ihren lockigen Haaren, der Hals, die Träger des Büstenhalters, dann der Busen, nackte Haut bis zum Höschen, deren Hosenbeine nicht die Schenkeln umschlossen, Strümpfe, die von den Strapsen gehalten wurden, die unter dem Höschen hervorkamen. Constantin schoss ein Gedanke durch den Kopf, jetzt oder nie - ging auf sie zu, den Blick nicht von ihren blauen Augen lassend, die einen eigenartigen Glanz hatten. Er ließ den Blick an ihrem Körper hinunter gleiten, kniete sich auf den Boden bis sein Kopf ihrem Schoß gegenüber war. Er umschloss mit seinen Händen ihr strammes rundes Hinterteil und drückte ihren Schoß an sein Gesicht. Den Flaum der Schamhaare spürte er durch ihr Höschen, sog den betörenden Duft ein und küsste zart ihren Schritt.

"Oh, was fällt dir ein, geh, komm morgen wieder. Jetzt ist es zu spät", sagte sie mit einem Lächeln, das ihn hoffen ließ.

Bundesheer

Constantin fügte sich dem Drill. Die Zimmerkameradschaft war ausgesprochen gut, zu den Wochenenden gehörte ihm das Zimmer allein. Der Weg nach Hause war weit, die Sehnsucht nicht übertrieben groß, private Kleidung brauchte er auch nicht, denn er verließ die Kaserne nie und wenn, dann in Uniform. Constantin hatte auch großes Glück eine relativ neue, gut sitzende Ausgangsuniform ausgefasst zu haben, und mit der Tellerkappe sah diese recht schick aus. Nach der Grundausbildung und dem Chargenkurs in Hörsching bot sich Gelegenheit, vorausgesetzt man bestand den Schreibmaschinen-Test, sich zum Kommando nach Wien in die Stiftskaserne versetzen zu lassen.

Der Landmensch Constantin war in der Großstadt, hier änderte sich alles, er war immer weg, sofern er nicht gerade Dienst hatte. Die Kaserne lag auch inmitten der Stadt. Nur einige Schritte zur Mariahilfer Straße oder wenige Minuten und man war im Burggarten, von diesem erreichte man über den Heldenplatz den Graben sowie den Stephansplatz. An freien Wochenenden spazierte er nach Schönbrunn, was bald zu seinen Lieblingsausflügen zählte.

Seitdem Constantin in Wien war, hatte sich zwischen Hans und ihm eine wunderbare Freundschaft entwickelt. Er war Kärntner und hatte in Wien eine Freundin, deren Mutter einen Gemüseladen bei der Endstation der Line 46 hatte. So war es für Constantin nichts Besonderes, wenn ihn Hans für das bevorstehende Wochenende einlud. Im Garten seiner Freundin war immer was los und das Essen vorzüglich. Nur diesmal wollte er, dass sie gemeinsam die Freundin seiner Freundin besuchten.

Die Freundin wohnte in einer alten Villa, die von der Straße aus zu betreten war, aber noch zwei Stockwerke tiefer am Hang lag. Als sich die Türe öffnete, stand eine Lady im Türrahmen. In dem strahlenden Gesicht fielen Constantin die leuchtenden Augen auf. Das Oval ihres Gesichtes war von einem leicht rötlich schimmernden, kurzen lockigen Haar umrahmt. Sie trug ein zum Haar passendes rotbraunes Kostüm dazu eine Seidenbluse, die in einem leichten rötlichen Farbton gehalten war, sowie sehr elegante farblich passende Pumps. Sie wirkte größer als Constantin. Ihre ersten Worte an Grete gewandt waren: "Das ist also der geheimnisvolle Freund - von deinem Hans."

Nachdem Constantin vorgestellt war, wurden die Freundin und Hans geküsst. Die Dame des Hauses führte sie in einen Salon, der von einem riesigen Panoramafenster, welches einen Blick über die Dächer des Bezirkes und der Stadt freigab, beherrscht wurde. Constantin staunte nicht schlecht, denn so einen Salon betrat er das erste Mal in seinem Leben. Der Kaffeetisch war wunderschön gedeckt, und da er vom Fach war, sah er auch gleich, dass es sich bei dem Kaffeegeschirr um Meißner Porzellan handelte. Nun, Hans hatte ihn mit der Absicht hierher geführt, festzustellen, ob die allein lebende Dame an Constantin Interesse bekundete. Irgendwie wurde es im Wohnzimmer immer dunkler, was auf das heranziehende Gewitter hinwies und Lydia - sie wollte gleich beim Vornamen bleiben - dazu veranlasste, sich kurz zu entschuldigen, denn die Wäsche im Garten solle nicht nass werden und die dunklen Wolken ließen den bevorstehenden Regen erahnen.

„Lydia, ich komm mit, zum Kluppen halten oder Wäschekorb tragen werde ich schon geeignet sein", bot sich Constantin rasch an. Beim gemeinsamen Wäsche abnehmen alberten sie wie zwei Kinder herum, und als sie die Wäsche in den Bügelraum, welcher sich im Keller befand getragen hatten, zeigte Lydia ihm noch die anderen Räume.

"Constantin, magst du Sauna?"

„Eine Sauna wäre jetzt herrlich, holen wir die anderen."

"Wenn die wollen, kommen sie sowieso von allein. Sie ging kam ein paar Minuten später ohne Jacke, aber mit einer Flasche Wein, sowie Gläsern zurück, reichte Constantin die Weinflasche und forderte ihn mit den Worten "dies ist Männersache" zum Öffnen der Flasche auf, hinderte aber Constantin am Einschenken. „Nein, noch nicht, Rotwein muss lüften, wir gehen zuerst in die Sauna" und begann sich ganz ungeniert die Bluse zu öffnen. Constantin ging auf Lydia zu. „Wenn ich schon mit dir in die Sauna gehen darf, dann lass dich verwöhnen", knöpfte ihre Bluse weiter auf. Zum Vorschein kam ein wunderbarer Busen, welcher von einen verführerischen Halbschalen BH umgeben war. Da ein größerer Teil der Brust nackt war, war es für Constantin selbstverständlich diesen mit seinen Lippen zu verwöhnen. Lydia half ihm, die Bluse aus dem Rock zu ziehen, da Constantin viel zu sehr damit beschäftigt war, alles zu küssen.

„Wenn du so weitermachst, kommen wir aber nicht in die Sauna", zog sich ihren Slip aus und verschwand in die Sauna. Constantin setzte sich ihr gegenüber, ließ die Wärme auf sich wirken und betrachtete die Liegende. Hans hatte nämlich gemeint, ihm sei sie zu alt, nur, was Constantin sehen konnte, war eine schöne reife Frau, die in ihrer nackten Unschuld einen Liebreiz hatte, der seinen Kleinen bereits in einen Freudentaumel versetzte. Es dauerte nicht lange und ihr Körper begann zu glänzen und es bildeten sich die ersten Wassertröpfchen. Da ihre Haut nach wie vor einen Hauch vom wohlriechenden Parfum verströmte, ließ sich Constantin auch nicht abhalten, diese zu küssen oder mit der Zungenspitze die Tröpfchen einzeln aufzulecken. Lydia verließ fluchtartig die Sauna, hechtete mit einem Kopfsprung ins kühle Naß und Constantin stellte sich unter die kalte Brause.

Als sie aus dem Wasser stieg, frottierte Constantin mit vorgewärmten Badetüchern Lydias Körper trocken.

„Solltest du ein Massage-Öl hier unten haben, dann würde ich dich gerne verwöhnen." Dies war zur Hand und er begann mit ihrem Rücken. Vom Massieren hatte er zwar keine Ahnung, aber dafür umso mehr wie man mit den Händen ein wohltuendes Gefühl verbreitet. Je näher er den Lenden kam, umso mehr genoss sie es, was ihr auch gelegentlich ein Seufzen entlockte. Er begann nun bei den Füßen, um sich über die Waden zu den Oberschenkeln vorzutasten. Die Oberschenkel waren nicht geschlossen, sodass seine Fingerspitzen auch ihre Innenseiten verwöhnen konnten. Sie wurde zusehends unruhiger, und als er sich ausgiebig ihren wohlgeformten Pobacken zuwandte und diese nicht nur streichelte, sondern auch bewusst knetete, begann sie ganz leise zu seufzen.

„Komm, drehe dich um, die Vorderseite deines Körpers sollte vielleicht auch verwöhnt werden. Oder bist du anderer Meinung?"

"Nein, wie kommst den auf diese Idee, wo ich es doch so genieße, deine Hände über meinen Körper gleiten zu fühlen und diese tief in mir ein wunderbares Gefühl verbreiten."

Viel Aufmerksamkeit legte er auf ihren herrlichen Busen und ihre Nipperln, die einen Schauer auslösten, als er sie mit dem Daumen und den Zeigefinger ebenfalls massierte. Für den Bauch mit dem Venushügel nahm er sich ebenfalls Zeit. Lydias Schenkel öffneten sich in der kommenden Erwartung ganz von selbst und man konnte trotz des beträchtlichen Haarwuchses die Bereitschaft und Erwartung ihrer Scham erkennen. Constantins Hände wurden immer fordernder, je näher er sich an ihre Liebesgrotte heranwagte. Er ließ nun ihre

217

sehr erregten Schamlippen einige Male zwischen seinen Händen hin und her gleiten, wobei er einmal leicht und dann durch zarten Druck auf die Schamlippen ihr Lustempfinden steigerte. Dies war zuviel, Lydia bäumte sich auf und gleichzeitig wurde sie von einem Orgasmus überrascht.

Constantin legte sich über sie, umfasste mit den Lippen eine der hoch aufgerichteten Brustwarzen, ließ sich langsam auf sie nieder. Constantin lag nun auf Lydia und presste seinen Schwanz auf ihre heiße Scham. „Bitte, Bitte gib ihn mir", „Bitte Constantin quäle mich nicht." "Bitte, bitte bewege dich doch, dass halt ich nicht aus." Aber Constantin fühlte bereits, dass in leisen Wellen sich ein gewaltiger Orgasmus ankündigte, und blieb still liegen. Lydia schrie, stöhnte, krallte sich in Constantins Rücken und in Wellen kam sie. Darauf hatte Constantin gewartet. Lydia war eine wunderschöne Frau und Constantin war ebenfalls wie besessen von ihrer Leidenschaft und sie gaben sich der unersättlichen Lust hin bis beide erschöpft und Schweiß überströmt sich in den Armen lagen. Sie wussten, dies war der Beginn einer leidenschaftlichen Beziehung.

Sie verbrachten eine wunderschöne und berauschende Zeit, liebten sich immer und überall, denn Lydia konnte von seinen Zärtlichkeiten nie genug bekommen. Lydia war fasziniert von seinem Einfallsreichtum. Wenn sie mit Hans und Grete unterwegs waren, dann konnten sie es kaum erwarten allein zu sein. Kaum war die Türe hinter ihnen geschlossen, gingen sie sich schon an die Wäsche. Da Lydia immer nur Kleider oder Röcke trug, war es ein leichtes an ihr heißes Lustzentrum zu gelangen und da sie „ihn" ja unbedingt begrüßen wollte war auch er bereit und schon saß sie auf der Kommode oder beugte sich über diese, Stellungen welche einen absolut heißen Quicky zuließen. Es lag auch ein gewisser Reiz darin, dass sie kaum Zeit fanden, die störende Kleidung abzulegen. Lydia konnte sehr schnell in Fahrt kommen und ihre Lustgrotte war der reinste Quell. Sie wurde mit der Zeit sehr Besitz ergreifend, außerdem war sie so eifersüchtig, das sie Constantin von der Kaserne abholte, seine Dienste kontrollierte, bis er die Beziehung zu ihr abbrach.

Lydia wartete zwar nicht mehr vor der Kaserne auf ihn, aber flehende, bittende Briefe brachte der Postbote bis Constantin zurück schrieb.

Liebste Lydia

Meine Gedanken sind bei Dir, die Sehnsucht nach Deinem Körper, Deiner Lust sind nicht erloschen, aber ich weiß eines und dies will ich Dir, wo ich Dich doch liebe und begehre, sicherlich nicht antun, nämlich dass ich nur komme, um mit Dir ins Bett zu gehen. Ich will nicht nur kommen, um meine Lust und Sehnsüchte zu stillen, also Dich benutzen und danach sofort zu gehen - da ja "er" hatte, was er wollte und wenn mir wieder danach ist, Dich besuchen, dafür, liebste Lydia, bist Du mir zu schade. Außerdem würde dadurch Deine

Eifersucht nur noch größer werden. Denke darüber nach, ob Du wirklich nur benutzt werden willst und dadurch unsere wunderbaren Stunden, die wir gemeinsam erlebten, damit in Frage stellen möchtest.

In Liebe

Constantin

Das Rehlein

Ein freier Sonntag und noch dazu ein heißer Sommertag, alles drängte ins Grüne oder ins Bad. Sogar Constantin hatte heute seine Uniform mit der Privatkleidung getauscht. Zuerst waren es die weißen Söckchen in den schwarzen Pumps, dann die wohlgeformten Beine, welche von einem ausladenden, schwingenden knielangen Rock umgeben waren. Ein Gürtel trennte den bunten Rock von der weißen Bluse, deren aufgestellter Kragen bereits in einen wirren blonden Lockenkopf verschwand.

Auf den Weg nach Schönbrunn begegneten sie vielen Menschen und es waren einige, die sich nach ihnen umdrehten. Sie sah ja wirklich hübsch und neckisch aus mit ihrem schwingenden Röckchen. Sie waren bereits bei der Gloriette angelangt, und schön langsam begriff er, warum sie ihn so von oben herab angesehen hatte. Die junge Dame kam aus bestem Hause. Es stellte sich heraus, dass sie an der Uni studierte, denn sie wollte unbedingt Kinderärztin werden. Constantin wusste nicht einmal, wo die Uni war und nahm sich vor, Wien besser kennen zulernen. Außerdem erzählte sie von den Urlauben in Italien, wo die Eltern am Gardasee ein Haus besaßen, von den Wochenenden am Wörthersee, den Winterurlauben in Kitzbühel. Sie war erstaunt, dass Constantin das alles nicht kannte, wobei er ihr erklärte, dass er sich seine Eltern genauso wenig hatte aussuchen können wie sie die ihren.

Annabell fing seine forschenden Hände ein und legte sich diese auf ihre Brüste und ihre Hände über die seinen.

"Das ist mir auch noch nie passiert, Constantin du bist der erste, der meine Weigerung kommentarlos akzeptiert hat und nicht mit allen möglichen Geschichten und Überredungskünsten daherkommt", stellte Annabell nach einiger Zeit fest.

„Ich bin eben anders, ich finde, es sollen beide die Zärtlichkeiten wollen und sich auch wohl fühlen. Du hast meine Hand auf deine Brust gelegt. Ich war natürlich frech und wollte diese mit meiner Hand berühren und streicheln, was du ja eine Zeit lang genossen hast. Da es aber grundsätzlich um deinen Körper geht, musst du sehr wohl selbst entscheiden, was du mit ihm geschehen lassen willst oder mir an Zärtlichkeiten erlaubst."

"Das hat auch noch keiner gesagt, geschweige so gehandelt."

„Schau, Liebes, wenn du findest, dass du zu mehr bereit bist, wird sich dies von ganz allein ergeben. Du musst nur darauf achten, dass du nicht dem Drängen eines Mannes nachgibst, wenn du dazu nicht bereit bist."

"Ja, davon kann ich ein Lied singen, alle finden mich ja so lieb und beschützenswert. Nur wenn sie dann mit mir allein sind, sieht alles anders aus, sie Verfolgen ihr Ziel und kümmern sich sehr wenig darum, welche Gefühle ich dabei habe."

In den nächsten drei Wochen hörte Constantin nichts von ihr, obwohl sie ihn um die Telefonnummer der Kaserne gebeten hatte und sich mit einer innigen Umarmung verabschiedet hatte ... ihm noch nachrief „Ich ruf dich sicher an!"

Constantin, ich möchte das Wochenende mit dir am Neufeldersee verbringen."

Nachdem Annabell ihn begrüßt hatte, stiegen sie in das bereitstehende Sportcoupee und Anabell fuhr los.

Beim Badehaus angekommen, half ihr Constantin die beiden schweren Körbe hinein zu tragen, wobei sie aufschloss und ihn ersuchte, die Körbe in der Küche abzustellen, bat ihn in den großen Wohnraum, zeigte ihm die Schalter für die Außenjalousien und bat ihn auch, alle Fenster und Türen zu öffnen. Vom Wohnraum aus bot sich ein wunderbarer Blick. Da hörte er schon Annabell von oben rufen: "Zieh dich aus, wir gehen sofort ins Wasser."

"Du hast dich ja noch nicht ausgezogen."

Constantin drehte sich zu Annabell - oh, der Bikini war aber knapp.

Sie war in ihrem Element. Constantin saß schon eine Weile am Steg, als sie sich zu mir setzte. Sie legte das Bikinioberteil ab, zog auch noch ihre Hose mit den Worten aus, „Wenn meine Eltern hier sind, darf ich es nicht, aber ich hasse die weißen Stellen. Kannst ja auch deine Hose ausziehen, aber nur wenn du willst."

„**Nun, das kann aber gefährlich werden, wenn mein frecher Herr nicht eingesperrt ist**."

"So nennst du ihn?"

„**Nein, das nicht, aber ich glaube, dein Anblick bringt uns schon sehr in Aufruhr**."

"Komm, lass das, mach was du willst."

Sie hatte die Augen geschlossen, in den Wassertropfen auf ihrer Haut spiegelte sich die Sonne. Constantin konnte es einfach nicht fassen, da lag splitternackt dieses bezaubernde Geschöpf neben ihm - und er war ihr Gast.

"Ich hoffe, du küsst mit der gleichen Hingabe mein heißes Kätzchen, den mit deinen Händen hast ja meinen Körper ganz schön in Stimmung gebracht."

„Komm, Constantin." Annabell stand auf, nahm seine Hand und ließ diese erst aus, als sie sich im Schlafzimmer befanden. "Das ist der kühlste Raum ihm Haus", sagte Annbell und legte sich mit geöffneten Schenkeln auf die Tagesdecke, und winkte Constantin mit einer Handbewegung zu sich aufs Bett. Zart und liebevoll umschlossen seine Lippen ihre aufgewühlte Liebesgrotte, saugten, knabberten, seine Zunge leckte und Annabell wurde immer unruhiger. Er fühlte ihr Verlangen und begann seine Finger nicht nur über die Schamlippen zu streicheln, sondern drückte seine Fingerspitzen in die erregte Spalte.. Annabells Bewegungen, ihr Seufzen und Wimmern stachelte Constantins Leidenschaft noch mehr an. Er sah in ihr eine Frau, die dem absoluten Höhepunkt entgegen fieberte. Was Constantin aber nicht mitbekam, dass Annabell ein unschuldiges Mädchen war, deren jungfräuliche Kätzchen sich trotz großer Lust gegen die eindringenden Finger wehrten. Constantin versuchte zwar noch zu retten, was es zu retten gab, konnte aber sein ungestümes Verhalten kaum entschuldigen. Annabell war noch ein unberührtes Mädchen, das zwar ihre Neugierde und Gefühle in seine Hände gab, aber von seinem ungestümen, Verlangen abgeschreckt wurde. Annabell bemerkte, dass Constantin diese Situation sehr zusetzte und wollte die Schuld auf sich nehmen. Annabell versuchte sich auf das Schlafzimmer der Eltern und deren Bilder auf dem Nachtisch auszureden. Constantin wusste aber, es war allein sein Fehler.

„Komm, Annabell, setzen wir uns auf die Terrasse und schauen wir, was in den Körben ist, die du mitgebracht hast."

Annabell kam, setzte sich mit den Worten - „Das finde ich nett von dir" und begann zu essen. Die Gespräche und der Plauderton stellten sich wieder ein und am frühen Abend versuchte er, ihr sein Verhalten zu erklären. Du hast dich bei mir unendlich wohl gefühlt bis zu dem Augenblick, wo ich nicht genügend Einfühlungsvermögen zeigte."

Sie hatte ihm zugehört, ihn auch nicht unterbrochen, bis sie ganz plötzlich die Frage in den Raum stellte: „Sind andere Mädchen auch so dumm in solchen Situationen oder bin nur ich so verklemmt?"

„Annabell, das sind ganz falsche Gedanken, nicht du hast was falsch gemacht, es ist anders. Dein Körper ist zwar reif für die Liebe und zu allem, was es an Schönem und gemeinsamem Erleben gibt, und du hast dich bei mir sehr wohl gefühlt, bis zu diesem Augenblick, wo dein Lustempfinden mit meiner gesteigerten Lust nicht Schritt halten konnte und ich nicht genug Feingefühl hatte, dies früher zu erkennen. Aber wie du dich auf das Bett gelegt hattest, die Beine weit gespreizt, dein Kätzchen mir voll Sehnsucht entgegen gestreckt hattest und mir zu verstehen gabst, ich solle dich glücklich machen, da sah ich in dir die Frau, die nun weiß, was auf sie zukommt. Und es hätte jedes unschuldige Mädchen so reagiert, nur ich hatte keine Ahnung, denn so wie du mit mir locker geschäkert hast, auch aus deinem ganzen Verhalten wäre ich nie auf die Idee gekommen, dass du bis zu diesem Zeitpunkt keinem Freund die Gunst erwiesen hast.

Bist ja doch ein ganz lieber Kerl, ich habe mich nicht in dir getäuscht. Hilfst du mir bitte alles hineintragen."

Eng umschlungen saßen sie auf der Hollywoodschaukel, der Abend wurde von der Nacht abgelöst. Die Sterne am Firmament leuchteten, aber sie wollten sich aus der Umarmung nicht lösen. Sie waren sich so nahe in dieser Nacht. Erst als es kühler wurde und Annabell zu zittern begann, trug er sie ins Haus, denn sie saß ja mehr auf ihn als auf der Schaukel.

Schweigend lagen sie in ihrem Bett. Annabell hatte Constantin zwar ihren Rücken zugewandt, aber die Nähe der Körper, das gegenseitige Verlangen ließ die Hitze fast unerträglich werden. Durch das offene Fenster war ein fernes Grollen des Donners zu hören. Annabell wich keinen Millimeter von ihm, sondern versuchte sich noch mehr an ihn zu schmiegen. Blitze erhellten das Zimmer, der Donner kam näher, bis in unmittelbarer Nähe der Blitz, begleitet von einem Ohren betäubenden Donner, einschlug. Dies ließ Annabell herumwirbeln, um sich in seiner Achselhöhle zu vergraben.

"Halt mich ganz fest, ich fürchte mich schrecklich vorm Gewitter."

Der erlösende Regen prasselte auf die Terrasse und kühle Luft drang in den Raum, der schwül von der Hitze und Leidenschaft von zwei sich liebenden Menschen erfüllt war.

Annabell und Constantin trafen sich noch einige Male, genossen die gemeinsame Zeit, jedoch vertieften sie ihre Erfahrungen nicht weiter. Die Zeit beim Bundesheer ging dem Ende zu und da er keine wirkliche Zukunft mit ihr sah, bedrängte er sie auch nicht.

Ein neuer Lebensabschnitt kündigt sich an

Die Zeit der freiwilligen Verpflichtung für fünfzehn Monate war vorbei, und nun hieß es Abschied nehmen von der Uniform. Hans hatte Constantin eingeladen, zumindest eine von den vier Urlaubswochen mit ihm in Kärnten bei seinen Eltern zu verbringen. Abends kam auch seine Cousine Sandra von der Arbeit nach Hause, mit der sich Constantin auf Anhieb verstand. Es war schon spät, als alle schlafen gingen. Constantin dachte gerade an Sandra, die einen eigenartigen Reiz auf ihn ausübte. Sie war nicht wirklich schlank, aber weit entfernt von pummelig oder gar dick. Trotz ihrer erst fünfundzwanzig Jahre wirkte sie sehr fraulich, hatte einen großen Busen und einen faszinierenden Stockerl Popo. Wie er sich gerade ausmalte, was er mit diesem anstellen könnte, klopfte es an der Tür.
"Was will Hans noch?"
Es stand aber Sandra in einem langen bunten Nachthemd draußen, ging in Constantins Zimmer und legte sich in sein Bett.
„Ist das dein Ernst, du willst bleiben, was ist mit den anderen? Ich will keinen Verdruss mit den Leuten hier."
"Gefalle ich dir nicht?" Sandra, dass ich dich sehr begehrenswert finde und du einen sehr erotischen Eindruck auf mich gemacht hast, weißt ja selbst, sonst wärst nicht hier."
"Constantin, genieße die Zeit, ein danach gibt es nicht, denn ich bin schon so gut wie verlobt. Von Hans, eigentlich von seiner Freundin, weiß ich, dass du ein ganz phantastischer Liebhaber sein sollst, denn ihre Freundin kann dich nicht vergessen. Nun dann, bediene dich, ich bin ganz dein und aufpassen müssen wir auch nicht.
Sandra war tatsächlich ein Mädchen, das genießen wollte und die auch einige Erfahrung mitbrachte, nur die absolute Hingabe sich fallen lassen und den Höhepunkt hinauszuzögern, dass war ihr eher fremd. Denn als sich sein Speer zu seiner vollen Pracht entfaltet hatte, wollte sie sich gleich auf diesen setzen. Constantin wollte aber vorerst ihren sinnlichen Körper so sehr ins Lodern bringen, dass sie, ohne in ihr zu sein, einen Höhepunkt erreichte. Es half ihr kein Betteln und da sie sich andauernd mit seinen Schwanz beschäftigen wollte, nahm er seine Krawatte und band ihre Hände an den Bettpfosten. Constantin verwöhnte Sandras Körper mit seinem Händen, den Lippen und der Zunge an all ihren empfindlichen Stellen. Sandra wurde erst bewusst wie gefangen sie war, sie konnte sich ja in keinster Weise abreagieren, ihr Wimmern und Seufzen wurde von Betteln unterbrochen. „Bind mich los, ich halte das alles nicht aus."
Das war der Anfang von sieben Tagen Leidenschaft, das Bett wurde nur zum Essen verlassen und keiner nahm Anstoß.
Der Urlaub bei Hans und seiner Cousine war viel zu kurz und auch die tollen Stunden mit Sandra.

Der Abschied fiel ihnen wesentlich schwerer als sie glaubten. Constantin dachte noch lange an die Zeit mit Sandra.

Auszug aus dem Elternhaus

Nach dem Bundesheer wechselte Constantin seine Arbeitsstelle und versuchte, sich in der Möbelbranche ebenfalls ein Wissen anzueignen. Der Vorteil der neuen Dienststelle lag auch darin, dass er ab diesem Zeitpunkt nicht mehr zu Hause wohnte. Ein treibender Faktor dabei war sicherlich auch der Umstand, dass er nicht mehr ins Elternhaus zurück wollte um dieser Umklammerung und erzieherischen Enge zu entkommen. Constantin konnte dies wieder einmal anlässlich eines zu Hause verbrachten Wochenendes feststellen. Es war im Gasthaus eine Tanzveranstaltung. Zu dieser gingen alle, die Tanten, Cousin, Cousinen. Constantin tanzte viel mit seiner Schwester und mit den Boogie`s zogen sie viele Blicke auf sich. Und so kam es, dass Constantin wieder einmal von einer reifen Frau in deren Bann gezogen wurde. Ermuntert durch die vielen Blickkontakte, forderte er sie zum Tanzen auf. Schwarze Haare umhüllten in langen Locken ihr aufmunterndes Gesicht, das Lächeln, welches von den Augen ausging, fesselte ihn. Ihre Figur war sehr fraulich, das schwarze Kleid zeigte genau die Konturen ihres Körpers. Sie tanzte wie eine Feder und ließ sich in allen Bewegungen führen als wäre sie nicht vorhanden, wenn ihn nicht ihre Nähe, der Duft ihrer Haut - der nicht mit irgendeinen anderen Duft verfälscht war, eines anderen belehrte. Die Wärme und Geschmeidigkeit ihres Körpers, ihr Witz und Charme umhüllten ihn so sehr, dass er ausschließlich nur mehr mit ihr tanzte. Seine Schwester hatte dafür eher Verständnis, nur seine Mutter machte ihm wieder mal eine Szene. Sie passte Constantin ab, als er von der Toilette zurückkam. „Du hast es notwendig, dich mit diesem Flitscherl abzugeben. Wenn du nicht augenblicklich zu uns an den Tisch kommst, knall ich dir eine vor allen Leuten, brauchst nicht glauben, dass du mir zu groß bist."

Mit Karl, seinen Zimmerkollegen, verbrachte er die Freizeit, denn dieser war schon länger in der Firma und kannte natürlich schon alle interessanten Mädels. Im Stammhaus waren mit den Arbeitern rund 30 Personen beschäftigt und darunter natürlich auch Mädels, von denen einige auch in Untermiete wohnten. Dies hatte den Vorteil, dass man oft die Betten tauschte, falls man sich für einige Zeit näher kam. Es war eine sehr lockere Zeit und jeder genoss die Freiheit und die Tatsache, dass sie alle gut verdienten und sich doch einiges leisten konnten. Karl hatte sich einen übertragen Opel Kapitän gekauft, der die Mädels wie die Motten anzog. Somit hatten sie nie Probleme mit dem Alleinsein.

Constantin hatte es aber wieder einmal eine junge Frau angetan. Iris war 29, allein stehend und wohnte auch zur Untermiete. Es bedurfte vieler vergeblicher Versuche ihr näher zu kommen, wobei sie auch alle anderen mied und nie mit der Kollegenschaft wegging. Sie nahm auch an den gemeinsamen Ausflügen nie teil.

Karl war dieses Wochenende nach Hause gefahren um Proviant zu holen, die geselchten Würste, der Speck und das selbstgebackene Brot waren mit der Zeit für ihn und Constantin unverzichtbar. Also beschloss Constantin am Sonntag in die Kirche zu gehen. Dort sah er Iris. Nach der Kirche begrüßten sie sich und Constantin ging ohne zu fragen mit Iris des Weges.

Bei der Konditorei fragte er, ob sie Lust auf Kaffee und Kuchen hätte. „Ja, dort ist ein Tisch."
Sie plauderten über Gott und die Welt bis Iris zu Constantin sagte: „Du bist aber ein ganz
anderer Mensch, wenn du nicht mit der Meute mitheulst."

**„Iris, was soll ich damit anfangen? Ich hatte nie das Gefühl, dass ich mich dir
gegenüber nicht korrekt verhalten habe. Außerdem weißt du ganz genau, dass ich
an dir interessiert bin und gerne dein Freund wäre."** „Das weiß ich, aber du bist einfach
zu jung. Hast du gar nichts mit anderen Mädels oder Karl vor?"

**„Karl ist nach Hause gefahren und die Mädels sind zwar nett, aber was ich suche ist
eine Frau wie dich. Lebenserfahren, geheimnisvoll, so wunderschön fraulich und
deine Augen."**

„Was ist mit meinen Augen?"

**„Wenn du dich unbeobachtet fühlst, dann strahlen und funkeln sie. Aber ich kenne
deine Augen, auch wenn du dich nicht beobachtest fühlst. Dann sind sie traurig, so
als ob du dich nach Wärme und Geborgenheit sehnst oder bedrückt dich das
Alleinsein? Ich denke du umgibst dich mit einem schützenden Panzer aus Angst vor
einer weiteren Enttäuschung."**

„Wieso glaubst du, dass ich enttäuscht wurde?"

„Ich denke, irgendjemand hat deine Gefühle oder dein Herz sehr verletzt.
Von nun an verabredeten sie sich und verbrachten viel Zeit miteinander. Iris genoss mit der
Zeit seine Zärtlichkeiten und sie öffnete sich immer mehr. Iris war herrlich, sie legte sich mit
einem Buch auf den Diwan, gab vor zu lesen, nur das Umblättern wurde immer weniger wenn
sie seine streichelnden Hände oder Küsse zu genießen begann. Constantin drängte sie nie in
dieser Zeit, obwohl es ihm verdammt schwer fiel nicht aufs Ganze zu gehen. Er begehrte sie
und es war schlimm für ihn nach solchen Stunden mit ihr, in sein leeres Bett zu gehen.

Sie waren nun schon zwei Monate beisammen, als sie ihn übers Wochenende einlud, da sie
das Haus ganz allein für sich hatte. Am Samstag, gleich nach der Arbeit, machten sie einen
ausgedehnten Spaziergang, bei dem sie ein Gewitter überraschte. Als sie das Haus betraten,
waren sie bis auf die Haut nass. Iris ersuchte ihn, den Badeofen anzuheizen, während sie
trockene Kleidung suchte. Constantin bekam ihren seidenen Bademantel und sie zog sich ein
trockenes Kleid über ihren nackten Körper. Bevor sie Teewasser aufsetzte, trug sie noch die
nasse Kleidung ins Heizhaus. Sie aßen eine Kleinigkeit zu Abend und gingen dann ins
Badezimmer. Außer dem Badeofen, einer gusseisernen Badewanne, dem Waschbecken war
der Raum leer, nur der Feuerschein des Ofens verbreitete eine eigenartige Atmosphäre, was
dazu führte, dass sie kein Licht machten, sondern sich ihrer Kleider entledigten, um in das
dampfende Wasser zu steigen.

„Ich komme gleich", und weg war sie. Iris brachte Kerzen, Gläser und eine Flasche, zündete
die Kerzen an, stellte sie auf dem Boden füllte die Gläser mit Martini und stieg zu ihm in die
Wanne. Sie reichte ihm ein Glas - „Auf uns ich hoffe auf eine schöne Zeit mit dir." Die
Kerzen, das schimmernde Feuer des Badeofens, das warme Wasser, der Martini und Iris das
erste Mal ganz für ihn, ihre Nähe, die Nacktheit, all das war ein berauschendes Gefühl und
Iris genoss den Augenblick. Ich werde noch warmes Wasser nachfüllen oder möchtest du
schon raus, ich finde es sehr romantisch hier und deine direkte Nähe möchte ich nicht
missen."

Karl überraschte mit dem Vorschlag eines gemeinsamen Urlaubes. Als Urlaubsziel schlug er Kitzbühel vor. Als sie um 2 Uhr Früh in ihr Zimmer kamen, fiel Iris Constantin um den Hals küsste ihn leidenschaftlich, begann ihn auszuziehen. Es war das erste Mal, dass sie dies tat und als sie dann bei der Unterhose angelangt war, sah sie auf einmal recht ängstlich auf das Verborgene und sagte ganz kleinlaut: „Constantin, ist der wirklich so groß?"

„Iris, der ist ganz normal, nicht zu klein und auch nicht zu groß."

„Aber Constantin, ich bin so eng gebaut, ich glaub daraus wird nichts und ich hoffe, du akzeptierst das. Ich will das nicht noch einmal erleben." **„Iris, Liebes, ich werde nie etwas tun, was du nicht auch willst."**

„Ja, ja, ich weiß, das wurde mir schon einmal versprochen, nur dann war alles anders. Es war so schrecklich und ich hatte tagelang Schmerzen. Eigentlich bin ich froh, dass ich jetzt weiß wieso du außer meinen Küssen, den zärtlichen Händen nichts an dein Nesterl heranlassen wolltest. Nur glaube mir, Iris, wenn du mal richtig bereit bist, und wenn in dir das Feuer lodert, dann ist auch sie bereit, aber deine Angst lässt nicht zu, dich fallen lassen. Habe Vertrauen, Mädchen, auch wenn ich jünger bin, ich weiß wovon ich spreche. Komm, Liebes, leg dich zu mir. Verschwende keine weiteren Gedanken, sondern genieße den Urlaub und freue dich, dass wir uns lieben."

Iris war wieder mal recht gut drauf und zu Hause im Bett überraschte sie Constantin damit, dass sie beim Austausch der Zärtlichkeiten sich in seiner Pyjamahose verirrte und mit seinen lodernden Speer spielte. Und irgendwann war auch ihr Kopf unter der Decke und er spürte ihre Lippen auf ihm. Diese Bereitschaft ihrerseits bewog ihn, sich mit ihren Nesterl intensiver zu beschäftigen. Er ließ ihr alle erdenklichen Zärtlichkeiten angedeihen und fühlte, wie sich ihre Lust steigerte. Iris genoss die Gefühle, die sie umgaben und begann sich ganz zu öffnen.

„Constantin du bist so zärtlich, es ist ein herrliches Gefühl, sei gaaaanz liiiieb zu mir, … Constantin, ich glaube, ich komme", und schon schlossen sich ihre Schenkel, wobei sie sich noch schnell wegdrehte. Constantin legte seinen Kopf in ihren Schoß und drückte sie ganz fest an sich.

Eigentlich wäre dies der Anfang, um sich ins Reich der Sinne und Lust zu begeben. Jetzt, wo dein Körper in Aufruhr ist, solltest dich nicht verschließen, sondern noch mehr in dich horchen und deine Gefühle ausloten. „Iris, komm, lege dich bequem hin und schließe die Augen, lass dich ganz einfach verwöhnen." Constantins Zärtlichkeiten, Küsse und die Lippen erregten sie doch mehr als sie selbst glaubte, was er zum Anlass nahm, sich zwischen ihre geöffneten Schenkel zu knien und er zog ihren Schoß zu sich hoch. Durch leichte Bewegungen konnte er seinen lodernden Speer an ihren Schamlippen reiben. Iris blieb locker und doch angespannt, aber es war einfach die Lust, welche sich durch die Reibung am Kitzler verstärkte. Sein Speer war nicht in ihr, jedoch fühlten ihre Schamlippen jede seiner Bewegungen. Iris wurde immer unruhiger und versuchte, den Luststab mit ihren Bewegungen in sich aufzunehmen. Die Spitze hatte sie geschafft und ganz langsam hob sie sich ihm entgegen, um sofort wieder zurückzufallen da Constantin aber eine Position nicht wechselte, sie aber in heller Aufruhr war, kam sie wieder hoch und Constantin ließ sich mit ihr ganz sanft nieder. Auf einmal stöhnte, jammerte sie „ooh, ooh, nein, nein, ja, jaaaa, ooh." Constantin legte sich nun ganz auf sie, wobei er darauf achtete, nicht zu tief in sie einzudringen, und auf einmal weinte Iris. Constantin war auf alles gefasst gewesen aber darauf nicht.

„Liebes, was ist?" Iris reagierte nicht. Constantin zog sich zurück, blieb aber auf ihr liegen, küßte, leckte, streichelte sie, doch Iris schluchzte. „Liebes was ist denn?"

„Constantin, du hast es geschafft, es tat nicht weh. Oh, welch eine Wonne."

Constantin war selig, denn er wusste nun die Tränen einzuordnen, sie waren Ausdruck der Lust und Freude.

Tage später waren sie wieder im Bett, nur sie war über ihm und als sie sich voll auf ihn niederließ, durchzuckte sie doch ein Schmerz. Wie von einer Tarantel gestochen fuhr sie hoch, „Au das tat aber weh."

Die Beziehung scheiterte daran, dass sie nicht mehr bereit war mit Constantin zu schlafen. Um Iris tat Constantin sehr Leid, aber eine Beziehung ohne Sex war für ihn undenkbar.

Laut „Literaturmarkt.info ist es ein stimmungsvoller, atmosphärischer Roman, der nie geschmacklos wird, sondern die Kunst schafft, immer auf der Grenze zwischen Erotik und Pornographie zu balancieren und voller Respekt gegenüber Frauen ist. Die Sprache ist dabei poetisch und dennoch phasenweise explizit.

Zeitfracht Medien GmbH
Ferdinand-Jühlke-Straße 7
99095 Erfurt, Deutschland
produktsicherheit@kolibri360.de